KB237137

王夫之 시가 사상과 예술론

王夫之 시가 사상과 예술론

조 성 천

도서출판 역락

머리말

최근 우리 사회는 실용을 중시하고 인문학을 경시하여 인문학이 위기에 처하는 국면에 이르렀다. 인문학의 위기는 정신문명의 위기이다. 정신문명의 위기가 우리 사회에 어떠한 결과를 초래할 것인가는 불문가지이다.

필자는 동양의 인문 정신을 탐구하여 그것을 정신 문화유산으로 축적함으로써 사회 성원이 동양의 인문 정신을 향유하는 데 이바지하겠다는 열정을 가지고 동양의 인문 정신 연구에 입문하였다. 그러나 최근의 시대 조류와 현실의 장벽에서 필자의 동양의 인문 정신 연구에 대한 열정은 점차 식어가고 있음을 솔직하게 고백하지 않을 수 없다.

필자의 동양의 인문 정신 탐구 분야는 중국의 고전 시론이다. 대학에 진학하기 전 우연히 유협(劉勰)의 《문심조룡(文心雕龍)》을 알게 되었고, 그것을 통해 처음으로 중국의 문예 이론을 접하게 되었다. 대학에서 중국 문학을 전공하면서 중국의 가치 있는 문예 저작들이 수천 년 동안 단지 고서로서만 존재해 왔고, 정채 있는 문예 이론들은 어둠 속에서 빛을 잃어가고 있음을 알았다. 필자는 중국 문예 이론 저작들의 존재 가치를 알리고, 그 속에 담겨 있는 진귀한 문예 이론의 정수를 드러내고 싶었다. 서양의 학문, 사상, 이론으로 모든 것을 재단하는 현실에서 동양의 인문 정신을 밝히고자 하였다. 대학원에 진학하여 연구 테마로 고심하던 중에 은사이신 고려대학교 이동향(李東鄕) 선생님의 가르침으로 중국 고전 시론의 정수인 '시화(詩話)'에 관심을 가지게 되었고, 《강재시화(薑齋詩話)》를 통해 왕부지(王夫之)의 인생, 학문, 문예 세계를 접하게 되었다. 왕부지의 지조 있는 삶의 자세, 학문에 대한 열정과 성취는 시공을 초월하여 필자에게 인간적, 학문적으로 무한한 매력을 느끼게 하였다. 그러나 왕부지 학문 세계의 고준(高峻)과 심오(深奧)함은 필자에게 접근을 쉽게 허용하지 않았다. 때로는 한 글자 한 구절의 뜻에 불면의 시간을 보내기도 하였으며, 깨달음의 순간에 느끼는 환희의 감정은 이루 형언할 수 없었다. 이러한 과정을 통해 필자는 1991년에 <王船山詩論研究>로 석사학위를, 2003년에 <王夫之 詩學의 研究>로 박사학위를 받았다. 또한 2000년부터 2007년까지 왕부지의 시론에 관한 논문을 대략 20여 편 발표하였다. 그리고 2008년에는 《薑齋詩話》를 역주하였다. 그러나 이러한 연구들이 여전히 미진하고 부족하다고 생각한다.

2003년 박사학위논문을 제출한 뒤 모 출판사로부터 출판 제의가 있었지만, 선뜻 답을 하지 못하였다. 논문을 수정하는 어려움도 있었지만, 잘못된 이론이나 해석으로 독자들을 오도하지 않을까 하는 두려움, 저자로서 한 자 한 구에 대한 책임감이 앞섰기 때문이다. 그 뒤 필자는 박사학위논문을 여러 차례 수정하고 보충하는 작업을 하였다. 본서 《王夫之 시가 사상과 예술론》은 이러한 과정을 통해서 나온 것이다.

본서는 필자가 평생의 연구 대상으로 삼은 왕부지의 문예 사상과 예술론을 조명한 것이다. 동서고금을 막론하고 지금까지 많은 연구자들이 왕부지를 철학가, 사상가의 범주에서만 연구하여 왔다. 필자는 문예 이론가, 비평가로서의 왕부지의 새로운 면모를 조명하였다. 비록 이론의 전개가 거칠고 여물지 못한 부분이 있지만, 본서를 통해 문예 이론가, 비평가로서의 왕부지를 새롭게 이해하고, 그의 문예 사상과 예술론을 살펴보는 데 도움이 될 수 있기를 기대한다. 또한 우주의 생성 원리를 형이상학과 형이하학의 상호 조화, 화해의 관계로 파악하는 왕부지의 세계관을 살펴보는 데도 도움이 되기를 희망한다.

　과거의 축적된 인문 정신을 탐구하는 것은 과거로 회귀하는 것이 아니라, 그 속에서 현실 문제에 대한 해결 방안을 발견하고 미래로 나아갈 방향을 모색하는 것이다. 이것이 바로 우리가 인문 정신을 탐구하는 가치이다.

　본서를 출판해주신 역락 출판사와 출판에 도움을 주신 이태곤 편집장님, 양지숙 선생님에게 감사드린다.

　끝으로 필자의 부모 역할을 해주신 조수철 형님, 양정희 형수님에게 머리 숙여 감사드리고, 좌절과 방황으로 힘들어 할 때마다 용기와 자신감을 불러일으켜 준 아내에게도 고마움을 표한다.

2008년 2월, 용인 수지 소실봉 자락에서

조 성 천

서론

1. 연구 동기

“하늘이 무너지고 땅이 갈라졌다”라고 불려졌던 明末淸初의 시대적 충격 속에서 東晉 劉琨의 ‘외로운 분개(孤憤)’를 품고, 北宋 張載의 ‘바른 학문(正學)’을 희구하며1) 일생을 보냈던 왕부지(王夫之)는 字가 而農, 號가 薑齋, 夕堂 등으로 불려졌으며 湖南 衡陽 사람이다. 만년에 衡陽 石船山 기슭에 모옥을 짓고 거처하였다고 하여 후인들은 그를 船山先生이라 불렀다.

그의 파란만장했던 생애를 1651년을 기준으로2) 크게 두 시기로 구분하여 큰 발자취만을 더듬어 보면, 1651년 이전의 부期 생활은 주로 가정에서 학문을 닦고 抗淸 활동을 하였으며 南明朝廷에서 2년의 짧은 관직

---

1) ≪船山全書≫ 一六, p.76, 王敔 <大行府君行述>, “抱劉越石之孤憤, 而命無從致, 希張橫渠之正學, 而力不能企, 幸全歸于玆丘, 固衡恤以永世.”
2) 왕부지의 생애를 1651년을 기준으로 두 시기로 구분하는 것은 張懷承의 관점을 따랐다 (張懷承 著, ≪王夫之評傳≫, 廣西, 廣西敎育出版社, 1997, p.1).

생활을 하였다. 1651년 이후의 晩期 생활은 주로 淸의 체포를 피해서 여러 지역을 유랑하다가 石船山으로 돌아와 초당을 짓고 은거하며 "六經이 새로운 면모를 열도록 나에게 책무를 부여하였다"3)라는 사명 의식을 가지고 생명이 다하는 순간까지 학술 연구와 저술에 몰두하여 대략 100여 종 400여 권에 해당하는 고귀한 정신 유산을 역사상에 남겼다.

후인들은 왕부지의 저작들을 통해 여러 각도에서 그에 대한 연구를 진행하였다. 이에 적지 않은 연구 성과가 축적되었지만, 지금까지 그에 대한 연구는 역사, 철학의 방면에 편중되었다. 그러나 왕부지는 또한 문학가, 시론가로서도 주옥같은 문학 작품을 남겼고 탁월한 시가 이론을 수립하였다. 그는 명말청초라는 특수한 역사 환경 속에서 그의 인생 체험을 투영시킨 주옥같은 문학 작품들을 헤아릴 수 없을 정도로 남겼다. 작품의 큰 범주로써 보면, 詩, 詞, 文, 賦,4) 雜劇, 經義 등이 그것이다. 이 중에서 詩, 文은 체제가 다양하게 세분된다. 文은 論, 命, 連珠, 傳, 行狀, 墓地銘, 記, 序, 書後, 跋, 啓, 尺牘, 贊, 銘, 疎 등으로 나누어진다. 詩는 四言詩, 五言古詩, 五言絶句, 五言近體, 排律, 六言詩, 七言近體, 七言絶句, 樂府, 歌行 등으로 나누어진다.

왕부지의 창작 중에서 詩, 詞는 절대 우위를 차지한다. 詞集으로 ≪船山鼓棹初集≫ 一卷, ≪船山鼓棹二集≫ 二卷, ≪瀟湘怨詞≫ 一卷 總 四卷三種이 있다. 이외에도 ≪愚鼓詞≫ 一卷5)이 있다. 왕부지의 詩集으로 ≪薑齋

---

3) ≪船山全書≫ 一六, p.73, 王敔, <大行府君行述>, "自入山以來, 啓甕牖, 秉孤燈, 讀 ≪十三經≫, ≪二十一史≫ 及朱, 張遺書, 玩索硏究, 雖饑寒交迫, 生死當前而不變. 迄於暮年, 體羸多病, 腕不勝硯, 指不勝筆, 猶時置楮墨於臥榻之旁, 力疾而纂註. 顏於堂曰 : '六經責我開生面, 七尺從天乞活埋.'"
4) 中華書局의 ≪王船山詩文集≫에서는 賦를 文의 범주에 포함시켰다.
5) ≪愚鼓詞≫는 왕부지가 樂歌의 形式으로 道家의 內丹丹法을 노래하여 지은 작품이다. ≪前愚鼓詞≫ <夢授鵁鶄天詞> 十首와 ≪後愚鼓詞≫ <譯夢十六闋寄調漁家傲> 그리고 末에 부록한 <十二時歌和靑原藥地大師> 十二首로 분류된다. 모두 三十八首이다. 中華書局의 ≪王夫之詩文集≫에서는 ≪愚鼓詞≫를 王夫之 詩餘集의 附錄으로 하고, 嶽麓書

五十自定稿》 一卷, 《薑齋六十自定稿》 一卷, 《薑齋七十自定稿》 一卷, 《柳岸吟》 一卷, 《薑齋分體稿》 四卷, 《薑齋詩編年稿》 一卷, 《薑齋詩賸稿》 一卷, 《落花詩》 一卷, 《遣興詩》 一卷, 《和梅花百詠詩》 一卷, 《洞庭秋詩》 一卷, 《雁字詩》 一卷, 《仿體詩》 一卷, 《嶽餘集》 一卷, 《憶得》 一卷 總 十八卷 十五種이 있다.

이외에도 왕부지의 최초의 시집이라고 할 수 있는 《瀟濤園初刻》 등은 兵亂으로 없어지고, 《買薇集》 등은 亂兵들에 의하여 탈취되었다.6) 최근에 각종 연고로 산일되거나 미간된 수많은 왕부지의 시문 작품들이 발견되어 발간되고 있다. 嶽麓書社出版의 《船山全書》 一五의 《船山詩文拾遺》 二卷이 바로 그것이다. 왕부지의 이러한 시집들은 대개 10년을 주기로 하여 탈고되기도 하고 또한 題材, 詩體, 時期에 따라 編定되기도 하였으며 그리고 이미 탈고된 시집이 兵亂 등으로 분실되거나 탈취되었기 때문에 만년에 그것을 회고, 추억하여 이루어진 것도 있다. 그러나 지금까지 그의 이러한 문학 작품에 대해서 연구가 거의 이루어지지 않았다. 이것은 왕부지 연구에 있어서 앞으로 진행해야 할 큰 연구 과제 중의 하나이다.

왕부지는 시론 분야에서도 정채 있고 탁월한 이론을 수립하였다. 그의 저작 가운데 《詩譯》 一卷, 《夕堂永日緒論內編》 一卷, 《夕堂永日緒論外編》 一卷, 《南窓漫記》 一卷, 《詩廣傳》 五卷, 《楚辭通釋》 十四卷, 《古詩評選》 六卷, 《唐詩評選》 四卷, 《明詩評選》 八卷 등은 《詩經》, 《楚辭》에서부터 明代 시가까지를 해석, 평선한 가운데 자신의 시론 관점을 제기한 것이다. 이러한 저작을 통해서 중국의 先秦에서 明代에 이르는 시

社出版의 《船山全書》 一五의 《薑齋詞集》에는 《愚鼓詞》를 수록하지 않고, 《船山全書》 一三에 별도로 수록하였는데 이것은 아마도 왕부지의 《愚鼓詞》를 詩餘라고 보기보다는 道家의 丹法을 설명한 哲學思想에 가까운 것으로 여겨서인 듯하다.

6) 《王船山詩文集》 下, 《憶得》, 〈述病枕憶得〉, 香港, 中和書局, 1974, p.508, "昔在癸未春, 有瀟濤園初刻, 亡友熊渭公爲序之. 亂後失其鋟木, 賴以自免笑悔. 戊子後次所作爲 《買薇集》, 已爲士人弄兵者劫奪."

가의 역사를 조망할 수 있으며, 왕부지의 시론 관점을 살필 수 있다. 때문에 이러한 저작들에 대한 주석이나 연구가 절실히 요구된다.

2. 시론 저작

본 연구는 다음의 왕부지 시론 저작들을 연구 대상으로 그의 시론을 탐구한다. 각 시론 저작의 내용과 특성을 살펴본다.

(1) 《詩譯》 一卷

왕부지가 《詩經》의 章句들을 예술 관점에서 분석, 해석하여 각종의 시가 예술론을 도출한 16조목의 비교적 짧은 시론서이다. 비록 짧은 편폭이지만, 여기에는 왕부지가 《詩經》을 예술 관점에서 해석하여 도출한 각종의 시가 예술론이 제기되어 있다. 예를 들면 <桃夭>의 시구로는 경물 묘사에서 '외부와 내부가 합일되어야 한다(形神合一)'는 것, <出車>로는 '상상 속에서 상상을 취하는 것(影中取影)', <苯苢>로는 '意가 언어로 표현하기 이전에 있어야 하고, 언어로 표현된 뒤에도 있어야 한다(意在言先, 亦在言後)'는 것, <采薇>로는 '즐거운 정경으로 슬픔을 묘사하고 슬픈 정경으로 기쁨을 묘사(以樂景寫哀, 以哀景寫樂)'하는 것, <玄鳥>와 <葛覃>으로는 '韻과 意가 함께 전환되어서는 안 된다(韻意不雙轉)'는 것, <庭燎>로는 언어 운용에서 '간결하면서 지극해야 한다(簡至)'는 것, <君子偕老>와 <小戎>으로는 시가의 구조로 '章法'이 중요하다는 것 등이 그것이다.

이외에도 '興觀群怨', '情景交融', '大音希聲' 등의 예술 관점이 제기되어 있다. 때문에 《詩譯》을 통해서 왕부지의 《詩經》에 대한 참신한 해석과 각종의 예술 관점을 이해하게 된다.

그러나 ≪詩譯≫은 원래 왕부지가 ≪詩經≫의 각종 名物들을 고증하여 훈석한 ≪詩經稗疏≫ 四卷의 말미에 부록되었다. ≪四庫全書總目提要≫에서는 ≪詩譯≫이 ≪詩經稗疏≫ 말미에 부록되어 오히려 ≪詩經稗疏≫의 "군더더기 문장이 되어 ≪詩經稗疏≫의 가치를 떨어뜨렸다고 하였다. 때문에 그것을 잘라내고 저록하지 않았다"[7]고 하였다. ≪四庫全書總目提要≫에서는 또한 ≪詩譯≫의 체제가 '詩話'에 가깝다고 하였는데, 후인들은 이를 근거로 ≪詩譯≫을 ≪夕堂永日緒論內篇≫과 더불어 ≪薑齋詩話≫라고 하였다.

(2) ≪夕堂永日緒論內編≫ 一卷

왕부지가 역대 시 십만 수 이상의 감상[8]을 통해서 쌓은 시에 대한 기본 소양을 토대로 역대 시인들의 작품을 분석, 품평하여 자신의 시에 대한 관점, 견해 등을 밝혀 놓은 48조목의 시론서이다. ≪詩譯≫이 주로 ≪詩經≫ 章句들을 분석하여 자신의 시가에 대한 관점을 전개하였다면, ≪夕堂永日緒論內編≫은 주로 역대 시구를 분석, 품평하여 자신의 관점을 제기하였다. 때문에 여기에는 수많은 역대 시인들과 작품이 등장되고 이에 대한 왕부지의 평가, 분석, 관점 등이 보인다. 그는 때로 먼저 자신의 시론에 대한 관점을 제기하고 이에 논증될 만한 역대 시인들의 시구를 인용하기도 하고, 때로 역대 시인들의 시구에 담겨진 시론들을 분석, 고찰하여 자신의 시론에 대한 견해를 나타내기도 하였다. 그가 ≪夕堂永日緒論內編≫에서 제기한 수많은 관점, 이론들은 대체로 시가의 생성과 본질,

---

7) (淸) 永瑢 等 撰, ≪四庫全書總目提要≫ 上冊, 北京, 中華書局, 1981, p.131, "惟贅以 ≪詩譯≫ 數條, 體近詩話, 殆猶竟陵鍾惺批評 ≪國風≫ 之餘習, 未免自穢其書, 今特刪削不錄, 以正其失焉."

8) ≪船山全書≫ 一五, p.817, ≪薑齋詩話≫, ≪夕堂永日緒論內編·序≫, "閱古今詩不下十萬, 旣乘山中孤寂之暇有所點定."

시가의 예술 형상, 시가의 효용, 역대 시가의 연변, 시가의 형식과 법도, 시가의 풍격, 문파 성립의 배경과 역사 그리고 그것의 폐단과 악습, 惡詩가 개인적, 사회적으로 미치는 폐악 등의 문제 등으로 개괄할 수 있다. 그러나 ≪夕堂永日緖論內編≫의 가치와 의의는 왕부지가 중국 시가 비평에서 先秦 시대로부터 논의된 '情景' 관계를 창의적 견지에서 심도 있게 논의함으로로써 중국 시론상에서 '情景' 관계를 이론적으로 총결한 것이다.

(3) ≪夕堂永日緖論外編≫ 一卷

이것은 54조목의 경의(經義)에 대한 논의서이다. 왕부지는 7세에 ≪十三經≫을 완독하고, 10세부터 자신의 부친(王朝聘)으로부터 경의를 배웠다. 그의 부친은 경의를 성인의 미언대의(微言大義)를 천명하고 계발하여 성정을 함양하고 志氣를 깨끗하게 씻어주는 것으로 여겼다. 때문에 왕부지에 대한 교육 과정에서도 詩文보다는 오히려 경의를 먼저 학습하게 하였다. 왕부지는 부친의 이러한 교육 방침 아래에서 어린 시절부터 경의를 단계적으로 학습하고 수만의 경의를 읽었다. 그는 경의에 대한 학습과 열독 과정을 통해서 경의에 대한 관점, 작법, 개인적, 시대적 경향 등을 논했는데 그것이 바로 ≪夕堂永日緖論外編≫이다. 그는 경의를 논의하는 과정에서 또한 시론과 밀접하게 관계되는 이론, 예를 들면 代字, 疊字, 對偶, 成章 등에 대해서 언급하였다. 또한 수많은 시인, 시론가, 산문가들에 대해서도 품평하였다. 그리고 왕부지가 처했던 명말 특히 嘉靖, 萬曆의 문학의 추세, 상황 등을 적지 않게 기록하였다. 때문에 경의에 대한 연구에 있어서 뿐만 아니라 왕부지 시론 연구에 있어서 ≪夕堂永日緖論外編≫은 매우 귀중한 자료가 된다.

(4) ≪南窗漫記≫ 一卷

이것은 32조목으로 왕부지가 湖南 衡陽 중심의 사우(師友)들과의 화창 활동을 서술하고 당시 그 지역 문인들의 문학 활동을 기록한 것이다. 그는 사우들과 화창하면서 주고받은 시문을 발췌, 기록하여 이에 자신의 관점을 나타내었다. 때문에 여기에서도 왕부지의 시론 관점을 적지 않게 살필 수 있다. 이를 통해 또한 당시 湖南 衡陽 중심의 문인들의 문학 활동 양상을 살필 수 있다.

(5) ≪薑齋詩話≫ 四卷

이에 대해서는 제3장 '情景交融'論에서 상론한다.

(6) ≪詩廣傳≫ 五卷

이것은 왕부지가 ≪詩經≫의 각 편에 대해서 미언대의(微言大義)를 인신, 부연한 저작이다. 全書 五卷으로 卷一, 卷二에서는 <二南>과 十三 <國風>을, 卷三에서는 <小雅>를, 卷四에서는 <大雅>를, 卷五에서는 <周頌>, <魯頌>, <商頌>을 논하였다. 全書 총합 237편의 문장이다. "≪詩廣傳≫은 원래 經義를 주해한 述而不作의 해석 전통에 속하지만",9) ≪詩廣傳≫은 단지 ≪詩經≫의 경전의 뜻을 부연한 단계에만 머무르지 않았다. 왕부지는 경학가로서 뿐만 아니라 또한 철학가, 역사가, 문학가로서 자신의 사상, 철학, 역사 및 문학에 대한 확고한 관점을 가지고 ≪詩經≫의 미언대의를 인신, 천발하였다. 때문에 ≪詩廣傳≫은 "精義를 부연하고 微言을 보충하는"10) 경전 훈고의 범주를 초월하여, 왕부지의 사상, 철학,

---

9) 上同.

10) ≪船山全書≫ 一六, p.74, 王敔 <大行府君行述>, "敷宣精義, 羽翼微言, ≪詩≫ 則有 ≪廣傳≫."

역사 및 문학에 대한 시각이 반영된 중요 저작이다.

특히 시론의 측면에서 왕부지는 특히 ≪詩廣傳≫을 통해 시의 표현 대상이 되는 情에 대해서 심도 있는 탐구를 하였다. 여기에는 性과 情의 관계, 선한 성분의 情과 불선한 성분의 情이 개인이나 사회에 미치는 영향, 불선한 성분의 情을 다스리는 문제, 그리고 情을 표현하는 문제 등이 심도 있게 다루어졌다. 왕부지 시론에서 시의 본질 문제를 탐구하고자 할 때 그것의 모든 논증 자료가 ≪詩廣傳≫으로부터 나오는 것은 바로 ≪詩廣傳≫의 이러한 내용 때문이다.

(7) ≪古詩評選≫ 六卷

漢代에서 隋代에 이르는 八代詩, 樂府歌行 161首, 四言 111首, 小詩 78首, 五古 380首, 五律 91首, 총 821首가 평선되어 있다.

(8) ≪唐詩評選≫ 四卷

樂府歌行 74首, 五古 107首, 五律 148首, 五排律 36首, 七律 193首, 총 558首가 평선되어 있다.

(9) ≪明詩評選≫ 八卷

樂府 74首, 歌行 81首, 四言 17首, 五古 228首, 五律 257首, 七律 179首, 五絶 63首, 七絶 213首, 총 1,112首가 평선되어 있다.

왕부지는 이상 三書 총합 2,491首에 이르는 방대한 시를 선집하여 모든 시에 대하여 품평하였다. 이를 통해서 각 조대별 시의 특질, 시인들의 창작 경향, 작품에 대한 품평, 분석 등을 살필 수 있다. 또한 각 시체의 특질, 기원, 연변 과정 등을 고찰할 수 있으며, 각종의 시가 형식, 풍격,

법도에 관한 사항을 살필 수 있다.

왕부지의 시, 문에 대한 평선 및 평론은 상술한 三書에만 머무르지 않았다. 曾載陽은 왕부지가 陶靖節, 謝康樂, 鮑參軍, 李靑蓮, 杜工部의 各詩, 劉復愚의 文 및 근대 劉靑田, 徐文長, 湯海若의 各集에 대해 평론을 하였다고 하였다.[11] 그러나 이러한 저작들은 전하여지지 않는다.

왕부지 저작 가운데 ≪讀四書大全說≫, ≪四書箋解≫, ≪尙書引義≫, ≪四書訓義≫ 上, ≪四書訓義≫ 下, ≪說文廣義≫, ≪張子正蒙注≫, ≪俟解≫, ≪相宗絡索≫, ≪楚辭通釋≫ 등에 담겨있는 내용 또한 왕부지 시론 연구에 중요한 자료가 된다.

왕부지의 각종 序文 또한 그의 시론 연구에 중요한 자료이다. 그의 ≪薑齋文集≫ 卷三에는 序 五首가 있는데 그중에서 특히 <詩傳合參序>, <種竹亭藁序>, <殷浴日時藝序>, <劉孝尼詩序>는 그의 시론을 이해하는 데 도움이 된다.

왕부지는 또한 자신의 각종 작품집에 自敍나 序를 써서, 작품의 창작 동기를 설명하기도 하고, 자신의 문학 경력을 소개하기도 하고, 전대 작가나 시론가들의 작품이나 창작 관점에 대해 자신의 견해를 나타내기도 하였다. 그의 <九昭序>, <薑齋六十自定稿自序>, <薑齋七十自定稿序>, <題蘆雁絶句序>, <仿昭代體>의 序言, <廣哀詩序>, 시집 ≪憶得≫의 敍說 <述病枕憶得> 등이 바로 그것이다.

이러한 자료들 또한 왕부지 시론 연구에 귀중한 자료이다.

---

11) ≪船山全書≫ 一六, p.401, <曾載陽曾載述：附識三則>, "陶靖節, 謝康樂, 鮑參軍, 李靑蓮, 杜工部各詩, 劉復愚文及近代劉靑田, 徐文長, 湯海若各集均有評論."

3. 연구 내용

본 연구는 왕부지 시론의 핵심이 되는 '詩道性情'論, '情景交融'論, '意勢'論, '興觀群怨'論을 연구 내용으로 한다.

제2장 '詩道性情'論은 왕부지가 시를 하나의 독립된 문학 장르로 여기고 시는 性情 표현이 그것의 문체적 고유 기능이라는 것을 강조한 것이다. 그는 이를 통해 또한 시가 표현하는 情의 성격을 규정하고 시의 본체로서 표현 대상을 엄격하게 구별하였다. 그는 志, 情, 貞 등을 시의 표현 대상으로 여겼지만, 意, 欲, 淫 등은 배제하였다.

먼저 왕부지의 宋詩의 병폐에 대한 비판과 기타 문체 및 학술과의 엄격한 구별을 통해서 시의 문체적 고유 기능을 강조하는 관점을 살펴본다.

다음으로는 시가 표현하는 情은 '人性으로부터 발로된 情(性之情)'이어야 한다는 관점을 살펴보고, 시의 표현 대상으로 여긴 志, 情, 貞 등과 표현 대상으로 배제한 意, 欲, 淫 등의 함의를 분석한다.

제3장 '情景交融'論은 중국 시론에서 핵심에 속하는 것이다. 그것은 또한 왕부지 시론에서 중요한 지위를 차지한다. 왕부지는 '情景交融'論의 이론과 실천 체계를 완성시켰을 뿐만 아니라 중국 고대 시론에서 핵심 문제로 논의되었던 '情景' 문제를 총결시켰다. 역대의 시론 연구가들이 '情景交融'論을 탐구하면서 왕부지의 이론으로 입론과 결론을 삼았던 것은 이러한 이유였다.

그러나 시론 연구가들은 큰 범위에서 중국 시론 중의 '情景交融'論을 탐구하든 아니면 작은 범위에서 왕부지 시론 중의 '情景交融'論을 탐구하든 몇 가지 문제점을 노출시켰다.

첫째는 시론 연구가들의 '情景交融'에 대한 정의와 인용 자료가 부합되지 않는 것이다. 고대 시론가들은 '情景交融'論으로 창작 현상에 대한 여러 측면을 논의하였다. 예를 들면, 시가의 생성, 작시의 방법과 기교 등이 그것이다. 그러나 시론 연구가들은 이 점을 간과하고 '情景交融'論을 어느 한 측면에서만 다루었다. 혹자는 시가의 생성의 측면에서만 다루었고, 혹자는 작시의 방법과 기교에서만 다루었다. 이로써 야기된 문제는 바로 그들의 '情景交融'論에 대한 정의와 그들의 인용 자료가 부합하지 않는 점이다. 혹자는 작시의 방법과 기교에 관한 자료로써 시가 생성의 측면의 '情景交融'論을 설명하고, 혹자는 시가 생성에 관한 자료로써 작시의 방법과 기교를 설명하였다. 이것은 모두 고대 시론가들의 '情景交融'論의 성격을 엄밀하게 분석하지 못한 데서 생긴 오류이다.

둘째는 왕부지의 '情景交融'論 탐구에서 야기되는 것이다. 왕부지의 '情景交融'論은 수많은 시론 연구가들에 의하여 탐구되었다. 그러나 왕부지의 '情景交融'論을 전대 이론과 상호 유기 관계에서 고찰하거나, 후대 이론과 상호 영향 관계에서 탐구하는 것은 매우 미흡하였다. 본 장의 왕부지의 '情景交融'論 탐구는 이러한 문제의식을 가지고 출발하였다.

먼저 고대 시론가들의 '情景交融'論에 대한 논의로부터 본 장의 연구 논제 '情景交融'論의 탐구 방향을 설정한다.

다음으로는 시가의 생성과 예술 형상의 구성의 각도에서 전대의 '情景交融'論 및 그것의 역사 기점과 발전 과정을 고찰한다. 그리고 기존 탐구에서 야기된 문제점들을 검토한다. 이를 토대로 왕부지의 '情景交融'論을 전면적이고 체계적으로 탐구한다. 왕부지의 '情景交融'論 탐구에 있어서 첫째로, ≪薑齋詩話≫의 유래 및 편저 과정을 살펴본다. 그것은 후세 시론 연구가들로부터 "'情景交融'의 관념이 왕부지의 ≪薑齋詩話≫로 발전되어 이론과 실천의 완성을 이루었다"[12]라고 평가되기 때문이다. 둘째

---

12) 蔡英俊, ≪比興, 物色與情景交融≫, p.309, "情景交融'觀念, 發展到王夫之的 ≪薑齋詩話≫, 可以說是理論與實踐的完成."

로, ≪薑齋詩話≫와 ≪古詩評選≫, ≪唐詩評選≫, ≪明詩評選≫ 등을 중심으로 '情景交融'論을 고찰한다. 셋째로, 主賓의 관계로 그것을 살펴본다.

왕부지는 예술 형상 구성에서 '情景交融'을 강조하였지만 그것의 주체 지위는 여전히 '情'이어야 하고, '景'은 '情'을 표현하기 위한 부속 지위에 있어야 한다고 하였다. 이러한 주체적 지위로서의 '情'과 부속적 지위로서의 '景'이 상호 어떻게 조화되는지를 고찰한다. 넷째로, '情'과 '景'의 결합에 따라 구성되는 각종의 예술 형상 유형들을 살펴본다. 다섯째로, '情景交融'의 예술 형상은 어떠한 요인을 바탕으로 구성되는지를 탐구한다. 첫째 요인으로 '興會'를 고찰한다. 특히 '興會'의 개념에 대한 역사성 탐구와 그것의 문예 미학적 의의를 드러낸다. 둘째 요인으로 '現量'을 고찰한다. 특히 '現量'을 卽景會心, 직각사유, 객관 경물의 진실 묘사라는 세 가지 측면에서 시론적 의의를 조명한다.

제4장 '意勢'論은 시인의 구체적, 형상적 주관 정서와 시인이 주관 정서 속에 파악하고 있는 객관 경물에 대한 내부 규율과의 관계를 말한다.

먼저 '意'의 함의를 살펴본다. 왕부지는 시가 창작에서 한편으로는 '意로 주를 삼아야 함(以意爲主)'을 강조하고, 다른 한편으로는 이를(以意爲主) 반대하였다. 자칫 논리상 오해를 불러일으키는 듯한 '意'의 함의를 구별한다.

다음으로는 '勢'의 개념을 탐구한다. 물론 이것이 본 장에서 논의의 중심이다. 우선 先秦시대 그것이 정치, 철학, 군사 등의 방면에서 어떠한 개념으로 사용되고 兩漢, 魏晋南北朝 이후에는 그것이 書論, 畵論, 詩論 영역에서 어떻게 운용되었는지를 고찰한다. 그리고 唐에 이르러 孔穎達의 ≪詩經≫ 해석, 王昌齡, 皎然 등과 唐, 五代에 이르러 齊己의 창작 이론에서 그것이 어떻게 운용되는지를 탐구한다. '勢'에 대한 이러한 탐구를 기초로 왕부지 시론에서 '意'와 '勢'의 관계에서 '勢'가 의미하는 바를 고찰한다.

끝으로 왕부지 시론에서 '取勢'가 지니는 창작의 의의를 밝힌다.

제5장 '興觀群怨'論은 왕부지가 孔子의 '興觀群怨'의 함의를 새롭게 해석하여 그것을 창작, 감상, 비평 등의 측면으로 운용한 것이다. 왕부지는 '興觀群怨'을 본래의 독자의 감수 측면에서 작품 창작 측면으로 인식의 각도를 전이시켜 어떠한 내재 본질과 예술성을 구비하여야 작품에 '興觀群怨'을 내재시킬 수 있느냐는 문제로 탐구하였다. 때문에 그의 시론에서 '興觀群怨'論은 독자의 감상 측면에서만 논의된 것이 아니라 오히려 작품의 창작 측면에서 심도 있게 다루어졌다.

먼저 왕부지가 그의 창작 이론에 대한 끊임없는 탐색과 반성의 과정을 거쳐서 공자의 '興觀群怨'을 자신의 심미 관점에서 새롭게 이해하고 독자적으로 해석하여 이를 자신의 창작 원리로 표방하여 자아의 주체 시론을 확립해가는 과정을 살펴본다. 그리고 왕부지는 '興觀群怨'을 자신의 창작 원리로 표방하여 이것으로 자신의 주체 시론을 확립하였는데, 사실 그의 실제 창작에는 여전히 擬古, 追和의 작품이 많았다. 이것은 어떻게 이해되어져야 하는지를 살펴본다.

다음으로 왕부지의 '興觀群怨'에 대한 새로운 해석과 운용을 고찰한다. 그리고 왕부지의 '興觀群怨'論이 작품의 창작 측면과 독자의 감상 측면에서 가지는 시론적 의의를 고찰한다.

제2장

'詩道性情'論

왕부지는 시를 하나의 독립된 문학 장르로 여기고, 시는 性情을 표현하는 것이 그것의 문체적 고유 기능임을 강조하였다. 그는 또한 시가 표현하는 情의 성격을 규정하고 시의 표현 내용을 엄격하게 구별하였다. 그의 '詩道性情'論은 이상의 두 가지 관점을 나타낸다.

1. 시의 문체적 고유 기능

(1) 宋詩의 병폐

왕부지가 '詩道性情'論을 통해 시는 性情을 표현하는 것이 그것의 문체적 고유 기능임을 강조한 것은 다음과 같은 배경이 있다.

중국의 당대는 시가의 황금시대이고 그중에서도 杜甫는 詩聖으로 일컬어지기에 부족함이 없었다. 두보의 시는 내용에 있어서도 다양하고 풍부하지만 형식에 있어서도 고도의 세련미를 추구하였다. 특히 시율이 엄격한 율시에서 그의 천부적 재능은 유감없이 드러났다. 그러나 두보의 시는 점차로 당시의 구어, 속어들이 과감히 운용되고 또한 산문의 구법이 대담하게 활용되면서부터 變體의 양상을 띠기 시작하였다. 그의 시는 내용에 있어서도 <石壕吏>, <新安吏>, <新婚別> 등과 같이 時事를 묘사한 작품이 많아지고, <哀王孫>, <哀江頭>와 같이 敘事를 다룬 작품들도 증가하였으며, <詠懷古跡五首>의 第五首,[1] <諸將五首>의 第二首[2]와 같이 議論을 강구하는 작품들도 나타났다. 두보의 형식상, 내용상의 이러한 창작 경향의 변화는 사실 '문으로 시를 짓는(以文爲詩)' 징조를 보이는 것이었다. 왕부지가 詩, 文의 경계가 깨뜨려진 것은 바로 두보에게서 시작되었다고 비판한 것은 바로 이러한 점에 근거를 둔 것이다.[3]

白居易는 당대의 新樂府運動의 중심인물로 그의 시론의 주지는 <與元九書>에 잘 나타나 있다. 그는 시의 창작 목적은 諷諭에 있으며, 시는 '시대를 위해 창작해야 하고(爲時而著)', '時事를 위해 지어야 하며(爲事而作)', 시는 '과오를 고치고 득실을 살피며(補察得失)', '권선징악(勸善懲惡)'의 효용을 가져야 한다는 관점을 밝혔다. 때문에 그에게 있어서 시의 창작은 君臣, 時事를 위한 사회 공리적 측면이 강조되고, 개인의 순수 서정을 위한 유미적 측면은 보류되었다. 결과적으로 그는 자연스럽게 <長恨歌>, <琵琶行>와 같은 敘事가 자세하며 분명하고, <新樂府>와 같은 議論이 명쾌한 작품을 짓게 되었다. 이것은 그의 창작이 점차 산문화의 길로 나아가는 것을 의미하였다. 그의 <早聞元九>는 산문화의 길로 나아간 대

---

1) "伯仲之間見伊呂, 指揮若定失蕭曹."
2) "韓公本意築三城, 擬絶天驕拔漢旌. 豈謂盡煩回紇馬, 翻然遠救朔方兵."
3) 《船山全書》 一四, pp.1440~1441, 《明詩評選》 卷五, 徐渭 <嚴先生祠> 評語, "詩以道性情, 道性之情也. 性中盡有天德, 王道, 事功, 節義, 禮樂, 文章, 却分派與 《易》, 《書》, 《禮》, 《春秋》 去, 彼不能代詩而言性之情, 詩亦不能代彼也. 決破此疆界, 自杜甫始, 桎梏人情, 以揜性之光輝, 風雅罪魁非杜甫其誰耶?"

표적 작품이다. 許學夷는 백거이의 이러한 창작 경향은 宋人에게 문으로 시를 짓는 문호를 열어주었다고 하였다.4)

당대에는 儒, 佛, 道가 함께 성행하였으나, 中唐 이후로 儒學이 부흥되어 주도 지위를 차지하였다. 이에 獨孤及, 李華, 梁肅, 柳冕 등을 비롯한 고문 제창가들은 시문이 名敎, 王道, 忠孝 등을 내용으로 하여 교화, 권계의 효용을 가져야 한다는 관점을 제기하였다. 그들의 관념 아래 유교 도덕은 근본이 되고, 시문은 그것을 위해 존재하는 말단이 되었다. 특히 고문 운동의 중심인물인 韓愈, 柳宗元 등이 '文으로 道를 깨우치고(文以貫道)', '文으로 道를 밝힌다(文以明道)'라는 관념을 제창하자, 시문에서 유가의 인의 도덕은 더욱 중시되었다. 당대 고문 제창가들의 '道를 중시하고 文을 경시하는(重道輕文)' 관념은 사실 '문으로 시를 짓는(以文爲詩)' 경향을 가속화시키는 계기를 만들었다.

송대는 유학이 전면적으로 부흥하는 시기이다. 송대 이학가(理學家)들의 의식에는 유학의 도덕은 근본이 되는 것으로 숭상해야 하지만 문예는 말단에 해당하는 것으로 억제시켜야 한다는 관념이 지배하였다. 송대 理學의 개조인 周敦頤는 문장은 技藝(末)에 해당하고 도덕은 實質(本)에 해당하는 것으로 문장은 '道를 표현(載道)'하는 도구가 되어야 한다고 하였다.5) 程頤는 '문장을 짓는 것은 道를 해친다(作文害道)'라는 주장을 하였고, 문장을 다루는 것은 '玩物喪志'하는 것이라 여겼으며 자신의 관점을 논증하기 위해 두보의 <曲江> 二首의 시구를 '쓸데없는 말(閑言語)'이라고 여겼다.6)

---

4) 許學夷 著, 杜維沫 校點, ≪詩源辯體≫ 卷二十八, 北京, 人民文學出版社, 1998, p.271, "白樂天五言古, 其源出於淵明, 但以其才大而限於時, 故終成大變；其敍事詳明, 議論痛快, 此開以文爲詩, 實開宋人門戶耳."

5) ≪周子全書·通書≫, 第二十八篇, <文辭>, "文所以載道也. 輪轅飾而人弗庸, 徒飾. 況虛車乎. 文辭, 藝也, 道德, 實也.", "篤其實而藝者書之, 美則愛, 愛則傳焉. 賢者得以學而至之, 是爲敎. 故曰, 言之無文, 行之不遠, 然不賢者, 雖父兄臨之, 師保勉之, 不學也. 强之不從也. 不知務道德, 而策以文辭爲能者, 藝焉而已. 噫, 弊也久矣."

6) ≪二程語錄≫ 卷一一, "曰：作文害道否? 曰：害也. 凡爲文不專意則不工, 若專意則志局於此,

기타 이학가들이 시를 짓는 것이 '무익하고', '道를 해치며(害道)', '학문에 병통이 되게 한다(病學)'라고 한 것은 시문에 정력을 쏟고 심혈을 기울이면 도덕 수양에 방해가 된다는 생각에 나온 것이다.

朱熹는 이학가들 중에서 예술 취향을 가졌기 때문에 程頤처럼 극단적인 주장은 하지 않았지만, 그 역시 道, 理는 근본이고 詩, 文은 말단이라는 의식을 가졌다.

송대 이학가들은 또한 보편적으로 '理를 중시하고 情을 경시(重理輕情)'하며, '理를 중시하고 情을 억제시켜야 한다(重理抑情)'라는 경향을 견지하였다. 이러한 관념 아래 극단적으로 '天理를 보존하고 人欲은 없애야 한다(存天理, 滅人欲)', '性은 보존하되 情은 제거해야 한다(存性去情)'라는 주장까지 제기하였다. 오직 유가의 천리, 천성만이 그 존재 가치를 부여받고, 인간의 욕구, 정서는 사악한 것으로 제거의 대상이 되었다. 이에 송대의 시가 창작은 인간의 보편 욕구가 천리로써 대체되고, 개인의 정서가 性理로써 대신되었으며, 자연 정감이 도덕에 의해 억압되었다. 때문에 후대의 시론가들이 송대의 이러한 창작 경향을 신랄하게 비판하였다. 當代의 嚴羽는 "본조 시인들은 도리를 숭상하여 興趣를 표현하는 데는 병폐가 있었다"[7]라고 하였다.

송대는 또한 시가 창작에서 개인의 자연 정감이 배제되고, 經典의 大義, 時事에 관한 議論이 주조를 이루는 경향을 띠었다. 이것은 송시의 특색이자 병폐이다. 송시가 이러한 성격을 가지게 된 것은 송대의 과거 제도의 개혁이 가져온 결과였다. 송대는 策論으로 詩賦를 대체하고, 大義로 첩경(帖經)을 대신하는 과거 제도를 시행하였다. 이것은 송대 지식인들로

又安能與天地同其大也. 《書》 云：'玩物喪志.' 爲文亦玩物也. …… 且如今言能詩無如杜甫,
如云：'穿花蛺蝶深深見, 點水蜻蜓款款飛.' 如此閑言語道出做甚? 某所以不嘗作詩."

7) 郭紹虞 校釋, 《滄浪詩話·詩評》, 北京, 人民文學出版社, 2000, p.148, "本朝人尙理而病
於意興."

하여금 유가 경전을 注疏보다는 大義를 통달하는 데 힘을 기울이고, 時事를 거론하여 분분하게 議論하는 기풍을 조장하였다. 결과적으로 송대 지식인들의 시에는 경전의 大義, 時事에 관한 의론이 자연스럽게 스며들었다. 송시의 철학화, 의론화가 지니는 병폐는 역대 수많은 비평가들의 지적의 대상이 되었다. 淸의 吳喬는 "唐人은 詩로써 시를 지었으나, 宋人은 文으로써 시를 지었다. 唐詩는 情을 표현하는 것을 위주로 하였기 때문에 ≪詩經≫에 가깝지만, 宋詩는 議論을 위주로 하였기 때문에 ≪詩經≫에서 멀어졌다"[8]라고 하였다. 왕부지는 "詩는 본디 奇妙한 理를 높게 여기지 않는 것이나, 唐, 宋人은 理에서 奇妙를 구하였고 議論은 있었으나 歌詠은 없었으니, 어찌 詩를 폐하고 論辨을 짓지 않는가?"[9]라고 하였다.

송대의 江西詩派에 이르러 문자, 학문, 의론으로 시를 쓰는 경향이 더욱 노골화되었다. 강서시파에서는 당대의 두보, 한유 등에서 징조를 보였던 '문으로 시를 짓는' 방식에 고무를 받아 시와 여러 문체를 통합하는 방식을 운용하여 시를 창작하였다. "六朝 시가의 발전은 文, 筆의 변별을 통해서 이루어졌고, 당대 시가의 번성은 詩, 文의 분리를 통해서 이루어졌다. 그러나 강서시파는 시와 여러 문체와의 '통합'을 이루는 예술 모험을 시도하였다. 이로써 송시는 '문으로 시를 짓는' 특색이 더욱 현저하였다."[10] 吳喬가 "歐陽修, 蘇軾의 시는 결국 문인의 시이지 시인의 시가 아니다"[11]라고 한 것은 송시의 특색을 총괄하는 것이다.

---

8) 郭紹虞 編選, 富壽蓀 校點, ≪淸詩話續編≫ (上), 上海古籍出版社, 1983, p.519, ≪圍爐詩話≫ 卷二, "唐人以詩爲詩, 宋人以文爲詩. 唐詩主于達情, 故于 ≪三百篇≫ 近 ; 宋詩主于議論, 故于 ≪三百篇≫ 遠." 위의 문장을 논자들이 吳喬의 말로 인용하고 있으나 사실은 吳喬가 ≪詩法源流≫의 말을 인용한 것이다.

9) ≪船山全書≫ 一四, p.787, ≪古詩評選≫ 卷五, 江淹 〈淸思詩〉, "秋夜紫蘭生" 評語, "詩固不以奇理爲高, 唐宋人於理求奇, 有議論而無歌詠, 胡不廢詩而著論辯也?"

10) 陶水平 著, ≪船山詩學硏究≫, 北京, 中國社會科學出版社, 2001, p.413.

11) 郭紹虞 編選, 富壽蓀 校點, ≪淸詩話續編≫ (上), 上海古籍出版社, 1983, p.479, ≪圍爐詩話≫ 卷一, "歐, 蘇之詩, 終是文人之詩, 非詩人之之詩."

　결국 송시는 義理를 숭상하고 議論을 강구함으로써 詩와 文의 경계는 점점 모호해졌고 이로써 '문으로 시를 짓는' 경향을 띠게 되었다. 여기에 새롭게 등장한 語錄體는 그 경향을 한층 두드러지게 하였다.

　왕부지는 宋詩에서 철리, 의론에 의하여 배제되었던 性情을 시의 본체로 환원시키고자 하였다. 또한 그는 시와 기타 문체 및 학술 등을 엄격하게 구별하여 송시에서 야기되었던 詩, 文 경계의 모호 현상을 극복하여 그것의 경계를 확연히 하고자 하였다.

(2) 性情 표현의 예술

　왕부지는 시는 하나의 독립된 문학 장르로서 성정 표현이 그것의 문체적 고유 기능임을 강조하기 위하여 詩와 文의 고유 기능을 엄격하게 구별하였다.

> 　詩로써 性情을 표현하는데 性의 情을 표현한다. 性 가운데에는 天德, 王道, 事功, 節義, 禮樂, 文章이 담겨있지만 ≪易≫, ≪書≫, ≪禮≫, ≪春秋≫로 분파되어 나가니 이러한 것은 詩를 대신하여 性의 情을 말할 수 없고 詩 또한 전자들을 대신할 수 없다. 이 경계를 깨뜨린 것은 두보로부터 시작되어 人情을 질곡시켜 性의 光輝를 가리게 하였으니 風雅를 무너뜨린 죄인의 우두머리는 두보가 아니고 누구리요?[12]

　왕부지는 詩는 性情을 표현하는 것이, 經史典籍은 철학, 정치, 윤리 등을 표현하는 것이 그것의 고유 기능이라고 하였다. 그리고 각각의 고유

---

12) ≪船山全書≫ 一四, pp.1440~1441, ≪明詩評選≫ 卷五, "詩以道性情, 道性之情也. 性中盡有天 德, 王道, 事功, 節義, 禮樂, 文章, 却分派與 ≪易≫, ≪書≫, ≪禮≫, ≪春秋≫ 去, 彼不能代詩而言性之情, 詩亦不能代彼也. 決破此疆界, 自杜甫始, 桎梏人情, 以揜性之光輝, 風雅罪魁非杜甫其誰耶?"

기능은 서로 대신할 수 없다고 하였다. "시로써 性情을 표현한다(詩以道性情)"에서 일차적으로 강조하고 있는 말은 '詩로써(詩以)'이다. 특히 '以'는 性情을 표현하는 독립 주체로서 '詩'의 문체적 고유 기능을 강조하는 말이다. 때문에 '詩以道性'情에서 강조의 초점은 '詩'에 있다. 왕부지의 이른바 '詩로써 情을 전달한다(詩以道情)', '詩로써 情을 말한다(詩以言情)'도 이와 같다. '以'의 용자(用字)적 측면에서 보면, 사실 ≪尙書·堯典≫의 '詩言志'와 ≪左傳·襄公二十七年≫의 '詩以言志'는 각각 그 강조하는 바가 다르다. 전자는 강조의 초점이 '志'에 있고, 후자는 '詩'에 있다. '詩以道性情'에서의 '道'는 '導', '傳', '言路' 등의 뜻을 가진다.13) 다음으로 "시는 性情을 표현하는데 性의 情을 표현한다"라는 말에 주목할 필요가 있다. 이것은 왕부지가 '詩道性情'論을 통해서 강조하는 바가 단지 시의 문체적 고유 기능에만 있지 않음을 알게 한다. 이것은 왕부지 시론에서 '性情'의 함의가 무엇인지, 시에서 표현하는 '情'이 어떠한 성격인지를 시사한다. 이에 대해서는 '詩道性情'論의 두 번째 함의로써 상론한다. 위에서 왕부지가 詩, 文의 경계가 두보로부터 깨뜨려졌다고 한 것은 두보가 '史法'을 詩에 운용하여 당시 時事을 핍진하고 사실적으로 묘사하여, 그것이 시인지 역사인지 애매한 것을 비판한 것이다.

왕부지의 詩와 文의 모호 현상에 대한 비판은 다음에서 더욱 구체적으로 볼 수 있다.

> 만약 천하를 궁구하고 만물을 널리 말하는 데 그것을 한결같이 詩에서 한다면, 天下를 말하는 데 ≪易≫이 있을 필요 없고, 王事를 말하는

---

13) ≪船山全書≫ 一三, p.517, ≪莊子通≫, "'≪詩≫ 以道志 …… ≪春秋≫ 以道名分.' 道也者, 導也, 道也者, 傳也.", ≪船山全書≫ 一四, p.654, ≪古詩評選≫ 卷四, 李陵 <與蘇武詩> "良時不再至" 評語, "詩以道情, 道之爲言路也. 情之所至, 詩無不至, 詩之所至, 情以之至."

데 ≪書≫가 있을 필요 없고, 王道를 저울질하는 데 ≪春秋≫가 필요 없으며, (사물을) 널리 통하는 데 ≪爾雅≫가 필요 없고, 罪獄을 결단하는 데 律이 필요 없고, 진술을 펼치는 데 箋奏가 필요 없고, 經을 전하는 데 注疏가 필요 없고, 彈劾하는 데 章案이 필요 없고, 죄를 묻는 데 符檄이 필요 없고, 칭송 서술하는 데 記序가 필요 없으니, 단지 詩 하나면 족하다. 이미 저 여러 가지가 있으니 또 시는 어디에 쓰리요?[14]

왕부지는 시와 철리, 역사 등 학술 저작 및 기타 실용 문장은 각기 고유 영역이 있기 때문에 서로의 고유 기능을 대신할 수 없다고 하였다. 그는 시가 추구하는 것은 정감의 세계이고, 기타 각류의 문장 전적이 추구하는 것은 실용의 세계라고 여겼다. 왕부지가 詩, 文의 엄격한 경계를 강조한 것은 시가 철리, 역사, 학술의 장으로 전락하여 시가 문이 되는 것을 막고자 하였다. 그는 서정이 시의 고유 특성이고, 고유 영역임을 강조하여 서정 예술로서의 시의 순수성을 보호하고자 하였다. 왕부지의 이러한 관점은 이미 先秦시대의 ≪六經≫의 체제적 특성에 관한 논의에서 비롯되었다.

> ≪詩≫로는 志를 말하고, ≪書≫로는 (王)事를 말하며, ≪禮≫로는 行(事)를 말하고 ≪樂≫으로는 和樂를 말하며, ≪易≫으로는 陰陽을 말하며, ≪春秋≫로는 名分을 말한다.[15]

> ≪詩≫가 말하는 것은 그 志이고, ≪書≫가 말하는 것은 그 事이고, ≪禮≫가 말하는 것은 그 行이고, ≪樂≫이 말하는 것은 그 和이고, ≪春秋≫가 말하는 것은 그 隱微이다.[16]

---

14) ≪船山全書≫ 一四, p.821, ≪古詩評選≫ 卷五, 庾信 <詠懷> "日色臨平樂" 評語, "如可窮六合, 亘萬彙, 而一之于詩, 則言天下不必 ≪易≫, 言王不必 ≪書≫, 權衡王道不必 ≪春秋≫, 旁通不必 ≪爾雅≫, 斷獄不必律, 敷陳不必箋奏, 傳經不必注疏, 彈劾不必章案, 問罪不必符檄, 稱述不必記序, 但一詩而已足. 旣已有彼數者, 則又何用夫詩?"

15) ≪莊子·天下≫, "≪詩≫ 以道志, ≪書≫ 以道事, ≪禮≫ 以道行, ≪樂≫ 以道和, ≪易≫ 以道陰陽, ≪春秋≫ 以道名分."

"六朝는 文과 筆을 변별하는 관념이 발전하기 시작하였고, 당대는 詩와 文의 분리를 통해서 시의 번영을 가져왔다." 그러나 두보, 한유 등은 송대 '의론으로 시를 쓰고(以議論爲詩)', '문으로 시를 짓는(以文爲詩)' 추세의 선구가 되었다. 송대는 시가 義理, 時事, 議論의 장으로 전락하면서 詩, 文의 경계가 파괴되었다. 明代에는 송시의 이러한 병폐를 바로잡아 詩, 文이 각각 건전한 방향으로 진행되도록 하기 위하여 詩와 文의 특성을 강조하는 관점들이 제기되었다. 특히 楊愼은 두보가 시로써 時事를 서술하고, 송인들이 두보를 '詩史'로 추앙하였던 것에 대해서 불만을 나타내었다. 그것은 송대에 詩, 文의 경계가 파괴된 것에 대한 비판이기도 하였다.

　　宋人은 두보가 운문으로 時事를 기록했다 하여 그를 '詩史'라고 하였다. 비루하도다! 宋人의 견해로는 詩를 논하기에 부족하다. 무릇 六經은 각각 체제가 있으니 ≪易≫으로는 陰陽을 말하고, ≪書≫로는 政事를 말하고, ≪詩≫로는 性情을 말하고, ≪春秋≫로는 名分을 말한다. 후세의 이른바 史라고 하는 것은 左史는 말을 기록하고, 右史는 일을 기록하였으니, 옛날의 ≪尙書≫, ≪春秋≫가 그것이다. 詩는 그 체제와 취지가 ≪易≫, ≪書≫, ≪春秋≫와는 판연히 다르다. ≪三百篇≫은 모두 情을 조절하고 性에 부합시켜서 道德으로 귀결된 것이다. 그러나 일찍이 道德이란 글자가 있지 않았고, 일찍이 道德性情이란 구가 있지 않았다. …… 두보의 시에는 含蓄, 蘊藉의 작품도 많았지만 宋人은 그것을 배울 수 없었다. 時事를 직접 서술하고 비방폭로와 같은 것이 되면, 그것은 하류말단(下流末端)의 것이 되었지만, 宋人은 주워서 자기의 보배로 삼았고 또 '詩史' 두 글자를 만들어 내어 후인들을 그릇되게 하였다.[17]

---

16) ≪荀子·儒效≫, "≪詩≫ 言是, 其志也. ≪書≫ 言是, 其事也. ≪禮≫ 言是, 其行也 ; ≪樂≫ 言是, 其和也 ; ≪春秋≫ 言是, 其微也."

17) 丁福保 輯, ≪歷代詩話續編≫ 中, 中華書局, 1983, p.868, 楊愼 ≪升菴詩話≫ 卷十一, ＜詩史＞, "宋人以杜子美能以韻語紀時事, 謂之'詩史'. 鄙哉宋人之見, 不足以論詩也. 夫六經各有體, ≪易≫ 以道陰陽, ≪書≫ 以道政事, ≪詩≫ 以道性情, ≪春秋≫ 以道名分. 後世之所謂史者, 左記言, 右記事, 古之 ≪尙書≫ ≪春秋≫ 也. 若詩者, 其體其旨, 與 ≪易≫ ≪書≫ ≪春秋≫ 判然矣. ≪三百篇≫ 皆約情合性而歸之道德也, 然未嘗有道德字也, 未嘗

이것은 바로 왕부지의 관점과 일치하는 것이다. 혹자는 왕부지의 관점은 楊愼으로부터 영향을 받은 것이라고 하였다.[18] 그러나 왕부지의 부친 王朝聘과 숙부 王廷聘의 스승이었던 湖南, 衡陽의 鄕儒 伍定相은 詩, 文의 체제를 엄격히 구별하였는데 그의 관점은 왕부지에게 영향을 미쳤다. 劉獻廷은 ≪廣陽雜記≫에 伍定相의 문학 관점을 다음과 같이 기록하고 있다.

> 伍學父는 …… 早年부터 吟咏하기를 좋아하였다. 漢, 魏 이래의 十一代 詩, 文을 선집하여 각 일부를 완성하여 ≪詩壘≫, ≪文壘≫라고 하였다. 일찍이 '詩, 文이 古今으로 하나로 합치된 적이 없었으니, 文에 詩를 합치시키면 文은 理를 펴지 못하고, 文을 詩에 합치시키면 詩는 情을 표현하지 못한다'라고 하였다.[19]

胡應麟 또한 "詩와 文의 체제는 전혀 같지 않다. 문은 典實을 숭상하고 시는 淸空을 귀중하게 여긴다. 시는 風神을 위주로 하고 문은 道理를 펼치는 것이다"[20]라고 하여 詩와 文은 확연하게 다른 것으로 양자는 혼합될 수 없다고 하였다.

吳喬는 ≪圍爐詩話≫ 卷一에서 詩와 文의 체제적 특성을 매우 생동적, 비유적으로 설명하여 시, 문의 구별을 확연하게 하였다.

> 혹자가 '詩文의 경계는 무엇인가?'라고 물으니, 답하여 '뜻에 어찌 다름이 있으리요? 뜻은 같지만 그것을 사용함이 이로써 詩文체제는 상이함

有道德性情句也. …… 杜詩之含蓄蘊藉者, 蓋亦多矣, 宋人不能學之, 至於直陳時事, 類於詶訐, 乃其下乘末脚, 而宋人拾以爲己實, 又撰出'詩史'二者 以誤後人."

18) 이에 대한 것은 戴鴻森 注, ≪薑齋詩話箋注≫, 臺北, 木鐸出版社, 民國 71年, pp.28~29에 나타나 있다.

19) ≪廣陽雜記≫ 卷第二, "伍學父 …… 早歲喜吟咏, 因選漢魏以來十一代詩文, 各成一部, 爲詩文二壘. 嘗謂:'詩文古今未有合一者, 合詩于文, 則文不宣理 ; 合文于詩, 則詩不達情.'"

20) 胡應麟 撰, ≪詩藪·外篇≫ 卷一, 上海, 上海古籍出版社, 1979, p.125, "詩與文體迥不類 ; 文尙典實, 詩貴淸空 ; 詩主風神, 文選道理."

이 있게 되었을 뿐이다. 文의 언어는 (확실한) 전달에 있고 詩의 언어는
婉曲에 있다. 書로는 政事를 표현하기 때문에 마땅히 언어는 (명확한) 전
달에 있어야 하고, 詩로는 性情을 표현하기 때문에 마땅히 언어는 완곡
해야 한다. 뜻(意)을 쌀에 비유하자면 밥과 술이 함께 나오는 것이다. 文은
불을 때서 밥이 되는 것과 같고, 詩는 온양하여 술이 되는 것과 같다. 文은
언어를 구사할 때는 반드시 뜻과 부합되게 해야 하니, 밥은 쌀의 형태가
변화되지 않아야 그것을 씹게 되면 배불러지는 것과 같다. 詩는 언어를
구사할 때 반드시 뜻과 부합되게 해야 할 필요는 없으니, 술은 쌀의 형태
가 완전히 변화되어야 그것을 마시고 취하게 되는 것과 같다. 文은 人事
의 實用으로 詔勅, 書疏, 案牘, 記載, 辨解은 모두 實用文이다. (文이) 實用이
면 어찌 언어 운용을 통달하게 하지 않으리오? 마치 밥이 실용으로 양생
하여 천수를 다하게 하는 것과 같으니, 고의로 조작하여 술 지게미가 되
게 해서는 안 된다. 詩는 人事의 虛用으로서 언어를 길게 읊조리는 것,
음악을 전파하는 것은 모두 虛用이다'라고 하였다.[21]

왕부지를 비롯한 여러 시론가들은 詩와 文의 특성을 강조, 그것의 경
계를 엄격히 구별하여 시의 예술 영역을 굳건히 지키고 시의 예술적 특
성을 보호하고자 하였다.

(3) 기타 문체 및 학술과의 구별

왕부지는 시를 기타 문체 및 학술과의 엄격한 구별을 통해서 자신의
관점을 구체적으로 드러내었다.

---

21) 郭紹虞 編選, 富壽蓀 校點, ≪淸詩話續編≫ (上), 上海古籍出版社, 1983, p.479, "或問 :
'詩文之界如何?' 答曰 : '意豈有二? 意同而所以用之者不同, 是以詩文體製有異耳. 文之詞
達, 詩之詞婉. 書以道政事, 故宜詞達 ; 詩以道性情, 故宜詞婉. 意喩之米, 飯與酒所同出.
文喩之炊而爲飯, 詩喩之釀而爲酒. 文之措詞必副乎意, 猶飯之不變米形, 噉之則飽也. 詩之
措詞不必副乎意, 猶酒之變盡米形, 飮之則醉也. 文爲人事之實用, 詔勅, 書疏, 案牘, 記載,
辨解皆實用也. 實則安可措詞不達, 如飯之實用以養生盡年, 不可矯揉而爲糟也. 詩爲人事之
虛用, 永言, 播樂皆虛用也.'"

① ≪詩≫와 ≪書≫[22]

여기에서 ≪詩≫와 ≪書≫는 각기 ≪詩經≫과 ≪書經≫을 의미하지만 그것은 또한 詩와 文을 대표한다. ≪書≫의 수사 특징은 意는 반드시 극진하게 표현되어야 하지만, 文辭는 간결, 명확해야 하며 구성 형식은 '文'으로 '여러 색채를 띠는 것(兼色)'이라고 하였다. ≪詩≫의 수사 특징은 意는 간결, 명확해야 하지만, '文辭는 반드시 극진해야 하며, 구성 형식은 '章'으로 '하나의 색채를 띠는 것(一色)'이라고 하였다.

> 意는 극진하게 표현하면서 文辭는 지나치게 하지 않는 것이 있고, 文辭는 극진하게 하면서 意는 극진하게 하지 않는 것이 있으니, 立言하는 사람은 반드시 그 법도를 가지고 각기 그 부류를 따라야 한다. 뜻은 반드시 극진하게 표현하면서 文辭는 간결, 명확하게 하는 것은 ≪書≫에 사용되고, 文辭는 반드시 극진하게 하면서 뜻은 간결, 명확하게 하는 것은 ≪詩≫에 사용되니 그것이 일정한 체재이다. 양자를 서로 바꾸면 각각 그 법도를 잃게 되니 단지 文辭만 좋지 않은 것이 아니다. 告戒함에 미진한 뜻이 있으면 의혹을 일으키게 되니 (이것은) 특히 그 文辭를 현란하게 하여 은혜와 위엄의 쓰임이 억눌려지고 더럽혀진 것이다. 歌詠함에 있어서 그 뜻을 번다하게 하면 듣는 것을 현혹시키니 (이것은) 文辭에 곤궁하여 홍기하는 뜻이 미약해진 것이다.[23]

≪書≫의 典, 謨, 誥, 誓와 같은 것은 그 목적이 告戒, 說理에 있다. 만약 과도하게 수사상의 화려함과 정교함에 치중하여 立言의 뜻이 충분하게 표현되지 못하면 오해, 의혹을 일으키기 쉽다. 때문에 뜻은 반드시 충

---

22) ≪詩≫와 ≪書≫에 관한 논술은 李錫鎭 撰, ≪王船山詩學的理論基礎及理論重心≫(國立臺灣大學中國文學研究所博士論文, 民國 79年), pp.228~229의 내용을 참고하여 이루어졌다.

23) ≪船山全書≫ 三, p.506, ≪詩廣傳≫ 卷二, "有求盡於意而辭不溢, 有求盡於辭而意不溢, 立言者 必有其度, 而各從其類. 意必盡而儉於辭, 用之於 ≪書≫ ; 辭必盡而儉於意, 用之於 ≪詩≫ ; 其定體也. 兩者相貿, 各失其度, 匪但辭之不令也. 爲之告戒而有餘意, 是貽人以疑也, 特炫其辭, 而恩威之用抑黷. 爲之詠歌而多其意, 是熒聽也, 窮於辭, 而興起之意微矣."

분히 표현되어야 하지만, 문사는 간결하면서 명확해야 한다. 즉 文은 立言者가 표현하고자 하는 뜻을 구체적으로 충분하게 드러내고 과도한 수사를 피해야 한다. ≪詩≫는 음악에 맞추어 말을 길게 하여 영탄(長言咏歎)하는 방식으로 뜻을 표현하기 때문에 시인이 표현하려는 뜻은 마땅히 간결, 명확하고 수사를 강구하여 意象을 창조해야 한다. 만약 뜻이 번다, 복잡하고 言辭의 意象이 풍부하지 못하면 두서가 분분하여 청각을 혼란시켜 공명을 일으키기 어렵다. 때문에 뜻에 있어서 간결, 명확해야 하지만 文辭는 반드시 극진해야 한다.24)

왕부지는 ≪詩≫와 ≪書≫의 수사와 결구가 다른 것에 대해서 다음과 같이 설명하였다.

> 때문에 ≪詩≫란 ≪書≫와 다른 영역으로 서로 합치되지 못하는 것이다. 때문에 이르기를 '말(言)이 부족하여 탄식하고 탄식이 부족하여 길게 노래하고 길게 노래하는 것이 부족하여 손이 춤추고 발이 춤추는 것을 알지 못한다'라고 하였다. 이러하니 말(言)에는 본래 부족한 바가 있다는 것을 알겠다. 말(言)이 부족하니 탄식하고 길게 노래하며 손이 춤추고 발이 춤추어 사람을 경미(輕微)하고 유준(幽浚)한 가운데로 이끄니 결국 말에서 족함을 구하지 못해서이다. 때문에 ≪書≫는 文보다 나은 것이 없는데 文이란 여러 색채를 띠는 것이다. ≪詩≫는 章보다 좋은 것이 없는데 章이란 하나의 색채를 가지는 것이다. 바야흐로 탄식하든지 아니면 길게 노래하든지 마침내 춤추든지 더욱 그것을 위해서 처음과 끝을 단속하고 피차를 굳게 지켜야 하니 귀를 시끄럽게 하고 마음을 산란하게 하며 입은 촉급하고 기는 솟구치며 울고 웃고 시끄럽고 왁자지껄하여도 다스리는 바가 없다면 또 어떻게 手足에다 베풀고 舞隊行列에 씀해질 수 있으리요? 때문에 詩 한 편에 여러 가지 일을 구비시키고 詩 한 폭에 百年을 서술하고 風旨를 깎아서 그 번다한 칭술을 지극하게 하고 성음이 길게 이어져 아직 끝나지 않았으나 다른 것이 들어오니 네 가지에 하나라도 있게 되면, 오만하며 편벽되고 번잡하며 촉급하며, 정치가 해이해

---

24) 李錫鎭 撰, ≪王船山詩學的理論基礎及理論重心≫, p.228.

져 민중들이 유랑하는 풍속이 아니라도 이것으로 ≪詩≫가 되지 못한다
는 것은 필연적이다.[25]

왕부지가 ≪詩≫와 ≪書≫의 문체의 특징을 엄격하게 구분한 것은 시
의 서정적 예술 특질 및 그것의 심미 효용을 강조하기 위함이다.

② 詩와 史

왕부지는 詩란 개인 성정을 표현하는 서정 운문이고, 史란 역사 사실
을 기록하는 실용 산문으로 창작 원리가 각기 다르다고 하였다. 시는 社
會人事에 직면하여 정을 자아내고 언어로써 그것의 형상을 묘사하는 것
이고, 사는 歷史事實을 정직하고 정확하게 서술하는 것을 생명으로 삼는다
고 하였다. 따라서 표현 방식에 있어서 시는 형상성(繪狀), 음악성(永言和聲),
사는 사실성(從實著筆), 정직생동(檃括生色)이 중시된다. 왕부지는 시와 사는
이처럼 각각의 창작 원리가 다르기 때문에 각각의 고유 기능은 입과 눈
이 서로 기능을 대신할 수 없는 것과 같다고 하였다.[26]

詩에도 敍事, 敍語라는 것이 있지만 史에 비해서 더욱 어렵다. 史才란
본디 정직(직필)으로 빛을 내니 事實에 따라서 붓을 들면 절로 쉬워진다.

---

25) ≪船山全書≫ 三, p.506, ≪詩廣傳≫ 卷二, "故 ≪詩≫ 者, 與 ≪書≫ 異壘而不相入者
也. 故曰 : '言之不足, 故嗟歎之 ; 嗟歎之不足, 故永歌之, 永歌之不足, 故不知手之舞之, 足
之蹈之.' 知然, 則言固有所不足矣. 言不足, 則嗟歎永歌, 手舞足蹈, 以引人於輕微幽浚之中,
終不於言而祈足也. 故 ≪書≫ 莫勝於文 ; 文者, 兼色者也. 詩莫善於章 ; 章者, 一色者也.
方欲使之嗟歎之, 抑欲使人永歌之, 終欲使人舞蹈之, 而更爲之括初終, 攝彼此, 喤耳煩心,
口促氣坌, 涕笑譁呶而罔所理, 又奚以施諸手足而喻於行綴乎? 故備衆事於一篇, 述百年於一
幅, 削風旨以極其繁稱, 涯洙未終而他端蹕進, 四者有一焉, 非敖辟煩促, 政散民流之俗, 其
不以是爲 ≪詩≫ 必矣."
26) ≪淸詩話≫ 上冊, p.6, ≪薑齋詩話≫ 卷上, "夫詩之不可以史爲, 若口與目之不相爲代也,
久矣."

詩는 人事에 당면하여 정이 발생하고 언어를 사용하여 형상을 묘사하기 때문에 조금이라도 史法을 쓴다면 감흥이 음영과 운율 가운데 있지 않아 詩의 道는 폐하여진다.[27]

왕부지는 詠史詩에 대해서도 다음과 같이 말하였다.

詠史詩는 역사로써 歌詠을 삼아 神理를 唱嘆하고 묘사함에 듣는 사람이 哀樂의 정서를 자아낸다. 만약 조금이라도 論贊을 가한다면 더 이상 詩의 작용은 있을 수 없으니 하물며 그 體에 있어서랴![28]

왕부지는 詠史詩에서 하나의 역사 사실은 역사 사실 그 자체로서가 아니라, 가영의 대상, 감흥의 동인자로서 그 존재 가치가 있다고 하였다. 따라서 시인이 묘사하는 것은 특정한 역사 사실 그 자체가 아니라, 시인이 역사 사실로부터 감수한 자기의 독특한 느낌이며, 독자 또한 시인의 이러한 독특한 느낌을 감수함으로서 哀樂의 정서를 느낀다는 것이다. 그의 이러한 기본 관점은 두보의 창작 세계와 역대로 두보 작품을 '詩史'로 추앙하려는 풍조를 비판하게 되었다.

杜子美는 그것을 모방하여 <石壕吏>를 지었는데 또한 지나치게 사실적이었다. 매번 묘사한 곳마다에는 핍진한 묘사로 있는 그대로를 드러내어 놓았으니, 결국은 史로는 남음이 있었으나 詩로는 부족하다고 느껴진다. 그러나 논자들은 오히려 詩史로서 두보를 추앙하였으니, 마치 낙타를

---

27) ≪船山全書≫ 一四, p.651, ≪古詩評選≫ 卷四, <古詩十九首>, "上山采蘼蕪" 評語, "詩有敍事敍 語者, 較史尤不易. 史才固以纝括生色, 而從實著筆自易, 詩則卽事生情, 卽語繪狀, 一用史法, 卽相感不在永言和聲之中, 詩道廢矣."
'永言'은 ≪書·舜典≫ "詩言志, 歌永言"의 말이다. 孔傳에서는 그것을 "謂詩言志以導之歌, 詠其義以長其言"이라고 하였다. 여기에서는 '長言', '吟咏'의 뜻으로 해석한다.
28) ≪船山全書≫, p.953, ≪唐詩評選≫ 卷二, 李白 <蘇武> 評語, "詠史詩以史爲詠, 正當于唱嘆寫神理, 聽聞者之生其哀樂, 一加論贊, 則不復有詩用, 何況其體?"

보고서 말의 등에 혹이 나지 않은 것을 한탄하는 것과 같았다. 이는 실로 가련한 자라고 할 수 있다.[29]

그는 역대로 현실주의 최고봉으로 평가되던 두보의 <石壕吏>를 "史로는 충분했으나 詩로는 부족했다"라고 하였다. 그는 <石壕吏>가 당시의 역사 현실을 목도하고 이에서 발생하는 감정을 함축적으로 노래하였다기보다는 마치 역사를 기록하듯이 당시의 역사 현실을 지나치게 사실적으로 묘사하는 데 치중하여 史書로서는 충분했으나 詩의 성격으로는 부족했다고 여겼다. 이러한 관점에서 왕부지는 시를 역사의 한 단편으로 인식하여 唐, 宋, 元, 明 이래로 두보의 시를 '詩史'로 추앙했던 풍조를 지극히 불만스럽게 생각하였다. 그는 송대 劉攽 등이 두보의 <偪側行贈畢四曜>의 시구에 언급된 술값[30]으로 당대의 술값을 고증하려는 것에 대해서[31] "杜陵이 술을 사는 곳에 가서 술을 사서 崔國輔에게 팔면 어찌 삼십 배나 이익을 얻지 않으리요? 출처를 따지는 자 그 가소로운 짓이 이와 같다"[32]라고 하였다. 그는 두보나 최국보의 시에 언급된 술값은 실제의 술값이 아니라, 시인이 감정을 이입시켜 시의 이미지를 선명하게 부각시키기 위한 것이다. 만약 그것을 실지의 역사적 사실로 인정하여 이것의 출처를 따지고 이것으로 당시의 술값을 고증하는 것은 매우 가소로운 짓이라고 하였다. 그는 이처럼 詩와 史의 구별을 통해서 詩에는 시

---

29) ≪船山全書≫ 一四, p.651, ≪古詩評選≫ 卷四, <古詩十九首> "上山采蘼蕪" 評語, "杜子美放之, 作 <石壕吏>, 亦將酷肯, 而每於刻劃處, 猶以逼寫見眞, 終覺於史有餘, 於詩不足. 論者乃以詩史譽杜, 見駝則恨馬背之不腫, 是則名爲可憐閔者."

30) "速宜相就飮一斗, 恰有三百靑銅錢."

31) 吳文治 ≪宋詩話全篇≫ 壹, 江蘇古籍出版社, 1998, p.445, 劉攽 ≪中山詩話≫, "眞宗問近臣:'唐酒價幾何?' 莫能對. 丁晉公(謂)獨曰:'斗直三百.' 上問何以知之, 曰:'臣觀杜甫詩:「速須相就飮一斗, 恰有三百靑銅錢」' 亦一時之善對."

32) ≪淸詩話≫ 上冊, p.17, ≪薑齋詩話≫ 卷下, "就杜陵沽處販酒, 向崔國輔賣, 豈不三十倍獲息錢耶? 求出處者, 其可笑類如此."

의 고유 기능이 있고 史에는 사의 고유 기능이 있기 때문에 각각의 고유
기능을 서로 대신할 수 없다고 하였다. 왕부지는 시란 性情을 표현하는
것이 그것의 고유 생명이라고 하였다.

③ '詩理'와 '經生', '名言'의 論理

왕부지는 '詩理'와 '經生', '名言'의 論理와의 엄격한 구별을 통해서 시
의 예술적 특성을 강조하였다. '詩理'란 시를 시로써 이해, 감상하는 심
미적, 예술적 인식 논리이고, '經生', '名言'의 논리는 경학가, 논리가의
비예술의 인식 논리이다. '經生', '名言'의 논리에서는 심미적, 예술적 인
식 논리는 배제되고 교조적, 논리적 사고가 강조된다. 왕부지는 '詩理'와
'經生', '名言'의 논리와의 엄격한 구별을 통해서 또한 시의 심미적 특질
을 강조하였다.

> 經生의 (論)理가 詩理와 무관한 것은 浪子의 情이 詩情에는 해당되지 않
> 는 것과 같다.[33]

이른바 '經生의 (論)理'란 경학가의 교조주의적 인식 논리이다.[34] 그것
은 이념에 지배, 전도되어 고착화, 경직화된 인식 논리를 의미한다. 왕부
지는 이러한 인식 논리로는 시를 이해, 감상할 수 없다고 여겼다.

---

33) ≪船山全書≫ 一四, p.753, ≪古詩評選≫ 卷五, 鮑照 <登黃鶴磯> 評語, "經生之理不關
   詩理, 猶浪子之情無當詩情."
34) 張少康은 '經生之理'를 '非藝術著作中의 理', '일반적인 理論', '과학의 理'라고 하였고,
   '名言之理'를 '抽象의 理', '非文學中의 구체형상의 理'라고 하였다(≪中國古代文學創作
   論≫, 北京大學出版社, p.231).
   葉郎은 '經生之理'를 '儒家經典上의 敎條'라고 하였고, '名言之理'를 '논리 개념의 理'라
   고 하였다(≪中國美學史大綱≫ 下, 滄浪出版社, 民國 75年, 臺北, p.468).

王敬美가 '詩에는 妙悟가 있는데 理와 관계되는 것은 아니다'라고 하였
는데 (이것은) 理는 없이 詩가 있어야 한다는 것을 말한 것이 아니라 바
로 名言의 論理로는 (妙悟를) 구할 수 없을 따름이라고 한 것이다.[35]

이른바 '名言의 (論)理'란 논리가의 인식 논리이다. 그것은 치밀하고 냉철
한 논리성, 객관성이 강조된다. 왕부지는 이와 같은 논리가의 인식 논리로
는 시의 '妙悟'를 찾을 수 없다고 하면서, 시에는 시를 예술적, 심미적으로
이해, 감상할 수 있는 심미적, 예술적 인식 논리가 있어야 한다고 하였다.
　다음에서 그것의 몇 가지 실례를 살펴보자. 그는 鮑照 <登黃鶴磯>를
품평하여 다음과 같이 말하였다.

　'낙엽이 진 것'은 본래 강나루가 일찍 차가워져서겠지만, 강나루가 차
가운 것은 낙엽이 떨어졌기 때문은 아닌 것 같다. 차가운 겨울을 맞이하
여 강나루에 가보면 실로 그러하다.[36]

鮑照 <登黃鶴磯>의 시구 "木落江渡寒"을 '經生', '名言'의 논리로 분석
하면, 시구 중의 因果관계는 전도되었다. 즉 '寒'은 원인, '木落'은 결과
로, "木落江渡寒"은 논리 개념상 이치에 부합되지 않으므로 "江渡寒木落"
이 되어야 한다. 그러나 이것은 시적 표현이라 할 수 없다.
　왕부지는 또한 司馬彪 <雜詩>를 품평하여 다음과 같이 말하였다.

　또한 쑥(飛蓬)과 같은 것이 무슨 '머리'가 있어 '긁는다'고 할 수 있으
리오. 그러나 '머리를 긁는다'고 해도 무방하니 논리에 따르면 어찌 황당
하지 않으리오?[37]

---

35) 《船山全書》 一四, p.687, 《古詩評選》 卷四, 司馬彪 <雜詩> 評語, "王敬美謂 '詩有
　妙悟, 非關理也', 非謂無理有詩, 正不得以名言之理相求耳."
36) 《船山全書》 一四, p.753, 《古詩評選》 卷五, 鮑照 <登黃鶴磯> 評語, "'木落'固江渡
　夙寒, 江渡之寒, 乃若不因木葉. 試當寒月臨江渡, 則誠然乃爾."

司馬彪 <雜詩> "搔首望故株"를 '名言'의 논리로 분석하면, '쑥(飛蓬)'이 '머리를 긁고(搔首)', '옛 그루 바라보네(望故株)'라고 하는 것은 논리에 부합되지 않는다. 그러나 심미 예술의 인식 논리에서 본다면, 이것은 의인화라는 심미 예술적 수단에 의하여 시인의 예술 상상력이 매우 풍부하게 발휘되어 시의 미적 효과를 거두고 있는 명구이다.

왕부지는 시는 시 고유의 심미, 예술 사유를 통해 이해, 감상해야 하고 '經生', '名言'의 교조적, 논리적 인식 논리로는 감상, 이해할 수 없다고 하여 시를 하나의 심미 예술 장르로 강조하였다.

④ 詩와 '意', '議論'

왕부지는 시가 창작에서 시인의 구체적, 형상적인 주관 정서가 위주가 되어야 함을 강조하고, 철리, 사상이 위주가 되는 것을 반대하였다. 그의 이러한 관점은 특히 唐, 宋詩의 비판에서 나타났다.

> 詩의 심원과 광대함 및 무릇 옛 것을 버리고 새 것으로 나아가는 것은 모두 意에 있지 않다. 唐人들은 意로써 古詩를 지었고 宋人들은 意로써 律詩, 絶句를 지었기 때문에 詩가 드디어 멸절되었다. 만약 意를 밝히기 위한 것이라면 모름지기 ≪易≫을 贊하고 ≪書≫를 저작해야지 詩가 필요없는 것이다. '짝지어 우는 징경이 강의 모래톱 위에 있네. 요조숙녀는 군자의 좋은 짝이라네'에 어찌 微妙함에 들어가 新奇를 드러내고, 사람들이 이르지 못한 바의 뜻(意)이 있겠는가?[38]

---

37) ≪船山全書≫ 一四, p.687, ≪古詩評選≫ 卷四, 司馬彪 <雜詩>, "且如飛蓬何'首'可'搔', 而不妨云'搔首', 以理求之, 詎不躑躅?"

38) ≪船山全書≫ 一四, pp.1576~1577, ≪明詩評選≫ 卷八, 高啓 <涼州詞> 評語, "詩之深遠廣大, 與夫舍舊趨新也, 俱不在意. 唐人以意爲古詩, 宋人以意爲律詩絶句, 而詩遂亡. 如以意, 則直須贊 ≪易≫ 陳 ≪書≫, 無待詩也. '關關雎鳩, 在河之洲, 窈窕淑女, 君子好逑', 豈有入微翻新, 人所不到之意哉?"

　　여기에서 말하는 ‘意’란 철리, 사상을 의미한다. 왕부지는 唐, 宋人들이 시를 철리, 사상을 표현하기 위한 수단으로 전락시켜 시가 없어졌다고 하였다. 그는 ≪詩經≫을 대표하는 <關雎>를 예로 들어 그것의 예술 가치는 “미묘함에 들어가 신기를 드러내고 사람들이 이르지 못한 바”의 철리, 사상을 강구한 것이 아니라, 오히려 강의 모래톱에서 짝지어 노는 징경이의 모습과 남녀의 사랑을 진솔하고 생동적으로 표현한 것에 있다고 하였다.

　　다음에서도 왕부지가 宋의 철리, 사상 위주의 창작 경향을 비판하고 있다.

　　　宋人은 詩를 논함에 意로써 주를 삼았으니 이와 같은 부류는 단지 意로써 서로 표방하여 촌의 누런 관을 쓴 맹녀가 연주하며 노래하는 것과 또한 무엇이 다르리오?[39]

　　　비로소 意를 표현하는 것을 좋은 시라고 여기는 사람은 마치 趙括이 兵法을 믿다가 체포를 당하는 것과 같다는 것을 알겠다.[40]

　　　때문에 意로써 主를 삼아야 한다는 말을 하는 자는 실로 腐儒임을 알겠다.[41]

　　왕부지의 이와 같은 관점은 시가 창작은 시인의 구체적, 형상적인 주관 정서가 위주가 되어야 하고, 철리, 사상이 위주가 되어서는 안 된다는 것을 강조한 것이다.

---

39) ≪船山全書≫ 一四, p.537, ≪古詩評選≫ 卷一, 鮑照 <擬行路難> “君不見栢梁臺” 評語, “宋人論詩以意爲主, 如此流直用意相標榜, 則與村黃冠盲女子所彈唱, 亦何異哉?”
40) ≪船山全書≫ 一四, p.704, ≪古詩評選≫ 卷四, 張協 <擬行路難> “大火流坤維” 評語, “始知以意爲佳詩者, 猶趙括之恃兵法, 成擒必矣.”
41) ≪船山全書≫ 一四, p.708, ≪古詩評選≫ 卷四, 郭璞 <遊仙詩> “翡翠戲蘭苕” 評語, “故知以意 爲主之說, 眞腐儒也.”

그러나 왕부지는 다른 한편으로 다음과 같이 상반된 말을 하였다.

> 詩歌나 長篇文章을 막론하고 모두 意로 주를 삼아야 한다. 意는 장수와 같다. 장수가 없는 병사를 오합이라 한다. 이백, 두보가 대가로 일컬어지는 까닭은 意 없는 詩가 열에서 한둘도 안 되기 때문이다. 안개와 구름·샘과 돌, 꽃과 새·이끼와 숲, 금장식한 배목·비단 휘장에 意가 깃들면 신령스럽다.[42]

> 하나의 제목, 하나의 인물, 하나의 사실, 하나의 경물을 설정하여, 그 위에서 형상을 구하고, 비유(比喩)를 구하고, 문채(文彩)를 구하고, 전고를 구하는 것은 마치 무딘 도끼로 상수리나무를 쪼개면 껍질 부스러기가 어지럽게 흩어지는 것과 같으니, 어떻게 일찍이 한 가닥의 결이라도 얻을 수 있으리요? 意를 주로 하고 勢를 다음으로 해야 한다. 勢란 意 가운데 神理이다. 오직 謝靈運만이 勢를 취하는데 잘하여 (그것을) 구부렸다 돌게하고 굽혔다 펼쳐서, 그 意가 극진하게 펼쳐지기를 구하였으니, 意가 이미 다하면 그쳐져서 거의 남은 말이 없게 되었다. 구부려졌다 펼쳐지고 길면서 구불구불하니 운무가 휘감아 돌면서 진짜 용이 되고 그린 용이 되지 않았다.[43]

그는 여기에서 시가나 장편문장을 막론하고 모두 '意'가 위주가 되어야 한다고 하였다. 그의 관점에는 논리적 모순을 일으키고 있는 것 같지만, 이는 한자의 '一詞多義'의 현상에서 나온 문제이다. 왕부지가 시가 창작에서 부정한 '意'는 추상적, 관념적인 철리, 사상 등을 나타내고, 그가 요구한 '意'는 창작 감흥으로부터 시인이 표현하고자 하는 하나의 구체적, 형상적인 주관 정서이다.

---

42) ≪淸詩話≫ 上冊, p.8, ≪薑齋詩話≫ 卷下, "無論詩歌與長行文字, 俱以意爲主. 意猶帥也. 無帥之兵, 謂之烏合. 李, 杜所以稱大家者, 無意之詩, 十不得一二也. 煙雲泉石, 花鳥苔林, 金鋪錦帳, 寓意則靈."

43) ≪淸詩話≫ 上冊, p.8, ≪薑齋詩話≫ 卷下, "把定一題, 一人, 一事, 一物, 於其上求形模, 求比 似, 求詞采, 求故實, 如鈍斧子劈櫟柞, 皮屑紛霏, 何嘗動得一絲紋理? 以意爲主, 勢次之. 勢者, 意中之神理也. 唯謝康樂爲能取勢, 宛轉屈伸, 以求盡其意, 意已盡則止, 殆無剩語, 夭矯連蜷, 煙雲繚繞, 乃眞龍, 非畵龍也."

왕부지는 또한 시가 창작에서 議論의 추구를 반대하여, 시는 抒情이 그 특성임을 강조하였다. 여기에서 議論이란 '經義', '時事' 등에 대한 논변적, 사변적 논의이다. 그는 다음과 같이 말하였다.

議論은 있으나 歌詠이 없으니 어찌 詩를 폐하고서 論辯을 저술하지 않는가?[44]

議論이 詩에 들어가면 자연 배리를 이루니, 대개 詩는 風旨를 세워서 議論이 생기게 해야 하는 법이다. 때문에 詩를 해설하는 사람은 興觀群怨에 있어서 모두 될 수 있다. 만약 먼저 그것을 論하게 된다면 말을 다 하지 못하였는데도 意가 먼저 고갈되어버린다. 나에게 있어 意가 이미 고갈되었으면서 다른 사람의 마음을 울린다는 것은 반드시 보장할 길이 없는 것이다. 북(鼓)으로 북을 치면 북은 울리지 않고, 부(桴)로써 부를 치면 또한 槁木의 소리일 뿐이다. 唐, 宋人은 詩情이 얕고 짧아 오히려 標說에 의뢰하고, 그 아래로 胡曾 <詠史>와 같은 一派가 있었는데 단지 글방 선생이 만학에게 주는 자료나 될 수 있는 것이었다. 족히 議論이 세워지면 詩가 없어진다는 것이 사실임을 알 수 있다.[45]

그는 시에 의론이 세워지면 창작 감흥으로부터 시인이 표현하고자 하는 구체적, 형성적 주관 정서(意)와 어그러지고 이에 따라 시는 없어진다고 하였다.

왕부지의 이러한 관점에서 보면, 그가 학술 저작의 형식을 운용하여 시를 쓴 것을 배격한 것은 당연하다. 그는 먼저 시와 학술성의 저작은 완

---

44) ≪船山全書≫ 一四, p.787, ≪古詩評選≫ 卷五, 江淹 <淸思詩> "秋夜紫蘭生" 評語, "有議論而 無歌詠, 胡不廢詩而著論辯也?"

45) ≪船山全書≫ 一四, p.702, ≪古詩評選≫ 卷四, 張載 <招隱> 評語, "議論入詩, 自成背戾, 蓋詩立風旨以生議論, 故說詩者於興觀群怨而皆可. 若先爲之論, 則言未窮而意已先竭. 在我已竭而欲以生人之心, 必不任矣. 以鼓擊鼓, 鼓不鳴 ; 以桴擊桴, 亦槁木之音而已. 唐, 宋人詩情淺短, 反資標說, 其下乃有如胡曾 <詠史> 一派, 直堪爲塾師放晚學之資. 足知議論立而無詩允矣."

전히 별개임을 분명히 하였다.

　　　性情을 陶冶하는데는 따로 風旨가 있으니 典冊, 簡牘, 訓詁學과 같은 것
　은 간여될 수 없다.46)

　때문에 그는 唐, 宋 이래로 箋疏, 尺牘, 論贊 등의 학술 저작의 성격으
로 시를 지어서 시의 유풍(流風), 특성, 효용이 사라진 것을 비판하였다.

　　　中唐人은 완전히 古體를 버리고 箋, 疏, 尺牘으로 詩를 지었으니 六義의
　流風이 완전히 시들어 없어졌다.47)

　　　唐, 宋에서는 또 그렇지 않았으니 章, 疏를 諷詠에 넣어 詩理를 단절시
　키고 없어지게 하였다.48)

　이상의 논술을 통해서, 왕부지는 시는 性情의 표현이 그것의 고유 기
능이라고 하였다. 그는 이러한 기본 관점을 대전제로 하여 시의 고유 기
능을 기타 문체 내지는 학술, 철리, 의론 등과 엄격히 구별하여 시에는
시의 고유 기능이 있고, 기타 문체에는 각각 그것의 고유 기능이 있다고
하였다. 이것은 시가 하나의 독립된 문학 장르로서 그것이 가지는 문체
적 고유 기능을 강조한 것이다. 왕부지의 '詩以道性情'論은 바로 이러한
점을 강조하고자 한 것이다.

---

46) ≪淸詩話≫ 上冊, p.3, ≪薑齋詩話≫ 卷上, "陶冶性情, 別有風旨, 不可以典冊, 簡
　　牘, 訓詁之學與焉也."
47) ≪船山全書≫ 一四, p.1039, ≪唐詩評選≫ 卷三, 杜牧 ＜句溪夏日送盧霈秀才歸屋山將欲
　　赴擧＞ 評語, "中唐人盡棄古體, 以箋疏尺牘爲詩, 六義之流風凋喪盡矣."
48) ≪船山全書≫ 一四, p.854, ≪古詩評選≫ 卷六, 周弘正 ＜名都一何綺＞ 評語, "唐, 宋則
　　又不然, 以章疏入諷詠, 殊無詩理."

2. 情의 성격과 詩의 본체로서 표현 대상

(1) 李贄, 公安, 竟陵의 主情主義 창작의 병폐

왕부지는 抗淸 실패 후 淸의 체포를 피해 전역을 유랑하다가 만년에 그의 湘西草堂으로 돌아왔다. 그는 이곳에 은거하며 학술 연구와 저술에 몰두하여 100여 종 400여 권의 저작을 남겼다. 한편으로 그는 明朝의 멸망에 통한을 품고 명조의 멸망 원인을 밝히고자 하였다. 그는 이러한 노력의 일환으로 周에서 明代까지 역사의 흥망성쇠를 고찰하였다. 그는 명조의 멸망은 陸王心學이 흥기되고, 李贄 등의 異端邪說이 발생하여 가져온 결과이고, 특히 시에 표현되는 '情'이 국가의 흥망성쇠와 깊은 관련이 있음을 발견하였다. 그는 周의 멸망이 <采葛>의 '淫情'과 <君子于役>의 노고에 대한 불만, <揚之水>의 원망, <兎爰>의 분노 등과 같은 불량한 정서에서 야기되고,[49] 明의 멸망이 李贄, 公安, 竟陵 등이 조장한 '邪淫'과 같은 불량한 창작 정서에서 기인했음을 밝혔다.[50] 이에 그는 시의 가치, 작용 등에 남다른 인식을 하고 시가 표현 대상으로 하는 情의

---

49) 《船山全書》 三, p.344, 《詩廣傳》 卷一, "<采葛>之情, 淫情也. 以之思而淫於思, 以之懼而 淫於懼, 天不能爲之正其時, 人不能爲之副其望, 耳熒而不聰, 目瞀而不明, 心眩而不戢, 自非淫於情者, 未有如是之亟亟也. …… 是故其詞遽, 其音促, 其文不昌, 其旨多所隱而不能詳, 情見乎辭矣. 桓王之世, 臣主上下之間, 胥如此也. 身心無主而不足以長言, 國奚而不斁, 俗斁而不黷邪?"
《船山全書》 三, p.342, 《詩廣傳》 卷一, "有 <君子于役>之勞, 則有 <揚之水>之怨, 有 <揚 之水>之怨, 則有 <兎爰> 之怒. 下叛而無心, 上刑而無紀. 流散不止, 夫婦道苦, 父母無恒, 交謗以成乎衰周, 情蕩而無所輯有如是. 故西周以情王, 以情亡 …… 君子莫愼乎治情?"

50) 《船山全書》 一〇, p.1178, 《讀通鑑論》 卷末, <敍論> 三, "若近世李贄, 鍾惺之流, 導天下於邪淫, 以釀中夏衣冠之禍, 豈非逾於洪水, 烈於猛獸者乎?"
《船山全書》 一五, p.859, 《薑齋詩話·夕堂永日緖論外編》, "自李贄以佞舌惑天下, 袁中郎, 焦弱候不揣而推戴之, 於是以信筆掃抹爲文字, 而誚含吐精微, 鍛鍊高卓者爲'斁薑呷醋'. 故萬曆壬辰以後, 文之俗陋, 亘古未有."

성격을 탐구하였다.

명대 중엽 이후로 상업 자본 경제가 번창함에 따라 신흥 자본 계층이 형성되고 전통 예악의 굴레에서 벗어나 자유로운 개성을 추구하는 시민 의식이 고조되었다. 이와 함께 사상계에서는 宋明 理學에 대한 반동으로 王陽明의 心學이 등장하고, 그것의 좌파적 성격을 띤 李贄는 理學을 공격하였다. 그는 특히 유가 및 이학에서 신봉하는 도덕 가치를 '거짓 도학(假道學)'으로 배척하고 인간이 추구하는 의식생활 등을 '참 도학(眞道學)'이라고 하였다.51) 그는 이러한 관점에서 인간의 '私欲'을 인간의 自然心性으로 긍정하는 인성론을 제창하였다. 그는 인간이 이익을 추구하는 것은 인간의 기본 인성이고 사회 발전의 기본 동력이라고 하였다. 이것은 당시의 시대 상황과 암암리에 부합하였다. 때문에 그의 인성론은 당시에 열렬히 환영을 받았고, 主情主義 문학 환경이 조성되는 데에 상당한 영향을 미쳤다.

李贄는 그의 인성론에 입각하여 시가 창작에서 '童心'說을 제창하였다. 그는 '眞心', '어린이의 마음(赤子之心)'을 시가 창작의 근본으로 삼아 자아의 순진한 정을 표현해야 한다고 하였다. 그의 창작 관점은 창작 방식에도 영향을 미쳐서 고정된 격식을 따르기보다는 입에서 나오는 대로 묘사하고 뜻 가는 대로 써 내려가는 방식을 취하였다.

그러나 李贄의 인성론과 창작론은 중국인들의 가치관과 중국 문학 사조에 불량한 영향을 미칠 징조를 가지고 있었다. 우선 그는 중국 전통 인성론의 '心'과 '私'의 존재가치를 전도시켜 "무릇 私란 인간의 마음(心)이다. 인간에게 반드시 私가 있은 뒤에 그 마음(心)이 나타난다. 만약 私가 없으면 마음(心)이 없다"52)라고 하여 중국인들의 가치관에 상대주의, 허

---

51) ≪焚書≫ 卷一, <答鄧石陽書>, "穿衣吃飯, 即是人倫物理. 除缺穿衣吃飯, 無倫物矣. 世間種 種, 皆衣與飯之類耳. 故擧衣與飯, 而世間種種自然在其中, 非衣食之外, 更有所謂種種絶與百姓不相同者也."

무주의를 조장시키고, 중국인들의 사상을 혼란시키고 전도(顚倒)시키는 결과를 초래하였다. 때문에 왕부지는 "李贄는 (惑世誣民하는) 그 사악한 열기를 더하여 譙周, 馮道가 方正한 人士를 헐뜯고 비난하도록 권장하였다"53)라고 비판하였다. 李贄는 개인의 私欲, 食色 추구는 인간의 기본 인성이라고 제창하여, 晚明 이후의 시가 창작은 점차 개인의 사욕, 색정을 표현하는 경향으로 흘렀다. 明, 淸의 색정 문학의 노도는 이로부터 파고를 이루었다. 왕부지가 李贄에 대해서 천하를 '邪淫'으로 이끌어 '中華'에 화근을 불러일으켰다는 비판은 이를 말한다.54) 李贄는 <雜說>에서 "발광하여 크게 부르짖고 눈물 흘리며 통곡하는 것을 스스로 억제하지 못하였다(發狂大叫, 流涕慟哭, 不能自止)"와 같은 개인의 감정을 본능적, 충동적으로 발산하여 시의 천속을 야기시켰다. 이러한 점들은 모두 李贄의 인성론, 창작론의 문제점이자 한계로서 왕부지의 주된 비판과 공격의 대상이 되었다.

王守仁의 心學과 李贄의 인성론, '童心'說의 영향 아래 公安派의 창작 취지도 유가의 도덕관념을 탈피하여 인간 내면의 성정을 추구하고자 하였다. 때문에 그들의 창작 이상은 "오로지 性靈을 표현하고 격식에 구속되지 않는다. 자기의 가슴속에서 나온 것이 아니면 기꺼이 붓을 대지 않는다"55)라는 것에 있었다. 그러나 그들의 성령은 단지 산수에서 노니는 悠閑한 느낌, 빈곤, 질병, 불우 등 개인감정에서 벗어나지 못하였다. 公安 末流에 이르러 그들의 시문 창작은 결국 "때문에 일찍이 빈곤, 질병, 그

---

52) ≪藏書≫ 卷二四, <德業儒臣後論>, "夫私者, 人之心也. 人必有私而後其心乃見, 若無私則無心也."

53) ≪船山全書≫ 一二, p.648, ≪搔首問≫, "李贄益其邪焰, 獎譙周, 馮道, 爲詆毀方正之士."

54) ≪船山全書≫ 一〇, p.1178, ≪讀通鑑論≫ 卷末, <敍論> 三, "若近世李贄, 鍾惺之流, 導天下於邪淫, 以釀中夏衣冠之禍, 豈非逾於洪水, 烈於猛獸者乎?"

55) 葉慶炳·邵紅 編輯, ≪明代文學批評資料彙篇≫, p.641, 袁宏道 <敍小修詩>, "獨抒性靈, 不拘格套, 非從自己胸臆流出, 不肯下筆."

리고 무료한 고통을 시에 발산하여 매번 울부짖는 듯 저주하는 듯하였으
니 그 생을 슬퍼하고 길을 잃어버린 감개를 이기지 못하였다"56)와 같은
상황에 이르렀다. 왕부지가 그들의 시문이 '俗陋'를 벗어나지 못하였다57)
고 한 것은 이를 비판한 것이다. 公安派의 창작이 천속(賤俗)으로 흐르자
竟陵派는 이를 극복하고자 하였다. 그들도 창작 이상으로 성령을 제창하
고 '정은 그윽하고 마음은 단조로워야 한다(情幽單緒)'라는 것을 표방하였
다. 그러나 그들의 성령은 진정으로 고상한 감정도 아니고 더욱이 현실
을 반영한 진실한 정감도 아니었다. 그것은 단지 고인의 작품에서 고심
하여 찾은 성령일 뿐이었다. 왕부지가 그들의 성령을 비판한 것은 이것
에 있었다.58)

경릉파는 고인의 작품 중에서 자구를 구하여 시를 쓸 때 괴이한 글자
를 사용하고 까다로운 운을 써서 심오하고 아정함(深雅)을 추구하였다. 이
로 말미암아 그들의 창작은 점차 '심오하고 괴팍함(深幽孤峭)'으로 변하고
'궁벽하고 회삽(僻澁)'함으로 흘러 또 다른 병폐를 야기시켰다. 때문에 왕
부지는 그들이 표방한 '情幽單緒'는 것에 대해서도 날카로운 비판을 하였
다.59) 그는 경릉파에서 말하는 '幽'의 속성을 파헤쳤다. 그는 그것을 '밖

---

56) 葉慶炳·邵紅 編輯, ≪明代文學批評資料彙篇≫, p.642, 袁宏道 <敍小修詩>, "故嘗以貧
　　病無聊之苦, 發之於詩, 每每若哭若罵, 不勝其哀生失路之感."
57) ≪船山全書≫ 一五, p.859, ≪薑齋詩話·夕堂永日緒論外編≫, "自李贄以佞舌惑天下, 袁
　　中郎, 焦弱候不揣而推戴之, 於是以信筆掃抹爲文字, 而詭含吐精微, 鍛鍊高卓者爲 '皷薑呷
　　醋'. 故萬曆壬辰以後, 文之俗陋, 亘古未有."
58) ≪船山全書≫ 一四, pp.1453~1454, ≪明詩評選≫ 卷五, 王思任 <薄雨> 評語, "竟陵
　　狂率, 亦不自料遽移風化, 而膚俗易親, 翕然于天下. …… 竟陵力詆歷下, 所恃以爲攻具者
　　止性靈二字. 究竟此種詩, 何嘗一字自性靈中來? 靠古人成語, 人間較量, 東支西補而已. 宋
　　人詩最爲詩蠹在此. 彼且取精多而用物弘, 猶無一語關涉性靈, 矧竟陵之眇見寡聞哉!"
59) 왕부지는 竟陵派가 추구한 '情幽單緒'에 대해서 다음과 같이 비판하였다.
　　"竟陵情幽. 情幽者, 曖昧而已. 竟陵外矜孤子, 中實俗溷, 鄙夫之患, 往往不能自禁；見地凡
　　下, 又以師宣城而友貴陽, 益入腐姦女謁之黨, 搖尾聲情, 不期而發. 石倉忠孝炳日星, 與彼舊
　　有薰蕕之別. 不得屈老, 莊以齊申, 韓, 知者自別有目在也(≪船山全書≫ 一四, pp.1339~
　　1340, ≪明詩評選≫ 卷四, 曹學佺 <喜茂之至有述> 評語)."

으로는 고결한 체하지만 속으로는 속되고 혼탁으로 가득 찼다(外矜孤子, 中實俗溷)'라고 하였다. 왕부지의 관점에서 경릉파의 '幽'는 바로 현실 생활을 떠난 고독, 냉담을 의미하였다. 그들의 창작이 이러한 지경에 이른 것은 그들의 내심이 '저속혼탁(俗溷)'한 데서 비롯한 것이고, 또한 개인의 利祿을 현실에서 얻을 수 없자 소극적으로 현실을 도피한 데서 기인한 것이라고 하였다. 이러한 창작은 사람들로 하여금 현실을 도피하게 하고 단지 개인의 안일을 탐하고 안락한 생활만을 도모하게 하여 국가의 대업, 안위 등에는 조금도 아랑곳하지 않는 결과를 초래한다고 하였다.

왕부지는 또한 경릉파의 창작 정서에 대해서 경릉파는 <子夜>, <讀曲>과 같은 음란하고 문란(淫媟)한 말들을 글자마다 규범으로 삼고 구절마다 법식으로 삼아서 詩壇에 등장시켰을 뿐만 아니라 그것을 風雅에 끼워 넣었다고 하였다. 그는 또한 경릉파는 ≪詩歸≫에 齊, 梁 이래의 樂府民歌를 취택하는 데 있어서도 '참된 성정(眞性情)'과 '참된 풍아(眞風雅)'가 체현된 작품은 없애고 도리어 문란하고 간교하며 추악한 것들을 취하여 '亡國의 音'을 조성하여 풍아를 멸절시키고 정치를 해치고 천하의 염치를 타락시켜 결국은 나라를 망하게 하였다고 하였다. 그는 결국 경릉파는 성정이 무엇인지를 알지 못했다고 하였다.[60]

---

60) ≪船山全書≫ 一四, p.617, ≪古詩評選≫ 卷三, 失名 <子夜春歌> 評語, "子夜, 讀曲等篇, 舊刻 樂府, 旣不可登諸管絃, 雖下里或謳吟之, 亦小詩而已. 晉, 宋以還, 傳者幾至百篇. 歷代藝林, 莫之或采. 自竟陵乘閏位以登壇, 獎之使厠於風雅, 乃其可讀者一二篇而已. 其他媟者如 靑樓啞謎, 黠者如市井局話, 蹇者如閩夷鳥語, 惡者如酒肆拇聲, 澀陋穢惡, 稍有鬚眉人見欲嘔. 而竟陵唱之, 文士之無行者相與斅之, 誣上行私, 以成亡國之音, 而國遂亡矣. 竟陵滅裂風雅, 登進淫靡之罪, 誠爲戎首. 而生心害政, 則上結獸行之宣城, 以毒淸流；下傳賣國之貴陽, 以殄宗社. '凡民罔不譈', 非竟陵之歸而誰歸耶? 推本禍原, 爲之眥裂."
≪船山全書≫ 一四, ≪古詩評選≫ 卷一, p.563, 庚信 <楊柳行> 評語, "齊, 梁, 以降, 士習浮淫, 詩之可傳者旣不多得, 近者竟陵一選, 充取其狎媟猥鄙之作, 而齊, 梁, 陳, 隋, 幾疑無詩. 若子山此上三篇, 眞性情, 眞風雅, 爲一代大文筆者, 反斷然削去. 古人心血, 爲後世無知無行者掩抑至此, 雖非壯夫, 能不爲之按劍哉? 鍾以宣城門下蟻附之末品, 背公死黨, 旣專心竭力與千古忠孝人爲仇讐；譚則浪子遊客, 炙手權門, 又不知性情爲何物, 其視此種詩, 如

왕부지가 李贄, 鍾惺 등이 천하를 '邪淫'으로 이끌어 '中夏'에 멸망의 환난을 초래하였다고 한 것은 바로 이를 두고 말한 것이었다.[61]

왕부지는 이처럼 명대 중엽 이후로 宋明 理學이 전면 부정되고 情이 극도로 중시되었던 主情主義의 낭만 문학 사조에서 야기된 문학의 역기능, 폐해를 심각하게 인식하였다. 때문에 그는 晚明 이후 李贄, 公安派, 竟陵派 등에 의하여 조장된 불량한 창작 정서와 시문의 천속을 혁신하여 시가 창작이 건전한 방향으로 진행되어, 시가 작품이 작게는 개인의 성정을 도야시킬 수 있고 크게는 천하를 화평하게 할 수 있는 효용을 갖게 하고자 하였다. 그는 이러한 취지에서 情을 시의 본체로 인식하고 情이 어떠한 성격을 가져야 하고, 개인 정감과 사회도덕이 상호 어떻게 조화를 이룰 것인가에 대해 깊은 탐구를 하였다. 왕부지의 '詩道性情'論은 또한 이에 대한 그의 관점을 나타낸다.

(2) 詩는 '性情', 즉 '性의 情'을 표현

왕부지는 "詩로써 性情을 표현하는데 性의 情(性之情)을 표현한다(詩以道性情, 道性之情也)"라고 하였다. 여기에서 강조하는 말은 "詩로써 性의 情(性之情)을 표현한다"이다. 이것은 '詩道性情'論의 강조의 초점이 '詩'에서 '性情'으로 옮겨졌음을 의미한다. 즉 강조의 초점이 시의 문체적 고유 기능에서 시가 표현하는 내용의 성격으로 옮겨진 것을 말한다. 또한 왕부지가 말하는 '性情'이란 '性의 情(性之情)'임을 알 수 있다. 때문에 '性의 情'의 함의가 무엇인지를 알아보는 것이 중요하다. '性의 情'에는 세 가

芒剌在眼. 獌貐所噬, 窮奇所食, 固亡足怪, 而生心害政, 乃以墮天下之廉恥, 坐五十年來文人才士于烟花市井之中, 賣國事讐, 恬不知忌. 嗚呼, 有心血者, 何忍復食其餘耶?"
61) ≪船山全書≫ 一O, p.1178, ≪讀通鑑論≫ 卷末, <敍論> 三, "若近世李贄, 鍾惺之流, 導天下於邪淫, 以釀中夏衣冠之禍, 豈非逾於洪水, 烈於猛獸者乎?"

지의 함의가 내포되어 있다.

첫째, 그것은 性의 발용을 위한 情이다. 다음은 이에 대한 좋은 실례가
된다.

> 근심과 즐거움에 막히지 않는 사람이라야 천하의 근심과 즐거움을 통
> 달할 수 있다. 근심과 즐거움에 막히지 않는 것은 근심과 즐거움을 잊는
> 것이 아니고, 천하의 뜻을 통달하여 가리움이 없는 것이다. 이로써 근심
> 과 즐거움이 진실로 가리움이 없으면 性의 발용을 위한 것이 될 수 있음
> 을 알겠다. 때문에 情이란 性의 情이라고 한다.62)

'性의 情'의 이러한 의미는 性과 情의 상호 관계에 대한 다음과 같은
언급에서도 볼 수 있다.

> 오직 性이 情을 낳는데 情으로 性을 발현시킨다. 때문에 人心은 원래
> 道心의 발용을 위한 것이다. 道心 가운데 人心이 있는 것이요, 人心 가운
> 데 道心이 있는 것은 아니다. 喜, 怒, 哀, 樂은 본디 人心이니, 그것이 아
> 직 발동되지 않은 것은 비록 四情(喜怒哀樂)의 근본이 있기는 하나 사실
> 은 道心이다.63)

> 性과 情은 서로 필요로 하는 것이요, 始와 終은 서로 완성시켜주는 것
> 이요, 體와 用은 서로 포용하는 것이다. 性으로 情을 발용시키고 情으로
> 性을 확충시키며, 始로 終을 발생시키고 終으로 始를 완성시킨다. 體로써
> 用을 부르고 用으로 體를 갖춘다.64)

---

62) ≪船山全書≫ 三, p.384, ≪詩廣傳≫ 卷二, <豳風·論東山>, "不毗於憂樂者, 可與通天
下之憂 樂矣. 憂樂之不毗, 非其忘憂樂也, 然而通天下之志而無蔽. 以是知憂樂之固無蔽而
可爲性用, 故曰：情者, 性之情也."

63) ≪船山全書≫ 六, p.473, ≪讀四書大全說≫ 卷二, "惟性生情, 情以顯性. 故人心原以資道
心之用. 道心中有人心, 非人心之中有道心也. 則喜, 怒, 哀, 樂固人心, 而其未發者, 則雖有
四情之根, 而實爲道心也."

64) ≪船山全書≫ 一, p.1023, ≪周易外傳≫ 卷五, "性情相需者也, 始終相成者也, 體用相函
者也. 性以發情, 情以充性；始以肇終, 終以集始. 體以致用, 用以備體."

왕부지는 性과 情의 관계에 있어서 性은 情을 발생시키고, 情은 性을 발현, 확충시키는 것이라고 하였다. 그는 양자의 이러한 관계를 '性情相需'로 표현하였다. 그는 시로 표현하는 '情'은 性의 광휘를 드러내고 발현시키기 위한 것이 되어야 한다고 하였다. '性의 情'은 바로 이를 의미한다.

둘째, 그것은 性을 근간으로 발동하는 情이다.

왕부지는 '心'이 '物'에 접촉하여 情이 발동할 때는 善한 것이 될 수도 있고, 不善한 것이 될 수도 있다고 하였다.[65] 情이 性을 근간으로 발동할 때는 선한 것이 되어 천하의 禮樂刑政의 '大體'가 되지만, 性을 벗어나 발동하면 불선한 것이 되어 물욕에 빠지고 '淫', '傷'과 같은 불량한 정서로 흐르게 된다고 하였다.

> 情이 性으로 근간을 삼으면 不善이 없으나, 性을 벗어나 자위적인 情이 되면 不善하게 될 수 있다.[66]

> 情에서 발동하여 理에 머무르고 性이 상실되지 않으면, 喜怒哀樂이 大用이 되고 禮樂刑政이 體가 된다. …… 다만 性을 받들어 情을 다스릴 수 없게 되면 情이 物欲의 유혹으로 내달려서 才로 하여금 악용이 되게 하여 다스리고 교화하나 그것을 옮길 수가 없다.[67]

> 무릇 사람에게 哀樂이 생기는 것은 情이 발동하기 때문이다. 즐거워하되 멈추는 바가 있고 슬퍼하되 절도가 있게 되면 性이 情 가운데 있는

---

65) 《船山全書》 六, p.946, 《讀四書大全說》 卷八, "情又從此心上發生, 而或與之爲終始, 或與之爲擴充, 擴充則情皆中節. 或背而他出以淫濫無節者有之矣."
66) 《船山全書》 六, p.965, 《讀四書大全說》 卷八, "情以性幹, 則無不善 ; 離性而自爲情, 則可以爲不善矣."
67) 《船山全書》 八, pp.689~699, 《四書訓義》 下, 《四書訓義》 卷三十五, "發乎情, 止於理, 而性不失焉, 則喜怒哀樂之大用, 即禮樂刑政之所以爲體者也. …… 唯不能奉性以治情, 而情奔於物欲之誘, 則因以使才爲惡用, 而治教而不能爲之移."

것이다. 性의 올바름이 발동하여 情이 되면 즐거움이 되든 슬픔이 되든 모두 그 양만큼 적합하게 된다. (그러나) 그 情을 방임하고 그 性을 벗어나게 되면 즐거움이 극도화되어 반드시 淫하게 되고 슬픔이 지극해져 반드시 傷하게 된다. 무릇 시로 인해 음악이 일어나고 음악에서 시를 쓰게 되니 사람들의 性情을 흥기시키고 선한 음악에 감동하게 되니 방종하게 하여 淫과 傷으로 흐르게 해서는 안 된다는 것이 분명하다.[68]

그는 '情'이 '性'을 근간으로 발동하여 음악이 되고 시가 되었을 때는 사람들의 性情을 고무시켜 이상적 인격을 이루게 하지만, 그것이 性을 벗어나게 되면 淫과 傷으로 흐른다고 하였다. 그가 情이 性을 근간으로 발동해야 함을 강조한 것은 이러한 이유 때문이다. 왕부지는 이러한 '性의 情'을 '性情'으로 합칭하여 사용하였다.

셋째, 왕부지 인성론에서 '性의 情'은 (人)性에 고유한 聲, 色, 臭, 味, 貨 등에 대한 인간의 선천적, 생물적 애호의 감정을 말한다. 물론 이것은 '天命의 性(天命之性)'을 발현시키기 위한 것으로 추구되어야 한다. 그는 이것에 대한 추구에 있어서 반드시 性으로써 다스리고 조절할 것을 강조하였다.

그는 人性에는 '天命의 性(天命之性)'과 '氣質의 性(氣質之性)'이 있다고 하였다. 전자는 仁義禮智의 理를 가지고 있고, 후자는 聲色臭味의 欲을 가지고 있다고 하였다. 전자는 生命(性)의 '德을 바르게 하는 것(正德)'이고, 후자는 生命의 '生을 厚하게 하는 것(厚生)'이라고 하였다. 때문에 만약 聲色臭味 즉 인간의 선천적, 생물적 욕구가 도리에 따라 추구되면, 仁義禮智의 理와 서로 어그러지지도 않고 그것을 손상시키지도 않으며 오히려 양

---

68) ≪船山全書≫ 七, p.344, ≪四書訓義≫ (上), ≪四書訓義≫ 卷七, "夫人之有樂有哀, 情之必發者也. 樂而有所止, 哀而有節, 則性之在情中者也. 以其性之正者發而爲情, 則爲樂爲哀, 皆適如其量 ; 任其情而違其性, 則樂之極而必淫, 哀之至而必傷也. 夫因詩以起樂, 於樂而用詩, 所以興起人之性情, 而使歆於爲善之樂, 其不可使蕩佚而流於淫與傷也, 明矣."

자가 합하여져 體用이 됨으로써 인문 세계의 가치를 촉진시켜준다고 하였다. 때문에 그는 聲色臭味의 欲을 금지하고 끊어야 하는 것이 아니라 그것을 도리에 맞게 충족시켜야 함을 강조하였다. 그것이 충족되어야만 생명을 유지시키고 '天命'을 발현시킬 수 있다고 여겼다.[69] 그는 특히 聲色臭味 등의 욕구는 반드시 이치(理), 도리(道)에 부합되어 충족될 것을 강조하였다. 만약 이에 부합되지 않으면 불량한 정서가 조장되어 (本)性과 어그러지고 天理를 없어지게 함으로써 인문 세계를 파괴시킨다고 여겼다. 왕부지가 <小雅 · 賓之初筵> 논의에서 제기한 '性의 情'의 개념은 바로 이러한 인성론으로부터 나온 것이다.

> (財)貨는 사람을 더러움으로 이끄나 비록 그렇더라도 (財)貨를 폐할 수 없다. 色은 사람을 음란으로 빠지게 하나 그렇더라도 色을 폐할 수 없다. 술(酒)은 사람에게 미혹을 일으키지만 또한 술을 폐할 수는 없겠지? 술이란 백가지로 해악을 끼치는 것이어서 이로운 것은 열 가지도 안 되고 의로운 것은 하나도 안 되는 것이다. …… 禹가 싫어했으면서도 잠시 그것을 보존해 놓았고, 武王이 경계를 하면서도 그것을 없애지 않았으니, 빈객을 위하고 제사를 위한 것이라고 하였다. 籩에 담고 豆에 담고 簠에 담고 簋에 담아 神이 흠향하고 사람이 그것을 마땅하게 하면 또한 어찌 안 되는 것이리요? …… 貨色의 애호는 '性의 情'(性之情)이다. 술이 사람으로 하여금 애호하게 하는 것은 '情의 感'(情之感)이다. '性의 情'이란 性에 所有되어 있는 것이다. …… '情의 感'이란 性에 所有되지 않는 것이다. …… 내부에서 생겨서 외부에서 이루어지는 것(內生而外成)이 性이니, 情으로 흘러도 또한 性과 같게 된다. 외부에서 생겨서 내부에서 받아들여지는 것(外生而內受)이 命이니, 性에 있는 것이 아니지만 命아닌 것이

---

69) ≪船山全書≫ 一二, pp.121~122, ≪張子正蒙注≫ 卷四 · ≪誠明篇≫, "天以其陰陽五行之氣生人, 理卽寓焉而爲之性. 故有聲色臭味以厚其生, 有仁義禮智以正其德, 莫非理之所宜. 聲色臭味, 順其道則與仁義禮智不相悖害, 合兩者而互爲體也. …… 極總之要者, 知聲色臭味則與仁義禮智之體, 合一於當然之理. 當然而然, 則正德非以傷生, 而厚生者期於正德. 心與理一, 而知吾之時位之値, 道卽在是, 窮通壽天, 皆樂天而安土矣. 若不能合一於理, 而吉凶, 則怨尤之所以生也."

없다. 그 性을 극진히 하고 情에서 행하여 貞一하게 하고 性으로 情을 바르게 한다. 그 性을 극진하게 하고 그 命을 안정되게 하여 혼란하게 하지 않고 性으로 命을 따르게 한다. …… 때문에 술좌석에서 <賓之初筵>을 노래하여 그 즐거움을 잃지 않는 사람은 命을 받아들일 수 있다.[70]

여기에서 그는 '貨色의 애호(貨色之好)', '술이 사람으로 하여금 애호하게 하는 것(酒之使人好)'의 차이를 변별하였다. 전자는 '氣質의 性(氣質之性)'에서 나온 것으로 (人)性에 고유한 내재의 情이므로 그것을 '性의 情(性之情)'이라고 하였고, 후자는 (人)性의 고유한 것으로부터 나온 것은 아니지만, 그것이 하나의 외물의 존재로서 인간으로 하여금 감각을 통해서 애호하도록 하는 것이기 때문에 '情의 感(情之感)'이라고 하였다. 그는 情이 순전히 외부에만 있는 것도 순전히 내부에만 있는 것도 아니며, 마음과 외물 양자가 접촉하고 감응해서 이루어지는 것이라고 하였다.

여기에서 '情'을 '性의 情(性之情)'과 '情의 感(情之感)'으로 구분한 것은 '物欲'과 '性'의 관계에 따라서 분석한 것이다. 그가 술은 비록 貨色처럼 (人)性의 고유한 것은 아니지만 그 존재 가치(술은 賓을 접대하고 祭祀하는 데 도움이 되는 것)를 인정하여 "외부에서 생기는 것이지만 내부로 받아들여지는 것(外生而內受)"으로 여겨 그것을 命이라고 여겼다. 그러나 그는 '性의 情'이든 '情의 感'이든 만약 그것의 충족이 절제를 받지 않는다면 난동과 미혹을 야기시킨다고 하였다. 때문에 그는 특히 '性을 극진히 하여' '性의 情'에 대해서 '性으로 情을 바르게 하고(以性正情)', '性으로 命을 따를 것(以性

---

70) ≪船山全書≫ 三, pp.428~429, ≪詩廣傳≫ 卷三, "貨導人以黷, 雖然, 不可以廢貨也. 色湛人以亂, 雖然, 不可以廢色也. 酒興人以迷, 無亦可以廢酒乎? 酒者害百而利不得十, 義不得一者也. …… 禹惡而姑存之, 武王誥而弗革之, 曰爲賓祀也. 籩之豆之, 簋之簋之, 神歆而人宜之, 亦奚乎不可? …… 貨色之好, 性之情也. 酒之使人好, 情之感也. 性之情者, 性所有也. …… 情之感者, 性所無也. …… 內生而外成者性也, 流於情而猶性也. 外生而內受者命也, 性非有而莫非命也. 盡其性, 行乎情而貞, 以性正情也. 盡其性, 安其 命而不亂, 以性順命也 …… 故歌 <賓之初筵>於酒座而不失其歡者, 可與受命矣."

順命)'을 강조하였다. 이것을 달리 말하면 性 즉 仁義禮智의 理로써, 情 즉 인성의 내재적 聲色臭味의 욕구를 절제하고, 그것으로 외부의 외물로부터 발생하는 감각적 애호를 조절할 것을 강조한 것이다.71)

결국, 왕부지 이른바 '性의 情'은 道心과 人心, 仁義禮智와 喜怒哀樂, 天理와 人欲, 도덕정감과 자연정감이 상호 통일과 조화를 이루는 것임을 알 수 있다.

(3) 詩의 본체로서 표현 대상

왕부지는 이러한 '性의 情'의 관점에 입각하여 시에서 본체로서 표현되어야 할 대상과 표현되어서는 안 될 대상을 엄격하게 구별하였다. 그의 이러한 관점을 다음에서 살펴볼 수 있다.

> 詩는 志를 말하는 것이요 意를 말하는 것이 아니다. 詩는 情을 표현하는 것이요 欲을 표현하는 것이 아니다. 마음(心)이 하기 바라는 것이 志이고 생각(念)이 얻고자 바라는 것이 意다. 스스로 억제하지 못하는 데서 발로되는 것이 情이고, 망동하여 스스로 제어하지 못한 것이 欲이다. 意에는 公이 있고 欲에는 大가 있는데 大欲은 志와 통하고 公意는 情에 준한다. 단지 意만을 말하면 사사로움일 뿐이고 단지 欲만을 말한다면 소소할 뿐이다. 사람이 스스로 곧바르지 못하면 意는 사사로움에 막히고 欲은 소소함에 제한되어 싫어하면서도 감히 스스로도 포기하지 못하게 되니, 또한 부끄러움을 가지고 있는데 어떻게 길게 말하며 탄식하고 화려하게 수식하여 문장이 나게 할 수 있으리오?72)

---

71) '性의 情'에 대한 셋째 논술은 李錫鎭 撰, ≪王船山詩學的理論基礎及理論重心≫, p.78을 참고하여 이루어졌다.

72) ≪船山全書≫ 三, p.325, ≪詩廣傳≫ 卷一, <邶風·論北門>, "詩言志, 非言意也 ; 詩達情, 非達欲也. 心之所期爲者志也, 念之所覬得者意也, 發乎其不自已者情也, 動焉而不自持者欲也. 意有公, 欲有大, 大欲通乎志, 公意準乎情. 但言意, 則私而已 ; 但言欲, 則小而已 ; 人卽無以自貞, 意封於私, 欲限於小, 厭然不敢自暴, 猶有媿怍存焉, 則奈之何長言嗟歎, 以

情의 貞과 淫이 같이 행해지면서도 달리 발로된 것은 오래되었다.
…… 貞도 情이요 淫도 情이다. …… 때문에 理를 가리기는 쉬워도 情을
가리는 것은 어렵다. 情에 자세히 살피고 貞과 淫은 상호 배리되어 마치
얼음과 파리가 자리를 함께할 수 없는 것과 같다는 것을 알아서 분별을
조속히 해야 한다. (그래서) 그 淫을 조장하지 않아야 貞한 것이 현저해
진다.73)

왕부지는 志와 意, 情과 欲, 貞과 淫을 엄격하게 구별하였다. 그는 志,
情, 貞과 같은 것은 모두 性을 근간으로 발동하였기 때문에 모두 善한 성
분을 가지고 있다고 하였다. 때문에 이것은 모두 시가의 본체가 될 수 있
고, 詩에 표현되었을 때에는 "濁心을 씻어내고 무기력을 진작시켜서 호
걸로 이끌어 들이고 나중에는 성현으로 기대를 할 수 있으며 결국 이는
亂世에서 人道를 구하는 大權이 된다"74)고 하였다. 그러나 意, 欲, 淫과
같은 것은 모두 性을 이탈하여 자위적인 것이 되어 모두 불선한 성분을
가지고 있다고 하였다. 이러한 불선한 성분들이 마구 흐르면 작게는 개
인의 성정에 치명적인 영향을 미칠 뿐만 아니라, 크게는 사회 인심과 풍
속을 타락시켜 결국 국가를 쇠망에까지 이르게 한다고 하였다. 때문에
왕부지는 이러한 불선한 것들은 시가의 본체가 될 수 없다고 하였다.
　다음에서 각각의 개념에 대해 살피면서 시의 본체가 어떠한 것인지를
고찰해보겠다.

　　緣飾而文章之乎?"

73) ≪船山全書≫ 三, pp.327~328, ≪詩廣傳≫ 卷一, <邶風·論靜女>, "情之貞淫, 同行而
　　異發久矣. …… 貞亦情也, 淫亦情也. …… 故擇理易, 擇情難. 審乎情, 而知貞與淫之相背,
　　如冰與蠅之不同席也, 辨之早矣. 不獎其淫, 貞者乃顯."

74) ≪船山全書≫ 十二, p.479, ≪俟解≫, "聖人以詩教, 以蕩滌其濁心, 震其暮氣, 納之於
　　豪傑, 而後期之以聖賢, 此求人道於亂世之大權也."

① 志와 意의 구분

왕부지는 "시는 志를 말하는 것이고 意를 말하는 것은 아니다"라고 하였다. "詩는 志를 말하는 것이다"라는 것은 이미 ≪尙書·堯典≫에서 제기되었다. '詩言志'의 '志'에 대해서 수많은 시론가들이 그것의 함의를 탐구하는 데 심혈을 기울였다. 聞一多의 <歌與詩>, 朱自淸의 ≪詩言志辨≫ 등은 이에 대한 연구 결과이다. 때문에 본고에서 전통의 '詩言志'의 '志'가 무엇인지를 탐구하는 것은 논외로 한다. 여기에서는 왕부지가 말하는 '志'와 '意'는 서로 어떠한 대비적 성격을 가진 것인지를 살펴봄으로써 그것이 시가의 본체로서 가지는 의의를 규명하고자 한다. 물론 이러한 탐구는 또한 ≪尙書·堯典≫의 '詩言志'에 대한 해석에도 새로운 시사점이 될 수 있다.

위의 예문에서 왕부지는 '志'와 '意'를 대비 개념으로 제기하였다. 그는 '志'는 '마음(心)이 하기 바라는 것'이고, '意'는 '생각(念)이 얻고자 바라는 것'이라 하였다. 이것은 '志'와 '意'가 그의 心性論으로부터 제기된 개념임을 말한다. 다음에서는 그의 心性論에서 '志'와 '意'가 어떠한 대비적 성격을 가지고 있는지 고찰해 보자.

　意란 마음에서 우연하게 발동하는 것으로 그것을 지키고 있으면 偏見(成心)이 된다. …… 대개 道에 근거한 것을 經이라 하고 마음(心)에 근거한 것을 志라 한다. 志란 학문에 뜻을 두는 데(志學)서 시작되어, 마음을 따라도 법도를 넘지 않는 상태(從心之矩)에서 마쳐지는 것으로 일정하여 바꿀 수 없는 것, 이루어야 하는 것이다. 意는 느낌에 따라서 발생하는 것으로, 見聞에 따라서 同異, 攻取를 가지는 것으로 항상적이지 못하고 그것을 익혀야만 항상적인 것이 되니 이루어져서는 안 되는 것이다. 때문에 배우는 사람은 마땅히 志와 意의 구분을 알아야 한다고 한 것이다.[75)]

意가 발동하면 善하기도 하고 惡하기도 하는데 일시적인 감각과 움직임에 따르고 私心에서 이루어지기 때문이다. 志는 아직 사물이 있지 않으나 예정되어 있는 것이다. 意가 발동하면 반드시 여러 일에 나타나는데 政刑이 아니면 그것을 바르게 하지 못한다. 앞에서 미리 존양하여 그 志로 하여금 바름(正)에 길들여지고 익숙하게 하여서 기쁘게 하면서 안정되게 하면 志가 안정을 이루고 意는 비록 불순하더라도 또한 자각하여 생각이 바뀌게 된다.76)

위에 근거하면, "'志'는 恒常性을 가지며 바꿀 수 없는 행위 준칙이다. 그것은 사물이 이르기 전에 이미 '마음(心)'에 존양되어 있는 正道이다. '意'는 偶發性을 가지며 일시적으로 이목이 사물에 감촉되어 나타나는 행위 반응이다. 그것은 이목이 사물에 감촉되어 나타나는 즉각적, 순간적 반응이기 때문에 항상성을 가지지 못하고 선악을 담보하지 못하는 것이다. 그것은 '志'의 제어를 받지 않는 이상 '私欲'으로 빠지는 것이다. 이러한 차이에 의해서 '志'와 '意'에는 公私, 大小의 구별이 존재한다고 하였다."77)

志는 크고(大) 비어있고(虛) 많은 이치를 담고 있으나, 意는 작고(小) 한 곳에 빠져 있는 것이다.78)

실로 志가 있으면 저절로 天下의 공적이고 옳은 것(公是)에 부합된다.

---

75) 《船山全書》 一二, p.150, 《張子正蒙注》 卷四·《大心篇》, "意者, 心之所偶發, 執之則成心矣. …… 蓋在道爲經, 在心爲志, 志者, 始於志學而終於從心之矩, 一定而不可易者, 可成者也. 意則因感而生, 因見聞而執同異攻取, 不可恒而習之爲恒, 不可成者也. 故曰學者當知志意之分."

76) 上同, p.189, 《張子正蒙注》 卷四·《中正篇》, "意之所發, 或善或惡, 因一時之感動而成乎私 ; 志則未有事而豫定者也. 意發必見諸事, 則非政刑不能正之 ; 豫養於先, 使其志馴習乎正, 悅而安焉, 則志定而意雖不純, 亦自覺而思改矣."

77) 李錫鎭撰, 《王船山詩學的理論基礎及理論重心》, p.102.

78) 《船山全書》 一二, p.167, 《張子正蒙注》 卷四·《中正篇》, "志大而虛含衆理, 意小而滯於一隅也."

意는 자기를 옳음으로 여기고 天下의 공적이고 옳음을 돌아보지 않는다. 때문에 志가 바르게 되어진 이후에 그 意를 다스릴 수 있으니 志가 없으면 意가 하는 바는 비록 善하더라도 견고하지 못하고 惡하게 되면 하지 못하는 것이 없게 된다. …… 사람을 가르치는 사람은 志와 意의 公, 私를 구별할 줄을 알아야 한다.79)

위에 근거하면, '志'는 천하의 공통성, 보편성(天下之公是)에 부합되고, '意'는 개인성, 주관성(見己爲是)에 치우친 것이다. '志'는 마음(心)의 '허령불매(虛靈不昧)'한 상태80)에서 발동하여 이르는 곳마다 善한 성격을 가진다. 그리고 그것은 '性'에 내재되어 있기 때문에 '志'는 반드시 仁義禮智의 理가 내포되게 된다. 때문에 군자가 그것을 취하여 닦고 존양함으로써 天理로 나아갈 수 있는 것이다.81) 반면에 '意'는 이목이 사물에 일시적으로 감촉하여 이목의 순간적, 즉각적 감각 작용에 의하여 나오는 것이기 때문에 주체가 사물과 감촉할 때 이미 '바름(正)'으로써 존양되어진 '志'로써 감각을 제어하지 못하면 私欲(私意)82)과 偏見(成心)83)으로 흐르게

---

79) 上同, p.189, "苟有志, 自合天下之公是. 意則見己爲是, 不恤天下之公是. 故志正而後可治其意, 無志而唯意之所爲, 雖善不固, 惡則無不爲矣. …… 教人者知志意公私之別."

80) 왕부지는 '心'을 '虛靈不昧'의 상태로 표현하였고 '虛靈不昧'를 "사욕이 없이 곡절통달하면서 모두 선하여 처음부터 끝까지 어둡지 않는 것"으로 해석하였다.
"虛靈不昧 …… '虛'字本未有私欲之謂也(不可云虛空). '靈'者, 曲折洞達而咸善也. ≪尙書≫ 靈字, 只作善解 ; 孟子所言仁術, 此也, 不可作機警訓. '不昧'有初終, 表裏二義 : 初之所得, 終不昧之 ; 於表有得, 裏亦不昧. 不可云常惺惺"(≪船山全書≫ 六, p.395, ≪讀四書大全說≫ 卷一·≪大學≫).

81) ≪船山全書≫ 六, p.923, ≪讀四書大全說≫ 卷八·≪孟子公孫丑上篇≫, "若吾心虛靈不昧以有所發而善於所往者, 志也, 固性之所含也. …… 君子有志, 固以取向於理."

82) ≪船山全書≫ 六, pp.768~769, ≪讀四書大全說卷六·論語顏淵篇≫, "私意者, 即人欲也. 意不能無端而起, 畢竟因乎己之所欲. 己所不欲, 意自不生. 且如非禮之視, 人亦何意視之, 目所樂取, 意斯生耳. …… 特已立一意, 則可以襲取道義之影似, 以成其欲而覆蓋其私. 如莊子說許多汗漫道理, 顯與禮悖, …… 緣他人欲落在淡泊一邊, 便向那邊欲去, 而據之以爲私. 故古今不耐煩劇漢, 都順著他走, 圖個安佚活動. 此情也, 此意也, 其可不謂一己之私欲乎!"

83) ≪船山全書≫ 一二, pp.149~150, ≪張子正蒙注≫ 卷四·≪大心篇≫, "(張子自註：成心者, 私意也.) 成心者, 非果一定之理, 不可奪之志也. 乍然見聞所得, 未必非道之一曲, 而不

된다. 때문에 그것은 천리와 위배되고 천리의 발현을 막는다.[84] 왕부지
가 위에서 "단지 意만을 말하면 사사로움일 뿐이고 …… 意는 사사로움
에 막힌 것이다"라고 한 것은 이러한 '私意', '成心'을 말한 것이다. 그는
이러한 불선한 성분이 시로 표현되어서는 안 된다고 하였다.[85]

　왕부지는 또한 주체가 사물과 감촉할 때 '志'는 '마음(心)의 바름(正)'을
지키는 것으로 마음에 항존하여 善한 것이고 惡이 없는 것이지만, '意'는
'본래의 바른 마음(素正之心)'을 파괴시켜 악한 것이고 선한 것은 아니라고
하였다.

　　대개 마음의 바른 것은 志가 지키는 것이다. 이로써 그것은 마음속에
　　항존하여 善한 것이고 惡한 것이 아님을 알 수 있다. 마음이 존재하는
　　곳은 선하고 악한 것이 아니다. 意가 이미 발동하여 본래의 바른(素正)
　　마음을 능멸하고 빼앗으면 스스로 기만하는 것이다. 意가 心을 기만하는
　　것이다.[86]

　때문에 '志'와 '意'는 聖人, 君子, 中人, 庸人의 경계를 구분하는 것이라
고 하였다. 그는 庸人은 '意'만이 있고 志는 소유하지 못한 사람이고, '中
人'은 '志'가 세워지기는 하였으나 '意'가 그것을 혼란시키는 사람이고,
君子는 '志'를 지켜서 '意'를 신중하게 하는 사람이고, 聖人은 '志'를 純一
하게 하여 德을 이루어 '意'가 없는 사람이라고 하였다.[87]

　　能通其感於萬變, 徇同毀異, 强異求同, 成乎己私, 違大公之理, 恃之而不忘, 則執一　善而守
　　之, 終身不復進矣."
84)　《船山全書》 六, p.1082, 《讀四書大全說》 卷六·《孟子告子上篇》, "有私意私欲爲之
　　阻隔而天理不現."
85)　'志와 意의 구분'에 관한 내용은 李錫鎭撰, 《王船山詩學的理論基礎及理論重心》, p.78을
　　참고하여 서술하였다.
86)　《船山全書》 六, p.415, 《讀四書大全說》 卷一·《大學傳第六章》, "蓋心之正者, 志
　　之持也, 是以知其恒存於中, 善而非惡也. 心之所存, 善而非惡. 意之已動, 以陵奪其素正之
　　心, 則自欺矣意欺心."

왕부지는 '意'는 원망과 원한 등으로 망동하는 성격의 것이고, '志'는
견지하여 생사를 결정할 수 있는 것으로 여겼다.

> 意가 망동하는 것에는 원망하고 원한을 품는 것이 과실이 되고 과분
> 하게 요행(幾倖)을 바라는 것이 다음이다.88)

> 詩는 志를 말하는 것이다. 또 詩로써는 性情을 말한다고 하였다. 사람
> 이 진실로 志가 있게 되면 生死를 이로써 한다. 性은 또한 스스로 안정
> 된 것이나 情은 때에 따라 그러하지 않을 수 없는 것이다.89)

'志'와 '意'는 이처럼 상반되는 성격을 가졌기 때문에 '志'는 시의 본
체로서 표현 대상이고, '意'는 표현 대상이 되지 못한다. 그러나 '意'가
비록 불선한 성분의 것이기는 하지만, 그것은 또한 엄연히 인성에서 발
생되는 것이다. 때문에 그것을 어떻게 다스리고 이끌어야 하는가라는 문
제가 제기된다. 왕부지의 '治意'는 이에 관한 것이다. 왕부지는 주체가
앞서 '志'를 존양하여 그것을 '바름(正)'에 길들이고 익숙하게 하고 도덕
적 자각을 가지고 心思활동과 성찰 공부를 하여 사물과 접촉할 때에 발
생하는 감각을 제어함으로써 '意'를 다스릴 수 있다고 하였다. '志'로써
주체의 치도(治導)를 받은 '意'는 '志'와 동등하게 된다. 그것은 이미 '志'
에 부합하는 '意'가 된다. 때문에 '私意'의 '意'와는 판연하게 구별된다.
다음에서 왕부지의 이러한 관점을 볼 수 있다.

---

87) ≪船山全書≫ 一二, p.258, ≪張子正蒙注≫ 卷六・≪有德篇≫, "意者乍隨物感而起也 ;
志者, 事所自 立而不可易者也. 庸人有意而無志, 中人志立而意亂之, 君子持其志以愼其意,
聖人純乎志以成德而無意. 蓋志一而已, 意則無定而不可紀. 善敎人者, 示以至善以亟正其志,
志正, 則意雖不定, 可因事以裁成之."
88) ≪船山全書≫ 三, p.325, ≪詩廣傳≫ 卷一, <邶風・論北門>, "意之妄, 忮懟爲尤, 幾倖
次之."
89) ≪王船山詩文集≫ 上冊, p.190, 香港, 中華書局, <薑齋六十自定稿・自敍>, "詩言志. 又
曰詩以道性情. 人苟有志, 生死以之, 性亦自定, 情不能不因時爾."

　　대개 멋대로 사물에 따라 일어나고 欲이 하고자 하는 바가 있는 것을 意라고 한다. 그러나 그 마음을 바르게 하는 사람이 존양에 근본을 가지고 있으면서 사물에 따라 발동하고 欲이 하고자 하는 바가 있는 것도 또한 意라고 할 수 있다. 그 欲이 하고자 하는 바가 있다는 것에서는 (모두) 같지만, 근본이 있고 근본이 없는 것에서는 다르다. 意가 마음이 바른 것으로부터 비롯되었다면 志보다 못한 것이 없다. …… 意가 자신의 바른 마음에서 나오면 사물에 따라서 意라고 하지만 사실은 心이고 志로써 心이 발용되어 志가 功效를 본 것이다.[90]

　　왕부지는 '意'가 마음의 '바름(正)'으로써 치도를 받아서 마음의 바름으로부터 나오면, 그것은 거의 '心'이고 '志'라고 하였다. 그가 말하는 '公意'는 바로 이러한 '意'를 말한다. 그는 '公意'는 바로 '情'에 준한다고 하였다.

　　그러나 그는 "詩가 志를 말하는데 어찌 志가 바로 詩이리요?"[91]라고 하였다. 그는 '志'가 시의 본체는 될 수 있지만 그것의 표현 자체가 시는 아니라고 하였다. 얼핏 그의 관점에 모순이 있는 듯하다. 그러나 이에 대한 의문은 그가 ≪尙書·堯典≫의 "시는 志를 말하고, 노래란 말을 길게 읊조리는 것이다(詩言志, 歌永言)"라는 것을 해석한 것에서 풀린다.

　　때문에 '詩란 마음속의 뜻(志)을 표현하는 것이요, 노래(歌)란 말(言)을 길게 읊조리는 것이다'라고 하였지만, 뜻이 곧 詩가 되고 말이 곧 노래가 되는 것은 아니다. 그 관건은 興할 수 있느냐 興할 수 없느냐에 있는 것이다.[92]

---

90) ≪船山全書≫ 六, p.729, ≪讀四書大全說≫ 卷五·≪論語子罕≫, "蓋漫然因事而起, 欲有所爲者曰意. 而正其心者, 存養有本, 因事而發, 欲有所爲者, 亦可云意. 自其欲有所爲者則同, 而其有本, 無本也則異. 意因心之所正, 無惡於志. …… 意生於己正之心, 則因事而名之曰意 ; 而實則心也, 志也, 心之發用而志之見功也."

91) ≪船山全書≫ 一四, p.708, ≪古詩評選≫ 卷四, 郭璞 ＜遊仙詩＞ "翡翠戱蘭苕" 評語, "詩言志卽詩乎?"

92) ≪船山全書≫ 一四, p.897, ≪唐詩評選≫ 卷一, 孟浩然 ＜鸚鵡洲送王九之江左＞ 評語, "故曰 '詩言志, 歌永言' 非志卽爲詩, 言卽爲歌也. 或可以興, 或不可以興, 其樞機在此."

그는 '詩', '歌'의 예술 심미는 '志', '言'의 표현, 길게 읊조림 그 자체가 '詩', '歌'가 되는 것이 아니라, '志', '言'을 표현하거나, 길게 읊조림으로써 '감흥의 흥기' 내지는 '감정의 고무'가 있어야 한다고 하였다. 왕부지는 "詩言志, 歌永言"에 대한 강조점을 '志', '言' 그 자체에 두는 것이 아니라 '興'에 두고 있다.

그는 '志'가 시의 본체로서 시의 표현 대상이지만, 그 자체가 시가 아니라 그것을 표현하여 반드시 감정을 고무시켜야만 시가 된다고 하였다. 여기에서 "詩言志, 歌永言"에 대한 그의 참신한 심미 관점과 예술 지향을 살필 수 있다.

② 情과 欲의 구분

왕부지는 "詩는 情을 표현하는 것이요 欲을 표현하는 것이 아니다"라고 하였다. 그리고 情은 性에서 품수되고, 欲은 情으로부터 발생한다고 하였다.[93] 그가 말하는 情, 欲은 그의 인성론의 性, 情, 欲 삼자 관계에서 제기된 개념이다. 그가 시의 표현 대상으로 여긴 情은 性을 근간으로 발동하는 선한 성분이고, 표현 대상으로 배제한 欲은 性을 이탈하여 불선한 성분이 된 情으로부터 나온 '私欲'을 말한다. 때문에 情은 공통, 보편, 진지, 진실, 절제, 도덕의 성격을 가지고, 欲은 개인, 편협, 사욕, 물욕, 방종, 비도덕의 성격을 가진다. 전자는 性을 발휘시키고, 후자는 性을 손상시킨다. 때문에 하나는 표현 대상이고, 하나는 표현 대상이 아니다. 그는 情을 또한 '貞'과 '淫'의 두 가지 성격으로 구분하였다. 情에 있어서 '貞'은 '性'으로부터 발동한 것을 말하고, '淫'은 '性'을 이탈하여 혈기로부터

---

93) ≪船山全書≫ 三, p.327, ≪詩廣傳≫ 卷一, "情受於性, 性其藏也, 乃迨其爲情, 而情亦自爲藏矣. 藏者必性生而生欲, 故情上受性, 下授欲. 受有所依, 授有所放, 上下背行而各親其生, 東西流之勢也."

발동한 것을 말한다. 전자는 시의 표현 대상이고, 후자는 시의 표현 대상으로 배제된다.

왕부지는 비록 '私欲'을 부정하였지만, 그러나 결코 인성에서 '人欲'을 배제 대상으로 여기지 않았다. 그는 오히려 '人欲'이 존재해야만 '人性'을 발휘시킬 수 있다고 하였다. 그는 宋明 理學에서 부정하였던 '人欲'을 긍정하고 그것을 '天理'와 어떻게 조화시킬 것인가를 그의 철학 과제로 삼았다. 그가 말한 '大欲', '公欲'의 개념은 이러한 과정에서 나온 것이다.

다음에서는 왕부지의 情, 欲에 대한 관점을 고찰하여 情, 欲의 대비적 성격을 살펴보고, 동시에 그가 제기한 情에 있어서의 '貞', '淫'의 성격, 欲에 있어서 '大欲', '公欲' 등의 개념을 고찰한다. 이러한 고찰은 그의 인성론에 대한 기초적 탐구이지만, 그의 시론을 이해하는 중요한 작업이다.

가. 情

왕부지는 情을 性의 안위를 좌우하는 것으로 여겼다. 그것이 어떻게 발동하느냐에 따라서 性을 안정되게 할 수도 위태롭게 할 수도 있다고 하였다.[94] 때문에 시에서 표현되는 情은 첫째, 性의 발단으로 性을 안정시킬 수 있어야 한다.[95] 둘째, 시에서 표현하는 희로애락의 情은 개인적, 주관적 감정에만 치우진 것이 아니라 천하 사람들의 희로애락의 情을 통찰하여 가리워짐이 없어야 한다. 이러한 情은 性을 위한 情이 될 수 있다.

> 근심과 즐거움에 막히지 않는 사람이라야 천하의 근심과 즐거움을 통달할 수 있다. 근심과 즐거움에 막히지 않는 것은 근심과 즐거움을 잊는

---

94) ≪船山全書≫ 二, p.366, ≪尙書引義≫ 卷五 "情之已蕩, 未有能定其性者也. 情者, 安危之樞, 情安之而性乃不遷."
95) ≪船山全書≫ 三, p.354, ≪詩廣傳≫ 卷二, "是故情者, 性之端也. 循情而可以定性也."

것이 아니고, 천하의 뜻을 통달하여 가리움이 없다. 이로써 근심과 즐거움이 진실로 가리움이 없으면 性의 발용을 위한 것이 될 수 있음을 알겠다. 때문에 情이란 性의 情이라고 한다.

오직 근심에 막히면 천하의 즐거움을 통달할 수 없고 그 근심하는 바에 막히면 천하의 근심하는 바를 통달하지 못한다. 근심에 막히어 근심하는 바가 잠시 풀리면 반드시 즐거움에 막힌다. 즐거움에 막히면 또한 장차 천하의 근심에 통달하지 못한다. 그 즐거운 바에 막히면 또한 장차 천하의 즐거운 바를 통달하지 못한다. 때문에 '잎새 하나가 눈을 가리면 泰山과 岱山을 보지 못한다. 콩 두개가 귀를 막으면 우뢰와 천둥소리를 듣지 못한다'라고 하였다.[96]

셋째, 시인의 情은 진지(眞摯)하고 막힘이 없어야 한다.

聖人이란 耳目이 열리고 性情이 곧바르고 情은 진지하고 막힘이 없으니 자기가 타인과 교제하면서도 보존하여 잃지 않고 조금도 가리움이 없는 것이니 <東山>이 사람들의 情을 통찰한 바이다.[97]

넷째, 인간의 性은 배워서 얻을 수 있는 것도 아니고, 情 또한 이어받을 수 있는 것도 아니다. 때문에 시에서 표현하는 情은 반드시 주체(心)와 객체(物)의 감촉에 의해서 인성으로부터 발생한 '眞情'이어야 한다. 이러한 '진정'이라야 다른 사람의 영혼(人性)을 울릴 수 있는 시가 된다. 이와 반대되는 가식적이고 조작적인 정은 어떠한 감동이나 효용도 있을 수 없다. 왕부지는 이러한 측면에서 두보를 다음과 같이 비판하였다.

---

96) 《船山全書》 三, p.384, 《詩廣傳》 卷二, <豳風·論東山>, "不毗於憂樂者, 可與通天下之憂樂矣. 憂樂之不毗, 非其忘憂樂也, 然而通天下之志而無蔽. 以是知憂樂之固無蔽而可爲性用, 故曰：情者, 性之情也. 惟毗於憂, 則不通天下之樂；毗於其所憂, 則不通天下之所憂. 毗於憂, 而所憂者乍釋, 則必毗於樂；毗於樂, 亦將不通天下之憂；毗於其所樂, 抑將不通天下之所樂. 故曰：'一葉蔽目, 不見泰岱；兩豆塞耳, 不聞雷霆.' 言此也."
97) 上同, "聖人者耳目啓而性情貞, 情眞摯而不滯, 己與物交存而不忘, 一無蔽焉, <東山> 所以通人之情也."

性은 배워서 얻는 것이 아니기 때문에 道는 서로 도모하지 않는다. 道는 서로 도모하지 않기 때문에 情 또한 서로 답습되지 않는다. …… 실로 情이 생기는 것은 또한 그 감촉하는 바를 일컬을 뿐이다. …… 큰 변고도 없이 격분하고 서로 미침이 없었는데도 근심하고 사적으로 격분하면서 公理로 문장을 지으니 (문장이) 이루어지기를 기대할 수는 있으나 일찍이 저절로 곤궁해진다. 鮑焦, 申徒狄, 屈平의 작풍을 피상적으로 모방하여 신음하지만 그 병으로 한 것이 아니니, 무릇 이러한 사람들이 어떻게 性情을 말할 수 있으리요! 필부의 분한(忿恨)일 뿐이다. …… 때문에 두보가 국가를 근심한 것은 눈썹으로만 근심한 것이니 나는 그가 과연 근심했는지를 알지 못하겠다.[98]

그는 주체가 객체로부터 자극을 받아 발생된 '진정'이 체현된 작품을 극찬하였다. 예를 들어, 그는 阮籍의 <詠懷>에 대해서 "이처럼 심원하고 요원한 가운데 모든 진정이 내재되어 있으니 흥기할 수 있고, 관찰할 수 있고, 함께할 수 있고, 원망할 수 있으니 이로써 詩에서 취함이 있게 된다"[99]라고 하였다.

반면에 가식적이고 조작적인 감정이나 문자의 유희로 시를 짓는 창작 폐습을 배척하였다. '餖飣',[100] '惡詩',[101] '詩傭'[102] 등에 대한 배척이 그

---

98) 《船山全書》 三, p.338, 《詩廣傳》 卷一, <王風·論竹竿>, "性非學得, 故道不相謀 ; 道不相謀, 情亦不相襲矣. …… 果有情者, 亦稱其所觸而已矣 …… 無大故而激, 不相及而憂, 私憤而以公理爲之辭, 可以有待而早自困, 耳食鮑焦, 申徒狄, 屈平之風而呻吟不以其病, 凡此者惡足以言性情哉! 匹夫之婥婥而已矣. …… 是故杜甫之憂國, 憂之以眉, 吾不知其果憂否也."

99) 《船山全書》 一四, p.681, 《古詩評選》 卷四, 阮籍 <詠懷> "開秋兆涼氣" 評語, "唯此窅窅搖搖之中, 有一切眞情在內, 可興可觀可群可怨, 是以有取于詩."

100) '餖飣'은 명대 난립한 문파에서 행해진 창작의 폐습으로 전적이나 전인의 창작으로부터 자구를 모아 이를 고정된 격식에 교묘하게 배열, 포진시켜서 한 편의 시를 쓰는 것을 말한다.
    《淸詩話》 上冊, pp.16~17, 《薑齋詩話》 卷下, "門庭一立, 擧世稱爲'才子', 爲'名家'者有故. 如欲作李何王李門下廝養, 但買 《韻府群玉》, 《詩學大成》, 《萬姓統宗》, 《廣輿記》 四書置案頭, 遇題查湊, 卽無不足. 若就吮竟陵之唾液, 則更不須爾, 但就大家所誦時文'之', '於', '其', '以', '靜', '澹', '歸', '懷' 熟活字句湊泊將去, 卽已居然詞客.

것이다. 이러한 창작에서는 '性情', '興會', '思致' 등의 예술 생명은 조금
도 존재하지 않는다고 여겼기 때문이다.103)

다섯째, 시에서 표현하는 情은 '(天)理'에 부합해야 한다. 이러한 情은
천하의 예악과 문장이 되지만, '理'를 벗어난 것은 '淫', '傷'으로 흐르고,
欲의 유혹에 빠져 이목의 감각작용으로 하여금 악용이 되게 하여 '본심'
을 잃게 한다.

> 情에서 발동하여 理에 머물러야 한다. 止란 그 발동을 벗어나지 않는
> 것이다. (天)理 없는 情은 있으나 情이 없는 (天)理는 없는 법이다.104)

> 詩는 情에 근원을 두고, 理는 性에 근원을 두니 이 두 가지는 끌채(轅)
> 를 나누고 멍에(駕)를 반대로 하는 것이겠는가?105)

> 이처럼 情이 지극하고 理가 지극하고 氣가 지극한 작품을 걸작이라
> 할 만하니 세인들은 그것이 좋은지를 알지 못한다.106)

 …… 立門庭必飯飣, 非飯飣不可以立門庭."

101) 《淸詩話》 上冊, p.20, 《薑齋詩話》 卷下, "門庭之外, 更有數種惡詩：有似婦人者, 有
 似衲子者, 有似鄕塾師者, 有似游食客者. 婦人, 衲子, 非無小慧；塾師, 游客, 亦侈高談.
 但其識量不出鍼線蔬筍, 數米量鹽, 抽豊告貸之中, 古今上下哀樂, 了不相關, 卽令揣度言之,
 亦粤人詠雪, 但言白冷而已."

102) 上同. "前所列諸惡詩, 極矣. 更有猥賤於此者, 則詩傭是也. 詩傭者, 衰腐廣文, 應上官
 之徵索, 望門幕客, 受主人之雇託也. 千篇一律, 代人悲歡."

103) 《淸詩話》 上冊, p.15, 《薑齋詩話》 卷下, "纔立一門庭, 則但有其局格, 更無性情, 更
 無興會, 更無思致, 自縛縛人, 誰與之解者."
 上同, p.16, "門庭一立, 擧世稱爲'才子', 爲'名家'者有故. 如欲作李何王李門下廝養, 但買
 《韻府群玉》, 《詩學大成》, 《萬姓統宗》, 《廣輿記》 四書置案頭, 遇題查湊, 卽無
 不足. 若就吮竟陵之唾液, 則更不須爾, 但就大家所誦時文'之', '於', '其', '以', '靜', '澹',
 '歸', '懷' 熟活字句湊泊將去, 卽已居然詞客."

104) 《船山全書》 三, p.324, 《詩廣傳》 卷一, 〈邶風·論匏有苦葉〉, "發乎情, 止乎理.
 止者, 不失其發也. 有無理之情, 無無情之理也."

105) 《船山全書》 一四, p.588, 《古詩評選》 卷二, 陸機 〈贈潘尼〉 評語, "詩源情, 理源
 性, 斯二者 豈分轅反駕者哉?"

106) 《船山全書》 一四, p.720, 《古詩評選》 卷四, 陶潛 〈飮酒〉 "棲棲失郡鳥" 評語, "如

왕부지가 시의 표현 대상으로 여긴 '情'은 공통, 보편, 진지, 진실, 절제, 사회, 도덕의 성격을 가진 것으로 그것은 결국 '人性'을 위한 '情'임을 알 수 있다.

나. 情의 貞과 淫

왕부지는 情을 '貞'과 '淫'의 두 가지 성격으로 구별하였다.[107] '貞(情)'은 희로애락의 情이 性을 근간으로 발동하여 절도에 부합하는 선한 성분의 情을 의미하고, '淫(情)'은 희로애락의 情이 '性'에서 벗어나서 절도에 부합하지 못하는 불선한 성분의 情을 의미한다. 전자는 시의 표현 대상이고, 후자는 시의 표현 대상이 아니다. 다음에서는 '貞'과 '淫'의 대비적 성격을 고찰한다.

> 性의 올바름으로 발동하여 情이 되면, 樂이 되든 哀가 되든 모두 그 量대로 적당하게 된다. (그러나) 情을 방임하고 性을 벗어나면, 樂이 극에 달해서는 반드시 淫으로 이르게 되고 哀가 지극해져서는 반드시 傷으로 이르게 된다.[108]

때문에 '貞'은 情이 性을 숭상하여 발동하는 것이지만, '淫'은 '性'이 '情'을 숭상하여 나온 것이라고 하였다.

> 情을 권장하는 사람이 말하기를 '남편을 그리워하고 아내를 생각하는 情으로 그것을 人君과 부모에게 바치면 不忠不孝의 근심은 없다'라고 하

此情至, 理至, 氣至之作, 定爲傑作, 世人不知好也."
107) 《船山全書》 三, pp.327~328, 《詩廣傳》 卷一, "情之貞淫, 同行而異發久矣. ……
貞亦情也, 淫亦情也. …… 而知貞與淫之相背, 如冰與蠅之不同席也, 辨之早矣. 不奬其淫,
貞者乃顯."
108) 《船山全書》 七, p.344, 《四書訓義》 (上), 《四書訓義》 卷七, "以其性之正者發而爲
情, 則爲樂爲哀, 皆適如其量 ; 任其情而違其性, 則樂之極而必淫, 哀之至而必傷也."

였다. 군자는 그 말을 심히 싫어하는데 그것은 情을 숭상하여 性에 필적하는 것을 싫어하는 것이 아니라 性을 옮겨서 情에 나아가는 것을 싫어하는 것이다. 情의 貞과 淫이 같이 행해지면서도 달리 발로된 것은 오래되었다.109)

'貞'은 희로애락이 '理'에 근거하여 발동하여 "즐거워하되 지나치게 하지 않고, 슬퍼하되 상심하게 하지 않는다(樂而不淫, 哀而不傷)"의 '中和'의 성격을 가진 것을 말한다. '淫'은 희로애락이 '혈기'에 의하여 '들뜨게 운용(浮用)'하는 데에서 나온 것이다. 때문에 전자는 희로애락이 지나침이나 모자람이 없는 '적중(適中)'의 상태이고, 후자는 그것이 '과도'한 상태이다. 그리고 전자는 '안정된 情(定情)'에 해당하고 후자는 '들뜬 情(浮情)'에 해당한다. 다음에서 이러한 면을 살펴보자.

情에서 貞하다는 것은 원망하기는 하나 (지나쳐) 마음을 상하게 하지는 않고, 사모하기는 하나 친압하게 하지는 않고, 비방하기는 하나 그 비방하는 기색을 드러내게 하지 않고, 생각하기는 하나 그 사사로운 은정으로 하지 않는 것이다.110)

情에서 淫하다는 것은 그 情을 들뜨게 운용하는 것이니 혈기의 변화와 흐름으로 消長되고 天理를 돌아보지 않는 것이다. …… 군자는 이 때문에 그 情을 운용하는 것은 전일해야 하고 淫이 되게 해서는 안 된다는 것을 알아야 한다.111)

---

109) 《船山全書》 三, p.327, 《詩廣傳》 卷一, <邶風·論靜女>, "獎情者曰 : '以思士思妻之情, 擧而致之君父, 亡憂其不忠孝矣', 君子甚惡其言. 非惡其崇情以亢性, 惡其遷性以就情也. 情之貞淫, 同行而異發久矣."

110) 《船山全書》 三, p.321, 《詩廣傳》 卷一, <邶風·擊鼓>, "貞於情者, 怨而不傷, 慕而不暱, 誹而不以矜其氣, 思而不以其私恩也."

111) 《船山全書》 三, p.368, 《詩廣傳》 卷二, <秦風·論葛生>, "淫於情者浮用其情, 而以血氣之 遷流爲消長, 弗顧天矣. …… 君子是以知其用情者專壹而非淫也. …… 君子是以知其用情者專壹而非淫也."

바야흐로 근심하면서 즐거움을 생각하고 즐거워하면서 근심을 생각하
는 것은 '안정된 情(定情)'이 없어서일 뿐이다. 때문에 <蟋蟀>의 시를 陶
唐氏의 風인지를 나는 알지 못한다. 옛날에 그 민중들을 잘 다스렸던 사
람들은 그 志를 안정되게 하고 '들뜬 情(浮情)'이 없게 하였다.112)

왕부지는 특히 '怨', '狂', '情欲', '殺伐' 등은 모두 '혈기'에 의해서 발
동하고, '淫'에 해당하는 것으로 여겼다.113)

'貞'은 耳目心思 등의 감각기관이 외물과 접촉할 때 외물에 구속됨이
없이 각기 순연한 본래의 감각 작용이 발휘되어 '天理'를 지각하는 것이
고, '淫'은 이와 상반된 것이다. 다음은 이에 대한 좋은 예이다.

이에 그 耳目이 있으면 그 聰明이 있고, 그 心思가 있으면 그 智睿가
있으니, 智는 족히 이 天理를 지각하고 力은 족히 이 天理를 실행할 수
있다.114)

<采葛>의 情은 淫情이다. …… 귀(耳)가 현혹되어 밝지 않고 눈(目)이
어두워져 밝지 못하고 마음(心)이 현란하여 수습되지 못하여 情에 지나친
사람이 아니라면 이처럼 급급하게 함이 없다.115)

---

112) 《船山全書》 三, p.363, 《詩廣傳》 卷三, <唐風·論蟋蟀>, "方憂而思樂, 方樂而思
憂, 無定情而已矣. 故 <蟋蟀> 之詩爲陶唐氏之風者, 吾不知也. 古之善用其民者定其志
而無浮情."
113) 《船山全書》 三, p.393, 《詩廣傳》 卷三, "怨者, 陰事也. 陰之事也, 與情相當, 不與性
相得；與欲相用, 不與理相成；與女相宜, 不與男相稱, 迻情之動於性, 迻欲之幾於理, 迻
婦人之懷於君子, 則陰爲陽用, 而國惡得不傾乎?"
　　《船山全書》 三, p.416, 《詩廣傳》 卷三, "氣之動也, 從血則狂, 從神則理, 故曰：君
子有三戒, 戒從血之氣."
　　《船山全書》 三, p.369, 《詩廣傳》 卷二, "情欲, 陰也, 殺伐亦陰也. 陰之域, 血氣之所
樂趨也, 君子弗能絶, 而況細人乎?"
114) 《船山全書》 七, p.105, 《四書訓義》 (上), 《四書訓義》 卷二, "於是有其耳目則有其
聰明, 有其心思則有其智睿；智足以知此理, 力足以行此理."
115) 《船山全書》 三, p.344, 《詩廣傳》 卷一, <鄭風·論采葛>, "<采葛> 之情, 淫情也.
…… 耳熒而不聰, 目瞀而不明, 心眩而不戢, 自非淫於情者, 未有如是之亟亟也."

‘貞’은 희로애락이 性을 근간으로 발동하여 ‘禮義(‘理’)’에 ‘머무르는 것 (止)’을 말한다. ‘淫’은 이와 상반된다. 그것은 남녀 간의 음란한 정서를 말하는 것이 아니라, 희로애락이 ‘理(‘禮義’)’에서 벗어나서 어떠한 절제 없이 혈기에 의해 본능적, 충동적으로 발동하는 것을 말한다. 이것은 왕 부지의 ‘淫’에 대한 창의적인 해석에서 뒷받침된다.

> 淫이란 그 뜻이 (남녀가) 지나칠 정도로 스스럼없다는 것에 있다는 것 을 말하는 것이 아니다. 情이 극단적으로 흐르고 넘쳐흐르면서도 스스로 거둘 줄 모르는 것을 이른다.[116]

왕부지는 ≪說文廣義≫ 卷二에서도 이미 글자의 원의의 측면에서 ‘淫’ 의 본의를 상세하게 설명하였다.

> 淫은 본래 浸淫으로 풀었다. 일설에는 비가 오래 내리는 것이 淫이라 고 하였으니, 비가 오래 내리면 물이 점점 차올라서 끝이 없게 되어서 이다. …… 음악이 길게 끌어지면서 멈춤이 없는 것을 淫聲이라 하고, 女 色에 깊이 빠진 것을 말하는 것이 아니다. 이에 ‘鄭聲은 淫하다’라는 이 유로서 <蔓草>와 같은 여러 시를 淫奔의 시라고 말하는 것은 六書를 잘 모르기 때문이다.[117]

왕부지의 ‘淫’에 대한 해석은 前儒들이 ‘淫’을 단지 남녀의 음탕으로 해석하였던 것에 비하여 창의적이다. 그가 말하는 ‘淫情’을 구체적으로 말하면, 슬픔이 ‘상심하면서 격분’하는 것, 기쁨이 ‘왁자지껄하면서 기뻐’ 하는 것, 함께하는 것이 ‘압소(狎笑)’하는 것, 원망이 ‘저주’로 표현되는

---

116) ≪船山全書≫ 三, p.433, ≪詩廣傳≫ 卷三, <小雅·論采綠>, “淫者, 非謂其志於燕媟 之私也 ; 情極於一往, 氾蕩而不能自戢也.”
117) ≪船山全書≫ 九, pp.183~184, ≪說文廣義≫ 卷二, <油深沈淫>, “淫, 本訓浸淫也. 一曰久雨爲淫, 久雨則水浸淫不已也. …… 樂音曼引而不止, 謂之淫聲, 非謂其沈溺女色. 乃以 ‘鄭聲淫’之故, 而謂 <蔓草> 諸詩爲淫奔之詩, 正緣不辨六書耳.”

것이다. 그는 '淫情'은 詩의 情이 될 수 없다고 하였다. 다음에서 이러한
관점을 살펴보자.

> 슬픔을 말하면 상심하면서 격분하고, 기쁨을 말하면 왁자지껄하면서
> 기뻐하니 元稹, 白居易는 한결같이 천하를 편협되고 촉급한 곳으로 이끌
> 어 杜牧이 형벌을 시행하려 하였던 것은 마땅하다.[118]

> 무릇 시로서 情을 말하는데 天下의 情이 원망과 분노 가운데로 흘러
> 돌아오지 않는 것이 어찌 그 情이겠는가?[119]

> 함께할 수 있다(群)는 것은 압소(狎笑)하는 것이 아니고, 원망(怨)할 수 있
> 다는 것은 저주가 아니다. 이를 알지 못하는 사람은 시를 말할 수 없다.[120]

왕부지는 '淫情'은 작게는 개인의 성정에 치명적인 악영향을 미칠 뿐
만 아니라, 크게는 사회의 인심과 풍속을 타락시킴으로써 국가를 쇠망에
까지 이르게 한다고 여겼다. 다음에서 이를 살펴보자.

> <采葛>의 情은 淫情이다. 그것으로 생각하였으나 생각에 있어서 지나
> 쳤고, 그것으로 두려워했으나 두려움에 지나쳤다. 때문에 하늘은 그 시
> 대를 바로할 수 없고, 사람은 그 소망을 도울 수 없었다. 귀가 현혹되어
> 밝지 않고 눈이 어두워져 밝지 못하고 마음이 현란하여 수습되지 못하
> 여 情에서 지나친 사람이 아니라면 이처럼 급하게 함이 없다. …… 때문
> 에 그 언어는 재빠르고 그 음악은 촉급하고 그 문장은 우아하지 못했으
> 며 그 主旨는 은폐되어진 것이 많아 자세할 수 없었으니, 情이 辭에 드
> 러나게 된 것이다. 桓王의 시대에 군신상하 사이에 모두 이러하였다. 身

---

118) 《船山全書》 三, pp.392~393, 《詩廣傳》 卷三, <小雅·論采薇>, "言悲則悴以激,
言愉則華 以愊, 元稹白居易之一率天下於褊促, 宜夫杜牧之欲施之以刑也."

119) 《船山全書》 三, p.341, 《詩廣傳》 卷一, <王風·論揚之水>, "夫詩以言情也, 胥天
下之情於 怨怒之中, 而流不可反矣, 奚其情哉?"

120) 《船山全書》 一四, p.540, 《古詩評選》 卷一, 陸厥 <中山孺子妾歌> 評語, "可以群
者, 非狎笑也. 可以怨者, 非詛咒也. 不知此者直不可以語詩."

心에 主宰가 없으면 길게 말할 수 없으니 나라가 어찌 무너지지 않고 풍
속이 무너지고 쇠퇴하여 기울지 않으리요?121)

  왕부지는 또한 각 조대의 멸망 원인을 국가 정서에서 찾았다. 그는 周
의 멸망은 <君子于役>과 같은 노고가 생기자, <揚之水>와 같은 원한이
나오고, <揚之水>와 같은 원한이 생기자, <兎爰>과 같은 분노가 나와,
분란을 초래한 것으로부터 야기되었다고 하였다.

  <君子于役>의 勞가 있게 되자 <揚之水>의 怨이 나오고, <揚之水>
  의 怨이 있게 되자 <兎爰>의 怒가 나왔다. 이에 아래에서는 반란을 일
  으키고도 아무런 생각이 없었고 위에서는 형벌을 내리는데도 아무런 기
  강이 없었다. 流亡과 離散이 그지없어 부부는 고통을 한탄하고 부모는 恒
  心이 없어지고 서로 비방하여 드디어 周가 쇠망하는 데 이르렀으니 情이
  방탕하여 수렴하지 못함이 이와 같았다. 때문에 西周는 情으로 興했다가
  情으로 망했으니 …… 君子가 治情에 신중하지 않을 수 있겠는가?122)

  그는 당대에는 元稹, 白居易 등이, 明代에는 鍾惺, 譚元春 등이 문란, 음
탕한 정서를 조장하여 인심을 현혹시키고 풍속을 파괴시킴으로써 국가의
멸망을 초래하였다고 하였다. 그의 이러한 관점이 다음에서 보인다.

  元稹, 白居易에 이르러서는 몸이 요염한 여자로 되어 이불 속의 온갖

---

121) ≪船山全書≫ 三, p.344, ≪詩廣傳≫ 卷一, <鄭風・論采葛>, "<采葛> 之情, 淫情也.
    以之思而淫於思, 以之懼而淫於懼, 天不能爲之正其時, 人不能爲之副其望, 耳熒而不聰, 目
    瞀而不明, 心眩而不戢, 自非淫於情者, 未有如是之亟亟也. …… 是故其詞邊, 其音促, 其
    文不昌, 其旨多所隱而不能詳, 情見乎辭矣. 桓王之世, 臣主上下之間, 胥如此也. 身心無主
    而不足以長言, 國斁而不斂, 俗斂而不積邪?"
122) ≪船山全書≫ 三, p.342, ≪詩廣傳≫ 卷一, <王風・論揚之水>, "有 <君子于役>之
    勞, 則有 <揚之水>之怨, 有 <揚之水>之怨, 則有 <兎爰>之怒. 下叛而無心, 上刑而
    無紀. 流散不止, 夫婦道苦, 父母無恒, 交謗以成乎衰周, 情蕩而無所輯有如是. 故西周以情
    王, 以情亡 …… 君子莫愼乎治情?"

추태를 실컷 표현하였다. 杜牧은 그들이 인심을 현혹시키고 풍속을 파괴
시킨 것을 미워하여 典刑을 실시하려고 하였으니 심한 것이 아니었다.
근세에 이르러 湯顯祖는 자주 붓에 먹을 묻혔으나 본디 雅步를 벗어나지
는 않았다. 오직 譚元春이 온통 靑樓의 음탕함을 써놓아 남자다운 기색
(鬚眉)은 완전히 없어지게 되었으니 潘之恒의 무리들은 또 더 이상 말할
것이 없다. <淸商曲>이 晉, 宋에서부터 일기 시작하였는데 대개 里巷의
음란한 노래로서 애당초 文人들이 지었던 바가 아니었으니 오늘날의 <劈
破玉>, <銀紐絲>와 같을 뿐이다. 詩를 쓰는 사람이 설사 바른 품행, 굳
은 절조만을 중시하지 않는다 하더라도 또한 어떻게 <懊儂歌>, <子夜>,
<讀曲>과 같은 것을 지을 수 있겠는가?123)

  왕부지는 특히 鍾惺, 譚元春을 대표로 하는 竟陵派의 창작 정서에 대해
서 불만을 표시하여 "또한 경릉은 <子夜>, <讀曲>의 모든 음란(淫媟)하
고, 저잣거리(市巷)의 말로써 글자마다 규범을 삼고 구마다 법을 삼아서
하나의 진흙덩어리로 正始의 音을 막았으니 어찌 모방을 버리고 性情을
받들었다 할 수 있으리요?",124) "경릉은 음란(淫媟)이 너무 심했고, 또한
운미가 부족했기 때문이다",125) "서늘한 밤 많은 꿈을 꾸기 시작했네"는
새로운 시어이지만 황음(荒淫)에 빠지지 않았다. 나중에 경릉은 이를 좋아
하니 淫이 아니면 荒하였다"126)라고 하였다. 왕부지는 또한 경릉은 ≪詩

---

123) ≪淸詩話≫ 上冊, p.21, ≪薑齋詩話≫, "迨元, 白起, 而後將身化作妖冶女子, 備述衾褥中
    醜態. 杜牧之惡其蠱人心, 敗風俗, 欲施以典刑, 非已甚也. 近則湯義仍屢爲泚筆, 而固不失
    雅步. 唯譚友夏渾作靑樓淫咬, 鬚眉盡喪, 潘之恒輩又無論已. <淸商曲> 起自晉, 宋, 蓋
    里巷淫哇, 初非文人所作, 猶今之 <劈破玉>, <銀紐絲>耳. 操觚者卽不惜廉隅, 亦何至
    作 <懊儂歌>, <子夜>, <讀曲>?"

124) ≪船山全書≫ 一四, p.1285, ≪明詩評選≫ 卷四, 錢宰 <擬客從遠方來> 評語, "且竟陵
    於 <子夜>, <讀曲> 一切淫媟市巷之語, 字規句巨, 而獨以一丸泥封正始之音, 安在其舍
    擬議以將性情耶?"
    '巨'는 ≪禮記·大學≫에 "是以君子有絜矩之道也."라고 되어 있고, 鄭注에서는 "矩或
    作巨."라 하였다.

125) ≪船山全書≫ 一四, p.1583, ≪明詩評選≫ 卷八, 劉渙 <絶句> 評語, "竟陵淫媟已甚,
    亦由韻不足耳."

126) ≪船山全書≫ 一四, p.1300, ≪明詩評選≫ 卷四, 石珤 <秋夜> 評語, "'涼夜始多夢',

歸≫에 齊, 梁 이래의 樂府民歌를 선집하는 데 있어서도 진실한 性情과 風雅가 체현된 작품은 취하지 않고 靑樓의 수수께끼와 같은 문란한 것, 市井의 남을 속이는 말처럼 간교한 것, 주점의 손, 발장단처럼 추악한 것들을 취하여 '망국의 音'을 조성하여 나라를 망하게 하였다고 하였다. 결국 경릉은 풍아(風雅)를 멸절시키고, 음미(淫靡)를 끌어들인 장본인이라고 하였다.127)

왕부지는 '淫情'에 관한 논의에서 또 다른 중요 관점을 제기하였다. 그는 시문에서 '淫情'이 조성되는 것은 '淫情'이 표현되어서이지만, 또한 情을 표현하는 여러 형식 요소 즉 言語, 音韻, 聲律 등과도 밀접한 관계가 있다고 여겼다. 그는 이러한 형식 요소들이 '절도'를 벗어남으로써 시문에 '淫情'이 조성된다고 여겼다. 그의 이러한 관점이 <鄭風·采葛>에 대한 논의에서 보인다.

<采葛>의 情은 淫情이다. …… 그 언어는 급박하고 그 음악은 촉급하고 그 文章은 우아하지 못했으며 그 主旨는 은폐되어진 것이 많아 자세할 수 없었으니 情이 辭에 드러나게 된 것이다. …… 무엇으로 情이 淫하다는

創獲語不入荒淫. 後來竟陵喜效此, 非淫則荒."

127) ≪船山全書≫ 一四, p.617, ≪古詩評選≫ 卷三, 失名 <子夜春歌> 評語, "子夜, 讀曲等篇, 舊刻 樂府, 旣不可登諸管絃, 雖下里或謳吟之, 亦小詩而已. 晉, 宋以還, 傳者幾至百篇. 歷代藝林, 莫之或采. 自竟陵乘閏位以登壇, 獎之使廁於風雅, 乃其可讀者一二篇而已. 其他媟者如 靑樓啞謎, 點者如市井局話, 蹇者如閩夷鳥語, 惡者如酒肆拇聲, 澀陋穢惡, 稍有鬚眉人見欲嚔. 而竟陵唱之, 文士之無行者相與斅之, 誣上行私, 以成亡國之音, 而國遂亡矣. 竟陵減裂風雅, 登進淫靡之罪, 誠爲戎首. 而生心害政, 則上結獸行之宣城, 以毒清流;下傳賣國之貴陽, 以殄宗社. '凡民罔不譈', 非竟陵之歸而誰歸耶? 推本禍原, 爲之皆裂."
≪船山全書≫ 一四, p.563, ≪古詩評選≫ 卷一, 庾信 <楊柳行> 評語, "齊, 梁, 以降, 士習浮淫, 詩之可傳者旣不多得, 近者景陵一選, 充取其狎媟猥鄙之作, 而齊, 梁, 陳, 隋, 幾疑無詩. 若子山此上三篇, 眞性情, 眞風雅, 爲一代大文筆者, 反斷然削去. 古人心血, 爲後世無知無行者掩抑至此, 雖非壯夫, 能不爲之按劍哉? 鍾以宣城門下蟻附之末品, 背公死黨, 旣專心竭力與千古忠孝人爲仇讐;譚則浪子遊客, 炙手權門, 又不知性情爲何物, 其視此種詩, 如芒刺在眼. 猰貐所噬, 窮奇所食, 固亡足怪, 而生心害政, 乃以墮天下之廉耻, 坐五十年來文人才士于烟花市井之中, 賣國事讐, 恬不知忌. 嗚呼, 有心血者, 何忍復食其餘耶?"

것을 아는가! 그 여러 詞가 풍요롭지 못하면서 音은 촉급해서겠지! 韓愈,
柳宗元, 曾鞏, 王安石의 문장은 가락이 촉급 강박하여 여유가 없으니 비록
천고의 淫人이라는 말을 피하고자 하여도 장차 피할 수 있겠는가?[128]

그는 <采葛>이 '淫情'이 되고, 韓, 柳, 曾, 王 등이 '淫人'이 된 것은
바로 <采葛>이나 이들의 시문에서 사용된 언어, 음운 등의 표현 형식이
촉급하고 강박하였기 때문이라고 하였다. 그는 <王風·北山>이 '淫情'
이 되는 이유를 또한 다음과 같이 설명하였다.

<北山>의 시는 그 음악은 반복되어 애조를 띠고, 그 절주는 촉급하여
어지럽고, 그 언어는 비방하고, 그 情은 사특하다. 때문에 음악이 애조를
띠게 되는 것은 절주가 반드시 어지럽고 절주가 어지러운 것은 위를 비
방하고 사특을 행하여 그침이 없게 된다. 이로써 군자는 음이 촉급하고
애조를 띠고 절주에 맞지 않는 것을 싫어한다. …… 唐, 宋의 말기에 시
로써 명성을 날렸던 사람들은 그것이 變雅의 淫詞인지를 못하고 그것을
조술하여 (文의) 쇠망을 일으킨다고 하였다. 애조를 띤 음악, 어지러운 절
주로써 쇠망을 일으켰다는 것을 나는 이전에 들어본 적이 없다![129]

그의 이러한 관점은 ≪尙書·堯典≫의 "詩言志, 歌永言"에 대한 해석에
서도 보인다.

---

128) 上同, p.344, "<采葛>之情, 淫情也 …… 其詞遽, 其音促, 其文不昌, 其旨多所隱而不能
詳, 情見乎辭矣. …… 何以知情之淫也? 其諸詞不豐而音遽者乎! 韓, 柳, 曾, 王之文, 噍
削迫塞而無餘, 雖欲辭爲千古之淫人, 其將能乎?"
위의 문장 중의 "韓, 柳, 曾, 王"은 韓愈, 柳宗元, 曾鞏, 王安石을 가리키는 것으로
해석하였다.
129) ≪船山全書≫ 三, p.422, ≪詩廣傳≫ 卷三, "爲 <北山>之詩者, 其音複以哀, 甚節促以
亂, 其詞謳, 其情私矣. 故音哀者節必亂, 節亂者謳上行而不可止. 是以君子甚惡夫音之遽哀
而不爲之節也. …… 唐, 宋之末流, 以詩鳴者, 不知其爲變雅之淫詞而祖述之, 日以起衰也.
以哀音亂節而起衰, 吾未之前聞!"
위의 원문에서 '甚節'은 '其節'로 수정되어야 한다.

시는 뜻(志)을 말하는 것이요, 歌는 말(言)을 길게 늘이는 것이요, 聲은 읊조림(永)을 따르는 것이요, 律은 소리(聲)를 조화시키는 것이다. …… 律을 버리고 聲을 제멋대로 하면 淫하게 되고, 永을 버리고 言을 제멋대로 하면 野하게 된다.130)

왕부지는 시문에서 言語, 音韻, 聲律 등의 형식 요소들이 '절도'를 벗어남으로써 溫柔敦厚의 詩敎가 사라지고, 국가가 쇠망한다고 하였다.

그 音은 격앙되고 그 詞는 폭로적이니 先公의 溫厚의 敎化가 또한 이로부터 전해짐이 없어지게 되었다.131)

東周의 말년, 大曆의 말기에 각박하고 졸급한 말이 생기자 周와 唐의 쇠망이 가속되었다.132)

<定之方中> 이전에 그 詞는 흐트러지고 그 정치는 산만하게 되었으며, <定之方中> 이후에 그 詞는 꼬이고 그 정치는 오그라들었다. (온 나라가) 이익을 쫓는 데 혈안이 되고 소송하기 좋아하였으니, 비록 멸망에서 면하게 되었지만 그것이 능히 나라라고 할 수 있는가!133)

때문에 그는 言語에 있어서 '거친 것(疾)', '거센 것(亢)', '절도를 벗어난 것(淫)', '길게 뽑는 것(蔓)', 音韻에 있어서 '급박한 것(遽)', '분주한 것(奔)', '위태로운 것(危)', 聲律에 있어서 '거친 것(粗)', '느슨한 것(緩)'을 반대하였다.

---

130) 《船山全書》 二, pp.251~252, 《尙書引義·舜典三》 卷一, "詩所以言志也, 歌所以永言也, 聲所以依永也, 律所以和聲也. …… 舍律而任聲則淫, 舍永而任言則野."
131) 《船山全書》 三, p.333, 《詩廣傳》 卷一, "其音亢, 其詞訐, 先公溫厚之敎亦自此而無遺矣."
132) 《船山全書》 三, p.345, 《詩廣傳》 卷一, "東周之季, 大歷之末, 刻露卞躁之言興, 而周唐之衰亟矣."
위의 원문에서 '大歷'은 '大曆'으로 수정되어야 한다.
133) 《船山全書》 三, p.333, 《詩廣傳》 卷一, "<定之方中> 以前, 其詞蔓, 其政散 ; <定之方中> 以後, 其詞絞, 其政蹙. 周於利而健於訟, 雖免於亡, 其能國乎!"

왕부지는 言語, 音韻, 聲律 등의 표현 형식들 또한 절도에 부합되고 조화를 이루어야 할 것을 강조하였다.

> 문장을 짓는 데 있어서 …… 반드시 음운, 절주가 調和롭고 雅正해야 한다.[134)]

> 시의 文辭와 歌謠의 音節은 모두 哀樂이 조화를 얻어야 한다.[135)]

왕부지가 '修辭'에서 '立誠',[136)] '序',[137)] '忍'[138)] 등을 요구한 것은 그의 이러한 관점이 반영된 것이다.

---

134) 왕부지, 《船山全書》 六, p.205, 《四書箋解》, "如做文字, …… 必須韻度和雅."
135) 上同, p.205, "詩之文辭與歌之音節, 皆得哀樂之和."
136) 《船山全書》 三, p.484, 《詩廣傳》 卷五, "言之不足, 故長言之. 君子之於言, 祈乎足, 勿辭其長也；幾乎足, 非樂其長也, 故曰 '修辭立其誠'：誠者, 足而無虛之謂也. 其仁人之享帝, 孝子之享親乎! 以長言爲足而長言窮；以嗟歎爲足而嗟歎窮；以詠歌爲足而詠歌窮. 無已而言之, 檃括歆動之情, 約略目前之事, 唯恐其濫而有所失也, 則 ＜維清＞是已. 苟足矣, 窮矣, 無以將其愛敬矣；無已, 終不以言宣之, 而資大樂之聲, 昭宣其幽滯, 猶愈於言乎! ＜維清＞ 者, 待樂而成章者也."
137) 《船山全書》 三, pp.502~503, 《詩廣傳》 卷五, "序者何? 意, 語, 氣, 相得而成聲者也；志, 氣, 度, 相函而成象者也. 語固不盡意矣, 氣亦不逮語矣；志約而氣盈矣, 氣欲張而度欲弛矣. 勿極語以盡意, 勿奔氣以追語；勿趨氣而枵其志, 勿取安於度而惰歸其氣；卽欲盡意, 無寧均氣以成其條理；卽欲尙志, 無寧飭度以舒其文章, 疾言遽色, 不知其亡也."
138) 《船山全書》 三, pp.330~331, 《詩廣傳》 卷一, "言者, 褒譏具者也. 褒, 則其言言嫩也；譏, 則其言言惡也. 言之不足, 而長言之. 長言其惡以譏之, 惡惡之心, 始亦無異於好善而亟稱也. 然而長言其惡者, 言之惡因之而長矣；…… 言之長矣, 醜與辱亦自此長矣. …… 不可言者, 弗忍言也. 不忍天下之有此事, 乃可以'觀民'. 不忍吾心之有此言, 乃可以'觀我'. 不言而靡爭, 君子之神道設敎也. ＜牆有茨＞, 國人疾公子頑而不欲長言之. 保其不欲長言之心, 衛其尙有君子乎!"
   《清詩話》 上冊, p.10, 《薑齋詩話》 卷下, "太白胸中浩渺之致, 漢人皆有之, 特以微言點出, 包擧自宏. 太白樂府歌行, 則傾囊而出耳. 如射者引弓極滿, 或卽發矢, 或遲審久之, 能忍不能忍, 其力之大小可知已. 要至於太白止矣. 一失而爲白樂天, 本無浩渺之才, 如決池水, 旋踵而涸. 再失而爲蘇子瞻, 萎花敗葉, 隨流而漾, 胸次局促, 亂節狂興, 所必然也."
   《船山全書》 一四, p.493, 《古詩評選》 卷一, ＜古樂府歌行·雜曲·羽林郎＞ 評語, "文筆之差繫於忍力也. 如是不忍則不力, 不力亦莫能忍也."

다. '治情'

'治情'을 큰 범위에서 본다면, 국가의 민심을 잘 다스려 그것이 불량한 정서로 흐르지 않게 하는 것이고, 작은 범위에서 본다면, 개인의 희로애락의 情이 무절제하게 방류되는 것을 막고 그것이 절도에 부합되게 표출되게 하는 것을 말한다. 때문에 큰 범위의 '治情'은 통치자가 국가를 다스리는 문제이고, 작은 범위에서 그것은 개인의 희로애락의 발동을 다스리는 문제이다.

왕부지는 큰 범위에서나 작은 범위에서 모두 '治情'을 중요한 문제로 다루고 있다. 그는 큰 범위에서 통치자가 국가의 민심을 다스리는 데 있어서 "情이 지극한 것이고 文이 다음이며 法이 아래이다"라는 관점을 제기하고, 이에 대한 이유를 설명하고 있다.139) 큰 범위에서 '治情'의 문제를 살피는 것은 사실 본 논지를 벗어난다. 때문에 이것은 각주에서 그 대략을 보여주기로 한다.140) 여기에서는 작은 범위에서 개인의 희로애락의 발동을 다스리는 문제를 살펴보기로 한다.

왕부지는 <關雎·序> '情에서 발동하여 예의에 그친다(發乎情, 止於禮義)'의 관점을 흡수하고, '즐거워하되 지나치게 하지 않고, 슬퍼하되 상심하게 하지 않는다(樂而不淫, 哀而不傷)'라는 '中和'의 문예 관점을 계승하

---

139) ≪船山全書≫ 三, p.307, ≪詩廣傳≫ 卷一, <召南·論鵲巢>, "情爲至, 文次之, 法爲下. 何言乎 法爲下? 文以自盡而尊天下, 法以自高而卑天下. 卑天下而欲天下之尊己, 賢者慭, 不肖者靡矣, 故下也."

140) ≪船山全書≫ 三, pp.307~308, ≪詩廣傳≫ 卷一, "聖人達情以生文, 君子修文以函情. …… 何言乎情爲至? 至者, 非夫人之所易至也. 聖人能卽其情, 肇天下之禮而不蕩, 天下因聖人之情, 成天下之章而不紊. 情與文, 無畛者也, 非君子之故鼗合之也. 故君子嗣聖人以文, 不憂情之漓. 使君子嗣聖人以情, 則且憂情之詘矣. 情以親天下者也, 文以尊天下者也. 尊之而人自貴, 親之而不必人之不自賤也. 何也? 天下之憂其不足者文也, 非情也, 情, 非聖人不能調以中和者也. 唯勉於文而情得所正, 奚患乎貌豐中嗇之不足以聯天下乎? 故聖人盡心, 而君子盡情. 心統性情, 而性爲情節. 自非聖人, 不求盡於性, 且或憂其蕩, 而況其盡情乎? 雖然, 君子之以節情者, 文焉而已. 文不足而後有法."

여, 시인의 희로애락의 감정은 모두 '節度'에 부합되어 표현되어야 함을
강조하였다. 그의 '즐거워하되 그침이 있어야 하고 슬퍼하되 절제가 있
어야 한다(樂而有所止, 哀而有節)',141) '색을 좋아하되 지나치게 하지 않고, 원
망, 비방은 하되 과도하게 하지는 않는다(好色不淫, 怨誹不傷)',142) '슬퍼하되
지나침이 없게 하고 원망하되 분노하지는 않는다(哀而不傷, 怨而不怒)'143) 등은
모두 이를 강조한 말들이다. 그의 이러한 관점은 다음에서도 보인다.

> 요약하여 말하면, 즐거워하되 지나치게 하지 않고 비방하되, 과격하게
> 하지 않는 것은 바로 性情을 함영하여 志氣를 씻고자 하는 사람, 덕을
> 이루고 재능을 이룬 뒤에 가슴에 가득차서 밖으로 드러내려는 사람이
> 하는 바이다.144)

때문에 그는 艶詩나 怨情詩를 부정하지는 않았지만, 그것은 "염려가
지극하지만 절제하는 바가 있는 것", "완란(婉孌)한 가운데 풍궤(風軌)를 자
연스럽게 뽐내고 있는 것"이어야 한다고 요구하였다.145)

왕부지는 희로애락의 情을 표현할 때, 모두 절도에 부합되어야 한다고
강조하였지만, 그러나 그것이 희로애락의 발동을 은닉하거나 억압해야

---

141) ≪船山全書≫ 七, p.344, ≪四書訓義≫ (上), "夫人之有樂有哀, 情之必發者也. 樂而有所
　　止, 哀而有所節, 則性之在情中者也. 以其性之正者發而爲情, 則爲樂爲哀, 皆適如其量."
142) ≪船山全書≫ 一四, p.649, ≪古詩評選≫ 卷四, <古詩十九首> "凜凜歲云暮" 評語,
　　"好色不淫, 怨誹不傷猶于此見之."
143) ≪船山全書≫ 一四, p.1043, ≪唐詩評選≫ 卷三, 司空圖 <下方> 評語, "此與鄭雲叟山
　　居三首有細有度, 庶幾哀而不傷, 怨而不怒者矣."
144) ≪船山全書≫ 一〇, pp.324~325, <讀通鑑論>卷八, <後漢靈帝>, "要以論之, 樂而不
　　淫, 誹而不傷, 則涵泳性情而蕩滌志氣者, 成德成材以後, 滿於中而暢於外者所爲."
145) ≪淸詩話≫ 上冊, p.21, ≪薑齋詩話≫ 卷下, "艶詩有述歡好者, 有述怨情者, ≪三百篇≫
　　亦所不廢, 顧皆流覽而達其定情, 非沈迷不反, 以身爲妖冶之媒也. 嗣是作者, 如'荷葉羅
　　裙一色裁', '昨夜風開露井桃', 皆艶極而有所止. 至如太白 <烏栖曲> 諸篇, 則又寓
　　意高遠, 尤爲雅奏. 其述怨情者, 在漢人則有'靑靑河畔草, 鬱鬱園中柳', 唐人則'閨中少婦
　　不知愁', '西宮夜靜百花香', 婉孌中自矜風軌."

한다는 것을 말하는 것은 아니다. 그는 오히려 그것이 절도에 부합되게 잘 표출되어야 함을 강조하였다. 그는 哀와 樂의 情으로 그것을 다음과 같이 설명하였다.

> 忠에는 實이 있고 情에는 止가 있으며 文에는 函이 있지만 隱匿을 이르는 것은 아니다. "(그대 생각) 끝없고 끝없어, 잠 못 이뤄 뒤척이네"는 그 哀를 은닉하지 않았고 '琴瑟로 즐기리', '鐘鼓로 즐기리'는 그 樂을 은닉하지 않았으니 그 情이 '멈추지' 않았고 文이 '머금지' 않았다는 것이 아니다. 그 哀를 은닉하게 되면 哀는 숨겨져서 맺히게 되고, 그 樂을 은닉하게 되면 樂은 숨겨져서 탐닉하게 된다. 樂을 탐닉하고 哀를 맺히게 하면 勢는 오래갈 수 없으니 반드시 옆으로 흐르게 된다. 옆으로 흐르는 哀는 근심하고 괴로워하다가 결국은 怨으로 이르게 된다. 怨이 살펴지지 않고서 옆으로 흘러 樂이 되면 心性이 변화되어도 스스로 알지 못한다.146)

왕부지는 "(그대 생각) 끝없고 끝없어, 잠 못 이뤄 뒤척이네(悠哉悠哉, 輾轉反側)", "琴瑟로 즐기리(琴瑟友之)", "鐘鼓로 즐기리(鐘鼓樂之)"와 같은 시구는 각각 哀, 樂의 감정을 억압, 은닉시키지 않고 절도에 부합되게 잘 표출하였다고 하였다. 때문에 그는 "琴瑟의 友, 鐘鼓의 樂은 情의 지극한 것이다"147)라고 하였다. 그러나 만약 情의 발동을 은닉시키거나 억압시켜 그것의 표출을 막는다면, 옆으로 흘러 불선한 情으로 변하여 결국은 心性마저도 변화되게 된다고 하였다. 때문에 왕부지는 哀樂과 같은 情이 절도에 부합되어 발동되는 것이 중요하다고 강조하였다. 그것은 心性의 선과 불선의 관건이 된다고 여겼기 때문이다.

---

146) 上同, p.299, "忠有實, 情有止, 文有函, 然而非其匿之謂也. '悠哉悠哉, 輾轉反側', 不匿其哀也 ; '琴瑟友之', '鐘鼓樂之', 不匿其樂也. 非其情之不止而文之不函也. 匿其哀, 哀隱而結 ; 匿其樂, 樂幽而耽. 耽樂結哀, 勢不能久, 而必於旁流. 旁流之哀, 慅慄慘憯以終乎怨 ; 怨之不恤, 以旁流於樂, 遷心移性而不自知."

147) 上同, p.307, <召南·論鵲巢>, "琴瑟之友, 鐘鼓之樂, 情之至也."

왕부지는 개인의 희로애락이 발동함에 있어서 그것을 '舒', '自戢'의 방식으로 다스리고 조절해야 한다고 하였다. 그는 "道에 부합되지 못한 情을 다스리는 경우에는 舒만한 것이 없다"[148]라고 하였다. 그는 '舒'를 "혈기의 조급한 변화를 막아서 氣가 그 淸微함을 펼쳐지게 하여 (精)神과 서로 만나게 하는 것이다"[149]라고 하였다. 그는 '舒'를 잘하느냐 못하느냐에 따라서 희로애락의 情이 절도에 부합되기도 하고, 절도를 벗어난 것이 되기도 한다고 하였다.

> 능히 舒할 수 있게 되면, 기뻐했을 때도 화평해지고 분노했을 때도 이치에 맞게 되니 비록 더러 혜택이 없을 수도 있지만 잔학해지는 것은 없다. 능히 舒하여 (그러한 지경에) 나아가지 못하면, 기뻐했을 때는 가득차서 넘치고 노기를 띠었을 때는 격분하게 되니 (이것은) 하나의 발동에 있어서 어그러짐으로 좋은 혜택(能惠)이 없는 것이다. 좋은 혜택(能惠)이 없으나 그 혜택으로서 변화시키고자 한다면, 淸剛이 오래갈 수 없다. 때문에 道에 부합되지 못하는 情을 다스리는 경우에는 舒만한 것이 없다.[150]

그는 또한 情이 과도하게 흘러 퍼진 것을 '自戢'의 방식을 통해서 절도에 부합하도록 조절해야 한다고 하였다.

> 스스로 거둔다(自戢)라고 하는 것은 그 高傲하고 高潔함으로써 그 청아하고 고고함을 자긍하고자 하는 것이 아니다. 意를 흐르게 하여 저절로 양성하게 하여 사특한 바가 생겨도 스스로 빠져들지 않게 하고, 있을 수

---

148) ≪船山全書≫ 三, p.416, ≪詩廣傳≫ 卷三, <小雅・論小弁>, "欲治不道之情者, 莫若以舒也."
149) 上同, "舒者, 所以沮其血之躁化, 而俾氣暢其淸微, 而與神相邂逅者也."
150) ≪船山全書≫ 三, p.416, ≪詩廣傳≫ 卷三, <小雅・論小弁>, "其能舒也, 則其喜也平, 其怒也理, 雖或不惠, 末之狠矣 ; 其不能舒而迫也, 則其喜也盈, 其怒也憤, 狠於一發, 未有能惠者也. 未之能惠, 而欲遷以之惠, 淸剛之不勝久矣. 是故欲治不道之情者, 莫若以舒也."

있는 바의 일에 기탁하여 그 울결함을 열어서 그것을 바르게 펴지도록
하는 것이다. 능히 이렇게 되면 情은 진지해지고 막히게 되지 않으며 氣
는 펴져서 없어지지 않게 되니 소연(蕭然)하게 근심과 슬픔의 길에 나가
게 되더라도 스스로 체득함이 있게 된다. 스스로 체득함이 있게 되어 벗
어남이 없게 되니 어찌 淫이 있게 되리요?151)

왕부지는 이상과 같은 '治情'의 방식을 통해서 불선한 성분의 情을 다
스려서 선한 성분의 情으로 유도할 수 있다고 여겼다.

라. 欲

왕부지는 '欲'을 시의 표현 대상으로 여기지 않았다. 그가 말한 '欲'의
개념, 성격, 그것과 관련된 전후 문장들을 살펴보자.

---

151) ≪船山全書≫ 三, p.433~434, ≪詩廣傳≫ 卷三, <小雅·論采綠>, "自戢云者, 非欲其
厓傑戌削 以矜其淸孤也 ; 流意以自養, 有所私而不自溺, 託事之所可有, 以開其菀結而平之
也. 能然, 則情摯而不滯, 氣舒而非有所忘, 蕭然行於憂哀之塗而自得 ; 自得而不失, 奚淫之
有哉?"
위의 예문 '厓傑戌削'는 그것의 의미나 글자의 사용에 있어서 논의해볼 점이 있다.
먼저 '厓傑'는 그것의 의미가 뚜렷하게 파악되지 않는다. 그러나 ≪漢語大詞典≫,
≪中文大辭典≫ 등에서 '厓'가 '崖'와 통한다고 하였고, '傑'는 또한 '傑池', '傑俪'로
도 쓰여 "參差不齊貌"라고 하였다. 이로써 보면, 이것은 대개 사람의 성품과 행실이
高傲하거나 도도하여 남과 쉽게 친해지지 못하는 '崖(厓)岸', '崖異' 뜻과 같은 의미
로 사용되지 않았나 하는 생각이 든다. 필자의 이러한 생각에서 이것을 '高傲'로 해
석한다. 다음은 '戌削'에 대해서 살펴보자. 上海 太平洋書店本, 湖南 岳麓書社本 ≪詩
廣傳≫에는 모두 '戌削'로 쓰여 있다. 그러나 이곳에서 사용된 '戌削은 誤字이고,
'戌削'이 되어야 옳다고 생각된다. 왕부지의 문장 중에서 실지로 '戌削'으로 되어
있는 경우를 여러 곳에서 발견하게 된다. 예를 들면, <夕堂永日緖論內編> : "次則孫
仲衍之暢適, 周履道之蕭淸, 徐昌穀之密贍, 高子業之戌削, 李賓之流麗, 徐文長之豪邁, 各
擅勝場, 沈酣自得". <南岳賦> : "五指南纖戌削, 三眉西嫵以娥孃". <文學劉君崑映墓誌
銘> : "間有初能戌削者, 亦欣然與定交"에서의 그것이다. 그리고 위 문장에서 사용되
어진 '戌削'의 의미는 각각 다르다. <夕堂永日緖論內編>에서는 "淸瘦貌", <南岳賦>
에서는 "高聳特立貌", <文學劉君崑映墓誌銘>에서는 "志行高潔"을 나타낸다(≪漢語大
詞典≫ 5, p.189 참고). '厓傑戌削'에서 '戌削'은 '高潔'과 같은 의미로 사용되진 않
았나 싶다. 이렇게 본다면 '厓傑戌削'는 志行이 高傲하고 高潔한 것을 나타낸다고
할 수 있다.

　　망동하여 스스로 제어하지 못한 것이 欲이다. 欲에는 大가 있는데 大
欲은 志와 통하고 …… 단지 欲만을 말하면 소소(小)할 뿐이다. …… 欲
의 迷惑에는 貨私(재화, 사리)가 우선이고 聲色(가무, 여색)이 다음이다. 貨
利로써 마음을 삼아 얻지 못한다고 원망하고 원망하면서 원한을 품고 길
이 말하고 영탄하면서 그것을 꾸며서 文章으로 지어 원한이 없어지게 되
었으니 (이러한) 이후에 人理가 없어졌다.152)

　　여기에서 '欲'은 私欲을 의미한다. 그는 사욕이 시문에 표현되었을 때
는 人性이 없어진다고 하였다. 때문에 그는 사욕이 시문에 표현되는 것
을 배격하였다.

　　처자의 기한을 불쌍히 여기고, 생활(居食)이 풍족하지 못하고, 누추한
것을 슬퍼하고, 교유에서 사람에 따라 환대 받고 냉대 받는 것을 원망하
여, 하늘에 호소하고 귀신을 책망하기를 마치 부모의 보살핌을 받으면서
도 곧이곧대로 말하고 거리낌이 없이 하는 것과 같으니, 그 본심을 완전
히 잃어버린 자가 아니라면 누가 차마 이런 짓을 하겠는가!153)

　　그는 杜甫, 韓愈, 孟郊, 曹鄴 등의 시문에는 사욕의 추구가 진하게 스
며들어 시가 천하에서 없어지게 되었다고 하였다.

　　재화가 넉넉하지 못하고 생활이 풍족하지 못하고 처첩 받듦이 순조롭
지 못하고 다니면서 빌었던 요구가 마음에 차지 않는 것을 길게 말하고
탄식하며 그것을 그럴싸하게 꾸며 문장으로 하고 금전과 비단(金帛)에 대
한 갈망과 취하고 배부름(醉飽)에 대한 갈구의 정을 스스로 그려내니, 부
끄럽게도 기롱하고 비난하는 사람이 있다는 것도 모르는 자는 오직 두

---

152) ≪船山全書≫ 三, p.325∼326, ≪詩廣傳≫ 卷一, <邶風・論北門>, "動焉而不自持者,
　　欲也. …… 欲有大, 大欲通乎志 …… 但言欲, 則小而已 …… 欲之迷, 貨私爲尤, 聲色
　　次之. 貨利以爲心, 不得而忮, 忮而懟, 長言咏歎, 緣飾之爲文章而無忮, 而後人理亡也."
153) 上同, p.326, <邶風・論北門>, "恤妻子之飢寒, 悲居食之儉陋, 憤交遊之炎涼, 呼天責
　　鬼, 如銜父母之恤, 昌言而無忌, 非殫失其本心者, 孰忍爲此哉!"

보일 뿐이다. 오호라! 두보는 뜻을 말하는 데 거짓으로 하면서 남을 현혹
하니 장차 떠돌면서 구걸하는 시를 짓는 나루가 되니, 그 시에 '저으기
稷과 契에 비교해본다'라고 하였다. 그 私欲을 채우는 데 급급하여서는
슬픔으로 울었으니, 그 시에 '먹다 남은 술과 차가워진 요리를 구걸하니
이르는 곳마다 가슴속에 슬픔과 고통이 저며드네'라고 하였다. …… 두
보는 그 本心을 잃었고 또한 安足이 없었을 뿐이다. 韓愈가 그것을 계승
하고 孟郊가 그것을 본받았으며 曹鄴이 그것을 전수하였으니, 詩가 드디
어 천하에서 없어지게 되었다.154)

왕부지는 이처럼 시에 사욕을 표현하여 시를 개인의 욕망을 충족시키
기 위한 도구로 전락시키는 것을 배척하였다.

그러나 왕부지는 "欲에는 大가 있는데 大欲은 志와 통한다"고 하였다.
이것은 '大欲'이 '志'처럼 모든 인간이 추구하는 공통성, 보편성을 가졌
다는 것을 말한다. 왕부지의 '大欲'의 용례를 살펴볼 때, 그가 말하는 '大
欲'은 사실상 '飮食', '男女'와 같은 인간의 생리적, 본능적 욕구이며 모
든 인간이 추구하는 공통적, 보편적 욕구를 말한다.155) 때문에 그는 '大
欲'은 '志'와 통한다고 하였다. 왕부지는 개인적, 주관적인 욕망(私欲)은
인성을 해치는 것으로 여기고 그것이 시문에 표현되는 것을 반대하였다.
그러나 그는 인간의 공통적, 보편적인 욕구(人欲)마저 부정의 대상으로 여

---

154) 上同. p.326, "若夫貨財之不給, 居食之不腆, 妻妾之奉不諧, 游乞之求未厭, 長言之, 嗟嘆
之, 緣飾之爲文章, 自繪其渴於金帛, 設於醉飽之情, 靦然而不知有譏非者, 唯杜甫耳. 嗚
呼! 甫之誕於言志也, 將以爲游乞之津也, 則其詩曰 '竊比稷與契'; 迨其欲之迫而哀以鳴也,
則其詩曰 '殘杯與冷炙, 到處潛悲辛'. …… 甫失其心, 亦無足耳. 韓愈承之, 孟郊師之, 曹
鄴傳之, 而詩遂永亡於天下."
　　위 문장의 '竊比稷與契'은 杜甫의 ＜自京赴奉先縣詠懷五百字＞의 시구이고, '殘杯與冷
炙, 到處潛悲辛'은 그의 ＜奉贈韋左丞二十二韻＞의 시구이다.
155) ≪船山全書≫ 三, p.375. ≪詩廣傳≫ 卷二, "飮食男女之欲, 人之大共也."
　　上同, p.383, "飮食男女, 人之大欲共焉者也."
　　飮食, 男女가 '大欲'이라는 것은 ≪禮記·禮運≫에서도 보인다("飮食男女, 人之大欲
存焉").

긴 것은 아니다. 그는 오히려 그것을 '天理'와 더불어 인성의 주요 구성
성분으로 여기고, 그것이 충족되어야만 人性이 온전하게 발휘될 수 있다
고 여겼다. 때문에 그에게서 '人欲'은 긍정, 부정의 차원이 아니라, 그것
을 어떻게 충족시킬 것인지가 논의의 초점이 되었다. 다음에서는 왕부지
에게서 '人欲'이 어떻게 자리매김 되고, 그것이 '天理'와 상호 어떻게 조
화되는지 살펴보자.

　왕부지는 '人欲(聲色臭味의 欲)'156)은 '天理(仁義禮智의 理)'와 더불어 인간
의 기본 人性으로, 그것은 자연적이며, 인위적이 아니라고 하였다. 그는
宋明 理學에서 부정되었던 '人欲'을 '天理'와 더불어 인간의 공통적, 자연
적 인성으로 여겼다.

　대개 性이란 生의 理이다. 모두 사람인즉 이는 生과 더불어 가지게 되
는 理이니 일찍이 혹시라도 다름이 없었다. 仁義禮智의 理는 下愚라도 없
앨 수 없고, 聲色臭味의 欲은 上智라도 폐할 수 없다. 때문에 그것을 性이
라고 한다.157)

　理와 欲은 모두 自然이요, 人爲에서 나온 것이 아니다. 때문에 告子는
食色이 性이라고 하였으니, 性이 아니라고 할 수 없는 것으로 단지 天命
의 良能이 있음을 알지 못했을 뿐이다.158)

　그는 '天理'는 人性의 '德을 바르게 해주는 것'이고 '人欲'은 人性의 '生

---

156) 왕부지는 인간의 본능적, 생물적 욕구 이외에도 財貨, 利益, 權勢, 功績 등에 대한
　　욕구도 모두 '欲'이라고 하였다.
　　《船山全書》 六, p.761 《讀四書大全說》 卷六·《論語先進篇》, "蓋凡聲色, 貨利,
　　權勢, 事功之可欲而我欲之者, 皆謂之欲."
157) 《船山全書》 一二, p.128, 《張子正蒙注》 卷四·《誠明篇》, "蓋性者生之理也. 均是
　　人也, 則此與 生俱有之理, 未嘗或異 ; 故仁義禮智之理, 下愚所不能減, 而聲色臭味之欲, 上
　　智所不能廢, 故可謂之爲性."
158) 《船山全書》 一二, p.128, 《張子正蒙注》 卷四·《誠明篇》, "理與欲皆自然而非緣人
　　爲. 故告子謂食色爲性, 亦不可謂爲非性, 而特不知有天命之良能爾."

(생명)을 후하게 해주는 것'이라고 하였다. 특히 '人欲'의 추구는 道에 따라 이루어져야 함을 강조하고 있다.

> 하늘이 陰陽五行의 氣로써 사람을 낳았는데, 天理가 그곳에 포함되어 性이 되었다. 때문에 聲色臭味로써 그 生을 후하게 해주고 仁義禮智로써 그 德을 바르게 해주니, 理의 마땅한 바가 아님이 없는 것이다. 聲色臭味가 그 道에 따르면 仁義禮智와 서로 어그러지지 않고 양자가 합하여 서로 體가 된다.159)

때문에 그는 '天理'와 '人欲'은 상호 대립되는 것이 아니라고 하였다. 그는 '물'과 '물고기'의 비유로써 '人欲'이 없이는 '天理'를 양성할 수 없다고 하였다.

> 天理는 충만하고 널리 퍼져있어 人欲과 대치를 이루지는 않는다. 理가 미치는 곳이면 欲은 理 아닌 것이 없다. 欲이 다하면 理는 흐를 수 없게 된다. 이것은 마치 연못을 팠으나 물이 없으면 물고기를 기를 수 없으니 연못이 없는 것이나 같고, 병이 이미 치료되었는데 음식이 제공되지 않으면 병에 죽은 것이 아니라 굶어서 죽는 것과 같은 것이다.160)

그는 '人欲' 하나하나가 각기 충족되는 것이 '天理'가 '大同'을 이루는 것이라고 하였다.161) 때문에 그는 오히려 '人欲'의 충족에 야박한 사람은 '天理'를 실현하는 데에도 야박하다고 하였다.162)

---

159) ≪船山全書≫ 一二, p.121~122, ≪張子正蒙注≫ 卷四·≪誠明篇≫, "天以其陰陽五行之氣生人, 理卽寓焉而爲之性. 故有聲色臭味以厚其生, 有仁義禮智以正其德, 莫非理之所宜. 聲色臭味, 順其道則與仁義禮智不相悖害, 合兩者而互爲體也."

160) ≪船山全書≫ 六, p.799, ≪讀四書大全說≫ 卷六·≪論語憲問篇≫, "天理充周, 原不與人欲爲對壘. 理至處, 則欲無非理 ; 欲盡處, 理尙不得流行, 如鑿池而無水, 其不足以畜魚者, 與無池同 ; 病已療而食不給, 則不死於病而死於餒."

161) ≪船山全書≫ 六, p.639, ≪讀四書大全說≫ 卷四·≪論語里仁篇≫, "人欲各得, 卽天理之大同 ; 天理之大同, 無人欲之或異."

왕부지는 이러한 관점에 근거하여 '人欲'을 끊어야 한다고 주장했던 佛家를 인간의 '大倫'을 폐기하였다고 비판하였다. 그는 '人欲'을 떠나서는 '天理'는 있을 수 없다고 여겼기 때문이다.

> 禮는 비록 순전히 天理의 節文이 되지만 반드시 人欲에 의지하여 나타난다. 食, 貨. 男女, 色 …… 오직 그렇기 때문에 결국 사람을 떠나서는 별도록 하늘이 있는 것이 아니니, 결국 人欲을 떠나서는 달리 天理는 없는 것이다. 人欲을 떠나서 달리 天理가 되는 것은 오직 佛家만이 그렇게 하였다. 이는 만물의 법칙을 염증 내어 버리고 인간의 大倫을 폐한 것이다.163)

왕부지는 또한 '人欲'을 모든 인간이 공통적, 보편적으로 추구하는 욕구라는 취지에서 그것을 '公欲'으로 표현하였다. 그리고 '公欲'이 바로 '公理'라고까지 하였다.

> 여기에서 聲色臭味는 확연히 萬物의 公欲이고 바로 萬物의 公理가 됨을 알 수 있다.164)

> 天下의 公欲은 바로 天理이다. 사람마다 각기 얻는 것이어서 바로 公이다.165)

---

162) ≪船山全書≫ 三, p.374, ≪詩廣傳≫ 卷二, <陳風·論衡門>, "吾懼夫薄於欲者之亦薄於理, 薄於以身受天下者之薄於以身任天下也."

163) ≪船山全書≫ 六, p.911, ≪讀四書大全說≫ 卷八·≪孟子梁惠王下篇≫, "禮雖純爲天理之節文, 而必寓於人欲以見；飮食, 貨. 男女, 色 …… 唯然, 故終不離人而別有天, 終不離欲而別有理也. 離欲而別爲理, 其唯釋氏爲然, 蓋厭棄物則, 而廢人之大倫矣."

164) ≪船山全書≫ 六, p.911, ≪讀四書大全說≫ 卷八·≪梁惠王下篇≫, "於此聲色臭味廓然見萬物之公欲, 而卽爲萬物之公理."

165) ≪船山全書≫ 一二, p.191, ≪張子正蒙注≫ 卷四·≪中正篇≫, "天下之公欲, 卽理；人人獨得, 卽公也."

그러나 그는 '人欲' 그 자체를 '天理'로 여긴 것은 아니었다. '人欲'은 단지 '人欲'일 뿐이다. '人欲'이 '大公無私'의 성격을 가졌을 때만 그것은 '天理'가 된다고 하였다.

人欲이 지극히 공평한 것은 바로 天理의 지극한 바름(至正)이다.166)

왕부지는 '天理'와 '人欲'의 관계에 있어서 또한 '人欲'의 충족은 반드시 道에 따라 이루어져야 할 것을 강조하였다. 그는 '人欲'의 충족이 분수에 따라 이루어지면, '天理'를 발현시켜 인문 세계의 가치를 촉진시켜 준다고 여겼기 때문이다. 그러나 만약 '人欲'의 추구가 절도를 벗어나면 '私欲'이 되어 '天理'를 상실하게 함으로써 이와 상반되는 결과를 초래한다고 여겼다.

대개 仁義禮智가 자기에서 상실되는 것은 거의가 聲色臭味에 의해서 탈취되어서이다. 그렇지 않으면 안일하여 (인의예지를) 이루어 능하게 하는 것에 게을리하기 때문이다. 그것을 제재하는 데는 절도가 있어야 하고 道를 따르지 않고 무엇을 따르겠는가! 天地의 性은 원래대로 보존되어 떠남이 없고, 氣質의 性 또한 당초부터 서로 어그러지고 손상되지 않으나 屈伸하는 가운데 理와 欲이 나뉘어 달리니 군자는 이를 살펴야 할 뿐이다.167)

天地의 생산에는 모두 사용되는 바가 있다. 飮食, 男女는 모두 절도에 맞게(貞) 해야 한다. 君子는 天地의 생산을 공손히 하면서 그 분수로써 쌓아가고 飮食, 男女의 분별을 신중히 하면서 그 안정으로 적합하도록 한다.168)

---

166) ≪船山全書≫ 七, p.137, ≪四書訓義≫ (上), ≪四書訓義≫ 卷三·≪中庸二≫, "人欲之大公, 卽天理之至正矣."

167) ≪船山全書≫ 一二, p.128, ≪張子正蒙注≫ 卷四·≪誠明篇≫, "蓋仁義禮智之喪於己者, 類爲聲色臭味之所奪, 不則其安佚而惰於成能者也. 制之有節, 不以從道而奚從乎! 天地之性原存而未去, 氣質之性亦初不相悖害, 屈伸之間, 理欲分馳, 君子察此而已."

무엇으로 사람이 마침내 금수와 이적이 되는 것을 알 수 있으리요? 急
遽일 뿐이다. 飮食, 男女의 욕구는 대부분 사람의 공통적인 것이다. 공통
적이지만 구별되는 것이 있는데 그것을 구별하는 것은 절도이겠지! 君子
는 安舒하게 하고 小人은 劬勞하게 하며 禽狄은 驅逐하듯 한다. 君子은 편
안하고 小人은 고심하고 禽狄은 분주하다.169)

때문에 그는 '大公無私'한 '天理'로써 '私欲'을 다스릴 것을 강조하였
다. '天理'로써 '私欲'이 다스려지면, '人欲'은 '公欲'으로 가치를 부여받
아 '天理'와 더불어 인문 세계를 촉진시킬 수 있다고 여겼다.

이 大公無私의 天理를 받들어 스스로 다스리면 私己의 마음이 하나도
남김없이 없어지는 것을 또한 볼 수 있다.170)

보편적인 理(公理)는 있으나 보편적인 사욕은 없는 것이다. 私欲이 깨
끗이 없어지고 天理가 유행되어야 보편적인 것(公)이 될 수 있다. 天下의
理가 얻어지게 되면 天下의 欲을 공급하게 될 수 있다.171)

왕부지의 관점은 李贄의 "무릇 私란 인간의 마음(心)이다. 인간에게 반
드시 私가 있은 뒤에 그 마음(心)이 나타나게 된다. 만약 私가 없으면 마
음(心)이 없다"172)라는 관점과 상반된다. 때문에 그는 李贄를 아첨하는 혀

---

168) ≪船山全書≫ 三, p.374, ≪詩廣傳≫ 卷二, <陳風·論衡門>, "天地之産皆有所用, 飮
　　食男女皆有所貞. 君子敬天地之産而秩以其分, 重飮食男女之辨而協以其安."
169) ≪船山全書≫ 三, pp.375~376, ≪詩廣傳≫ 卷二, <陳風·論月出與株林>, "奚以知人
　　之終爲禽狄也? 遽而已矣. 飮食男女之欲, 人之大共也. 共而別者, 別之以度乎! 君子舒焉,
　　小人劬焉, 禽狄驅焉 ; 君子寧焉, 小人營焉, 禽狄奔焉."
170) ≪船山全書≫ 六, p.669, ≪讀四書大全說≫ 卷五·≪論語雍也篇≫, "卽奉此大公無私之
　　天理以自治, 則私己之心, 淨盡無餘, 亦可見矣."
171) ≪船山全書≫ 一二, p.406, ≪思問錄內篇≫, "有公理, 無公欲. 私欲淨盡, 天理流行, 則
　　公矣. 天下之理得, 則可以給天下之欲矣."
172) ≪藏書≫ 卷二四, <德業儒臣後論>, "夫私者, 人之心也. 人必有私而後其心乃見, 若無私
　　則無心也."

로 천하를 현혹시켰고 中華에 재앙을 조장하였다고 비판하였다.173) 이처럼 왕부지는 宋明 理學에서 부정하였던 '人欲'을 '天理'와 더불어 인간의 공통적, 자연적 인성으로 여기고 그것을 '天理'와 어떻게 조화시켜서 인문 세계를 영속시킬 수 있을 것인가를 탐구함으로써 중국 인성론에 획기적인 전변을 가져오게 하였다.

왕부지의 시의 본체론에 대한 관점은 그의 心性論으로부터 발휘된 것이다. 그가 시의 본체로 여긴 志, 情, 貞는 人性을 근간으로 발동된 것으로, 그것은 항상, 공통, 보편, 진지, 진실, 절제, 사회, 도덕적 성격을 가진 것이고, 시의 본체로 배제한 意, 欲, 淫은 인성을 벗어난 것으로, 그것은 일시, 개인, 편협, 사사, 물욕, 충동, 비도덕적 성격을 가진 것이다. 그는 시의 본체로 志, 情, 貞과 같은 心性의 본연 상태를 시에 표현하여 그것이 성정을 도야시키고174) 천하를 화평으로 이끄는175) 효용을 지니게 하는 것을 시의 이상으로 삼았다. 그러나 그는 또한 意, 欲, 淫과 같은 불선한 성분의 인성 요소를 다스리고 이끌어서 心性의 본연 상태로 유도하는 문제를 그의 인성 철학의 주요 과제로 삼았다. 그의 '治情', '治意'는 바로 이를 대변하는 것이다. 그는 이를 통해서 불선한 성분의 인성 요소를 선한 성분의 인성 요소로 변화시켜 인성 구조에서 화해와 통일을 이루는 인성을 형성시키고자 하였다.

이상의 논술로써 왕부지의 '詩道性情'論은 송대 儒學이 주도 지위를 차

---

173) ≪船山全書≫ 一O, p.1178, ≪讀通鑑論卷末≫, <敍論> 三, "若近世李贄, 鍾惺之流, 導天下於邪淫, 以釀中夏衣冠之禍, 豈非逾於洪水, 烈於猛獸者乎?"
   ≪船山全書≫ 一五, p.859, ≪薑齋詩話·夕堂永日緒論外編≫, "自李贄以佞舌惑天下, 袁中郎, 焦弱候不揣而推戴之, 於是以信筆掃抹爲文字, 而誚含吐精微, 鍛鍊高卓者爲 '齩薑呷醋'. 故萬曆壬辰以後, 文之俗陋, 亙古未有."
174) ≪船山全書≫ 三, p.326, ≪詩廣傳≫ 卷一, "詩之敎, 導人於淸貞而鐲其頑鄙, 施及小人而廉隅未刊, 其亦效矣."
175) ≪船山全書≫ 三, p.392, ≪詩廣傳≫ 卷三, "導天下於廣心, 而不奔注於一情之發, 是以其思不困, 其言不窮而天下之心和平矣."

지하여 理學이 대두하고, 時事, 議論의 풍조가 고조됨으로써 특히 宋詩에서 내용상, 형식상에 야기시킨 각종의 병폐를 극복하고자 한 것이다. 宋詩에서는 시의 본체로서 仁義禮智가 추구됨으로써, 개인의 喜怒哀樂이 배제되었는데, 왕부지는 시의 진정한 본체로서 개인의 喜怒哀樂을 환원시키고자 하였으며, 宋詩에서 부속적, 말단적 지위로 전락하였던 시의 지위를 독립적, 주체적 지위로 회복하고자 하였다. 그의 '詩道性情'論 또한 明代 중엽 이후로 理學에 대한 반동으로 陸王의 心學이 흥성하고 李贄의 人性論이 등장하여 형성되어진 主情主義의 문학 환경에서 情이 절제 없이 분출되어 조장된 각종의 폐단과 역기능을 극복하여 시의 창작이 건전하고 건강한 방향으로 나아가게 하고자 한 것이다. 그는 이러한 취지에서 시가 표현하는 情은 '性의 情'이어야 함을 강조하였다. 그의 시의 본체론 또한 이를 근거로 한 것이다. 이러한 점에서 왕부지가 말하는 '情', '性情'의 개념은 明代 主情主義 문예 이론가나 일반 문예 이론가들이 말하는 '情', '性情'의 개념과는 그 성격이 다른 것이다.

'情景交融'論

1. '情景交融'의 美學 論題

고대 시론가들의 '情景交融'論을 분석해 보면 대략 두 가지 측면에서 논의되었다. 첫째는 시가의 생성이고, 둘째는 예술 형상의 구성이다. 고대 시론가들의 '情景交融'論은 이 두 가지 문제를 총괄하였다. 본 연구는 먼저 두 가지 측면에서 고대 시론가들의 '情景交融'論을 살펴보고, 이로부터 왕부지의 '情景交融'論을 고찰하고자 한다.

(1) 시가의 생성

시가의 생성으로서 '情景交融'論은 시인의 감정과 객관 경물의 상호 촉인, 감발의 창작 현상을 말한다. 고대 시론가들은 情과 景을 시가 생성의 두 가지 기본 요소로 여겼으며, 시가는 情과 景의 두 가지 기본 요소의 상호 촉인, 감발의 결과로 발생한다고 하였다. 예를 들면, 송대 葛立方

은 다음과 같이 말하였다.

> 사람의 슬픔과 기쁨이 비록 마음에 근본을 두지만 境에서 생기는 것
> 이다. 마음에 얽매여 쌓여짐이 없으면 境을 대하여도 변화가 없으니 슬
> 픔과 기쁨이 어디를 따라 들어오겠는가? …… 대개 마음이 안과 밖 메
> 마름과 무성함의 다름이 있으면 境을 대할 때 슬픔과 기쁨이 그것을 따
> 르게 된다.[1]

明代 謝榛 또한 시의 발생을 다음과 같이 설명하였다.

> 무릇 情景에는 이동이 있고 模寫에는 난이가 있으며 시에는 두 요소가
> 있으니 이보다 절실한 것이 없다. 외부에서 볼 때는 같을지라도 내부에
> 서 느낄 때는 다르다. 마땅히 스스로 그 힘을 써서 內外를 하나처럼 하
> 여 이 마음을 출입하는 데 간극이 없게 해야 한다. 景은 시의 매개요 情
> 은 시의 배태이니 합하여 시가 된다.[2]

> 무릇 情景이 서로 접촉하여 시를 이루니 이것이 글 짓는 사람의 상도
> 이다.[3]

그리고 淸代의 王國維는 다음과 같이 말하였다.

> 문학에는 두 가지의 기본 요소가 있다. 景이라고 하고 情이라 한다.
> 전자는 자연 및 인생에 대한 사실 묘사를 위주로 하고 후자는 내가 이

---

1) 何文煥 輯, ≪歷代詩話≫ 下, 中華書局, 1977, pp.617~618, ≪韻語陽秋≫ 卷十六, "人之
   悲喜雖本於心, 然亦生於境. 心無繫累, 則對境不變, 悲喜何從而入乎? …… 蓋心有中外枯菀
   之不同, 則對境之際, 悲喜隨之爾."
2) 丁福保 輯, ≪歷代詩話續編≫ 下, 中華書局, 1983, p.1180, ≪四溟詩話≫ 卷三, "夫情景
   有異同, 模寫有難易, 詩有二要, 莫切於斯者. 觀則同於外, 感則異於內. 當自用其力, 使內外
   如一, 出入此心而無間也. 景乃詩之媒, 情乃詩之胚, 合而爲詩."
3) 丁福保 輯, ≪歷代詩話續編≫ 下, p.1224, ≪四溟詩話≫ 卷四, "夫情景相觸而成詩, 此作
   家之常也."

와 같은 事實의 정신을 대하는 태도이다. 때문에 전자는 객관적이고 후
자는 주관적이며 전자는 지식적이고 후자는 정감적이다. …… 문학이란
지식과 정감의 상호 작용의 결과에서 벗어나지 않을 뿐이다.4)

이상에서 葛立方, 謝榛, 王國維 등은 모두 시가는 情과 景 두 요소의 상
호 촉인, 감발의 결과로 발생한다고 하였다. 이것은 '情景交融'으로써 시
가의 발생을 설명한 것이다.

(2) 예술 형상의 구성

예술 형상의 구성으로서 '情景交融'論은 시인의 창작 감흥을 하나의
객관 경물을 빌어 기탁, 표현함에 있어서 양자를 상호 조화, 융합시켜
"景 가운데서 情이 자아나고, 情 가운데에서 景이 내재"5)되는 예술 형상
구성을 말한다. 고대 시론가들은 시가 창작에서 또한 情과 景의 상호 조
화, 통일의 관계로써 이러한 문제를 논의하고 탐구하였다. 예를 들면, 송
대 范晞文은 다음과 같이 말하였다.

老公 두보의 시 '강물은 서로 분주히 흐르나 내 마음은 초초하지 않고,
흰 구름 두둥실 떠 있으니 생각 더불어 유연해 지네'는 景 가운데의 情이
고, '발 말아 올리니 흰 물이요, 안석에 기대니 또한 푸른 산이다'는 情
가운데의 景이다. '난세에 마음 상하여 꽃 보고 눈물 흘리고, 이별이 한
스러워 새소리에 놀란다'는 情景이 서로 접촉하여 구분이 없는 것이다.6)

---

4) 《王國維文集》, 北京燕山出版社, 1997, pp.231~232, 《文學小言》, "文學中有二原質
   焉：曰景, 曰情. 前者以描寫自然及人生之事實爲主, 後者則吾人對此種事實之精神的態度也.
   故前者客觀的, 後者主觀的也 ; 前者知識的, 後者情感的也 …… 文學者, 不外知識與情感交
   代 之結果而已."
5) 《船山全書》 一四, p.1083, 《唐詩評選》 卷四, 岑參 〈首春渭西郊行呈藍田張二主簿〉
   評語, "景中生情, 情中含景, 故曰景者情之景, 情者景之景也."
6) 丁福保 輯, 《歷代詩話續編》 上, p.417, 《對牀夜語》 卷二, "老杜詩 '水流心不競, 雲在
   意俱遲.' 景中之情也. '卷簾唯白水, 隱几亦靑山.' 情中之景也. '感時花賤淚, 恨別鳥驚心.'

范晞文은 두보의 <江亭>의 시구(“水流心不競, 雲在意俱遲”)에 대해서 ‘景 가운데의 情(景中之情)’이라고 하였는데, 이것은 표면에는 景 묘사가 위주가 되고 情은 이면에 깔리는 표현 수법을 말한다. 그는 또한 <悶>의 시구(“卷簾唯白水, 隱几亦靑山”)에 대해서 ‘情 가운데의 景(情中之景)’이라고 하였는데, 이것은 표면에는 情 묘사가 위주가 되고 景 묘사는 이면에 깔리는 표현 수법을 말한다. 그리고 그는 <春望>의 시구(“感時花賤淚, 恨別鳥驚心”)에 대해서 ‘情景이 서로 접촉하여 구분이 없는 것(情景相觸而莫分)’이라고 하였는데, 이것은 情과 景이 서로 신묘하게 결합되어, 어느 것이 情에 대한 묘사이고 어느 것이 景에 대한 묘사인지 구분할 수 없는 표현 수법을 말한다.

明代 都穆 또한 다음과 같이 말하였다.

> 향리의 선생으로 太史를 했던 陳嗣初가 일찍이 이르기를 ‘시를 짓는 데 반드시 情은 景과 만나야 하고 景은 情과 합쳐져야 비로소 더불어 시를 말할 수 있게 된다. 「芳草는 사람처럼 또한 시들기 쉽고, 落花는 물을 따라 또한 동쪽으로 흐르네」 이것은 情이 景에 합치된 것이고, 「빗속에 낙엽 지는 나무, 등불 아래 흰 머리 노인」 이것은 景이 情에 합쳐진 것이다’라고 하였다.[7]

都穆은 陳嗣初의 말을 인용하여 시를 짓는 데 반드시 情과 景이 합일되어야 한다고 하였다. 그는 ‘情이 景과 합치된 것(情與景合)’과 ‘景이 情에 합치된 것(景與情合)’의 두 가지 예술 유형의 구성 수법을 말하였다.

淸代 施補華 또한 다음과 같이 말하였다.

情景相觸而莫分也.”

7) 丁福保 輯, ≪歷代詩話續編≫ 下, p.1359, ≪南濠詩話≫ 卷下, “鄕先生陳太史嗣初曾云: ‘作詩必情與景會, 景與情合始可與言詩矣. 如「芳草伴人還易老, 落花隨水亦東流」, 此情與景合也. 「雨中黃葉樹, 燈下白頭人」, 此景與情合也.’”

景 가운데 情이 있는 것은 '버들 무성한 못에 봄물 흘러넘치고, 꽃 만
발한 두둑엔 석양이 머뭇대네'와 같은 것이고, 情 가운데 景이 있는 것은
'훈업 못 이루어 거울 자주 보게 되고, 행장에 근심하여 누대에 홀로 기
대어있네'와 같은 것이며, 情景이 겸하여 이른 것은 '강물은 시로 분주히
흐르나 내 마음은 초초하지 않고, 흰 구름 두둥실 떠 있으니 생각 더불
어 유연해 지네'와 같은 것이다.[8]

施補華는 '情景交融'의 예술 유형으로 '景 가운데 情이 있는 것(景中有
情)', '情 가운데 景이 있는 것(情中有景)', '情景이 겸하여 이른 것(情景兼到)'
세 가지를 들었다.

仇兆鰲는 '情景交融'의 예술 형상 구성 측면에서 두보의 오언율시 작품
을 분석하여 다음과 같이 말하였다.

景 가운데 情을 내포하고 있는 것은 '난세에 마음 상하여 꽃 보고 눈
물 흘리고, 이별이 한스러워 새 소리에 놀란다', '강 언덕에 꽃 날려 객
을 전송하고, 돛대에 제비 지저귀며 사람을 붙드네'와 같은 것이 이것이
다. 情 가운데 景이 기탁된 것은 '햇살 환해지니 나무 위의 잔나비 울부
짖고, 혼은 이러 저리 날려 신기루에 맺히네', '마침 근심에 차서 변방의
피리소리 듣다가, 홀로 서서 강 위의 배 바라보네'와 같은 것이 이것이
다. 情과 景이 서로 융합되어 구별할 수 없는 것은 '강물은 서로 분주히
흐르나 내 마음은 초초하지 않고, 구름 두둥실 떠 있으니 생각 더불어
유연해 지네', '조각구름 하늘과 함께 멀리 있는데, 기나긴 밤 달과 함께
외롭네'와 같은 것이 이것이다.[9]

---

8) 《淸詩話》 下冊, 上海古籍出版社, 1987, p.974, 《峴傭說詩》, "景中有情, 如'柳塘春水
漫, 花塢夕陽遲';情中有景, 如'勳業頻看鏡, 行藏獨倚樓';情景兼到, 如'水流心不競, 雲在
意俱遲'"

9) 仇兆鰲, 《杜詩詳註》 第五冊, 中華書局, 1995, p.2030, "有景中含情者, 如'感時花濺淚,
恨別鳥驚心', '岸花飛送客, 檣燕語留人', 是也. 有情中寓景者, 如'影著啼猿樹, 魂飄結蜃樓',
'正愁聞塞笛, 獨立見江船', 是也. 有情景相融, 不能區別者, 如'水流心不競, 雲在意俱遲',
'片雲天共遠,永夜月同孤', 是也."

仇兆鰲는 두보의 <春望>, <發潭州>와 같은 작품은 '景 가운데 情을 내포하는(景中含情)' 예술 수법, <第五弟豐獨在江左近三四載寂無消息覓使寄此二首>, <一室>과 같은 작품은 '情 가운데 景이 기탁된(情中寓景)' 예술 수법, <江亭>, <江漢>와 같은 작품은 '情과 景이 서로 융합되어 구별할 수 없는(情景相融不能區別)' 예술 수법에 의하여 예술 형상이 구성되었다고 하였다.

이상에서 范晞文, 都穆, 施補華, 仇兆鰲 등은 시가 창작에서 情과 景의 상호 조화, 통일 관계로써 시인이 창작 감흥을 객관 경물을 빌어 표현함에 있어서 양자를 상호 조화, 융합시켜, 景은 情에 의하여 기운이 생동하고, 情은 景에 의하여 정취가 그윽하게 표현되어 筆墨外에서 무한한 운미가 감도는 예술 형상을 구성하는 방법과 기교를 설명하였다. 이들은 모두 시가의 예술 형상을 표현하는 방법과 기교의 측면에서 情과 景의 상호 조화, 통일 관계를 탐구하였다. 이러한 의미에서 '情景交融'은 또한 시가의 예술 형상을 표현하는 방법과 기교를 의미한다.

이로써 고대 시론가들의 '情景交融'論은 情과 景의 상호 조화와 통일 관계로써 시가 생성과 예술 형상의 구성, 이 두 가지 측면을 말하고 있음을 알 수 있다.

그러나 후세 연구가들의 '情景交融'論을 고찰하면, 몇 가지 문제가 있다. 하나는 고대 시론가들의 '情景交融'論에는 이와 같은 두 가지 측면의 미학 논제가 있음을 간과하고, 그것을 한 측면에서만 탐구한 것이다. 예를 들면, 蔡英俊의 ≪比興, 物色與情景交融≫에서의 '情景交融'論은 거의 시가의 생성의 측면에 치우쳐 있고, 黃永武의 ≪中國詩學·鑑賞篇≫ <四, 情景交融>과 ≪中國詩學·設計篇≫ <導情入景, 入物, 使情無限>에서의 '情景交融'論은 거의 詩歌의 내부 설계 내지는 구조 문제의 측면에 치우쳐 있다.

그러나 고대 시론가들의 '情景交融'論을 여러 측면에서 탐구하려는 시도가 있었다.

예를 들면, 鄔國平, 王鎭遠의 ≪淸代文學批評史≫(上海古籍出版社, 1995)에서는 왕부지의 '情景交融'論을 창작의 성질과 동인(動因), 작시(作詩)의 방법과 기교의 측면에서 분석하였다. 그리고 童慶炳의 ≪中國古代心理詩學與美學≫(中華書局, 1997년)에서는 시의 존재, 시의 창작, 작품 의상(意象) 구성의 세 가지 각도에서 탐구하였다. 이들의 탐구는 비록 개론적이지만, '情景交融'論을 다양한 각도에서 탐구하여 그 시론적 의의를 밝히고자 했다는 점에서 큰 의의가 있다.10)

다른 하나는 후세 연구가들이 '情景交融'論을 정의함에 있어서, '情景交融'論의 정의와 인용한 자료가 부합하지 않는 것이다. 이것은 후세 시론가들이 고대 시론가들의 '情景交融'論에 대한 자료를 인용함에 있어서 그것이 시가의 생성에 관한 것인지 아니면 예술 형상의 구성에 관한 것인지 엄밀하게 변별하지 않은 데서 비롯되었다. 예를 들어, 蔡英俊은 ≪比興, 物色與情景交融≫에서 '情景交融'論의 역사적 탐구를 총괄하여 다음과 같이 정의하였다.

> 총괄해서 말하면 '情景交融'이 내포하고 있는 미학 관념은 원래 전통 시가 창작 중 정감과 자연 경물 사이의 상호 촉인, 감발의 표현 유형을 천발하는 데 있었다. 전통 시가 비평 이론에 나아가서 말하면 이러한 '物에 감촉하여 情을 일으키고', '物에 감수하여 뜻(志)을 읊조리고'의 표현

---

10) 1984년 武漢大學中文系, 中國古代文學理論硏究室에서 편찬된 ≪歷代詩話詞話選≫에서는 고대 시론가들이 논급한 '情景'論을 다음과 같은 네 가지 측면에서 분석하고 변별하였다. 첫째, 객관 사물과 시인 사이의 관계, 둘째, 시인이 구상할 때 시인의 두뇌 속에서 활발해지는 主, 客觀 요소의 관계, 셋째, 시가 작품 내용을 구성하는 主, 客觀 요소의 관계, 넷째, 각각으로 사용하여 시가 작품 가운데 다른 특징을 가지고 있는 시구를 설명하는 것 등이다(이상에 관한 자세한 설명은 위의 책 pp.152~156에 걸쳐 나타나 있다).

유형은 사실상 시가의 본질 문제이다. 때문에 ‘情景交融’은 중국 고전 시
가 미학의 하나의 주요 문제로 그것은 중국 문학 비평사상의 이론 의의
에 있어서 자연 보통에 비할 것이 아니다.[11]

　蔡英俊의 ‘情景交融’論에 대한 이와 같은 정의는 시가의 생성의 측면에
서 내린 것이다. 그러나 그가 인용한 자료들은 그가 내린 정의와 서로 부
합하지 않는 것이 있다.[12] 蔡英俊이 인용한 자료들은 시가의 생성에 관
한 것이기보다는 오히려 예술 형상의 구성에 대한 것이다.
　우리는 한 시론가의 ‘情景交融’論에 관한 언급일지라도 그것이 각각
다른 측면에서 논의되고 있음을 발견하게 된다. 劉熙載의 경우에서 그
실례를 찾아보자. 그는 《藝槪》 卷三, <賦槪>에서 다음과 같이 말하
였다.

---

11) 蔡英俊, 《比興, 物色與情景交融》, p.17, “總結來說, ‘情景交融’所蘊涵的美學觀念原在於抉
　　發傳統詩歌創作中情感與自然物象間相互觸引, 感發的表現模式 ; 而就傳統詩歌的批評理論而言,
　　這種‘觸物起情’, ‘感物吟志’的表現模式, 實際上就是詩歌的本質的問題, 因此, ‘情景交融’可
　　以說是中國古典詩歌的美學的一項主要論題, 它在中國文學批評史上的理論意義自然非比尋常.”
12) 그가 인용한 다음과 같은 자료들은 그의 ‘情景交融’에 대한 정의와 서로 부합되지
　　않는 면이 있다.
　　老杜詩 ‘天高雲去盡, 江迥月來遲 ; 衰謝多扶病, 招邀屢有期’: 上聯景, 下聯情 ; ‘身無卻少
　　壯, 跡有但羈棲 ; 江水流城郭, 春風入鼓鼙’: 上聯情, 下聯景也 ; ‘水流心不競, 雲在意俱遲’:
　　景中之情也 ; ‘卷簾唯白水, 隱几亦靑山’: 情中之景也 ; ‘感時花賤淚, 恨別鳥驚心’: 情景相
　　觸而莫分也 ; ‘白首多年疾, 秋天昨夜涼’, ‘高風下木葉, 永夜攬貂裘’: 一句情一句景也－故知
　　景無情不發, 情無景不生. 或者便謂首首當如此作, 則失之甚矣(范晞文, 《對牀夜語》 卷二).
　　史邦卿, 名達祖, 號梅溪. 有詞百餘首, 張功父, 姜堯章爲序. 堯章稱其詞奇秀淸逸, 有李長
　　吉之韻, 蓋能融情景於一家, 會句意於兩得(黃昇, 《中興以來絶妙詞選》).
　　‘樹搖幽鳥夢, 螢入定僧衣’, …… 右數聯亦晚唐警句 ; 前此少有表而出者, 蓋不獨 ‘鷄聲’,
　　‘人跡’, ‘風暖’, ‘日高’ 等作而已. 情景兼融, 句意兩極, 琢磨瑕垢, 發揚光綵, 殆玉人之攻玉,
　　錦工之機錦也(范晞文, 《對牀夜語》 卷二, 第八則).
　　簸弄風月, 陶寫性情, 詞婉於詩. 蓋聲出鶯吭燕舌間, 稍近乎情可也. …… (引陸雪溪 <瑞鶴
　　仙>, 辛稼軒 <祝英臺近>) 皆景中代情, 而有騷雅(張炎, 《詞源》 <賦情>).
　　‘春草碧色, 春水綠波, 送君南浦, 傷如之何?’ 短情至於離, 則哀怨必至, 苟能調感愴於融會
　　中, 斯爲得矣(引白石 <琵琶仙>, 秦少游 <八六子>) 離情當如此作, 全在情景交鍊, 得言
　　外意(張炎, 《詞源》 <離情>).

　　외부에 있는 것은 物色이고 나에게 있는 것은 생생한 뜻이다. 양자가
　　서로 갈마들고 서로 동탕하여 賦가 출현한다. 만약 자기의 생생한 뜻과
　　서로 넘나드는 곳이 없다면 물색은 단지 공허한 것이 되니 뜻을 품고
　　있는 시인이 어찌 물어서 이르게 하리요?[13]

그는 또한 같은 책 卷四 <詞曲槪>에서 다음과 같이 말하였다.

　　詞는 혹 앞에 景을 뒤에 情을 혹 앞에 情을 뒤에 景을 혹 情景이 함께
　　이르니 서로 갈마들고 서로 융합하여 각기 그 묘미를 가지고 있다.[14]

劉熙載의 ≪藝槪≫ 卷三 <賦槪>에서의 '情景交融'論은 시가의 생성의
측면이고, 卷四 <詞曲槪>에서는 예술 형상의 구성의 측면이다. 그 논의
의 각도가 명확하게 구별된다. 때문에 '情景交融'論에 대한 이론 체계를
세움에 있어서 고대 시론가들의 '情景交融'論이 시가의 생성에 관한 것
인지 아니면 예술 형상의 구성에 관한 것인지 분명하게 구별해야 한다.

2. '情景交融'論 탐구

(1) 시가의 생성

① '心物交感'論

葛立方, 謝榛, 王國維 등이 비록 情과 景이란 개념을 사용하여 양자의
상호 관계로 시가의 발생 현상을 설명하였지만, 사실 시가의 발생에 관

---

13) 劉立人, 陳文和 點校, ≪劉熙載集≫, 華東師範大學出版社, 1993, p.126, "在外者物色, 在我
　　者生意, 二者相摩相蕩而賦出焉. 若與自家生意無相入處, 則物色祇成閒事, 志士遑問及乎?"
14) 上同, p.139, "詞或前景後情, 或前情後景, 或情景齊到, 相間相融, 各有其妙."

한 문제는 이미 각 시대마다 다른 개념을 채용하여 탐구되었다. 대체로 六朝 이전에는 心(혹 情, 志)과 物의 개념으로 이를 설명하였다.

예를 들면, ≪禮記·樂記≫에서는 최초로 心과 物의 관계로써 음악의 발생 과정을 설명하였다.

> 무릇 음악의 발생은 人心으로부터 생긴다. 인심의 움직임은 외물이 그렇게 되게 한 것이다. 외물에 감수를 받아서 움직이고 이로써 소리에 드러난다.15)

이것은 음악의 발생에 관한 언급이지만 음악이 시와 불가분의 관계를 가지고 있다고 할 때, 또한 시의 발생 과정을 설명하는 것이다.

魏晉 이후 陸機는 시를 음악의 부속 존재로부터 독립시켜 시의 독자적 측면에서 시의 발생 과정을 心과 物의 관계로 설명하였다. 그는 ≪文賦≫에서 다음과 같이 말하였다.

> 四時를 쫓아서 가는 것을 탄식하고 만물을 보고서 생각이 분분하다. 찬 가을에 낙엽을 슬퍼하고 꽃 봄에 부드러운 가지를 기뻐한다. 마음은 늠늠하여 서리를 품고 뜻은 아득하여 구름을 향한다.16)

陸機는 四時의 추이와 자연 만물의 변화가 시인의 정서를 촉발시켜 시가 발생한다고 여겼다. 때문에 陸機의 ≪文賦≫에는 이미 '情景交融'의 관념이 내재되어 있다.

齊, 梁에 이르러 劉勰은 心과 物의 상호 촉인, 감발의 관계로 시가의

---

15) ≪十三經注疏≫ 下冊, 中華書局, 1996, p.2527, ≪樂記≫ 第十九, ≪禮記正義≫ 第三十七, "凡音之起, 由人心生也. 人心之動, 物使之然也. 感於物而動, 故形於聲."
16) 曾永義 柯慶明 編輯, ≪兩漢魏晉南北朝文學批評資料彙篇≫, 國立編譯館主編, 成文出版社印行, 民國 68年, p.188, "遵四時以嘆逝, 瞻萬物而思紛 ; 悲落葉於勁秋, 喜柔條於芳春 ; 心懍懍以懷霜, 志眇眇而臨雲."

발생을 설명하였다. 그는 시가의 발생은 四時의 자연 경물이 시인의 심령을 움직여서 창작 감흥이 발생함으로써 비롯된다고 하였다. 그는 ≪文心雕龍·明詩≫에서 "사람이 七情을 품수하였으니 外物에 응하여 감수를 한다. 外物에 감수하여 뜻을 읊조리니 자연 아닌 것이 없다"[17]라고 하였다. 그는 또한 ≪文心雕龍·詮賦≫에서 "저 登高의 취지를 찾으면 대개 物을 보고 情을 일으키는 것이다. 情은 物로써 흥기되기 때문에 義는 반드시 明雅하고, 物은 情으로써 보여지기 때문에 辭는 반드시 巧麗해진다"[18]라고 하였다. 유협은 시가의 발생은 시인이 物에 감응하여 情(창작 감흥)이 발생하고 그것으로부터 시인의 감정이 이입된 예술 형상이 발생한다고 하였다. 유협은 그것을 "情은 物로써 흥기되고(情以物興)", "物은 情으로써 보여진다(物以情觀)"라고 개괄하였다. 前者는 시인의 내면에 物로부터 자극을 받아 창작 감흥이 발생하는 것을 말하고, 後者는 창작 감흥이 객관 경물에 투사, 이입되어 시인의 감정 색채를 띤 예술 형상이 발생하는 것을 의미한다. '心物交感'에 의하여 발생한 창작 감흥이 시가 창작의 가장 중요한 동인이라는 유협의 관점을 가장 정채 있게 보여주는 것은 바로 ≪文心雕龍·物色≫이다.

봄가을이 차례로 바뀌니 음양에 따라 처량하기도 편안하기도 하다. 物色의 변동에 마음 또한 움직인다. 대개 양기가 돌자 검은 개미 기어다니고 음기가 응집되자 사마귀가 모기를 먹는다. 하찮은 벌레라도 (계절의 변화를) 감수하니 사시가 만물을 변화시키는 것은 심원하다. 저 才華가 탁월한 사람들이 그 아름다운 마음을 토로한 것, 아름다운 辭采가 그 청기를 내뿜은 것과 같은 것은 物色이 서로 불러서였으니 사람이면 누군들 (마음을) 안정시킬 수 있었으리요? 이로써 새해 봄기운이 발양되면 즐거

---

17) 周振甫 注, ≪文心雕龍注釋≫, 里仁書局, 民國 73年 5月, p.83, "人稟七情, 應物斯感, 感物吟志, 莫非自然."
18) 上同, p.138, "原夫登高之旨, 蓋睹物興情. 情以物興, 故義必明雅 ; 物以情觀, 故詞必巧麗."

운 정회가 펼쳐지고, 양기 왕성한 초여름에는 울적한 마음 맺히고, 하늘
높고 기운 청명한 가을이면 음침한 뜻 심원해지고, 눈이 끝없이 내리는
겨울이면 스산한 생각이 깊어진다. 계절마다 그 경물이 있게 되고 그 경
물에는 모습이 있으니 情은 경물로써 변화되고 辭는 情으로 나오게 된다.
낙엽 하나로도 때로는 시의를 불러일으키고 벌레소리로도 마음을 자아내
는데 하물며 청풍이 명월과 밤을 함께하며 햇살이 봄 숲과 아침을 함께
하는 데 있어서랴! 이로써 시인이 경물에 감촉을 받음으로써 (일어나는)
연상은 끝이 없게 된다. 만상 가운데서 노닐고 보고 듣는 곳에서 나직히
읊조리며, 신기를 묘사하고 형모를 그린다. 경물(의 변천)에 따라 위완곡
절하게 하고 색채를 가하고 성음을 붙이는 데 있어서도 또한 마음과 더
불어 이러 저리 고려해야 한다.19)

  유협은 시인의 심령이 四季의 각기 다른 경물의 용모와 자태에 의하여
격동을 받아서 각기 다른 감흥을 자아내고, 이에 시인은 그것을 文辭에
표출함으로써 시가 발생한다고 하였다.
  鍾嶸 또한 ≪詩品·序≫에서 (性)情과 物의 관계로써 시가의 발생을 설
명하였다.

  원기가 만물을 움직이고 만물은 사람을 감촉시킨다. 때문에 性情을 흔
들며 舞詠으로 나타난다. …… 봄바람 봄 새, 가을 달 가을 매미, 여름
구름 여름 비, 겨울 달 혹한과 같은 이러한 사시의 경물들은 시에 감흥
을 일으키는 것이다.20)

---

19) 上同, p.845, "春秋代序, 陰陽慘舒, 物色之動, 心亦搖焉. 蓋陽氣萌而玄駒步, 陰律凝而丹鳥
   羞, 微蟲猶或入感, 四時之動物深矣. 若夫珪璋挺其惠心, 英華秀其淸氣, 物色相召, 人誰獲
   安? 是以獻世發春, 悅豫之情暢；滔滔孟夏, 鬱陶之心凝；天高氣淸, 陰沈之志遠；霰雪無
   垠, 矜肅之慮深；世有其物, 物有其容, 情以物遷, 辭以情發. 一葉且或迎意,蟲聲有足引心.
   況淸風與明月同夜, 白日與春林共朝哉! 是以詩人感物, 聯類不窮, 流連萬象之際, 沈吟視聽
   之區, 寫氣圖貌, 旣隨物以宛轉；屬采附聲, 亦與心而徘徊."
20) 曹旭 集注, ≪詩品集注≫, 上海古籍出版社, 1994, pp.1~47, "氣之動物, 物之感人, 故搖蕩
   性情, 形諸舞詠 …… 若乃春風春鳥, 秋月秋蟬, 夏雲暑雨, 冬月祁寒, 斯四候之感諸詩者也."

　이상의 《樂記》, 《文賦》, 《文心雕龍》, 《詩品》 등에서는 모두 心(혹 情, 志)과 物의 상호 촉인, 감발의 관계로써 시가의 발생 과정을 설명하였다.
　왕부지 또한 心과 物의 상호 촉인, 감발의 현상으로 시가의 발생을 설명하였다. 그의 저작 《詩廣傳》에는 心과 物의 상호 촉인, 감발의 관계로부터 시가의 발생 현상을 탐구한 이론들이 내재되어 있다. 다음에서 이를 살펴보자.

　　하늘은 바람과 해로써 사람을 화열하게 하는데 인색하지 않고, 만물은 그 情態로써 사람들에게 감상하도록 하는데 인색하지 않으나 취하지 못하는 자는 이와 같은 것을 모르기 때문이다. '왕이 靈囿에 있을 때는 사슴이 태연히 엎드려 있고, 왕이 靈沼에 있을 때는 아! 물고기 가득하여 뛰네'는 왕이 때마침 거닐고 있을 적에 사슴도 때마침 엎드려 있고 물고기도 때마침 뛰어 서로 취하고 서로 얻어 어긋남이 없다. 이로써 樂이란 天地 사이의 고유한 것으로 그런 후에 사람들이 취하여 얻을 수 있다.21)

　　天地 사이에 새 것과 낡은 것의 자취, 榮華로운 것과 零落한 것의 모습, 흐름과 정지의 기미, 기쁨과 혐오의 기색이 내 몸 밖에서 나타나는 것은 化이고 내 몸 안에서 생기는 것은 心이다. 서로 접촉하고 서로 받아들여 한 번 굽어보고 한 번 우러러 보는 사이에 기미가 더불어 통하게 되어 왕성하게 솟아오른다.22)

　　情이란 陰陽의 幾微이고 物이란 천지의 산물이다. 陰陽의 기미가 마음 속에서 움직이는 것은 天地의 산물이 외부에서 호응해서이다. 때문에 외부에 그러한 物이 있게 되면 내면에 그러한 情이 생기게 된다. 내면에

---

21) 《船山全書》 三, p.450, 《詩廣傳》 卷四, <大雅·論靈臺>, "天不靳以其風日而爲人和, 物不靳以其情態而爲人賞, 無能取者不知有爾. '王在靈囿, 鹿鹿攸伏; 王在靈沼, 於牣魚躍.' 王適然而遊, 鹿適然而伏, 魚適然而躍, 相取相得, 未有違也. 是以樂者, 兩間之固有也, 然後人可取而得也."
22) 《船山全書》 三, pp.383~384, 《詩廣傳》 卷二, <豳風·論東山>, "天地之際, 新故之迹, 榮落之觀, 流止之幾, 欣厭之色, 形於吾身以外者化也, 生於吾身以內者心也; 相值而相取, 一俯一仰之際, 幾與爲通, 而渤然興矣."

그러한 情이 생기게 되면 외부에는 반드시 그러한 物이 있게 된다.23)

왕부지는 ≪詩廣傳≫에서 천지자연의 만물에는 그 본래의 고유한 자연미를 가지고 있기 때문에 심미 관조를 할 수 있고, 이를 통해 시인 내면에 솟아나는 창작 감흥을 형상화하여 시가 발생한다는 인식을 가졌다. 그의 시가의 생성에 관한 '心物交感'論은 또한 ≪薑齋詩話≫의 '情景相生'論으로 발전하여 시가의 발생 현상에 관한 이론과 실천으로 완성되었다.

② '情景相生'論

왕부지 ≪薑齋詩話≫의 "景은 情을 낳고, 情은 景을 낳는다"라는 '情景相生'論24)은 그가 情과 景 양자의 相生의 관계를 통해서 시인의 내재 정서와 외재 경물의 상호 촉인, 감발의 현상 및 시인의 내재 정서와 예술 형상과 상호 관계를 설명한 것이다. 그는 ≪薑齋詩話≫에서 다음과 같이 말하였다.

> 情과 관계되는 것은 景으로 자연히 情과 서로 호박(琥珀)과 개자(芥子)가 된다. 情과 景은 비록 마음에 있고 외물에 있는 구분은 있으나 景은 情을 낳고 情은 景을 낳으니, 슬픔과 기쁨의 감정이 촉발되고, 영고성쇠의 경물이 맞이하는 것은 서로 그 집을 간직하고 있어서이다.25)

---

23) ≪船山全書≫ 三, p.323, ≪詩廣傳≫ 卷一, <邶風·論匏有苦葉>, "情者, 陰陽之幾也. 物者, 天地之産也. 陰陽之幾動於心, 天地之産應於外. 故外有其物, 內有其情矣 ; 內有其情, 外必有其物矣."

24) 宋 范晞文, 淸 黃圖珌은 '情景相生'論을 각각 다음과 같이 표현하였다.
范晞文, ≪對牀夜語≫ 卷二, "景無情不發, 情無景不生."(丁福保 輯 ≪歷代詩話續編≫ 上, p.417).
黃圖珌, ≪看山閣全集≫, ≪閑筆≫ 卷三, ≪文學部·詞曲≫, 淸刻本, "情生於景, 景生於情 ; 情景相生, 自成聲律."(武漢大學中文系 中國古代文學理論硏究室編, ≪歷代詩話詞話選≫, 武漢大學出版社, 1984, p.146 재인용).

왕부지는 情과 景 양자의 조화, 통일 관계를 박개(珀芥)에 비유하였다. 호박(琥珀)과 개자(芥子) 양자는 흡착 작용을 가지고 있다. 왕부지는 호박과 개자 양자 사이에 존재하는 흡착 관계를 통해서 情과 景 양자 사이에 존재하는 '相生' 및 '相涵'의 관계를 설명하였다. 때문에 그는 "景은 情을 낳고, 情은 景을 낳으니 서로 그 집을 간직하고 있어서이다"라고 하였다. 이로써 왕부지의 '情景相生'論에는 두 가지 주요 함의가 내포되어 있다는 것을 알게 된다. 하나는 '景生情'이고 다른 하나는 '情生景'이다. 前者는 외재 경물과 시인의 내재 정서와의 상호 촉인, 감발의 현상을 말하고, 後者는 시인의 내재 정서와 예술 형상과의 관계를 말한다.

'景은 情을 낳는다(景生情)'라는 것은 '觸景生情'의 의미로 시인이 景(외재 경물)에 접촉하여 시인의 내면에서 情(창작 감흥)이 솟아나는 것을 말한다. 때문에 '景生情'의 景은 天地의 외재 경물26)을, 情은 창작 감흥을 의미한다. 때문에 '景生情'은 情과 景의 개념으로 외재 경물과 창작 감흥과의 관계를 설명한 것이다.

시인이 외재 경물에 접촉하여 발생하는 창작 감흥은 시가 발생의 본질이며 또한 예술 형상의 원천이다. 孟浩然의 <秋登蘭山寄張五> "근심 황혼 되어 일어나고, 흥취 맑은 가을 하늘에 자아나네(愁因薄暮起, 興是淸秋發)", 岑參의 <巴南舟中夜市> "기러기 보니 고향 소식 그리워지고, 잔나비 울음소리 들으니 눈물 흔적 쌓이네(見雁思鄕信, 聞猿積淚痕)", 常健 <題破山寺後禪院> "산 빛 새의 마음 즐겁게 하고, 못 그림자 사람 마음 고요하게 하네(山光悅鳥性, 潭影空人心)", 黃庭堅의 <過平輿懷李子先時在幷州> "마음 汝水 따라 흐르고 봄 물결 출렁이네, 흥취는 병주(幷州) 성문의 저녁달과 더불

---

25) 《淸詩話》 上冊, p.6, 《薑齋詩話》 卷上, "關情者景, 自與情相爲珀芥也. 情景雖有在心在物之分, 而景生情, 情生景, 哀樂之觸, 榮悴之迎, 互藏其宅."
26) 《船山全書》 一四, p.733, 《古詩評選》 卷五, 謝靈運 <遊南亭> 評語, "天壤之景物, 作者之心目如是, 靈心巧手, 磕着卽湊, 豈復煩其躊躕哉?"

어 높네(心隨汝水春波動, 興與幷門夜月高)”와 같은 시가들은 모두 시인이 외재 경물로 촉동을 받아서 발생한 창작 감흥을 자연스럽게 표현하여 생동적인 예술 형상을 그려냄으로써 광채를 발한 것이다. 특히 이백의 <靜夜思>는 바로 이러한 창작 과정으로 천고절창에 이른 대표적인 시이다.

> 침상 앞 밝은 달 비추니, 땅 위에 서리가 내린듯. 고개 들어 밝은 달 바라보다, 고개 숙여 고향 그리네(床前明月光, 疑是地上霜. 擧頭望明月, 低頭思故鄕).

이 시는 시인이 객지에 거처하면서 가을밤에 침상을 비추는 밝은 달을 보고 고향을 생각하는 예술 형상이 간결한 필치로 생동적으로 묘사되었다. 때문에 누구라도 이 시를 읽으면 고향 생각에 잠 못 드는 시인이 침상 앞에 떠오른 가을 달을 보고서 고향을 그리워하는 예술 형상이 눈앞에 생생하게 펼쳐진다. 이러한 예술 형상은 바로 외로이 나그네 되어 객지를 떠도는 시인이 서리처럼 청량한 가을 달에 촉동을 받아 고향에 대한 간절한 생각이 유발됨으로써 그려진 것이다. 때문에 창작 감흥은 시가 창작의 생명이며 또한 그것은 예술 형상의 원천이 된다. 고대 시론가들은 시가 생성의 본질이 되며 또한 예술 형상의 원천이 되는 창작 감흥을 ‘興’,[27] ‘情興’[28] 등으로 표현하였으며, 왕부지는 그것을 ‘興會’라고 하였다.

‘情은 景을 낳는다(情生景)’라는 것은 情(창작 감흥)으로부터 하나의 景(예술 형상)이 발생하는 과정을 말한다. 이것은 시인이 창작 감흥을 하나의

---

27) 賈島, ≪二南密旨≫, “感物曰興. …… 外感於物, 內動於情, 情不可遏, 故曰興.”
   葛立芳, ≪韻語陽秋≫, “自古工詩者, 未嘗無興也. 觀物有感焉, 則有興.”
   王應麟, ≪困學紀聞≫, “觸物起情謂之興, 物動情也.”
28) 蕭子顯, ≪南齊書·文學傳論≫, “圖寫情興.”
   李善注, ≪文選·謝靈運傳論≫, “興會, 情興所會也.”
   許學夷, ≪詩源辨體≫, “漢魏人詩, 本乎情興.”

객관 경물에 이입시켜, 시인이 의도하는 예술 형상을 구성하는 것을 말한다. 때문에 예술 형상(景)은 창작 감흥(情)이 없으면 구성될 수 없고, 예술 형상이 없으면 창작 감흥 또한 기탁되지 못한다. 송대의 范晞文이 "景은 情이 없으면 나오지 않고, 情은 景이 없으면 생기지 않는다"[29]는 이를 말한다. 이러한 예술 형상의 구성에 대해 유협은 "物은 情으로써 보여지기 때문에 文辭는 반드시 공교, 미려해진다"[30]라고 개괄하였고, 王國維는 "나로써 物을 보기 때문에 物은 모두 나의 색채를 띠고 있다"라고 하였으며, 이러한 예술 형상의 심미 경계를 '有我之境'[31]이라고 하였다.

고금의 수많은 문예 작품들이 이러한 예술 형상의 구성 방식을 통해서 뛰어난 예술 형상을 그려냈는데, 이백의 <送友人>, 두보의 <發潭州> 등은 그것의 전형이 되는 작품이다. 이백의 <送友人> 중 특히 "뜬 구름 나그네의 뜻이고, 지는 해 친구의 정이라네(浮雲遊子意, 落日故人情)"는 그것의 대표적인 시구이다. 하늘에서 바람 따라 이리저리 떠다니는 '浮雲'에는 사방을 표박하며 정처 없이 방랑하는 나그네의 정회를 담고 있으며 멀리 서산마루에 걸려 차마 황급히 대지에 작별을 고하지 못하는 듯한 '落日'에는 석별이 아쉬워 선뜻 떠나지 못하는 친구의 심정을 나타내고 있다. '浮雲', '落日'은 본디 하나의 자연 경물일 뿐이다. 시인이 친구와 이별하는 특수 상황에서 시인은 그것을 빌어 친구를 떠나보내는 자신의 심정을 투사시켰다. 이에 객관의 자연 경물인 '浮雲', '落日'에는 시인이 친구를 떠나보내면서 느끼는 주관의 감정 색채가 진하게 스며들어 그것으로부터 또한 친구와 이별을 아쉬워하는 시인의 예술 형상이 생동적으로

---

29) 丁福保 輯, ≪歷代詩話續編≫ 上, p.417, 范晞文, ≪對牀夜語≫ 卷二, "景無情不發, 情無景不生."

30) 周振甫 注, ≪文心雕龍注釋≫(附今譯), p.138, "物以情觀, 故詞必巧麗."

31) 王國維, 唐圭璋 編, ≪詞話叢編≫ 第五冊, 中華書局, 1996, p.4239, ≪人間詞話≫, "有我之境, 以我觀物, 故物皆著我之色彩. 無我之境, 以物觀物, 故不知何者爲我, 何者爲物."

그려지고 있다.

두보의 <發潭州> 중의 "강 언덕에 꽃 날려 객을 전송하고, 돛대에 제비 지저귀며 사람을 붙드네(岸花飛送客, 檣燕語留人)"는 이리저리 정처 없이 떠돌아다니는 두보의 만년의 고독하고 영락한 시인의 자아 형상을 예술적으로 그려내고 있다. 강 언덕에서 봄바람에 날리는 落花, 돛대에서 이리저리 날아다니며 지저귀는 飛燕, 이것은 본래 보통의 자연 경물일 뿐이다. 그러나 시인은 만물이 소생하고 약동하는 봄이 찾아왔지만 시인은 만년의 고독하고 영락한 처지에서 潭州를 떠나 또 돛단배에 몸을 싣고 정처 없이 떠나가야 하는 심정을 落花와 飛燕에 이입시켰다. 때문에 시인은 강 언덕에서 날리는 落花가 나그네를 전송해준다고 하였으며 돛대에서 지저귀는 제비가 "자신이 떠나는 것을 만류"해준다고 하였다. 언덕에서 날리는 落花가 나그네를 전송한다고 한 데서 시인이 潭州를 떠나 또 정처 없이 떠나지만 전송해주는 친구 하나 없는 고독하고 쓸쓸한 분위기를, 돛대에서 지저귀는 제비가 자신이 떠나는 것을 만류한다고 한 데서 자신이 떠나지만 누구하나 만류해주는 사람 하나 없이 영락해버린 시인의 모습을 자연스럽게 떠올리게 된다.

'情은 景을 낳는다(情生景)'라는 것은 또한 하나의 동일한 자연 경물이라도 시인의 감정에 따라서 각기 다른 정서를 가질 수 있으며 다양한 예술 형상이 구성될 수 있음을 말한다. 왕부지의 탁월한 심미 혜안은 바로 이 점에 주목하였다. 그는 다음과 같이 말하였다.

자연의 정감(天情)과 사물의 이치(物理)는 슬플 수도 있고 즐거울 수도 있으니 그것을 사용함에 다함이 없고 유동하여 막힘이 없다. 다함이 있게 하고 막히게 하는 것은 이러한 이치를 알지 못해서일 뿐이다. '吳楚는 東南으로 나뉘어 있고, 日月이 주야로 뜨네'는 얼핏 읽으면 웅혼하고 호방한 듯하지만, '친지에게 소식 한 자 없고, 늙고 병들은 나에겐 외로운 배만 남았네'와 서로 융합하는 데 적합하다. '찬란한 저 은하수'도 인재 육성을 찬송하는 사람은 그 光輝를 한층 빛나게 하지만 가뭄을 심하게 우려하는 사람은 그 찌는 듯한 더위를 더욱 드러나게 하니, (어느 곳에만) 적합함도 없고 (어느 곳에는) 적합하지 않음이 없음을 응당 알아야 한다.[32]

왕부지는 하나의 객관 경물이라도 시인의 감정에 따라서 다양한 예술 형상이 구성될 수 있기 때문에 객관 경물을 유연하고 탄력 있게 운용해야 함을 강조하였다. 왕부지의 이른바 "(어느 곳에만) 적합함도 없고 (어느 곳에는) 적합하지 않음이 없다"는 것은 이를 의미한다. 그는 먼저 두보의 <登岳陽樓>의 "吳楚는 東南으로 나뉘어 있고, 日月이 주야로 뜨네"를 예로 들어 이를 설명하였다. 두보의 <登岳陽樓>는 洞庭湖의 장엄하고 광활한 경계를 묘사한 것이다. 때문에 그것을 독립적으로 언뜻 보면 웅혼하고 호방함을 표현한 것처럼 보인다. 그러나 그것은 "친지에게 소식 한 자 없고, 늙고 병들은 나에겐 외로운 배만 남았네"와 긴밀하게 연계되어 정경이 서로 융화함으로써, 오히려 악양루에 올라 그것을 바라보는 두보로 하여금 친지로부터 소식은 끊어지고 자신은 늙고 병들었지만 머무를 곳 하나 없이 孤舟에 몸을 싣고 천지를 떠돌아다니는 영락한 자신의 만년을 한없이 애달파하며 하염없이 눈물 흘리게 하는 배경이 되었다. 왕부지는 이처럼 두보의 시구를 예로 들어 하나의 천지자연의 객관 경물이 시인의 감정 색채에 따라 다양한 예술 형상을 가질 수 있음을 설명하고 있다. 그는 또한 "찬란한 저 은하수여"를 예로 들어 이를 설명하였다. 이 시구는 ≪詩經·大雅≫에 두 차례 보인다. 하나는 <大雅·棫

---

32) ≪淸詩話≫ 上冊, pp.6~7, ≪薑齋詩話≫ 卷上, "天情物理, 可哀而可樂, 用之無窮, 流而不滯, 窮且滯者不知爾. '吳楚東南坼, 乾坤日夜浮.' 乍讀之若雄豪, 然而適與 '親朋無一字, 老病有孤舟' 相爲融浹. 當知 '倬彼雲漢', 頌作人者增其輝光, 憂旱甚者益其炎赫, 無適而無不適也."

樸>의 第四章에 다음과 같이 보인다.

> 찬란한 저 은하수여 하늘에서 문장을 이루었도다. 周王은 장수를 누리
> 시니 어찌 인재를 육성하지 않으리요.[33]

여기에서는 광채를 내며 하늘에서 문채를 이루고 있는 은하를 빌어, 周 文王이 인재를 육성하는 공덕을 찬미하였다. 때문에 그것을 찬란하게 묘사하였고 그것이 온 하늘에서 빛난다고 하였다. 그것의 광휘는 바로 文王의 광휘이고 그것이 하늘에서 찬란하게 문장을 이루는 것은 文王이 지상에서 찬란하게 문장을 이루는 것과 같다. 때문에 그것은 찬미의 대상이 되었다.

다른 하나는 <大雅·雲漢>의 首章에서 다음과 같이 보인다.

> 찬란한 저 은하수여, 광채가 하늘을 따라 돌도다. 왕이 탄식하여 말하
> 기를 지금 사람들에게 대체 무슨 죄가 있으리요. 하늘이 상란을 내리니
> 기근이 거듭 들었네.[34]

그러나 여기에서는 하늘에서 광채 나는 은하를 빌어 가뭄에 대한 고통을 나타냈다. 때문에 그것이 하늘에서 광채를 내는 것은 비를 내리지 않음을 말하고, 그것이 광채를 발하면 발할수록 기근은 더욱 심해진다고 하였다. 때문에 하늘에서 찬란하게 빛나는 은하는 찬미의 대상이 아니라 저주의 대상이 되었다. 왕부지는 《詩經》의 두 가지 실례를 들어서 하나의 동일한 객관 경물이라도 그것에 주관 감정의 채색을 통해서 얼마든지 다른 예술 형상이 구성될 수 있음을 설명하였다. 때문에 왕부지는 景을

---

33) 朱熹는 '作人'을 사람을 變化鼓舞시킨다는 뜻으로 해석하였다("倬彼雲漢, 爲章于天. 周王壽考, 遐不作人").
34) "倬彼雲漢, 昭回于天. 王曰於乎, 何辜今之人. 天降喪亂, 饑饉薦臻."

'情의 景(情之景)'이라고 하였다. 그리고 시인의 감정은 또한 이러한 예술 형상을 매개로 표현되기 때문에 情을 '景의 情(景之情)'이라고 하였다.[35] 이것은 또한 예술 형상은 단지 예술 형상을 위해 존재하는 것이 아니라 시인의 (感)情을 곡진하면서도 생동적으로 표현하기 위해서 존재하는 예술 형상이어야 함을 말한다.

지금까지의 논술을 통해서 왕부지의 '情景相生'은 情과 景 양자의 相生의 관계로써 情은 景(예술 형상)을 통해 표현되고, 景(예술 형상)은 情(창작 감흥)으로부터 구성되며, 情(창작 감흥)은 景(외재 경물)의 촉동으로부터 발생한다는 것을 알 수 있다. 때문에 시가 생성의 측면에서 '情景交融'論이란 창작 감흥과 객관 경물과의 상호 조화, 통일의 관계를 의미할 뿐만 아니라 또한 시인의 창작 감흥과 예술 형상과의 상호 화해, 융화의 관계를 의미한다.

(2) 예술 형상의 구성

① '情景交融'論의 발전 과정

시인의 창작 감흥은 객관 경물을 매개로 표현된다. 때문에 시인이 창작 감흥을 객관 경물에 기탁, 표현함에 있어서 양자를 어떻게 안배하고 배치하여 창작 감흥을 곡진하며 생동감 있게 드러낼 것인가는 시가 창작에서 핵심이 되는 문제이다. 때문에 이것은 창작 감흥을 객관 경물에 직접 안배, 배치시켜 심미의 화폭을 그리는 시인에게 있어서나, 양자의 심미적인 안배와 배치 구도를 탐구하는 시론가에 있어서나 모두 중요한 문

---

35) 《船山全書》 一四, p.1083, 《唐詩評選》 卷四, 岑參 <首春渭西郊行呈藍田張二主簿> 語, "景生情, 情中含景, 故曰景者情之景, 情者景之景也. 高達夫則不然, 如山家村筵席, 一葷一素."

제이다. 특히 당대 이후 근체시가 발전함에 따라 시론가들은 전인들의 심미 화폭으로부터 창작 감흥을 객관 경물에 어떻게 안배하고 배치시켰는가를 탐구하기 시작하였다.

　당대 王昌齡의 ≪詩格≫,36) 皎然의 ≪詩議≫,37) 司空圖의 <與王駕評詩書>38) 등은 이러한 탐구에서 선성이 되었다. 송대에서는 唐詩의 축적과 詩話라는 지면이 마련됨으로써 이에 대한 탐구가 더욱 고조되었다. 周弼의 ≪三體唐詩≫,39) 姜夔의 ≪白石道人詩說≫,40) 范晞文의 ≪對牀夜語≫41)

---

36) 弘法大師　原撰, 王利器　校注 ≪文鏡秘府論校注·南卷·論文意≫, 中國社會科學出版社, 1983, p.293, "凡詩, 物色兼意下爲好, 若有物色, 無意興, 雖巧亦無處用之. 如'竹聲先知秋', 此名兼也."
　　上同, p.305, "詩貴銷題目中意盡, 然看當所見景物與意愜者相兼道. 若一向言意, 詩中不妙及無味 ; 景語若多, 與意相兼不緊, 雖理道亦無味. 昏旦景色, 四時氣象, 皆以意排之, 令有次序, 令兼意說之, 爲妙."

37) 羅聯添　編輯, ≪隋唐五代文學批評資料彙篇≫, 國立編譯館主編, 成文出版社印行, 民國 68年, p.104, "如'白雲抱幽石, 綠篠媚淸漣', '露濕寒塘草, 月映淸淮流', 此物色帶情句也."

38) 上同, p.252, "五言所得長於思與境偕, 乃詩家之所尙者."

39) 張健　著, ≪淸代詩學硏究≫, 北京大學出版社, 1999, p.313, "周伯弼은 唐人의 五七言律詩로부터 律詩의 中間兩聯四句를 情景虛實의 각도에서 분석하여 四種의 구조 형태로 분류하였다. 第一格을 '四實'이라 하고 그것의 구조 형태를 "中四句皆景物而實"라고 하였다. 중간 양련이 전부 경물을 묘사한 것을 말한다. 第二格을 '四虛'라 하여 그것을 "中四句皆情思而虛也"라 하였다. 中間兩聯이 전부 情思를 서술한 것을 말한다. 第三格을 "前虛後實"이라 하고 그것의 구조 형태를 "前聯情而虛, 後聯景而實"이라 하였다. 上聯은 情思를 서술하고, 下聯은 景物을 묘사한 것을 말한다. 第四格을 "前實後虛"이라 하고, 그것을 "前聯景而實, 後聯情而虛"라고 하였다. 上聯은 景物을 묘사하고, 下聯은 情思를 서술한 것을 말한다."
　　范晞文의 ≪對牀夜語≫ 卷二에는 周伯弼의 '四格'에 관한 范晞文의 관점이 다음과 같이 보인다.
　　"周伯弼選唐人家法, 以四實爲第一格, 四虛次之, 虛實相半又次之. 其說四實, 謂中四句皆景物而實也. 於華麗典重之間有雍容寬厚之態, 此其妙也. 昧者爲之, 則堆積窒塞, 而寡於意味矣. 是編一出, 不爲無補後學, 有識高見卓不爲詩習熏染者, 往往於此解悟. 間有過於實而句未飛健者, 得以起或者窒塞之譏. 然刻鵠不成尙類鶩, 豈不勝於空疎輕薄之爲, 使稍加探討, 何患不古人之我同也."
　　"四虛序云 : 不以虛爲虛, 而以實爲虛, 化景物爲情思, 從首至尾, 自然如行雲流水, 此其難也. 否則偏於枯瘠, 流於輕俗, 而不足採矣. 姑擧其所選一二云 : '嶺猿同旦暮, 江柳共風烟.' 又 : '猿聲知後夜, 花發見流年.' 若猿, 若柳, 若花, 若旦暮, 若風烟, 若夜, 若年, 皆景物也.

등이 그것이다. 元, 明, 淸代에 들어서 각종 시화와 시가 평선이 유행하면서 이러한 탐구는 절정에 달하였다. 元代 楊載의 ≪詩法家數≫,[42] 明代 都穆의 ≪南濠詩話≫,[43] 胡應麟의 ≪詩藪≫,[44] 陸時雍의 ≪詩鏡總論≫,[45] 그리고 淸代 吳騫의 ≪拜經樓詩話≫,[46] 李重華의 ≪貞齋詩說≫,[47] 劉熙載의 ≪藝槪≫,[48] 施補華의 ≪峴傭說詩≫[49] 등이 그것이다.

化而虛者一字耳, 此所以次於四實."(丁福保 輯, ≪歷代詩話續編≫ 上, pp.420~421).

40) 何文煥 輯, ≪歷代詩話≫ 下, p.682, "意中有景, 景中有意."

41) 丁福保 輯, ≪歷代詩話續編≫ 上, p.417, ≪對牀夜語≫ 卷二, "老杜詩 '天高雲去盡, 江迥月來遲 ; 衰謝多扶病, 招邀屢有期' : 上聯景, 下聯情 ; '身無卻少壯, 跡有但羈棲 ; 江水流城郭, 春風入鼓鼙' : 上聯情, 下聯景也 ; '水流心不競, 雲在意俱遲' : 景中之情也 ; '卷簾唯白水, 隱几亦靑山' : 情中之景也 ; '感時花賤淚, 恨別鳥驚心' : 情景相觸而莫分也 ; '白首多年疾, 秋天昨夜涼', '高風下木葉, 永夜攬貂裘' : 一句情一句景也. 故知景無情不發, 情無景不生. 或者便謂首首當如此作, 則失之甚矣. 如 '淅淅風生砌, 團團月隱牆. 遙空秋雁滅, 半嶺暮雲長. 病葉多先墜, 寒花只暫香. 巴城添淚眼, 今夕陽復淸光.', 前六句皆景也. '淸秋望不盡, 迢遞起層陰. 遠水兼天淨, 孤城隱霧深. 葉稀風更落, 山迥日初. 獨鶴歸何晚, 昏雅已滿林', 後六句皆景也. 何患乎情少?"

42) 何文煥 輯, ≪歷代詩話≫ 下, p.728, "寫景, 景中含意, 事中瞰景, 要細密淸淡. 忌庸腐雕巧. 寫意, 要意中對景, 議論發明."

43) 丁福保 輯, ≪歷代詩話續編≫ 下, p.1359, "鄕先生陳太史嗣初曾云 : '作詩必情與景會, 景與情合始可與言詩矣. 如「芳草伴人還易老, 落花隨水亦東流」, 此情與景合也. 「雨中黃葉樹, 燈下白頭人」, 此景與情合也.'"

44) 胡應麟 撰, ≪詩藪≫, 上海, 上海古籍出版社, 1979, pp.63~64, ≪內編≫ 卷四, "作詩不過情景二端. 如五言律體, 前起後結, 中四句, 二言景, 二言情, 此通例也. 唐初多於首二句言景對起, 止結二句言情, 雖豊碩, 往往失之繁雜. 唐晚則第三四句多作一串, 雖流動, 往往失之輕猥, 俱非正體. 惟沈, 宋, 李, 王諸子, 格調莊嚴, 氣象閎麗, 最爲可法. 第四中句大率言景, 不善學者, 湊砌堆疊, 多無足觀. 老杜諸篇, 雖中聯言景不少, 大率以情間之. 故習杜者, 句語或有枯燥之嫌, 而體裁絶無靡冗病. 此初學入門第一義, 不可不知. 若老手大筆, 則情景混融, 錯綜惟意, 又不可專泥此論."

45) 丁福保 輯, ≪歷代詩話續編≫ 下, p.1416, "少陵七言律, 蘊藉最深. 有餘地, 有餘情. 情中有景, 景外含情. 一詠三諷, 味之不盡."

46) ≪淸詩話≫ 下冊, p.728, "律詩中二聯, 往往一聯寫情, 一聯卽景, 情多活則神氣生動 ; 景聯多板, 板則格法端詳, 此一定之法, 亦自然之文也."

47) ≪淸詩話≫ 下冊, p.931, "詩有情有景, 且以律詩淺言之, 四句兩聯, 必須情景互換, 方不複沓. 更要識景中情, 情中景, 二者循環相生, 卽變化不窮."

48) 劉立人, 陳文和點校, ≪劉熙載集≫, 華東師範大學出版社, 1993, p.139, ≪藝槪≫ 卷四, <詞曲槪>, "詞或前景後情, 或前情後景, 或情景齊到, 相間相融, 各有其妙."

49) ≪淸詩話≫ 下冊, p.947, "景中有情, 如'柳塘春水漫, 花塢夕陽遲' ; 情中有景, 如'勳業頻

　　고금의 시론가들은 역대 시인들의 심미 화폭을 분석하여 창작 감흥을 객관 경물에 안배, 배치시키는 방법에는 대체로 두 가지가 있음을 밝혔다. 하나는 '情과 景을 나누어 묘사(情景分寫)'하는 것이고 다른 하나는 '情과 景을 서로 융합(情景交融)'한 것이다. '情景分寫'란 上聯에 景을 묘사하면 下聯에 情을 서술하고, 上聯에 情을 서술하면 下聯에 景을 묘사하는 것이다. 이처럼 情과 景을 각각 분리, 설계하여 심미 화폭을 구성하는 것이다.[50] 이에는 또한 다양한 수법들이 있다. 일찍이 仇兆鰲는 두보의 五律을 분석하여 그것으로부터 '情景分寫'의 다양한 수법을 변별해 내었다.

　　杜詩 五律에는 景을 세심하게 묘사한 말이 있는데 '내려앉은 기러기 차가운 물 위에 떠다니고, 주린 가마귀 수루에 모였네', '별은 드넓은 평야로 쏟아지고, 달은 흐르는 큰 강에서 솟아나네'와 같은 것이 이것이다. 情을 세심하게 묘사한 말이 있는데 '(잔치) 성대함은 비할 데 없는데 몸 노쇠해 가는 것에 스스로 놀라네, 늙어간다는 심정 잊어버리니 흥취 솟아남이 색다르네', '불현듯 오늘 저녁 만나게 되니, 만 리 고향의 정이 솟아나네'와 같은 것이 이것이다. 한 구에는 景을 말하고, 한 구에는 情을 말한 것이 있는데 '(밝은 달은) 그윽하게 변새를 비추는데, 근심스럽게 경사를 생각하네'와 같은 것이 이것이다. 한 구에는 情을 말하고 한 구에는 景을 말한 것이 있는데 '백발 되어 수년 동안 병석에 있었는데, 가을 하늘 되니 어제 저녁은 차가웠네'와 같은 것이 이것이다. 한 구에 景을 한 구에 情을 양층으로 중첩 서술한 것이 있는데 '野寺는 강과 하늘이 확 트인 곳에 자리하고 있고, 山門은 곱고 푸른 꽃과 대나무로 에워싸여 있네. 詩는 神明의 도움이 있어야 하니, 나는 좋은 시기 얻어 봄 유람하네. 산길과 바위는 서로 둘러싸고 있는데, 강물과 구름은 마음대로 떠났다가 머무르네. 선방의 나뭇가지에 뭇 새가 깃드니, 유랑하는 나

　　看鏡, 行藏獨倚樓'；情景兼到, 如'水流心不競, 雲在意俱遲.'"
50) 黃永武는 이에 대해서 다음과 같이 정의하였다.
　　《中國詩學·鑑賞篇》, p.77, <三, 情景分寫>, <作品的詩境>, "所謂情景分寫, 是說詩境中：或以情到, 或以景到, 或先說景, 後說情；或先說情, 或後說景. 或一情一景, 兩層疊敍, 情與景可以在字面上分別設計, 但並不是詩中情與景是截然可分爲不同的兩端."

는 저녁 뜀에 돌아가고픈 생각 간절하네'와 같은 것이 이것이다.[51]

　　仇兆鰲가 두보의 五律을 분석하여 그것으로부터 변별해 낸 '情景分寫'의 수법에는 대략 다섯 가지가 있다. 이른바 '景을 세심하게 묘사한 말(景到之語)', '情을 세심하게 묘사한 말(情到之語)', '한 구에는 景을 말하고 한 구에는 情을 말한 것(一句說景, 一句說情)', '한 구에는 情을 말하고 한 구에는 景을 말한 것(一句說情, 一句說景)', '한 구에 景을 한 구에 情을 양층으로 중첩 서술한 것(一景一情, 兩層疊敍)'이 바로 그것이다. 仇兆鰲가 말한 대로 '情景分寫'의 각종 수법들도 시인이 창작 감흥을 객관 경물을 취하여 심미적으로 안배, 배치시켜 묘경을 구성, 시인의 정감을 곡진하면서도 생동감 있게 표현하는 방법 중의 하나이다. 때문에 '情景分寫'의 심미 화폭에 있어서 설사 情과 景을 각각 분리, 설계하여 묘사하더라도 景 가운데서 情이 자아나고, 情 가운데에 景이 내재된다. 그러나 宋, 元 이래 '情景分寫'는 이러한 심미 구도가 도외시되고, '한 구에는 景을 말하고 한 구에는 情을 말한다', '한 구에는 情을 말하고 한 구에는 景을 말한다'와 같은 형식 구조만이 주목을 받았다. 결국 이러한 형식 구조가 시의 작법으로 공식화됨에 따라 시를 짓는 사람들은 도식화된 형식 구조 속에 情과 景을 공식적이고 기계적으로 배열, 포진시켰다. '情景分寫'의 이러한 폐단과 병폐로부터 창작 감흥을 객관 경물에 심미적으로 조화, 통일시켜 景 가운데서 情이 자아나게 하고, 情 가운데에서 景이 내재되게 하는 심미 경계를 구성하여 그것으로부터 시인의 정감이 곡진하면서도 생동감 있게

---

51) 仇兆鰲, 《杜詩詳註》 第五冊, p.2030, "杜詩五律有景到之語 ; 如'落雁浮寒水, 飢烏集戍樓', '星垂平野闊, 月湧大江流', 是也. 有情到之語, 如'勝絶驚身老, 情忘發興奇', '一時今夕會, 萬里故鄉情' 是也. 有一句說景, 一句說情者, 如'悠悠照邊塞, 悄悄憶京華', 是也. 有一句說情, 一句說景者, 如'白首多年病, 秋天昨夜凉', 是也. 有一景一情, 兩層疊敍者, 如'野寺江天豁, 山扉花竹幽. 詩應有神助, 吾得及春遊. 徑石相縈帶, 川雲自去留. 禪枝宿衆鳥, 漂轉暮歸愁.', 是也."

표현되어야 한다는 주장이 나오게 되었다. 이것이 바로 ‘情景交融’論이다.
‘情景交融’은 시인의 창작 감흥을 하나의 객관 경물을 빌어 기탁하여 표
현함에 있어서 양자를 상호 조화, 융합시켜 “景 가운데서 情이 자아나고,
情 가운데에서 景이 내재”52)되는 예술 형상 구성의 방법과 기교이다. ‘情
景交融’의 예술 수법은 이미 ≪詩經≫의 작품에서 운용, 실천되어 고도의
심미 경계에 이르렀다. 劉熙載의 ≪藝槪≫ 卷二, <詩槪>에서의 다음과
같은 언급은 이를 말한다.

> 내가 생각하건데 시는 義를 情에 기탁하여 義가 더욱 지극해지는 것
> 도 있고 情을 景에 기탁하여 情이 더욱 심원해지는 것도 있으니 이는 또
> 한 ≪詩經≫이 남긴 뜻이다.53)

당대의 王昌齡, 皎然, 權德輿, 司空圖 등 수많은 시론가들은 시인의 주
관 사상(정서)과 객관 경물과의 상호 조화를 강조하는 심미 관점들을 제
기하였다. 王昌齡의 ‘理가 景에 이입되는 勢(理入景勢)’,54) ‘景이 理에 이입
되는 勢(景入理勢)’,55) 皎然의 ‘物色은 情을 수반해야 한다는 것(物色帶情)’,56)
權德輿의 ‘意와 境은 합치되어야 한다는 것(意與境會)’,57) 司空圖의 ‘思와

---

52) ≪船山全書≫ 一四, p.1083, ≪唐詩評選≫ 卷四, 岑參 <首春渭西郊行呈藍田張二主簿>
   評語, “景中生情, 情中含景, 故曰景者情之景, 情者景之景也.”
53) 劉立人, 陳文和 點校, ≪劉熙載集≫, 華東師範大學出版社, 1993, p.90, “余謂詩或寓義於
   情而義愈至, 或寓情於景而情愈深, 此亦三百五篇之遺意也.”
54) 弘法大師 原撰, 王利器 校注, ≪文鏡秘府論校注·地卷·十七勢≫, p.131, “第十五, 理入
   景勢. 理入景勢者, 詩不可一向把理, 皆須入景, 語始清美 ; 理欲入景勢, 皆須引理語入一地
   及居處, 所在便論之, 其景與理不相愜, 理通無味. 昌齡詩云 : ‘時與醉林壑, 因之墮農桑, 槐
   烟漸含夜, 樓月深蒼茫.’”
55) 上同, p.132, “第十六, 景入理勢. 景入理勢者, 詩一向言意, 則不清及無味 ; 一向言景, 亦無
   味. 事須景與意相兼始好. 凡景語入理語, 皆須相愜, 當收意緊, 不可正言. 景語勢收之便論
   理語, 無相管攝. 方今人皆不作意, 愼之. 昌齡詩云 : ‘桑葉下墟落, 鵾鷄鳴渚田, 物情每衰極,
   吾道方淵然.’”
56) 羅聯添 編輯, ≪隋唐五代文學批評資料彙篇≫, p.104, 皎然 ≪詩議≫, “如‘白雲抱幽石,
   綠篠媚清漣’, ‘露濕寒塘草, 月映清淮流’, 此物色帶情句也.”

境은 조화되어야 한다는 것(思與境偕)'58) 등이 그것이다. 이러한 심미 관점은 모두 후대의 '情景交融'論에 심대한 영향을 미쳤다. 때문에 당대는 '情景交融'論의 선성기라고 할 수 있다.

송대에는 情, 景이라는 고유 명칭이 출현하여 시인의 주관 정서와 객관 경물의 상호 결합을 요구하는 심미 관점들이 집중적으로 제기되었다. 이것에는 몇 가지 중요 요인이 있다. 첫째, 당대의 왕창령, 교연, 권덕여, 사공도 등의 심미 관점들은 송대의 '情景交融'論의 이론적 토대가 되었다. 둘째, 당대라는 시가의 황금 시기는 송대에 당대의 시가 작품으로부터 각종의 이론을 탐색, 전개시킬 수 있는 배경이 되었다. 특히 당대 근체시의 성숙은 송대에 '情景交融'論의 탐색을 더욱 고조시켰다. 셋째, 송대 詩話의 출현은 송대 시론가들에게 자신의 시론 관점을 펼칠 수 있는 지면을 제공함으로써, '情景交融'論의 탐색은 더욱 가속되었다. 이에 송대의 '情景交融'論은 한층 성숙되었다.

송대에 景과 意의 상호 결합을 통해서 심미 경계를 이루게 해야 한다는 관점을 제기한 사람은 北宋의 梅聖兪이다. 그는 歐陽修와 어떻게 하면 詩意가 참신하면서 시어는 공교로운(意新語工) 시를 지을 수 있을까?라는 문제를 토론하면서 이에 대한 관점을 제기하였다. 歐陽修의 ≪六一詩話≫에는 梅聖兪와의 토론 내용이 실려 있다.

聖兪가 일찍이 나에게 말하기를 '시인이 비록 詩意를 통솔하지만 시어 짓기가 또한 어렵다. 시의가 참신하고 시어가 공교로와 전인이 아직 토출하지 못한 것과 같은 것이라야 뛰어난 것이 된다. 반드시 그리기 어려운 景을 묘사하여 마치 눈앞에 펼쳐진 듯이 하고 극진하게 토로하지 않

---

57) 上同, p.143, 權德輿 <左武衛冑曹許君集序>, "凡所賦詩, 皆意與境會, 疏導情性, 含飛飛動, 得之於靜, 故所趣皆遠."

58) 上同, p.252, 司空圖 <與王駕評詩書>, "河汾蟠鬱之氣, 宜繼有人, 今王生者, 寓居其間, 浸漬益久, 五言所得, 張於思與境偕, 乃詩家之所尙者. 則前所謂必推於其類, 豈止神躍色揚哉?"

은 시의를 함축하여 언외에 드러내어야만 그러한 뒤에야 지극하게 된다'
라고 하였다.[59]

시가의 심미 경계는 景과 意의 상호 결합으로 이루어진다는 梅聖兪의
심미 관점은 바로 '情景交融'의 이론 면모에 정확하게 부합된다.

南宋의 姜夔는 梅聖兪의 심미 관점을 계승하여, ≪白石道人詩說≫에서
"意 가운데 景이 있고, 景 가운데 意가 있다"[60]라고 하였다. 蔡英俊은 "이
것은 정식으로 情意와 景物의 관계를 함께 결합시켰고 또한 간단명료한
警句 형식으로 출현하니 '情景交融'理論의 선성이라고 할 수 있다. …… 黃
昇이 제기한 '情景을 한 집에 융합시키고 구의 뜻을 두 가지로 얻게 모았
다'라는 이론도 아마 姜夔 의견의 영향을 받았을 것이다"[61]라고 하였다.

姜夔의 뒤를 이어 南宋의 많은 시론가들이 '情景交融'論에 대한 심미
관점들을 제기하였는데, 그중에서도 특히 葉夢得, 黃昇, 范晞文, 沈義父,
張炎 등의 심미 관점이 후대 연구가들의 주목을 받았다.[62]

葉夢得은 ≪石林詩話≫에서 "意가 境과 합쳐지고", "意를 景과 서로 만
나게 한다"는 것으로 이미 '情景交融'의 미학 요소를 지적해 내었다.

시인이 한 자로써 공교롭게 해야 한다는 것은 세상이 실로 아는 것이
다. 오직 두보만이 개합(開闔)을 변화시켜 기묘함을 그지없이 내었으니 거
의 形迹을 포착할 수 없었다. …… 이는 모두 工妙함이 이르른 것이요 人

---

59) 何文煥 輯, ≪歷代詩話≫ 上, p.267, "聖兪嘗語余曰 : '詩家雖率意, 而造語亦難. 若意新語
　　工, 得前人所未道者, 斯爲善也. 必能狀難寫之景, 如在目前, 含不盡之意, 見於言外, 然後爲
　　至矣.'"
60) 何文煥 輯, ≪歷代詩話≫ 下, p.682, "意中有景, 景中有意."
61) 蔡英俊 著, ≪比興, 物色與情景交融≫, p.12, "這段文字正式把情意與景物的關係結合一起,
　　並且以簡明的警句的形式出現, 可以說是'情景交融'理論的先聲. …… 黃昇所以提出'融情景
　　於一家, 會句意於兩得', 也可能就是受到姜夔意見的影響."
62) 葉夢得, 黃昇, 范晞文, 沈義父, 張炎에 관한 논술은 蔡英俊의 ≪比興, 物色與情景交融≫
　　＜第一章 '情景交融'理論的歷史起點＞, pp.2~6의 내용을 참고하였다.

力으로는 미치지 못하는 것이다. 그러나 이러한 노련한 필치는 오직 문기가 온화하고 수식은 아름다우면서도 자연스러운 가운데서 나온 것이니 대개는 그 힘쓴 곳을 볼 수 없었다. 지금 사람들은 대부분이 그 기존의 用字하는 것만을 취하여 그것을 모방하여 사용하고 있으니 기괴하고 협루하여 거의 死法이 되었다. 意와 境이 합쳐지고 언어는 그 절주에 부합되니 무릇 글자마다 모두 사용될 수 있다는 것을 알지 못했다(葉夢得, ≪石林詩話≫ 卷中, 第十六則).[63]

'못에는 봄 풀 솟아나고, 동산에 버들은 새가 울도록 변하였네' 세상에는 이 詩語가 공교롭게 되는 점을 이해하지 못하는 사람들이 많으니 대개는 奇妙로써 그것을 구하려 한다. 이 시어가 공교로운 것은 바로 意를 (달리) 사용함이 없이 불현듯 景과 서로 만나게 하여 이를 빌어 시문을 이루는 데 있었고 재고 깎지 않았다. 때문에 보통 사람들로서는 이르를 바가 아니었다. 시의 오묘한 점은 마땅히 이로써 근본을 삼아야 하니 시상을 괴롭게 짜내고 시어를 어렵게 표현하는 사람은 왕왕 깨닫지 못한다(同上, 卷中, 第三十一則).[64]

南宋 黃昇은 가장 일찍 情, 景의 명칭을 사용하여, '情景交融'의 관점에서 史達祖의 詞風을 품평하였다. 그는 ≪中興以來絶妙詞選≫에서 다음과 같이 말하였다.

---

63) "詩人以一字爲工, 世固知之, 惟老杜變化開闔, 出奇無窮, 殆不可以形迹捕. …… 此皆工妙至到, 人力不可及, 而此老獨雍容閒肆, 出於自然, 略不見其用力處. 今人多取其已用字模放用之, 偃蹇狹陋, 盡成死法 ; 不知意與境會, 言中其節, 凡字皆可用也."
葉夢得의 ≪石林詩話≫는 何文煥 輯 ≪歷代詩話≫에 실려 있다. 위 예문 중 '雍容閒肆'은 ≪歷代詩話≫에도 동일하게 '雍容閒肆'로 되어 있는데 이것을 많은 논자들이 그대로 인용하고 있다. 그러나 이것은 '雍容閒雅'로 되어야 한다.
'雍容閒雅', '雍容大雅', '雍容典雅', '雍容爾雅' 등은 모두 거의 같은 개념으로 사용되는 말들이다. 이것은 사람에게 형용되어질 때는 표정과 태도가 조용하고 급박하지 않으며, 행동거지가 문아하면서 의젓한 것을 이르고 그것이 작품에 대해서 사용되어질 때는 文氣가 舒緩하고 詞藻가 우미하면서 속되지 않는 것을 이른다(≪漢語大詞典≫ 2, p.387 참조).
64) "'池塘生春草, 園柳變鳴禽', 世多不解此語爲工, 蓋欲以奇求之. 此語之工, 正在無所用意, 猝然與景相遇, 借以成章, 不假繩削, 故非常情所能到. 詩家妙處, 當須以此爲根本, 而思苦言難者, 往往不悟."

史邦卿은 이름은 達祖이고 호는 梅溪이다. 詞 百餘首가 있는데 張功父,
姜堯章이 序를 썼다. 姜堯章은 그의 詞가 奇妙하고 淸逸하며 李長吉의 운
미를 가지고 있다고 하였는데 대개는 능히 情景을 한 집에 융합시키고
구의 뜻을 두 가지로 얻게 모았다(黃昇, ≪中興以來絶妙詞選≫, 卷七).[65]

范晞文은 ≪對牀夜語≫에서 "情과 景이 겸하여 융합(情景兼融)"의 각도에
서 시가 작품을 품평하고, 또한 情과 景의 상호 배치, 결합 방식에 따라
서 시가 작품을 분석하여 그것에 의하여 구성된 '情景交融'의 각종 예술
유형을 분류해 내었다.

'나무는 그윽한 새의 꿈을 흔들어 깨우고, 반딧불은 정돈된 스님의
옷으로 들어가네', …… 이상의 여러 연들은 또한 晚唐의 警句들이다.
이에 앞서서 표현되어 나온 것은 적었는데 대개는 '鷄聲', '人跡', '風暖',
'日高' 등의 작품이었을 뿐이었다. 情과 景이 겸하여 융합되고 시구의
뜻은 두 가지로 극진하며 결점을 쪼아 다듬어 광채를 발양되게 하니
거의 옥공이 옥을 다루고 직조공이 비단을 짜는 것과 같다(范晞文, ≪對
牀夜語≫, 卷二, 第八則).[66]

老公 두보의 시 '하늘은 높은데 구름 사라져 없어지고, 강은 멀리서
흐르는데 달이 서서히 비쳐오네. 살쩍은 빠지고 병치레는 많았네, 초청
에 몇 차려 기약이 있었네'는 上聯은 景이고, 下聯은 情이다. '몸은 이제
젊고 왕성한 기운 사라지고, 내 뒤안길에는 유랑의 자취만 남았네. 강물
은 성곽을 따라 흐르고, 봄바람은 멀리서 울리는 북소리 전해주네'는 上
聯은 情이고, 下聯은 景이다. '강물은 서로 분주히 흐르나 내 마음은 초
초하지 않고, 구름 두둥실 떠 있으니 생각 더불어 유연해 지네'는 景 가
운데 情이다 ; '주렴 걷어 올리니 흰 강물이요, 안석에 기대어 보니 또한

---

65) "史邦卿, 名達祖, 號梅溪. 有詞百餘首, 張功父, 姜堯章爲序. 堯章稱其詞奇秀淸逸, 有李長
吉之韻, 蓋能融情景於一家, 會句意於兩得."
66) "'樹搖幽鳥夢, 螢入定僧衣', …… 右數聯亦晚唐警句 ; 前此少有表而出者, 蓋不獨 '鷄聲',
'人跡', '風暖', '日高' 等作而已. 情景兼融, 句意兩極, 琢磨瑕垢, 發揚光綵, 殆玉人之攻玉,
錦工之機錦也."

청산이네'는 情 가운데 景이다. '시절을 애달파하니 꽃을 보아도 눈물이
요, 이별을 한탄하니 새소리 들어도 마음 놀란다'는 情景이 서로 접촉하
여 구분할 수 없는 것이다. '머리는 하얗게 되었고 수년 동안 병치례 해
왔네, 입추되는 날이라 어제 저녁은 싸늘했네', '하늘 높이 부는 바람 나
뭇잎 떨어지게 하고, 밤새도록 담비 갓 옷 손 보았네'는 一句에 情, 一句
에 景이다. 때문에 景은 情이 없으면 나오지 않고, 情은 景이 없으면 생
기지 않는다는 것을 알 수 있다. 혹자는 매 수마다 이렇게 지어야 한다
고 하였으니 잘못됨이 심하다(同上, 卷二).⁶⁷⁾

范晞文의 ≪對牀夜語≫의 여러 심미 관점 중에서 특히 이상의 두 조목
은 후대 '情景交融'論에 중대한 공헌을 하였다. 두 조목에서 알 수 있듯
이, 范晞文은 情과 景의 상호 배치, 결합 방식에 따라서 두보의 시가 작
품을 분석하여 각종의 예술 유형을 변별해 내었다. 이른바 '景 가운데의
情(景中之情)', '情 가운데의 景(情中之景)', '情과 景이 서로 접촉하여 구분이
없다(情景相觸而莫分)'는 것이 그것이다. 이것은 모두 후대 '情景交融'의 세
가지 예술 유형의 선성이 되었다. 왕부지가 '情景交融'의 유형을 '신묘하
게 결합되어 경계가 없는 것(妙合無垠)', '情 가운데 景(情中景)', '景 가운데
情(景中情)'의 세 종류로 분류한 것, 施補華가 두보의 작품으로부터 '景 가
운데 情이 있는 것(景中有情)', '情 가운데 景이 있는 것(情中有景)', '情과 景
이 겸하여 이르른 것(情景兼到)'의 세 종류로 구분한 것,⁶⁸⁾ 仇兆鰲가 또한
두보의 五律로부터 '情景交融'의 유형을 '景 가운데 情을 함유하는 것(景中
含情)', '情 가운데 景을 머물게 하는 것(情中寓景)', '情景이 서로 융합되어

---

⁶⁷⁾ "老杜詩 '天高雲去盡, 江迴月來遲 ; 衰謝多扶病, 招邀屢有期' : 上聯景, 下聯情 ; '身無卻
少壯, 跡有但羈棲 ; 江水流城郭, 春風入鼓鼙' : 上聯情, 下聯景也 ; '水流心不競, 雲在意俱
遲' : 景中之情也 ; '卷簾唯白水, 隱几亦青山' : 情中之景也 ; '感時花濺淚, 恨別鳥驚心' :
情景相觸而莫分也 ; '白首多年疾, 秋天昨夜涼', '高風下木葉, 永夜攬貂裘' : 一句情一句景也. 故
知景無情不發, 情無景不生. 或者便謂首首當如此作, 則失之甚矣."

⁶⁸⁾ ≪淸詩話≫ 下冊, p.974, 施補華, ≪峴傭說詩≫, "景中有情, 如'柳塘春水漫, 花塢夕陽
遲' : 情中有景, 如'勳業頻看鏡, 行藏獨倚樓'. 情景兼到, 如'水流心不競, 雲在意俱遲.'"

구별할 수 없는 것(情景相融不能區別)’의 세 가지 형태로 분류한 것,69) 그리고 王國維가 ‘意境’의 세 가지 유형을 ‘意와 境이 혼연일체가 된 것(意與境渾)’, ‘境이 우세한 것(以境勝)’, ‘意가 우세한 것(以意勝)’으로 분류한 것70) 이 그것이다. 그리고 특히 淸代의 仇兆鰲는 情과 景의 상호 배치, 결합 방식에 따라 두보의 五律로부터 각종의 예술 유형을 변별해 내었는데,71) 이것은 范晞文의 예술 관점을 직접적으로 계승한 것이다.

이처럼 范晞文의 ‘情景交融’論은 후대 ‘情景交融’論을 선도하는 바가 되었다.

沈義父와 張炎 또한 ‘情景交融’論에 대해 각각 다음과 같은 심미 관점을 표명하였다.

結句는 모름지기 펼치고 열어야 하지만 남겨 다하지 않는 뜻을 담아야 하고, 景으로 情을 맺어야 가장 좋은 것이 되는데, 周邦彦의 ‘애끊는 심정 정원에 가득하고 한 겹의 커튼 밖으로는 버들솜 휘날리네’, 또 ‘변방의 문을 닫으니 온 성에는 鐘鼓 소리 울리네’와 같은 것이 이것이다. 더러 情으로 마무리를 해도 좋지만 가끔 가벼워서 (그것이) 드러나게 된다(沈義父, ≪樂府指迷≫).72)

---

69) 仇兆鰲, ≪杜詩詳註≫ 第五冊, p.2030, “有景中含情者, 如‘感時花濺淚, 恨別鳥驚心’, ‘岸花飛送客, 檣燕語留人’, 是也. 有情中寓景者, 如‘影著啼猿樹, 魂飄結蜃樓’, ‘正愁聞塞笛, 獨立見江船’, 是也. 有情景相融, 不能區別者, 如‘水流心不競, 雲在意俱遲’, ‘片雲天共遠, 永夜月同孤’, 是也.”

70) ≪人間詞乙稿序≫, “上焉者意與境渾, 其次或以境勝, 或以意勝.”

71) 仇兆鰲, ≪杜詩詳註≫ 第五冊, p.2030, “杜詩五律, 有景到之語, 如‘落雁浮寒水, 饑鳥集成樓’, ‘星垂平野闊, 月湧大江流’, 是也. 有情到之語, 如‘勝絶驚身老, 情忘發興奇’, ‘一時今夕會, 萬里故鄕情’, 是也. 有一句說景, 一句說情者, 如‘悠悠照邊塞, 悄悄憶京華’, 是也. 有一句說情, 一句說景者, ‘白首多年病, 秋天昨夜凉’, 是也. 有一景一情兩層疊敍者, 如‘野寺江天豁, 山扉花竹幽. 詩應有神助, 吾得及春遊. 徑石相縈帶, 川雲自去留. 禪枝宿衆鳥, 漂轉暮歸愁’, 是也.”

72) “結句須要放開, 含有餘不盡之意, 以景結情最好, 如淸眞之‘斷腸院落, 一簾風絮’, 又‘掩重關徧城鐘鼓’之類是也. 或以情結尾亦好, 往往輕而露.”
“一簾風絮”의 ‘一簾’은 溫庭筠의 ＜菩薩蠻＞詞：“夜來晧月纔當年, 重簾悄悄無語”의 ‘重

風月을 만지작거리며 性情을 토로하니 詞는 詩보다 婉弱하다. 대개 소리는 꾀꼬리의 목구멍, 제비의 혀 사이에서 나와서 어느 정도는 情에 가깝다 할 수 있다. …… (陸雪溪 <瑞鶴仙>, 辛稼軒 <祝英臺近>을 인용하여) 모두 景 가운데 情을 내재하고 있으니 《離騷》와 《二雅》의 풍격을 지니고 있다(張炎, 《詞源》, <賦情>).73)

'봄 초목은 푸릇푸릇하고, 봄 강물 푸른 파도 일으키네. 그대를 南浦에서 전송하니, 상심을 어떻게 이길 수 있으리요?'와 같이 항차 감정이 이별에 이르러서는 哀怨이 반드시 이르게 되니 실로 감정에 복받치는 슬픔을 녹여서 모으는 가운데 조화시켜야 된다. (白石, <琵琶仙>, 秦少遊 <八六子>를 인용하여) 이별의 정은 마땅히 이처럼 지어야 하니 완전히 情과 景을 서로 정련하여 언외의 뜻을 얻었다(同上, <離情>).74)

沈義父의 "景으로 情을 맺어야 한다(以景結情)"는 것, 張炎의 "景 가운데 情을 내재해야 한다(景中帶情)"는 것, "情과 景을 서로 정련해야 한다(情景交鍊)"는 것 등은 모두 '情景交融'의 이론에 부합한다.

송대는 '情景交融'이 詩詞 작품의 품평 척도로 운용되고, 또한 시론에서 중요 논제로 집중 탐구되는 시기이다. 때문에 송대는 '情景交融'論의 발전기라고 할 수 있다.

원대에 들어서 方回는 《瀛奎律隨》 二十三卷에서 두보의 <江亭>을 품평하여 "景은 情 가운데 있고, 情은 景 가운데 있다"75)라는 심미 관점을, 楊載는 《詩法家數》의 <作詩準繩>에서 "景을 묘사함에, 景 가운데

簾'과 상대되는 말이다. '重簾'은 이중의 발이나 커튼을 가리킨다. 이로서 '一簾'을 한 겹의 커튼으로 해석하는 것이 좋을 듯하다.

73) "簸弄風月, 陶寫性情, 詞婉於詩. 蓋聲出鶯吭燕舌間, 稍近乎情可也. …… (引陸雪溪 <瑞鶴仙>, 辛稼軒 <祝英臺近>) 皆景中帶情, 而有騷雅."

74) "'春草碧色, 春水綠波,送君南浦, 傷如之何?' 矧情至於離, 則哀怨必至, 苟能調感愴於融會中, 斯爲得矣(引白石, <琵琶仙>. 秦少遊, <八六子>). 離情當如此作, 全在情景交鍊, 得言外意."

75) 李慶甲 集評校點, 《瀛奎律隨彙評》 中, 上海古籍出版社, 1986, p.938, "景在情中, 情在景中."

意를 내포하도록 하고 …… 意를 묘사함에 意 가운데 景을 내재시켜야 한다"76)라는 예술 관점을 제기하였다.

童慶炳이 "情景交融'說의 진정한 성숙은 明, 淸 兩代에 있다"77)라고 할 정도로 明, 淸 兩代는 '情景交融'論이 성숙하였다.

明, 淸 兩代에 이르러 '情景交融'論의 성숙에는 몇 가지 요인이 있다. 그중에서 특히 송대의 詩話라는 장르가 明, 淸 兩代에 꽃을 피움으로써 헤아릴 수 없는 각종의 시화들이 출현하였다. 이에 시론가들은 詩話라는 지면을 이용하여 시론에 대한 각종의 관점을 제기하였는데, '情景交融'論은 그중에서 중요한 논제가 되었다. 이에 더하여 明, 淸 兩代의 교체기라는 시대적 특수 상황은 시론가들로 하여금 전대의 각종 자료들을 수집, 정리, 교감할 수 있는 기회를 갖게 하였다. 특히 역대 시가에 대한 평선이 활발하게 이루어져 주목할 만한 결과가 나왔다. 錢謙益의 ≪列朝詩集≫, 朱彝尊의 ≪明詩綜≫, 왕부지의 ≪古詩評選≫, ≪唐詩評選≫, ≪明詩評選≫, 陳子龍의 ≪皇明詩選≫, 沈德潛의 ≪古詩源≫, ≪唐詩別裁集≫, ≪明詩別裁集≫, ≪淸詩別裁集≫ 등이 그것이다. 시론가들은 역대 시가 평선에서 특히 '情景交融'論에 깊은 관심을 기울였다. 明代의 都穆, 胡應麟, 王世貞, 陸時雍, 謝榛 등은 모두 '情景交融'論에 관한 중요한 관점을 제기하였다. 都穆은 ≪南濠詩話≫에서 情과 景의 상호 합일을 주장하고, 두보의 시로부터 '情景交融'의 두 가지 예술 유형을 변별해 내었다. '情이 景과 합일되는 것(情與景合)', '景이 情과 합일되는 것(景與情合)'이 바로 그것이다.78) 이는 모두 시가의 표현에 있어서 情과 景 양자의 상호 합일을 요구한 것

---

76) 何文煥 輯 ≪歷代詩話≫ 下, p.728, "寫景, 景中含意 …… 寫意, 要意中對景."

77) 童慶炳等著, ≪中國古代詩學心理透視≫, 百花文藝出版社, 1993, p.197, "'情景交融'說的 眞正成熟則在明, 淸兩代."

78) 丁福保 輯, ≪歷代詩話續編≫ 下, p.1359, 都穆, ≪南濠詩話≫, "鄕先生陳太史嗣初曾云：'作詩必情與景會, 景與情合始可與言詩矣. 如「芳草伴人還易老, 落花隨水亦東流」, 此情與景合也.「雨中黃葉樹, 燈下白頭人」, 此景與情合也.'"

이다. 胡應麟 또한 五言律體를 예로 들어 당대에 시기별로 상용된 몇 가지 '情景分寫'의 구조를 검토하고, 그것이 가지는 장, 단점을 비교하였다. 이것은 사실 胡應麟이 지향하는 바의 심미 관점을 밝히기 위한 것이었다.

> 시를 짓는 것은 情과 景 두 가지 단서에 의할 뿐이다. …… 만약 노련한 솜씨를 가진 큰 작가라면 情景을 혼용시키고 意를 이리저리 뒤섞이게 한다.[79]

王世貞은 "情景이 오묘하게 결합되어 風格이 자연스럽게 높은 것"[80]을 최고의 심미 경계라고 여겼다. 陸時雍은 小陵의 七言律詩는 "情 가운데 景이 있고 景 밖에 情을 내포하고 있다"는 심미 구조에 의하여 반복하여 읊조려도 운미가 다하지 않는다고 하였다.[81]

明代의 시론가들 중에서도 謝榛의 '情景交融'論은 후세 연구가들의 주목을 받았다. 艾治平은 "明代의 謝榛은 情, 景 관계의 문제에 있어서 위로는 전인을 계승하고 아래로는 후인을 계발시켰다"[82]라고 하였다. 실지로 謝榛의 ≪四溟詩話≫ 四卷, 총 408條目 가운데 情景 관계에 대한 논술을

---

79) 胡應麟 撰 ≪詩藪≫, 上海, 上海古籍出版社, 1979, pp.63~64, ≪內編≫ 卷四, "作詩不過情, 景二端, …… 若老手大筆, 則情景混融, 錯綜惟意."
이에 대한 전체 원문은 다음과 같다.
"作詩不過情景二端. 如五言律體, 前起後結, 中四句, 二言景, 二言情, 此通例也. 唐初多於首二句言景對起, 止結二句言情, 雖豊碩, 往往失之繁雜. 唐晚則第三四句多作一串, 雖流動, 往往失之輕猥, 俱非正體. 惟沈, 宋, 李, 王諸子, 格調莊嚴, 氣象閎麗, 最爲可法. 第四中句大率言景, 不善學者, 湊砌堆疊, 多無足觀. 老杜諸篇, 雖中聯言景不少, 大率以情間之. 故習杜者, 句語或有枯燥之嫌, 而體裁絶無靡冗病. 此初學入門第一義, 不可不知. 若老手大筆, 情景混融, 錯綜惟意, 又不可專泥此論."
80) 丁福保 輯, ≪歷代詩話續編≫ 中, p.1024, 王世貞, ≪藝苑巵言≫ 卷五, "情景妙合, 風格自上, 不爲古役, 不墮蹊逕者, 最也 ; 隨質成分, 隨分成詣, 門戶旣立, 聲實可觀者, 次也."
81) 丁福保 輯, ≪歷代詩話續編≫ 上, p.1417, 陸時雍, ≪詩鏡總論≫, "少陵七言律, 蘊藉最深. 有餘地, 有餘情. 情中有景, 景外含情. 一詠三諷, 味之不盡."
82) 艾治平著, ≪詩美思辨≫, 學林出版社, 1996, p.285, "明代的謝榛在情景問題上, 上承前人, 下啓後人."

하나하나 분석해보면, 謝榛은 情景의 관계를 통해서 각종의 관점을 제기하였다. 예를 들면, 情, 景 양자의 상호 촉발에 의한 시가의 생성 문제,[83] 시에 있어서 情, 景 묘사의 難易 문제,[84] 시가 표현에 있어서 '情과 景 적절한 조화'에 관한 문제[85] 등이 그것이다.

謝榛은 시가 창작에서 情과 景 양자를 어떻게 배치, 안배시켜서 그림을 그린 듯한 경지의 詩境을 그려내느냐 하는 문제에 있어서 결국 情과 景 양자의 조화와 통일을 강조하였다.

두보는 '부슬비에 호미 메고 서 있고, 강의 잔나비는 비취 병풍 같은 강 언덕에서 울부짖네'라고 하였는데 이 시어는 흡사 그림을 그린 듯한 경지에 들어갔으니 情景이 적절하게 만나 造物과 그 묘미를 함께하였기 때문이요, 깊이 생각하고 고민하여 찾아 얻은 것이 아니다.[86]

무릇 五, 七言으로 시구를 짓는 데 있어서 情으로 景을 만나게 하여 길게 할 만한 것은 공려하면서도 건준하게 하고, 짧게 할 만한 것은 간결하면서도 묘미가 있게 해야 하니 마치 뛰어난 목수가 재목을 선택하여 長短이 각기 그 용도에 맞게 하는 것과 같다.[87]

謝榛의 '情景交融'論은 다음에서 가장 정채 있게 전개되었다.

---

83) 丁福保 輯, 《歷代詩話續編》 下, p.1224, 《四溟詩話》 卷四, "夫情景相觸而成詩, 此作家之常也."

84) 《四溟詩話》 卷二, 上同, p.1176, "杜約夫問曰：點景寫情, 孰難?　予曰：詩中比興固多, 情景各有難易. …… 約夫曰：子能發情景之蘊, 以至於極致, 滄浪輩未嘗道也."

85) 《四溟詩話》 卷二, 上同, p.1171, "子美曰："細雨荷鋤立, 江猿吟翠屛", 此語宛然入畵, 情景適會, 與造物同其妙, 非沈思苦索而得之也."

86) 上同, p.1171, 《四溟詩話》 卷二, "子美曰：'細雨荷鋤立, 江猿吟翠屛', 此語宛然入畵, 情景適會, 與造物同其妙, 非沈思苦索而得之也."

87) 上同, p.1224, 《四溟詩話》 卷四, "凡五七言造句, 以情會景, 可長者工而健, 可短者簡而妙, 若良匠選材, 長短各適其用爾."

시를 짓는 데 있어서 情景에 근본을 두니 홀로는 독자적으로 이루어
지지 못하니, 양자가 서로 배리되어서는 안 된다. 무릇 높은 데 올라 생
각 자아나 神明은 고인과 소통하니 멀고 가까운 곳에서 궁구하여 근심과
기쁨에 연계되게 하였으니 이는 서로 우연에 기인하여 자취 없는 것에
형상을 드러내고 소리 없는 곳에 음향을 울린다. 무릇 情景은 異同이 있
고 묘사에는 難易가 있으니 詩는 두 가지 긴요함을 가지고 있어서 이보
다 절실한 것은 없다. 바라보면 외부와 같게 되지만 느끼게 되면 내부에
서 다르게 되니 마땅히 스스로 그 힘을 써서 內外가 하나로 되게 하고
이 마음을 출입하면서 간극이 없게 해야 한다. 景은 시의 媒介이고 情은
시의 胚胎로써 양자가 합일되어야 시가 된다. 수많은 말로써 수많은 형
상을 통괄하고 元氣가 총괄되게 하여 그 호탕함이 그지없게 한다.[88]

謝榛이 시가 창작에서 '情景交融'을 강조한 것은 그의 시가 창작에서
'情景交融'으로 자긍의 태도를 취한 것에서도 드러난다.

杜約夫가 묻기를 '景을 그리는 것과 情을 묘사하는 것 중 어느 것이
어려운가?'라고 하였다. 나는 대답하기를 '詩 가운데 比興이 실로 많으니
情과 景의 묘사에는 각각 난이가 있다.' …… 約夫가 말하기를 '그대는
情景의 심오를 열어서 극치에 이르게 하였으니 滄浪와 같은 무리들이 말
하지 못한 것입니다'라고 하였다.[89]

謝榛의 '情景交融'論에 대해서 蔡英俊은 "謝榛의 ≪四溟詩話≫는 확실
히 '情景交融'의 이론 발전 과정에서 관건성의 지위를 가지고 있다. 그가
제기한 이론을 통해서 '情景交融'은 비로소 진일보한 개척과 발전이 있게

---

88) 上同, p.1180, ≪四溟詩話≫ 卷三, "作詩本乎情景, 孤不自成, 兩不相背. 凡登高致思, 則神
　　交古人, 窮乎遐邈, 繫乎憂樂, 此相因偶然, 著形於絶迹, 振響於無聲也. 夫情景有異同, 模寫
　　有難易, 詩有二要, 莫切於斯者. 觀則同於外, 感則異於內, 當自用其力, 使內外如一, 出入此
　　心而無間也. 景乃詩之媒, 情乃詩之胚, 合而爲詩, 以數言而統萬形, 元氣渾成, 其浩無涯矣."
89) 上同, p.1176, ≪四溟詩話≫ 卷二, "杜約夫問曰：'點景寫情, 孰難?' 予曰：'詩中比興固
　　多, 情景各有難易.' …… 約夫曰：'子能發情景之蘊, 以至於極致, 滄浪輩未嘗道也.'"

되었다"90)라고 하였다.

청대는 '情景交融'論이 완성되고, 결실을 맺는 시기이다. 청대의 李漁, 王父之, 黃圖珌, 吳喬, 沈雄, 田同之, 李重華, 黃子雲, 吳大受, 袁枚, 劉熙載, 施補華, 王國維 등은 모두 '情景交融'論에 대한 탁월한 관점을 제공하여 그것이 완성되고 결실을 맺는 데 있어서 지대한 공헌을 하였다. 그중에 서도 특히 왕부지는 ≪薑齋詩話≫에서 "情景 관계에 대해서 전면적이고 충분하며 계통적이며 깊이 있는 논술을 하였고",91) ≪古詩評選≫, ≪唐詩 評選≫, ≪明詩評選≫ 등에서는 '情景交融'을 실제 비평의 척도로 삼아서 역대 시가를 품평하였다. 이에 왕부지의 '情景交融'論은 실로 수많은 시 론가들의 '情景交融'論에 지침이 되었으며, 그들의 '情景交融'論을 계도하 는 역할을 하였다. 王國維는 왕부지의 '情景交融'論의 자양을 섭취하여 그의 ≪人間詞話≫에서 '境界'論을 수립하였다. 때문에 청대에 '情景交融' 論이 완성되고 결실을 맺는 데 있어서 왕부지의 공헌은 지대하였다. 이 에 우리는 왕부지의 '情景交融'論이 가지는 이러한 가치와 의의에 대하여 전면적이고 체계적인 탐구를 진행해야 할 필요성을 느낀다.

② ≪薑齋詩話≫와 '情景交融'論

가. ≪薑齋詩話≫의 편저 과정

왕부지의 ≪詩廣傳≫이 心과 物의 상호 관계로 시가의 생성 현상을 설 명하였다면, 그의 ≪薑齋詩話≫는 情과 景의 상호 관계로 시가 생성의 현 상을 설명하였을 뿐만 아니라 예술 형상의 구성에 관한 문제를 탐구하였

---

90) 蔡英俊 著, ≪比興, 物色與情景交融≫, p.16, "謝榛的 ≪四溟詩話≫ 的確在'情景交融' 的發展上具有關鍵性的地位 ; 經由他提出理論的架構, '情景交融'才有進一步的拓展."

91) 張少康, 劉三富 著, ≪中國文學理論批評發展史≫ 下, 北京大學出版社, p.305, "對情景關 係進行了全面的, 充分的, 系統的, 深刻的闡述."

다. ≪薑齋詩話≫는 실로 '情景交融'論의 이론과 실천 체계를 완성시켰을 뿐만 아니라 중국 시가 비평에서 핵심 문제로 논의되었던 "情景 관계의 문제를 총결시켰다"92)고 할 수 있다. 수많은 시론 연구가들이 '情景交融'論에 관한 문제를 탐구하는 데 있어서 그의 ≪薑齋詩話≫의 '情景交融'論에 관한 논술을 그들 논의의 立論과 結論으로 삼았던 이유는 바로 여기에 있다.

　왕부지의 ≪薑齋詩話≫라고 하는 명칭은 본래 그에 의하여 명명된 것이 아니라 등현학(鄧顯鶴)의 ≪船山著述目錄≫에서 명명되었다. 淸 道光 22년(1843년)에 추한훈(鄒漢勛) 등이 편찬, 교열하고 등현학 등이 교감하여 18종, 150권의 ≪船山遺書≫를 간각하였는데,93) 등현학은 왕부지의 저술 목록을 작성하고 간각의 경위를 설명한 ≪船山著述目錄≫을 썼다. 등현학은 ≪船山著述目錄≫에서 왕부지의 저작 중에서 ≪詩譯≫, ≪夕堂永日緒論內篇≫, ≪南窓漫記≫를 각각 卷一 ≪詩譯≫, 卷二 ≪夕堂永日緒論內篇≫, 卷三 ≪南窓漫記≫라 하여 이를 ≪薑齋詩話≫ 三卷94)이라 하였다. 왕부지의 ≪薑齋詩話≫란 명칭은 바로 여기에서 비롯되었다. 同治 4년(1866년)에는 증국번(曾國藩), 증국전(曾國筌) 형제의 주도 및 교열, 유육숭(劉毓崧) 등의 교정으로 56종, 288卷의 ≪船山遺書≫를 간각하였는데,95) 여기에서도 등현학의 ≪船山著述目錄≫을 그대로 따라서 ≪薑齋詩話≫ 三卷을 卷一 ≪詩譯≫, 卷二 ≪夕堂永日緒論內篇≫, 卷三 ≪南窓漫記≫라고 하였다. 淸, 光緒 11년(1886년)에는 왕계원(王啓源)이 ≪談藝珠叢≫이라는 시화를 편집하였는데, 그는 ≪詩譯≫과 ≪夕堂永日緒論內篇≫ 二卷만을 그의 ≪談藝珠叢≫에 수록하였다.

---

92) 曾祖蔭 著, ≪中國古代文藝美學範疇≫, 文津出版社, 民國 76年, p.301, "古代藝術家對情景的論述很多, 到淸代王夫之手里, 可以說是作了一個總結."

93) 이를 ≪湘潭王氏守遺經書室本≫이라고 한다.

94) ≪船山全書≫ 一六, p.409, ≪雜錄之部甲·編輯出版之屬≫, "≪薑齋詩話≫ 三卷. 卷一：詩譯, 元附詩經稗疏後. 卷二：夕堂永日緒論內篇. 卷三：南窓漫記."

95) 이를 ≪金陵節署本≫이라고 한다.

정복보(丁福保)는 1927년에 ≪淸詩話≫를 편집하였는데, ≪談藝珠叢≫에 근거하여 ≪詩譯≫과 ≪夕堂永日緖論內篇≫ 二卷만을 ≪薑齋詩話≫라고 하고 前者를 ≪薑齋詩話≫ 卷上, 後者를 ≪薑齋詩話≫ 卷下라고 하였다. 그러나 서무(舒蕪)(이지(夷之))의 校點에 의하여 1961년 人民文學出版社에서 출판한 ≪薑齋詩話≫에서는 ≪詩譯≫을 ≪薑齋詩話≫ 卷一, ≪夕堂永日緖論內篇≫, ≪夕堂永日緖論外篇≫ 二卷을 ≪薑齋詩話≫ 卷二, ≪南窓漫記≫를 ≪薑齋詩話≫ 卷三이라 하여 총 四卷을 ≪薑齋詩話≫라고 하였다. 1981년, 대홍삼(戴鴻三)은 人民文學出版社에서 출판한 夷之의 校點本에 의거하여 ≪詩譯≫, ≪夕堂永日緖論內篇≫, ≪南窓漫記≫, ≪夕堂永日緖論外篇≫의 각각의 조목에 箋注를 하여 ≪薑齋詩話≫의 최초의 전주서라고 할 수 있는 ≪薑齋詩話箋注≫를 출판하였다. 1996년 湖南省 長沙의 嶽麓書社에서는 왕부지의 手稿本뿐만 아니라 각종의 판본을 수집, 비교, 분석하여 교감에 있어서 정밀하고 표점에 있어서도 정확한 ≪船山全書≫ 十六冊을 출판하였다. 그 가운데 ≪船山全書≫ 十五冊의 ≪薑齋詩話≫는 ≪詩譯≫, ≪夕堂永日緖論內篇≫, ≪夕堂永日緖論外篇≫, ≪南窓漫記≫ 四卷을 모두 포괄시키고 그것을 또한 ≪詩譯≫, ≪夕堂永日緖論內篇≫, ≪夕堂永日緖論外篇≫, ≪南窓漫記≫로 편차하였다. 2000년 1월 張連第는 ≪詩品≫의 제목 아래, 왕부지의 ≪薑齋詩話≫에 이상의 四卷을 모두 포괄시키고, 그것을 ≪詩譯≫, ≪夕堂永日緖論內篇≫, ≪南窓漫記≫, ≪夕堂永日緖論外篇≫에 따라 편차하였다.

왕부지의 ≪薑齋詩話≫는 이처럼 편저자의 시각과 관점에 따라서 다르게 편차되었다. 그러나 ≪薑齋詩話≫가 어떠한 저작, 어떠한 순서로 편차되어졌든 본 장에서 다루고자 하는 '情景交融'論과 관련시켜 보면 사실 위에서 열거한 四卷 모두가 '情景交融'論과 관련이 있는 것은 아니다. 그의 四卷의 저작 가운데 ≪詩譯≫과 ≪夕堂永日緖論內篇≫이 이와 관련이 있다. ≪詩譯≫도 사실 전체 내용 중에서 몇 조목만이 '情景交融'論과 관련이 있다. 왕부지의 '情景交融'論은 거의가 ≪夕堂永日緒論內篇≫을 통해서 논의, 전개되었다. 그는 ≪夕堂永日緒論內篇≫에서 情景 관계에 대해서 전면적, 계통적으로 충분하며 심도 있는 논술을 진행하여 그의 '情景交融'論을 완성시켰다. 그러나 그의 '情景交融'論이 진정으로 완성되고 심화된 것은 그가 그것을 역대 시가를 품평하는 하나의 척도로 실천하고 발휘함으로써 이다. 그는 만년에 湘西草堂에 거처하면서 漢代에서 隋代에 이르는 八代의 詩 총 821首, 당대의 시 총 558首, 明代의 詩 총 1,112首 三書 총합 2,491首에 해당하는 방대한 역대의 시가를 선집하여 각각에 대해서 품평하였는데, 그의 ≪古詩評選≫ 六卷, ≪唐詩評選≫ 四卷, ≪明詩評選≫ 八卷이 그것이다. 그가 역대 시가에 대한 실제 비평에 있어서 '情景交融'을 하나의 중요한 척도로 삼은 것은 당연하였다. 때문에 그의 '情景交融'論 탐구에 있어서 ≪古詩評選≫ 六卷, ≪唐詩評選≫ 四卷, ≪明詩評選≫ 八卷은 또한 매우 중요한 자료가 된다. 본 연구에서는 왕부지의 ≪薑齋詩話≫ 특히 ≪詩譯≫, ≪夕堂永日緒論內篇≫ 二卷을 주요 자료로 하고, ≪古詩評選≫ 六卷, ≪唐詩評選≫ 四卷, ≪明詩評選≫ 八卷 등을 부차 자료로 하여 그의 '情景交融'論을 탐구하고자 한다.

나. ≪薑齋詩話≫ 및 기타 시론서의 '情景交融'論

'情景分寫'의 예술 수법도 시인이 창작 감흥을 객관 경물에 심미적으로 안배하여 묘경을 구성, 시인의 정감을 곡진하면서도 생동감 있게 표현하는 방법 중의 하나이다. 두보는 이러한 수법을 성공적으로 운용하여 뛰어난 심미 화폭을 구성함으로써 압권으로 평가받는 작품들을 헤아릴 수 없이 창작하였다. 그러나 두보의 이러한 작품들을 자세히 분석해보면, 情과 景이 각각으로 나누어 묘사되었다 하더라도 景 가운데 情이 자아나고, 情 가운데 景이 내재되어 있다. 胡應麟이 "두보의 여러 작품들은 비록 중간 聯에서 景을 말한 것이 적지 않으나 대체로 情으로 그것을 뒤섞었다"96)라고 한 것은 바로 이를 나타내는 것이다. 만약 情과 景에 대한 묘사가 각각 독립적이고 별개의 것이 된다면, 그것은 마치 한 폭의 비단을 짜는데 있어서 씨줄과 날줄이 각각 독립적이고 별개의 것이 되는 것과 같다.

그러나 宋, 元 이래의 '情景分寫'의 수법은 '한 구에는 景을 말하고, 한 구에는 情을 말한다(一句說景, 一句說情)', '한 구에는 情을 말하고 한 구에는 景을 말한다(一句說情, 一句說景)'와 같은 형식 구조만이 주목을 받았다. 결국 이러한 형식 구조가 시의 작법으로 공식화되자, 시를 짓는 사람들은 이러한 형식 구조에 情과 景을 각각 기계적으로 배열, 포진시켰다.

明代에 이르러 문파 수립의 풍토가 극성해지면서 문파의 창작에서는 진부한 글자나 익숙한 시구를 수집하여 이러한 형식 구조에 교묘하게 배열, 포진시키는 방식으로 시를 지었다. 그리고 그들은 이러한 형식 구조를 그들 문단의 고정 격식으로 표방하여 문인들에게 그것에 따라서 시를 짓도록 가르쳤다. 이에 문단이 성행할수록 이러한 형식 구조는 더욱 고착되게 되었고 이러한 형식 구조가 고착될수록 시가의 진정한 예술 생명은 말살되어졌다. 이에 왕부지는 다음과 같은 탄식을 자아내게 되었다.

一虛一實, 一景一情의 說이 나오자 詩는 드디어 함정이 되고 질곡이 되고 살아있는 송장이 되었으니 아! 두렵구나.97)

---

96) 胡應麟 撰 ≪詩藪≫, 上海, 上海古籍出版社, 1979, p.63, ≪內編≫ 卷四, "老杜諸篇, 雖中聯言景不少, 大率以情間之."
97) ≪船山全書≫ 一四, p.749, ≪古詩評選≫ 卷五, 孝武帝 ＜濟曲阿後湖＞ 評語, "一虛一實, 一景一情之說生, 而詩遂爲窒爲桎爲行尸, 噫可畏也哉."

　예술 형상은 情과 景의 '交融'으로 구성된다는 심미 관점을 지향하였
던 왕부지가 '一虛一實', '一景一情', '上景下情'과 같은 情景 양분의 형식
구조를 死法으로 간주하고 이를 비판한 것은 당연하였다. 그는 《夕堂永
日緖論內篇》에서 다음과 같이 말하였다.

　　近體 가운데 二聯에서 一聯은 情을 묘사하고 一聯은 景을 묘사한 것이
하나의 법이다. '구름과 아침노을 바다에서 나오니 여명이 밝아지고, 매
화와 버들 강을 건너니 봄기운 가득하네. 봄의 온화한 기운 꾀꼬리 울음
재촉하고, 화창한 햇살 부평을 짙푸르게 하였네', '구름은 궁궐에서 날리
고 엷은 구름 흩어지네, 비가 남산에서 개이니 봄의 기색 성큼 다가오네.
어전의 버들가지는 이미 봄소식 다투어 피어나고, 숲속의 꽃들은 새벽바
람 기다리지 않고 피어나네'는 모두 景을 묘사한 것으로, 어느 것이 情을
묘사한 것이리요? 四句가 모두 情을 묘사하여 景을 묘사한 말이 없는 것
은 더욱 이루 다 헤아릴 수 없으니, 어찌 법이 아니라고 할 수 있으리
요? 무릇 景은 情으로 합쳐지고 情은 景으로 발생하니 애초 서로 떨어질
수 없는 것으로 오직 意가 가는 바이다. 둘을 갈라놓으면 情은 흥기될
수 없고 景은 그 景이 아니다. 또한 '九月에 싸늘한 기운 감돌고 낙엽 지
는 소리는 다듬이질 재촉하네'와 같은 것은 두 구 가운데에서 情景이 對
가 되었고, '조각돌과 외로운 구름 서로 기색을 살피고' 四句와 같은 것
은 情景이 짝을 이루어 거두어졌지만 더 이상 어디로부터 구분하고 나누
리요? 고루한 사람들은 고루한 격식을 표방하니 '吳楚는 東南으로 나뉘
어 있고' 四句는 위는 景 아래는 情을 묘사하여 律詩의 전범이 되었다고
하였으니 두보가 저승에서 박장대소하는 것도 알지 못한다. 어리석음은
좋아질 수 없으니 또한 누가 더불어 그것을 치료하리요?[98]

---

98) 《淸詩話》 上冊, p.11, 《薑齋詩話》 卷下, "近體中二聯, 一情一景, 一法也. '雲霞出海
　曙, 梅柳渡江春. 淑氣催黃鳥, 晴光轉綠蘋.', '雲飛北闕輕陰散, 雨歇南山積翠來. 御柳已爭
　梅信發, 林花不待曉風開.' 皆景也, 何者爲情? 若四句俱情而無景語者, 尤不可勝數, 其得謂
　之非法乎? 夫景以情合, 情以景生, 初不相離, 唯意所適. 截分兩橛, 則情不足興, 而景非其
　景. 且如'九月寒砧催木葉', 二句之中, 情景作對 ; '片石孤雲窺色相' 四句, 情景雙收 ; 更從
　何處分析? 陋人標陋格, 乃謂 '吳楚東南坼' 四句, 上景下情, 爲律詩憲典, 不顧杜陵九原大
　笑. 愚不可瘳, 亦孰與療之?"

　　왕부지는 속론에서 근체시의 함련과 경련의 情景 묘사 수법은 一聯에
는 情을 서술하고, 一聯에는 景을 묘사하는 것이 하나의 법이지만, 그러
나 함련과 경련의 情景 묘사는 수법은 매우 다양하며 유연하다고 하였다.
만약 속론의 ‘一情一景’과 같은 도식적이고 기계적인 정경 묘사 수법에
구속되어서 “(情, 景) 둘을 갈라놓으면 情은 흥기될 수 없고 景은 그 景이
아니며”, “眞感이 존재하지 않게 되어 情이 해이해지고 느낌(感)이 없어지
어 詩라고 말할 수 없게 된다”[99]고 하였다. 그는 “詩의 법도가 되는 것은
반드시 主(주관 사상)를 세우고 賓(객관 경물)을 통솔해 가며 현재의 경물을
순서대로 묘사해가는 것”이라고 하였다. 그런데 만약 ‘一情一景’처럼 저
구역 이 구역으로 갈라서 情과 景을 서술하면 “主와 賓의 관계가 뒤섞이
게 되어서 작자가 누구인지를 알지 못한다”고 하였다. 情과 景을 분리하
여 서술하는 것은 “意 밖에 景을 설치하는 것이 되고 景 밖에 意를 일으
키는 것이 되어서 마치 혹 위에 눈과 코가 생기는 것과 같아서 괴이하여
범상하지 않게 된다”[100]라고 하였다. 때문에 그는 재삼 情景 양자가 반
드시 유기적으로 결합되어야 함을 강조하여 “무릇 景은 情으로 합쳐지고,
情은 景으로 발생하니 애초 서로 떨어질 수 없는 것”이라고 하였다. 그는
자신의 관점을 뒷받침하기 위하여 근체시의 함련과 경련에 情과 景 양자
가 상호 유기적이고 긴밀하게 결합되어 우미한 예술 형상을 창조하고 있
는 두 시인의 작품을 실례로 들었다. 沈佺期의 ＜獨不見＞ “九月에 싸늘
한 기운 감돌고 낙엽 지는 소리는 다듬이질 재촉하네(九月寒砧催木葉)” 二
句[101]와 李頎의 ＜題璿公山池＞ “조각돌과 외로운 구름 서로 기색을 살피

---

99) ≪船山全書≫ 一四, p.694, ≪古詩評選≫ 卷四, 潘岳 ＜哀詩＞ 評語, “分疆情景, 則眞
　　感無存. 情懈感亡, 無言詩矣.”
100) ≪船山全書≫ 一四, p.1012, ≪唐詩評選≫ 卷三, 丁仙芝 ＜渡揚子江＞ 評語, “詩之爲
　　道, 必當立主御賓, 順寫現景. 若一情一景, 彼疆此界. 則賓主雜遝, 皆不知作者爲誰. 意外
　　設景, 景外起意, 抑如贅疣上生眼鼻, 怪而不恒矣.”
101) “九月寒砧催木葉, 十年征戍憶遼陽.”

네(片石孤雲窺色相)" 四句102)가 바로 그것이다.

張少康은 왕부지가 두 작품을 실례로 들어 설명하는 의도를 다음과 같이 부연 설명하였다.

> 왕부지가 예로 든 沈佺期 <獨不見>의 詩 가운데 두 구 '九月에 싸늘한 기운 감돌고 낙엽 지는 소리는 다듬이질 재촉하네, 십 년 동안이나 수자리 나가 있으니 遼陽을 그리는 마음 사무치네'는 前句에서 寫景을 위주로 하였지만 그 가운데 情을 내재시켰고 後句는 抒情을 위주로 하였지만 그 가운데에 景을 내포시켜 비록 情景結合의 방식이 같지는 않지만 본질적으로 말하면 모두 같은 情景交融의 작품이다. 또 예를 들어 李頎의 <題璿公山池>의 시 가운데 묘사된 '조각돌과 외로운 구름 서로 기색을 살피고, 푸른 못의 밝은 달 禪心을 비추네. 뜻대로 지휘하니 하늘 꽃은 떨어지고, 봄풀 짙푸르러가니 한적한 방에 앉았다 누웠다 하네'와 같은 것은 바로 왕부지가 말한 바대로 '情景이 짝을 이루어 거두어졌으니 더 이상 어디로부터 구분하고 나누리요?'이다. 이것이 설마 앞의 二句는 경물을 묘사했고 뒤의 二句는 情을 말했다고 하는 것이겠는가? 사실 그것은 모두 情 가운데 景을 포함하고 있고 景 가운데 情이 내포되어 있는 情景이 '서로 그 집을 간직하고 있다'라는 작품이다.103)

왕부지는 두 시인의 시를 통해서 비록 寫景을 위주로 할지라도 그 가운데 情을 내재시켜야 하고, 抒情을 위주로 할지라도 그 가운데에 景을 내포시켜, 情과 景이 서로 융합되어야 한다는 관점을 제기하였다.

왕부지는 또한 岑參의 <首春渭西郊行呈藍田張二主簿>를 품평하여 다음과 같이 말하였다.

> 景 가운데서 情을 낳고, 情 가운데에 景을 내포하고 있다. 때문에 景은 情의 景이요, 情은 景의 情이다. 高適은 그러하지 못하였으니 마치 산 속

---

102) "片石孤雲窺色相, 清池晧月照禪心. 指揮如意天花落, 坐臥閑房春草深."
103) 張少康 著, 《中國古代文學創作論》, 北京大學出版社, p.245.

의 촌동네잔치 자리에서 한 곳에는 고기 요리, 한 곳에는 채소 요리를 차
려놓은 것과 같다.104)

그는 岑參의 시는 "景 가운데서 情을 낳고, 情 가운데에 景을 내포하고
있다"라고 하였다. 그러나 高適의 시는 情, 景이 분리되어 마치 촌동네잔
치 자리에서 한 곳에는 고기 요리, 한 곳에는 채소 요리를 차려 놓은 것
과 같다고 하였다. 그는 또한 孟浩然의 情과 景 양분의 안배 방식에 대해
서도 비판하여 "또 왕왕 情景이 나뉘어진 곳에서 법식에 의하여 구속되
었고 안배에 있어서 생동하는 정취가 없었으니 盛唐의 여러 시인들 중에
서 품격이 中下에 놓이게 되었다"105)라고 하였다. 왕부지는 情과 景 양자
를 상호 유기적이고 긴밀하게 조화, 통일시켜서 최고의 예술 경계를 창
조하는 사람은 바로 謝靈運이라고 하였다. 그는 사령운의 '言情'과 '取景'
의 예술 경지를 다음과 같이 말하였다.

情을 말하는 데 있어서는 오고 가고 움직이고 정지하며 어렴풋이 있
는 듯 없는 듯한 가운데서 靈蠁을 얻어서 형상을 포착하고, 景을 취함에
있어서는 눈을 마주치고 마음을 지나서 실처럼 나뉘고 실처럼 합쳐지는
사이에 그 고유한 모습대로 드러내고 언어로 왜곡시키지 않았다. 또한
情은 虛情이 아니라 情은 모두 景이 될 수 있었고, 景은 滯景이 아니어
景은 모두 情을 내포하였다. 神理가 (天地)의 두 사이에 흐르는데 天地는
그 하나의 눈을 제공하게 된 것으로 너무 커서 밖이 없고 너무 세미하
여 한계가 없다. 붓을 대기 전 意를 궁리하기 시작할 때 이미 알 수 없
는 것이 있게 되니 어찌 興會가 특출하다는 것이 沈約이 이르른 바와 같
으리요! 五言이 생긴 이래로 謝靈運만한 사람이 없었고 이미 謝靈運이 있

<hr>

104) 《船山全書》 一四, p.1083, 《唐詩評選》 卷四, 岑參 〈首春渭西郊行呈藍田張二主簿〉
　　 評語, "景中生情, 情中含景, 故曰景者情之景, 情者景之情也. 高達夫則不然, 如山家村筵
　　 席, 一葷一素."
105) 《船山全書》 一四, p.1006, 《唐詩評選》 卷三, 孟浩然 〈臨洞庭〉 評語, "又往往於情
　　 景分界處爲格法所束, 安排無生趣, 于盛唐諸子品居中下."

게 되자 더 이상 五言은 있지 않게 되었다.106)

왕부지는 창작 감흥의 상태는 사라졌다가 이르기도 하며 움직이다가 정지하기도 하며 있는 듯 없는 듯하여 그것의 형상을 쉽사리 포착할 수 없다고 하였다. 그러나 사령운은 情을 서술함에 있어서 이러한 창작 감흥의 상태에서도 '영향(靈蠁)'을 얻어 그것을 포착하여 형상화하는 데 뛰어났다고 하였다. '靈蠁'이란 '神靈스러운 향충(蠁蟲)'이란 의미이다. '蠁蟲'란 원래 산길을 가면서 방향을 잃을 것을 염려하여 그것을 손에 잡고 가는 것이다. 방향을 잃었을 때 그것에게 물으면 신령스런 반응을 하면서 소리를 울려서 방향을 알려주는 것이다.107) "사령운이 '靈蠁'을 얻었다"는 것은 그가 창작 감흥을 포착하는 천부적 예술 감각을 가지고 있다 것을 비유적으로 나타낸 것이다. 산 속에서 길을 잃어 방향을 알지 못할 때 '蠁蟲'에 물으면, 그것이 神靈스러운 反應을 하여 나아갈 방향을 알려주듯이 창작 감흥의 출몰무상한 자취, 예측할 수 없는 동정의 변화, 있는 듯 없는 듯한 존재의 신묘함 속에서 사령운은 천부적 예술 감각을 발휘하여 그것의 왕래, 동정, 자취, 유무 등을 포착하여 형상으로 표현하였다는 것이다.

왕부지는 사령운이 情을 표현하기 위해 景을 취하는 경우에도 눈과 마음에 직접 부딪히고 계합되는 경물을 취택하여 그것을 '본래의 모습'대

---

106) 《船山全書》 一四, p.736, 《古詩評選》 卷五, 謝靈運 〈登上戍石鼓山詩〉 評語, "言情則於往來動止, 縹渺有無之中, 得靈蠁而執之有象 ; 取景則於擊目經心, 絲分縷合之際, 貌固有而言之不欺. 而且情不虛情, 情皆可景 ; 景非滯景, 景總含情 ; 神理流於兩間, 天地供其一目, 大無外而細無垠. 落筆之先, 匠意之始, 有不可知者存焉, 豈徒興會標擧, 如沈約之所云者哉! 自有五言, 未有康樂 ; 旣有康樂, 更無五言."

107) 漢語大詞典編纂委員會 漢語大詞典編纂處, 《漢語大詞典》 八, 漢語大詞典出版社, 1994, p.960, "'蠁蟲' : 蟲名. 卽土蛹. 又名地蛹, 知聲蟲. 《爾雅·釋蟲》 "蟲蠁" 淸 郝懿行義疎 : "《香祖筆記》 一引 《物類相感志》 云 : '山行慮, 握蠁蟲一枚於手中, 則不迷.' 然則蟲有靈應, 故有盼蠁之言矣."

로 그려내고 시인의 주관적, 임의적인 언어로써 그것을 왜곡하여 묘사하지 않았다고 하였다. 왕부지의 "고유한 모습을 드러내고 언어로써 왜곡시키지 않는다", "그 본래의 영화를 드러내는 데 있어서 존재하는 바대로 하여 그것을 드러내었다"[108]는 바로 이를 말한다. 사령운의 情을 표현하고 景을 취하는 방식은 자연히 情은 景을 떠난 '虛情'일 리 없고, 그것은 모두 景이 되는 것이었다. 景도 또한 情을 떠난 '滯景'일 리가 없고, 모두 情을 내포하는 것이었다. 이와 같은 사령운의 '情景交融' 예술 형상 구성 방식은 왕부지가 지향하는 예술 이상이었다. 때문에 그는 사령운의 <鄰里相送至方山>의 품평에서도 다음과 같이 말하였다.

> 情景이 서로 스며 한계가 구분되지 않는다. 예로부터 지금까지 오직 謝靈運만이 그것을 잘 할 수 있었다.[109]

결국 왕부지는 사령운에 대해서 "五言이 생긴 이래로 사령운만한 사람이 없었고 이미 사령운이 있게 되자 더 이상 五言은 있지 않게 되었다"라는 최고의 찬사를 아끼지 않았다.

이상의 논술을 통해서 왕부지의 "情과 景이 합일되어야 자연적으로 오묘한 예술 형상을 얻을 수 있게 된다"[110]라는 심미 관점은 그가 지향하는 예술 세계의 최고의 이상이 무엇인지를 잘 나타내주는 것이다.

---

108) ≪船山全書≫ 一四, p.752, ≪古詩評選≫ 卷五, 謝莊 <北宅秘園> 評語, "貌其本榮而, 如所存而顯之."
109) ≪船山全書≫ 一四, p.731, ≪古詩評選≫ 卷五, 謝靈運 <鄰里相送至方山> 評語, "情景相入, 涯際不分. 振往古, 盡來今, 唯康樂能之."
110) ≪船山全書≫ 一四, p.1434, ≪明詩評選≫ 卷五, 沈明臣 <渡峽江> 評語, "情景一合, 自得妙語. 撑開說景者, 必無景也."

다. 主賓의 관계로써 '情景交融'論

왕부지는 예술 형상의 구성에서 '情景交融'을 강조하였다. 그가 강조한 '情景交融'의 예술 형상도 결국 시인의 주관 정서를 표현하기 위한 방법과 기교이다. 때문에 그는 '情景交融'의 예술 형상에서 그것의 주체 지위는 여전히 情이어야 하고 景은 情을 표현하기 위한 부속 지위여야 한다고 여겼다. 그는 情과 景의 이러한 지위 관계를 主와 賓의 관계로 표현하였다. 이것은 바로 李漁가 <窺詞管見>에서 "詞는 비록 情景 두 자를 벗어나지 않는다. 그러나 두 자 또한 主客으로 구분되니 情은 主가 되고 景은 客이 된다"111)라고 하여 情을 主라 하고 景을 客이라 표현한 것과 같다. 왕부지는 ≪夕堂永日緖論內篇≫에서 다음과 같이 主賓說을 제기하였다.

　　詩文에는 모두 主賓이 있으니 主가 없는 賓을 烏合이라 한다. 속론에서는 比로써 賓을 삼고 賦로써 主를 삼으며 反으로 實을 삼고 正으로 主를 삼으니 모두 글방 선생이 童子를 속이는 死法일 뿐이다. 하나의 主를 세워서 賓을 기다리면, 賓은 主의 賓이 아닌 것이 없으니 이에 모두 情을 가지고 서로 융합한다. 저 '秋風이 渭水에 불고, 落葉은 長安에 가득하네'는 賈島와 무슨 관계가 있으리요? '湘潭의 구름 다 걷히니 저녁 안개 나오고, 巴蜀의 눈이 녹으니 따스한 봄 물결 흘러오네'는 許渾과 어떠한 연관이 있으리요? 모두 烏合이다. '모습은 千官 속에서 평온해지고, 마음은 七校 앞에서 사르르 녹네'는 主를 얻었지만 아직 흔적을 가지고 있고, '꽃은 칼과 패옥 찬 조신(朝臣)을 맞이하는데 별은 막 떨어지네'는 賓主가 역력하면서도 하나로 융합되었다.112)

---

111) 武漢大學中文系 中國古代文學理論硏究室編, ≪歷代詩話詞話選≫, 武漢大學出版社, 1984, p.142 再引用, "詞雖不出情景二字, 然二字亦分主客. 情爲主, 景是客."

112) ≪淸詩話≫ 上冊, p.9, ≪薑齋詩話≫ 卷下, "詩文俱有主賓. 無主之賓, 謂之烏合. 俗論以比爲賓, 以賦爲主 ; 以反爲實, 以正爲主, 皆塾師賺童子死法耳. 立一主以待賓, 賓無非主之賓者, 乃俱有情而相浹洽. 若夫'秋風吹渭水, 落葉滿長安', 於賈島何與? '湘潭雲盡暮煙出, 巴蜀雪消春水來' 於許渾奚涉? 皆烏合也. '影靜千官裏, 心蘇七校前', 得主矣, 尙有痕迹. '花迎劍佩星初落', 則賓主歷然, 鎔合一片."

왕부지가 말하는 主란 시인이 표현하고자 하는 주관 정서를 의미한다. 그것은 군대에서 병졸을 지휘, 통솔하는 장수와 같다. 賓은 情을 표현하는 객관 경물을 의미한다. 그것은 병졸과 같다. 왕부지는 군진에서 장수가 없어서 지휘 통솔을 받지 못한다면 병졸이 오합이 되듯이,113) 詩文에서도 主(주관 정서)가 없다면 賓(객관 경물)이란 단지 오합과 같다고 하였다. 군진에서 장수의 지휘, 통솔을 따라서 병사 하나하나가 움직여야 전체적인 군진이 형성될 수 있듯이 예술 형상 구성에 있어서도 반드시 시인의 주관 정서가 위주가 되고, 이에 따라 객관 경물을 운용해야 우미한 예술 형상이 구성될 수 있다. 왕부지의 이른바 '立主御賓'의 원칙은 이를 말한다. 그는 이렇게 되면 主가 내재되지 않은 賓은 존재하지 않는다고 하였다. 이로써 '情景交融'의 예술 형상은 자연스럽게 구성된다는 것이다. 그의 '立主御賓'의 원칙은 다음에서도 재삼 강조되었다.

> 시의 법도는 반드시 主를 세우고 賓을 통솔해 가며 현재의 경물을 순서대로 묘사해가는 것이다. 만약 一聯에는 情을 묘사하고 一聯에는 景을 묘사하는 것처럼 저 경계 이 경계로 구분한다면, 賓主가 뒤섞이게 되어 모두 지은 사람이 누가 되는지를 알지 못한다. 意 밖에 景을 베풀고 景 밖에 意를 일으켜야 하니, 그렇지 않으면 혹 위에 눈과 코가 생긴 것처럼 괴이하고 이상하게 된다.114)

그의 '立主御賓'의 원칙은 예술 형상 구성의 중요한 원리가 되었으며, 또한 역대 시가를 품평하는 하나의 중요한 척도가 되었다. 이상에서 그는 賈島의 <憶江上吳處士> "秋風이 渭水에 불고, 落葉은 長安에 가득하네(秋

---

113) 上同, p.8, "無論詩歌與長行文字, 俱以意爲主. 意猶帥也. 無帥之兵, 謂之烏合. 李, 杜所以稱大家者, 無意之詩, 十不得一二也."
114) ≪船山全書≫ 一四, p.1012, ≪唐詩評選≫ 卷三, 丁仙芝 <渡揚子江> 評語, "詩之爲道, 必當立主御賓, 順寫現景. 若一情一景, 彼疆此界, 則賓主雜遝, 皆不知作者爲誰. 意外設景, 景外起意, 抑如贅疣上生眼鼻, 怪而不恒矣."

風吹渭水, 落葉滿長安)", 許渾의 <凌歊臺> "湘潭의 구름 다 걷히니 저녁 안개 나오고, 巴蜀의 눈이 녹으니 따스한 봄 물결 흘러오네(湘潭雲盡暮煙出, 巴蜀雪消春水來)"에 대해서 "모두 오합이다"라고 하였고, 두보의 <喜達行在所> "모습은 千官 속에서 평온해지고, 마음은 七校 앞에서 사르르 녹네(影靜千官裏, 心蘇七校前)"에 대해서는 "主는 얻었지만 그래도 흔적은 남아있다"라고 하였으며, 岑參의 <和賈至舍人早朝大明宮之作> "꽃은 칼과 패옥 찬 조신(朝臣) 맞이하는데 별은 막 떨어지네(花迎劍佩星初落)"에 대해서는 "賓主가 역력하면서도 하나로 융합되었다"라고 하였다. 張少康은 왕부지가 '立主御賓'의 예술 원칙에 의하여 賈島, 許渾, 杜甫, 岑參의 시에 대하여 이와 같은 우열의 비교, 평가를 내린 데 대하여 다음과 같은 부연 설명을 하였다.

賈島와 許渾의 시는 경물 묘사 자체에서 말하자면 괜찮은 것이다. 때문에 일찍이 적지 않은 사람들의 칭찬을 받았다. 예를 들면, 謝榛은 ≪四溟詩話≫ 중에서 賈島의 이 두 시구는 '氣象이 웅혼하여 대체로 盛唐의 분위기가 있다'라고 하였다. 王世貞은 ≪藝苑卮言≫ 중에서 許渾의 이 두 구의 시를 칭찬하여 '대체로 妙境이다'라고 하였다. 그러나 그들은 모두 단지 예술 각도에서만 착안하였고 전체 시 중의 이 두 구의 의의와 작용에 대해서는 깊이 있게 분석하지 못하였다. 왕부지의 문학 비평은 그들에 비하여 대단히 한층 더 뛰어나다. 왜냐하면 그는 전체 시의 주제 사상의 각도로부터 이 몇 구가 묘사한 것을 다루었다. 이렇게 해서 그는 賈島와 許渾의 시구가 경물 묘사에 있어서는 비록 巧妙하지만 그러나 전체 시의 주제와는 크게 관계가 없고 따라서 情과 景의 合一에 이르지 못했다고 여긴 것이다. 賈島의 <憶江上吳處士>를 예로 들어 보자, '福建으로 돛 올려 떠났는데 달이 이지러졌다가 다시 둥글었네. 가을바람 渭水에서 불어오니, 낙엽이 長安에 가득 쌓이네. 이곳에서 그대와 저녁 늦게까지 함께하였는데 그때 천둥치고 비 내려 스산한 기분 느꼈지. (그대 타고 떠난) 배 아직도 돌아오지 않으니, 소식 들을까 하여 먼 하늘 끝의 바다 구름 바라보네(閩國揚帆去, 蟾蜍虧復圓. 秋風吹渭水, 落葉滿長安. 此地聚會夕, 當時雷雨寒. 蘭橈殊未返消息海雲端.)' 전편에서 묘사한 것은 친구에 대

한 그리움과 추억인데 '秋風' 두 구는 단지 이미 가을이 되었지만 친구
는 아직 돌아오지 않는다는 것을 나타내었다. 비록 가을의 경치를 빌어
서 이별의 애수와 정서를 표현하였지만, 전체적으로 말해서 전체 시의
주제와는 크게 관계가 있는 것은 아니다. 그것을 두보의 <喜達行在所>
와 岑參의 <和賈至舍人早朝大明宮之作>과 서로 비교해보면, 두보와 岑參
의 정경 묘사는 분명히 전편의 주제 사상과는 훨씬 더 긴밀하게 연계되
었다. '모습은 千官 속에서 평온해지고, 마음은 七校 앞에서 사르르 녹네
(影靜千官裏, 心蘇七校前.)'는 두보가 전란 중의 소용돌이를 거쳐 마침내 唐
肅宗이 머무는 곳에 이른 희열의 심정 및 唐 肅宗에 대해서 희망이 가슴
에 가득한 경모의 뜻을 극진하게 표현하였다. 岑參의 시 가운데 '꽃은 칼
과 패옥 찬 조신(朝臣)을 맞이하는데 별은 막 떨어지고, 버들은 깃발을
날리는데 이슬은 아직 마르지 않았네(花迎劍佩星初落, 柳拂旌旗露未乾.)' 두
구는 초기 大明宮 때의 정경, 群臣들의 공경, 장엄을 매우 선명하게 묘사
하였다. 그래서 반드시 '賓主가 역력하면서도 하나로 융합되어야만' 진정
으로 높은 수준의 情景交融에 이를 수 있는 것이다.115)

이 외에도 왕부지는 主賓의 예술 관점으로 많은 역대 시가를 품평하
였다. 그는 帛道猷의 <陵峰采藥觸興爲詩>를 품평, "賓主가 역력하면서
情景이 합일되었다",116) 朱珵圻의 <從軍行>을 품평, "눈에 접촉하여 그
것을 얻었고 主賓이 뒤섞이지 않았다"117)라고 하였다. 이것은 바로 시인
의 눈에 직접 마주치는 객관 경물을 얻어서 그곳에 시인이 표현하려는
주관 사상을 기탁하였기 때문에 主와 賓의 지위와 역할이 분명하여 뒤섞
이지 않았다고 한 것이다. 그리고 楊愼의 <折楊柳>를 다음과 같이 품평
하였다.

---

115) 張少康 著, ≪中國古代文學創作論≫, 北京大學出版社, pp.246~247.
116) ≪船山全書≫ 一四, p.726, ≪古詩評選≫ 卷四, 帛道猷 <陵峰采藥觸興爲詩> 評語,
    "賓主歷然, 情景合一."
117) ≪船山全書≫ 一四, p.1556, ≪明詩評選≫ 卷七, 朱珵圻 <從軍行> 評語, "觸目得之,
    主賓不亂."

제3장 '情景交融'論 **151**

글자 속에 心靈을 함축시키고 賓主를 가르지 않았으니 참으로 천상의
연주요 인간의 구상이 아니다. …… 楊愼에 이르러 물과 우유가 오묘하
게 배합되었으니 바로 그를 천고 제일의 詩人이라 할 만하다.[118]

왕부지는 물과 우유가 절묘한 배합이 되어야 최고의 맛을 내는 형상적
인 비유로써 楊愼의 <折楊柳>가 主와 賓의 오묘한 결합으로 최고의 예
술 형상을 구성하고 있는 것에 대해서 극찬을 아끼지 않았다. 그리고 梁
의 樂府 鼓角橫吹曲辭 <折楊柳枝>[119]를 다음과 같이 품평하였다.

발단 없이 景을 안착시켰지만 賓主의 情이 극진하지 않음이 없다. 小詩
는 이를 얻어야 乾坤을 내포하였다고 할 수 있다.[120]

왕부지는 이처럼 시가의 예술 형상은 主와 賓의 오묘한 결합에 의하여
구성된다고 여겼다. 그는 主와 賓이 결합하는 방식에 있어서 몇 가지 유
형을 제기하였는데, '主를 돌려서 賓으로 삼는 것(迴主作賓)',[121] '主를 賓
가운데 숨기고 드러내지 않게 하는 것(暗主賓中)',[122] '賓에서 主를 드러나
게 하는 것(于賓見主)'[123] 등이 그것이다.

이상의 논술을 통해서, 왕부지의 主賓의 예술 원칙은 시인이 표현하려
는 바의 하나의 주관 정서(主)를 명확하게 세우고 객관 경물(賓)을 통솔하여
그것에 시인의 주관 정서를 기탁하고, 主와 賓의 지위를 분명하게 하면서,

---

118) 《船山全書》 一四, p.1402, 《明詩評選》 卷五, 楊愼 <折楊柳> 評語, "字裏含
    靈, 不分賓主, 眞鈞天之奏, 非人間思路也. …… 至用修而水乳妙合, 卽謂之千古第一詩人
    可也."
119) "上馬不捉鞭, 反拗楊柳枝. 下馬吹長笛, 愁殺行客兒."
120) 《船山全書》 一四, p.635, 《古詩評選》 卷三, <梁樂府辭·折楊柳枝> 評語, "無端着
    景, 賓主之情更無不盡. 小詩得此, 可謂函蓋乾坤矣."
121) 《船山全書》 一四, p.1359, 《明詩評選》 卷五, 袁凱 <飮馬氏東園> 評語.
122) 《船山全書》 一四, p.1587, 《明詩評選》 卷八, 楊士奇 <發淮安> 評語.
123) 《船山全書》 一四, p.1609, 《明詩評選》 卷八, 王穉登 <雜言> 評語.

양자를 하나로 융합시켜 '情景合一'의 예술 형상을 구성하는 것이다.

라. '情景交融' 예술 형상의 유형과 방식

ㄱ. 妙合無垠, 景中情, 情中景

왕부지는 ≪夕堂永日緒論內編≫에서 情과 景의 결합 방식에 따라서 '情景交融'의 예술 유형을 세 가지로 분류하였다.

> 情과 景은 명칭은 둘이지만, 그러나 실제로는 분리될 수 없다. 시에서 신묘(神妙)의 경지인 것은 신묘하게 결합되어 경계가 없는 것이요, 공교(工巧)의 경지인 것은 情 가운데 景, 景 가운데 情이 있는 것이다.[124]

그가 제기한 '情景交融'의 세 가지 예술 유형은 '신묘하게 결합되어 경계가 없는 것(妙合無垠)', '情 가운데 景이 있는 것(情中景)', '景 가운데 情이 있는 것(景中情)'이다. 그가 '情景交融'의 예술 유형을 이와 같은 세 가지 유형으로 분류하였지만, 사실 시인의 주관 감정과 객관 경물의 결합 방식에 따라 예술 유형을 몇 가지로 분류한 것은 이미 당대 王昌齡으로부터 비롯되었다. 그는 ≪詩格≫에서 理와 景의 결합 방식에 따라 결합 유형을 '理가 景에 이입되는 體(理入景體)'와 '景이 理에 이입되는 體(景入理體)' 두 가지로 분류하였다. 王昌齡이 이와 같이 두 가지로 분류한 것은 宋, 元, 明, 淸代의 시론가들이 情과 景의 결합 방식에 따라 '情景交融'의 예술 유형을 몇 가지로 분류한 것의 효시가 되었다. 송대 姜夔는 ≪白石道人詩說≫에서 意와 景의 결합 방식에 따라 '意 가운데 景이 있는 것(意中有景)', '景 가운데 意가 있는 것(景中有意)'의 두 가지 예술 유형으로 분류하

---

124) ≪淸詩話≫ 上冊, p.11, ≪薑齋詩話≫ 卷下, "情景名爲二, 而實不可離. 神於詩者, 妙合無垠, 巧者則有情中景, 景中情."

였다. 송대의 范晞文은 두보의 작품을 분석하여 情과 景의 상호 배치 방식 및 결합 방식에 따라, '景 가운데의 情(景中之情)', '情 가운데의 景(情中之景)', '情景이 서로 접촉하여 구분이 없는 것(情景相觸而莫分)'이라는 세 가지 예술 유형을 변별해 내었다.[125] 그가 두보의 작품으로부터 '情景交融'의 세 가지의 예술 유형을 제기하자 明, 淸代 시론가들 또한 '情景交融'의 예술 유형을 두 가지 내지는 세 가지 방식으로 분류하였다. 明代의 都穆은 《南濠詩話》卷下에서 '情景交融'의 예술 유형을 두 가지로 분류하였는데, 李嘉祐의 <暮春宜陽郡齋愁坐忽枉劉七侍御新詩因以酬答> "芳草도 사람과 함께 또한 늙기 쉽고, 떨어진 꽃잎도 물결 따라 동쪽으로 흐르네(芳草伴人還易老, 落花隨水亦東流)"에 대해서 '情이 景과 결합된 것(情與景合)'이라고 하였고, 司空曙의 <喜外弟盧綸見宿> "빗속에 누런 잎만 앙상하게 남은 나무, 등불 아래에 홀로 있는 늙은 나그네(雨中黃葉樹, 燈下白頭人)"에 대해서 '景이 情과 결합된 것(景與情合)'이라고 하였다.[126] 明代에 費經虞은 《雅論》에서 杜甫, 張蠙, 謝朓 등의 情景 배치 및 결합 방식으로부터 그것의 다양한 예술 유형을 분류해 내었다.

> 趙氏는 十九字가 시를 구하는 법으로 (이에) 더 할 만한 것이 없다고 하였다. 그 귀추를 요약해보면 단지 情景일 뿐이다. 情景을 겸하는 것이 최고의 것이 되고 어느 한쪽만 이르는 것이 다음이다. 겸하는 것은 두보의 "내린 이슬 오늘 밤 따라 더욱 새하얗고, 달은 고향의 것처럼 더욱

---

125) 丁福保 輯, 《歷代詩話續編》 上, p.417, 《對牀夜語》 卷二, "老杜詩'天高雲去盡, 江逈月來遲. 衰謝多扶病, 招邀屢有期.': 上聯景, 下聯情. '身無卻少壯, 跡有但羈棲. 江水流城郭, 春風入鼓鼙.' 上聯情, 下聯景也. '水流心不競, 雲在意俱遲.': 景中之情也. '卷簾唯白水, 隱几亦靑山.' 情中之景也. '感時花賤淚, 恨別鳥驚心.' 情景相觸而莫分也. '白首多年疾, 秋天昨夜涼.', '高風下木葉, 永夜攬貂裘.' 一句情一句景也. 固知景無情不發, 情無景不生. 或者便謂首首當如此作, 則失之甚矣."

126) 丁福保 輯, 《歷代詩話續編》 下, p.1359, 《南濠詩話》 卷下, "鄕先生陳太史嗣初曾云: '作詩必情與景會, 景與情合始可與言詩矣. 如「芳草伴人還易老, 落花隨水亦東流」, 此情與景合也. 「雨中黃葉樹, 燈下白頭人」, 此景與情合也.'"

빛나네"와 같은 것이 이것이다. 情이 이르른 것은 張蠙의 '오랫동안 의심
되어 만나러 갈까 하여, 여러 차례 소식 전했건만 서신 없은 지 오래 되
었네'와 같은 것이 이것이다. 景이 이르른 것은 謝朓의 '찬란한 태양빛 강
물 위에서 반짝반짝거리고, 초목을 비추는 짙푸른 햇살 초원 끝까지 비
추어 움직이네'와 같은 것이 이것이다. 또 '강물 흘러가도 마음에 조바심
일지 않네, 구름 하늘에 두둥실 떠 있으니 생각 또한 더불어 느긋해지네'
와 같은 것은 景 가운데 情이고, '주렴 걷어 올리니 흰 강물이요, 안석에
기대어 보니 또한 청산이네'는 情 가운데 景이며, '시절을 애달파하니 꽃
을 보아도 눈물이요, 이별을 한탄하니 새소리 들어도 마음 놀란다'는 情
景이 서로 접촉하여 구분할 수 없는 것이다.127)

費經虞은 특히 두보의 작품으로부터 '景 가운데 情(景中情)', '情 가운데 景
(情中景)', '情景이 서로 접촉하여 구분이 없는 것(情景相觸而莫分)'과 같은 '情景
交融'의 세 가지 유형을 제기하였는데 이것은 范晞文이 두보의 작품으로부
터 제기한 세 가지 '情景交融' 예술 유형을 그대로 답습한 것이다. 더구나
范晞文이 '情景交融'의 세 가지 유형에 있어서 실례로 들은 두보의 작품까
지 그대로 답습하였다. 清代에 왕부지, 施補華, 仇兆鰲 , 王國維 등 수많은
시론가들이 또한 '情景交融'의 예술 유형을 이와 같은 세 가지 유형으로 분
류하였는데, 그 배경에는 이와 같은 이론적 전통과 맥락이 있었다.

다음은 왕부지가 제기한 '情景交融'의 세 가지 예술 형상 유형 즉 '妙
合無垠', '景中情', '情中景'에 대해서 알아보자.

'신묘하게 결합되어 경계가 없는 것(妙合無垠)'이란 情과 景이 '神妙'하
게 결합되어 物我를 구별할 수 없는 경지로서 시가의 최고 예술 境界이다.

---

127) 武漢大學中文系 中國古代文學理論研究室編, ≪歷代詩話詞話選≫, 武漢大學出版社, 1984,
pp.141~142 再引用, "趙氏曰 : 十九字求詩之制, 無以加矣, 要其歸, 不過情景而已. 情景
兼者爲上, 偏到者此之. 兼者如杜甫 '露從今夜白, 月是故鄉明' 是也. 情到者如張蠙 '長疑
卽見面, 翻致久無書' 是也. 景到者如謝朓 '日華川上動, 風光草際浮' 是也. 又如'水流心
不競, 雲在意俱遲', 景中情也. '卷簾唯白水, 隱几亦青山', 情中景也. '感時花賤淚, 恨別鳥
驚心', 情景相觸而莫分也."

때문에 그는 이를 '시에서 신묘한 것(神於詩者)'이라고 하였다. 그가 어떠
한 작품이 이러한 경지에 이르렀는지는 구체적으로 언급하지 않았다. 그
는 이백 <采蓮曲>의 情景結合의 신묘한 예술적 경지에 대하여 "情을 취
하여 景으로 삼았는데, 詩文이 이러한 경지에 이르러서는 단지 한줄기 신
비로운 광채를 자아내고 그 흔적은 드러나지 않는다"128)라고 하였다.
<采蓮曲>의 이러한 情景結合의 예술 경지가 바로 '妙合無垠'에 해당한
다. 그의 '妙合無垠'의 예술 경지를 范晞文, 費經虞은 '情景이 서로 접촉하
여 구분할 수 없는 것(情景相觸而莫分)'이라고 하였고, 施補華는 '情景이 겸
하여 이르는 것(情景兼到)'129)이라고 하였으며, 仇兆鰲는 '情景이 서로 융
합되어 구별할 수 없는 것(情景相融不能區別者)'이라고 하였다.130) 그리고 王
國維는 '意와 境이 혼연일체가 된 것(意與境渾)'131)이라고 하였다. 范晞文,
費經虞은 두보의 <春望>의 시구("感時花賤淚, 恨別鳥驚心"), 施補華, 仇兆鰲
등은 두보의 <江亭>의 시구("水流心不競, 雲在意俱遲")를 바로 이러한 예술
적 경지에 도달한 작품이라고 여겼다.

'景 가운데 情(景中情)'이란 '景 중에 情을 내재시키고(景中藏情)',132) '情
을 景에 내포시키는(藏情于景)'133) 묘사의 특징을 가지는 것으로 "작가가
객관적, 구체적으로 경물을 묘사하는 과정 중에 작가의 사상 감정을 드
러내는 것으로, 그것은 비교적 객관의 묘사에 치중하며, 작가의 감정은
묘사하는 형상 속에 은폐되게 하는 것이다."134) 즉 객관 경물에 대한 묘

---

128) ≪船山全書≫ 一四, p.907, ≪唐詩評選≫ 卷一, 李白 <采蓮曲> 評語, "取情爲景, 詩
     文至此, 只存一片神光, 更無形迹矣."
129) ≪淸詩話≫, p.974, ≪峴傭說詩≫, "景中有情, 如"柳塘春水漫, 花塢夕陽遲" : 情中有景,
     如"勳業頻看鏡, 行藏獨倚樓". 情景兼到, 如"水流心不競, 雲在意俱遲."
130) 仇兆鰲, ≪杜詩詳註≫ 第五冊, p.2030, "有情景相融, 不能區別者, 如'水流心不競, 雲在
     意俱遲', '片雲天共遠, 永夜月同孤', 是也."
131) ≪人間詞乙稿序≫, "上焉者 意與境渾, 其次或以境勝, 或以意勝."
132) ≪船山全書≫ 一四, p.1113, ≪唐詩評選≫ 卷四, 劉禹錫 <松滋渡望峽中> 評語.
133) ≪船山全書≫ 一四, p.1411, ≪明詩評選≫ 卷五, 張治 <秋郭小寺> 評語.

사를 위주로 하는 가운데 시인의 감정은 객관 경물에 내재되게 하는 수법이다.

왕부지는 ≪夕堂永日緖論內編≫에서 '景中情'에 대해서 다음과 같이 말하였다.

> 景中情이란 '長安의 한 조각 달'처럼 자연적으로 외롭게 살면서 먼 곳에 있는 님을 그리워하는 정을 나타내고 있는 것, '몸은 千百官員의 행렬 안에 고요히 서 있네'처럼 자연적으로 行在에 도달한 희열의 情을 나타내고 있는 것이다.[135]

왕부지는 이백의 <子夜吳歌>의 시구("長安一片月")와 두보의 <喜達行在所>의 시구("影靜千官裏")를 예로 들었다. 사실 이백의 <子夜吳歌>는 표면상으로는 가을 밤 長安에 한 조각달이 떠 있고, 집집마다 여인들이 다듬이질하는 정경을 묘사한 것이다. 그러나 이러한 정경 묘사의 이면에는 또한 헤아릴 수 없는 여인들이 남편들을 遠征 보내고 고독하게 살아가고 있는 처지, 원정 나간 남편이 하루라도 빨리 돌아오기를 학수고대하는 심정이 자연스럽게 내재되어 있다. 두보의 <喜達行在所>의 시구 또한 표면상으로 백관이 肅宗 李亨을 조알하는 광경을 묘사한 것이다. 그러나 여기에는 또한 두보가 安祿山에 의해 점령된 長安을 탈출, 肅宗 李亨의 行在所 鳳翔에 이르러 좌습유(左拾遺)로 봉해지자 깊은 은총을 느끼고 이에 대한 감격을 묘사했으며 또한 조정의 千官과 七校(京師駐軍)를 보고서 唐의 중흥이 가까워졌음을 느끼고 마음에서 솟아나는 희열의 감정을 묘사한 것이다.

왕부지가 말하는 이러한 '景中情'의 예술 수법을 范晞文, 費經虞은 각

---

134) 張少康 著, ≪中國古代文學創作論≫, 北京大學出版社, p.248.
135) ≪淸詩話≫ 上冊, p.11, ≪薑齋詩話≫ 卷一, "景中情者, 如'長安一片月', 自然是孤棲憶遠之情, '影靜千官裏', 自然是喜達行在之情."

각 '景 가운데의 情(景中之情)', '景 가운데 情(景中情)'으로 표현하였고, 모두 두보의 <江亭>의 시구("水流心不競, 雲在意俱遲")가 이에 해당한다고 하였다. 施補華는 '景 가운데 情이 있는 것(景中有情)'이라 하였고, 嚴維의 <酬劉員外見寄>의 시구("柳塘春水慢, 花塢夕陽遲")를 이에 해당하는 작품으로 여겼다.136) 仇兆鰲는 '景 가운데 情을 함유하는 것(景中含情)'이라고 하였으며, 두보의 <春望>, <發潭州>의 시구137)가 이에 해당한다고 하였다. 그리고 王國維는 이러한 예술 경지를 '境이 우세한 것(以境勝)'138)이라 하였다.

張少康은 왕부지의 '景中情'의 예술 수법은 바로 王國維의 '無我之境'이라고 하여 다음과 같이 말하였다.

이러한 境界는 바로 王國維가 ≪人間詞話≫에서 말한 바의 '無我之境'으로써 그것의 특징은 '物로써 物을 보기 때문에 어느 것이 我가 되고 어느 것이 物이 되는지를 알지 못한다(以物觀物, 故不知何者爲我, 何者爲物)'라는 것이다. 사실상 '無我之境'은 단지 표면상으로 보면 마치 '無我'인 듯하나 진정으로 '無我'가 아니고 단지 '我'가 '物' 가운데 내재되어 '物'로써 '我'를 표현했을 뿐이다. 왕부지는 ≪唐詩評選≫에서 '悲喜가 또한 物에서 드러나는 것이라야 시에서 귀하게 여겨지는 것이다(悲喜亦於物顯, 始貴乎詩)'라고 하였는데 '我'는 '我'의 면모로써 출현하는 것이 아니라 '物'의 면모로써 출현하는 것이다. 王國維가 예로 들은 陶淵明의 '동쪽 울타리 아래에서 국화를 따다가, 유연히 南山을 바라보네(采菊東籬下, 悠然見南山)' 및 元好問의 '차가운 파도 쏴아쏴아 일고, 白鳥는 유유히 내려오네(寒波澹澹起, 白鳥悠悠下)'는 사실 '情'이 없는 것이 아니라 단지 '情'이 '物'에 대한 묘사 가운데에서 은폐되어 흘러나와서 주관 색채가 뚜렷하지 않다. 이러한 시의 오묘한 점은 실로 왕부지가 ≪古詩評選≫ 가운데에서 말한 '말이 완전히 情에 미치지 않았지만 情은 자연히 무한하다(語不全及

---

136) ≪淸詩話≫, p.974, "景中有情, 如'柳塘春水慢, 花塢夕陽遲'；情中有景, 如'勳業頻看鏡, 行藏獨倚樓'；情景兼到, 如'水流心不競, 雲在意俱遲.'"
137) 仇兆鰲, ≪杜詩詳註≫ 第五冊, p.2030, "有景中含情者, 如'感時花濺淚, 恨別鳥驚心', '岸花飛送客, 檣燕語留人', 是也."
138) ≪人間詞乙稿序≫, "上焉者 意與境渾, 其次或以境勝, 或以意勝."

情而情自無限者)'는 것이다. 예술가는 객관적으로 진실하게 현실 생활을 묘사하는 과정 중에서 주관 감정을 그 가운데에 기탁하여 진력으로 주관 염원이 드러나지 않게 함으로써 사람들로 하여금 완전히 현실에 대한 순수한 객관 묘사를 보도록 하는 듯하지만 그러나 작가가 이러한 현실 광경을 선택할 때 …… 이미 자기의 감정을 그 가운데에 은장(隱藏)시키는 것이다.[139]

張少康은 王國維의 '無我之境'이 객관 경물에 대한 묘사를 두드러지게 하는 가운데 시인의 감정은 그 속에 내재되게 한다는 점에서, 왕부지의 '景中情'과 동일한 예술 수법이라 하였다.

'情 가운데 景(情中景)'이란 '情 가운데 景이 있게 하고(情中有景)',[140] 情 가운데서 景을 그리는(于情中寫景)'[141] 묘사의 특징을 가지는 것이다. "작가가 서정의 과정에서 주관의 측면을 강조하여 두드러지게 하는 것으로 묘사된 현실 형상 중에는 모두 농후한 주관 색채를 가지도록 하고 物로 하여금 我의 면모로써 드러나게 하는 것으로 시가 중에서 서정 주인공의 형상을 강조하여 두드러지게 하는 것이다."[142] 즉 정감의 묘사를 두드러지게 부각시키기 위한 것으로 경물 묘사는 모두 이면에 깔리어 정감이 두드러지게 부각되도록 하는 구성 수법이다. 그러나 사실 '情中景'의 구성 수법은 표면상으로는 정감만이 두드러지게 부각된 것 같으나, 이면에 배경으로 깔려 있는 객관 경물 하나하나는 또한 모두 강렬하게 시인의 주관 정감 색채를 띠는 것이다.

왕부지는 《夕堂永日緒論內編》에서 '情中景'에 대해서 다음과 같이 말하였다.

---

139) 張少康 著, 《中國古代文學創作論》, 北京大學出版社, p.248.
140) 《船山全書》 一四, p.1017, 《唐詩評選》 卷三, 杜甫 <登岳陽樓> 評語.
141) 《船山全書》 一四, p.1628, 《明詩評選》 卷八, 曹學佺 <皖口阻風> 評語.
142) 張少康 著, 《中國古代文學創作論》, 北京大學出版社, p.248.

情中景은 더욱 곡진한 묘사가 어렵다. '시상이 이루어지니 주옥은 붓 끝에서 나타나누나'와 시처럼 시인의 필묵이 통쾌하고 힘차고, 마음속에서 문재(文才)를 훌륭하게 여기는 광경을 묘사해 낸 것이다. …… '친지와 벗에게서는 한 자의 소식마저 없고, 늙고 병 든 내 신세 외로운 돛배만이 짝하여줄 뿐이네'는 악양루(岳陽樓)에 올라서 솟아나는 감정을 묘사한 詩이다. 입장을 바꾸어 두보가 되어 軒에 기대어 멀리 바라본다 하더라도 마음으로 느끼고 눈으로 보는 가운데 이 두 시구가 그대로 나오게 되니 이 또한 情中景이다.143)

왕부지는 두보의 <和賈至舍人早朝大明宮>의 시구("詩成珠玉在揮筆")와 <登岳陽樓>의 시구("親朋無一字, 老病有孤舟")가 '情中景'의 예술 수법에 해당된다고 하였다. 이 중에서 "친지와 벗에게서는 한 字의 소식마저 없고, 늙고 병 든 내 신세 외로운 돛배만이 짝하여 줄 뿐이네(親朋無一字, 老病有孤舟)"로써 왕부지가 말하는 '情中景'의 예술 수법을 부연 설명해 보자. 사실 누구라도 이 시구를 읽게 되면 시인이 악양루에 올라 吳楚의 경계를 가르고, 日月이 뜨고 지리만큼 광활한 동정호를 바라보면서 친척, 친구로부터 소식은 끊어지고 자신은 늙고 병들었지만 머무를 곳 하나 없이 단지 孤舟에 몸을 싣고 천지를 떠돌아다니는 영락한 자신의 만년에 대해서 한없이 애달파하면서 하염없이 눈물 흘리는 시인의 형상이 선명하게 떠오른다. 객관 경물로써 묘사된 孤舟에는 이미 시인의 주관 감정 색채가 이입되어 상징적, 비유적, 암시적으로 고독한 시인의 자아 형상을 나타내고 있다.

왕부지가 말하는 이러한 '情中景'의 예술 수법을 范晞文, 費經虞는 각각 '情 가운데 의 景(情中之景)', '情 가운데 景(情中景)'으로 표현하였고, 두

---

143) ≪淸詩話≫ 上冊, p.11, ≪薑齋詩話≫ 卷一, "情中景尤難曲寫, 如'詩成珠玉在揮毫', 寫出才人翰墨淋漓, 自心欣賞之景 …… '親朋無一字, 老病有孤舟.', 自然是登岳陽樓詩. 嘗試設身作杜陵, 憑軒遠望觀, 則心目中二語居然出現, 此亦情中景也."

사람 모두 두보의 <悶>의 시구("卷簾唯白水, 隱几亦靑山")가 이에 해당한다고 하였다. 施補華는 '情 가운데 景이 있는 것(情中有景)'이라 하였고, 두보의 <江上>의 시구("勳業頻看鏡, 行藏獨倚樓")가 이에 해당한다고 여겼다.144) 仇兆鰲는 '情 가운데 景을 머물게 하는 것(情中寓情)'이라고 하였으며, 두보의 <第五弟豐獨在江左近三四載寂無消息覓使寄此二首> 第二首 <一室>의 시구145)가 이에 해당한다고 하였다. 그리고 王國維는 이러한 예술적 경지를 '意가 우세한 것(以意勝)'146)이라 하였다. 張少康은 왕부지의 '情中景'의 예술 수법은 바로 王國維의 '有我之境'이라고 하여 다음과 같이 말하였다.

　　이것은 바로 王國維가 말한 바의 '有我之境'이다. 그 특징은 '나로써 物을 바라보기 때문에 物은 모두 나의 색채를 띠게 된다(以我觀物, 故物皆著我之色彩)'(≪人間詞話≫)이다. 이러한 境界 중에 객관 현실 형상은 그 원래의 자연 면모로써 출현하는 것이 아니라 人化된 면모로써 나타나는 것이다.147) …… 王國維가 ≪人間詞話≫ 중에서 들은 예는 馮延巳의 <鵲踏枝> 중의 '눈물 가득한 눈으로 꽃에게 물으니 꽃은 말하지 않네, 지는 꽃잎은 날아서 그네를 지나가네(淚眼問花花不語, 亂紅飛過鞦韆去)' 및 秦觀의 <踏沙行> 중의 '어찌 고적한 여관에서 봄추위를 막을 수 있으리요, 두견의 울음소리에 석양은 저물어 가네(可堪孤館閉春寒, 杜鵑聲裏斜陽暮)'와 같은 것이다. 여기에서 붉은 꽃이든 고적한 여관이든 아니면 두견이든 지는 석양이든 모두 시인의 강렬한 주관적인 감정 색채를 가지고 있어서 시인의 감정의 상징으로 출현한 것으로 그들 자체의 의의는 이미 부차 지위로 떨어지는 것이다.148)

---

144) ≪淸詩話≫ 下冊, p.974, 施補華, ≪峴傭說詩≫, "景中有情, 如'柳塘春水漫, 花塢夕陽遲'：情中有景, 如'勳業頻看鏡, 行藏獨倚樓.' 情景兼到, 如'水流心不競, 雲在意俱遲.'"
145) 仇兆鰲, ≪杜詩詳註≫ 第五冊, p.2030, "有情中寓景者, 如'影著啼猿樹, 魂飄結蜃樓', '正愁聞塞笛, 獨立見江船', 是也."
146) ≪人間詞乙稿序≫, "上焉者 意與境渾, 其次或以境勝, 或以意勝."
147) 張少康 著, ≪中國古代文學創作論≫, 北京大學出版社, p.249.
148) 上同, pp.248~249.

　張少康은 王國維의 '有我之境'이 정감의 묘사를 두드러지게 하는 가운데 경물의 묘사는 모두 시인의 강렬한 감정 색채를 띠고 이면에 깔리게 한다는 점에서 왕부지의 '情中景'의 구성 수법과 같다고 여겼다.

　왕부지는 '情景交融'의 세 가지 예술 유형에서도 구성의 난이(難易)나 예술 수준에 있어서 '妙合無垠'을 최고의 예술 경지라 하였으며, 다음이 '情中景', 그 다음이 '景中情'이라 하였다. 張少康은 "儒家文藝思想의 영향을 비교적 심후하게 받아 문예의 사회 작용을 중시하고 강조하는 문예가는 왕왕 '情中景'을 더욱 높은 차원으로 보고, 道佛思想의 영향을 비교적 심후하게 받은 浪漫主義 文藝家는 외물에 초연하고 자연에 순응하는 것을 인생의 목적으로 삼기 때문에 '景中情'을 가장 어렵고도 최고급으로 여긴다"149)라고 하여 '情中景'과 '景中情'에 대한 예술 수준의 평가는 문예가의 문예적 경향에 따라 다르다 하였다.

　ㄴ. 情語, 景語

　왕부지는 情, 景 관계에서 또한 情語, 景語 두 가지 예술 유형을 제기하였다. 情語는 시인의 감정을 묘사하는 시구를 말하고, 景語는 경물을 묘사하는 시구를 말한다. 情語, 景語라는 개념은 왕부지가 처음 제기한 것은 아니다. 그것은 이미 ≪文境秘府論≫에서는 理語, 景語라는 개념으로 제기되어 시가 형상에서 양자가 상호 조화와 통일을 이루어야 할 것을 강조하였다.150) 왕부지가 말한 情語는 단지 시인의 감정을 묘사하는 시구로서의 개념이 아니라, 거기에는 '景으로 情을 드러내야 한다(以景見情)'는 예술적 요구가 담겨 있고, 景語는 단지 경물을 묘사하는 시구로서의 개념이 아니라, 거기에는 '情은 景에 기탁되어야 한다는(情寓於景)' 심미적 요구가 담겨

---

149) 上同, p.249.
150) 弘法大師 原撰. 王利器校注, ≪文鏡秘府論校注≫, <地卷·十七勢>, p.132, "凡景語入
　　理語, 皆須相愜, 當收意緊, 不可正言."

있다. 그는 ≪夕堂永日緖論內編≫에서 다음과 같이 말하였다.

景語를 지을 줄 모르는데 또 어떻게 情語를 지을 수 있으리오? 옛 사람의 뛰어난 詩句에는 景語가 많은데 '높은 누대에는 소슬한 바람만 가득', '나비는 남쪽 동산에서 날고', '못가엔 봄풀이 푸릇푸릇 돋아나네', '亭皐엔 낙엽이 져', '芙蓉에 이슬이 내려 떨어지네'와 같은 것이 모두 이것으로 情이 그 가운데에 깃들여 있다. 景을 묘사하는 심리로 情을 말하면, 몸과 마음속에서 홀로 깨달은 미묘함을 유창하면 평화롭게 표현해낼 수 있다. 謝太傅는 <毛詩>에서 '위대한 계획 정령으로 정해지고, 원대한 정책 시기에 따라 선포되네'를 취하여 이 여덟 글자를 마치 구슬 꿰듯이 하여 大臣이 國事를 경영해 가는 심중을 순서대로 묘사해내었다. 때문에 '옛날 내가 수자리 나갈 때는 수양버들 하늘거렸는데, 지금 돌아올 땐 눈보라 치네'와 정을 표출한 묘미가 동일하다.151)

그는 張協의 <雜詩>("蝴蝶飛南園"), 謝靈運의 <登池上樓>("池塘生春草"), 曹植의 <雜詩>("高臺多悲風"), 柳惲의 <搗衣>("亭皐木葉下"), 蕭愨의 <秋思>("芙蓉露下落") 등과 같은 시구들은 모두 객관 경물을 묘사한 景語라고 하였다. 이러한 시구들이 천고절창이 되어 인구에 회자되는 것은 단지 자연 경물만을 훌륭하게 묘사해서가 아니라, 그 가운데에는 시인이 표현하고자 하는 감정이 깃들어 있기 때문이라고 하였다. 그는 특히 陶潛의 <擬古> "해 저무니 하늘에는 구름 사라졌고, 봄바람은 살랑살랑 온화하게 불어오네(日暮天無雲, 春風扇微和)"가 천고절창의 시구가 되었던 이유를 다음과 같이 설명하였다.

---

151) ≪淸詩話≫ 上冊, p.14, ≪薑齋詩話≫ 卷下, "不能作景語, 又何能作情語耶? 古人絶唱句多景語, 如'高臺多悲風', '蝴蝶飛南園', '池塘生春草', '亭皐木葉下', '芙蓉露下落', 皆是也, 而情寓其中矣. 以寫景之心理言情, 則身心中獨喩之微, 輕安拈出. 謝太傅於毛詩取'訏謨定命, 遠猷辰告', 以此八句如一串珠, 將大臣經營國事之心曲, 寫出次第, 故興'昔我往矣, 楊柳依依, 今我來思, 雨雪霏霏'同一達情之妙."

'해 저무니 하늘에는 구름 사라졌고, 봄바람은 살랑살랑 온화하게 불어오네'는 뽑아내어 景語로 삼으면 자연히 뛰어난 것이 된다. 그러나 이는 또한 景語가 아니다. 시인의 가슴속의 뛰어난 경치는 천지산천이 나로부터 그 아름다운 경관을 이루지 않음이 없다. 때문에 詩는 자구에만 골몰하는 사람이 짓는 바는 아니다.152)

그는 또한 程嘉燧의 <十六夜登瓜洲城看月懷舊寄所親>("暮山欲盡離尊歇")가 "진실로 훌륭한 景語가 되었던 것은 바로 情을 변화시켜 景으로 삼았기 때문이다"153)라고 하였다.

이처럼 景語에는 반드시 情이 내재되어야만 한다는 것이 왕부지의 景語에 대한 심미적 요구였다. 다음에서도 이러한 관점을 볼 수 있다.

景語의 結合에서 詞로 서로 합치되는 것은 아래이고 意로 서로 배열시키는 것은 비교적 훌륭하다.154)

八句가 景語로 자연스럽게 情을 내포하고 있다.155)

景語 가운데 전할 만한 情을 가지고 있다.156)

때문에 葉郞은 景語의 예술 유형을 바로 '景中情'이라고 하였다.157)

---

152) ≪船山全書≫ 一四, p.721, ≪古詩評選≫ 卷四, 陶潛 <擬古> "日暮天無雲" 評語, "'日暮天無雲, 春風扇微和', 摘出作景語, 自是佳勝, 然此又非景語. 雅人胸中勝槩, 天地山川, 無不自我而成其榮觀, 故知詩非行墨埋頭人所辦也."

153) ≪船山全書≫ 一四, p.1536, ≪明詩評選≫ 卷六, 程嘉燧 <十六夜登瓜洲城看月懷舊寄所親> 評語, "'暮山欲盡離尊歇', 眞好景語, 能化情爲景也."

154) ≪船山全書≫ 一四, p.671, ≪古詩評選≫ 卷四, 劉楨 <贈五官中郎將> 評語, "景語之合, 以詞相合者下, 以意相次者較勝."

155) ≪船山全書≫ 一四, p.1005, ≪唐詩評選≫ 卷三, 王維 <山居卽事> 評語, "八句景語, 自然含情."

156) ≪船山全書≫ 一四, p.1491, ≪明詩評選≫ 卷六, 喬宇 <秋風亭下泛舟> 評語, "景語中具可傳情."

157) 葉郞 著, ≪中國美學史大綱≫ 下卷, 滄浪出版社, 民國 75年, p.457.

情語란 시인의 감정을 묘사하는 시구를 말한다. 시인의 감정이란 추상적이고 비실체적이다. 때문에 시인이 그것을 구체적이고 실체적인 예술 형상으로 표현하기는 매우 어렵다. 때문에 왕부지는 "景에서 景을 얻는 것은 쉽고 事에서 景을 얻는 것은 어려우며 情에서 景을 얻는 것은 더욱 어렵다",158) "景을 묘사하고 事를 묘사하기는 쉬우나 情을 자연스럽게 묘사하기는 어렵다. 情을 묘사할 줄 아는 사람이라야 옛 것을 이었다 할 수 있다",159) "고금 사람들 가운데 景語를 잘 지을 줄 하는 사람이 백에서 하나 둘도 안 된다. 景語는 묘사하기 어렵지만 情語는 더욱 묘사하기 어렵다"160)라고 하였다. 이는 모두 객관적이고 구체적으로 존재하는 객관 경물로부터 예술 형상을 얻는 것은 비교적 용이하지만, 비실체적이고 추상적인 감정을 묘사하여 그것을 예술 형상으로 체현하기란 매우 어렵다는 것을 말한 것이다.

왕부지는 추상적이고 비실체적인 감정을 어떻게 구체적이고 실체적인 형상으로 표현할 것인가라는 문제에 있어서 바로 "경물을 묘사하는 심리로 감정을 묘사해야 한다"고 하였다. 즉 마치 객관 경물을 묘사하는 듯한 마음으로 시인 내면에서 솟아나는 감정의 발단, 전개, 기복, 변화, 고저 등을 잘 파악하여 그것을 순차적으로 묘사해가면 "마음속에서 홀로 깨닫고 있는 미묘함"을 유창하면서도 평안하게 표출시킬 수 있다고 하였다. 왕부지는 이러한 情語의 예술 묘사에 있어서 뛰어난 사람을 바로 謝安이라고 하였다. 왕부지는 謝安은 ≪詩經·大雅·抑≫의 "위대한 계획 명으로 정해지고, 원대한 정책 때에 따라 선포되네(訏謨定命, 遠猶辰告)"를

---

158) ≪船山全書≫ 一四, p.511, ≪古詩評選≫ 卷一, 曹植 <當來日大難> 評語, "於景得景易, 於事得景難, 於情得景尤難."
159) ≪王船山全書≫ 一四, p.1154, ≪明詩評選≫ 卷一, 劉基 <靜夜思> 評語, "狀景狀事易, 自狀其情難. 知狀情者, 乃可許之紹古."
160) ≪船山全書≫ 一四, p.1451, ≪明詩評選≫ 卷五, 曹學佺 <寄錢受之> 評語, "古今人能作景語者百不一二. 景語難, 情語尤難也."

"여덟 글자를 마치 구슬 꿰듯이 하여 大臣이 國事를 경영해 가는 마음을 순서대로 묘사하였다"라고 감상하였다. 원래 大臣이 國事를 경영해 가는 마음이란 단지 볼 수도 없고 들을 수도 없는 추상적이고 비실체적인 것이다. 그러나 謝安은 대신이 국사를 경영해가는 광경을 보고서 자신의 "마음속에서 홀로 깨닫고 있는 독특한 체험"을 마치 경물을 묘사하는 심리로 경쾌하고 평안하게 표출하였다는 것이다. 때문에 그는 謝安의 이러한 예술적 식견, 도량, 혜안 등에 대해서 다음과 같이 칭찬하였다.

> '위대한 계획 명으로 정해지고, 원대한 정책 때에 따라 선포되네'는 謝安이 복응한 바이다. 詩를 지어서 뜻을 나타낼 수 있으니 謝安이 그것에 해당한다 할 수 있다. 지식이 미치지 못했고 識量이 원대하지 못하고 條理가 익숙하게 감상되지 않았다면 또한 어떻게 능히 서로 접촉하여 그러한 감상을 할 수 있었으리요!161)

그는 ≪夕堂永日緒論內編≫에서 謝安이 ≪詩·大雅·抑≫의 시구("訏謨定命, 遠猷辰告")를 취하여 지은 시는 ≪詩·小雅·采薇≫의 시구("昔我往矣, 楊柳依依, 今我來思, 雨雪霏霏")와 감정을 표출한 묘미가 동일하다고 하였다.

情語가 비록 시인의 감정 묘사를 위주로 하지만, 그것은 객관 경물을 매개로 표현된다. 때문에 시가 작품에서 시인의 감정을 매개하는 객관 경물을 어떻게 운용할 것인가에 대한 문제는 또한 시가 창작에서 매우 중요한 문제이다. 왕부지는 情語에 대한 묘사에서 '雙行'의 수법을 추구하였다. '雙行'이란 情語에 대한 묘사에서 시인의 감정을 매개하는 객관 경물을 정연하면서도 미려하게 묘사하는 것을 말한다. 그는 이러한 '雙行'의 수법을 '古今 文筆의 절묘한 기교'라고 하였다. 그는 특히 이백의

---

161) ≪船山全書≫ 三, p.468, ≪詩廣傳≫ 卷四, <大雅·論抑>, "'訏謨定命, 遠猷辰告'謝安之所服膺也. 賦詩可以見志, 安也足以當之. 知不及, 量不遠, 條理不熟嘗, 亦惡能相觸而生其欣賞哉!"

<古風>의 "하늘은 공활한데 비단 구름 사라지고, 땅은 아스라한데 슬픈 바람 불어오네(天空綵雲滅, 地遠悲風來)"를 바로 '雙行'의 절묘한 기교가 운용된 것이라고 하였다.162)

왕부지는 情語에 대한 묘사에서 또한 '轉折'로써 함축을 삼아서 표현해야 할 것을 강조하였다. 그것은 바로 "시인의 정감을 단도직입적으로 표현하지 않고 완전곡절하게 함축적으로 표현하는 것"163)을 말한다. 그는 특히 두보는 이러한 묘사에 있어서 뛰어났다고 하였다.

> 情語에서 능히 轉折로써 含蓄을 삼는 것은 오직 두보가 뛰어나다. '푸른 渭水는 무정하기가 이를 데 없네, 슬픔에 젖어있는 때 홀로만 동쪽으로 흘러가네', '부드러운 노 날렵한 갈매기 외에, 처량함 품고 그대 어짐을 깨닫네'와 같은 류가 이것이다. 이는 또 '문득 옛 노래 부르는 소리 들으니, 돌아가고픈 생각에 눈물은 수건을 적시네'보다 一格을 더 나아가 더욱 감화가 강렬하고 뛰어나게 하였다.164)

왕부지는 두보의 작품 중에서 특히 <秦州雜詩> 二十首 중의 第二首의 尾聯("清渭無情極, 愁時獨向東")과 <船下夔州郭宿雨濕不得上岸別王十二判官>의 尾聯("柔櫓輕鷗外, 含悽覺汝賢")을 그 전형으로 들었다. 두보의 <秦州雜詩> 二十首는 唐 肅宗 乾元 二年(759) 가을, 두보는 그의 華州司功參軍의 직무를 버리고 고난의 遠遊의 여정을 시작하였다. 그는 長安을 출발하여 秦州에 이르렀다. 秦州는 長安으로부터 서쪽으로 780里에 있는 곳이다. 두보

---

162) 《船山全書》 一四, p.949, 《唐詩評選》 卷二, 李白 <古風> "我到巫山渚, 尋登高陽臺"評語, "三, 四本情語, 而命景正麗, 此謂雙行. 雙行者, 古今文筆之絶技也."

163) 張連第 箋釋, <詩品·薑齋詩話>, 北方文藝出版社, 2000, p.379에서는 이에 대해서 다음과 같이 말하였다. "情語能以轉折爲含蓄者, 是指卽景抒情之作能借助形象的暗喩和轉折的方法表達情感的特點."

164) 《清詩話》 上冊, p.14, 《薑齋詩話》 卷下, "情語能以轉折爲含蓄者, 唯杜陵居勝, '清渭無情極, 愁時獨向東.', '柔櫓輕鷗外, 含悽覺汝賢'之類是也. 此又與'忽聞歌古調, 歸思欲霑巾'更進一格, 益使風力遒上."

는 秦州에 있는 동안 五律의 형식으로 二十首의 시를 지어서 그곳의 산천, 풍물, 세태에 대한 상심, 전란에 대한 고통, 그리고 자신의 비참한 신세 등을 읊어냈다. 때문에 <秦州雜詩> “二十首는 대략 세상에 대한 비탄, 몸을 숨기는 두 가지의 뜻”[165)]을 표현한 것이다. 이러한 배경 아래에서 나온 것이 바로 <秦州雜詩> 二十首 중에서 第二首의 尾聯이다. 두보는 푸른 위수가 극도로 무정하다고 하였다. 왜냐하면 자신이 처량할 때 혼자서만 동쪽으로 흘러 長安에 이르기 때문이라고 하였다. 우리는 여기에서 비록 표면적으로는 푸른 위수가 동쪽으로 흘러 長安에 다다르는 것을 묘사했지만 이것은 이면에서 사실상 동쪽의 長安으로 돌아가고픈 두보의 애절한 심정을 곡절하게 나타낸다는 것을 알 수 있다.[166)]

<船下夔州郭宿雨濕不得上岸別王十二判官>는 대략 大曆 元年 늦봄에 두보가 雲南에서 夔州로 거처를 옮겨갈 때 지은 시이다. 두보가 배를 타고 夔州로 떠나다가 雲南 郭外에서 묵었는데 雲南에는 王判官이 있었다. 그날 저녁 바람이 불고 비가 내렸고 다음 날 아침에는 江岸에 안개가 자욱하고 습기가 많았다. 때문에 두보는 江岸으로 올라가서 王判官과 작별의 정을 나눌 수 없었다. 이 시는 두보가 雲南에서 夔州로 떠도는 처량한 심정, 王判官을 만나 석별의 정을 나누고 싶었지만 그러지 못하는 아쉬움을 표현한 시이다. 특히 이 시의 미련에는 두보의 이러한 심정이 깊이 스며있다.

왕부지는 두보의 이와 같은 시구들은 모두 杜審言의 <和晉陵陸丞早春遊望>(“忽聞歌古調, 歸思欲霑巾”)에 비하여 一格을 더 나아갔고 감화력이 더

---

165) 王士菁 編輯, ≪杜詩便覽≫ 上冊, 四川文藝出版社, 1986, p.377, “二十首大槪只是‘悲世’, ‘藏身’ 兩意.”

166) 왕부지는 두보의 이 시구를 다음과 같이 평하였다. “末一語有兩轉意而混成不覺, 方可謂意句雙收.”(≪船山全書≫ 一四, p.1018, ≪唐詩評選≫ 卷三, 杜甫 <秦州雜詩> “秦州城北寺, 傳是隗囂宮” 評語).

욱 강렬하고 우세하다고 하였다. 그는 杜審言의 시구 또한 비록 고향으로 돌아가고픈 심정을 표현하기는 했지만 그것을 단도직입적으로 드러내었기 때문에 시의 격조에 있어서나 감화력에 있어서 모두 두보에 미치지 못했다고 하였다.

情語는 이처럼 추상적이고 관념적인 감정을 각종의 세련된 예술 기교로써 구체적이고 실체적인 예술 형상으로 표현하여 독자들에게 무한한 감동을 불러일으키도록 하는 것이기 때문에 왕부지는 "景語도 묘사하기 어렵지만 情語는 더욱 어렵다"167)고 하였다. 葉郎은 情語의 예술 유형은 바로 '情中景'에 해당한다고 하였다.168)

ㄷ. 景中有人, 人中有景

왕부지는 劉令嫻의 <美人>에 대한 품평에서 '경물 가운데 인물이 있는 것(景中有人)', '인물 가운데 경물이 있는 것(人中有景)'의 두 가지 예술 유형을 제기하였다.169) '景中有人'은 객관 경물의 묘사 속에 인물 형상이 드러나게 하는 것이고, '人中有景'은 인물 형상의 묘사 속에 객관 경물의 묘사가 내재되게 하는 것이다. 이것은 경물 묘사와 인물 묘사의 상호 결합을 강조한 것이다. 劉令嫻의 <美人>170) 第一, 二句("花庭麗景斜, 蘭牖輕風度")는 표면적으로 꽃이 핀 화원에 아름다운 햇살이 비스듬히 비추고, 난초가 자라는 창으로 가벼운 바람이 스치는 광경을 묘사한 것이다. 그러나 '花庭', '蘭牖'은 사실 단순히 꽃이 피어 있는 정원, 난초가 자라는 창을 의미하는 것은 아니다. 그것은 각각 미인이 거처하는 아름다운 방, 그

---

167) 《船山全書》 一四, p.1451, 《明詩評選》 卷五, 曹學佺 <寄錢受之> 評語, "景語難, 情語尤難也."
168) 葉郎 著, 《中國美學史大綱》 下卷, 滄浪出版社, 民國 75年, p.457.
169) 《船山全書》 一四, p.636, 《古詩評選》 卷三, 劉令嫻 <美人> 評語, "景中有人, 人中有景, 巧思邐出諸劉之上, 結搆亦不失."
170) "花庭麗景斜, 蘭牖輕風度. 落日更新粧, 開簾對芳樹."

방의 창을 가리킨다. 미인이 있는 아름다운 방에 햇살이 비스듬히 비쳐짐으로써 방안에 있는 여인의 아름다운 자태가 눈앞에 선명하게 드러나고, 그 방의 창에 가벼운 바람이 스쳐 지나감으로써 미인의 향기가 날려 코끝에 스며드는 것을 느끼게 된다. 왕부지는 이처럼 객관 경물의 묘사 속에 인물 형상이 드러나게 하는 것을 '景中有人'이라고 하였다. 그는 또한 隋代의 樂府 <陽春曲> 二句171)에 대하여 '경물 가운데 인물이 내재된 것(景中人在)'172)이라고 하였으며, 鮑至의 <山池>의 起聯二句173)에 대해서는 '景中有人'174)이라고 하였다.

劉令嫺의 <美人> 第三, 四句("落日更新粧, 開簾對芳樹")는 석양 무렵에 미인이 다시 새 단장하고 발을 열고 향기 나는 초목들을 대하는 것을 묘사한 것이다. 그러나 여기에서 또한 새롭게 피어나는 초목들의 새싹, 초목들의 새싹에서 봄의 향기가 물씬 풍겨 나오는 것을 느낄 수 있다. 왕부지는 이처럼 인물 형상의 묘사 속에 객관 경물에 대한 묘사를 드러내면서 시인의 감정이 내재되게 하는 것을 '人中有景'이라고 하였다.175) 그는 張載 <招隱>176)을 품평하여 "앞의 十二句는 모두 은자의 상황을 묘

---

171) "茱苜生前遷, 含桃落小園. 春心自搖蕩, 百舌更多言."

172) ≪船山全書≫ 一四, p.641, ≪古詩評選≫ 卷三, 隋樂府辭 <陽春曲> 評語, "前二句隱然有景中人在, 故佳."

173) "望園光景暮, 林觀歇氛埃. 荷疎不礙楫, 石淺好縈苔. 風光逐榜轉, 山望向橋開. 樹交樓影沒, 岸暗水光來."

174) ≪船山全書≫ 一四, p.841, ≪古詩評選≫ 卷六, 鮑至 <山池> 評語, "起二句聊爲領袖, 顯出景中有人, 更不鶻突."

175) 李錫鎭은 '景中有人'과 '人中有景'과의 관계에서 劉令嫺의 <美人>을 다음과 같이 분석하였다. "이것은 한 수의 詠物詩로 四句가 모두 景語로서 景物意象을 빌어서 美人을 묘사한 것이다. 위의 두 구에서 '麗景斜'는 美女가 석양의 노을 아래에 있는 모습을 가리키는 것이고, '輕風度'는 청풍이 美女의 몸 위로 스쳐가는 것을 가리키는 것이다. 비록 '景(影)'이라 묘사하고 '風'이라 묘사하여 美女를 직접적으로 묘사하지는 않았지만 사실은 景象의 가운데 이미 人物과 관련되었기 때문에 이 두 구를 '景中有人'이라 하고, 아래 두 구에서 '更新粧', '對芳樹'는 모두 人物을 통해서 景象을 묘사하였기 때문에 '人中有景'이다"라고 하였다(≪王船山詩學的理論基礎及理論中心≫, p.269).

사한 것이니 또한 인물 가운데 경물(人中景)이요 議論이 아니다"177)라고
하였고, 任昉의 <濟浙江>을 품평하여 "완전히 사람 가운데의 景象을 묘
사하여 결국 靈氣를 내포하고 있다"178)라고 하였다. 沈明臣의 <過高郵
作>179)의 尾聯을 품평하여 "이른바 인물 가운데 경물(人中景)은 또한 바
로 景을 내포한 가운데 情이 내재되어 있는 것을 이른다"180)라고 하였
고, 文徵明의 <四月>181) 結語를 품평하여 "결어 또한 景으로 이른바 人
中景이다"182)라고 하였다. 이로써 보면 그가 말한 '人中景' 또한 바로
'人中有景'으로써 인물 묘사를 통해 각종의 광경을 드러내면서 시인의
감정이 내재되도록 하는 것이다. 왕부지는 또한 '경물 가운데 人事가 있
는 것(景中有事)', '人事 가운데 감정이 있는 것(事中有情)'의 두 가지 예술
유형을 제기하였는데,183) 이것은 객관 경물을 묘사하는 중에 人事를 드
러나게 하고 人事를 묘사하는 가운데 시인의 감정을 드러나게 하는 것
을 말한다.

---

176) "出處雖殊塗, 居然有輕易. 山林無悔悋, 人間實多累. 鵁鶵翔窮冥, 薄且不能視. 鶴鷺遵臯
渚, 數爲矰所繫. 隱顯雖在心, 彼我共一地. 不見巫山火, 芝艾豈相離. 去來捐時俗, 超然辭
世僞. 得意在丘中, 安事愚與智."

177) ≪船山全書≫ 一四, p.702, ≪古詩評選≫ 卷四, 張載 <招隱> 評語, "前十二句皆隱者
之情事, 亦人中景, 非議論已."

178) ≪船山全書≫ 一四, p.791, ≪古詩評選≫ 卷五, 任昉 <濟浙江> 評語, "全寫人中之景,
遂含靈氣."

179) "淮海路茫茫, 扁舟出大荒. 孤城三面水, 寒日五湖霜. 波漫官堤白, 烟浮野樹黃. 片帆何處
客, 千里傍他鄉"

180) ≪船山全書≫ 一四, p.1435, ≪明詩評選≫ 卷五, 沈明臣 <過高郵作> 評語, "所謂人中
景亦卽含景中情在內."

181) "春雨綠陰肥, 雨晴春亦歸. 花殘鶯獨囀, 草長燕交飛. 香篋青繪扇, 筠窓白葛衣. 抛書尋午
枕, 新睡夢依微"

182) ≪船山全書≫ 一四, p.1386, ≪明詩評選≫ 卷五, 文徵明 <四月> 評語, "結語亦景也,
所謂人中景也."

183) ≪船山全書≫ 一四, pp.1471~4712, ≪明詩評選≫ 卷六, 楊維禎 <寄小蓬萊主者聞梅磵
並東沈元方宇文仲美賢主賓> 評語, "三, 四天時人事一大段落, 總以微言收盡 ; 景中有事,
事中有情, 邪容俗漢分析. 七言近體帶歌行意, 不迷初始. 開, 天以下, 一人而已."

ㄹ. 情景相反의 결합

일반적으로 情과 景의 상호 결합에서 情이 슬프면 景 또한 슬픔의 감정 색채를 띠고, 情이 기쁘면 景 또한 기쁨의 색채를 띠는 것이 보편적이다. 吳喬가 "情이 슬프면 景도 슬프고, 情이 즐거우면 景도 즐겁다"[184]라고 한 것은 이를 말한다. 그러나 왕부지는 情과 景의 상호 결합에 있어서 情이 슬프다고 해서 景 또한 반드시 슬픔의 색채를 띠어야 하고, 情이 기쁘다고 해서 景 또한 반드시 기쁨의 색채를 띠어야 한다고 한 것은 아니다. 왕부지는 오히려 즐거운 정경으로 슬픔의 감정을 더욱 생동적으로 묘사할 수 있고, 슬픔의 정경으로 즐거움의 감정을 더욱 곡진하게 묘사할 수 있다고 하였다. 그가 ≪詩經·小雅·采薇≫의 시구 "옛날 내가 수자리 나갈 때는 수양버들 하늘거렸는데, 지금 내가 돌아올 때 눈비 펄펄 내리네(昔我往矣, 楊柳依依. 今我來思, 雨雪霏霏)"를 분석하여 제기한 "樂景으로 비애를 묘사하고, 哀景으로 즐거움을 묘사(以樂景寫哀, 以哀景寫樂)"하는 것이 바로 그것이다. 이것은 바로 현대 수사학에서 말하는 '反襯'에 해당한다.

　　'옛날 내가 수자리 나갈 때는 수양버들 하늘거렸는데, 지금 내가 돌아올 때 눈비 펄펄 내리네'는 즐거운 정경으로 슬픔을 묘사하고 슬픈 정경으로 즐거움을 묘사하여 그 슬픔과 즐거움을 배나 증가시킨 것이다. 이를 알면 '몸은 千官의 행렬 안에 고요히 서 있고, 마음은 七校의 위무 앞에서 사르르 녹네'와 '오직 終南山의 산 빛은 그대로 아름다움을 드러내고 있고, 청명한 기운은 여전히 長安에 가득하네'는 情의 깊이와 크기가 드러남을 알 수 있는데 하물며 孟郊처럼 금새 환호하다가 마음이 미혹해졌고 금새 울부짖다가 혼백을 잃은 사람에게 있어서랴?[185]

---

184) 郭紹虞 編選, 富壽蓀 校點, ≪淸詩話續編≫ 上, 上海古籍出版社, 1983, p.478, 吳喬, ≪圍爐詩話≫ 卷一, "情哀則景哀, 情樂則景樂."
185) 以樂景寫哀, 以哀景寫樂, 一倍增其哀樂. 知此, 則 '影靜千官裏, 心蘇七校前', 與'唯有終南山色在, 晴明依舊滿長安' 情之深淺宏隘見矣, 況孟郊之乍笑而心迷, 乍啼而魂喪者乎."

《詩經·小雅·采薇》는 변경으로 출정하는 병사의 고통과 슬픔을 묘사한 것이다.186) 한번 출정하면 돌아오기를 기약할 수 없기 때문에 출정하는 병사의 마음은 근심, 걱정, 불안으로 가득하였다. 그러나 시인은 당시의 상황을 "옛날 내가 수자리 나갈 때는 수양버들 하늘거렸는데"라고 묘사하였다. 이것은 병사가 출정 당시에 살랑대는 봄바람에 수양버들이 하늘거리며 나부끼는 아름다운 정경을 묘사한 것이다. 이러한 당시의 아름다운 정경의 묘사는 도리어 이러한 아름다운 정경 속에서 한번 나가면 돌아오기를 기약할 수 없는 머나먼 출정을 떠나야 하는 병사의 근심, 걱정, 불안 등을 더욱 절실하게 드러내는 대비적 배경이 되고 있다. 이것이 바로 그의 '즐거운 정경으로 슬픔을 묘사'하는 것으로써, 아름다운 정경 묘사 속에 강렬한 대비를 통해서 비애의 정경을 더욱 선명하면서도 절실하게 드러내는 묘사 수법이다. 또 언제 돌아오리라 기약할 수 없는 멀고도 험난한 출정으로부터 돌아오는 병사의 심정은 기쁨으로 충만하였다. 그러나 시인은 도리어 "지금 내가 돌아올 때 눈비가 펄펄 내리네"라고 하여 눈비 휘몰아치는 가운데 험난한 산을 넘고 차가운 물을 건너는 고난의 귀로 과정을 묘사하였다. 그러나 이러한 고난의 귀로 과정은 사병의 즐거운 마음을 한층 더 부각시키는 대비적 배경이 되고 있다. 이것이 바로 그가 말한 '슬픈 정경으로 즐거움을 묘사'하는 것으로써, 슬픈 정경으로 아름답고 즐거운 감정을 핍진하게 드러내는 수법이다. 그는 이러한 감정 묘사 수법은 오히려 슬픔이나 기쁨의 정서를 배나 증가시켜 표출시킬 수 있는 효과가 있다고 하였다. 때문에 그는 이러한 예술 형상의 구성 방식을 슬픔의 정경으로 슬픔을 표현하고, 기쁨의 정경으로 기쁨을 묘사하는 예술 방식보다 오히려 시인의 감정을 보다 더 생동적이면서도 곡진

---

186) 《毛傳》에는 이 시를 "采薇, 遣戍役也."라 하였으며, 《詩集傳》에서도 또한 "此遣戍役之詩."라 하여 당시 戍役나가는 사람이 지은 것이라고 하였다.

하게 표출시킬 수 있는 한 차원 높은 예술 기교라고 여겼다.

왕부지가 ≪詩經·小雅·采薇≫의 시구에 운용된 예술 기교를 분석하여 제기한 이른바 "즐거운 정경으로 슬픔을 묘사하고, 슬픈 정경으로 즐거움을 묘사한다"는 예술 관점은 현대 수사학에서 '反襯'에 해당한다. 때문에 '反襯'에 대한 설명에서 ≪詩經·小雅·采薇≫의 시구가 그것의 전형이 되고, 왕부지의 예술 관점이 명구로 인용된다.

왕부지는 "즐거운 정경으로서 슬픔을 묘사하고, 슬픔의 정경으로 즐거움을 묘사"하는 예술 표현 방식을 안다면, 杜甫와 李拯의 시구에서의 "情의 깊이와 크기가 드러남을 알 수 있다"187)고 하였다. "몸은 千官의 행렬 안에 고요히 서 있고, 마음은 七校의 위무 앞에서 사르르 녹네(影靜千官裏, 心蘇七校前)"는 두보의 <喜達行在所> 第三首의 경련이다. 이 시는 두보가 安祿山에 의해 점령된 長安을 탈출하여 鳳翔에 있던 肅宗 李亨을 알현하고 左拾遺로 봉해져 천백관원의 행렬 안에 서 있고, 長安을 탈출할 때의 공포감이 七校(京師駐軍)의 대열 앞에서 사라진 것을 묘사한 것이다.

"오직 終南山의 산 빛은 그대로 아름다움을 드러내고 있고, 청명한 기운은 여전히 長安에 가득하네(唯有終南山色在, 晴明依舊滿長安)"는 李拯 <退朝望終南山>의 第三, 四句이다. 이것은 시인이 조알을 마치고 궁정을 나서며 멀리 終南山을 바라보니 미려한 산색이 안전에 펼쳐지고, 화사한 봄기운이 여전히 長安에 완연한 것을 묘사한 것이다.

杜甫와 李拯의 시구는 시인의 즐거운 감정이 즐거운 정경 묘사를 통해서 직접적으로 표현되었다. 때문에 왕부지는 杜甫와 李拯의 이와 같은 표현 방식은 ≪詩經·小雅·采薇≫의 표현 방식과 비교할 때 정감의 깊이나

---

187) 왕부지의 "情之深淺宏陝矣"에 대해서 李錫鎭은 다음과 같이 해석하였다. "何以船山說'情之深淺宏陝矣'? 情感表現的 '深淺', 若說是創作上表現手法的問題, 而'宏陝' 則指胸懷之寬綽與褊狹."(李錫鎭, ≪王船山詩學的理論基礎及理論中心≫, <第五章 船山詩學的理論中心>, <第三節 從情景交融論抒情詩的意象語>, 民國 79年, p.258).

크기에 있어서 비교가 안 된다고 하였다. 더욱이 孟郊처럼 과거에 합격하자 마음이 혼미해질 정도로 기쁨에 도취된 감정을 표현하고, 과거에 낙방하자 혼백이 나갈 정도로 비통한 감정을 표출한 경우는 더 이상 말할 만하지 못하다고 하였다. 戴鴻森은 왕부지가 孟郊를 "금새 환호하다가 마음이 미혹해졌고 금새 울부짖다가 혼백을 잃었다"라고 비판한 것은 ≪讀四書大全說≫ 卷二에서의 다음 내용을 말한다고 하였다.

> 孟郊의 문장으로 進士에 오르는 것이 어찌 될 수 없으리요? 그러나 되지 못했을 때는 '榜 앞에서 눈물 흘리며, 뭇 사람들 속에서 자신이 부끄러웠네'라고 하여 이미 행운을 기대하는 것은 될 수 없는 일이라 여겼다가, (진사가 되는 행운을) 얻게 되었을 때는 '봄바람 살랑대는데 뜻을 얻으니 말을 달려, 하루에 長安의 꽃구경 두루하네'라고 하여 그 기뻐함을 끝이 없이 드러내었으니 마치 하늘에서 떨어진 듯이 하였다.[188]

그리고 戴鴻森은 또한 왕부지가 "자기 한 사람의 과거의 득실에만 마음을 얽매어 마음이 좁은 것을 놀린 것이다"라고 하였다.[189] 왕부지의 관점에서 보면, 孟郊의 이와 같은 표현의 방식은 매우 저속할 뿐만 아니라, 또한 표현 내용 또한 단지 개인의 출세에만 얽매여 있는 편협된 것이었다. 때문에 그는 孟郊에 대해서 이와 같이 비판한 것이었다.

왕부지의 "즐거운 정경으로 슬픔을 묘사하고, 슬픔의 정경으로 즐거움을 묘사"하는 수법은 서정 주체인 시인이 내재 정감을 표현하기 위해 외재 경물은 어떻게 다루고, 운용해야 하는가에 대한 문제로부터 제기되었다. 왕부지는 ≪詩經·小雅·采薇≫에 대한 논의에서 다음과 같이 말하였다.

---

188) 戴鴻森 點校, ≪薑齋詩話箋注≫, p.11, "以孟郊之文, 登一進士, 亦豈其不當得. 乃未得之時, 則云 '榜前下淚, 衆裏嫌身', 旣視爲幾幸不可得之事, 迨其旣得. 而云'春風得意馬蹄疾, 一日看遍長安花', 其欣幸無已, 如自天隕者然."
189) 上同, "蓋船山譏其縈心一己科擧之得失, 情懷褊狹."

수자리 나가는 것은 슬픈 것이고 돌아오는 것은 기쁜 것이다. 갈 적에 수양버들 하늘거리는 것을 영탄하였고, 올 적에 눈비가 펄펄 내린다고 읊조렸다. 그 情을 잘 쓰는 사람은 천지만물의 영락을 왜곡하여 자기의 비환을 더하지 않을 뿐이다. 천지만물은 그것이 어떻게 정해지는가! 내가 슬픔을 당했을 때 나를 슬픔으로써 맞이하는 것도 있고, 내가 기쁨을 당했을 때 나를 기쁨으로 맞이하는 것도 있다. 비천한 사람들은 그 편협한 마음으로 서로를 취함에 있어서 민첩하게 한다. 내가 슬플 때 일찍이 즐거워하지 않을 수 없는 경우도 있고, 내가 기쁠 때 일찍이 슬퍼하지 않을 수 없는 경우도 있으니 눈이 한쪽만을 꾀하는 사람은 보지 못하는 바이다. 때문에 나는 이로써 情에 곤궁하지 않은 사람의 말을 알 수 있다. 슬픔에 있어서도 경물은 즐거울 수 있다는 것을 잃지 않는다. 비록 그렇더라도 슬픔을 잃지 않는다. 기쁨에 있어서도 경물은 즐거울 수 있다는 것을 잃지 않는다. 비록 그렇더라도 기쁨을 잃지 않는다. 천하를 廣心으로 인도하여 하나의 정의 발동에 내달리고 쏟아지게 하지 않으니, 이로써 그 생각은 곤혹되지 않고 그 말은 곤궁해지지 않으니 천하의 인심은 화평해진다. 슬픔을 말하면 상심하면서 격분하고, 기쁨을 말하면 와자지껄하면서 기뻐하니 元稹, 白居易는 한결같이 천하를 편협되고 촉급한 곳으로 이끌었으니, 杜牧이 형벌을 시행하려 하였던 것은 마땅하다.[190]

왕부지는 시인이 슬픔의 정서를 느낄 때 시인을 맞이하는 자연 경물은 반드시 슬픔의 정경을 드러낸다고 할 수 없고, 반대로 시인이 기쁨의 정서를 느낄 때 시인을 맞이하는 자연 경물은 반드시 기쁨의 정경을 나타낸다고 할 수 없다고 하였다. 왕부지는 서정 주체인 시인이 내재 정감을

---

190) ≪船山全書≫ 三, p.392, ≪詩廣傳≫ 卷三, "往戍, 悲也 ; 來歸, 愉也. 往而咏楊柳之依依, 來而歎雨雪之霏霏. 善用其情者, 不斂天物之榮凋, 以益己之悲愉而已矣. (夫)[天] 物其何定哉! 當吾之悲, 有迎吾以悲者焉 ; 當吾之愉, 有迎吾以愉者焉 ; 淺人以其褊衷而捷於相取也. 當吾之悲, 有未嘗不可愉者焉 ; 當吾之愉, 有未嘗不可悲者焉 ; 目營於一方者之所不見也. 故吾以知不窮於情者之言矣 : 其悲也, 不失物之可愉者焉, 雖然, 不失悲也 ; 其愉也, 不失物之可悲者焉, 雖然, 不失愉也. 導天下以廣心, 而不奔注於一情之發, 是以其思不困, 其言不窮, 而天下之人心和平矣. 言悲則悴以激, 言愉則華以惱, 元稹, 白居易之一率天下於褊促, 宜夫杜牧之欲施之以刑也."

표현함에 있어서 자연의 본래의 모습을 임의대로 왜곡하여 자신의 감정을 표현해서는 안 된다고 하였다. 그는 《詩經·小雅·采薇》의 시구는 정감을 운용할 줄 아는 사람이 자연 경물의 본래의 면모를 잃지 않게 묘사하면서도 자기의 슬픔과 기쁨의 감정을 배가시켜 표현했다고 하였다.

변방에 수자리 나갈 때 시인의 감정은 분명 비애의 감정이다. 그러나 시인은 楊柳가 하늘거린다고 묘사하였다. 시인은 자신이 슬픔의 감정을 느낀다고 해서 당시 봄바람에 楊柳가 하늘거리며 나부끼는 정경을 자신의 임의대로 파괴하여 슬픔의 정경으로 묘사하여 슬픔의 감정을 드러내지 않았다. 변방의 수자리를 마치고 귀가할 때 느끼는 감정은 형언할 수 없는 기쁨의 감정이다. 그러나 시인은 돌아오는 정경을 눈비가 펄펄 내린다고 묘사하였다. 시인은 자신이 기쁨의 감정을 느낀다고 해서 당시 눈비가 펄펄 내리는 험난한 정경을 자신의 임의대로 왜곡하여 기쁨의 정경으로 변모시켜 기쁨의 감정을 표현하지 않았다. 시인이 슬픔의 감정을 느낄 때 비록 당시의 객관 경물의 아름다운 정경을 본래대로 드러내었지만, 오히려 시인의 슬픔의 감정을 곡진하게 드러내는 효과를 가져왔고, 시인이 기쁨의 감정을 느낄 때 비록 당시의 자연 경물의 험난한 정경을 묘사하였지만, 기쁨의 감정을 핍진하게 드러내는 효과를 가져왔다. 왕부지가 "그 슬픔과 즐거움을 배나 증가시킨 것이다"라고 한 것은 바로 이러한 경물 운용에 의한 정감의 표현 방식이 가지는 효용에 대해서 말한 것이다.

이처럼, 왕부지가 제기한 "즐거운 광경으로서 슬픔을 묘사하고, 슬픔의 광경으로 즐거움을 묘사"하는 예술 형상 묘사 수법은 시인이 내재 정감을 표현함에 있어서 외재 경물은 어떻게 다루고 운용해야 하는가에 대한 문제로부터 제기되었다.

葉郎은 왕부지가 제기한 '情景交融'의 예술 유형에 대해서 다음과 같은 의견을 나타내었다.

왕부지는 詩歌意象에는 이상과 같은 특수 유형이 있다는 것을 지적하였지만 그러나 이것은 詩歌意象이 단지 이러한 몇 가지 종류의 유형에만 국한되어 있다는 것을 말하는 것은 결코 아니다. 만약 이러한 시각에서 왕부지의 논술을 이해하려 한다면 그것은 공교롭게도 왕부지의 본의를 정식으로 위반하는 것이다. 왕부지의 이러한 논술의 본의는 情과 景의 결합이 몇 가지 틀에 박힌 모식으로 규정되어 詩歌意象을 몇 가지 유한적인 유형으로만 획분하는 것을 반대하기 위한 것이다. 그가 詩歌意象 중에 이러한 특수 유형이 제기한 것은 情, 景 결합의 구체적 형태는 다종다양할 수 있고 오직 이러한 결합은 내재적 통일이어야 하고 외재의 병합이 아니어야만 審美意象을 구성할 수 있다는 것을 설명하기 위함이다.191)

3. '情景交融' 예술 형상 구성의 중요 요인

(1) '興會'

왕부지는 "興會가 특출한 것으로 시를 이루면 자연히 情景이 모두 이르니 情景에만 의지하는 경우에는 情景을 얻을 수 없다"192)라고 하였다. 그는 '興會'를 '情景交融' 예술 형상 구성의 중요 요인으로 인식하였다. '興會'란 "시인의 심령이 현실 경물에 직면하여 감흥이 고조되었을 때 시인 내면에서 솟아나는 창작 욕망이나 창작 격정이라 할 수 있다. …… 따라서 '興會'를 현대의 문예 개념으로 말하면 '創作衝動'193)이다."194) '興

---

191) 葉郎 著, ≪中國美學史大綱≫ 下卷, 滄浪出版社, 民國 75年, p.457.

192) ≪船山全書≫ 一四, p.1478, ≪明詩評選≫ 卷六, 袁凱 <春日溪上書懷>, "一用興會標舉成詩, 自然情景俱到, 恃情景者, 不能得情景也."

193) 王向峰 主編, ≪文藝美學辭典≫, 遼寧大學出版社, 1988, p.218, "藝術家在生活實踐和藝術實踐中, 由于生活中某種偶然機遇的觸發和主體某種需要, 慾望的振動, 而産生的一種强烈, 勃發性的情緖狀態, 是創作動機, 創作慾望的一種情緖表現形式, 創作衝動的産生是客觀的社會生活和藝術家心靈相撞擊的結果 …… 創作沖動帶有一定的偶然性而又體現着必然性,

會’를 이와 같이 정의하면, 그것은 또한 ≪文鏡秘府論≫에서 말하는 ‘感興’과 같은 의미이다.

> 第九, 感興勢 : 感興勢라는 것은 사람의 마음에 감수가 지극하면 반드시 (이에) 호응하여 나오는 말이 있다. 경물의 색조가 만 가지 형상을 가지면, (마음속에) 상쾌하게 감수의 쌓임이 있는 듯하다.[195]

成復旺은 ‘興會’를 心과 物이 서로 우연히 만나서 “美感이 도래할 때의 정신 상태”[196]라고 하였으며 그 개념은 오늘날의 ‘창작 영감’에 가깝다고 하였다.[197] 왕부지는 ‘興會’가 도래하여 시인 내면에 폭발하는 창작 격정이 매우 강렬할 때라야 情景이 자연적으로 결합된다고 하였다. 만약 ‘興會’가 없이 인위적, 의도적으로 情景을 결합시키려 한다면, 情景의 결합은 이루어질 수 없다고 하였다. ‘興會’라는 개념은 왕부지 시론에서 처음 제기된 것은 아니다. 중국의 시가 비평 이론에서 ‘興會’는 이미 六朝 시대부터 출현되어 시가 생성의 중요한 원리로 강조되었다. ‘興會’는 원래 ≪世說新語・賞譽≫에 나오는 말이다.[198] “그것은 하나의 합성어로써 그중의 興은 희열의 정서를 의미하고, 會는 시기를 나타내는 것으로, 興

규律性. 偶然爆發的創作激情, 慾望, 是藝術主體長其的生活積累, 情感體驗, 理性思考的必然産物.”

194) 趙成千, 碩士學位論文, ≪王船山詩論研究≫, <第三章 情景交融論>, <第五節 “交融”의 造成要件>, 高麗大學校 大學院, 1991, p.109.

195) 弘法大師 原撰, 王利器 校注, ≪文鏡秘府論校注≫, <地卷・十七勢>, 中國社會科學出版社, 1983, p.126, “感興勢者, 人心至感, 必有應說, 物色萬象, 爽然有如感會.”

196) 成復旺은 ‘興會’에 대해서 다음과 같이 정의하였다.
“興會, 簡言之卽興到之時. 用於文藝, 是指興到之時那種超乎意表, 淋漓酣暢的精神狀態.” (成復旺 著, ≪神與物遊≫, 中國人民大學出版社, 1993, p.160).

197) 成復王 主編, ≪中國美學範疇辭典≫, p.290, “用於文藝領域, 是指心物偶觸, 才情突發的精神狀態, 意近於今人創作靈感.”

198) 余嘉錫 箋疏, ≪世說新語箋疏・賞譽第八≫, 上海古籍出版社, 1995, p.496, “王恭始與王建武甚有情, 後遇袁悅之間, 遂至疑隙. 然每至興會, 故有相思時.”

會는 희열의 정서가 일어나는 시기"199)를 말하는 개념으로 사용되었다. 張永言 主編 ≪世說新語辭典≫에서는 '興會'를 "興致는 감촉된 바가 있기 때문에 일어나고 발동하는 것이다"200)라고 해석하였다. 여기에서는 '興會'를 '興致'와 같은 개념으로 여겼다. 중국 시가 비평에서 가장 일찍이 '興會'를 사용하여 문예 발생 현상을 설명한 사람은 심약(沈約)이다. 그는 ≪宋書·謝靈運傳論≫에서 사령운(謝靈運)의 시의 창작 현상에 대해서 다음과 같이 총괄적인 논술을 하였다.

> 이에 宋氏에 이르러 顔延之, 謝靈運이 명성을 떨쳤다. 謝靈運의 興會는 특출하고 顔延年의 體裁는 명쾌, 엄밀하였으니 모두가 전대의 뛰어난 작품에서 법을 삼아 후대에 모범을 내리게 된 것이다.201)

심약은 사령운의 시는 주체가 객체의 우연적인 촉발을 받아서 발생한 창작 감흥이 문사로 표현되어 작품이 표일유탕(飄逸流蕩)하다고 여겼다. '興會標擧'는 이를 말한다. 소통(蕭統)은 ≪文選≫ 卷五0, <史論> 下에서 심약의 ≪宋書·謝靈運傳論≫을 수록하였는데, 이선(李善)은 이에 대한 주석에서 '興會'를 "情興이 모여진 것"202)이라고 하였다. 이선은 '興'을 情興이라 해석하였다. 북제(北齊) 안지추(顔之推) 또한 ≪顔氏家訓·文章≫에서 모든 문예가가 문예를 창작함에 있어서 반드시 준수해야 할 하나의 창작 강령을 제시하였는데 "興會를 드러내어 性靈을 이끌어 낸다(標擧興會, 發引 性靈)"라는 것이 그것이다. 심약이 말한 '興會標擧'나 안지추가 말한 '標擧 興會'는 사실 추구하는 창작 이념이 같다. 모두 '興會'를 창작 이념으로

---

199) 王先霈, <試說"詩人興會">(≪文學評論≫, 1985, 第四期, p.100).
200) 張永言 主編, ≪世說新語辭典≫, 四川人民出版社, 1992, p.506, "興致因有所感觸而引發."
201) 曾永義, 柯慶明 編輯, ≪兩漢魏晉南北朝隋唐五代·金代≫, p.265, "爰逮宋氏, 顔, 謝騰聲. 靈運之興會標擧, 延年之體裁明密, 并方軌前秀, 垂範後昆."
202) 李善 注, ≪文選≫, 中華書局, 1990, p.702, "興會, 情興所會也."

표방하고 있다. 다만 두 사람이 사용한 '標擧'의 개념에는 각각 차이가 있다. 심약이 말한 '興會標擧'에서 '標擧'는 형용사 용법으로, 高超, 超逸의 의미이다. 高超, 超逸은 특출하다, 출중하다의 뜻이다. 때문에 심약이 말한 '興會標擧'은 사령운이 시에 있어서 '興會'가 특출하다는 것을 말한 것이다. 그러나 안지추의 '標擧興會'에서의 '標擧'는 동사 용법으로 사용되어, 揭示, 標明의 의미를 가진다. 揭示, 標明은 드러내다, 명시하다의 뜻으로 해석된다. 때문에 안지추가 말한 '標擧興會, 發引性靈'은 문예 창작에서는 마땅히 '興會'를 드러내어 '性靈'을 발동시켜야 한다는 요구이다. 관웅(管雄)은 ＜說"興會標擧"－論謝靈運的山水之一＞에서 "標擧는 높게 든다의 의미이다"203)라고 하여, 심약이나 안지추가 사용한 '標擧'의 의미를 모두 '높게 든다(高擧)'의 의미로 해석하였다. 그러나 '標擧'를 '高擧'로 해석하는 것은 안지추의 '標擧興會'에 대한 해석에서는 타당하지만, 심약의 '興會標擧'에 대한 해석에 있어서는 타당하지 못하다. '興會'는 이처럼 원래 ≪世說新語·賞譽≫에 나오는 개념이었는데, 六朝시대 沈約, 顔之推 등이 그것을 문예 영역으로 이끌어 시인의 심령이 객관 경물에 촉발을 받아 내면에서 용솟음치는 창작 충동을 나타내는 개념으로 사용하였다. 그러나 '興會'란 개념은 唐, 宋 兩代에 이르러서는 널리 통용되지 못하였다. 唐, 宋 兩代에는 '興會'보다는 오히려 '興'이라는 개념이 '興會'와 같은 개념으로 보편화되고 통용되었다. 여기에는 다음과 같은 이유가 있다. 본래 '興'이란 ≪周禮·春官≫ '六詩',204) ≪毛詩序≫ '六義'205)의 한 개념으로 鄭衆,206) 朱熹207) 등은 모두 그것을 수사 기법의 관점에서 해석하여 '托

---

203) 施議對, 蔣寅 主編, ≪中國詩學≫ 第一輯, 南京大學出版社, 1991, p.42, "'標擧' 是高擧 的意思."
204) ≪十三經注疏≫ 上冊, p.796, ≪周禮注疏≫, "敎六詩：曰風, 曰賦, 曰比, 曰興, 曰雅, 曰頌."
205) 上同, p.271, ≪毛詩正義≫, "詩有六義焉：一曰風, 二曰賦, 三曰比, 四曰興, 五曰雅, 六 曰頌."

喩'라고 하였다. 그러나 魏晉南北朝 시기에 그것에 대해서 새로운 함의를 부여하고, 그것을 새롭게 해석하려는 시도가 있었다. 때문에 魏晉南北朝 시기부터는 '興'의 의미에 있어서 점차 분기가 일어나기 시작하였다. 그 첫 번째 시도가 바로 지우(摯虞)에게서 이루어졌다. 그는 ≪文章流別論≫에서 "興이란 感(動)이 있는 말이다"208)라고 하여 '興'을 단순히 수사 기교의 관점에서 해석한 것이 아니라, 시인이 객관 경물로부터 감흥을 받아서 시인의 내면에 발생하는 심미 감수로 해석하였다. 때문에 지우가 말하는 '感'이란 바로 ≪禮記·樂記≫의 "物에서 감수하여 움직인다(感於物而動)",209) 유협(劉勰)이 ≪文心雕龍·明詩≫에서 말하는 "物에 감응하여 감수된다(應物斯感)"210)의 '感'과 거의 같은 의미이다. 유협 또한 ≪文心雕龍·比興≫에서 비록 托喩의 관점을 연용하였지만 '興'에 대해서 "興이란 일으킨다는 것이다. …… 情을 일으킨다는 것은 함의가 은미한 사물에 의탁하여 情意를 기탁하는 것이다. 사물에 의탁하여 情을 일으키기 때문에 興의 수법은 이루어진다"211)라고 하여 '起情'으로 그것을 해석하였다. 종영(鍾嶸)은 예술 효과의 측면에서 해석하여 "文은 이미 다하였지만 意가 남음이 있는 것이 興이다"라고 하였다. 그리고 그는 '興'을 '三義' 중에서 첫머리에 놓았다.212) 종영에게 있어서 '興'은 이미 비유의 예술 기교가

---

206) 上同, p.796, ≪周禮注疏≫, "興者, 托事於物."

207) 朱熹, ≪楚辭集注≫, "興則托物興詞."

朱熹, ≪詩集傳≫, "興者 先言他物以引起所咏之詞也."

208) 武漢大學中文系 中國古代文學理論硏究室編, ≪歷代詩話詞話選≫, 武漢大學出版社, 1984, p.120 再引用, "興者, 有感之辭也."

209) ≪十三經注疏≫ 下冊, p.2527, ≪禮記正義≫, "凡音之起, 由人心生也. 人心之動, 物使之然也. 感於物而動, 故形於聲. …… 樂者音之所由生也, 其本在人心之感於物也."

210) 周振甫 注, ≪文心雕龍注釋·明詩≫, p.83, "人稟七情, 應物斯感, 感物吟志, 莫非自然."

211) 周振甫 注, ≪文心雕龍注釋·比興≫, p.677, "興者, 起也 …… 起情者, 依微以擬議. 起情故興體以立." 앞의 해석은 周振甫의 것을 따랐다.

212) 曹旭 集注, ≪詩品集注≫, 上海古籍出版社, 1994, p.39, "詩有三義焉：曰興, 曰比, 曰賦. 文已盡而意有餘, 興也."

아니라, 하나의 시가 작품이 완성되어 발생되는 예술 효과로 이해되었다.

당대에 이르러 王昌齡의 《詩格》, 皎然의 《詩議》, 遍照金剛의 《文鏡秘府論》, 孔穎達의 《毛詩正義》 등에서는 또한 '六義'의 '興'에 대해 예술 기교의 관점에서 그것을 새롭게 해석하려는 시도가 있었다. 그러나 '六義'의 '興'을 '物에 감수되어 情을 일으킨다(感物動情)'의 관점에서 해석하여 의미에 있어서 획기적인 전변을 가져오게 한 사람은 가도(賈島)이다. 가도는 《二南密旨》에서 '六義'의 '興'을 '物에 감수되어 情을 일으킨다(感物動情)'라는 관점에서 해석하여 "物에 감동하는 것을 興이라 한다. 興이란 情이다. 외부에서 物에 감촉을 받아 내부에서 情에 요동이 일어나니 情이 오는 것을 막을 수 없다. 때문에 興이라 한다"213)라고 하였다. 가도는 '興'을 시인의 심령이 객관 경물에 감촉을 받아서 시인의 내면에서 솟아나는 창작 감흥으로 해석하였다. 때문에 여기에서 情은 바로 '興'이고, '興'은 바로 '興會'이다. 가도의 해석은 종래의 '興'을 譬喩의 개념으로 해석하였던 것과는 다르다. 가도의 해석은 '興'의 개념이 수사 기법에서 심리 감수로 발전되는 과정에서 그것의 교량 역할을 하였다. 당대에 가도가 '興'에 대해서 이러한 해석을 내린 이후, 송대에는 '六義'의 '興'을 '物에 감촉하여 情을 일으킨다(觸物起情)'의 측면에서 해석하려는 경향이 두드러졌다. 이로써 "宋 以下의 문예가들은 거의 興을 心과 物이 서로 만나서 발생하는 심미 감수로 해석하여 興이 托喩가 된다는 진부한 관점을 버렸다. 동시에 興을 예술 창작의 성패, 고저의 관건으로 올려놓았다."214)

張戒는 "두보의 뜻은 그가 평소에 쌓은 것이 이와 같은 것이니 눈앞의 景은 마침 意와 합치되어 뜻밖에 시의 가락으로 발로되었으니 六義 가운데 이른바 興라는 것이다. 興은 景에 감촉되어 얻게 되니 이렇게 되어야

---

213) 武漢大學中文系 中國古代文學理論研究室編, 《歷代詩話詞話選》, 武漢大學出版社, 1984, pp.124~128 再引用, "感物曰興. 興者, 情也. 謂外感於物, 內動於情, 情不可遏, 故曰興."
214) 成復旺 著, 《神與物遊》, 中國人民大學出版社, 1993, p.140.

物을 취하게 된다"215)라고 하여, '興'은 시인이 객관 경물에 촉동을 받아서 얻어지는 것이라고 하였다. 胡寅은 <與李叔易書>에서 고금의 賦比興에 대한 해석에 있어서 李仲蒙의 해석이 가장 뛰어나다고 여기고서 그것을 인용하여 '興'에 대해서 "物에 감촉되어 情을 일으키는 것을 興이라 하니 物이 情을 움직이는 것이다"216)라고 하였다. 李仲蒙, 胡寅은 모두 '興'을 '觸物起情'으로 해석하였다. 葛立方은 "예로부터 시를 뛰어나게 하였던 사람들은 興이 없지 않았다. 物을 보면 감수가 있게 되었으니 興이 솟아났다"217)라고 하여, '興'은 뛰어난 시가의 관건이 된다고 하였다. 그리고 '興'은 바로 '物을 보고 감흥이 생기는(觀物有感)' 결과로 발생한다고 하였다. 楊萬里는 "내가 애초에 이러한 시를 짓는 데 의도가 없었으나 이러한 景物, 이러한 사건이 뜻하지 않게 나에게 촉동을 일으켰고 나의 뜻 또한 이러한 경물, 이러한 사건에 감흥을 받았으니 촉동이 먼저 있었고 감흥이 뒤따르자 이로써 시가 나오게 되었으니 내가 어찌 간여해서였겠는가? 하늘에 의한 것이다. 이를 興이라 한다"218)라고 하였다. '六義'의 '興'은 이처럼 '物에 감촉하여 情을 일으킨다(觸物起情)'로 해석되어, 더 이상 예술 기교로써가 아니라 시가 창작의 동인으로 인지되었다.

---

215) 丁福保 輯, 《歷代詩話續編》 上, p.474, 張戒, 《歲寒堂詩話》 卷下, "子美之志, 其素所蓄積如此, 而目前之景, 適與意會, 偶然發於詩聲, 六義中所謂興也. 興則觸景而得 此乃取物."

216) 武漢大學中文系 中國古代文學理論硏究室編, 《歷代詩話詞話選》, 武漢大學出版社, 1984, p.128 再引用, "觸物起情謂之興, 物動情也."
　　이것의 전후 문장을 들어보면 다음과 같다. "學詩者必分其義. 如賦比興, 古今論者多矣, 惟河南李仲蒙之說最善. 其言曰有 : 敍物以言情謂之賦, 情物盡也, 索物以托情謂之比, 情附物者也. 觸物起情謂之興, 物動情也."

217) 何文煥 輯, 《歷代詩話》 下, p.497, "自古工詩者, 未嘗無興也. 觀物有感焉, 則有興."

218) 《誠齋集》 卷六十七, 楊萬里, <答建康府大軍庫監門徐達書>, "我初無意于作是詩, 而是物是事適然觸乎我, 我之意亦適然感乎是物是事, 觸先焉, 感隨焉, 而是詩出焉, 我何與哉, 天也. 斯之謂興."(武漢大學中文系 中國古代文學理論硏究室編, 《歷代詩話詞話選》, 武漢大學出版社, 1984, p.128 再引用).

明代에 이르면, '興'은 '六義'의 부속 개념으로서 완전히 탈피하여 또한 賦나 比와 병렬되어 논의되지도 않았다. 그것은 완전히 하나의 독립 개념으로 출현하여, 心과 物의 상호 감촉으로 발생하는 창작 감흥을 나타내는 개념으로 사용된다. 이러한 실례를 바로 謝榛의 ≪四溟詩話≫의 곳곳에서 찾을 수 있다.

> 시는 句를 짓는 것을 내세우지 않고 興으로 主를 삼아 (그것이) 넘쳐 흐르는 상태에서 작품을 이루니 이는 시가 하늘의 조화에 들어가는 것이다.219)

> 붓을 달려 시를 이루게 하는 것은 興이다. 句를 조탁하여 신묘에 드는 것은 力이다.220)

> 무릇 시를 짓는 데 있어서 슬픔과 기쁨이 모두 興에서 나오니 興이 아니면 시를 짓는 것이 뛰어나지 못하다. 즐거움의 뜻은 한정이 있고 비애의 뜻은 무궁하다. 즐거움을 묘사한 시는 興 가운데 얻어지는 것이 비록 뛰어나지만 그러나 마땅히 짧은 글이어야 하고, 비애의 감정을 묘사한 시는 興 가운데 얻는 것이 더욱 뛰어나지만 수많은 말이 반복되어지는 데 이르러 갈수록 더욱 뛰어나다. 이백, 두보의 전집을 숙독해보면 바야흐로 어느 곳, 어느 때 興으로 쓰지 않음이 없는 것을 알겠다.221)

謝榛의 관점을 통해 '興'은 완전히 心과 物이 서로 만나서 발생하는 창작 감흥을 나타내는 개념이며, 그것은 시를 이루는 관건으로 인지되고 있음을 알 수 있다. 이러한 과정을 통해서 '興'은 중국 시가 비평에 완전히

---

219) 丁福保 輯, ≪歷代詩話續編≫ 下, p.1152, ≪四溟詩話≫ 卷一, "詩有不立造句, 以興爲主, 漫然成篇, 此詩之入化也."
220) ≪四溟詩話≫ 卷三, 同上, p.1186, "走筆成詩, 興也. 琢句入神, 力也."
221) ≪四溟詩話≫ 卷三, 同上, p.1194, "凡作詩, 悲歡皆由乎興, 非興則造語弗工. 歡喜之意有限, 悲感之意無窮. 歡喜詩, 興中得者雖佳, 但宜乎短章 ; 悲感詩, 興中得者更佳, 至於千言反覆, 愈長愈健. 熟讀李杜全集, 方知無處無時而非興也."

心과 物이 서로 만나서 발생하는 창작 감흥을 나타내는 개념으로 출현하게 되었다.

그러나 지금까지의 논술은 心과 物이 서로 접촉하여 발생하는 창작 감흥으로서 '興'이 모두 '六義'의 '興'으로부터 분기되었다는 것을 말하는 것은 아니다. 중국 시론에서 출현하는 '興'은 또한 본래부터 心과 物이 서로 만나서 발생하는 창작 감흥을 나타내는 개념으로 사용된 경우도 많았다. 이러한 측면에서 '興'의 개념을 고찰하고자 할 때, 먼저 ≪世說新語≫ 가운데 왕자유(王子猷)에 관한 '山陰乘興'의 유명한 고사가 연상된다.

王子猷가 山陰에 거쳐하고 있었는데, 저녁에 큰 눈이 내리자 잠에서 깨어 창문을 열어놓고 술을 따르라 하고서 사방을 둘러보니 모두 새하얗게 빛나고 있었다. 일어나 이러 저리 거닐면서 左思의 <招隱詩>를 읊조렸다. 갑자기 戴安道가 그리워졌다. 그때 戴安道는 剡에 있었다. 곧바로 야밤에 작은 배를 타고서 그곳에 갔다. 하룻밤 지나니 거의 이르게 되었는데 문에 당도하자 들어가지 않고 돌아왔다. 옆 사람이 그 까닭을 물으니 王子猷가 말하기를 '내가 본디 興에 겨워 갔다가 興이 다하여 돌아오니 어찌 꼭 戴를 만나야만 하겠는가?'라고 하였다.222)

왕자유가 말하는 '興'이란 객관 경물로부터 촉동을 받아서 자아난 감흥을 말한다. 蔡英俊은 왕자유가 말한 '興'의 의의에 대해서 "여기에서 우리는 분명하게 '興'字의 내용과 의의의 변화, 발전 과정 중에서 '興'字는 결국 人情, 外物과 긴밀하게 서로 연결되었고 중국 전통 시론 중 情, 景의 문제는 이로써 '興'字의 개입을 통해서 관념과 이론의 기초를 얻었다는 것을 깨달을 수 있다"223)라고 하였다. 후대 시론가들은 바로 ≪世說

---

222) 余嘉錫, ≪世說新語箋疏≫, 上海古籍出版社, 1995, p.759, "王子猷居山陰, 夜大雪, 眠覺, 開室, 命酌酒, 四望皎然. 因起仿偟, 詠左思招隱詩. 忽憶戴安道. 時戴在剡, 卽便夜乘小船就之. 經宿方至, 造門不前而返. 人問其故, 王曰 : '吾本乘興而行, 興盡而返, 何必見戴?'"
223) 蔡英俊 著, ≪比興, 物色與情景交融≫, 大安出版社, 民國 79年, p.139.

新語≫ 가운데 王子猷의 이러한 '山陰垂興'의 고사를 이끌어다가 시가 창작 원리를 설명하기도 하였다. 후대 시론가들이 시가 창작에서 感興이 일어야 창작을 할 수 있고, 感興이 사라지면 창작을 할 수 없다고 한 것은 왕자유의 '山陰垂興' 고사와 밀접한 관계가 있다. 王昌齡이 ≪詩格≫에서 주장한 "意로써 文章을 지으려면 興을 타고서 즉시 지어야 한다"224)는 것이 바로 이것이다.

≪文心雕龍·物色≫ 가운데에서도 창작 감흥을 나타내는 개념으로 '興'이 직접 사용된 경우를 찾아볼 수 있다. 유협은 ≪文心雕龍·物色≫에서 "情은 예물처럼 가고, 興은 답례처럼 온다(情往似贈, 興來如答)"라고 하였는데, 이 두 구에 대해서 周振甫는 "感情으로 景物을 오게 하는 것은 예물 보내는 것과 같고, 景物이 創作興會를 일으키는 것은 答禮하는 것과 같다"225)라고 하였다. 趙仲邑은 "感情의 서발은 마치 그것의 상호 간에 주고받는 것과 같고, 興會의 도래는 바로 그것의 답례를 받는 것과 같다"226)라고 하였다. 두 사람의 해석이 완전히 일치하지는 않지만, 두 사람 모두 '興'을 '興會'로 보는 데 있어서는 일치하였다. 鍾嶸 또한 ≪詩品≫ 卷上에서 謝靈運의 詩를 품평하여 '興會가 많고 文才가 높다(興多才高)'227)

---

224) 王利器校注, ≪文鏡秘府論校注·南卷·論文意≫, 北京社會科學出版社, 1983, p.305, "意欲作文, 乘興便作."
225) 周振甫, ≪文心雕龍注釋≫, p.859, "用感情來景物, 像投贈 ; 景物引起創作興會, 像酬答."
226) 趙仲邑, ≪文心雕龍譯注≫, 漓江出版社, 1982, p.380, "感情的抒發, 好像是它的相贈 ; 興會的到來, 便有如得到了它的酬答."
227) '興多才高'는 판본에 따라 '興多'는 '學多'로, '才高'는 '才高博'으로 되어 있는 경우도 있다. 曹旭은 그의 ≪詩品集注·宋臨安太守謝靈運詩≫에서 여러 판본의 사례를 들어 그것을 '學多才博'로 고쳐 놓았다. 그러나 많은 사람이 인정하듯 謝靈運의 작품은 대부분이 心과 物의 상호 感觸에 의한 '興會'에 의한 산물이고, 또한 ≪宋書·謝靈運傳論≫의 "靈運之興會標擧, 延年之體裁明密"라는 사령운의 창작 경향에 대한 총괄적인 평가 등에 근거해서 볼 때 '學多'보다는 '興多'가 나을 듯하고, '才博高'는 전후문맥상 응당 四字句가 되어야 하기 때문에 '才高'나 '才博'이 되어야 한다. 그러나 ≪歷代詩話≫ 등에서는 또한 본디 '博'字가 없이 '興多才高'가 되어 있다. 때문에 필자의 견해로는 '學多才博'보다는 오히려 '興多才高'로 하는 것이 나을 듯하다.

라고 하였고, ≪詩品≫ 卷中에서는 陶潛의 시를 품평하여 '시의 興會는 완곡하며 적당하다(辭興婉愜)'라고 품평하였다. '興多才高'의 '興'에 대해서 陳元勝은 그의 ≪詩品辨讀≫에서 그것을 '興會'라고 해석하였고,[228] '辭興婉愜'에 대해서 曹旭은 그의 ≪詩品集注≫에서 '辭興婉愜'의 '興'을 '興致', '興會'로 해석하였다. 그리고 그는 '辭興婉愜'는 "그 시가 興會가 많다는 것을 말한 것이다"[229]라고 하였다. 鍾嶸이 두 곳에서 말한 바의 '興' 또한 모두 직접적으로 창작 감흥을 나타내는 의미로 사용된 것이다.

당대에 이르러 王昌齡, 李白, 杜甫, 皎然 등은 또한 시가 창작 현상을 설명하면서 이러한 창작 감흥을 '興'으로 표현하였다. 이에 대한 몇 가지 실례를 들어본다.

· 王昌齡 ≪詩格≫

意로써 文을 지으려면 興을 타고서 즉시 지어야 한다. 만약 (정신이) 번잡하게 되면 즉시 그쳐서 마음으로 하여금 피곤함이 없도록 해야 한다. 항상 이처럼 그것을 운용하여 바로 興이 멈춤이 없게 해야 하고 精神이 피로함이 없게 해야 한다. …… 紙筆墨을 항시 몸에 지니고 다니면서 興이 오면 즉시 기록해야 한다. …… 江山이 가슴에 가득차서 합치되어 興을 일으키니 모름지기 (번거로운) 일들을 끊고서 情興에 전임해야 한다. 이로해서 만약 한 편의 시가 지어지게 되면 모두 빼어난 작품이 된다. 興이 조금이라도 없어지게 되면 또한 詩가 이루어지지 못하니 기다렸다가 나중에 興이 생기게 되면 이루어야 하고 억지로 하여 精神을 손상시키게 해서는 안 된다.[230]

---

228) 陳元勝 著, ≪詩品辨讀≫, 安徽教育出版社, 1994, p.53.

229) 曹旭, ≪詩品集注≫, pp.265~266.

230) 王昌齡, ≪詩格≫, 王利器 校注, ≪文鏡秘府論校注 · 南卷 · 論文意≫, pp.305~306, "意欲作文, 乘興便作, 若似煩卽止, 無令心倦. 常如此運之, 卽興無休歇, 神終不疲. …… 紙筆墨常須隨身, 興來卽錄. …… 江山滿懷, 合而生興, 須屛絶事務, 專任情興.因此, 若有制作, 皆奇逸. 看興稍歇, 且如詩未成, 待後有興成, 却必不得强傷神."

・李白 〈廬山謠寄廬侍御虛舟〉

廬山의 가요 읊조려 부르기 좋아하는데, 興은 廬山으로 인해서 발동하네.

・〈江上吟〉

興이 왕성하니 붓을 들어 五嶽을 흔들고, 詩는 소요자적하는 소리를 이루어 滄海를 뛰어 넘네.

・〈宣州謝朓樓餞別校書叔雲〉

모두 뛰어난 興을 품었고 장대한 생각은 비상을 하네, 푸른 하늘에 올라 밝은 달을 보고 싶네.

・〈酬殷明佐見贈五云裘歌〉

문득 謝靈運을 놀라게 하니, 詩興이 내 옷에서 생겼기 때문이네.231)

・杜甫 〈陪李北海宴歷下亭〉

구름 덮힌 산은 이미 興을 자아내고, 玉佩를 찬 미인은 아직도 주연에 노래를 하네.

・〈和裴迪登蜀州東亭送客逢早梅相憶見寄〉

東閣 관청의 매화는 詩興을 자아내는데, 아직도 何遜은 揚州에 있는 듯하네.

・〈題鄭縣亭子〉

鄭縣亭子는 계곡의 물가에 우뚝 솟아 있고, 창문은 높이 달려 있으니 興을 새롭게 자아내네.232)

---

231) 李白："好爲廬山謠, 興因廬山發." 〈廬山謠寄廬侍御虛舟〉, "興酣落筆搖五岳, 詩成笑傲凌滄州." 〈江上吟〉, "俱懷逸興壯思飛, 欲上靑天覽明月." 〈宣州謝朓樓餞別校書叔雲〉, "頓驚謝康樂, 詩興生我衣." 〈酬殷明佐見贈五云裘歌〉.
　　〈江上吟〉 "詩成笑傲凌滄州"의 '笑傲'는 '戱謔'을 뜻한다. 그러나 어떤 판본에는 '嘯傲'로 되어 있다. 그것은 자유롭게 소요하며 예속의 구애를 받지 않은 은사의 생활을 가리킨다. 때문에 '笑傲'보다는 '嘯傲'로 되는 것이 나을 것 같다.
232) 杜甫："雲山已發興, 玉佩仍當歌." 〈陪李北海宴歷下亭〉, "東閣官梅動詩興, 還如何遜在揚州." 〈和裴迪登蜀州東亭送客逢早梅相憶見寄〉, "鄭縣亭子澗之濱, 戶牖憑高發興新." 〈題鄭縣亭子〉.

- 晈然 ≪詩議≫
  嵆康의 興은 高遠하고, 阮籍의 뜻은 우아하면서 밝다.[233]

明代에 이르러 謝榛의 ≪四溟詩話≫에서 사용된 '興'은 완전히 心과 物이 서로 만나서 발생하는 창작 감흥을 나타내는 전용 개념으로 사용되었다.[234] 蔡英俊은 "謝榛이 말한 바의 '興'은 시인의 영감, 상상력과 창조력의 작용을 전문적으로 가리키며 또한 적극적이고 긍정적인 가치를 가지고 있다. '興'의 묘용을 빌어서 시는 비로소 '漫然成篇', '渾然一氣'와 같은 미의 극치를 획득할 수 있다"[235]라고 하였다.

지금까지의 논술은 중국 시론이나 시가 창작 발생 과정에 있어서 사용된 '興'은 본래부터 心과 物이 서로 만나 발생하는 창작 감흥을 나타내는 개념으로서 출현된 경우에 대해서 살펴본 것이다. 때문에 중국 시가 비평에서 창작 감흥을 나타내는 개념으로 '興'은 두 가지 과정을 통해서 출현되었다. 하나는 본래 心과 物의 상호 접촉으로 발생하는 창작 감흥을 나타내는 함의로서 '興'의 개념이 존재해 왔고, 다른 하나는 원래 예술 기교로서 '六義'의 '興'이 복잡다단한 과정을 거쳐서 창작 감흥을 나타내는 '興'으로 변화, 발전된 것이다. 중국 시론에서는 이 두 가지 과정에서 제기된 '興'이 때로 명확하게 구분되지 않고 혼용된 경우가 많았다.

<陪李北海宴歷下亭>의 시구 "玉佩仍當歌"의 '玉佩'에 대해서 仇注에서는 "指侑酒者" 즉 "술 권하는 사람"이라고 하였다(仇兆鰲, ≪杜詩詳註≫ 第一册, p.37).

233) 王利器 校注, ≪文鏡秘府論校注·南卷·論文意≫, p.311, 晈然 ≪詩議≫, "嵆興高邈, 阮旨閑曠."

234) 丁福保 輯, ≪歷代詩話續編≫ 下, p.1152, ≪四溟詩話≫ 卷一, "詩有不立造句, 以興爲主, 漫然成篇, 此詩之入化也."
≪四溟詩話≫ 卷三, 同上, p.1186, "走筆成詩, 興也. 琢句入神, 力也."
≪四溟詩話≫ 卷三, 同上, p.1194, "凡作詩, 悲歡皆由乎興, 非興則造語弗工. 歡喜之意有限, 悲感之意無窮. 歡喜詩, 興中得者雖佳, 但宜乎短章 ; 悲感詩, 興中得者更佳, 至於千言反覆, 愈長愈健. 熟讀李杜全集, 方知無處無時而非興也."

235) 蔡英俊 著, ≪比興, 物色與情景交融≫, <第二章 '情景交融'的 理論基礎 (上)>, 大安出版社, 民國 79年, p.149.

지금까지 '興'에 대한 고찰을 통해서, 중국 시론에 나타난 '興'은 대략 세 가지의 갈래가 있다. 하나는 '六義'의 '興'으로 예술 기교를 나타내는 것, 다른 하나는 '六義'의 '興'으로부터 분기되어 창작 감흥을 나타내는 개념으로 전용된 것, 그리고 다른 하나는 본래부터 창작 감흥을 나타내는 것이다.

물론 중국 시론에서 창작 감흥이 반드시 '興'이나 '興會'라는 개념으로만 표현된 것은 아니다. 고대 시론가들은 이미 '心' 과 '物'의 상호 감촉의 과정을 '感物'說(혹 '物感'說) 등으로 설명하였고, 이러한 과정에서 발생하는 창작 감흥을 '感', '應感', '情', '情興' 등 다양한 개념을 통해서 표현하였다.

魏晉以後 陸機는 ≪文賦≫에서 시를 음악의 부속 존재로부터 독립시켜 전적으로 시의 독자적 측면에서 그것의 발생 과정을 心과 物의 관계로 설명하였다.236) 그는 四時의 推移와 자연 만물의 변화가 시인의 정서를 촉발시킴으로써 그것이 시문에 드러난다고 하였다. 그리고 그는 중국 시가 비평에서 일찍이 시인의 심령이 객관 경물에 촉발을 받아 내면에서 솟아나는 창작 감흥이 도래할 때의 정신 상태에 대해서 가장 정채 있고 탁월한 언급을 하였다. 그는 이러한 창작 감흥이 도래할 때의 고도로 흥분된 정신 상태를 이른바 '應感'이라는 개념으로 표현하였다. 그리고 그것이 문예 창작에 미치는 중요 작용 및 특징에 대해서 매우 형상적인 묘사와 분석을 하였다.

저 應感의 (출몰하는) 시기, 통하고 막히는 단서와 같은 것은 오는 것을 막을 수 없고, 가는 것을 멈추게 할 수 없어 간직하고 있으면 景이 없어지는 것 같고 가버리고 나면 메아리가 있는 것과 같다. 바야흐로 天

---

236) 曾永義 柯慶明 編輯, ≪兩漢魏晉南北朝文學批評資料彙篇≫, p.188, "遵四時以嘆逝, 瞻萬物而思紛 ; 悲落葉於勁秋, 喜柔條於芳春 ; 心懍懍以懷霜, 志眇眇而臨雲."

機가 분등할 때는 어찌 그렇게 종잡을 수가 없는가? 생각은 가슴속에서
바람처럼 일어나고 말은 입 안에서 샘솟듯 흘러나온다. 분분히 왕성하게
솟아나 말 달리듯 쏜살같은데 오직 털끝만큼이라도 잡히면 文은 아름답
게 눈에 넘쳐흐르며 音은 밝게 귀에 가득하다. 六情이 막혀 흐르지 못할
때 志는 떠나가고 神은 막혀 고목처럼 우뚝 솟아있고 마른 물줄기처럼
갈라져 정신을 잡아끌면서 오묘한 것을 찾고 혼백을 피곤케 하여 스스
로 찾을 뿐이지만, 갈피(理)는 어두컴컴하게 더욱 은복되어 있고 생각(思)
은 솟아날 듯만 하다. 이래서 六情이 막히어 고갈되었을 때는 후회가 많
고 天機가 분등하여 意에 따라서 할 때는 과실이 적다.237)

陸機는 '天機가 분등할 때', 즉 시인의 내면에서 '應感'이 솟아날 때는
文思가 막힘이 없이 용솟음쳐 생동적이고 기세 넘치는 창작이 이루어지
지만, '六情이 막혀 흐르지 못할 때', 즉 '應感'이 고조되지 못할 때는 文
思가 막혀 落筆이 어려워지기 때문에 설사 억지로 생각을 짜내고 무리하
게 창작을 하더라도 단지 도로에 불과할 뿐이라고 하였다. 陸機는 '應感'
이 시가 창작의 성패의 관건임을 말하였다.

陸機는 또한 '應感'의 출몰하는 시기, 통하고 막히는 단서는 "오는 것
을 막고 가는 것을 멈추게 할 수 없다"라고 하여 '應感'은 인위적으로 제
어하거나 파악할 수 없고 또한 이르고 사라지는 데 자취가 없으며 출몰
무상하여 쉽사리 헤어지거나 포착할 수 없는 것이라 하였다. 때문에 陸機
는 "비록 이 物이 나에게 존재하였지만 내 힘으로는 미칠 바가 아니어서
항상 빈 가슴만 어루만지며 스스로 아쉬워하였으니 나는 저 열리고 막히
는 원인을 알지 못하겠다"238)라고 하였다. 때문에 陸機가 말한 "應感之會

---

237) 曾永義 柯慶明 編輯, ≪兩漢魏晋南北朝批評資料彙編≫, p.190 再引用, "若夫應感之會,
　　　通塞之紀, 來不可遏, 去不可止, 藏若景滅, 行猶響起. 方天機之駿利, 夫何紛而不理；思風
　　　發於胸臆, 言泉流於脣齒；紛藏蕤以馺遝, 唯毫素之所擬；文徽徽以溢目, 音冷冷而盈耳. 及
　　　其六情底滯, 志往神留, 兀若枯木, 豁若固流, 攬榮(作縈字)魂以探賾(作潛字), 頓精爽於(作
　　　而字)自求, 理翳翳而愈伏, 思乙乙(作軋軋)其若抽；是以或竭情而多悔, 或率意而寡尤."
238) 上同, p.190 再引用, "雖茲物之在我, 非余力之所戮, 故時撫空懷而自惋, 吾未識夫開塞之

는 바로 興會를 의미한다"[239]고 할 수 있다.

劉勰 역시 心과 物의 상호 觸引, 感發의 관계로 문학의 발생의 현상을 설명하였고, 四時의 자연 경물이 시인의 심령을 격탕시켜 자아나는 창작 감흥을 '感', '情' 등의 개념으로 표현하였다. 예를 들면,

사람이 七情을 품수하였으니 外物에 응하여 感(受)를 한다. 外物에 感(受)하여 뜻을 읊조리니 자연 아닌 것이 없다(≪文心雕龍·明詩≫).[240]

저 登高의 취지를 찾으면 대개 物을 보고 情을 일으키는 것이다. 情은 物로서 흥기되기 때문에 義는 반드시 明雅하고, 物은 情으로 보여지기 때문에 辭는 반드시 巧麗해진다(≪文心雕龍·詮賦≫).[241]

계절마다 그 경물이 있게 되고 그 경물에는 모습이 있으니 情은 경물로 변화되고 辭는 情으로 나오게 된다(≪文心雕龍·物色≫).[242]

유협이 말한 '感'이니 '情이니 하는 것은 모두 心과 物의 상호 촉발로 발생하는 창작 감흥을 나타내는 개념이다.

鍾嶸 또한 ≪詩品·序≫에서 천지의 元氣가 四時의 자연 만물을 변동시키고, 四時의 자연 만물의 변화가 또한 시인을 감촉시킴으로써 감흥을 불러일으킨다고 하였다. 이로부터 性情을 요탕(搖蕩)시키고 그것이 舞詠으로 나타남으로써 시가가 발생한다고 하였다.[243] 종영이 말한 "만물은 사람을 감촉시킨다(物之感人)"의 '感' 역시 ≪禮記·樂記≫에서의 "物에 감촉

所由也."

239) 成復旺 著, ≪神與物遊≫, 中國人民大學出版社, 1993, p.161, ""所謂應感之會", 就是興會."
240) "人稟七情, 應物斯感, 感物吟志, 莫非自然."
241) "原夫登高之旨, 蓋睹物興情. 情以物興, 故義必明雅 ; 物以情觀, 故詞必巧麗."
242) "世有其物, 物有其容, 情以物遷, 辭以情發."
243) 曹旭 集注, ≪詩品集注≫, pp.1~47, "氣之動物, 物之感人, 故搖蕩性情, 形諸舞詠 ⋯⋯
若乃春風春鳥, 秋月秋蟬, 夏雲暑雨, 冬月祁寒, 斯四候之感諸詩者也."

되어 움직인다(感於物而動)"의 '感'과 거의 같은 의미이다. 단지 전자의 주체는 '物'이고 후자의 주체는 '人'이다. 여기에서 또한 창작 감흥이 '感'으로 표현되고 있다.

蕭統 또한 <答晉安王書>에서 "여름과 가을이 바뀌어지기 시작할 때 감촉되어 발생하는 興이 저절로 높아지고, 景物을 보고서 情을 일으키니 시가로 바뀌어진다"[244]라고 하였다. 여기에서의 '興', '情은 창작 감흥을 말한다.

이상에서 알 수 있듯이, 《禮記 · 樂記》와 陸機, 劉勰, 鍾嶸, 蕭通 등은 모두 창작 감흥을 '感', '應感', '情' 등의 개념으로 표현하고, 이러한 창작 감흥을 형상화하여 문예가 발생한다고 하였다. 사실 이들이 말하는 '感', '應感', '情'이란 바로 '興會('興')'와 같은 개념이다. 때문에 劉勰이 말한 '睹物興情'의 '情'과 葛立方이 말한 '觀物有感'의 '感'은 개념은 둘이지만, 의미는 하나이다. 蕭子顯 등이 말한 이른바 '情興'[245]이란 개념은 바로 '情'과 '興'이 각각 개념은 다르지만, 의미가 동일하여 하나로 합쳐져서 동일한 개념을 나타낸다. 중국 시론에 등장하는 '感興', '興感' 등은 모두 이러한 맥락에서 출현한 개념이다.

'興會'라는 개념은 당, 송대에는 비록 '興'에 비하여 널리 사용되지는 못하였지만, 淸代에 이르러서는 그 사용이 보편화되었다. 특히 歸莊, 왕부지, 葉燮, 王士禎, 袁守定, 袁枚 등은 '興會'로써 시가 창작의 발생 현상을 설명하였을 뿐만 아니라 또한 역대 시가를 품평하는 중요한 기준으로 삼았다.

---

244) 徐中玉主編, 《本原 · 敎化編》, 中國社會科學出版社, 1997, p.19 再引用, "炎凉始貿, 觸興自高, 睹物興情, 更向篇什."
245) 蕭子顯, 《南齊書 · 文學論傳》, "圖寫情興."
　　李善注, 《文選 · 謝靈運傳論》, "興會, 情興所會也."
　　許學夷, 《詩源辨體》, "漢魏人詩, 本乎情興."

먼저 귀장(歸莊)이 <吳門唱和詩序>에서 '興會'로써 시가 창작의 발생 현상을 설명한 경우를 살펴보자. 그는 시를 짓는 것과 古文을 짓는 과정을 비교하여 말하였다. 古文을 지을 때는 반드시 氣를 고요히 하고 정신을 집중하여 깊이 생각하고 정밀하게 선택하여서 고문에서 표현하고자 하는 뜻을 표출해야 하기 때문에 그것은 마땅히 깊은 방에서 獨坐해야 하고 깊은 밤에 이루어져야 하고 향을 피우고 차를 마셔야 한다고 하였다. 그러나 시를 짓는 것은 반드시 '興會'의 출현을 기다려야 한다고 하였다. 때문에 깊은 방은 산에 오르고 물에 이르는 것만 못하고 고요한 밤은 좋은 날 좋은 때만 못하며 獨坐하여 향을 태우고 차를 마시는 것은 고명한 친구, 훌륭한 벗들과 잔을 돌리며 통음하면서 즐거워하는 것만 못하다고 하였다. 귀장은 시에서 표현되는 '興會'란 바로 이처럼 시인이 산에 오르고 물에 이르거나 혹은 좋은 날 좋은 때를 만나서 혹은 고명한 친구, 훌륭한 벗들과 잔을 돌리며 통음하면서 출현된다고 하였다. 이것은 바로 '興會'란 시인의 심령이 현실 경물을 체험하여 솟아나는 것을 말한다. 귀장은 '興會'가 출현하면 이에 韻을 나누고 초에 눈금을 새겨 시가 이루어질 시각을 정하면 시인들이 기묘를 경쟁하고 민첩을 다투면서 그들의 호방한 기개, 뛰어난 문재, 훌륭한 심회, 심원한 흥취를 표현하여 훌륭한 시가 된다고 하였다. 귀장은 曹丕 등의 南皮의 유람, 王羲之 등의 蘭亭의 집회에서 지은 여러 명승을 묘사한 작품들은 모두 이러한 과정을 통해서 훌륭한 작품이 되었다고 하였다. 그러나 비록 뛰어난 文才가 있다고 하더라도 후세에서 그와 같은 작품을 지을 수 없는 것은 南皮의 유람, 王羲之 등의 蘭亭의 집회와 같은 독특한 분위기를 감상함으로써 발생하였던 '興會'와 같은 심미 감수를 더 이상 재현시키기가 어렵기 때문이라고 하였다.246)

---

246) 徐中玉 主編, ≪神思·文質編≫, 中國社會科學出版社, 1995, pp.35~36 再引用, 歸莊,

왕부지는 '興會'를 '情景交融' 예술 형상 구성의 중요 요인뿐만 아니라 시가 생성의 관건으로 여겼다. 그는 臧懋循의 <人日送范東生還吳澹然之燕>을 품평하여 "興會로써 章을 이루어 훌륭한 것이 되었다. 뒤에 竟陵, 王思任은 묘사에 있어서 눈을 어지럽게 하였으니 이것을 마치 다다를 수 없는 은하수처럼 보았다"[247]라고 하였다. 臧懋循의 작품이 뛰어난 것은 바로 '興會'로써 작품을 이루었기 때문이라고 하였다. 그러나 竟陵派나 王思任 등은 '興會'가 없이, 단지 전인들의 작품에서 각종의 미사여구를 따다가 이리저리 배열하는 방식으로 시를 지었기 때문에 사람들의 이목만을 현란하게 했다고 하였다.

왕부지는 '興會'의 상태에서 붓을 들어야만 영롱 활발한 시구를 얻게 되고, 자연의 신묘에 들 수 있다고 하였다. 만약 '興會'가 없이 단지 자구에서 기교만을 추구한다면 성정이 사라지고 생기는 삭연해진다고 하였다. 왕부지는 皮日休, 陸龜蒙 등의 '松陵體'가 영원히 '小乘'으로 전락한 것은 바로 모든 시를 韻에 의거해서 제작하고 字句와 典故의 기교만을 강구하였기 때문이라고 하였다. 그러나 皮日休, 陸龜蒙 두 사람의 시가 그런대로 읊조릴 만한 점이 있었던 것은 바로 그들에게는 조금은 '興會'가 있었기 때문이라고 하였다. 왕부지는 韓愈와 같은 사람은 내면에서 솟아나는 '興會'가 없이 단지 險韻, 奇字, 古句, 方言 등을 모아놓는 기교만을 자랑하여 그의 시는 '酒令(벌주놀이)'에 불과하다고 하였다. 그는 黃庭堅, 米芾 등은 더욱 이러한 장애 속으로 빠졌고, 王思任은 그 흐름을 이어서 자신의 뛰어

<吳門唱和詩序>, "余嘗論作詩與古文不同, 古文必靜氣凝神, 深思精擇而出之, 是故宜深室獨坐, 宜靜夜, 宜焚香, 啜茗. 詩則不然. 本以娛性情, 將有待於興會. 夫興會則深室不如登山臨水, 靜夜不如良辰吉日, 獨坐焚香啜茗不如與高朋勝友飛觴痛飲之爲歡暢也. 於是分韻刻燭, 爭奇斗捷, 豪氣狂才, 高懷深致, 錯出並見, 其詩必有可觀. 南皮之遊, 蘭亭之集, 諸名勝之作, 一時欣賞, 千古美談, 雖鄴下, 江左之才, 非後世之可及, 亦由興會之難再也."

247) ≪船山全書≫ 一四, p.1448, ≪明詩評選≫ 卷五, 臧懋循 <人日送范東生還吳澹然之燕> 評語, "興會成章, 卽以佳好. 向後竟陵, 山陰刻畫眩目, 視此如銀漢之不可卽矣."

난 才情을 돌아보지도 않고 샛길을 찾았기 때문에 애석하다고 하였다.[248]

왕부지는 또한 ≪夕堂永日緒論內編≫ 특히 29, 30, 31, 34條目에서 문파의 창작에 대해서 비판을 하였는데, 그것은 문파의 창작에서는 '興會'와 같은 예술 생명이 존재하지 않는다고 여겼기 때문이다.

왕부지는 ≪夕堂永日緒論內編≫에서 다음과 같이 말하였다.

> 일단 하나의 문파(門庭)가 세워지면 단지 그 고정된 격식(局格)만 있을 뿐 더 이상 性情은 없고 더 이상 興會도 없고 더 이상 思致도 없게 되니 스스로를 묶고 남까지 묶게 되니 누가 그를 풀어줄까?[249]

> 문파를 세우면 반드시 餖飣을 하게 되리니, 餖飣이 아니면 문파를 세울 수 없다.[250]

그는 문파가 세워지면, 반드시 '餖飣'을 하게 된다고 하였다. '餖飣'이란 각종 전적이나 다른 사람의 창작으로부터 字句를 수집하여 이를 고정 격식에 교묘하게 배열, 포진시키는 것을 말한다. 왕부지는 문파 아래에서 자행되는 이러한 창작 방식은 진정한 시가 예술의 창작 방식이 아니라고 여긴 것이다.

왕부지는 진정으로 시인이 현실 경물에 직면하여 촉동을 받아 감흥이 고조되었을 때 솟아나는 창작 격정에 의한 창작이라야 그것이 '朝氣'가 되고, '神筆'이 된다고 하였다.[251] 때문에 '興會'는 그가 진정으로 추구하

---

248) ≪淸詩話≫ 上冊, p.14, ≪薑齋詩話≫ 卷下, "含情而能達, 會景而生心, 體物而得神, 則自有靈通之句, 參化工之妙. 若但於句求巧, 則性情先爲外蕩, 生意索然矣. '松陵體'永墮小乘者, 以無句不巧也. 然皮, 陸二子, 差有興會, 猶堪諷咏. 若韓退之以險韻, 奇字, 古句, 方言矜其餖輳之巧, 巧誠巧矣, 而於心情興會, 一無所涉, 適可爲酒令而已. 黃魯直, 米元章益墮此障中. 近則王讜菴承其下游, 不恤才情, 別尋蹊徑, 良可惜也."
249) 上同 p.14, "纔立一門庭, 則但有其局格, 更無性情, 更無興會, 更無思致, 自縛縛人, 誰與之解者."
250) 上同, p.17, "立門庭必餖飣, 非餖飣不可以立門庭."

는 시가 창작의 중요한 원칙이다. 때문에 역대의 시가의 품평에 있어서
도 '興會'를 품평의 주요 기준으로 삼았다. 왕부지는 來鵬의 <淸明日與友
人遊玉粒塘莊>을 품평하여, "나는 특히 그 興會를 맛본다"[252]라고 하였
다. 그는 來鵬의 시는 창작 격정이 강렬하게 폭발하여 상상의 날개가 비
약하고 생동하는 무수한 형상들이 분등할 때 시인이 눈앞의 경물을 취하
여 그것을 가볍게 표출시킨 것이라고 여긴 것이다. 왕부지는 또한 陶潛의
<讀山海經> 二句("微雨從東來, 好風與之俱")를 품평하여, "興會가 뛰어나고 절
묘할 뿐만 아니라 안배가 더욱 훌륭하다"[253]고 하였다. 그는 陶潛의 시는
'興會'를 창작의 본질이 되었으면서도 또한 자구의 안배가 뛰어나다고 하
였다. 그는 貝瓊의 <寓翠岩菴>를 품평하여 다음과 같이 말하였다.

> 興이 일어나서 意가 자아나게 되었고 意가 다하여 言이 그치게 되었으
> 니 四十字가 한 편을 이루게 되었다.[254]

그는 여기에서 한 편의 시가 이루어지는 창작 동인은 바로 '興(會)'임
을 말하고 있다.

왕부지 이외에도 수많은 시론가들 또한 '興會'를 시가 창작의 주요 원
리로 표방하였다.

왕사정(王士禎)은 "대체로 고인들은 詩畵에 있어서 다만 興會가 신묘하
게 이르는 것을 취하였다"[255]라고 하였으며, 또한 "고인들의 시에서는

---

251) ≪船山全書≫ 一四, p.999, ≪唐詩評選≫ 卷三, 張子容 <泛永嘉江日暮廻舟> 評語,
    "只於心目相取處得景得句, 乃爲朝氣, 乃爲神筆."
252) ≪船山全書≫ 一四, p.1134, ≪唐詩評選≫ 卷三, 來鵬 <淸明日與友人遊玉粒塘莊> 評
    語, "吾特嘗其興會."
253) ≪船山全書≫ 一四, p.723, ≪古詩評選≫ 卷四, 陶潛 <讀山海經>, "微雨從東來" 二句
    評語, "不但興會佳絶, 安頓尤好."
254) ≪船山全書≫ 一四, p.1373, ≪明詩評選≫ 卷五, 貝瓊 <寓翠岩菴> 評語, "興起意生,
    意盡言止, 四十字打成一片."

다만 興會가 超妙한 것을 취하였다"256)라고 하여 비록 고인들이 '興會'를 위주로 하여 시가 창작을 한 것에 대해서 말한 것이지만, 왕사정이 시에서 추구한 것은 바로 '興會'이다. 그리고 그는 <漁洋文>에서 무릇 '시의 도'에는 '根柢'가 있고 '興會'가 있다고 하였다. '興會'란 거울 속의 모습, 물속의 달, 얼굴의 색, 영양의 뿔처럼 그것의 자취를 찾을 수 없다고 하였다. 이것은 자취를 파악할 수 없는 '興會'의 신묘한 특징을 말한 것이다. '根柢'란 '風雅'를 근본으로 그것의 근원을 도출하고, ≪楚辭≫와 漢魏의 樂府詩를 거슬러 올라가 그것의 흐름을 통달하고, 九經, 三史, 諸子를 박람하여 그것의 변화를 궁구하는 것이라고 하였다. '根柢'를 한 마디로 말하면 ≪詩經≫, ≪楚辭≫, 樂府詩, 歷史書, 諸子書 등을 통해서 탐구된 시의 기원, 흐름, 변화에 대한 학문적 기본 지식이라고 할 수 있다. 때문에 그는 '根柢'란 학문에서 궁구되는 것이라고 하였다. 반면에 '興會'란 시인의 심령이 객관 경물에 감촉을 받아서 '性情'에서 발로되는 것이라고 하였다.257) 여기에서 왕사정은 '興會'를 '시의 도'라고 말할 정도로 시가의 창작 원리로 천명하고 있다. 뿐만 아니라 그는 또한 시가 창작에는 반드시 시의 기원, 흐름, 변화에 대한 학문적 기초 지식도 대단히 중

---

255) 張宗柟 纂集, 戴鴻森 校點, ≪帶經堂詩話≫ 卷三 <佇興類>, 人民文學出版社, 1982, p.68, 王士禛, <池北偶談>, "大抵古人詩畵, 只取興會神到."

256) 上同, p.68, 王士禛, ≪漁洋詩話≫, "古人詩只取興會超妙."

257) 張宗柟 纂集, 戴鴻森 校點, ≪帶經堂詩話≫ 卷三, <眞訣類>, 人民文學出版社, 1982, p.78, 王士禛, ≪漁洋文≫, "夫詩之道, 有根柢焉, 有興會焉. 二者率不可得兼. 鏡中之象, 水中之月, 相中之色, 羚羊卦角, 無跡可求, 此興會也. 本之風雅以導其源, 沠之楚騷, 漢魏樂府詩以達其流, 博之九經, 三史, 諸子以窮其變, 此根柢也. 根柢原於學問, 興會發於性情. 於斯二者兼之, 又韓以風骨, 潤以丹青, 諧以金石, 故能衡華佩實, 大放厥詞, 自名一家."
한편, 田同之의 ≪西圃詩說≫에는 王士禛의 문장과 거의 동일한 문장이 보인다. "詩之道, 有根柢焉, 有興會焉. 二者率不可得兼. 鏡中之象, 水中之月, 羚羊卦角, 無跡可求, 此興會也. 本之風雅以導其源, 沠之楚騷, 漢魏樂府詩以達其流, 博之九經, 三史, 諸子以窮其變, 此根柢也. 根柢原於學問, 興會發於性情."(郭紹虞 編選·富壽蓀 校點, ≪清詩話續編≫ 上, 上海古籍出版社, 1983, p.749, 田同之, ≪西圃詩說≫). 아마도 이것은 田同之가 왕사정의 문장을 그대로 옮겨 쓴 것 같다.

요하기 때문에 '根柢' 또한 '시의 도'라고 여겼다.

원수정(袁守定)은 ≪占畢叢談≫ 卷五에서 문예 미학에서 '興會'가 가지는 중요한 의의를 "문장의 도는 興會를 맞이하여 性靈을 서발하는 것이다"라고 하였다. 그리고 '興會'가 시인의 흉중에서 발생되는 현상에 대해서는 "모름지기 평소에 經을 먹고 史를 먹고서 문득 감회가 생기도록 해야 하고 景을 대하고 物을 감촉하여 환히 (마음에) 깨달음이 있게 되어 일찍이 토해내고 싶은 말, 막아내기 어려운 뜻이 있게 된다"라고 한 것이다. 원수정은 시인의 흉중에서 '興會'의 발생 현상을 평소에 '經', '史'를 읽고 '景', '事'를 접촉하여 마음에 감회가 일어나고 깨달음이 생겨 토해내고 싶은 말, 막아내기 어려운 뜻이 생기는 것이라고 하였다. 때문에 만약 이러한 과정이 없이는 "비록 정기를 닳도록 하고 사려를 마르게 한다 하더라도 그 흉중에 본래 없는 것을 생기게 할 수는 없으니 마치 연못에서 구슬을 말하나 연못에는 본래 구슬이 없고 산에서 옥을 캐려하나 산에는 본래 옥이 없어서 비록 연못을 마르게 하고 산을 평탄하게 하여 그것을 구한다 하더라도 소용이 없는 것과 같은 것이다"라고 하였다.[258] 袁守定이 말한 바에서 '興會'가 가지는 중요한 의의, 그것이 발생하는 현상, 그리고 그것의 양성과 획득에 관한 진귀한 관점을 볼 수 있다.

원매(袁枚)는 ≪隨園詩話≫ 卷二에서 시를 고치는 것이 시를 짓는 것보다 어렵다고 하였다. 그것은 시를 지을 때는 '興會'가 도래하여 시적 감정이 막힘없이 용솟음치면서 영감이 발동되어 상상의 나래가 비약하고, 형상이 분등하여 한 편의 시를 완성하기는 쉽지만, 시를 고치는 경우는

---

258) 武漢大學中文係　中國古代文學理論硏究室編, ≪歷代詩話詞話選≫, 武漢大學出版社, 1984, p.115　再引用, "文章之道, 遭際興會, 攄發性靈, 生於臨文之頃者也. 然須平日餐經饋史, 霍然有懷, 對景感物, 曠然有會, 嘗有欲吐之言, 難遏之意, 然後拈題泚筆, 忽忽相遭, 得之在傾俄, 積之在平日, 昌黎所謂有諸其中是也. 舍是雖 刓精竭慮, 不能益其胸中之所本無, 猶談珠於淵而淵本無珠, 采玉於山而山本無玉, 雖竭淵夷山以求之, 無益也."

'興會'는 이미 사라졌고 시의 큰 틀은 이미 결정되어 어떠한 시적 감정이나 영감도 발동하지 않고 이에 따라 또한 어떠한 형상이나 상상도 비약하지 않게 된다. 이와 같은 상태에서 시를 고치는 것은 시를 쓰기보다 더욱 어렵다고 한 것이다. 원매는 劉勰이 말한 바 "만 편에 대해서는 풍부하지만, 한 글자에 대해서는 막히게 된다"를 인용하고 그것에 대해서 "진실로 (창작의) 즐거움과 괴로움을 나타낸 말이다"라고 하였다. 원매는 劉勰이 말한 바를 시가 창작에서 '興會'가 발동하였을 때의 창작의 즐거움과 '興會'가 사라진 뒤에 창작의 괴로움을 토로한 것으로 해석하고 있다.259)

고대 시론가들은 이처럼 '興會'야말로 실로 시가 창작의 관건이 된다고 여겼기 때문에 만약 '興會'가 도래하지 않을 경우에는 억지로 창작에 임하지 말고 반드시 그것이 용솟음치면서 분등할 때를 기다렸다가 창작에 임하여야 한다고 하였다. 王士源, 王士禎, 宋大樽 등이 말한 바의 "興을 기다렸다고 창작을 한다(佇興而就)"는 바로 이를 의미한다. 이들이 말한 바의 '佇興'의 '興'은 바로 '興會'와 같은 의미이다.

왕사원(王士源)은 孟浩然의 시에 대해서 序하여 "매번 시를 짓는 데 興을 기다렸다가 착수하였다"260)라고 하였다. 왕사정(王士禎)의 ≪帶經堂詩話≫ 卷三 <懸解門一>에는 <佇興類> 다섯 조목이 있다. 왕사정의 <佇興類>라는 전문 항목과 <佇興類>의 제1조목에서 인용한 내용261)은 왕사

---

259) 王英志 校点, ≪隨園詩話≫, 江蘇古籍出版社, 2000, pp.29～30, "改詩難於作詩, 何也? 作詩興會所至, 容易成篇 ; 改詩, 則興會已過, 大局已定, 有一二字于心不安, 千力萬象, 求易不得, 竟有隔一兩月, 於無意中得之者. 劉彦和所謂 : '富於萬篇, 窘於一字', 眞 甘苦之言."

260) 王士源이 주장한 바의 '佇興'은 王士禎의 ≪漁洋詩話≫ 卷上, 九二條目에 다음과 같이 보인다. "王士源序孟浩然詩云 : '每有制作, 佇興而就.' 余生平服膺此言, 故未嘗爲人强作, 亦不耐爲和韻詩也."(≪淸詩話≫ 上冊, p.182, ≪漁洋詩話≫ 卷上).

261) ≪淸詩話≫ 上冊, p.182, ≪漁洋詩話≫ 卷上, "蕭子顯云 : '登高極目, 臨水送歸, 蚤雁初鶯, 花開葉落. 有來斯應, 每不能已 ; 須其自來, 不以力搆'. 王士源序孟浩然詩云 : '每有制作, 佇興而就.' 余生平服膺此言, 故未嘗爲人强作, 亦不爲和韻詩也."

정이 이를 통해서 말하고자 하는 취지가 무엇인지를 짐작하게 한다.

종대준(宗大樽) 또한 《茗香詩論》에서 '佇興'의 문제에 대해서 언급하였다. 그는 시가 창작에서 만약 '興'이 없이 억지로 창작에 임한다면 단지 흔적만을 남긴다고 하였다. 종대준이 말한 '俄頃'이란 창작 격정이 폭발하여 상상의 나래가 비약하고 생동하는 예술 형상이 분등하는 순간적인 찰나의 시각을 말한다. 따라서 列子가 바람을 기다렸다가 그것이 일자마자 일거에 만 리를 날아갔듯이 시인은 창작 격정이 폭발하여 상상의 나래가 비약하고, 생동하는 형상이 분등하는 순간이 오기를 기다렸다가 그것이 도래했을 때는 그 찰나적인 순간의 시각을 민첩하게 포착하여 그것을 영원의 예술로 형상화시켜야 한다는 것이다.262)

비록 장르는 다르지만, 시와 그림은 창작 원리가 같기 때문에 그림 그리는 원리 또한 시의 창작 원리가 동일하게 적용된다. 淸代의 왕욱(王昱)이 <東莊論畵>에서 그림을 그리는 데 있어서 요구한 바의 '養興'도 바로 이것이다. 그는 "그림을 그리기 전에 온전히 興을 양성해야 한다. 혹 구름과 샘을 보기도 하고 혹 꽃과 새를 보기도 하며 혹 산보하면서 맑은 노래를 부르기도 하고 혹 향을 사르면서 차를 마시기도 한다. 가슴속에 쌓임이 있게 되면 재기가 발휘되려고 간질간질하게 되어 성정이 발로 되리니 곧바로 지필을 펼쳐야 하고 興이 다하면 그쳤다가 興이 생겼을 때 다시 그것을 지어야 한다"263)라고 하였다.

추일계(鄒一桂)는 《小山畵譜》에서 그림을 그리는 데 반드시 '興會'를 기다렸다가 그것이 도래했을 때 붓을 잡아야 하는 것은 바로 "반드시 興

---

262) 《淸詩話》 上冊, p.105, "不佇興而就, 皆迹也 ; 軌儀可範, 思識可該者也. 有前此後此不能工, 適工於俄頃者, 此俄頃亦非敢必覬也, 而工者莫知其所以然. 太虛無爲之風, 無終始之期 ; 列子有待之風, 登空汎雲, 一擧萬里, 尙何有迹哉?"

263) 兪崑 編, 《中國畵論類編》 上, <第二編 泛論 (下) 東莊論畵>, 華正書局, 民國 73年 10月, p.189, "未作畵之前, 全在養興. 或覩雲泉, 或觀花鳥, 或散步淸吟, 或焚香啜茗. 俟胸中有得, 技癢性發, 卽伸紙舒筆, 興盡斯止, 至有興時續成之."

會가 저절로 이르러야만 바야흐로 天機가 활발해진다"264)라고 여겼기 때문이다. '興會'('興')야말로 모든 문예 창작의 근원이며 원천이다.

(2) '現量'

왕부지 시론에 나타나는 '現量'은 본래 古代 印度 因明學의 개념이다. 고대 인도의 인명학이 唐 太宗 때 玄獎에 의해서 중국에 본격적으로 전래되면서부터 그에 따라 法相宗(慈恩宗)이 창시되었다. 唐 太宗, 高宗 시기에는 법상종이 일시적으로 극성해지자 인명학의 연구가 활발히 진행되었지만, 그것이 쇠락하자 인명학의 연구도 활기를 잃었다. 明, 淸 이후로 그것에 대한 연구가 거의 끊어졌다. 인명학이 단절될 위기에서 왕부지는 《相宗絡索》을 저술하여 그것의 심오한 의리를 밝혀내고자 하였다. 그는 이러한 과정에서 因明學의 '三量' 즉 '現量', '比量', '非量' 중에서 '現量'을 시론 영역으로 이끌어 들여 시가의 창작 원리를 설명하였다. '現量'은 바로 이러한 배경에서 왕부지 시론에 출현되고, 중요한 창작 원리로 자리매김 되었다.

왕부지는 '現量'으로 대략 세 가지 측면의 창작 현상을 설명하였다. 첫째, '卽景會心', 둘째, '直覺思維', 셋째, 객관 경물에 대한 '眞實' 묘사가 그것이다. 본 연구에서는 이와 같은 세 가지 측면에서 왕부지의 '現量'을 분석, 고찰하고자 한다. 이것은 좁게는 '情景交融' 예술 형상의 구성 요인으로서 이론 면모를 살피는 것이지만, 넓게는 왕부지 시론의 창작의 원천, 창작의 사유 방식, 객관 경물의 '眞實' 묘사에 대한 문제를 포괄하여 탐구하는 것이다.

---

264) 徐中玉 主編, 《神思·文質編》, 中國社會科學出版社, 1995, p.41 再引用, "必興會自至, 方見天機活潑."

① ‘卽景會心’

‘卽景會心’의 창작은 시인이 객관 경물을 직접 몸으로 체험하고 눈으로 목도하여 시인의 마음속에서 느끼고 깨달은 바를 하나의 경물에 기탁하여 시가 창작이 발생하는 것을 말한다. 때문에 ‘卽景會心’의 창작에서는 시인의 객관 경물에 대한 직접적인 체험과 생생한 관찰이 강조된다. 왕부지가 특히 身과 目을 강조한 이유는 바로 여기에 있다. 그는 ≪夕堂永日緒論內篇≫에서 다음과 같이 말하였다.

> 몸으로 경험한 바, 눈으로 본 바가 철문한(鐵門限)이다. 설사 大景을 지극하게 묘사한 것이라도, 예를 들어 ‘흐리고 맑아짐에 따라 뭇 골짜기가 달라지네’, ‘천지가 밤낮으로 떠 있네’와 같은 것 또한 이 한계(철문한)를 넘지 않았다. 여지도(輿地圖)에 의거하여 ‘平野가 靑州와 徐州로 들어갔다’라고 이를 수 있는 것이 아니니, 누대에 올라서야 묘사될 수 있을 뿐이다. 벽을 사이에 두고 잡극이 상연되는 것을 들으면, 그 대사는 들릴지언정 그 동작은 볼 수 없으니, 더 멀어진다면 다만 북소리만 들리게 된다. 그러니 어느 막을 상연한다고 말할 수 있겠는가? 전에는 齊, 梁나라 사람들이 뒤에는 晩唐 및 宋나라 사람들이 모두 工巧를 자랑하는 짓으로써 마음을 기만했다.265)

이른바 ‘몸으로 경험한 바, 눈으로 본 바’는 시인의 객관 경물에 대한 직접적인 체험과 생생한 관찰을 의미한다. 왕부지는 그것을 시가 창작에서 반드시 준수하고 뛰어넘어서는 안 되는 창작의 기본 원리로 인식하여 ‘철문한(鐵門限)’에 비유하였다. 그는 왕유(王維)의 <終南山>(“陰晴衆壑殊”), 두보의 <登岳陽樓>(“乾坤日夜浮”), <登兗州城樓>(“平野入靑徐”) 등은 모두 이

---

265) ≪淸詩話≫ 上冊, p.9, ≪薑齋詩話≫ 卷下, “身之所歷, 目之所見, 是鐵門限. 卽極寫大景, 如‘陰晴衆壑殊’, ‘乾坤日夜浮’ 亦必不踰此限. 非按輿地圖便可云‘平野入靑徐’也, 抑登樓所得見者耳. 隔垣聽演雜劇, 可聞其歌, 不見其舞, 更遠則但聞鼓聲, 而可云所演何齣乎? 前有齊, 梁, 後有晩唐及宋人, 皆欺心以炫巧.”

러한 창작의 원리에 의하여 '大景'을 묘사한 작품이라고 하였다. 만약 지도를 펼쳐들고 창작에 임한다면, 그것은 마치 벽을 사이에 두고 잡극이 상연되는 것을 듣는 경우처럼 단지 그것의 노래 소리는 들을지언정 춤추는 동작은 볼 수 없는 것과 같다고 하였다. 왕부지는 齊, 梁代 특히 宮體詩人과 晚唐 및 송대의 시인들에 대해서 "모두 工巧를 자랑하는 짓으로써 마음을 기만했다"라고 비판하였는데, 이것은 그들이 현실 경물에 대한 진실한 체험과 생생한 관찰로부터 솟아나는 창작 격정이 없이, 단지 공교한 문사만을 추구한 창작 태도를 비판한 것이다. 왕부지는 또한 다음과 같이 말하였다.

> 말이 조금도 情을 언급하지 않았지만 情이 자연적으로 무한하게 드러나는 것이 있게 되는 것은 마음과 눈을 法으로 삼고 外物에 의존하지 않았기 때문이다. '하늘가에 돌아가는 배가 어렴풋 보이고, 자욱한 구름 사이로 강 언덕의 나무 드러나네' 이것은 은연히 情을 머금고 응시하고 있는 사람이 부르면 나올 듯한 것이니 이러한 지경에서 景을 묘사하여야 活景이 된다. 때문에 사람의 胸中에 丘壑이 없고 眼底에 性情이 없이는 비록 천하의 서적을 모조리 읽는다 하여도 一句도 표현해낼 수 없다. 그런데 司馬長卿은 賦 千首를 읽으면 능히 賦를 지을 수 있다 하였으니 이는 자연 사람을 속임에 있어서 영웅이다.266)

왕부지는 어떤 작품은 비록 一字나 一句도 情에 대한 묘사가 없지만, 무한한 정감을 불러일으키는 것은 '마음과 눈을 법으로 삼고, 외물에 의존하지 않'는 것을 창작 원리로 삼았기 때문이라고 하였다. 이것은 시인이 현실 경물을 직접 체험하고 생생한 관찰을 통해서 솟아나는 창작 감

---

266) ≪船山全書≫ 一四, p.769, ≪古詩評選≫ 卷五, 謝朓 ＜之宣城郡出新林浦向板橋＞ 評語, "語有全不及情, 而情自無限者, 心目爲政, 不恃外物故也. '天際識歸舟, 雲間辨江樹', 隱然一含情凝眺之人呼之欲出, 從此寫景, 乃爲活景. 故人胸中無丘壑, 眼底無性情, 雖讀盡天下書, 不能道一句. 司馬長卿謂讀千首賦便能作賦, 自是英雄欺人."

흥을 창작 원천으로 하고, 각종의 전적이나 전인의 창작에 의존하지 않는 것을 말한다. 이러한 관점에서 왕부지는 賦 千首를 읽으면 賦를 지을 줄 안다고 하였던 司馬長卿을 "사람을 속이는 데 있어서 영웅이다"라고 혹평하였다.

왕부지는 또한 시인이 현실 경물을 직접 체험하고 안전의 광경을 생생하게 목도하여 시인의 내면에서 자연스럽게 솟아나는 창작 감흥을 표출할 때라야 뛰어난 시가 의경을 이룰 수 있다는 것을 강조, "마음과 눈으로 하여금 서로 떨어지게 하지 않는다면 무궁한 情이 바로 이에서 자아난다",267) "단지 마음과 눈이 서로 합쳐지는 곳에서 景을 얻고 句를 얻어야 비로소 朝氣가 되고 神筆이 된다"268)라고 하였다. 그는 이러한 창작으로부터 나온 예술 경지를 '朝氣', '神筆'이라고 하였다. 이와 반대로 무병신음하여 억지로 감정을 짜내어 시를 쓰는 경우는 江山의 묘사에 있어서도 생동하는 강산의 기세를 꺾어버리는 결과를 초래한다고 하였다. 이와 같은 창작을 '俗筆'이라고 하였다.269)

왕부지는 또한 시인이 현실 경물을 몸으로 직접 체험하고 눈으로 생생하게 목도하여 생동하는 예술 형상(景)을 얻는다고 하였다. 또한 주관 정서(意)를 예술 형상에 기탁함에 있어서 포착한 예술 형상(景)이 소진되면, 주관 정서도 멈추어야 하고 주관 정서가 다하면 언어도 그쳐야 한다고 하였다. 이것이 바로 "章에서 章을 이루고 句에서 句를 이루는 것"이고 이것이 바로 극진한 文章의 道와 音樂의 이치라고 하였다.270)

---

267) ≪船山全書≫ 一四, p.749, ≪古詩評選≫ 卷五, 孝武帝 <濟曲阿後湖> 評語, "但令與心目不相睽離, 則無窮之情, 正從此而生."

268) ≪船山全書≫ 一四, p.999, ≪唐詩評選≫ 卷三, 張子容 <泛永嘉江日暮廻舟> 評語, "只於心目相取處得景得句, 乃爲朝氣, 乃爲神筆."

269) ≪船山全書≫ 一四, p.749, ≪古詩評選≫ 卷五, 孝武帝 <濟曲阿後湖> 評語, "遊覽詩固有適然未有情者, 俗筆必强入以情無病呻吟, 徒令江山短氣. 寫景至處, 但令與心目不相睽離, 則無窮之情, 正從此而生."

270) ≪船山全書≫ 一四, p.999, ≪唐詩評選≫ 卷三, 張子容 <泛永嘉江日暮廻舟> 評語,

　왕부지는 시의 형상(景)이나 시인의 주관 정서(意)는 "억지로 찾고 분별 없이 찾으며, 있는 것을 버리고 없는 것을 찾아서는 안 된다"271)고 하였다. 그것은 모두 시인이 현실 경물에 대한 직접적인 체험과 생생한 관찰로부터 포착하고 획득하여야 한다고 하였다. 이러한 관점에서 왕부지는 역대 시인들에게 字句 조탁의 본보기가 되었던 賈島의 <題李凝幽居> "스님은 고요한 달빛 아래 문을 두드리네(僧敲月下門)"를 남다르게 평가하였다.

　'스님은 고요한 달빛 아래 문을 두드리네'는 망상억측일 뿐이어서 마치 딴 사람의 꿈을 말한 것과 같으니 설사 形容은 아주 그럴듯할지라도 어찌 일찍이 조금이라도 (자신의) 마음에 관계되는 것이었겠는가? 그러하다는 것을 알 수 있는 것은 그(賈島)가 '推敲' 두 글자를 깊이 생각하고 읊조리다가 타인(韓愈)에게 나아가 생각한 것이기 때문이다. 만약 景에 직면하여 내면의 감흥이 솟아올랐다면 '推'든가 '敲'든가 반드시 그 하나에 생각이 머물렀을 것이니 景에 따르고 情에 따르면 자연히 영묘(靈妙)해지는데 어찌 이리저리 생각하고 비교할 수 있으리오? '긴 강에 지는 해는 둥글구나'는 처음부터 일정한 정경이 있었던 것이 아니었고, '물을 사이에 두고 樵夫에게 말을 건네네'는 처음부터 생각을 해서 얻은 것이 아니니 禪家에서 말하는 이른바 '現量'이다.272)

"景盡意止, 意盡言息, 必不强括狂搜, 舍有而尋無. 在章成章, 在句成句, 文章之道, 音樂之理, 盡於斯矣."

271) 《船山全書》 一四, p.749, 《古詩評選》 卷五, 孝武帝 <濟曲阿後湖> 評語, "遊覽詩固有適然未有情者, 俗筆必强入以情無病呻吟, 徒令江山短氣. 寫景至處, 但令與心目不相瞹離, 則無窮之情, 正從此而生."
　《船山全書》 一四, p.999, 《唐詩評選》 卷三, 張子容 <泛永嘉江日暮廻舟> 評語, "只於心目相取處得景得句, 乃爲朝氣, 乃爲神筆. 景盡意止, 意盡言息, 必不强括狂搜, 舍有而尋無. 在章成章, 在句成句, 文章之道, 音樂之理, 盡於斯矣."

272) 《清詩話》 上冊, p.9, 《薑齋詩話》 卷下, "'僧敲月下門', 只是妄想揣摩, 如說他人夢, 縱令形容酷似, 何嘗毫髮關心? 知然者, 以其沈吟'推敲'二字, 就他作想也. 若卽景會心, 則或'推'或'敲', 必居其一, 因景因情, 自然靈妙, 何勞擬議哉? '長河落日圓', 初無定景, '隔水問樵夫', 初非想得. 則禪家所謂 '現量'也."

그는 가도(賈島)와 한유(韓愈) 사이에 推敲 故事로 역대 시인들에게 字句 조탁의 본보기가 되었던 가도의 <題李凝幽居>("僧敲月下門")에 대해서 "망상억측일 뿐이어서 마치 딴 사람의 꿈을 말한 것과 같다"라고 하였다. 그의 시각에서 보면 가도의 시구는 객관 경물에 직면하여 솟아나는 창작 감흥이 자연스럽게 표출된 것이 아니라, 시인의 비교, 연상, 계교, 苦思 등의 사유 활동을 개입시켜 시의 형상을 인위적, 조작적으로 묘사하였다는 것이다. 때문에 설사 형용이 그럴듯할지라도 시인의 마음과는 조금도 관계없는 것이라고 하였다. 만약 시인이 현실 경물에 직면하여 솟아나는 창작 감흥을 표현했다면, 推字이든 敲字이든 그 하나에 머물렀을 것이라고 하였다.

반면에 왕유(王維)의 <使至塞上>("長河落日圓"), <終南山>("隔水問樵夫")와 같은 시들은 시인이 현실 경물에 직면하여 솟아나는 시적 감흥을 자연스럽게 형상화하여 천고절창의 시가 되었다고 하였다. 때문에 그가 말하는 '現量'은 바로 '卽景會心'의 창작을 말한다. '卽景會心'의 창작은 "몸으로 경험한 바, 눈으로 본 바"를 표현하고, "마음과 눈으로 법을 삼고 외물에 의존하지 않으며", "마음과 눈이 합쳐지는 곳에서 景을 얻고 句를 얻으며", "景에 따르고 情에 따르면 자연히 영묘해지는" 창작을 의미한다. 이런 점에서, 왕부지의 '現量'은 바로 종영(鍾嶸)이 ≪詩品中·序≫에서 말한 '直尋'의 계승이고 발휘이다.

'임 생각 물이 흐르듯이 하였네'는 바로 눈으로 접촉한 것(을 표현한 것)이고, '높은 樓臺에는 슬픈 바람이 많네'는 또한 오직 본 바(를 표현한 것)이다. '맑은 아침 隴山의 꼭대기에 오르네'는 진실로 (어떠한) 典故도 없고 '밝은 달이 쌓인 눈에 비추네'는 (또한) 어찌 經史에서 나온 것이겠는가? 고금의 뛰어난 시어들을 보면 (典故, 經史로부터) 보집되고 빌려온 것이 아니라 모두 直尋으로부터 비롯된 것이 많다.273)

종영의 '直尋'이란 시인이 몸소 눈으로 객관 경물을 목도하여 내면에서 발생하는 창작 감흥으로 시가를 창작하는 것을 말한다. 종영은 徐幹의 <室思>("思君如流水"), 曹植의 <雜詩>("高臺多悲風")("清晨登隴首"),[274] 謝靈運의 <歲暮>("明月照積雪")와 같은 고금의 뛰어난 시들은 모두 '直尋'으로부터 비롯되었다고 하였다. 허문우(許文雨)는 ≪詩品講疏≫에서 종영의 '直尋'을 다음과 같이 해석하였다.

> 直尋의 뜻은 景에 직면하여 내면의 감흥이 솟아오르면 자연적으로 靈妙해진다는 것에 있으니 사실은 禪家에서 말하는 現量이 이것이다.[275]

허문우의 이러한 견해는 사실상 왕부지의 '現量'의 심미 관점으로 '直尋'을 해석한 것이다. 왕부지의 '現量'은 종영의 '直尋'을 계승, 발휘한 것이다.

② 직각 사유

왕부지의 '現量'은 창작의 사유 방식의 측면에서 볼 때 '直覺思維'를 나타낸다. '직각 사유'는 시인의 耳, 目, 鼻, 舌 등의 감각 기관이 객관 경물과 접촉하는 순간에 시적 감흥이나 형상을 즉각적으로 획득하는 것을 말한다. 때문에 여기에서는 추리, 연상, 기억, 비교 등의 抽象思維는 철저히 배제된다.

---

273) 曹旭, ≪詩品集注≫, p.174, "'思君如流水', 即是即目 ; '高臺多悲風', 亦唯所見 ; '清晨登隴首', 羌無故實 ; '明月照積雪', 詎出經史? 觀古今勝語, 多非補假, 皆由直尋."

274) "清晨登隴首"에 대한 출처에 대해서는 의견이 분분하다. 어떤 사람은 출처를 未詳이라 하였고, 어떤 사람은 吳均 <答柳惲>의 首句라고 하였으며, 어떤 사람은 張華의 시라고 하였다.

275) 曹旭, ≪詩品集注≫, p.179 再引用, "直尋之義, 在卽景會心, 自然靈妙, 實卽禪家所謂現量是也."

왕부지는 그의 佛敎法相宗에 대한 저작 ≪相宗絡索·三量≫에서 '現量'을 다음과 같이 해석을 하였다.

> '現量', 現에는 現在의 뜻, 現成의 뜻, 顯現眞實의 뜻이 있다. 現在는 과거에 따라 형상을 만드는 것이 아니다. 現成은 접촉하자마자 깨닫는 것으로 思量과 計較를 빌지 않는다. 顯現眞實은 저의 體性이 본래 이와 같아 의혹이 없이 드러내고 虛妄한 것을 개입하지 않는다. '比量', 比란 각종의 일로 각종의 이치를 비교하여 헤아리는 것이다. 서로 유사한 것으로 같은 것을 비교하기도 하는데 예를 들면, 소와 토끼를 비교해 보면 다 같이 짐승이다. 혹 서로 유사하지 않은 것으로 다른 것을 비교하는데, 예를 들면, 소는 뿔이 있다는 것과 토끼는 뿔이 없다는 것을 비교하여 결국에 가서는 확신을 얻는 것이다. 이 量은 이치에는 틀림이 없으나 본디 實相을 찾는 데 있어서는 원래 比에서 바랄 수는 없는 것이니 이는 순전히 생각, 計較, 分別에서 생기기 때문이다. '非量', 情으로는 있을 수 있으나 理로는 있을 수 없는 妄想으로 내 곳에만 집착하고 자신의 인상을 견고하게 지키면서 결국에는 이 하나의 量이 의거할 만하고 증거할 만하다고 여기는 것이다.276)

왕부지의 '現量'에 대한 해석에서 그것이 창작 이론으로 운용될 수 있는 이론 면모를 가지고 있음을 발견하게 되고, 그가 제기하려는 창작 현상에 대한 몇 가지 심미 규율을 알 수 있다. 그의 '現量'에 대한 해석에 따르면, '現量'에는 '現在', '現成', '顯現眞實'의 세 가지 의미를 내포하고 있다.

하나는 '現在'의 의미이다. 이것은 "과거에 따라 형상을 만드는 것이

---

276) ≪船山全書≫ 一三, pp.536~537, ≪相宗絡索·六 三量≫, "'現量', 現者有現在義, 有現成義, 有顯現眞實義. 現在, 不緣過去作影. 現成, 一觸卽覺, 不假思量計較. 顯現眞實, 乃彼之體性本自如此, 顯現無疑, 不參虛妄. …… '比量', 比者以種種事, 比度種種理. 以相似比同, 如以牛比兎, 同是獸類; 或以不相似比異, 如以牛有角, 比兎無角, 遂得確信. 此量于理無謬, 而本等實相原不待比. 此純以意計分別而生. …… '非量', 情有理無之妄想, 執爲我所, 堅自印持, 遂覺有此一量, 若可憑可證."

아니다"라고 하였다. 이는 '現量'은 눈앞에 현존하는 '現在'의 객관 경물로부터 시적 감흥이나 이미지를 얻는 것을 말하고, '過去'의 인상이나 기억으로부터 얻는 것이 아님을 말한다. 때문에 여기에서 '과거'와 '현재'가 대비되고 강조된 바는 '현재'이다. 다른 하나는 '現成'의 의미이다. 이것은 "접촉하자마자 깨닫는 것으로 思量과 計較를 빌지 않는 것"을 말한다. 이는 바로 '現量'이란 객관 경물에 접촉하자마자 시적 감흥이나 이미지를 즉각적으로 얻는 것이고, 비교, 추리 등의 추상 사유에 의한 것이 아님을 말한다. 때문에 여기에서는 '一觸卽覺'과 '思量計較'가 대비되고, '一觸卽覺'이 강조되었다. 그리고 다른 하나는 '顯現眞實'의 의미이다. 이에 대해 "저의 體性이 본래 이와 같아 의혹이 없이 드러내고, 虛妄한 것을 개입하지 않는다"라고 하였다. 이는 바로 '現量'은 객관 경물에 대한 '眞實' 묘사를 의미한다. 객관 경물의 '眞實' 묘사란 객관 경물의 본래의 면모(體性)를 사실적이고 완정하게 묘사하는 것을 말한다. 이것은 시인의 주관에 따라 객관 경물의 본래의 면모를 임의적, 자의적으로 왜곡시켜 묘사해서는 안 될 뿐만 아니라 그것을 단편적, 피상적으로 묘사해서는 안 된다는 것을 의미한다. 때문에 여기에서는 '眞實'과 '虛妄'이 대비되고 강조된 것은 '眞實'이다.

'現量'의 이와 같은 세 가지의 의의는 상호 독립적, 개별적이 아니라 순차적, 유기적 관계이다. '現在'는 '現成'의 기초가 되고, '現成'은 '顯現眞實'의 토대가 된다. 때문에 '現成'은 '現在'를 뛰어넘어서는 존재할 수 없고, '顯現眞實'은 '現成'을 뛰어넘어 존재할 수 없게 된다.

'現量'이 가지는 이와 같은 시가 미학적 의의는 사실 왕부지 시론의 전체 맥락이다. 그가 제기한 창작 이론은 사실 '現量'의 이와 같은 세 가지 시가 미학적 의의가 확대, 발전된 것이다. 예를 들면, '卽景會心'은 사실 '現量'의 첫째 함의 즉 '現在'에 관한 시가 미학적 의의가 확대, 발전된 것이다. 이상의 '卽景會心'에 대한 논의는 사실 '現量'의 첫째 함의 즉 '現在'의 시가 미학적 의의를 확대, 발전시켜 상론한 것이 된다. '現量'의 둘째 함의 즉 '現成'에 대한 시가 미학적 의의는 바로 여기에서 '직각사유'로 다루고자 하는 것이고, '現量'의 셋째 함의 즉 '顯現眞實'은 '現量'을 객관 경물의 '眞實' 묘사로써 다루고자 하는 문제이다.

왕부지는 '現量'의 두 번째 함의 '現成'에 대해서 "접촉하자마자 깨닫는 것으로, 思量과 計較를 빌지 않는 것"이라고 하였다. 이것은 '現量'은 분명히 사유 방식으로 '직각 사유'를 의미한다. 그는 창작의 사유 방식으로 '직각 사유'를 그의 창작의 예술 규율로 삼은 것이다. 위에서 언급하였듯이 그는 賈島의 <題李凝幽居>의 시구 "스님은 고요한 달빛 아래 문을 두드리네(僧敲月下門)"를 남다른 견해를 가지고 비판하였다.[277] 그는 "僧敲月下門"에 대한 품평에서 '妄想揣摩'와 '卽景會心'의 두 가지 다른 예술 사유를 대비시켰다. 그는 "僧敲月下門"은 '망상억측(妄想揣摩)' 혹은 '이리저리 생각하고 비교(擬議)'하는 방식에 의하여 창작되었다고 여겼다. 그것은 비교, 연상, 계교, 추리, 苦思 등과 같은 사유 활동이 개입되어졌다는 것을 말한다. 반면에 王維의 <使至塞上>("長河落日圓"), <終南山>("隔水問樵夫")와 같은 시들은 '卽景會心'에 의한 창작의 결과라고 하였다. 그것은 처음부터 묘사해야 할 일정한 정경을 설정하여 이리저리 思量하고 計較하여 인위적으로 이미지를 획득한 것이 아니라, 눈앞의 현실 경물에서 솟아나는 시적 감흥이나 예술 형상을 즉각적으로 포착하여 자연스럽게 그려내어 무궁한 연상을 자아내는 천고절창의 시가 되었다고 하였다.

'卽景會心'은 '苦思'나 '想得' 등과는 대비되는 개념이다. 때문에 '卽景

---

277) 《薑齋詩話》 卷下, 《淸詩話》 上冊, p.9, "'僧敲月下門', 只是妄想揣摩, 如說他人夢, 縱令形容酷似, 何嘗毫髮關心? 知然者, 以其沈吟'推敲'二字, 就他作想也. 若卽景會心, 則或'推'或'敲', 必居其一, 因景因情, 自然靈妙, 何勞擬議哉? '長河落日圓', 初無定景, '隔水問樵夫', 初非想得. 則禪家所謂'現量'也."

會心'을 사유 방식의 각도에서 본다면 '직각 사유'에 해당한다.

왕부지는 또한 역대 시론가들이 '유일무이(獨絶)'의 경지로 평가하였던 王籍의 <入若耶溪>의 경련("蟬噪林逾靜, 鳥鳴山更幽")에 대해서도 일반과는 다른 평가를 하여 '拙工의 기교'를 면하지 못하는 작품이라고 여겼다.

> '매미 시끄럽게 우는데 숲은 더욱 고요하고, 새는 떠들썩하게 지저귀
> 는데 산은 더욱 그윽하네'는 논자들이 유일무이(獨絶)하다고 여겼지만 잘
> 못된 것이다. …… '逾', '更' 두 자는 도끼로 패고 끌로 판 흔적이 드러
> 나서 극진하니 拙工의 技巧를 면치 못한 것으로 禪에 비유하면 非量, 比
> 量 二量의 말이 섭행하는 바요, 現量이 하는 바가 아니다.278)

그는 특히 이 시구의 '逾', '更' 두 자는 마치 도끼로 자르고 끌로 파는 듯한 인공의 조탁이 남김없이 드러났다고 여겼다. 이것은 비교, 추리 등의 논리적 사유가 개입되었다는 것을 말한다. 비교, 추리 등의 논리적 사유의 활동이 전개되는 사이에 시인이 객관 경물에 접촉하여 순간적으로 포착한 시적 감흥이나 형상은 이미 사라지고 쇄진된다는 것을 의미한다. 때문에 그는 王籍의 작품은 '非量', '比量'에 의한 창작이요, '現量'에 의한 창작은 아니라고 하였다. 그가 시가 창작에서 비교, 추리 등의 추상 사유를 부정하고 직각 사유를 주장하게 된 까닭이 <題蘆雁絶句序>에서 보인다.

> 輞川에 살았던 사람(王維)이 시 속에 그림이 있고 그림 속에 시가 있
> 다고 하였는데 이 두 가지는 동일한 風味이다. 때문에 물과 우유가 조화
> 를 얻는 것처럼 모두 이미 조화되었건 아직 조화되기 이전이든, 이미 변

---

278) ≪船山全書≫ 一四, p.840, ≪古詩評選≫ 卷六, 王籍 <入若耶溪> 評語, "'蟬噪林逾
靜, 鳥鳴山更幽', 論者以爲獨絶, 非也 …… '逾', '更' 二字, 斧鑿露盡, 未免拙工之巧,
擬之于禪, 非, 比二量語所攝, 非現量也."

화되었든 아직 변화되기 이전이든 現量에 따라서 그것이 나오게 된다. (그러나) 由來를 찾게 되면 익더귀가 新羅國을 떠나간다.279)

왕부지는 시와 그림이 서로 균형 있게 안배되어 훌륭한 예술미를 지니고, 물과 우유가 서로 적당하게 배합되어 훌륭한 맛을 내는 것은 '現量'에 의한다고 하였다. 예술 사유에 있어서도 '現量'의 직각 사유에 의하여 포착한 시적 감흥이나 이미지를 표현해야 뛰어난 예술이 된다고 하였다. 만약 추리, 비교 등의 추상 사유 활동이 간여하여 그것의 유래나 근거 등을 찾게 되면, 시적 감흥이나 생동하는 이미지는 사라진다고 하였다.280) 그가 추리, 비교 등의 추상 사유를 배제하고, 직각 사유를 강조한 점은 여기에 있다. 그의 이러한 심미 관점이 張協의 <雜詩>에 대한 품평에서도 다음과 같이 보인다.

시 가운데 透脫語는 張協으로부터 선성이 되어 앞에서 의거함이 없고 뒤에서 기다림이 없고, 思致에 기대지도 않았고 刻畫에도 들어가지도 않고 있는 그대로 天地 사이의 것을 표출하였으나, 景 가운데의 賓主, 意 가운데서 觸合이 극진하지 않은 것이 없다. '나비는 남쪽 동산에서 나네'는 정말 인간이 얻은 것 같지 않다. 謝靈運의 '못가엔 봄풀이 푸릇푸릇 돋아나네'는 대개 이를 계승하여 재현한 것으로써 거의 비슷한 수준이다. 붓이 마음이 전하는 것을 받았을 때 거의 천연의 공교가 우연히 발생하

---

279) 왕부지 著, ≪王船山詩文集≫ 下冊, 中華書局, 1974, p.480, "家輞川詩中有畫, 畫中有詩, 此二者同一風味, 故得水乳調和, 俱是造未造, 化未化之前, 因現量而出之. 一覓巴鼻, 鷂子即過新羅國去矣."
280) 필자는 왕부지가 말한 "鷂子即過新羅國去矣"의 함의에 대해서 정확하게 이해하지 못한다. 필자의 생각으로는 '익더귀'는 '現量'에 의하여 순간적으로 획득하게 된 시적 감흥이나 생동하는 이미지를 비유하는 말인 것 같다. "익더귀가 곧바로 新羅國을 떠나간다"라고 하는 것은 '現量'에 의하여 순간적으로 획득된 시적 감흥이나 생동하는 이미지가 자취를 감추어버리는 것을 비유적으로 나타낸 말이라 생각된다. '新羅國'의 함의에 대해서도 분명하지 않다. 이와 같은 미진한 부분에 있어 주석이나 해석이 있기를 기대한다.

는 것이지 어찌 헤아려서 구성된 것이겠는가?281)

그는 張協의 <雜詩>("蝴蝶飛南園")와 謝靈運의 <登池上樓>("池塘生春草")의 예술 형상은 추리, 비교 등의 추상 사유에 의해서가 아니라, 직각 사유가 운용되어 구성되었다고 하였다. 왕부지는 직각 사유를 우미한 예술 형상 구성의 관건으로 여겼다.

③ 객관 경물의 '眞實' 묘사282)

'現量'의 세 번째 함의는 '顯現眞實'이다. 왕부지는 '顯現眞實'에 대해서 "저의 體性이 본래 이와 같아 의혹이 없이 드러내고 虛妄한 것을 개입하지 않는다"라고 하였다. 이것은 객관 경물의 '眞實' 묘사를 말한다. 이것은 시인의 주관에 따라 객관 경물의 본래의 면모를 임의적, 자의적으로 왜곡시키거나 단편적, 피상적으로 묘사해서는 안 된다는 것을 의미한다. 왕부지의 객관 경물에 대한 묘사 관점은 사실 '現量'의 '顯現眞實'의 이와 같은 시가 미학적 의의가 확대, 발전된 것이다. 왕부지의 객관 경물의 '眞實' 묘사가 의미하는 바는 첫째 "단지 객관 경물의 외부 형태 (物態)만을 묘사하는 데 그쳐서는 안 되고 반드시 그것의 내재 규율(物理) 까지를 현시해야 한다"283)는 것이다. 그는 ≪夕堂永日緒論內篇≫에서 "情

---

281) ≪船山全書≫ 一四, p.706, ≪古詩評選≫ 卷四, 張協 <雜詩> "述職投邊城, 羈束戎旅間" 評語, "詩中透脫語自景陽開先, 前無倚, 後無待, 不資思致, 不入刻畫, 居然爲天地間說出, 而景中賓主, 意中觸合, 無不盡者. '蝴蝶飛南園', 眞不似人間得矣. 謝客'池塘生春草', 蓋繼起者差足旗鼓相當. 筆授心傳之際, 殆天巧之偶發, 豈數覯哉?"

282) 필자의 '객관 경물에 대한 眞實 묘사' 이하의 논술은 葉郎의 ≪中國美學史大綱≫ 下卷, <第十九章 王夫之美學的體系>, 浪出版社印行, 民國 75年, pp.467~471에 걸쳐 이루어진 논술 내용을 많이 참고하고 인용하였다.

283) 葉郎, ≪中國美學史大綱≫ 下卷, <第十九章 王夫之美學的體系>, 浪出版社印行, 民國 75年, p.469.

을 머금어 잘 드러내고 景에 직면하여 心靈을 격동시키고 物을 궁구하여
그 본질을 파악하면 靈通한 字句를 얻게 되고 化工의 妙에 다다르게 된
다"284)라고 하였다. 그는 묘사하려는 객관 경물에 대한 궁구를 통해서
그것의 본질을 파악하여야만 '靈通의 자구'가 있게 되고, '化工의 妙'에
다다르게 된다고 하였다. 그는 또한 ≪夕堂永日緒論外編≫에서 다음과 같
이 말하였다.

> 내부로는 才情을 극도로 하고 외부로는 物理를 면밀하게 하여야 言語에
> 는 반드시 意가 있게 되고 意는 반드시 속마음에서 우러나오게 된다.285)

그는 작품에 뜻이 담기고 시인의 뜻이 마음속에서 나오기 위해서는 내
적으로는 시인의 '才情'을 극도로 발휘해야 하고 외적으로는 '物理'를 면
밀하게 궁구해야 한다고 하였다. 왕부지는 자신의 이러한 관점을 ≪詩經≫
의 각종 시구를 들어 더욱 구체적으로 강조하였다.

> 蘇軾은 '뽕이 시들지 않았을 때 그 잎은 싱싱했네'는 物을 궁구함이
> 공교하니 '沃若'이 아니면 '桑'을 말하기가 부족하고, '桑'이 아니면 '沃若'
> 이라 하기에 부족하다 하였는데 실로 그렇다. 그러나 이는 物態만을 파
> 악했을 뿐 物理는 파악하지 못했다. '싱싱한 복숭아 그 잎은 무성하네',
> '붉으레한 그 꽃', '탐스러운 그 열매'와 같은 것이라야 비로소 物理를
> 궁구한 것이다. 夭夭라는 것은 어린 복숭아를 형용한 것이다. 복숭아가
> 아름드리 자랐을 때는 수액이 굳고 꽃이 화사하지 않고 잎이 무성하지
> 않으며 열매가 탐스럽지 못하다. 때문에 나무가 어리고 가지가 연약하며
> 아름답고 단아하며 예쁘장하고 싱그러울 때라야 夭夭로써 형용될 수 있
> 을 뿐이다.286)

---

284) ≪淸詩話≫ 上冊, p.8, ≪薑齋詩話≫ 卷下, "含情而能達, 會景而生心, 體物而得神, 則有
　　靈通之句, 參化工之妙."

285) ≪船山全書≫ 一五, p.843, 嶽麓書社出版社, 1992, ＜薑齋詩話·夕堂永日緒論外編＞, "內
　　極才情, 外周物理, 言必有意, 意必由衷."

그는 객관 경물 묘사에서 외부 형태(物態)만을 묘사하는 데 그쳐서는 안 되고, 반드시 내부 본질(物理)을 파악해서 묘사해야만 핍진하고 생동적인 작품이 된다고 하였다. 예를 들면, 그는 ≪詩·衛風·氓≫의 "뽕이 시들지 않았을 때 그 잎은 싱싱했네(桑之未落, 其葉沃若)"와 같은 시구는 비록 뽕나무의 표면상의 자태는 잘 묘사하였지만, 그 내부 속성까지는 드러내지 못하였다고 하였다. 그리고 ≪詩·周南·桃夭≫의 "싱싱한 복숭아 그 잎은 무성하네(桃之夭夭, 其葉蓁蓁)", "붉으레한 그 꽃(灼灼其華)", "탐스러운 그 열매(有蕡其實)"와 같은 시구는 어린 桃樹의 표면상의 특징을 잘 묘사하였을 뿐만 아니라 어린 桃樹가 무성하게 성장하여 꽃을 피우고 열매를 맺는 내면 속성까지 잘 묘사한 작품이라 여겼다.

객관 경물의 '眞實' 묘사가 의미하는 다른 하나는 시인이 객관 경물을 묘사하는 데 있어서 본래의 완정(完整)된 면모로써 드러내야 하고, 시인의 주관적 사상, 감정, 언어로써 객관 사물의 완정성을 파괴해서는 안 된다는 것을 의미한다.[287] 왕부지의 "그 본래의 榮華를 묘사하는데 존재하는 대로 그것을 드러내야 한다",[288] "본래대로 묘사하고 언어로 꾸며대지 않는다"[289] 등의 언급은 바로 이를 강조한 것이다. 왕부지는 또한 "자연의 정감(天情)과 사물의 이치(物理)는 슬플 수도 즐거울 수도 있다"[290]라 하여 자연의 객관 경물에도 또한 榮華, 凋落, 樂景, 哀景 등의 다양한 변

---

286) ≪淸詩話≫ 上冊, p.5, ≪薑齋詩話≫ 卷上, "蘇子瞻謂'桑之未落, 其葉沃若', 體物之工, 非'沃若'不足以言桑, 非桑不足以當'沃若', 固也. 然得物態, 未得物理. '桃之夭夭, 其葉蓁蓁', '灼灼其華', '有蕡其實', 乃窮物理, 夭夭者, 桃之穉者也. 桃至拱把以上, 則液流蠹結, 花不榮, 葉不盛, 實不蕃. 小樹弱枝, 婀娜姸茂爲有加耳."

287) 葉郎, ≪中國美學史大綱≫ 下卷, <第十九章 王夫之美學的體系>, 浪出版社印行, 民國 75年, p.470.

288) ≪船山全書≫ 一四, p.752, ≪古詩評選≫ 卷五, 謝莊 <北宅秘園> 評語, "貌其本榮, 如所存而顯之."

289) ≪船山全書≫ 一四, p.736, ≪古詩評選≫ 卷五, 謝靈運 <登上戍石鼓山詩> 評語, "貌固有而言之不欺."

290) ≪淸詩話≫ 上冊, p.6, ≪薑齋詩話≫ 卷上, "天情物理, 可哀而可樂."

화 양상이 존재한다고 하였다. 때문에 시인이 객관 경물을 맞이함에 시인이 슬픔의 정서를 느낄 때 시인을 맞이하는 객관 경물은 슬픈 정경일 수도 있고, 즐거운 정경일 수도 있다. 또한 시인이 기쁨의 정서를 느낄 때라도 시인을 맞이하는 객관 경물은 즐거운 것일 수도 슬픈 것일 수도 있다. 때문에 시인이 자신의 주관적 감정을 객관 경물에 기탁함에 있어서 시인 자신의 특정한 주관적 감정에 따라 객관 경물의 이러한 본래의 완정적 면모를 왜곡, 파괴할 수 없다는 것이다. 왕부지의 "情을 잘 운용하는 사람은 천하 경물의 영화와 쇠락을 왜곡하여 자기의 슬픔과 기쁨을 증가시키지 않는다"291)는 것은 바로 이를 말한다. 왕부지는 ≪詩經·小雅·采薇≫("昔我往矣, 楊柳依依, 今我來思, 雨雪霏霏")는 시인이 객관 경물을 하나의 완정 존재의 본래 면모대로 현시하고, 시인의 주관적 사상, 감정, 언어 구조로 그것을 임의대로 왜곡, 파괴하지 않음으로써 오히려 시인의 哀樂의 감정을 배가시켜 드러내는 효과를 가져왔다고 하였다. 왕부지는 시인이 자기의 특정한 감정으로 객관 경물의 본래의 완정적 면모를 왜곡, 파괴하지 않는 것을 "천하 경물의 영화와 쇠락을 왜곡하여 자기의 슬픔과 기쁨을 증가시키지 않는다"라고 하였다. 이것이 바로 '現量'의 '顯現眞實'의 함의이다. 왕부지의 이러한 심미 관점은 역대 시가 품평의 척도가 되었다.

그는 陶淵明의 "평원의 밭두둑엔 멀리서 불어오는 봄바람이 스쳐가고, 良苗 또한 새싹이 돋아나네(平疇交遠風, 良苗亦懷新)"에 대해 다음과 같이 말하였다.292)

---

291) ≪船山全書≫ 三, p.392, ≪詩廣傳≫ 卷三, "善用其情者, 不斂天物之榮凋以益己之悲愉."
292) 陶淵明은 <癸卯歲始春懷古田舍>라는 제목 아래에 두 수의 시를 지었다. 하나는 "在昔聞南畝, 當年竟未踐"이고, 다른 하나는 "先師有遺訓, 憂道不憂貧"이다. "平疇交遠風, 良苗亦懷新"은 "先師有遺訓, 憂道不憂貧"의 시구이다. 왕부지의 "平疇交遠風, 良苗亦懷新"에 대한 품평은 "在昔聞南畝, 當年竟未踐"에 대한 품평 중에서 진행된 것이다.

陶淵明은 이 제목으로 무릇 두 편을 지었는데 그중 한 편에는 '평원의 밭두둑엔 멀리서 불어오는 봄바람이 스쳐가고, 良苗 또한 새싹이 돋아나네'라는 詩句가 있는데 古今으로 모두 감상하며 읊조려왔다. '평원의 밭두둑엔 멀리서 불어오는 봄바람이 스쳐가고'는 정말 佳句이지만 '良苗 또한 새싹이 돋아나네'라는 것은 서투르게 시어에 들어간 것이다. 두보는 이를 얻어서 마침내 '사심이 없다(無私)'는 품덕으로 꽃과 새에 제멋대로 덮어 놓았고, '초조하지 않는다(不競)'는 마음으로 흐르는 물을 무턱대고 단정지었다. 천지 사이 경물은 지극과 관계되었다는 것을 모르는 자가 그 한도 같은 것을 또한 어떻게 제한할 수 있으리오. 자기가 치우치게 얻은 바로써 상도를 벗어나서 서로 미루어 간 것이니, 良苗가 알게 된다면 어찌 사람들의 曲諛를 비웃지 않으리오. 시에 통달한 사람이라면 理를 믿지 않아도 理가 스스로 이르게 되는 법이니 왜곡시키는 바가 없어야 할 뿐이다.293)

陶淵明의 〈癸卯歲始春懷古田舍〉 "平疇" 二句, 두보의 〈後遊〉 "꽃과 버들 더욱 사심 없네(花柳更無私)", 〈江亭〉 "강물은 서로 분주히 흐르나 내 마음은 초초하지 않네(水流心不競)"는 모두 고금으로 인구에 회자되는 명구로써, 역대 시론가들로부터 호평을 받았다. 蘇軾은 〈東坡題跋〉에서 도연명의 "平疇" 二句에 대해서 "옛날 지팡이를 꽂고 농사를 지었던 사람이 아니면 이 말을 할 수 없고, 세상의 익숙한 농사꾼이 아니라면 이 말의 묘미를 알 수 없다"294)고 하였고, 沈德潛은 《古詩源》 卷九에서 "옛 사람이 《詩經》 중에 어느 시구가 가장 뛰어나느냐고 물으니, 어떤 사람이 '수양버들 하늘거리네'라고 하였다. 이는 일시에 감흥이 도래하여 지

---

293) 《船山全書》 一四, p.719, 《古詩評選》 卷四, 陶潛 〈癸卯歲始春懷古田舍〉 評語, "陶此題凡二作, 其一有云'平疇交遠風, 良苗亦懷新', 爲古今所共欣賞. '平疇交遠風', 信佳句矣, '良苗亦懷新', 乃生入語. 杜陵得此, 遂以無私之德, 橫被花鳥 ; 不競之心, 武斷流水. 不知兩間景物關至極者, 如其涯量亦何限, 而以己所偏得, 非分相推, 良苗有知, 寧不笑人之曲諛哉! 通人于詩, 不言理而理自至, 無所枉而已矣."

294) 龔斌 校箋, 《陶淵明集校箋》, 上海古籍出版社, 1996, pp.182~183 再引用, "非古之耦耕植杖者, 不能道此語 ; 非世之老農, 不能識此語之妙."

은 시어지만 그러나 실로 명구이다. 만약 어떤 사람이 陶公의 시 중에 어떤 시구가 가장 뛰어나느냐고 물으면 나는 답하여 '평원의 밭두둑엔 멀리서 불어오는 봄바람이 스쳐가고, 良苗 또한 새싹이 돋아나네'라고 할 것이니 (이것) 또한 일시에 감흥이 이르러 지은 것이기 때문이다"295)라고 하였다. 그러나 왕부지는 도리어 도연명, 두보의 시를 이상과 같이 비판하였다. 이것은 왕부지가 "시인이 자신의 이른바 '편향되게 얻은 뜻(意)'으로 객관 경물의 완정적 존재를 축소, 분할, 파괴시켰다고 여겼기 때문이다"296) 따라서 이러한 시는 "그 본래의 영화를 묘사하는 데 마치 있는 대로 그것을 드러내야 한다", "그 고유한 모습대로 드러내고 언어로써 왜곡시키지 않아야 한다"라는 요구에 부합되지 못하였다는 것이다.

왕부지의 객관 경물 묘사에 대한 이러한 심미 관점은 실로 예술적 창견이자 탁견이다. 전대 시론가들도 시가 창작에서 객관 경물을 어떻게 묘사하고, 어떻게 다루어야 하는가에 대해서 희미하게나마 인식은 하였지만, 왕부지처럼 구체적이고 명확하지는 못하였다. 왕부지의 객관 경물 묘사에 대한 이와 같은 관점은 중국 시론에서 중요한 의와 가치를 지닌다.

이상은 왕부지의 '現量'을 세 가지의 시가 미학적 측면에서 조명한 것이다. 왕부지는 시가 창작에서 '現量'의 이러한 측면이 모두 체현되어야 우미한 '情景交融'의 예술 형상이 구성된다고 여겼다.

---

295) 上同, "昔人問 ≪詩經≫ 何句最佳, 或答曰 '楊柳依依' 此一時興到之言, 然亦實是名句. 倘有人問陶公何句最佳, 愚答云: '平疇交遠風, 良苗亦懷新'亦一時興到也."

296) 葉郎, ≪中國美學史大綱≫ 下卷, <第十九章 王夫之美學的體系>, 浪出版社印行, 民國 75年, p.471.

제4장

'意勢'論

1. '意'로 主를 삼음

시인이 객관 경물로부터 자극을 받아 내면에서 발생하는 창작 감흥은 시가의 생성 원천이다. 그러나 창작 감흥이 용솟음쳤다 할지라도 그것을 모두 시로 표현할 수는 없다. 시인은 그것으로부터 구체적이고 형상적인 '주관 정서(意)'를 세워야 한다. 왕부지 시론에서 '意로 主를 삼는다(以意爲主)'의 '意'는 바로 이를 말한다.

왕부지는 창작 감흥으로부터 구체적이고 형상적인 주관 정서가 발생하여 한 편의 작품이 이루어지는 일련의 과정을 다음과 같이 설명하였다.

> 興이 일어 意가 발생하고 意가 다해지니 言語도 그쳐 四十字가 한 편이 된다.[1]

---

1) 《船山全書》 一四, p.1373, 《明詩評選》 卷五, 貝瓊 <寓翠岩菴> 評語, "興起意生, 意

意가 일어나니 붓도 일어나고 意가 그치니 붓도 그친다.[2]

여기에서 중국 시가 비평에서 중요 문제로 논의되는 '情'과 '意'의 차이를 발견하게 된다. '情(창작 감흥)'은 시인이 객관 경물로부터 자극을 받아 내면에서 발생하는 일차적 감정이고, '意'는 창작 감흥으로부터 발생하는 이차적 정서이다.[3]

'以意爲主'란 시인의 구체적이고 형상적인 주관 정서로써 시를 창작해야 함을 말한다. 사실 이러한 주장은 왕부지에 의하여 처음 제기된 것은 아니다. 그것은 이미 중국 시가 비평에서 깊은 전통을 가지고 있다. 일찍이 南朝 宋의 范曄은 <獄中與諸甥姪書目自序>에서 다음과 같이 말하였다.

늘상 이르기를 情志가 기탁하는 바이기 때문에 마땅히 意로 主를 삼아야 하고 文으로 意를 전달해야 한다. 意로 主를 삼으면 그 뜻은 반드시 드러나지만 文으로 意를 전달하면, 그 말은 유창하지 않다. 그러한 뒤에 꽃향기를 자아내고 金石을 울려야 할 뿐이다.[4]

송대에 劉攽은 《中山詩話》에서 "詩는 意를 위주로 하고, 문장은 그 다음으로 해야 하니 혹 意가 심원하고 義가 높으면 비록 문장이 평이하

─────────────

盡言止, 四十字打成一片."

2) 《船山全書》 一四, p.988, 《唐詩評選》 卷三, 杜審言 <和晉陵陸丞相早春遊望> 評語, "意起筆起, 意止筆止."

3) 陸時雍은 《詩鏡總論》에서 '情'과 '意'의 차이를 다음과 같이 구별하였다. "夫一往而至者, 情也. 苦慕而出者, 意也. 若有若無者, 情也. 必然必不然者, 意也. 意死而情活, 意迹而情神, 意近而情遠, 意僞而情眞. 情意之分, 古今所由判矣. 少陵精矣刻矣, 高矣卓矣, 然而未齊於古人者, 以意勝也. 假令古詩十九首與少陵作, 便是首首皆意. 假令以石壕諸什與古人作, 便是首首皆情. 此皆有神往神來, 不知而自至之妙. 太白則幾及之矣. 十五國風皆設爲其然而實不然之詞, 皆情也. 晦翁說詩, 皆以必然之意當之, 失其旨矣. 數千百年以來, 慣慣於中而不覺者衆也."(丁福保 輯, 《歷代詩話續編》 下, 中華書局, pp.1414~1415).

4) 曾永義, 柯慶明 編輯, 《兩漢魏晉南北朝文學批評資料彙篇》, p.229, "常謂：情志所託, 故當以意爲主, 以文傳意. 以意爲主, 則其旨必見；以文傳意, 則其詞不流；然後抽其芬芳, 振其金石耳."

더라도 자연히 기묘한 작품이 된다"5)라고 하였고, 吳可는 ≪藏海詩話≫에
서 "마땅히 意를 위주로 하고 화려한 수식으로 보좌를 하면 안과 밖이
모두 감미롭게 된다"6)라고 하였으며, 張表臣은 ≪珊瑚鉤詩話≫ 卷一에서
"詩는 意를 위주로 하고 또 모름지기 篇 가운데에서 句를 연마해야 하고
句가운데서 字를 연마해야만이 공려(工麗)함을 얻을 수 있다"7)라고 하였다.
　金代에 王若虛는 ≪濟南詩話≫ 卷一에서 다음과 같이 말하였다.

　　　나의 외삼촌은 일찍이 시를 논하여 '文章은 意로써 그것의 주인을 삼
　　고 字句로써 그것의 종으로 삼아야 한다. 주인이 강하고 종이 약하면 부
　　려도 따르지 않을 수가 없다. 세인들은 흔히 그 종으로 삼는 바를 교만
　　하게 함으로써 발호하여 제압하기 어려운 지경에 이르게 하니 심한 경
　　우에는 도리어 그 윗사람을 부리려 한다'라고 하였으니 그 병통을 깊이
　　지적한 것이라 할 수 있다.8)

물론 중국 시가 비평에서 시인이 시를 통해서 표현하고자 하는 구체적
이고 형상적인 주관 정서를 가지고 시가를 창작해야 한다는 주장이 단지
'以意爲主'로만 표현된 것은 아니다. 이른바 '立意',9) '命意',10) '造意',11)

---

5) 何文煥 輯, ≪歷代詩話≫ 上, p.285, "詩以意爲主, 文詞次之, 或意深義高, 雖文詞平易,
　　自是奇作."
6) 丁福保 輯, ≪歷代詩話續編≫ 上, p.331, "要當以意爲主, 輔之以華麗, 則中邊皆甛也."
7) 何文煥 輯, ≪歷代詩話≫ 上, p.455, "詩以意爲主, 又須篇中練句, 句中練字, 乃得工耳."
8) 丁福保 輯, ≪歷代詩話續編≫ 上, p.507, "吾舅嘗論詩云：'文章以意爲之主, 字語爲之役. 主
　　強而役弱, 則無使不從. 世人往往驕其所役, 至跋扈難制, 甚者反役其上.' 可謂深中其病矣."
9) 丁福保 輯, ≪歷代詩話續編≫ 上, p.328, 吳可, ≪藏海詩話≫, "凡看詩, 須是一篇立意,
　　乃有歸宿處. 如童敏德木筆花詩, 主意在筆之類是也."
　　何文煥 輯, ≪歷代詩話≫, p.727, 楊載 ≪詩法家數≫, "立意, 要高古渾厚有氣槪, 要沉著,
　　忌卑弱淺陋."
10) 魏慶之, ≪校正詩人玉屑≫, 世界書局印行, p.127, ≪詩人玉屑≫ 卷六, "凡作詩須命終篇之
　　意, 切勿以先得一句一聯, 因而成章；如此則意不多屬. 然古人亦不免如此. 如述懷, 即事之
　　類, 皆先成詩, 而後命題者也."
　　丁福保 輯, ≪歷代詩話續編≫ 下, p.1138, 謝榛, ≪四溟詩話≫ 卷一, "題外命意, 善作者
　　得之. 不然, 流於迂遠矣."

‘作意’,12) ‘匠意’13) 등은 모두 이러한 주장이 반영된 것이다.

왕부지는 이러한 전통을 계승하여 그것을 자신의 예술 이론으로 꽃 피웠다. 그는 《夕堂永日緖論內篇》에서 다음과 같이 말하였다.

詩歌나 長篇文章을 막론하고 모두 意를 위주로 하여야 한다. 意는 장수와 같다. 장수가 없는 병사를 烏合이라 한다. 이백, 두보가 大家로 일컬어지는 까닭은 意없는 詩가 열에서 한둘도 안 되기 때문이다. 안개와 구름·샘과 돌, 꽃과 새·이끼와 숲, 금장식한 배목·비단 휘장에 意가 깃들면 신령스럽다. 齊, 梁人들이 (자구마다) 빛나고 화려한 詩語를 강구한 것처럼 宋人들은 기존 시구의 出處를 뭉치고 합쳐놓는 짓을 하였다. (宋人은 詩를 논함에 글자마다 出處를 구하였다.) 저것에 마음을 부려서 줍고 찾느라 자기의 情이 자연스럽게 발동하는 것은 돌보지 않았으니, 이를 小家의 기예라고 하니 결국은 올가미 속에서 살 방도를 찾는 것이다.14)

武漢大學中文系 中國古代文學理論硏究室編, 《歷代詩話詞話選》, 武漢大學出版社, 1984, p.347 再引用, 周履精, 《騷壇秘語》, "作詩以命意爲主. 古人云：操詞易, 命意難. 身不誣矣. 命意欲其高遠, 超詣出人意表, 與尋常迥絶, 方可爲主."

11) 遍照金剛, 《文鏡秘府論·南卷·論文意》, 王利器校注, 《文鏡秘府論校注》, p.289, "詩頭皆須造意, 意須緊；然後縱橫轉變. 如‘相逢楚水寒’, 送人必言其所矣."
    郭紹虞 編選, 富壽蓀 校點, 《淸詩話續編》 上, p.810, 張謙宜, 《絸齋詩談》, ‘造意是詩骨, 故居第一.’

12) 遍照金剛, 《文鏡秘府論·南卷·論文意》, 王利器校注, 《文鏡秘府論校注》, p.289, "凡屬文之人, 常須作意."

13) 曾永義, 柯慶明 編輯, 《兩漢魏晋南北朝批評資料彙編》, p.188 再引用, 陸機, 《文賦》, "辭程才以效伎, 意司契而爲匠."

14) 《淸詩話》 上冊, p.8, 《薑齋詩話》 卷下, "無論詩歌與長行文字, 俱以意爲主. 意猶帥也. 無帥之兵, 謂之烏合. 李, 杜所以稱大家者, 無意之詩, 十不得一二也. 煙雲泉石, 花鳥苔林, 金鋪錦帳, 寓意則靈. 若齊, 梁綺語, 宋人搏合成句之出處, (宋人論詩, 字字求出處.) 役心向彼掇索, 而不恤己情之所自發, 此之謂小家數, 總在圈繢中求活計也."
    예문의 ‘小家數’를 《漢語大詞典》 (2) p.1618에서는 ‘小家子氣’라고 풀었다. 그리고 왕부지의 위의 예문을 그것의 예증으로 들었다. 그것은 기풍이 크지 않고 당당하지 못한 것을 의미한다. 그러나 여기에서는 ‘小家’를 《漢語大詞典》의 제3번째 풀이인 ‘小流派’, ‘小作歌’로 보는 것이 나을 듯하고, ‘數’는 기술, 솜씨, 재주 등의 뜻을 가진 것으로 풀이하는 것이 나을 듯하다. 이런 뜻에서 ‘小家數’를 ‘小家의 기예’로 풀

　왕부지의 이와 같은 관점이 ≪夕堂永日緖論外篇≫에서도 보인다. 그는 齊, 梁 이래의 작가들은 모두 지름길이 있었고 계급이 있었다고 하였다. 그러므로 그들에게는 객관 경물로부터 자극을 받아 내면에서 솟아나는 창작 감흥이 있을 수 없고, 이것으로부터 발생되는 시인의 구체적이고 형상적인 주관 정서(意)와 문장의 기세(氣)는 있을 리 없다. 때문에 그들이 아무리 문사미(辭藻)를 강구하고 체재(體格)를 세운다 하더라도 그들이 표현해 낸 주관 정서는 문사미(辭藻)에 미치지 못하고, 문장의 기세는 그들이 세운 체재(體格)에 차지 못한다는 것이다. 그들은 事理, 情志와는 무관하게 고정된 격식을 서로 인습하면서 그 가운데에서 그것을 짜 맞추는 방식으로 시를 지었다는 것이다. 왕부지는 이를 '小家'의 창작이라고 하였다. 그러나 이백, 두보는 내적으로 '才情'을 극도로 하고 외적으로는 '物理'를 주밀하게 함으로써 그들의 언사에는 반드시 표현하고자 하는 구체적이고 형상적인 주관 정서가 내재되었고 그것은 시인의 내면으로부터 나오게 된 것이라고 하였다. 때문에 그들의 시는 조탁을 하든 솔직하게 하든, 미려하게 하든 청담하게 하든, 방종하게 하든 긴밀하게 하든 모두 意가 내포되었고 神氣가 수행되었다고 하였다. 이들의 창작은 大家의 창작이 되었다고 하였다.[15]

　이외에도 왕부지가 역대 시가를 품평하면서 말한 '達意', '立意', '着意', '寄意', '布意', '託意', '含意', '用意', '寓意', '翔意', '匠意', '蓄意', '鍊意' 등 또한 모두 '意'를 위주로 하여 시를 창작해야 한다는 관점이다.

　그러나 왕부지는 다른 한편에서는 '以意爲主'를 반대하는 논지를 전개하였다.

　　이한다. 결국 그것의 小家의 하찮은 재주를 의미한다.
15) ≪船山全書≫ 一五, p.843, ≪薑齋詩話·夕堂永日緖論外篇≫, "齊, 梁以來, 自命爲作者, 皆有蹊徑, 有階級 ; 意不逮辭, 氣不充體, 於事理情志全無干涉, 依樣相仍, 就中而組織之, …… 此謂小家. 李, 杜則內極才情, 外周物理, 言必有意, 意必緣衷 ; 或雕或率, 或麗或淸, 或放或斂, 兼該馳騁, 唯意所適, 而神氣隨御以行, …… 此謂大家."

　　宋人은 詩를 논함에 있어서 意로써 주를 삼았고, 이와 같은 부류는 단
지 意만으로서 서로 표방하니, 촌의 누런 관을 쓴 맹녀가 연주하며 노래
하는 것과 또한 무엇이 다르리오?[16)

　　詩歌의 묘미는 원래 경물을 취하여 운미를 표현하는 데 있는 것이요,
意를 새기는 데 있지 않다.[17)

　　때문에 意를 爲主로 해야 한다는 설을 아는 것은 진짜 腐儒이다.[18)

　　詩의 심원과 광대, 저 옛 것을 버리고 새 것을 추구하는 것은 모두가
意를 추구함에 있는 것은 아니다. 唐人들은 意로써 古詩를 지었고 宋人들
은 意로써 律詩, 絶句를 지었기 때문에 詩가 드디어 멸절되었다. 만약 意
를 밝히기 위한 것이라면 모름지기 ≪易≫을 贊하고 ≪書≫를 저작해야
지 詩는 필요 없는 것이다. ‘짝지어 우는 징경이 강의 모래톱 위에 있네.
요조숙녀는 군자의 좋은 짝이라네.’ 이는 어찌 微妙함에 들어가 新奇를
드러내고 사람들이 이르지 못한 바의 意가 있겠는가?[19)

　　왕부지는 시가 창작에서 한편으로는 ‘以意爲主’를 주장하고, 한편으로
는 ‘以意爲主’를 반대하였다. 때문에 얼핏 보기에는 왕부지의 관점에는
상호 모순이 있다. 그러나 왕부지가 반대하는 ‘以意爲主’의 ‘意’란 바로
추상적이고 관념적인 議論, 思想, 哲理 등을 의미한다.

　　여기에서 어느 한 개인의 시가 비평을 연구하든 아니면, 중국 시가 비

---

16) ≪船山全書≫ 一四, p.537, ≪古詩評選≫ 卷一, 鮑照 ＜擬行路難＞ “君不見栢梁臺” 評
　　語, “宋人論詩以意爲主, 如此流直用意相標榜, 則與村黃冠盲女子所彈唱, 亦何異哉?”
17) ≪船山全書≫ 一四, p.557, ≪古詩評選≫ 卷一, 斛律金 ＜敕勒歌＞ 評語, “詩歌之妙, 原
　　在取景遣韻, 不在刻意也.”
18) ≪船山全書≫ 一四, p.708, ≪古詩評選≫ 卷四, 郭璞 ＜遊仙詩＞ “翡翠戲蘭苕” 評語,
　　“故知以意爲主之說, 眞腐儒也.”
19) ≪王船山全書≫ 一四, pp.1576～1577, ≪明詩評選≫ 卷八, 高啓 ＜涼州詞＞ 評語, “詩之
　　深遠廣大, 與夫舍舊趨新也, 俱不在意. 唐人以意爲古詩, 宋人以意爲律詩絶句, 而詩遂亡.
　　如以意, 則直須贊 ≪易≫ 陳 ≪書≫, 無待詩也. ‘關關雎鳩, 在河之洲, 窈窕淑女, 君子好
　　逑.’, 豈有入微翻新, 人所不到之意哉?”

평에 관한 전반을 연구하든 비평 용어에 대해 주의해야 할 필요성을 느낀다. 비록 하나의 동일한 비평 용어일지라도 그것이 사용된 정황에 따라서 얼마든지 多義性과 岐義性을 가질 수 있다. 때문에 그것이 사용된 상황을 상세하게 궁구하여 그것이 사용된 취지를 엄밀하게 분석하고 정확하게 해석해야 한다. 왕부지가 ≪夕堂永日緖論外編≫에서 말한 바의 "이 하나의 글자를 총관(總觀)하면 사용된 바에 따라서 다르다. 위, 아래 의미를 익숙하게 살피고 그 속에 잠기어 그 立言의 취지를 찾으면 차이가 완전하게 드러난다"[20]는 바로 이를 말한다. 만약 우리가 어떤 하나의 비평 용어가 지니는 개념의 多義性과 岐義性을 간과하고 그것을 단지 어느 한 가지 측면에서만 이해한다면, 결과적으로 많은 오류를 초래한다. 왕부지 시론에서도 '意'는 그것이 사용된 상황에 따라 매우 다양한 함의를 지닌다. 왕부지 시론에서 '意'가 어떠한 多義性과 岐義性을 가지든, 그가 창작 이상으로 제창한 '以意爲主'의 '意'는 바로 창작 감흥으로부터 발생한 구체적이고 형상적인 주관 정서를 말한다.

2. '勢'를 취함

(1) '勢'의 개념, 연변, 운용 양상

시인이 창작 감흥으로부터 시를 통해서 표현하려는 하나의 구체적이고 형상적인 주관 정서를 세웠다면, 그것을 어떻게 표현해야 할 것인가는 매우 중요한 문제이다. 중국의 고대 시론가들은 이에 대해 깊이 있는

---

20) ≪船山全書≫ 一五, p.856, ≪薑齋詩話·夕堂永日緖論外篇≫, "統此一字, 隨所用而別 ; 熟繹上下文, 涵泳以求其立言之指, 則差別畢見矣."

탐구를 진행하여, 다양하고 중요한 예술 관점들을 제기하였다. '勢를 取한다(取勢)'는 바로 이러한 탐구에서 제기된 예술 관점이다. 원래 '勢'라는 개념은 先秦시대에는 정치, 철학, 군사, 공정기술 영역에서 광범위하게 사용되었고 이에 따라 다양한 의미를 가졌다.

예를 들면, 《尙書·君陳》에서는 地位權力의 의미를 나타내는 개념으로 사용되었다.

勢에 의지해서 위엄을 부려서는 안 되고, 법에 의지해서 해쳐서는 안 된다.[21]

《韓非子·難勢》에서는 '勢位(권세 있는 지위)'를 말하는 개념으로 사용되었다.

堯는 匹夫가 되어 세 사람도 다스릴 수 없었는데, 桀은 天子가 되어 天下를 혼란하게 하였다. 나는 이로써 권세 있는 지위는 믿을 만하고 현명하고 지혜로운 것은 우러러 받들기에 부족하다는 것을 알겠다.[22]

《孟子·公孫丑上》에서는 '趨勢'의 개념으로 사용되었다.

齊人들이 하는 말이 있는데 '비록 知慧가 있더라도 勢를 타는 것만 못하고 비록 (김매는) 호미와 괭이가 있더라도 시기를 기다리는 것만 못하다'[23]라고 하였다.

---

21) 《十三經注疏》 上冊, p.237, 《尙書正義》 第十八, <周書·君陳>, "無依勢作威, 無倚法以削."
22) "堯爲匹夫, 不能治三人 ; 而桀爲天子, 能亂天下. 吾以此知勢位之足恃, 而賢智之不足慕也."
23) 《十三經注疏》 下冊, p.2684, 《孟子注疏》 卷三上, <公孫丑章句上>, "齊人有言曰 '雖有知慧, 不如乘勢 ; 雖有鎡基, 不如待時.'"

≪孟子·盡心上≫에서는 權勢의 의미로 사용되었는데, 이것은 ≪尙書·君陳≫에서의 의미와 같다.

> 옛날의 賢王은 善을 좋아하고 勢를 잊었다.[24]

≪孫子兵法≫에서는 '勢'라는 개념이 군사 술어로 사용되었다. 孫武는 '勢'를 군사 지휘 예술의 최고봉으로 올려놓았다.

> 때문에 전투를 잘하는 사람은 勢에서 구하였고 사람을 책망하지 않는다. 때문에 사람을 간택해서 勢를 잘 이용하였다. 勢를 잘 이용하는 사람은 사람을 통솔하여 작전하는 것이 마치 木石을 굴리듯이 한다. 木石의 성질은 평지에 있으면 정지하고 높은 데 있으면 구르니 方形은 정지하고 原形은 구른다. 전투를 잘하는 사람이 조성하는 勢는 천 길이나 되는 높은 산에서 구르는 둥근 돌과 같다. 이것이 바로 병법상의 勢이다.[25]

≪孫子兵法≫에서의 '勢'는 "지휘관이 이미 존재하는 객관 조건을 충분하게 운용하는 기초 위에서 최대한 주관적인 능동성을 발휘하여 오묘하게 奇正을 내고, 교묘하게 虛實을 운용하며 적의 의표를 찌르고, 최종적으로는 대적하는 요충지에 치명적인 위협을 줄 수 있는 험준한 전쟁 태세를 조성하는 것"[26]을 말한다. 즉 지휘관이 적군에게는 불리하게 하고 아군에게는 유리하게 하는 형세나 국면을 조성하는 것을 말한다.

先秦시대에는 '勢'가 또한 工程技術에 사용되었다. 예를 들면, ≪周禮·考工記≫에서 '勢'의 의미는 나무줄기, 목재의 姿態, 形勢를 의미한다.[27] 그

---

24) 上同, p.2764, "古之賢王好善而忘勢."

25) 孫武原著, 周亨祥 譯注, ≪孫子全譯·勢篇≫, 貴州人民出版社, 1992, p.42, "故善戰者, 求之於勢, 不責於人, 故能擇人而任勢. 任勢者, 其戰人也, 如轉木石. 木石之性, 安則靜, 危則動, 方則止, 圓則行. 故善戰人之勢, 如轉圓石於千仞之山者, 勢也."

26) 上同, p.36.

것은 나중에는 건축물과 자연 환경의 정세, 외관, 위치 등을 나타내는 말로 확대되었다.

兩漢, 魏晉南北朝 이후에 '勢'는 점차로 書論, 畵論, 詩論 등 각종의 예술 영역에 광범위하게 운용되었다. 東漢의 저명한 서법 이론가 蔡邕은 '勢'를 서법 이론의 핵심으로 삼았다. 특히 채옹의 저작 중에서 ≪九勢≫는 채옹이 서법에서 '勢'가 가지는 중요 작용을 인식하고 그것에 대해서 구체적인 분석을 하여 '九勢'로써 귀결한 것이다. 채옹은 ≪九勢≫에서 또한 서법 예술의 본원은 우주 만물 운동의 규율로부터 비롯된다고 하였고, 서법 예술 범주의 하나인 '形'과 '勢'는 바로 이것으로부터 나온다고 하였다.

> 무릇 서법은 自然에서 비롯되는데 自然이 이미 세워져 陰陽이 생긴다. 陰陽이 생기면 形勢가 나온다.[28]

蔡邕의 書論 중의 '形'은 筆劃이 짜여져 이루어진 '章法'을 가리키고, '勢'는 '필획' 및 '장법'의 가운데 내포된 운동 방식 즉 자연 법칙을 가리킨다.[29] 채옹은 ≪九勢≫에서 또한 '形'과 '勢'는 상호 배리되어서는 안 되고 화해되어야만 예술 효과를 낳을 수 있다고 하였다.[30] 그리고 그는 九種의 '取勢'의 구체적 방법을 논하고 한걸음 더 나아가 '力'의 작용에 대해서 논술하였다.[31] 채옹은 '力'은 '勢'의 기초이고 붓을 놀리는 데

---

27) ≪十三經注疏≫ 上冊, p.905, ≪周禮注疏≫ 卷第三十九, <冬官考工記> 第六, "審曲面勢, 飭五."

28) 陳振濂 主編, ≪書法學≫ 上, <第三章 書法理論批評史>, 江蘇教育出版社, 1993, p.417 再引用, "夫書肇於自然, 自然既立, 陰陽生焉, 陰陽既生, 形勢出矣."

29) 上同, p.417, "蔡邕書論中的'形'指點畫結構而成的章法, 而'勢'卽指蘊含在點畫及章法之中的運動方式, 也卽自然法則."

30) 上同, p.417 再引用, "凡落筆結字, 上皆覆下, 下以承上, 使其形勢遞相映帶, 無使勢背."

31) 上同, p.418, "藏頭護尾, 力在字中, 下筆用力, 肌膚之麗. 故曰：勢來不可止, 勢去不可遏,

'力'이 없으면 "勢가 오는 것을 그치게 할 수 없고 勢가 가는 것을 막을 수 없다"고 하였다. 붓으로 공구를 삼는 서법 예술은 '力'의 지탱이 없으면 생명 넘치는 예술 경계를 자아내지 못한다는 것이다.[32] 채옹의 '勢'의 서법 이론은 중국 서법 이론에 심대한 영향을 미쳤다. 漢代 이후로 衛恒, 王羲之, 張懷瓘 등의 서법 이론에 등장되는 '字勢', '筆勢', '識勢', '體勢' 등은 모두 직접적 혹은 간접적으로 채옹의 영향을 받았다.

魏晉南北朝 시기에 '勢'는 또한 畵論의 예술 영역에서 중요한 예술 용어로 사용되었다. 東晋의 顧愷之는 畵論의 예술 영역에 '勢'를 이끌어 들여 畵論의 논지를 전개, 그것이 하나의 중요 예술 범주로 자리 잡게 하였다. 그의 ≪論畵≫, ≪畵雲臺山記≫에는 그가 '勢'로써 畵論의 논지를 전개한 논술이 많이 보인다.[33] 梁 元帝 蕭繹은 또한 ≪山水松石格≫에서 "奇巧한 體勢를 설치하여, 山水의 縱橫을 묘사하였다"[34]라고 하였다. 이들은 모두 인물화 혹은 산수화의 구도에서 '取勢', '布勢', '使勢'가 매우 중요하며, 이것이 강구되어야만 화폭에 인물의 생동하는 모습이나 산수의 웅위한 기상과 절주의 변화를 담을 수 있다고 하였다.

顧愷之의 뒤를 이어 수많은 畵論家들이 또한 인물화나 산수화의 구도에서 '取勢', '布勢'의 중요성을 강조하는 논지를 전개하였다. 예를 들면, 五代 荊浩의 ≪山水節要≫,[35] 明代 顧凝遠의 ≪畵引·論取勢≫,[36] 趙左의

惟筆頓則奇怪生焉."
32) 이상의 蔡邕의 書法 이론에 대한 논술은 陳振濂 主編, ≪書法學≫ 上, <第三章 書法理論批評史>, pp.417~418을 참고로 하였다.
33) ≪論畵≫, 周積寅 編著, ≪中國畵論輯要≫, 江蘇美術出版社, 1998, p.414 再引用, "若以臨見妙裁, 尋其置陳布勢, 是達畵之變也.", "壯士, 有奔騰大勢, 恨不盡激揚之態 ; 三馬, 雋骨天奇, 其騰踔如蹋虛空, 於馬勢盡善也."
    ≪畵雲臺山記≫, 上同, p.415 再引用, "夾風乘其間而上, 使勢, 蜿蟺如龍.", "畵丹崖臨澗上, 當使赫巘隆崇, 畵險絶之勢."
34) ≪山水松石格≫, 上同, p.415 再引用, "設奇巧之體勢, 寫山水之縱橫."
35) 荊浩, ≪山水節要≫, 上同, p.415 再引用, "意在筆先, 遠則取其勢, 近則取其質. …… 在乎落筆之際, 務要不失形勢, 方可進階. 此畵體之訣也."

"山水의 大幅을 그리는 데 있어서 勢 얻은 것을 위주로 삼는데 힘써야 한다"는 주장,37) 淸代 笪重光의 ≪畵筌≫,38) 沈宗騫 ≪芥舟學畵編≫ 卷二, ≪山水·取勢≫39) 등이 그것이다.

중국 시론에서 가장 일찍 '勢'를 시가 창작의 각도에서 논한 사람은 建安七子 중의 한 사람인 劉楨이다. 그가 '勢'로 시가 창작을 논한 것이 劉勰의 ≪文心雕龍·定勢≫에 보인다.

> 劉楨은 "文의 體勢에는 실로 强弱이 있으니 그 말은 이미 다하였지만 勢는 남음이 있도록 하게 하는 것은 天下에 단지 한 사람일 뿐으로 그러한 경지에는 이를 수 없다"라고 하였다.40)

劉楨의 이와 같은 언급에 대해서 劉勰은 다음과 같이 자신의 의견을 나타내었다.

> 公幹이 말한 바는 자못 또한 文氣를 내포한 것이다. 그러나 문장은 勢

---

36) 顧凝遠, ≪畵引·論取勢≫, 上同, pp.415~416 再引用, "凡勢欲左行者, 必先用意於右 ; 勢欲右行者, 必先意於左 ; 或上者勢欲下垂欲上聳 ; 俱不可從本位徑情一往. 苟無根柢, 安可生發? 蓋凡物皆然者, 多見精思則自得."

37) 上同, pp.416~417 再引用, "畵山水大幅, 務以得勢爲主. 山得勢, 雖縈紆高下, 氣脈仍是貫串 ; 木林得勢, 雖參差向背不同, 而各自條暢 ; 石得勢, 雖奇怪而不失理, 卽平常亦不爲庸 ; 山坡得勢, 雖交錯而自不繁亂. 何則? 以其理然也. …… 所貴乎取勢布景者, 合而觀之, 若一氣呵成 ; 徐玩之, 又神理湊合, 乃爲高手. 然而取勢之法又甚活潑 ; 未可拘攣, 若非用筆用墨之高韻, 又非多閱古迹及天資高邁者, 未易語也."

38) 上同, p.419 再引用, "得勢則隨意經營, 一隅皆是, 失勢則盡心收拾, 滿幅都非. 勢之推挽在于幾微, 勢之凝聚乎相度."

39) 上同, p.420 再引用, "布局先須相勢, 盈尺之幅, 凭幾可見, 若數尺之幅, 須卦之壁間, 遠立而觀之, 朽定大勢."

40) 周振甫 注, ≪文心雕龍注釋·定勢≫(附今譯), p.586, "劉楨云 : '文之體勢, 實有强弱, 使其辭已盡而勢有餘, 天下一人耳, 不可得也.'"
'不可得也'의 해석에 있어서 필자는 周振甫의 해석을 참고하여 "그러한 경지에는 이를 수 없다."라고 하였으나, 또한 그것을 "그러한 작가를 얻을 수 없다"라는 의미로 해석하여도 무난할 것 같다.

에 맡겨지는 것이니 勢에는 剛도 있고 柔도 있어서 반드시 호기롭고 씩씩한 언사를 구사하고 (意氣를) 격앙강개하게 해야만 勢가 있다고 할 수는 없다.[41]

劉楨이 '勢'로 시가 창작을 논한 것은 또한 陸厥의 <與沈約書>에서도 다음과 같이 보인다.

劉楨은 글을 올려서 體勢의 극치를 크게 밝히었다.[42]

陸雲 또한 '勢'로써 시가 창작을 논하였는데, 그것이 陸雲의 <與兄平原書>에 보이고,[43] 劉勰은 그것을 ≪文心雕龍·定勢≫에서 다음과 같이 인용하였다.[44]

이전에 문장을 논함에 있어서는 辭를 먼저하고 情을 나중에 하였으며 勢를 중시하고 수식은 취하지 않았다. 張華가 문장을 논함에 미쳐서 그 말을 따르고자 하였다.[45]

---

41) 上同, "公幹所談, 頗亦兼氣. 然文之任勢, 勢有剛柔, 不必壯言慷慨, 乃稱勢也."

42) 曾永義, 柯慶明 編輯, ≪兩漢魏晉南北朝文學批評資料彙篇≫, p.241, <南齊書陸厥傳>, "劉楨奏書, 大明體勢之致."

43) 曾永義, 柯慶明 編輯, ≪兩漢魏晉南北朝文學批評資料彙篇≫, p.194, "往日論文, 先辭而後情, 尚絜而不取悅澤. 當憶兄道張公子論文, 實自欲得. 今日便欲宗其言."

44) 陸雲의 '尚勢'가 陸雲의 <與兄平原書>에서는 '尚絜'로 되어 있고, 劉勰의 ≪文心雕龍·定勢≫에서는 '尚勢'로 되어 있으며, ≪陸士龍集≫에서는 '尚潔'로 되어 있다. 이것에 대해서 논란이 많으나 劉勰이 ≪文心雕龍·定勢≫에서는 그것을 '尚勢'로 되어 인용하였고, 黃侃도 ≪文心雕龍札記·定勢第三十≫(華東師範大學出版社, p.140)에서 "'尚勢'는 지금의 ≪陸士龍集≫에서는 '尚潔'로 되어 있는데, 대개 草書의 勢, 絜은 자형이 근사하기 때문에 처음에는 絜로 잘못되었고, 또 潔로 잘못되었다"라는 견해를 제기하였다. 이로 보면 '尚絜', '尚潔'보다는 '尚勢'로 보는 것이 더욱 타당할 것 같다.

45) 周振甫 注, ≪文心雕龍注釋·定勢≫(附今譯), p.586, "往日論文, 先辭而後情, 尚勢而不取悅澤. 及張公論文, 則欲宗其言."

陸雲의 관점에 대해서 劉勰은 다음과 같이 자신의 의견을 나타내었다.

> 무릇 情은 실로 辭보다 중요하고 勢도 실로 수식을 필요로 하니, (陸雲
> 은) 먼저 미혹했다가 나중에 좋은 점을 따랐다고 할 수 있다.[46]

유협은 육운과 상반되는 관점을 제기하여 시가 창작에서 '情'이 반드시 '辭'보다 앞서야 하고, '勢'를 중시하되 반드시 문사의 윤색도 강구해야 한다고 하였다.

물론 劉楨, 陸雲보다 앞서 桓譚, 曹植 등은 비록 '勢'라는 용어를 직접 사용하지는 않았지만, 작가의 문학적 취향에 따라서 애호하는 문장의 체재는 각각 다르다는 견해를 제기하였는데, 劉勰은 桓譚, 曹植 등의 이러한 관점을 바로 '勢'의 각도에서 해석하였다.[47] 때문에 문학 창작에서 '勢'에 대한 의식은 이미 劉楨, 陸雲 이전에 존재하였다.

桓譚, 曹植, 劉楨, 陸雲 등의 관점은 유협의 '勢' 이론에 직접적인 영향을 미쳤다. 유협이 ≪文心雕龍·定勢≫에서 '勢'에 관한 논의를 전개하는 데 있어서 桓譚, 曹植, 劉楨, 陸雲 등의 관점을 인용한 것은 바로 이를 말한다. 유협은 이들의 관점을 논거로 체계적이고 심도 있게 '勢'에 관해서 논하였다. 그것이 바로 ≪文心雕龍·定勢≫이다. ≪文心雕龍·定勢≫ 전편을 관통하고 있는 劉勰의 '勢'에 대한 핵심 관점은 "情에 따라서 體를 세우고 體에 나아가 勢를 이룬다"[48]라는 것이다. 이것은 바로 한 편의 작품에서 작가의 감정 내용에 따라서 작품의 '體裁'[49]가 세워지고 작품의

---

46) 上同, "夫情固先辭, 勢實須澤, 可謂先迷而後能從善矣."
47) 上同, "桓譚稱 '文家各有所慕, 或好浮華而不知實核, 或美衆多而不見要約.' ; 陳思亦云 '世之作者, 或好煩文博采, 深沉其旨者 ; 或好離言辨白, 分毫析厘者 ; 所習不同, 所務各異.' 言勢殊也."
48) "因情立體, 即體成勢."
49) '體裁'와 '體制'는 구별되는 말이다. 전자는 시나 문장의 장르에 해당하고 후자는 형식, 격식을 나타내는 말이다.

'체재'가 세워짐에 따라 작품의 '勢'가 결정되는 것을 말한다. '勢'가 무엇이냐 하는 문제에 있어서 그는 다음과 같이 정의하였다.

> 勢란 유리한 형세를 타고서 만들어지는 것이다. 마치 弩機가 발사하면 화살이 곧바로 나아가고 계곡이 구불구불하면 여울이 굽이치는 것과 같은 자연의 趣勢이다. 圓이란 規體이어서 그 세는 자연스럽게 굴러 움직이고 方이란 矩形이어서 그 세는 자연스럽게 안정된다. 文章의 체세도 이와 같을 뿐이다.50)

여기에서 유협이 말하는 '勢'란 바로 文章의 '體勢'를 의미한다. 이는 문장의 '체재에 따라서 형성되는 '(文)勢'를 말한다. 혹자는 이를 '풍격(風格)'이라고 하였다. 유협은 이에 대해 다음과 같이 말하였다.

> 때문에 經典을 모방하여 법식으로 삼는 경우는 자연히 전아의 훌륭함에 들게 해야 하고, ≪離騷≫를 본받아 문장을 짓는 경우는 반드시 艷逸의 화려함으로 귀착되도록 해야 하고, 文意를 간단명료하게 하면서도 절실하게 하려는 경우는 대체로 함축이 적도록 해야 하고, 文辭를 명석하면서도 간약하게 결단하려는 경우는 대체로 번욕과는 괴리되도록 해야 한다.51)

이것은 각기 다른 문장 체재에 따라 각기 다른 文勢가 형성되는 것을 말한다.

유협은 또한 다음과 같이 말하였다.

> 그러나 창작에 있어서 깊이가 있는 사람은 각종의 體勢를 총괄하는 데

---

50) "勢者, 乘利而爲制也. 如機發矢直, 澗曲湍回, 自然之趣也. 圓者規體, 其勢也自轉 ; 方者矩形, 其勢也自安. 文章體勢, 如斯而已."

51) "是以模經爲式者, 自入典雅之懿 ; 效 ≪騷≫ 命篇者, 必歸艶逸之華 ; 綜意淺切者, 類乏醞藉 ; 斷辭辨約者, 率乖繁縟."

뛰어났다. 奇와 正은 서로 상반되지만 반드시 융회관통해야 하고 剛과 柔
는 반드시 시기에 따라서 운용해야 한다. 만약 전아만을 애호하고 화려함
을 싫어한다면, 兼通의 이치에 벗어나게 되니 마치 하나라 사람이 활이
중요한지 화살이 중요한지를 논쟁하는 것과 같으니 하나만을 가지고는
단독으로 쏠 수 없는 것과 같다. 만약 典雅와 浮麋가 한 작품에 공존하
게 되면 통일된 체세는 어그러지니 초나라 사람이 이미 창을 칭찬했다
가 또 방패를 칭찬하여 두 가지 물건을 모두 팔 수 없는 것과 같다.52)

유협은 창작에 있어서 깊이 있는 사람은 또한 문장 체재에 요구되는
각양각색의 '勢'를 총괄하여 파악하고 있어야 한다고 하였다. 작가의 감
정 내용에 따라 어떤 하나의 문장 체재가 세워지면, 하나의 문세만이 적
용되어야만 하는 것도 있고, 여러 종류의 문세가 겸비되어 적용되어야
하는 것도 있다. 작가는 각종 각양의 '勢'를 잘 파악하고 있어야 이러한
요구에 상응하는 문세를 결정할 수 있다. 때문에 각종의 문장 체재를 총
체적으로 파악하고 각종의 문장 체재가 지니는 특성에 대해서 심혈을 기
울여 衡量하고 구별하여야 한다. 이것은 바로 각종의 문장 체재 하나하
나가 가지는 각각의 '勢'를 변별해 내는 것을 의미한다. 이에 따라 성률
이나 색채가 배합될 수 있기 때문이다.

이로써 각종 체재를 총괄함에 있어서 공효는 형량, 분별함에 있으니
마치 음악의 宮商, 색채의 朱紫는 勢에 따라서 각각 배합하는 것과 같다.
章, 表, 奏, 議와 같은 것은 典雅를 표준으로 해야 하고, 賦, 頌, 歌, 詩는
淸麗로 규범을 삼아야 하고, 符, 檄, 書, 移는 명백결단을 준칙으로 삼아야
하며, 史, 論, 序, 注는 핵심요점으로 전범을 삼아야 하고, 箴, 銘, 碑, 誄는
광대심원을 체재로 해야 하고, 連珠, 七辭는 巧妙艶麗를 따라야 한다. 이것
은 체재에 따라서 勢를 이루고 변화에 따라서 功效를 세우는 것이다.53)

---

52) "然淵乎文者, 並總羣勢 ; 奇正雖反, 必兼解以俱通 ; 剛柔雖殊, 必隨時而適用. 若愛典而惡
華, 則兼通之理偏 ; 似夏人爭弓矢, 執一不可以獨射也. 若雅鄭而共篇, 則總一之勢離 ; 是楚
人鬻矛譽楯, 兩難得而俱售也."

劉勰은 이러한 관점을 가지고 당시의 문사들의 창작 경향을 비판하였다. ≪文心雕龍·定勢≫ 이하에서 전개된 내용은 바로 이에 관한 내용이다. 이에 대해서는 더 이상의 논술은 하지 않는다.54)

당대에 이르러 ≪詩經≫의 해석과 시가 창작에 있어서 '勢'가 적용, 운용되었다.

공영달(孔穎達)은 ≪詩經≫의 해석에서 '文勢', '義勢'설을 제기하였다. '文勢' '義勢'說은 하나의 단어(詞), 구(句), 문(文)의 뜻을 해석하는 데 있어서 그것을 고립적, 단독적으로 해석해서는 안 되고, 반드시 시문의 전체 내용, 주지, 맥락, 추세 등에 따라 해석하고, 또한 언어의 전후 위치, 관계, 구조 등에 의거해서 해석해야 한다는 관점이다.

'文勢'는 공영달이 ≪詩經·周南·兎罝≫의 "가지런한 토끼그물, 말뚝소리 쾅쾅 울려(肅肅兎罝, 椓之丁丁)"의 해석 과정에서 제기되었다.

> ≪正義≫에 이르기를 '肅肅는 敬이다'라고 하였는데 이는 ≪釋訓≫의 문장이다. 이것은 賢人이 많은 것을 찬미한 것이다. 때문에 敬이라 하였다. <小星>에서는 '급히급히 밤길 가네'라고 하였기 때문에 傳에서는 '肅肅는 빠른 모양이다'라고 하였고, <鴇羽>, <鴻雁>에서는 새가 나는 것을 말하여 문장이 그 날개와 연관되었기 때문에 傳에서는 '肅肅는 날개 소리이다'라고 하였고, <黍苗>에서는 宮室을 말하였기 때문에 箋에서는 '肅肅는 嚴正한 모습이다'라고 하였다. 이는 각기 文勢를 따른 것이다.55)

---

53) "是以括囊雜體, 功在銓別, 宮商朱紫, 隨勢各配. 章表奏議, 則準的乎典雅；賦頌歌詩, 則羽儀乎淸麗；符檄書移, 則楷式於明斷；史論序注, 則師範於覈要；箴銘碑誄, 則體制於弘深；連珠七辭, 則從事於巧艷：此循體而成勢, 隨變而立功者也."

54) "自近代辭人, 率好詭巧, 原其爲體, 訛勢所變, 厭黷舊式, 故穿鑿取新, 察其訛意, 似難而實無他術也, 反正而已."

55) ≪十三經注疏≫ 上冊, p.281, ≪毛詩正義≫, "≪正義≫ 曰：'肅肅, 敬也.' ≪釋訓≫ 文. 此美賢人衆多, 故爲敬. <小星> 云'肅肅宵征', 故傳曰 '肅肅, 疾貌'；<鴇羽>, <鴻雁> 說鳥飛, 文連其羽, 故傳曰 '肅肅, 羽聲也'；<黍苗>說宮室, 箋云'肅肅, 嚴正之貌'；各隨文勢也"

공영달은 '肅肅'을 예로 들어, 하나의 같은 단어라도 각기 다른 상황에서 다른 단어와 결합하여 사용될 때는 의미가 달라짐을 말하였다.

공영달은 또한 '采采'를 예로 들어, 하나의 동일한 단어라도 그것이 다른 단어와 결합에서 전후 어느 위치에 놓이느냐에 따라 뜻이 달라진다고 하였다. 그는 ≪詩經·曹風·蜉蝣≫[56)의 해석에서 다음과 같이 말하였다.

> ≪正義≫에 이르기를 <卷耳>, <芣苢>에서 '采采'라고 한 것은 많고 하나가 아니라는 뜻으로 말한 것이니, 이 '采采' 또한 많은 것을 나타내는 것임을 알겠다. '楚楚'가 衣裳의 아래에 위치했을 때는 衣裳의 모습을 나타낸다. 지금 '采采'는 衣服의 위에 위치해 있기 때문에 衣服이 많다는 것을 말하고 衣裳의 모습을 나타내는 것이 아니라는 것을 알 수 있다.[57)

공영달의 이와 같은 관점은 ≪詩經≫의 해석에서 뿐만 아니라 언어학 상에서도 주목할 만하다.

공영달은 또한 ≪詩經≫의 해석에 있어서 한 장이나 단락 가운데의 단어나 구의 뜻은 반드시 전후 시구의 상호 관계, 전후 어세의 흐름, 전후 맥락 등에 따라서 해석해야 한다고 하였다. 그는 ≪詩經·鄭風·溱洧≫[58) 에 대한 해석에서 다음과 같이 말하였다.

> ≪正義≫에 이르기를 사내가 '이미 가보았다'라고 한 것은 남자가 여자에게 답을 한 것이다. '또 가볼래요'라고 한 것과 위의 '여인이 가보셨나요'라고 한 것은 文勢가 서로 부합된다. 때문에 여자가 남자에게 권유한 말로서 그곳이 넓으면서도 즐거운 곳이라는 것을 말하였으니 이에

---

56) "蜉蝣之羽, 衣裳楚楚. 心之憂矣, 於我歸處. 蜉蝣之翼, 采采衣服. 心之憂矣, 於我歸息."

57) ≪十三經注疏≫ 上冊, p.384, ≪毛詩正義≫, "≪正義≫ 曰：以 <卷耳>, <芣苢>言'采采'者, 衆多非一之辭, 知此'采采'亦爲衆多. '楚楚'於衣裳之下, 是爲衣裳之貌. 今'采采'在衣服之上, 故知言多有衣服, 非衣裳之貌也."

58) "溱與洧, 方渙渙兮. 士與女, 方秉蕑兮. 女曰 '觀乎'? 士曰：'旣且.' '且往觀乎? 洧之外；洵訏且樂.'"

남자가 가게 된 것이다.[59)]

<溱洧> 중의 시구 "또 가볼래요(且往觀乎)"는 누가 말한 것인지 명확하지 않다. 그러나 공영달은 전개된 남녀 대화의 전후 문답 관계를 미루어 보면, 그것을 추측해낼 수 있다는 것이다. 먼저 시의 첫머리에서는 溱水와 洧水가 넘실대고 그곳에서 멋진 사내들과 아가씨들이 난초를 주고받으며 사랑을 나누는 정경을 묘사하였다. 이러한 정경에서 여인이 사내에게 "(그대는 그곳에) 가보셨나요?(女曰 : 觀乎)"라고 하였다. 이에 사내가 "이미 가보았다(士曰 : 旣且)"라고 하였다. 이것은 사내가 여인의 물음에 대답한 것이다. 이에 상대에게 가보자고 권유하는 어투로 "또 가볼래요?(且往觀乎)"라고 한 것은 자연히 여인이 사내에게 한 말이다. 이것은 바로 위 구의 "(그대는 그곳에) 가보셨나요?(觀乎)"라는 말과 어세의 흐름이나 문맥의 추세가 서로 일치하기 때문이다. 공영달은 이를 '文勢가 서로 부합된다(文勢相副)'라고 하였다. 이로써 보면, 공영달이 말한 '文勢'는 바로 '어세의 흐름', '문맥의 추세'에 가까운 개념이다.

'義勢'는 공영달이 《詩經·小雅·伐木》[60)]에 대한 해석에서 제기한 개념이다. 공영달은 《詩經》의 단어나 구의 뜻은 '시구 전후의 의미 관계'에 따라 유추, 해석될 수 있다고 하였다. 다음에서 그의 관점을 살펴보자.

 《正義》에 이르기를 '요요(嚶嚶)'는 두 마리 새가 우는 것을 나타내는 것은 서로 바름으로 격려한다는 것으로써 이니, 만약 한 마리의 새라면 서로 격려한다는 말을 할 수 없다. 때문에 郭璞이 이르기를 '요요(嚶嚶)는 두 마리 새의 울음소리로 붕우 간에 바름으로 서로를 격려함을 비유한 것이다'라고 하였다. 이는 義勢로써 즉시 두 마리의 새가 되는 것이다. (그

---

59) 《十三經注疏》 上冊, p.346, 《毛詩正義》, "《正義》 曰：以士曰 '旣且', 是男答女也. '且往觀乎'與上'女曰觀乎', 文勢相副, 故以女勸男辭, 言其寬而樂, 於是男則往也."
60) "伐木丁丁, 鳥鳴嚶嚶. 出自幽谷, 遷于喬木. 嚶其鳴矣, 求其友聲."

러나) 사실 한 마리 새의 울음 또한 '요요(嚶嚶)'라고 하기 때문에 '요기 명의(嚶其鳴矣)'는 한 마리 새라는 것을 알 수 있다.[61]

<伐木>의 '요요(嚶嚶)'에 대해서 ≪爾雅·釋訓≫에서는 "정정(丁丁), 요요(嚶嚶)는 서로 바름으로 격려하는 것이다"[62]라고 하고, 鄭玄은 ≪毛詩箋≫에서 "丁丁, 嚶嚶은 서로 바름으로 격려하는 것이다. 옛날에 지위에 있지 않고 농사짓는 신분에 있었을 때 붕우와 더불어 험준한 산에 살면서 벌목도 하고 힘든 일을 하였는데 오히려 도덕으로 서로 격려하였다. 嚶嚶는 두 마리의 새 소리이다. 그 우는 뜻이 마치 친구에게 말하듯이 하였기 때문에 그것을 연이어 말한 것이다"[63]라고 하였다. 공영달은 이러한 관점을 수용하여 '嚶嚶'를 또한 '서로 바름으로 격려하는 것(相切直)'이라고 하였다. 그러나 ≪爾雅≫ 鄭玄의 해석의 관점과는 달리, 공영달은 그것을 '義勢'에 따라서 이와 같이 유추하고 해석하였다. 공영달이 말한 '義勢'는 바로 '시구 전후에 내포되어 전개되는 의미의 흐름'이다. 공영달은 '嚶嚶'는 '두 마리 새'의 울음소리를 묘사한 것이기 때문에 그것을 '서로 바름으로 권면하였다(相切直)'라고 할 수 있다는 것이다. 만약 '한 마리 새'의 울음소리를 형용한다면, '서로 권면하였다'라고 할 수 없다는 것이다.

공영달이 '嚶嚶'에 대한 해석에서 비록 ≪爾雅≫, 鄭玄의 관점을 따라 '嚶嚶'가 두 마리 새의 울음소리가 된다는 견해를 수용하였지만, 공영달은 시구 전후에 내포되어 전개되는 의미의 흐름에 따르면, '嚶嚶'는 또한 '한 마리 새'의 울음소리가 될 수도 있다고 하였다. 예를 들면, "벌목하

---

61) ≪十三經注疏≫ 上冊, p.411, ≪毛詩正義≫, "≪正義≫ 曰：言'嚶嚶'兩鳥者, 以相切直, 若一鳥不得有相切. 故郭璞曰："嚶嚶, 兩鳥鳴, 以喩朋友切磋相正." 是以義勢便爲兩鳥, 其實一鳥之鳥鳴亦 '嚶嚶' 也, 故知"嚶其鳴矣" 是一鳥也."
62) ≪十三經注疏≫ 下冊, p.2590, ≪爾雅注疏·釋訓第三≫, "丁丁, 嚶嚶, 相切直也."
63) ≪十三經注疏≫ 上冊, p.410, ≪毛詩正義≫, "丁丁, 嚶嚶相切直也. 言昔日未居位在農之時, 與友生於山嚴伐木, 爲勤苦之事, 猶以道德相切正. 嚶嚶兩鳥聲也. 其鳴之志似於有朋友道然, 故連言之."

는 소리 쩡쩡, 새 울음소리 짹짹(伐木丁丁, 鳥鳴嚶嚶)"은 伐木 소리에 새가 울부짖는 것을 묘사한 것이다. "깊은 골짜기에서 나와, 높은 나무로 옮겨 가네(出自幽谷, 遷于喬木)"는 벌목 소리에 새가 놀라 깊은 골짜기로부터 나와서 높은 나무로 날아가 앉은 것을 나타내었다. "짹 그 울음소리여, 그 짝을 찾는 소리네(嚶其鳴矣, 求其友聲)"는 높은 나무에 앉은 새가 자기의 짝을 찾아 嚶嚶하게 울부짖는 것을 묘사한 것이다. 때문에 "짹 그 울음소리여(嚶其鳴矣)"에서 사용된 '嚶'는 바로 한 마리의 새가 '자기의 짝을 찾아 울부짖는 소리'라는 것이다. 上句 "짹 그 울음소리여(嚶其鳴矣)"와 下句 "그 짝을 찾는 소리네(求其友聲)"에 내재되어 전개되는 의미의 흐름을 잘 고찰하면 이와 같은 해석은 자연스럽게 유추될 수 있다는 것이다.

이상에서 공영달이 ≪詩經≫의 해석에서 제기한 '文勢', '義勢'의 개념은 ≪詩經≫의 詞義, 句義, 文義에 대한 해석은 그것을 고립적이고 단독적으로 해석해서는 안 되고, 반드시 시문의 전체 내용, 주지, 맥락, 추세 등에 따라 해석해야 하며, 또한 언어의 전후 위치, 관계, 결구, 구조 등에 의거해서 해석해야 한다는 관점이다.

당대에 '勢'의 개념으로 시가 창작 현상을 설명한 대표적 시론가들은 왕창령(王昌齡), 교연(皎然) 등이다. 왕창령은 역대 시의 창작 유형을 17가지 형식으로 나누어 각각의 격식을 설명하고, 역대 시 중에서 각각에 해당하는 것을 예로 들었다. 이것이 왕창령의 ≪十七勢≫이다.64) 그의 ≪十七勢≫의 '勢'는 바로 유형, 형식, 격식 등과 가까운 개념이다. 遍照金剛의 ≪文鏡秘俯論·地卷≫에는 왕창령의 ≪十七勢≫가 실려 있다.65) 羅根澤

---

64) ≪十七勢≫의 작자가 王昌齡이냐 王維이냐에 대한 논란이 있다. 이것에 관해서는 논외로 한다. 지금까지 대부분의 문학사가들은 ≪十七勢≫의 작자를 王昌齡으로 보고 있다.

65) 弘法大師原 撰, 王利器校 注, ≪文鏡秘俯論≫, p.114, "第一, 直把入作勢 ; 第二, 都商量入作勢 ; 第三, 直樹一句, 第二句入作勢 ; 第四, 直樹兩句, 第三句入作勢 ; 第五, 直樹三句, 第四句入作勢 ; 第六, 比興入作勢 ; 第七, 謎比勢 ; 第八, 下句拂上句勢 ; 第九, 感興勢 ; 第

은 ≪中國文學批評史≫에서 왕창령의 ≪十七勢≫를 일곱 가지의 시가 창작 내용으로 분류하였다.66) 하나는 '시에 있어서 발단을 어떻게 할 것인가를 밝힌 것',67) 하나는 '시의 함축의 작법을 밝힌 것',68) 하나는 '한 수의 시에서 落句하는 것을 밝힌 것',69) 하나는 '一聯兩句의 상호 관계를 설명한 것',70) 하나는 '詩意의 전후를 반전시켜 구원하는 것을 설명한 것',71) 하나는 '句法을 설명한 것',72) 하나는 '景과 理의 상호 관계를 설명한 것'73)이다.

교연의 저작 중에서 ≪詩式≫은 그가 시가 창작 현상에 대한 각종의 규율을 탐구하고 그에 대한 각종 이론을 전개한 저작이다. 여기에는 皎然이 '勢'로써 시가의 창작 규율을 탐구한 관점이 보인다.

교연은 ≪詩式·鄴中集≫에서 "建安七子에서 曹植이 최고이다. ……(言)語는 (感)興과 더불어 달렸고, 勢는 情을 따라 일어났다"74)라고 하였다. 교연은 曹植이 시가 창작에서 言語를 어떻게 구사하고 '勢'를 어떻게

十, 含思落句勢 ; 第十一, 相分明勢 ; 第十二, 一句中分勢 ; 第十三, 一句直比勢 ; 第十四, 生殺回薄勢 ; 第十五, 理入景勢 ; 第十六, 景入理勢 ; 第十七, 心期落句勢."
66) 이것은 羅根澤 著, ≪中國文學批評史≫, 學海出版社, 民國 69年, pp.33～38에 걸쳐서 논의되어 있다.
67) 羅根澤은 다음의 여섯 가지가 이에 해당한다고 하였다.
"第一, 直把入作勢, 第二, 都商量入作勢, 第三, 直樹一句, 第二句入作勢, 第四, 直樹兩句, 第三句入作勢, 第五, 直樹三句, 第四句入作勢, 第六, 比興入作勢."
그리고 羅根澤은 "'入作'은 바로 종영이 이른바 '發端'으로서, 한 수 시의 起勢數語를 가리켜서 말한다"라고 하였다.
68) "第七 謎比勢, 第九 感興勢."
69) "第十 含思落句勢, 第十七 心期落句."
70) "第八 下句拂上句勢, 第十一 相分明勢."
71) 羅根澤은 第十四 生殺回薄勢 하나가 이것에 해당한다고 하였다. 王昌齡은 第十四, 生殺回薄勢에 대해서 다음과 같이 설명하였다. "第十四, 生殺回薄勢. 生殺回薄勢者, 前說意悲凉, 後以推命破之 ; 前說世伶傛榮寵, 後以至空之理破之入道是也."
72) "第十二 一句中分勢, 第十三 一句直比勢."
73) "第十五 理入景勢, 第十六 景入理勢."
74) 何文煥 輯, ≪歷代詩話≫ 上, p.29, "鄴中七子, 陳王最高. …… 語與興驅, 勢逐情起."

펼쳤는가에 대한 관점을 나타내고 있다. 그가 여기에서 말하는 '勢'는 바로 情의 변화와 발전에 따라 형성되는 것이다.

교연이 ≪詩式≫ 중에서 '勢'가 가지는 심미 작용으로 시가의 창작 규율을 전문적으로 탐구한 조목이 <明勢>이다.

高手가 쓴 작품은 마치 荊, 巫를 오르고 湘, 鄙, 郢 세 강의 왕성함을 보듯이 얽혀 돌면서 굽이굽이 이어지고 천 가지로 변하고 만 가지로 변한다. (文體開闔作用의 勢이다.) 어떤 것은 하늘까지 맞닿는 높은 언덕이 험준하여 무리를 이루지 못하고 기세는 날아 움직이면서 첩첩이 서로 이어진다. (奇勢가 공교로움에 있다.) 어떤 것은 긴 강이 반짝반짝 빛이 나면서 만 리에 이르도록 파도는 일지 않으니 높고 깊으며 첩첩되고 굽이진 모습을 가볍고 재빠르게 표출한 것이다. (奇勢가 문아하게 드러난다.) 고금의 뛰어난 품격은 모두 그 지극함에 이르렀다.75)

교연이 여기에서 말하는 '勢'는 문장의 기복, 동정, 강약, 완급, 고저 등이 탄력적이고 변화 있게 운용되어 형성된 문장의 기세를 말한다. 그는 이러한 창작 규율이 작품에 운용되어야 하고, 시인은 반드시 이러한 창작 규율을 깊이 이해해야 한다고 하였다.

교연은 또한 ≪詩式≫ 卷二, <登池上樓明月照積雪> 조목76)에서 '勢'를 펼치는 것으로 '通塞'의 방식, '意'를 표출시키는 것으로 '盤礴'의 방법을 제기하였다.

무릇 시인이 (작품을) 구성77)을 하는 데 있어서 勢에는 通塞이 있고

---

75) 上同, p.26, "高手述作, 如登荊巫, 覯三湘鄙郢之盛, 縈回盤礴, 千變萬態.(文體開闔作用之勢.) 或極天高峙, 崒焉不羣, 氣勢飛動, 合沓相屬 ; (奇勢在工.) 或修江耿耿, 萬里無波, 欻出高深重複之狀. (奇勢雅發.) 古今逸格,皆造其極矣."

76) 이 조목은 謝靈運 <登池上樓>의 시구 "池塘生春草"와 <歲暮>의 시구 "明月照積雪"를 품평한 것이다.

77) '作用'의 함의에 대해서는 많은 논란이 있어왔다. 郭紹虞는 ≪中國歷代文論選≫에서

意에는 盤礴이 있다. 勢에 通塞이 있다는 것은 한 편 가운데에 後勢가 특
출하게 일어나서 前勢는 끊어지는 듯하는 것이니 마치 놀란 기러기가 반
대로 날다가 짝을 돌아보는 듯한 것과 같다. 바로 曹植의 시에 '浮沈으로
각각 처지가 확연하게 다르니, 만나고 합쳐서 어느 때나 화해롭게 되리
요? 원컨대 서남풍 되어, 머나먼 공간을 넘어 그대 품속으로 들고 싶네'
라고 한 것이 이것이다. '意'에는 盤礴이 있다는 것은 한 편 가운데 비록
言語는 하나의 主旨로 귀착되지만, 감흥은 다양한 것이니 만약 지식과 재
주를 사용해서 義理의 奧妙를 밟아간다면 마치 조급한 사람이 옥을 캐기
위해 荊, 岑을 배회하는 것과 같으니 아마도 버려진 옥돌이 있을까 하여
서이다. 그것에는 두 가지 뜻이 있다. 하나는 情이고 하나는 事이다. 事
란 劉琨의 시에서 '鄧禹가 얼마나 감격했으면, 千里를 와서 (劉秀)에게 구
했으리요! 白登에서 曲逆侯(陳平)에 의해 다행히 위험을 벗어났고, 鴻門에
서는 留侯(張良)에 의해 목숨을 건졌네. 重耳(晋文公)는 다섯 명의 현자를
중용하여 대업을 이루었고, 小白(齊桓公)은 자신의 혁대고리를 쏜 管仲을 재
상으로 삼았네. 실로 두 제후를 융성하게 하는데, 어찌 내 편과 적을 구
분했으리요?'라고 한 것이 이것이다. 情이란 謝靈運의 '못에는 봄 풀 솟아
나고'와 같은 것이 이것이다.[78]

'通塞'과 '盤礴'에 대해서는 宗廷虎, 李金笭 著, ≪中國修辭學通史≫에서
인용한 李壯鷹의 해석을 재인용한다.

≪詩式≫을 選錄하고 '作用'에 대해서 '예술의 구상'을 가리킨다고 하였고, 徐復觀은
이러한 해석에 대해서 불만을 가지고 이에 대한 해석을 시도하였다. 그는 그것을
'문학을 창작할 때의 예술성의 사고, 상상'으로 해석해야 한다는 견해를 제기하였다.
이에 대한 정확한 해석이나 정의를 시도하는 문제가 또한 앞으로 해결해야 할 중요
과제 중의 하나이다. 여기에서는 우선 작품의 구성, 안배, 배치, 구조 등의 의미를
나타내는 말로 해석한다.

78) 曾永義 柯慶明 編輯, ≪隋唐五代文學批評資彙篇≫, p.97, "夫詩人作用, 勢有通塞, 意有盤
礴. 勢有通塞者, 謂一篇之中, 後勢特起, 前勢似斷, 如驚鴻背飛, 却顧儔侶, 卽曹植詩云 :
'浮沈各異勢, 會合何時諧? 願因西南風, 長逝入君懷.', 是也. 意有盤礴者, 謂一篇之中, 雖
詞歸一旨而興乃多端, 用識與才, 踩踐理窟, 如卞子采玉, 徘徊荊岑, 恐有遺璞. 其有二義 :
一情, 一事. 事者如劉越石詩曰 : '鄧生何感激, 千里來相求. 白登幸曲逆, 鴻門賴留侯. 重耳
用五賢, 小白相射鉤. 苟能隆二伯, 安問黨與仇.'是也. 情者如康樂公'池塘生春草'是也."

李壯鷹은 일찍이 이에 대해서 해석하여 "고찰하건데 '通塞'을 탐구해보면, 시 가운데 주제라는 하나의 대요를 따라서 文勢가 발전되어질 때 시인이 通塞起伏을 가지도록 하는 것으로 그것은 종으로 향하는 서술법에 속하는 것 같다. 이른바 '盤礴'은 시 중에서 하나의 中心을 둘러싸고 鋪寫를 폭넓게 하여 다방면에서 주제의 의의를 밝혀 드러내는 것으로, 그것은 횡으로 향하는 鋪陳法에 속하는 것 같다" 예를 들어 曹植 <七哀> 시 중의 이 四句는 夫君을 그리워하는 하나의 주제를 따라서 文勢가 기복된 것이다. 그리움으로 인해 근심에 잠긴 부인의 절망과 고통으로부터 희망을 싹트게 하는 국면으로 나아가게 한 것이니 (이로써) 앞 二句를 '앞의 勢는 끊어진 듯하다(前勢似斷)'라 하였고, 뒤 二句를 '뒤의 勢는 특출하게 일어났다(後勢特起)'라고 한 것이다. 이것이 바로 '通塞'의 布局法이다. '盤礴'法에 이르러서는 '情'과 '事' 두 가지 부류가 있다. 劉琨 <重贈盧諶>와 같은 시는 자기의 大功偉業을 묘사하는 이 하나의 중심을 둘러싸고 漢末에 鄧禹가 千里를 가서 漢帝를 알현한 것, 漢初에 曲逆侯 陳平에 의해 白登에서 위험을 벗어난 일, 劉邦이 鴻門에서 연회 중에 張良 덕택에 몸을 빠져나간 것, 春秋시대에 晉나라 重耳의 다섯 賢臣 및 齊桓公, 晉文公 등 다방면의 역사적 전고를 열거하여 鋪陳을 진행하였다. 이것은 '盤礴'法 중의 敍事에 속하는 한 가지 부류이다. 또 謝靈運의 <登池上樓>와 같은 것은 많은 종류의 자연 경물, 예를 들면, 파도, 산봉우리, 봄바람, 연못, 봄 풀, 동산의 버들, 우는 새 등을 묘사하여 뜻을 펼쳤는데 '盤礴'法 가운데 서정에 속하는 한 가지 부류이다.[79]

교연의 《詩式》을 통해서 '勢'의 개념을 고찰하면서 빼놓을 수 없는 조목이 있다. 《詩式》 卷一, <三不同語意勢> 조목에서의 <偸勢詩例>가 바로 그것이다. 여기에 제기된 '勢'의 함의를 살펴보자.

王昌齡의 <獨遊詩> '손에는 한 통의 서신 들고, 눈으로 천리를 가는 기러기를 전송하네. 저 새는 갈 곳이 있다는 것을 깨달으니, 이러한 우환을 만난 것이 더욱 비통스럽네'는 嵇康의 <送秀才入軍詩> '눈으로 돌

---

79) 宗廷虎, 李金苓 著, 《中國修辭學通事·隋唐五代宋金元卷》, 吉林教育出版社, 1998, p.220.

아가는 기러기 전송하고, 손으로는 五絃을 타네. 천지를 유유자적하며 스스로 깨달음 얻고, 泰玄에 마음을 노닐게 하네'를 취한 것이다.80)

이것은 교연이 왕창령의 <獨遊詩>는 嵇康의 <送秀才入軍詩>를 모방하여 지었다는 것을 말한 것이다. 왕창령의 시는 '鯉魚'와 '飛雁'의 대비를 통해서 자신이 홀로 떠다니는 근심을 묘사한 것이고, 嵇康의 시는 '歸鴻'과 '五絃'을 통해서 천지자연의 대도에 노닐면서 즐거워하고 만족하는 감정을 묘사한 것이다. 두 시는 비록 '立意'의 취지는 서로 다르지만 왕창령은 혜강의 시로부터 문장의 어휘, 구조, 체재 등을 모방하여 시를 지은 것이다. 교연은 이를 '偸勢'라고 하였다. 사실 왕창령의 "손에는 한 통의 서신 들고, 눈으로 천리를 가는 기러기를 전송하네(手携雙鯉魚, 目送千里雁)"에 사용된 문장의 언어, 구조, 체재 등은 嵇康의 "눈으로는 돌아가는 기러기 전송하고, 손으로는 五絃을 타네(目送歸鴻, 手揮五絃)"에서 사용된 것과 유사한 점이 적지 않다. 때문에 교연이 말한 '偸勢'란 다른 작품으로부터 언어, 구조, 체재 등을 모방하여 시를 짓는 것이다.

唐, 五代에 이르러 제기(齊己)는 ≪風騷旨格≫에서 <詩有十勢>論을 제기하였다.81) 宗廷虎, 李金苓 著, ≪中國修辭學通史≫에서는 제기가 말하는 '勢'에 대해서 다음과 같이 논하였다.

齊己가 논하는 바의 '勢'는 두 시구의 내용 혹은 표현 수법으로 결정되는 것이다. 그래서 齊己가 예로 든 것은 모두 二句一聯이 된다. 예를 들면, '獅子가 되돌아와서 뛰어 오르는 勢(獅子返躑勢)'와 같은 것은 '이별의 정 芳草에 두루 퍼져 있는데, 무성하지 않는 곳이 없네(離情遍芳草, 無

---

80) 何文煥 輯, ≪歷代詩話≫ 上, p.35, "如王昌齡獨遊詩: '手携雙鯉魚, 目送千里雁. 悟彼鳥有適, 嗟此罹憂患.' 取嵇康送秀才入軍詩 '目送歸鴻, 手揮五絃. 俯仰自得, 游心泰玄.'"

81) "獅子返躑勢, 猛虎踞林勢, 丹鳳銜珠勢, 毒龍顧尾勢, 孤雁失郡勢, 洪河側掌勢, 龍鳳交吟勢, 猛虎投澗勢, 龍潛巨浸勢, 鯨呑巨海勢."

處不萋萋)'라고 한 것과 같은 것으로 下句가 역으로 上句의 뜻을 보충, 설명하는 것이다. '고래가 큰 바다를 삼키는 勢(鯨呑巨海勢)'와 같은 것은 '소매에 日月을 간직하고 있고, 손바닥 위에는 乾坤을 잡고 있네(袖中藏日月, 掌上握乾坤)'라고 한 것과 같은 것으로 上, 下句가 모두 작은 것이 큰 것을 간직하는 것이 되어서 마치 고래가 바다를 삼키고 있는 것과 같으니 氣勢가 비범한 뜻이다.[82]

제기가 말하는 '勢'는 두 시구의 내용 혹은 표현 수법으로 결정되는 시의 유형, 형식, 격식 등을 나타내는 말이다. 제기의 <詩有十勢>는 '十勢'라는 명칭을 내세워 열 가지 시의 창작 유형을 제기한 것으로 하나하나가 모두 四字格式의 형상적 비유로 설명하였다. 제기의 이러한 방식은 당시뿐만 아니라 후대에도 영향을 미쳤다. 唐, 五代 徐寅 ≪雅道機要≫의 <詩有八勢>論, 文彧 ≪詩格≫의 <詩有八勢>論, 舊題 ≪續金針詩格≫의 <詩有八勢>論 등은 모두 제기의 논술을 계승하고 답습한 것이다.

明, 淸代에 이르러서는 費經虞, 胡應麟, 毛宗岡, 金聖嘆, 왕부지, 沈德潛, 劉大櫆 등이 또한 '勢'로써 시나 다른 장르의 문학을 논하였다. 특히 왕부지는 '勢'로써 시가 창작 원리를 심도 있게 탐구하였다. 다음에서는 왕부지의 '勢'에 관한 심미 관점을 탐구하기로 한다.

(2) 王夫之의 '勢'에 대한 심미 관점

왕부지는 하나의 구체적이고 형상적인 주관 정서(意)를 어떻게 표현할 것인가에 대해 심도 있는 탐구를 진행하여 여러 관점을 제기하였다. 이른바 "意를 부여하는 데 있어서 '넓게(博)' 한다",[83] "意를 부여하기를 '심오

---

82) 宗廷虎, 李金苓 著, ≪中國修辭學通史・隋唐五代宋金元卷≫, 吉林敎育出版社, 1998, p.286.

83) ≪船山全書≫ 一四, p.785, ≪古詩評選≫ 卷五, 江淹 <效阮公詩> "若木出海外" 評語, "命意博."

(雋)’하게 한다”,84) “意를 기탁하는 데 또한 ‘넓고 심원(廣遠)’하게 한다”,85)
“用意에 있어서 ‘넓게(寬)’ 한다”,86) “意를 안착하는 곳에서 모두 ‘比興’으
로 생동을 묘사한다”,87) “意를 표현하는 데 ‘번잡하지 않게(不煩)’ 한다”88)
등이 그것이다. 왕부지의 “勢를 이끌어서 意를 부여한다(引勢命意)”89)에서
알 수 있듯이, ‘取勢’는 ‘意’를 표현하는 일종의 방법이다. 그의 ‘取勢’에
대한 예술 관점이 다음에서 보인다.

　　하나의 제목·하나의 인물·하나의 사실·하나의 경물을 설정하여, 그
위에서 형상을 구하고, 比喩를 구하고, 文彩를 구하고, 전고를 구하는 것
은 마치 무딘 도끼로 상수리나무를 쪼개면 껍질 부스러기가 어지럽게
흩어지는 것과 같으니, 어떻게 일찍이 한 가닥의 결이라도 얻을 수 있으
리요? 意를 주로 하고 勢를 다음으로 해야 한다. 勢란 意 가운데 神理이
다. 오직 사령운만이 勢를 취하는 데 잘하여 (그것을) 구부렸다 돌게 하
고 굽혔다 펼쳐서, 그 意가 극진하게 펼쳐지기를 구하였으니, 意가 이미
다하면 그쳐져서 거의 남은 말이 없게 되었다. 구부려졌다 펼쳐지고 길
면서 구불구불하니 운무가 휘감아 돌면서 진짜 용이 되고 그린 용이 되
지 않았다.90)

---

84) 《船山全書》 一四, p.1519, 《明詩評選》 卷六, 王逢年 ＜虎山橋間渡人五湖＞ 評語,
“命意求雋.”
85) 《船山全書》 一四, p.1634, 《明詩評選》 卷八, 張妙淨 ＜蘇臺竹枝詞＞ 評語, “寄意亦
廣遠.”
86) 《船山全書》 一四, p.1090, 《唐詩評選》 卷四, 杜甫 ＜九日藍田宴崔氏莊＞ 評語, “寬
於用意.”
87) 《船山全書》 一四, p.500, 《古詩評選》 卷一, 曹操 ＜卻東西門行＞ 評語, “着意處皆
以比興寫生.”
88) 《船山全書》 一四, p.716, 《古詩評選》 卷四, 陶潛 ＜歸田園居＞ “野外罕人事” 評語,
“遣意不煩.”
89) 《船山全書》 一四, p.935, 《唐詩評選》 卷二, 張九齡 ＜入廬山仰視瀑布水＞ 評語.
90) 《清詩話》 上冊, p.8, 《薑齋詩話》 卷下, “把定一題, 一人, 一事, 一物, 於其上求形模,
求比似, 求詞采, 求故實 ; 如鈍斧子劈櫟柞, 皮屑紛霏, 何嘗動得一絲紋理? 以意爲主, 勢次
之. 勢者, 意中之神理也. 唯謝康樂爲能取勢, 宛轉屈伸, 以求盡其意, 意已盡則止, 殆無剩
語 ; 天矯連蜷, 煙雲繚繞, 乃眞龍, 非畵龍也.”

여기에서 그는 '意'와 '勢'의 관계, '勢'에 대한 정의, '意'와 '勢'가 결합된 작품이 가지는 예술 작용, 예술 효과 등에 대해서 견해를 제기하였다.

먼저 '意'와 '勢'와의 관계에서 "왕부지는 문학 창작 과정에서 山水를 모방하고 본뜨는 것, 문채를 조탁하는 것, 典故를 나열하는 것 등은 모두 창작의 주요 측면이 아니며 그 관건은 어떻게 작가 立意의 요구를 체현하고, 또 어떻게 立意의 요구를 체현하는 物象에 대해 그 자체의 특징에 부합하는 묘사를 하여, 그것의 자태를 핍진하게 그려내느냐에 있다고 여겼다. 따라서 立意와 取勢에서 立意는 분명히 주도적 지위에 있다. 만약 立意가 적당하지 못하면 取勢가 아무리 훌륭하더라도 소용없다. 그러나 立意가 비록 좋다고 하더라도 取勢가 적당하지 못하면 진정으로 立意의 요구를 체현할 수 없다. 반드시 意 가운데 勢가 있어야 하며, 勢는 意를 극진하게 할 수 있어야만 신묘하게 되어 최고 경계에 들게 된다. 만약 단편적으로 勢만을 강구하고 意를 강구하지 않으면 형식주의의 잘못된 창작 경향으로 쉽게 빠진다. 意와 勢의 주종 관계를 전도하게 되면 가치 있는 좋은 작품을 그려내지 못하게 된다"[91]라고 여겼다.

다음은 '勢'의 개념에 대해서 고찰해보자. 왕부지의 '勢'에 대해 논자들마다 각양각색의 견해를 제기하여 朱自淸의 표현처럼 "너는 너의 견해를 말하고 나는 나의 견해를 말하여 말을 하면 할수록 더욱 애매해진다"[92]라는 국면에 이르렀다. 예를 들면, 張少康은 "작품의 意象 중에 체현되어진 바의 내재 규율",[93] 郭紹虞는 "勢는 이미 神韻의 의미를 가지고 있다",[94] 藍華增은 "뜻을 충분하게 표현할 수 있는 宛轉의 동태 구조",[95]

---

91) 張少康 著, ≪中國古代文學創作論≫, 北京大學出版社, p.260.
92) ≪朱自淸古典文學論文集≫ 上, 上海古籍出版社, 1981, p.235, "你說你的, 我說我的, 越說越糊涂."
93) 張少康 著, ≪中國古代文學創作論≫, p.261.
94) 郭紹虞 著, ≪中國文學批評新論≫, 元山書局, 民國 74年, p.451.
95) 藍華增, <古典抒情詩的美學 — 王夫之 "情景" 說述評>, 古代文學理論研究編委會 編, ≪中

譚承耕은 "예술 규율 특히 예술 변증법의 규율을 이용하여 낳게 할 수 있는 거대한 예술 표현력"96)이라고 하였다. 林衡勛은 "시인의 사상 감정의 율동과 파악한 객관 사물의 본질과 생명 율동",97) 曹毓生은 "시인의 머릿속에 반영되어 있는 객관 사물 자체가 가지고 있는 神理"98)라고 하였다. 陶水平은 "勢는 意 가운데 神理이다. …… 意는 시의 審美意象을 가리키고 神理는 形神의 사이, 物我의 사이, 情景의 사이 및 意象의 사이의 모종 詩意의 관계"99)라고 하였다. 때문에 '勢'의 개념을 명확하게 해석하여 정의하는 것이 선결 과제이다.

왕부지는 '勢'를 "意 가운데 神理"라고 정의하였다. 그가 말하는 '勢'를 이해하기 위해서는 '神理'의 함의를 정확하게 파악해야 한다. 위의 예문에서 우선 '勢'가 사용된 전후 문맥을 자세히 고찰하면, 왕부지는 '神理'를 '形模'와 상반되는 개념으로 사용하고 있다. '神理'의 함의에 대한 단서는 여기에서 찾을 수 있다. '形模'가 '形似'와 유사 개념으로 객관 대상의 외형을 나타낸다면, '神理'는 그것과 상반되는 개념으로 객관 대상의 내부 본질을 의미한다. 중국 시가 비평에서 이는 또한 '神似'라는 개념으로 대변되었다. 왕부지는 시가 창작에서 하나의 주제, 인물, 사건, 경물을 설정해서 그것으로부터 외형의 묘사를 구하고 그럴듯한 비유를 구하고 문사의 화려한 수식을 구하고 전고의 나열을 구하는 것을 반대하였다. 그는 반드시 시인이 표현하고자 하는 하나의 구체적이고 형상적인 주관 정서('意')를 위주로 하고, 그것을 표출하기 위해서 묘사해야 할 객

國文學理論研究》, 叢刊·第十輯, 上海古籍出版社, 1985, p.163.
96) 譚承耕 著, 《船山詩論及創作研究》, 湖南出版社, 1992, p.69.
97) 林衡勛, <王夫之意境說初探>, 《雷州師專學報(社會科學版)》, 1987, 第2期, p.69.
98) 曹毓生, <略論王夫之詩論中的"意""勢"及其他>, 《湖北師範學院學報：哲社版(黃石)》, 1987, 第4期.
99) 陶水平 著, 《船山詩學研究》, <第五章 "晉宋風流"論>, 中國社會科學出版社, 2001, p.325.

관 대상의 내부 본질을 잘 파악하고 감지하여 그것을 구부렸다 돌게 하고 굽혔다 펼쳐서 '意'가 극진하게 표현되게 해야 한다고 하였다.

다음으로 왕부지 시론에서 '神理'라는 개념이 어떻게 사용되는지 고찰하면, 왕부지의 ≪薑齋詩話≫나 ≪古詩評選≫, ≪唐詩評選≫, ≪明詩評選≫ 三部의 評選著作에는 '神理'라는 개념이 대략 19차례 정도 나타난다. 물론 그것의 함의는 각각 다르게 사용되었다. 그중에서 특히 왕부지가 謝靈運의 <登上戌石鼓山詩>를 품평하면서 사용한 '神理'의 개념에 주목해 볼 필요가 있다.

> 神理가 (天地) 사이에 흐르니 天地가 그 하나의 눈(감상)을 제공한 것이다. 커서 밖이 없고 세밀하여 끝이 없다. 붓을 대기 전, 意를 궁리하기 시작할 때에 알 수 없는 것이 존재하니 어찌 興會가 출중하다는 것이 沈約이 이른 바와 같은 것이겠는가![100]

여기에서 말하는 '神理'는 바로 천지간에 존재하여 흐르는 "만사 만물의 신비한 내재 본질, 내재 생명, 운동 추세"[101]를 말한다. 물론 이것은 천지간에 존재하는 객관 경물의 자연미를 말한다. 왕부지는 사령운은 창작에 임하기 전에 심미 관조를 통하여 천지간에 흐르는 객관 경물의 신비한 내재 본질, 내재 생명, 운동 추세 등을 파악하고 감지하여 그것에 대한 예술 형상을 머릿속에 그리고 있다는 것이다. 사령운은 이러한 예술 형상을 취하여 그것을 '구부렸다 돌게 하고 굽혔다 펼쳐서' 자신이 표현하고자 하는 '意'를 곡진하게 표현했다고 하였다.

王國維의 ≪人間詞話≫에서 또한 '神理'가 객관 경물의 내부 본질을 나

---

100) ≪山全書≫ 一四, p.736, ≪古詩評選≫ 卷五, 謝靈運 <登上戌石鼓山詩> 評語, "神理流於兩間, 天地供其一目, 大無外而細無垠. 落筆之先, 匠意之始, 有不可知者存焉, 豈徒興會標擧, 如沈約之所云者哉!"
101) 陶水平 著, ≪船山詩學硏究≫, p.324.

타내는 개념으로 사용된 실례를 보게 된다.

　왕국유는 ≪人間詞話≫에서 周邦彦의 <淸玉案>을 품평하여 다음과 같이 말하였다.

　　周邦彦의 <淸玉案>詞에 '연잎 위에 아침 햇살 들어 지난밤의 빗방울 말리고, 물 위 청신하고 둥그러운 연잎, 바람결에 한 잎 한 잎 솟아 오르네'라고 했는데 이는 정말로 연의 神理를 얻은 것이다.102)

　왕국유는 여기에서 周邦彦이 연꽃에 대해 심미 관조를 통해 그것의 내부 속성, 본질을 잘 파악하고 감지하여 그것을 하나의 예술 형상으로 체현한 것을 칭찬한 것이다.

　왕부지 시론 가운데 '神理'와 거의 동일하게 사용되고 있는 개념이 '神'이다. 그는 시인이 객관 경물을 궁구하여(體物) 그것의 내부 본질을 파악(得神)해야 뛰어난 예술 형상을 그릴 수 있다고 하였다. 그의 이러한 관점이 다음에 보인다.

　　情을 머금어 잘 드러내고 景에 직면하여 心靈을 격동시키고 경물(物)을 궁구하여 그 본질(神)을 파악하면 靈通한 字句를 얻게 되고 化工의 妙에 이르게 된다.103)

　그는 또한 다음과 같이 말하였다.

　　천지 사이에서 만물을 낳은 오묘는 바로 神과 形의 합일로서 이니 形에서 神을 얻으면 形은 神이 아닌 것이 없어 人物이 되어 鬼神과는 다르

---

102) 滕咸惠 校注, ≪人間詞話新注≫, 里仁書局, 民國 83年, p.46, "美成淸玉案詞 : '葉上初陽乾宿雨, 水面淸圓, ——風荷擧.' 此眞能得荷之神理者."
103) ≪淸詩話≫ 上冊, p.14, ≪薑齋詩話≫ 卷下, "含情而能達, 會景而生心, 體物而得神, 則自有靈通之句, 參化工之妙."

다. 만약 단지 황홀만이 있게 되면 총명은 그 耳目을 떠난다. 예를 들면, 화가가 실로 붓끝의 墨氣로서 神理를 곡진하게 해야 筆墨만이 남게 되고 物體은 없어지니 (이로써) 더욱 物이 없어지게 된다.104)

여기에는 천지 사이의 만물은 ‘形’과 ‘神’이 합일되어 생겨나는 것처럼 시라는 예술도 ‘形’과 ‘神’이 합일되어 발생된다는 관점이 담겨있다. 그는 시인이 객관 경물(形)에 대해 관조를 진행하여 그것의 내부 본질(神)을 파악해서 그것을 곡진하게 묘사함으로써 시가 예술이 발생한다는 관점을 제기하고 있다. 왕부지는 이것을 그림 그리는 이치에 비유하였다. 화가가 자신이 그리려는 객관 경물에 대한 궁구를 통해서 자신이 머릿속에 감지된 객관 경물의 내부 본질을 곡진하게 그려내면 화폭에는 화가가 그려낸 객관 경물의 예술 형상(筆墨)만이 남겨지고 객관 경물의 형체는 사라진다고 하였다. 여기에서 ‘神’이 ‘神理’와 같은 의미로 사용되며 ‘物體’는 그것과 상반되는 개념으로 사용되고 있다. 때문에 왕부지 시론에서 “體物은 得神의 전제요, 形似의 파악은 神似에 이르는 기초”105)라고 말할 수 있다.

이상에서 보면, 왕부지 시론에서 ‘形’, ‘物’ 등은 객관 경물의 외부 형태를 말하고, ‘神理’, ‘神’ 등은 객관 경물의 외부 형태에 대한 궁구를 통해서 파악한 객관 경물의 내부 본질을 의미한다.

왕부지의 시론 중에는 ‘神理’, ‘神’과 거의 같이 사용되는 또 하나의 개념이 바로 ‘(物)理’이다.

蘇軾은 ‘뽕이 시들지 않았으니, 그 잎은 싱싱하고 윤기 흐르네’는 景物에 대한 궁구를 공교하게 한 것이니 ‘沃若’이 아니면 桑이라 하기 부족하

---

104) ≪船山全書≫ 一四, p.1023, ≪唐詩評選≫ 卷三, 杜甫 ＜廢畦＞ 評語, “兩間生物之妙, 正以神形合一, 得神於形而形無非神者, 爲人物而異鬼神. 若獨有怳惚, 則聰明去其耳目矣. 譬如畫者固 以筆鋒墨氣曲盡神理, 乃有筆墨而無物體, 則更無物矣.”

105) 陶水平 著, ≪船山詩學硏究≫, ＜第五章 “晉宋風流”論＞, 中國社會科學出版社, 2001, p.323.

고 桑이 아니면 '沃若'이라 하기에 적당치 못하다고 하였는데 실로 그렇
다. 그러나 (이것은) 物態만을 파악했을 뿐 物理는 체득하지 못한 것이다.
'복숭아나무 어리고 아름다우니, 그 잎은 무성하네', '붉으레한 그 꽃',
'탐스러운 그 열매'와 같은 것이라야 비로소 物理를 궁구한 것이다. 夭夭
라는 것은 어린 복숭아를 형용한 것이다. 복숭아가 아름드리 자랐을 때
는 수액이 굳고 꽃이 화사하지 않고 잎이 무성하지 않으며 열매가 탐스
럽지 못하다. 때문에 나무가 어리고 가지가 연약하며 아름답고 단아하며
예쁘장하고 싱그러울 때라야 夭夭로써 형용될 수 있을 뿐이다.106)

그가 말한 '物態'란 묘사 대상의 외부 형태를 말하고 '物理'란 묘사 대
상의 내부 본질을 말한다. 왕부지는 ≪詩·衛風·氓≫처럼 묘사 대상의
피상적 외부 형태(物態)만을 묘사하는 데 그쳐서는 안 되고, 객관 경물에
대한 궁구를 통해서 그것의 내부 본질(物理)을 파악해야만 ≪詩·周南·桃
夭≫의 "뽕이 시들지 않았으니, 그 잎은 싱싱하고 윤기 흐르네(桃之夭夭, 其
葉蓁蓁)", "붉으레한 그 꽃(灼灼其華)", "탐스러운 그 열매(有蕡其實)"와 같은
시구들처럼 형용이 객관 경물의 본래 면모에 부합되고 예술 형상이 생동
적으로 그려질 수 있다고 여겼다. 여기에서 '物理' 또한 묘사하는 객관
경물의 내부 본질을 의미한다.

지금까지의 논거를 통해서 왕부지가 말하는 '勢'는 시인의 주관 정서
속에 파악하고 있는 객관 경물의 내부 본질을 말한다. 이것은 또한 시인
의 머릿속에 감지하고 있는 객관 경물에 대한 예술 형상을 의미한다.

蘇軾은 일찍이 <文與可畵篔簹谷偃竹記>에서 시인의 가슴속에 시인이
그리려고 하는 예술 형상이 획득되는 과정을 '흉중에는 그려진 竹의 형상
이 있다(胸有成竹)'라고 하였다. 그리고 시인의 가슴속에 예술 형상이 분등

---

106) ≪清詩話≫ 上冊, p.5, ≪薑齋詩話≫ 卷上, "蘇子瞻謂'桑之未落, 其葉沃若', 體物之工,
非'沃若'不足以言桑, 非桑不足以當'沃若', 固也. 然得物態, 未得物理. '桃之夭夭, 其葉蓁
蓁', '灼灼其華', '有蕡其實', 乃窮物理. 夭夭者, 桃之穉者也. 桃至拱把以上, 則液流蠹結,
花不榮, 葉不盛, 實不蕃. 小樹弱枝, 婀娜姸茂爲有加耳."

할 때 그것을 어떻게 포착해야 하는지를 매우 생동적으로 설명하였다.

> 때문에 竹을 치려면 반드시 먼저 흉중에서 그려지는 竹의 형상을 얻
> 어서 붓을 잡고 자세히 살펴보다가 그리려는 형상이 보이면 급히 (붓을)
> 일으켜 그것을 쫓다가 붓을 휘둘러서 곧바로 완수해가니, 그 본 바의 형
> 상 쫓는 것은 마치 토끼가 움직이자 송골매가 재빨리 내려오는 것처럼
> 해야 하니 조금이라도 늦으면 나오자마자 사라져 버리기 때문이다.107)

필자가 '勢'를 시인의 주관 정서 속에 파악하고 있는 객관 경물에 대
한 내부 본질(혹 객관 경물에 대한 예술 형상)이라고 해석하였지만, 그러나 이
것은 왕부지 시론에 등장되는 '勢'의 개념 모두가 이러한 뜻을 가진다는
것은 결코 아니다. 사실 왕부지의 시론 범주에 속하는 저작 ≪薑齋詩話≫
四卷, ≪古詩評選≫ 六卷, ≪唐詩評選≫ 四卷, ≪明詩評選≫ 八卷에는 '取勢',
'養勢', '引勢', '開勢', '布勢', '轉勢', '收勢', '留勢', '斂勢', '止勢', '忍勢'
등 많은 개념이 출현한다. 이러한 개념들은 모두 시가 창작에서 '勢'가
운용되는 방식에 따라 명명되었고, '勢'의 함의 또한 각각 다르다. 때문
에 각각의 '勢'에 대해서 그것의 개념을 엄밀하게 분석하여 정확하게 해
석하는 것이 왕부지 시론 연구에 있어 당면 과제 중의 하나이다.

다음으로는 '意'와 '勢'가 결합된 작품이 가지는 예술 역량, 예술 효과
에 관해 살펴보자.

시인이 작품에서 표현할 바의 구체적이고 형상적인 주관 정서를 세웠
다면, 시인은 그것을 표현할 예술 매개를 필요로 한다. 예술 매개란 바로
시인이 객관 경물에 심미 관조를 진행하여 그것의 내부 본질을 파악함으
로써 시인의 머릿속에 감지되어 있는 객관 경물에 대한 예술 형상이다.

---

107) 徐中玉 主編, ≪神思・文質編≫, 中國社會科學出版社, 1995, p.149 再引用, "故畫竹必
先得成竹於胸中, 執筆熟視, 乃見其所欲畫者, 急起從之, 振筆直遂, 以追其所見, 如兎起鶻
落, 少縱則逝矣."

왕부지는 이것을 '勢'라고 표현하였다. 때문에 '取勢'란 바로 이러한 예술 형상을 취하는 것을 말한다. 시인은 이러한 예술 형상을 취하여 시인의 주관 정서(意)를 표현하는 것이다. 만약 아무리 '立意'가 좋다고 하더라도 '取勢'가 적당하지 못하면 뛰어난 예술 형상이 재현될 수 없고, 결과적으로 진정한 '立意'의 요구가 체현될 수 없다. 때문에 반드시 '取勢'를 잘하여 뛰어난 예술 형상이 재현되어야만 '立意'의 요구가 극진하게 된다.

왕부지는 謝靈運은 바로 그의 이러한 창작 이상을 체현시킨 최고의 시인이라고 여겼다.

오직 사령운(謝靈運)만이 세(勢)를 취하는 데 잘하여 (그것을) 구부렸다 돌게 하고 굽혔다 펼쳐서, 그 의(意)가 극진하게 펼쳐지기를 구하였으니, 의(意)가 이미 다하면 그쳐져서 거의 남은 말이 없게 되었다. 구부려졌다 펼쳐지고 길면서 구불구불하니 운무가 휘감아 돌면서 진짜 용이 되고 그린 용이 되지 않았다.108)

張少康은 왕부지의 이러한 관점을 다음과 같이 구체적으로 부연 설명하였다.

왕부지는 참신한 '立意' 이후 '取勢'를 잘 할 수 있느냐 없느냐는 작품 예술 묘사의 眞假에 관계되는 큰 문제라고 여겼다. '眞龍'과 '畵龍'의 구별은 바로 '勢'의 유무에 있다고 하였다. 謝靈運의 詩가 '眞龍'이 되었고 '畵龍'이 되지 않은 것은 바로 그 원인이 그가 '取勢'에 뛰어났기 때문이라고 하였다. 그의 그러한 생동하며 사람을 유혹시키는 산수 묘사 예를 들면, '들은 드넓고 모래언덕은 산뜻한데, 높은 하늘엔 가을 달은 밝게 비추네.(野曠沙岸淨, 天高秋月明)' <初去郡>, '늦봄에 푸른 들은 그지없이

---

108) ≪淸詩話≫ 上冊, p.8, ≪薑齋詩話≫ 卷下, "唯謝康樂爲能取勢, 宛轉屈伸, 以求盡其意, 意已盡則止, 殆無剩語 ; 夭矯連蜷, 煙雲繚繞, 乃眞龍, 非畵龍也."

아름답고, 산봉우리엔 흰 구름이 두둥실 떠있네.(春晩綠野秀, 巖高白雲屯)'
＜入彭蠡湖口＞, '숲 속의 골짜기는 황혼 빛을 거두고, 석양에 뭉게구름 흘
러가고 노을은 불타네.(林壑斂暝色, 雲霞收夕霏)' ＜石壁精舍還湖中作＞ 등등
은 …… 謝靈運이 산수풍경의 진실한 자태를 형상적으로 재현하여 그 勢
는 구부렸다 돌게 하고 굽혔다 펼쳐서 그 意를 펼침으로써 핍진하게 神
理를 전달하는 정도에 이르렀고, 사람으로 하여금 창작을 위한 창작의
가식적 작품이라고 느끼도록 하지 않았다.[109]

사실 謝靈運의 이러한 시들은 모두 시인이 자신의 눈앞에 펼쳐지는 광
야, 모래 언덕, 가을 달, 바위, 풀, 나무, 흰 구름, 골, 노을 등 온갖 천지
간의 자연 경물에 대하여 심미 관조를 진행하여 그것의 신비한 내재 본
질, 내재 생명, 운동 추세 등을 파악하고 감지하여 그것을 시인의 가슴속
에서 예술 형상으로 온양하여 살아 숨 쉬게 하다가 창작에 임하여서 붓
끝을 타고 내려오게 하여 一字一句에 구부렸다 돌게 하고 굽혔다 펼쳐서
생동하는 예술 형상을 그린 것이다. 때문에 시인의 필치 아래서 늦봄에
푸른 들은 그지없이 아름답고, 산봉우리엔 흰 구름이 두둥실 떠 있으며
숲 속의 골짜기는 황혼 빛을 거두고 석양에 뭉게구름 흘러가고 노을은
불타오르게 된다. 왕부지는 謝靈運의 이러한 예술 형상을 '眞龍'의 형상
에 비유하였다. 시인은 이러한 뛰어난 예술 형상의 묘사 속에 자신이 추
구하는 지고한 이상을 내재시킴으로써 작품은 모두 '神似'의 경계에 이
르러 독자에게 무한한 상상의 나래를 펼치게 하고 무궁한 감화를 자아낸
다. 이것이 바로 '立意' 이후 정교한 '取勢'가 가지는 심미 효과이다. 때
문에 왕부지는 '取勢'를 우미한 시가 경계를 형성하는 결정적 관건으로
여겼다. '立意' 이후 정교한 '取勢'가 없는 작품은 단지 '畵龍'에 불과하
다고 하였다.

---

109) 張少康 著, ≪中國古代文學創作論≫, p.262.

　왕부지는 시가 창작에서 '取勢'는 또한 작품에서 咫尺에서 萬里의 氣勢를 자아내는 예술 형상의 중요 관건이 된다고 하였다. 그는 ≪夕堂永日緖論內編≫에서 다음과 같이 말하였다.

　　그림을 논하는 사람이 '咫尺에 萬里의 勢가 있어야 한다'고 하였는데, '勢' 한 글자에 주의해야 한다. 만약 '勢'를 강구하지 않으면, 萬里를 咫尺에 축약시킨 것이니, 단지 ≪광여기(廣興記)≫ 앞에 그려놓은 한 장의 천하지도일 뿐이다. 오언절구에서는 이로써 착상할 때 제일의 원칙으로 삼는데, 오직 盛唐의 시인만이 그 오묘함을 터득하였다. 예를 들면, '그대는 어디에 사시나요? 저는 횡당(橫塘)에 사는데요. 배를 멈추어 잠시 여쭙고자 하는데요, 혹시 같은 고향일까 싶어서요'와 같은 것은 墨氣가 흘러 퍼져 사방에 끝이 없으니, 글자가 없는 곳에도 모두 그 뜻이 담겨있다. 李獻吉의 시 '넓고 넓은 장강(長江)의 물결, 黃州는 도대체 어느 쪽에 있을까? 강기슭은 산을 휘감아 돌고 있는데, 배는 어느새 황주의 성루 앞에 이르렀네'는 실로 이러한 풍미를 잃지 않았다.[110]

　왕부지는 '立意' 이후 '取勢' 여부는 咫尺에서 萬里의 氣勢를 자아내는 예술 형상의 중요 관건이 된다고 하였다. 따라서 시가 예술이 묘사 대상의 '勢'를 표현할 수 있느냐 없느냐는 시가 예술 표현이 성공하느냐 못하느냐의 가장 중요한 지표가 된다. 만약 '立意' 이후 '取勢'가 이루어지지 않으면 그것은 마치 廣興記 앞의 하나의 天下圖처럼 단지 山水方位, 大小比例 등을 표시하는 데 불과하여 묘사 대상의 심미 형상을 진실하고도 생동하게 재현해내기란 불가능하다. 때문에 그는 특히 오언절구에서는 '取勢'를 그것의 첫 번째 중요 관건으로 삼아야 한다고 하였다. 오언절구

---

110) ≪淸詩話≫ 上冊, p.19, ≪薑齋詩話≫ 卷下, "論畫者曰 '咫尺有萬里之勢'一 '勢'字宜着眼. 若不論勢, 則縮萬里於咫尺, 直是廣興記前一天下圖耳. 五言絶句, 以此爲落想時第一義, 唯盛唐人能得其妙. 如'君家住何處? 妾住在橫塘. 停船暫借問, 惑恐是同鄕.', 墨氣所射, 四表無窮, 無字處皆其意也. 李獻吉詩：'浩浩長江水, 黃州若箇邊? 岸回山一轉, 船到堞樓前.' 固自不失此風味."

는 단지 이십 자의 짧은 편폭에 불과하다. 시인은 이처럼 짧은 편폭에 때
로는 천지자연의 신묘한 변화를 담기도 하고 때로는 인생의 복잡다단한
감정의 굴곡을 묘사하기도 한다. 오언절구에서 시인은 자신이 표현하려
는 감정을 고도로 응축시켜야 하며 묘사하는 예술 형상은 비대, 번다를
제거하고 반드시 핵심, 정수에 해당하는 것만을 취해야 하며, 그것을 묘
사하는 언어 또한 반드시 간결하고 함축적이며 정련되어야 한다. 오언절
구는 그것의 시체의 특성상 반드시 이러한 심미 요건이 충족되어야만 짧
은 편폭에서 무궁한 운미를 흘러 퍼지게 하고 무한한 상상의 나래를 비
약시킬 수 있다. 왕부지가 오언절구의 창작에서 '取勢'를 그것의 '第一義'
로 삼아야 한다는 심미 관점은 바로 이와 같은 오언절구의 시체가 가지
는 미학적 본질을 잘 파악한 데서 나온 예술 관점이다.

　왕부지는 '立意' 이후 '取勢'를 잘하여 咫尺에서 萬里의 氣勢가 자아나
는 예술 효과를 거두고 있는 대표적 작품으로 崔顥의 <長干行>을 들었
다. 이 시는 물 위에 배를 잠시 정박하고 남녀가 몇 마디의 대화를 나누
는 정경을 묘사한 것이다. 시인은 조금의 비대, 번다도 없이 핵심적이고
정수에 해당하는 예술 형상만을 취하여 그것을 간결하고 함축적이며 정
련된 시어로 묘사하여 "여인의 심리, 감정, 성격 특징을 짧은 四句를 통
해서 모두 전달하였다. 열정적이고 수줍어하며 천진스러우며 순결하고
선량한 여인의 음성, 용모가 마치 듣고 보는 것처럼 묘사되고 있다. 때문
에 왕부지는 "글자가 없는 곳에는 모두가 그 뜻이다"라고 하였다. 이는
바로 정교한 '取勢'가 이루어져 얻은 예술 효과이다".111) 그는 李夢陽의
<黃州> 또한 이러한 예술적 '風味'를 잃지 않았다고 하였다. 때문에 '取
勢'는 시인의 머릿속에 감지하고 있는 예술 형상을 취하여 그것을 "언어
의 간결 함축의 표달을 통해서 言外에 意가 있고 象外에 象이 있으며 象

---

111) 張少康 著, 《中國古代文學創作論》, p.263.

外에 意가 있는 예술 효과를 추구하는 것이며", "少로 多를 총괄하고 近으로 遠을 나타내고 實로 虛를 낳게 하며 有로 無를 낳게 하며 有限으로 無限을 전달하는 것이다." 때문에 그것은 "오언절구와 같은 시에서 더욱 구비해야 할 예술 품격이다"112)라고 할 수 있다.

왕부지는 '立意' 이후 '取勢'는 이처럼 시가 작품의 眞假를 결정하고 지척에서 만 리의 氣勢를 자아내는 예술 형상의 중요 관건이 된다고 생각하였다. 때문에 그는 또한 '取勢'를 어떻게 해야 하는가라는 문제에 대해서 예술적 탐구를 진행하여 이에 대한 몇 가지 심미 원칙을 제기하였다.

① '平遠'

대개 勢가 平遠하면 意는 번잡하지 않고 氣가 창성하면 詞는 마치기를 기다리지 않는다.113)

落筆을 각박하게 하고 節奏를 촉급하게 하며 入手를 긴박하게 하였다. 나중에 두보가 작품을 지음에 있어서는 완전히 이것으로 비조를 삼았다. '몸이 죽을 곳을 알지 못하니, 어떻게 둘이 서로 완전하리요'는 (나중에) 확실히 두보의 시구가 된 것이다. '남쪽으로 覇陵 언덕에 올라'는 한 번 전환되어 勢를 취함이 平遠하였으니 두보가 미칠 바가 아니다.114)

왕부지는 '取勢'에 있어서 '平遠'해야 하고 각박, 촉급, 긴박해서는 안 된다고 하였다. 때문에 그는 王粲의 <七哀詩>가 落筆에 있어서 각박하고, 節奏에 있어서 촉급하며, 入手에서 긴박한 것, 두보가 왕찬의 이러한

---

112) 陶水平 著, ≪船山詩學硏究≫, p.325.

113) ≪船山全書≫ 一四, p.508, ≪古詩評選≫ 卷一, 魏主曹丕 <大牆上蒿行> 評語, "蓋勢遠則意不得雜, 氣昌則詞不待畢."

114) ≪船山全書≫ 一四, p.667, ≪古詩評選≫ 卷四, 王粲 <七哀詩> 評語, "落筆刻, 登音促, 入手緊. 後來杜陵有作, 全以此爲禰祖. '未知身死處, 何能兩相完', 居然杜句矣. '南登覇陵岸'一轉, 取勢平遠, 則非杜所及也."

점을 본받아서 작품을 지은 것에 대해서 불만을 드러내었다. 왕부지는
'取勢'를 '平遠'하게 하여 '意'가 번잡해지지 않도록 하는 것을 심미 원칙
으로 여겼다.

② '不雜'

> 平淡은 詩에서 자연적으로 하나의 體가 된다. 平이란 取勢가 번잡하지
> 않은 것이고 淡이란 意를 펼침이 번다하지 않은 것을 이른다. 陶潛의 시
> 는 이에서 실로 그것을 얻음이 많았으나 또한 어찌 유독 陶潛의 시에서
> 만 그렇게 되었으리요!115)

왕부지는 '勢'를 취하는 데 번잡해서는 안 되고, '意'를 표출하는 데
있어서 번다해서는 안 된다고 하였다. 그는 이것을 '平淡'이라고 하였다.
그리고 '平淡'은 시에서 하나의 '體'가 된다고 하였다. 여기에서 말하는
'體'란 風格을 의미한다.

중국 시가 비평에서 '平淡'이라는 용어가 나타난 이래 송대의 胡仔를
시작으로 近, 現代의 수많은 시론가들 예를 들면, 錢鍾書, 周振甫, 朱東潤
등은 '平淡'에 대해서 나름대로 정의를 내리고 이에 대해서 자신들의 견
해를 밝혀왔다.116) 그러나 이들의 '平淡'에 대한 견해를 종합해보면, 거

---

115) 《船山全書》 一四, pp.716~717, 《古詩評選》 卷四, 陶潛 <歸田園居> "野外罕人
事" 評語, "平淡之于詩, 自爲一體; 平者取勢不雜, 淡者遣意不煩之謂也. 陶詩於此固多得
之, 然亦豈獨陶詩爲爾哉!"

116) 胡仔, 《苕溪漁隱叢話》 後集 卷二十四, "聖兪詩工於平淡, 自成一家. 如 <東溪>云:
'野鳧眠岸有閑意, 老樹著花無醜枝.', <山行>云:'人家在何許, 雲外一聲鷄.', <春陰>云:
'鳩鳴桑葉吐, 村暗杏花殘.', <杜鵑>云:'月樹啼方急, 山房人未眠.' 似此等句, 須細味之
方見其用意也."
葛立方, 《韻語陽秋》 卷一, "陶潛謝眺詩皆平淡有思致, 非後來詩人怵心劌目琱琢者所爲
也. 老杜云:'陶謝不枝梧, 風騷共推激, 紫燕自超詣, 翠駁誰剪剔' 是也. 大抵欲造平淡, 當
自組麗中來, 落其華芬, 然後可造平淡之境. 如此, 則陶謝不足進矣. 今之人多作拙易語而自
以爲平淡, 識者未嘗不絶倒也. 梅聖兪 <和晏相> 詩云:'因今適性情, 稍欲到平淡. 苦詞

의가 그것을 '艶麗', '濃郁' 등과 반대되는 개념으로 평이하고 질박한 언어로 도연명처럼 산수자연에 은일하거나 사물의 구속에서 벗어나 소요자적하는 심후한 감정과 풍부한 사상을 말한다. 왕부지의 이와 같은 해석은 중국 시가 비평의 '平淡'에 대한 해석에 있어서 하나의 새로운 관점과 시사점을 마련해 준 것이다.

③ '寬大'

부드러우면서 염려함이 마치 여자의 필치에서 나온 듯하면서 勢를 펼침이 비교적 寬大하여 孟浩然의 다른 작품이 편협된 것과는 같지 않다.[117]

未圓熟, 刺口劇菱芡.' 言到平淡處甚難也. 所以 <贈杜挺之詩>, 有'作詩無古今, 欲造平淡難.'之句. 李白云：'清水出芙蓉, 天然去雕飾.' 平淡而到天然處, 則善矣."

錢鍾書, 新編 《談藝錄》, 四十九條, <梅宛陵>, "梅詩於渾樸中時出茗秀. <食河豚> 詩發端云：'春洲生荻芽, 春岸飛楊花.', 一時傳誦. 竊以爲不如 <送歐揚秀才遊江南> 起句云；'客心如萌芽, 忽如春風動. 又隨落花飛, 去作江西夢.'; <郭之美見過> 起語云：'春風無行迹, 似與草木期；高低新萌芽, 閉戶我未知.'; <阻風秦淮> 起語云：'春風不獨開春木, 能促浪花高於屋.' 此三 '春風'勝於'春洲春岸'之句也. 歐公 <水谷夜行> 稱梅詩有云；'譬如妖韶女, 老自有餘態'; 都官自作'接花'五律亦有'姜女嫁寒壻, 醜枝生極妍'一聯. 醜枝生妍之意, 都官似極喜之, <東溪> 七律復云：'野鳧眠岸有閑意, 老樹著花無醜枝.'"

周振甫, 《詩詞例話》, "錢鍾書先生 《談藝錄》 裡說：'梅詩時於渾朴中出茗秀.' 指出梅詩的茗秀穎發, 含蘊在渾樸中, 卽在渾樸中含新意. 因爲渾樸, 所以平淡；因爲茗秀, 所以有詩味. 《談藝錄》 又擧出梅佳句, 如 <送歐陽秀才遊江南> 起語云：'客心如萌芽, 忽如春風動.', '又隨落花飛. 去作江西夢'; <郭之美見過> 起語云：'春風無行迹, 似與草木期.', '高低新萌芽, 閉戶我未知.'：<阻風秦淮> 起語云：'春風不獨開春木, 能促浪花高於屋.' 這樣寫春風, 寫客心, 有新意, 而語言質樸. 這裡擧的幾個例子, 老樹著花, 雲外鶴鳴村暗花殘, 也是一般人不大寫的情境, 用質樸的語言來表達, 所以成爲一種平淡的風格.

朱東潤, 《梅堯臣編年校注·敍論》, "從這些篇幅裏, 可以看到, 當時所謂'平淡'者, 指的陶潛那些山林隱逸, 儵然物外的作品, 至少堯臣詩這樣認識的. 他不能滿足於這樣的平淡, 有時要求'更在措意摩雲霓'因此把堯臣作品歸結爲平淡, 不但符合梅詩的實際狀況, 也是違反堯臣的主觀要求的.

117) 《船山全書》 一四, p.1007, 《唐詩評選》 卷三, 孟浩然 <春中喜王九相尋> 評語, "輕艶似出女郎手, 布勢較寬, 不似孟他作之褊."

왕부지는 '勢'를 펼치는 데 있어서 寬大하게 해야 하고 편협되게 해서는 안 된다고 하였다. 그는 이러한 '布勢'의 원칙으로 孟浩然의 작품을 품평하였다.

결국 '立意' 이후 이와 같은 심미 원칙에 맞게 '取勢'를 해야만 작품이 眞龍의 예술 경지에 이르게 되고, 咫尺에서 萬里의 氣勢를 자아내는 예술 형상이 된다고 하였다.

이상의 논술을 통해서 왕부지가 말하는 '意'와 '勢'의 관계는 시인의 주관 정서와 객관 경물의 내부 본질과의 관계, 또는 시인의 주관 정서와 객관 경물에 대한 예술 형상과의 관계를 말한다. 고대 시론가들은 이러한 관계를 形神, 虛實 등의 예술 개념으로 표현하였다. 때문에 왕부지의 '意'와 '勢'의 관계는 사실 形神, 虛實의 예술 범주에 속한다.

제5장

‘興觀群怨’論

    왕부지의 ‘興觀群怨’論은 그의 시론에서 핵심이 된다. 때문에 그는 그 것을 ≪夕堂永日緖論內篇≫ 제1조목에서 논의하여 “흥기(興)하고, 관찰(觀)하 고, 함께(群)하고, 원망(怨)하니, 시는 이에서 지극하다”[1]라고 하였고, ≪詩 譯≫ 제2조목에서는 “시로 흥기할 수 있고, 관찰할 수 있고, 함께할 수 있고, 원망할 수 있다”고 한 것은 지극한 것이다”[2]라고 하였다. 왕부지 의 ‘詩道性情’論이 창작의 출발점이라고 한다면, ‘興觀群怨’論은 창작의 귀결점이다. 때문에 전자가 시의 體, 즉 시의 本體, 本質을 의미한다면, 후 자는 시의 用, 즉 시의 效用, 作用을 말한다.

    이러한 취지에서 陶水平은 “왕부지의 ‘興觀群怨’說과 ‘詩道性情’論의 시 학 본체론은 밀접한 관계를 가지고 있는데, ‘詩道性情’論과 ‘興觀群怨’說 二者는 體用 관계이다. 바로 이러한 ‘詩道性情’論의 시학 본체론의 기초 위 에서 왕부지는 ‘興觀群怨’이라는 전통의 유가 시학 명제를 거듭 표명하였

---

1) ≪清詩話≫ 上冊, p.8, ≪薑齋詩話≫ 卷下, “興, 觀, 群, 怨, 詩盡於是矣.”
2) ≪清詩話≫ 上冊, p.3, ≪薑齋詩話≫ 卷上, “詩可以興, 可以觀, 可以群, 可以怨. 盡矣.”

고, 또한 풍부하게 새로운 뜻을 해석해 내었다. …… 왕부지 관점에서 보면 '詩道性情'은 '興觀群怨'의 미학 전제이고 '興觀群怨'은 '詩道性情'의 내재 요구와 유기 구성 부분으로 二者는 밀접하여 떨어질 수 없는 體用 관계이다"3)라고 하였다.

왕부지는 시인이 자신의 心靈을 곡진하게 묘사, 작품에서 '興觀群怨'을 자아나게 함으로써 작게는 개인의 性情을 도야시킬 수 있고, 크게는 天下를 안정시킬 수 있는 효용을 가질 수 있다고 하였다. 본 연구에서 '興觀群怨'을 시가의 효용 측면에서 다루는 취지는 이에 근거한 것이다. 그러나 왕부지의 '興觀群怨'論을 살펴보면, 그의 '興觀群怨'論은 결코 시가 효용의 측면에서만 다루어지지 않았다. 왕부지는 '興觀群怨'을 자신의 심미 관점에서 새롭게 이해하고 독창적으로 해석하여 이를 자신의 창작 이론으로 표방하였다. 그는 '興觀群怨'을 본래 독자의 감수 측면에서 시인의 작품 창작 측면으로 인식의 각도를 전이시켜 어떠한 본질과 예술성이 구비되어야 작품에 '興觀群怨'이 내재되느냐의 문제로 탐구하였다. 때문에 왕부지 시론에서 '興觀群怨'論은 단지 독자의 감상 측면에서만 논의된 것이 아니라, 오히려 작품의 창작 측면에서 더욱 심도 있게 다루어졌다. 본 연구에서는 이러한 두 가지 측면에서 왕부지의 '興觀群怨'論을 고찰한다.

1. '興觀群怨'의 표방 과정

먼저 왕부지가 창작 이론에 대한 끊임없는 탐색을 통해서 孔子의 '興觀群怨'을 새롭게 이해하여 이를 자신의 창작 이론으로 표방하기까지의 과정을 살펴본다.

---

3) 陶水平 著, 《船山詩學硏究》, <第一章 '詩道性情'論>, 中國社會科學出版社, 2001, pp.62~63.

(1) 前後七子에 대한 비판

왕부지는 시의 학습 및 창작 이론에 대한 탐색 과정을 다음과 같이 술
회하였다.

> 崇禎, 甲戌 내 나이가 16세가 되어서 처음으로 동리에서 四聲을 아는
> 사람으로부터 韻을 물어서 드디어 입이 떨어지는 것을 배우게 되었다.
> 지금 그것을 거의 잊어버렸으나 새 새끼가 알에서 나올 때 내는 소리와
> 는 다름이 있었겠는가? 그 뒤에 내가 숙부 牧石先生에게서 가르침을 받
> 아서 比耦, 結構를 알았고 이에 따라서 李夢陽, 何景明에게 시학의 길을 묻
> 고자 하였으나 나아가지 않고서 중도에 바꾸어서 竟陵의 時響을 따랐다.
> 乙酉에 이르러 고금을 떠나서 자신의 뜻을 전해야 한다는 것을 생각하게
> 되었다. 丁亥에 亡友 夏叔直과 체포를 피하여 上湘에 있으면서 책을 빌려
> 시간을 보냈는데, 더욱 체제는 달라도 마음은 같아서 聲情을 흔들어 興觀
> 群怨에서 바로 잡아야 한다는 것을 알았으나 아직 구습을 떨쳐버리는 데
> 까지 나아가지는 못하였다. 재앙을 만나서 또 전쟁터를 전전하면서도 생
> 생하게 이 일을 잊지 않고 한평생 다하도록 마음에 새겨 두었다.[4]

왕부지는 崇禎 甲戌(1634년), 그의 나이 16세부터 동리에서 聲韻과 같은
시의 기초 단계를 학습하고, 십만 이상의 시가 작품을 열독하였다.[5] 또
한 그의 숙부 牧石公으로부터 시의 기본 형식 구조를 학습하였다. 그는
이 무렵 李夢陽, 何景明을 대표로 하는 前七子에게 시학의 길을 묻고자
하였다. 그 첫째 이유는 牧石公이 李, 何의 근체시의 풍격을 학습하였고,[6]

---

4) 《王船山詩文集》 下, 中華書局, 1974, p.508, 《憶得》, <述病枕憶得>, "崇禎甲戌, 余
　年十六, 始從里中知四聲者問韻, 遂學人口動. 今盡亡之, 其有以異於鷇音否? 已而受教於叔父
　牧石先生, 知比耦結構, 因擬問津北地信陽, 未就而中改從竟陵時響. 至乙酉乃念去古今而傳己
　意. 丁亥與亡友夏叔直避購索於上湘, 借書遣日, 益知異制同心, 搖蕩聲情, 而繁括於興觀群怨,
　然尚未卽損故習. 尋遭鞠凶, 又展轉戎馬間, 耿耿不忘此事, 放于窮年."
5) 《船山全書》 一五, p.817, 《夕堂永日緖論·序》, "十六而學韻語, 閱古今人所作詩不下十萬."
6) 왕부지는 牧石公의 시가 성취 및 창작 경향에 대하여 다음과 같이 말하였다.
　"古詩得建安風骨, 近體逼何, 李而上, 深不喜竟陵體詩, 每吶囈日 : "何爲作此兒女嚅呪" 晚歲

牧石先生에게 시의 기본 형식을 학습한 왕부지가 또한 李, 何를 본받고자
한 것은 시가 학습 계통상 자연스런 귀결이다. 그 둘째 이유는 李, 何의
문학적 주장에는 왕부지가 긍정하고 수용할 이론적 면모를 가지고 있었
다. 明代 초기의 시문 창작 경향은 臺閣體의 시인들처럼 당시의 암흑의
통치 아래에서 온갖 화려한 수식만을 일삼은 시로써 통치자와 권력자의
공덕을 가송하면서 정치와 권력에 아첨하고 아부하였다. 때문에 당시의
시문 창작은 시인의 창의나 개성은 찾아볼 수도 없었고 현실과는 너무나
동떨어진 교제의 도구에 불과하였다.

　이러한 당시의 시문 창작 현실에서 明代 중엽부터 李, 何를 중심으로
"文은 반드시 秦漢이요, 詩는 반드시 盛唐이다"를 표방하여 창도한 詩文
의 復古運動은 당시의 臺閣體, 理學, 八股文 등의 각종의 질곡에 대한 일
종의 강렬한 충격이었다. 그들은 秦, 漢의 문장 및 盛唐의 시가로써 창작
의 기치를 삼아 현실을 반영하고자 하였고 또한 당시의 병폐를 바로 잡
고자 하였다. "그들이 제창한 복고 운동은 그 본질이 명대 중기의 봉건
전제 문화에 대한 반항이었으며 역사적으로는 사상 해방의 문화적 가치
를 지니고 있었다."7) 왕부지는 이러한 李, 何의 창작 정신에 대해서 긍정
하고 이를 수용하고자 하였다. 李, 何가 주창한 시론의 취지는 또한 왕부
지의 시론 관점과 서로 부합되는 점이 있었다. 예를 들면, 李夢陽은 시의
발생 현상에 대해서 "詩는 읊조리는 문장으로 情이 스스로 울리는 것이
다"8)라고 하여 시란 情을 드러내는 것이라는 인식을 가졌다. 그리고 "情
이란 만나는 것에서 발동하는 것이다. …… 만나는 것이란 景物을 말하

築室坰外, 號曳塗居, 蒔花植藥, 怡然望物."(≪王船山詩文集≫ 上, 中華書局, 1974, p.105,
≪薑齋文集≫ 卷十, ＜家世節錄＞).

7) 張送如 主編, ≪明淸詩歌史論≫, 吉林敎育出版社, 1995, p.141.

8) 葉慶炳 邵紅 編輯, ≪明代文學批評資料彙篇≫ 上, 國立編譯館主編, 成文出版社印行, 民國
68年, p.289, 李夢陽, ＜鳴春集序＞, "詩者, 吟之章而情之自鳴者也."

고, 움직이는 것이란 情을 말한다. 情이 움직이면 (마음과) 맞게 되고, 마음이 맞게 되면 (정신과) 부합되고, 정신이 부합되면 흄은 이른바 깃든 곳에서 발동한다는 것이다. …… 때문에 천하에는 뿌리 없는 싹은 없고 군자는 뿌리 없는 情은 없으니 근심과 기쁨이 마음속에 잠복되어 있으면, 나중에 감촉이 밖에서 응하게 된다. 때문에 만나는 것은 情에서 기인된 것이고, 시는 만나는 것에서 형상화된다"9)라고 하였다.

李夢陽은 또한 시에서 比興 운용의 중요성에 대해서 "무릇 詩는 比興이 이러 저리 뒤섞이고, 景物을 빌어 정신이 변화 있게 하는 것이다. 말하기 어렵고 예측하지 못하는 오묘함은 감촉이 촉발되어 心思를 움직이기 때문에 그 氣는 부드러우면서 온후하고 그 성음은 은은하며 그 말은 절실하면서도 박절하지 않다. 때문에 노래하는 마음은 화창하지만 듣는 사람은 감동한다"10)고 하였다. 그리고 또한 그는 '說理' 위주의 宋詩의 창작 경향을 반대하여 "宋人들은 理를 위주로 하여 理語을 지었으니 이에 바람, 구름, 달, 이슬을 경시하여 모든 것을 산거하고 묘사하지 않았다. 또 詩話를 지어 사람을 가리키니 사람들은 다시는 시를 알지 못했다"11)라고 하였다. 이것은 바로 시는 情을 표현하는 것이라는 그의 기본 창작 이론으로부터 출발된 것이다.

그러나 그는 또한 "詩가 어찌 일찍이 理가 없었으리요? 만약 전적으로 理語만을 짓게 되면 어찌 文을 짓지 않고 시를 지으리요?"12)라고 하여 시에는 또한 사상 내용(理)이 없을 수 없다고 하였다. 다만 시에서 오로지

---

9) 上同, p.289, 李夢陽, ＜梅月先生詩序＞, "情者動乎遇者也. …… 遇者物也. 動者情也. 情動則會, 心會則契, 神契則흄所謂隨寓而發者也. …… 故天下無不根之萌, 君子無不根之情, 憂樂潛之中而後感觸應之外, 故遇者因乎情, 詩者形乎遇."

10) 上同, p.289, 李夢陽, ＜缶音序＞, "夫詩比興錯雜, 假物以神變者也. 難言不測之妙, 感觸突發, 流動情思, 故其氣柔厚, 其聲悠揚, 其言切而不迫, 故歌之心暢而聞之者動也."

11) 上同, "宋人主理作理語, 於是薄風雲月露, 一切剗去不爲. 又作詩話敎人, 人不復知詩矣."

12) 上同, p.290, "詩何嘗無理? 若專作理語, 何不作文而詩爲耶?"

사상 내용만이 강구되는 것을 반대하였다. 李夢陽의 이러한 관점은 사실 왕부지의 시론과 기본적으로 유사한 점이 있다. 왕부지도 李夢陽처럼 "情이 이르는 데 시가 이르지 않는 수는 없으니 詩가 이르는 데 情은 이를 따라 이르게 된다"[13]고 하여 情은 시의 본질이 된다고 하였다. 그리고 "외부에 物이 있으면 내부에 情이 생긴다. 내부에 情이 생긴 것은 외부에 物이 있는 것이다"[14]라고 하였다. 그는 시의 본질이 되는 情은 바로 外物의 자극을 받아 흥기되는 것으로 여겼다. 그리고 왕부지도 또한 李夢陽과 같이 시가 창작에서 比興을 매우 중시하였다. 때문에 그는 庾信의 <燕歌行>의 比興의 운용을 극찬하여 다음과 같이 말하였다.

> 句마다 敍事하고 句마다 比興을 사용 比 가운데에서 興이 생기고 興 밖에서 比를 얻어 서로를 자아내니 文義와 모두 어울린다.[15]

이른바 "比 가운데에서 興이 생기고 興 밖에서 比를 얻는다"는 것은 바로 比와 興 양자가 완전히 하나로 합일되어 比에서 興의 분위기를 자아내고 또한 興에서는 比의 분위기를 자아내는 경지를 의미한다. 왕부지는 바로 시가 창작에서 比興의 이러한 운용을 추구하였다. 그는 또한 "詩는 본디 奇理를 높이 여기나 唐, 宋人들은 理에서 奇만을 추구하였다. 이에 議論만이 남고 歌詠은 없어졌으니 어찌 詩를 폐하고서 論辯을 저술하지 않는가?"[16]라고 하여 唐, 宋 詩人들의 창작 병폐를 지적하여 "理에서

---

13) ≪船山全書≫ 一四, p.654, ≪古詩評選≫ 卷四, 李陵 <與蘇武詩> 評語, "情之所至, 詩無不至, 詩之所至, 情以之至."
14) ≪船山全書≫ 三, p.323, ≪詩廣傳≫ 卷一, "外有其物, 內有其情矣 ; 內有其情, 外有其物矣."
15) ≪船山全書≫ 一四, p.562, ≪古詩評選≫ 卷一, 庾信 <燕歌行> 評語, "句句敍事, 句句用興用比, 比中生興, 興外得比, 宛轉相生, 逢原皆合."
16) ≪船山全書≫ 一四, p.787, ≪古詩評選≫ 卷五, 江淹 <淸思詩> "秋夜紫蘭生" 評語, "詩固以奇理爲高, 唐宋人於理求奇. 有議論而無歌詠, 胡不廢詩而著論辯?"

奇妙만을 구하였다(於理求奇)"고 하였다. 이는 바로 시에서 정감의 노래를 그 생명으로 하지 않고 詩에서 思想, 哲理 등을 강구하는 것을 말한다. 왕부지의 이러한 시론 관점은 사실 李夢陽과 기본적으로 부합되었다. 그러나 李, 何의 창작 경향은 점차로 모든 창작의 원천을 고인의 작품에서 찾는 경향으로 흘렀다. 그들은 시의 형식에 있어서 用字나 句法의 규범을 고인의 작품에서 찾아야 하며 시의 정신도 고인의 정신과 합치되어야 한다고 주장했다. 때문에 그들은 고인의 법도와 규구(規矩)를 준수하여 '尺尺寸寸' 고인을 모방할 것을 요구하였다. 심지어 고인을 모방하는 것이 '物의 자연 법칙'을 법식한다는 모의(模擬), 복고(復古)의 미화론까지 제기하였다.17) 결국 이들의 창작은 현실을 벗어나 고인의 작품에 대한 모방과 표절을 일삼았기 때문에 시가의 예술 생명은 사라지고 말았다. 왕부지는 그의 숙부 牧石公의 영향으로 시를 배우는 과정에서 李, 何에게 시학의 길을 묻고자 하였지만 나아가지 않았다. 그는 단지 李, 何에게 나아가지 않은 것만이 아니라 그의 확고한 주체 시론과 비평 이론을 확립시켰을 때에는 李, 何는 가장 통렬한 비판과 공격의 대상이 되었다. 그의 李, 何에 대한 비판은 다방면에서 진행되었기 때문에 이에 대한 연구도 또한 여러 측면에서 진행될 수 있다. 그중에서도 특히 前後七子들이 문파를 수립하여 각종의 폐단과 병폐를 가져왔던 것에 대해서 왕부지의 비판의 언사는 매우 날카로웠다.

　문파가 일단 세워지면 모든 세상 사람들이 '才子', '名家'로 일컫는 데는 까닭이 있다. 만약 李夢陽, 何景明, 王世貞, 李攀龍의 문하에서 종이 되어 자라고 싶으면 다만 ≪韻府群玉≫, ≪詩學大成≫, ≪萬姓統宗≫, ≪廣興記≫ 네 권의 책을 탁자 위에 두고 제목에 맞추어 이리저리 찾는 짓을

---

17) 葉慶炳 邵紅 編輯, ≪明代文學批評資料彙篇≫ 上, p.295, 李夢陽 <答周子書>, "文必有法式, 然後中諸音度, 如方圓之於規矩, 古人用之, 非自作之, 實天生之也. 今人法式古人, 非法式古人也, 實物之自則也."

하면 부족함이 없다. 만약 竟陵의 타액을 빨고자 한다면 더욱 이처럼 할 필요도 없이 단지 大家라고 하는 사람들이 읊은 時文의 '之', '於', '其', '以', '靜', '澹', '歸', '懷'와 같은 관용적이고 상투적인 자구를 한데 모아 나가면 이미 어느덧 시인이 된다.[18]

왕부지는 이러한 前後七子들의 문파 아래에서 더 이상의 예술 생명과 예술 수법은 존재할 수 없다고 여겼다. 때문에 그가 李, 何에 대하여 다음과 같이 비판한 것은 더 이상 지나친 것이 아니었다.

태연자약하면서 뜻이 높고 세속을 초탈한 경지는 바로 徐禎卿의 특색이었다. (그러나) 후에 李夢陽에 의하여 심하게 말살되었다.[19]

李夢陽, 何景明 이래로 시는 지나치게 여운이 없어졌다.[20]

언뜻 意가 없는 듯하면서도 모든 古今人의 意가 하나같이 그 가운데 있다. 이것이 진실로 古詩이다. 李夢陽, 何景明은 이를 버리고 구할 줄 몰랐으니 마치 힘줄을 뽑아 피를 내는 것과 같아 漢, 魏를 본떴으나 이미 말단적인 것 아니겠는가![21]

결국 李, 何의 門下는 왕부지가 시학의 길을 묻기 위해서 더 이상 발길을 들여 놓을 만한 곳이 되지 못했다.

---

18) 《淸詩話》 上冊, p.16, 《薑齋詩話》 卷下, "所以門庭一立, 擧世稱爲 '才子', 爲 '名家' 者有故. 如欲作李, 何, 王, 李門下厮養, 但買得 《韻府群玉》, 《詩學大成》, 《萬姓統宗》, 《廣輿記》 四書置案頭, 遇題查湊, 卽無不足. 若欲吮竟陵之唾液, 則更不須爾, 但就大家所誦時文 '之', '於', '其', '以', '靜', '澹', '歸', '懷'熟活字句湊泊將去, 卽已居然詞客."

19) 《船山全書》 一四, p.1203, 《明詩評選》 卷二, 徐禎卿 〈送士選侍御〉 評語, "居然高寄, 自昌穀本色. 後來苦爲北地抹殺矣."

20) 《船山全書》 一四, p.1173, 《明詩評選》 卷一, 薛蕙 〈芳樹〉 評語, "北地, 信陽以來, 詩苦無餘."

21) 《船山全書》 一四, p.1302, 《明詩評選》 卷四, 唐寅 〈出塞〉 評語, "一若無意, 乃盡古今人意一在其中. 此眞古詩也. 北地, 信陽舍此不知求, 乃以擢筋出血, 形埒漢, 魏, 不已末乎!"

(2) 竟陵에 대한 비판

李, 何의 門下에서 발길을 돌린 왕부지는 竟陵의 문하로 향하였다. 그는 일찍이 叔父 牧石公으로부터 시의 기초에 해당하는 기본 형식 구조를 배웠다. 때문에 그가 시의 기본 형식을 학습하는 과정에서 "黃初와 景龍의 시학 정신을 계승하고 당시 맹위를 떨치던 公安과 竟陵을 멸시하였던"22) 그의 叔父 牧石公의 시학 정신이 자연스럽게 왕부지에게 많은 영향을 미쳤을 것은 짐작할 수 있다. 왕부지는 <家世節錄>에서 "仲父(牧石公)께서 竟陵體의 시를 매우 싫어하여 매번 눈살을 찌푸리면서 '무엇 때문에 아녀가 선웃음치며 아양 떠는 것과 같은 것을 짓느냐?'"23)라고 하였다고 했다. 그가 어려서부터 인격의 절대적인 영향과 학문 및 시가 창작의 가르침을 받았던 叔父 牧石公의 竟陵에 대한 이러한 시각에도 불구하고 그가 竟陵의 문하로 시학의 발길을 돌렸다는 것은 생각해볼 만한 점이 있다.

이것은 여러 측면에서 고찰이 가능하다. 그러나 그가 처한 明末淸初의 시대 환경과 왕부지의 대외 활동은 중요한 배경이 된다. 당시의 시대 환경은 왕부지로 하여금 경릉의 영향을 받지 않을 수 없게 하였다. 왕부지가 "이때에 公安, 竟陵의 哀思의 음조가 海內를 경동하였다"24)라고 하였듯이 그가 처했던 明末淸初는 바로 公安과 竟陵의 문학 사조가 海內를 진동시켰다. 당시 竟陵의 세력은 公安에 비해서 훨씬 더 맹위를 떨쳤으며

---

22) ≪王船山詩文集≫ 上, p.23, ≪薑齋文集≫ 卷二, <顯考武夷府君行狀>, "仲父牧石翁諱廷聘, 字蔚仲, 文名孝譽, 與先君子頡頏, 晚退築幽居, 吟咏自適, 詩紹黃初景龍, 視公安竟陵蔑如也."

23) ≪王船山詩文集≫ 上, p.106, ≪薑齋文集≫ 卷十, <家世節錄>, "仲父 …… 深不喜竟陵體詩, 每嚬蹙曰 : '何爲作此兒女嚅呢.'"

24) ≪王船山詩文集≫ 上, p.38, ≪薑齋文集≫ 卷二, <墓地銘·墓表>, "於時公安竟陵哀思之音, 歆動海內."

竟陵의 영향은 公安에 비하여 훨씬 더 컸다. 당시 竟陵의 문학 사조가 이처럼 전국을 풍미하는 상황에서 왕부지는 당시의 시대적인 영향을 받지 않을 수 없었다. 왕부지가 竟陵派의 시대적 영향을 받게 된 것은 또한 바로 그의 대외적 활동과 깊은 관련이 있다. 그의 대외적 활동은 크게 과거에 참가하는 것과 詩友들과 文酒會, 匡社 등의 각종 시문 집회를 조직하고, 시문 모임을 열어 시문을 화창하고 논의하는 것이었다.

왕부지는 明 崇禎 十二年 乙卯(1639년) 그의 나이 20세에서, 明 崇禎 十五年 壬午(1642년) 24세에 이르기까지 衡郡과 武昌省의 鄕試에 세 차례 응시하였다.[25]

왕부지의 이러한 일련의 과거 응시는 당연히 과거 응시를 통한 출사(出仕)가 첫째 목적이기는 하지만 그 자신이 살았던 湖南, 衡陽을 벗어나서 더 넓은 지역으로 활동 무대를 옮기게 하였으며, 또한 그가 교유와 견문의 폭을 넓힐 수 있는 계기가 되었다. 그가 과거 응시를 위해 왕래하였던 武昌은 당시 과거의 중심지였으며 또한 정치, 문화의 중심지였다. 더욱이 武昌은 竟陵과는 비교적 가까운 거리에 있었다. 때문에 竟陵을 중심으로 일어났던 竟陵의 문학 사조는 武昌에 가장 직접적으로 영향을 미쳤으며 또한 武昌에는 당시의 竟陵派의 문학 사조가 풍미하였다고 할 수 있다.

왕부지는 武昌의 왕래로 그곳에 만연되었던 竟陵의 문학 사조를 직접적으로 체감하였다.

그는 明 崇禎 十二年 戊寅(1638년), 그의 나이 20세에 처음으로 同人들과 文酒會를 만들었다.[26] 明 崇禎 十二年 乙卯(1639년) 十月에 文友 郭鳳躚,

---

25) 王之春 撰, 汪茂和 點校, ≪王夫之年譜≫, 中華書局, 1989, p.11, "明 崇禎十二年 乙卯 (一六三九), 公二一歲. 從崖公, 硜齋公赴武昌省應鄕試."
上同, p.14, "明 崇禎十五年壬午(一六四二), 公二十四歲. 湖廣提學僉事高世泰科試衡郡, 列 公一等. 刑部郎中蔡公鳳巡按湖南刑獄, 徵會文課, 公蒙特獎, 期於武昌城相見.", "明 崇禎 十五年 壬午(一六四二), 公二十四歲. 夏四月從硜齋公赴武昌省應鄕試."
26) 上同, p.10, "明 崇禎十二年 戊寅(一六三八), 公二十歲. 始與同人爲文酒之會."

管嗣裘, 文之勇 등과 또한 匡社를 조직하였다.[27) 그리고 明 崇禎 十五年 壬午(1642年) 가을 七月에는 黃岡의 王又沂, 熊渭公 등 100여 명이 黃鶴樓에서 회동하여 시를 지어 서로 화창하였다.[28) 왕부지는 이러한 일련의 화창 활동을 통해서 많은 詩友들과 교유하였다. 왕부지가 당시에 교유했던 詩友들 중에는 적지 않은 사람들이 竟陵의 세례를 받았다. 예를 들면, 龍孔燕(季霞), 劉自煜(杜三), 郭鳳躚(季林) 등이 그들이다. 왕부지는 ≪南窓漫記≫에서 이들이 모두 竟陵의 영향을 받고 있음을 기록하고 있다.[29) ≪南窓漫記≫에서는 단지 이 세 사람만을 언급하였지만 왕부지의 시우들 가운데는 竟陵의 세례를 받았던 사람들이 더욱 많았다. 왕부지는 이들과 어린 시절부터 친밀하게 사귀었고, 또한 이들과 시문으로 교류하였다. 왕부지가 竟陵의 시대적 영향(時響)을 따른 것은 이러한 배경과 관계가 있다. 그러나 그가 竟陵을 따른 것은 일시적인 것에 불과했다. 왕부지는 그의 자아 시론을 형성하였을 때 竟陵을 前後七子보다 더욱 가혹하고 신랄하게 비판하였다.

왕부지는 특히 竟陵의 창작 정서를 비판하고 부정하였다.

---

27) 上同, p.12, "十月, 與郭公鳳躚, 管公嗣裘, 文公之勇初集匡社."
한편 왕부지는 郭鳳躚, 管嗣裘, 文之勇 등과 匡社를 조직하였는데 이에 대한 감회가 ≪憶得≫에서 <匡社初集呈郭季林管冶仲文小勇>이라는 제목 아래 五言律詩로 다음과 같이 표현되어 있다. "我識古人心, 相將在一林. 以南偕雅篇, 意北任飛吟. 莫擬津難問, 誰言枉可尋. 良宵霜月好, 空碧發笙音."

28) 上同, p.14, "明 崇禎十五年, 壬午(一六四二), 公二十四歲. 秋七月, 與黃岡王公源曾, 熊公秉大會同人於黃鶴樓, 與者百餘人, 拈韻賦詩."
왕부지의 <南窓漫記>에도 다음과 같이 되어 있다. "壬午初秋, 黃岡王又沂源曾, 熊渭公秉會同人於黃鶴樓, 與者百餘人, 各拈韻賦詩."

29) ≪船山全書≫ 一五, p.881, ≪南窓漫記≫, "季霞與王山長岱夜話詩云:'竊聽誰窓外, 琅然動壁琴.' 蓋季霞欲與湖上作者矯竟陵纖弱之習, 追蹤大雅, 而有志無時, 與伯修同時遇害, 悲夫!"
上同, "劉杜三自燁 雖早託胎於竟陵, 而不全墮彼法, 往往有深秀之句."
上同, p.883, "郭季林有涉園草一帙, 竟陵體也. 其有意致者, 良自灑然."

　　鍾惺, 譚元春 또한 일찍이 情과 관련된 것으로 스스로 감상하지 않음
이 없었지만 措大의 눈살 찌푸리고 市井의 귀에나 소곤대는 情으로 情을
삼았으니 신산과 천속에 빠짐이 심하였다.30)

　　그는 鍾, 譚도 비록 情으로 시를 쓰기는 했지만 가난뱅이 서생처럼 개
인의 기한을 울부짖으며 물욕을 갈망하는 감정을 표현하였고, 市井에서
귓속말로나 소곤댈 수 있는 음탕한 정서로 시를 썼기 때문에 천속에 빠
짐이 심하였다고 하였다. 그가 後七子의 영수인 "王世貞은 시로써 名聲을
구하였고", 竟陵의 "譚元春은 바로 시로써 利益을 구하였다"31)고 한 것은
바로 이를 말한다.

　　그는 또한 竟陵의 <子夜>, <讀曲>에서와 같은 음탕하고 비천한 정
서는 시의 풍조를 淫亂, 荒淫의 지경으로 빠뜨림으로써 風雅를 멸절시켰
다고 하였다.

　　또한 竟陵은 <子夜>, <讀曲>의 모든 淫亂하고 저자거리에서 지껄이
는 말로써 글자마다 규범을 삼고 구마다 법을 삼아서 하나의 진흙덩어
리로 正始의 音을 막았으니 어찌 모방을 버리고 性情을 받들었다 할 수
있으리요?32)

　　여기에서 말하는 '正始의 音'이란 阮籍의 <詠懷詩>와 같은 문학 정신
과 예술 성취를 말하는 것이다. 阮籍의 <詠懷詩>는 正始 年間에 司馬氏

---

30) ≪船山全書≫ 一四, pp.1510~1511, ≪明詩評選≫ 卷六, 王世懋 <橫塘春泛> 評語, "鍾,
　　譚亦未嘗不以關情自賞, 乃以措大攢眉, 市井附耳之情爲情, 則揷入酸俗中爲甚."
31) ≪船山全書≫ 一四, p.1529, ≪明詩評選≫ 卷六, 袁宏道 <和萃芳館主人魯印山韻> 評
　　語, "弇州以詩求名, 友夏以詩求利, 受天雖豊, 且或奪之, 而況其本嗇乎!"
32) ≪船山全書≫ 一四, p.1285, ≪明詩評選≫ 卷四, 錢宰 <擬客從遠方來> 評語, "且竟陵
　　於 <子夜>, <讀曲> 一切淫媟市巷之語, 字規句巨, 而獨以一丸泥封正始之音, 安在其舍
　　擬議以將性情耶?" '巨'는 ≪禮記・大學≫에 "是以君子有絜矩之道也"라고 되어 있고, 鄭
　　注에서는 "矩或作巨"로 되어 있다.

가 魏를 찬탈하고 晉을 세우는 과정에서 무수한 살육과 공포 정치를 자행하자, 阮籍은 현실을 목도하고 당시의 현실 정치에 대한 불평과 격분을 표시하고 허위에 찬 인사들을 신랄하게 풍자하였다. 그는 당시의 현실 정치를 벗어나기 위하여 仙界의 아름다움을 동경하면서 동시에 허무를 노래했다. 특히 그는 인생 문제에 대해서 깊은 고뇌를 하였다. 그는 당시 암흑 공포의 정치 환경 아래에서 정치적 현실 등에 대한 자신의 불만과 심경을 사실적으로 표현해낼 수 없었다. 그는 상징과 은유 등의 수법을 통해서 자신의 감정을 표출하였다. 왕부지는 竟陵은 바로 <子夜>, <讀曲>의 "음란하고 저자거리에서 지껄이는(淫媟市巷)" 말들을 글자마다 규범으로 삼고 구절마다 법식으로 삼아서 이러한 '正始의 音'을 막아버렸다고 하였다. 때문에 그는 또한 "竟陵은 음란이 너무 심해져서 또한 이로써 운미가 부족해졌다"[33]라고 하였다. 그는 ≪古詩評選≫ 卷三과 ≪古詩評選≫ 卷一에서 또한 竟陵은 <子夜>, <讀曲>과 같은 음란한 말들을 글자마다 규범으로 삼고 구절마다 법식으로 삼아서 詩壇에 등장시켰을 뿐만 아니라 그것을 風雅에 끼워 넣었다고 하였다. 그리고 그는 또한 竟陵은 ≪詩歸≫에 齊, 梁 이래의 樂府民歌를 취택하는 데 있어서도 '眞性情'과 '眞風雅'가 체현된 작품을 도리어 없애고 남자다운 기색이 조금이라도 있는 사람이 보면 즉시 구역질 내는 靑樓의 수수께끼와 같이 문란한 것, 市井의 남을 속이는 말처럼 간교한 것, 酒店의 손, 발장단처럼 추악한 것들을 취하여 이끌어 들임으로써 亡國의 音을 조성하여, 風雅을 멸절시키고 정치를 해치고 천하의 염치를 타락시켜 결국은 나라를 망하게 하였던 장본인이라고 하였다.[34]

---

33) ≪船山全書≫ 一四, p.1583, ≪明詩評選≫ 卷八, 劉渙 <絶句> 評語, "竟陵淫媟已甚, 亦由韻不足耳."

34) ≪船山全書≫ 一四, p.617, ≪古詩評選≫ 卷三, 失名 <子夜春歌> 評語, "子夜, 讀曲等篇, 舊刻樂府, 旣不可登諸管絃, 雖下里或謳吟之, 亦小詩而已. 晉, 宋以還, 傳者幾至百篇.

왕부지는 자아 시론을 형성하는 과정에서 당시 시대 환경 속에서 竟陵의 영향을 받지 않을 수 없었다. 그러나 그의 자아 시론이 형성되었을 때 竟陵을 風雅를 멸절시키고 음란을 이끌어 亡國의 音을 조성한 선동자로 통렬하게 비판하였다.

(3) '興觀群怨'의 표방과 배경

왕부지는 자신의 시론을 형성해 가는 과정에서 李夢陽, 何景明과 鍾惺, 譚元春의 문하에서 시학의 길을 찾고자 하였지만, 두 문하는 모두 그가 시학의 길을 찾을 수 있는 곳이 되지 못하였다.

왕부지는 順治 二年 乙酉(1645년), 그의 나이 27세에 이르러 자신의 창작 문제에 있어서 "고금을 떠나서 나의 생각을 전해야 한다"라는 자각을 가지게 되었다.[35] 왕부지는 이러한 자각을 통해서 창작 원리를 끊임없이 사색하고 탐구하였다. 그 결과 그는 順治 四年 丁亥(1647년), 그의 나이 29세

歷代藝林, 莫之或采. 自竟陵乘閏位以登壇, 獎之使厠於風雅, 乃其可讀者一二篇而已. 其他媟者如靑樓啞謎, 黯者如市井局話, 蹇者如閩夷鳥語, 惡者如酒肆拇聲, 澁陋穢惡, 稍有鬚眉人見欲嚔. 而竟陵唱之, 文士之無行者相與敎之, 誣上行私, 以成亡國之音, 而國遂亡矣. 竟陵減裂風雅, 登進淫靡之罪, 誠爲戎首. 而生心害政, 則上結獸行之宣城, 以毒淸流；下傳賣國之貴陽, 以殄宗社. "凡民罔不譈", 非竟陵之歸而誰歸耶? 推本禍原, 爲之皆裂."
≪船山全書≫ 一四, p.563, ≪古詩評選≫ 卷一, 庚信 ＜楊柳行＞ 評語, "齊, 梁, 以降, 士習浮淫, 詩之可傳者旣不多得, 近者竟陵一選, 充取其狎媟猥鄙之作, 而齊, 梁, 陳, 隋, 幾疑無詩. 若子山此上三篇, 眞性情, 眞風雅, 爲一代大文筆者, 反斷然削去. 古人心血, 爲後世無知無行者掩抑至此, 雖非壯夫, 能不爲之按劍哉? 鍾以宣城門下蟻附之末品, 背公死黨, 旣專心竭力與千古忠孝人爲仇讐；譚則浪子遊客, 炙手權門, 又不知性情爲何物, 其視此種詩, 如芒刺在眼. 獂貐所噬, 窮奇所食, 固亡足怪, 而生心害政, 乃以墮天下之廉恥, 坐五十年來文人才士于烟花市井之中, 賣國事讐, 恬不知忌. 嗚呼, 有心血者, 何忍復食其餘耶?"
35) ≪王船山詩文集≫ 下, p.508, ≪憶得≫, ＜述病枕憶得＞, "崇禎甲戌, 余年十六, 始從里中知四聲者問韻, 遂學人口動. 今盡亡之, 其有以異於鷇音否? 已而受敎於叔父牧石先生, 知比耦結構, 因擬問津北地信陽, 未就而中改從竟陵時響. 至乙酉乃念去古今而傳己意. 丁亥與亡友夏叔直避購索於上湘, 借書遣日, 益知異制同心, 搖蕩聲情, 而綮括於興觀群怨, 然尙未卽損故習. 尋遘鞠凶, 又展轉戎馬間, 耿耿不忘此事, 放于窮年."

에 이르러 孔子의 '興觀群怨'을 새롭게 이해하여 자신의 창작 원리로 표
방하였다. 그가 "聲情을 흔들어 興觀群怨에서 바로 잡아야 한다"라고 한
것은 바로 이를 말한다. 원래 孔子의 '興觀群怨'은 공자가 시를 배우는
사람 즉 독자의 입장에서 ≪詩三百≫으로부터 감수 받는 효용에 대해 말
한 것이다. 그러나 왕부지가 乙酉에 이르러 고금의 작품을 모방하여 작
품을 짓는 구습을 벗어나서 자신의 생각을 전해야 한다는 자각을 하였을
때 그는 끊임없는 사색과 탐구를 통해서 자신의 창작 문제에 대한 해답
을 孔子의 '興觀群怨'으로부터 찾았다. 그는 참신하고 독창적인 심미 혜
안으로 '興觀群怨'의 본래 함의를 전화시켜 해석하여 그것에 대한 해답을
찾은 것이다.36) 그는 '興觀群怨'의 본래적 측면 즉 시를 배우는 사람이
詩로부터 감수 받는 效用의 측면에서 시가 작품이 어떠한 본질과 예술성
을 갖추어야만 '興觀群怨'이 내재될 수 있느냐? 하는 창작의 측면으로 인
식의 시각을 전이시켰다. 이에 대해 陶水平도 "시학 본체론의 각도에서 興
觀群怨을 인식한 것은 왕부지 시학에 있어서 '興觀群怨'論의 가장 중요한
시각이다"37)라고 하였다. 때문에 왕부지의 '興觀群怨'論에 대한 논의는 독
자의 측면보다는 오히려 창작의 측면에서 더욱 상세하게 이루어졌다. 그
는 만년에 자신의 창작 역정을 회고하는 과정에서 '興觀群怨'을 자신의
창작 원리로 표방하여 자신의 모든 창작을 여기에 맞추고자 하였지만 그
러나 여전히 구습을 벗어나지 못하였다고 술회한 적이 있다.38) 이로써
"우리는 왕부지 시론 중에서 '興觀群怨'論은 자신의 창작 난제에 기인하

---

36) 李錫鎭 撰, ≪王船山詩學的理論基礎及理論重心≫, <第二節 船山詩論的形成背景>, <一,
    源自生命體驗與創作的體驗>, 國立臺灣大學中國文學研究所博士論文, 民國 79年, p.24.
    "創作問題的之獲得解答, 主要是從 ≪論語≫ 內蘊涵的意義轉化而來".
37) 陶水平 著, ≪船山詩學研究≫, <第一章 '詩道性情'論>, p.69.
38) ≪王船山詩文集≫ 下, p.508, ≪憶得≫, <述病枕憶得>, "丁亥與亡友夏叔直避購索於上
    湘, 借書遣日, 益知異制同心, 搖蕩聲情, 而縶括於興觀群怨, 然尙未卽損故習. 尋遘鞠凶, 又
    展轉戎馬間, 耿耿不忘此事, 放于窮年."

여 제기되었다"[39]는 것을 알 수 있다.

왕부지는 '興觀群怨'을 자신의 시가 창작 원리로 표방하고 그것을 자신의 주체 시론으로 확립시키기 위하여 그것의 내재 함의를 독창적 견지에서 해석하였다. 그의 '興觀群怨'에 대한 참신한 해석은 논자들로부터 "일종의 역사성의 돌파"[40]라고 평가된다. 그러나 제기되는 문제는 乙酉와 丁亥에 이르러 그가 "고금을 떠나서 나의 생각을 전해야 한다"라는 자각을 가지게 되고 그 결과 '興觀群怨'을 자신의 창작 원리로 표방하였던 이유는 무엇인가? 이다. 여기에는 여러 이유가 있다. 그러나 무엇보다도 그가 明末淸初라는 시대 환경 특히 順治 二年 乙酉(1645년)에서 順治 四年 丁亥(1647년) 전후에 겪었던 인생 역정이다. 이 짧은 기간을 전후로 그는 張獻忠 등으로부터 시시각각 자신의 생명의 위협을 받았고, 신변의 안전을 보장할 수 없는 고통과 불안을 겪어야 했다. 그는 <九礪> 九章[41]을 지어서 당시의 상황과 심정을 표현하였다. 그리고 국가 사직이 무너지는 것을 목격하였으며, 청조에 의해서 자행된 무수한 살육의 참극을 목도하였다. 왕부지는 淸이 자행하는 살육과 조국이 異族에 의해 강탈당하는 현실을 목도하면서 솟구치는 비분강개를 그의 <悲憤詩>에 표출시

---

39) 陶水平 著, ≪船山詩學硏究≫, <第一章 '詩道性情'論>, p.25.
40) 鄔國平, <王夫之論讀者與作品關系>, ≪學術月刊≫, 第一二期, 1989, p.5, "王夫之對傳統的"詩可以興, 可以觀, 可以群, 可以怨"命題的闡釋是一種的歷史性的突破."
41) ≪王船山詩文集≫ 下, p.521, ≪憶得≫, <九礪之一>, "賊購索甚急, 瀕死者屢矣. 得脫, 匿黑沙潭畔, 作九礪九章."
   <九礪>의 '九'는 ≪楚辭≫를 모방한 것이고, '礪'는 宋의 遺士인 鄭所南의 <心史>를 모방한 것이다. 왕부지는 屈大夫 이후로 오직 鄭所南 <心史>만이 忠憤이 至性에서 나와서 大夫와 더불어 서로 비등하다고 여겼다. 때문에 그는 두 사람을 따라 노닐고자 하여 그것을 모방하여 지었다. 전란을 겪으면서 그 원고를 모두 분실하였다. 나중에 그는 대략 한 수만을 기억하여 적었다. 王夫之 詩集 ≪憶得≫의 <九礪之一>이 바로 이것이다.
   "父母生汝身, 蒼天覆汝上. 士梟甘母肉, 欲啼心已喪. 利劍不在手, 高旻從汝謗. 一聞心已寒, 屢聽魂空漾. 訴天求長彗, 一掃雲霾障. 回問汝何心, 面目還相向. 不見汝妻孥, 昨夜歸賊帳. 昏醉白日中, 哀汝萍隨浪. 陸地而行舟, 寒浧誇其盪. 雌劍不弢光, 摩娑氣益壯."

켰다. 그는 나라가 무너지고 산하가 부서짐으로써 솟아오르는 비분강개를 가슴에 품고서 黑沙潭 위의 雙髻峰 가운데에서 續夢菴이라는 암자를 지어서 2년여 동안 칩거하였다. "왕부지가 자신의 암자를 續夢菴이라고 하였는데, 續夢은 자신의 明朝를 회복하려는 꿈이 간단없이 계속 이어진다는 것을 나타내기 위한 것이었다. 전하는 바에 따르면 왕부지는 당시에 항시 암자의 위층에만 거처하고 아래층에 있을 때는 나막신을 신었으며 맑은 날 외출할 때는 양산을 썼는데 그것은 바로 머리에 淸朝의 하늘을 떠받치지 않고 발로는 淸朝의 땅을 밟지 않는다는 것을 나타내려는 것이었다."42)

그는 또한 그의 부친, 둘째 형, 그리고 그의 부인 陶氏를 잃음으로써 단란했던 그의 가문이 무너져가는 불행을 겪었다. 그는 당시 겨우 25세였던 그의 부인 陶氏의 갑작스런 죽음에 슬픔의 감정을 억누를 수 없었다. 그는 陶氏에 대한 추모의 정과 哀歌를 <陶孺人像贊>과 <悼亡詩>에 표현하였다.43)

順治 四年 丁亥(1647년) 四月에 桂王이 武岡에 이르러 武岡을 奉天府로 바꾸어 南明의 정치 중심지로 삼았다. 왕부지는 知己인 夏汝弼과 湘鄕으로부터 武岡으로 달려가 抗淸 투쟁에 투신하고자 하였다. 그러나 뜻밖에 한 달여 동안이나 계속되는 흙비를 만나 車架山에 갇혀서 오도가도 못하게 되었다. 왕부지의 救國의 간절한 소망은 눈앞에서 좌절되었다. 그는 당시의 번민과 고뇌를 哀歌로 표현하였다.44) 그는 작품에서 청에 끓어오

---

42) 夏劍欽 著, ≪王夫之硏究文集≫ 上編, 河北敎育出版社, 1995, p.21.

43) <陶孺人像贊>은 ≪薑齋文集≫에 보이고, <悼亡詩>는 ≪薑齋詩賸稿≫에 보인다.

44) ≪王船山詩文集≫ 下, p.531, ≪憶得≫, <淫雨彌月將同叔直取上湘間道赴行在所不得困車架山哀歌示叔直>, "天涯天涯, 吾將何之? 頸血如泉欲迸出, 紅潮涌上光陸離. 漣水東流資水北, 精衛欲塡塡不得. 豐隆豐隆, 爾旣非兒抑非虎, 晝夜狂呼不止. 牽帥屛翳翻銀潢, 點滴無非醫血髓. 行縢裹泥如柿油, 芒履似刀割牛耳. 兩人將共痛哭, 休留夜嘯穿林木. 自有生死各有鄕, 我獨何辜陷穹谷. 殘兵如游蠹, 債帥如駮鹿. 荒郊無煙三百里, 封狐瘐狗漸相撲. 但得龍翔乘雨駕天飛, 與君同死深山願亦足."

르는 분노를 표현하기도 하고 자신의 신세에 대해서 한탄하기도 하였으며 또한 당시 비극적 현실에 대해서 한없이 원망하였다. 그는 조국 강산에 비극의 참상을 뿌리고 있는 우뢰신을 한없이 원망하면서 "우뢰신이여! 우뢰신이여! 그대는 들소도 아니고 맹호도 아닌데 어찌하여 밤낮으로 울부짖으면서 그치지 않는지요?"라고 하였다. 그는 '精衛塡海'의 고사를 끌어다가 자신은 항청 투쟁을 위해 온갖 곤란과 어려움을 무릅쓰고 분투할 것이라는 결심을 말하였다. 그는 이러한 자신의 결심을 실행할 수 있는 방법이 없는 현실에 대해서 괴로워하였다. 그리고 그는 구국의 소망은 무너지고 깊은 산에 갇혀서 밤이면 울부짖으면서 林木 사이를 뚫고 다니는 신세에 대해서 통곡을 하였다. 그는 "生死가 있으면 각자 故鄕이 있는데, 나는 무슨 죄로 이러한 막다른 골짜기에 빠지게 되었는가?"라고 하였다. 그리고 그는 또한 조국 강산에 잔인무도한 살육과 약탈을 자행한 淸에 대해서 저주를 하였다. 그는 그들을 '封狐'와 '瘦狗'로 표현하였다. 그는 시의 말미에서 오히려 심산유곡에 자신의 발길을 묶어 구국의지를 이루지 못하게 하였던 흙비에 대해서 고마워하고 있다. 그것은 바로 흙비로 인해서 청의 공격이 더디어지고 永曆 조정이 곤궁에서 벗어날 기회를 제공해줄까 싶어서였다. 그러면 자신은 자신의 지기와 더불어 심산유곡에서 죽어도 여한이 없다고 하였다.

順治 四年 十一月부터 항청 투쟁은 점차로 활기를 띠면서 유리한 국면으로 발전되었다. 마침 何騰蛟가 군대를 이끌고 永州에서 衡州로 진공을 할 때 南岳 蓮花峰에서 은거하고 있던 왕부지는 管嗣裘, 夏汝弼 그리고 南岳의 승려인 性翰 등과 더불어 衡山에서 起義를 하였다.45) 이들은 모두 왕부지와 생사고락을 함께하였던 知己들이다.46) 그러나 起義軍은 맹렬하

---

45) ≪船山全書≫ 一一, p.494, ≪永曆實錄≫ 卷一七, <晏黃二劉列傳>, "管嗣裘 …… 與行人王夫之擧義兵于衡山, 戰敗軍潰, 走行在, 授中書舍人, 奉勅至平樂."
46) 왕부지는 이들과 이처럼 생사고락을 함께하였기 때문에 이들이 세상을 떠났을 때는

게 저항을 하였으나 와해되고 말았다. 이로 인해서 起義軍과 그 가족들은 거의 죽음을 당하였다. 이후로 왕부지는 管嗣裘와 더불어 각지를 전전하다가 肇慶의 南明정부로 가서 항청 투쟁에 투신하였다. 왕부지의 衡山에서의 起義는 비록 실패하였지만 그것은 왕부지의 불굴의 애국의지를 나타내는 것이었다. 민족의 위기를 구하기 위하여 그는 의연하게 서재를 나서서 붓을 놓고 창칼을 들고 淸의 잔혹과 포악에 대항하였다. 그는 南明으로 가다가 耒陽을 지나면서 衡山起義에서의 안타까웠던 심경을 표출하였다.47) 왕부지의 <耒陽曹氏江樓遲舊遊不至>이 바로 그것이다. 그는 이 시의 第一聯, 第三聯에서 江樓에 올라 조망한 초겨울 달밤의 모습을 묘사하였다. 시구 중의 '關河寒色', '淅淅雁風'은 모두 초겨울의 처량하고 스산한 분위기를 자아내고 있다. 이것은 또한 아름다운 조국의 산하가 이민족에게 무참히 유린당한 처참한 광경을 표현한 것이기도 하다. 그러나 '鱗鱗楓葉'은 또한 처량하고 스산한 초겨울의 강기슭을 더욱 돋보이게 하면서도 또한 '傲霜孤節'의 분위기를 은연중에 드러내고 있다. 이것은 또한 어떠한 고통과 역경에서도 굴복하지 않는 민족의 자존을 드러내고 있다. 第二聯에서는 張良의 '折椎'로써 起義의 실패를 비유하였고, '楚國佳人'으로 자기의 '忠貞'을 형용하였다. 왕부지는 이 시의 결미에서 "서리는 밤에 황폐한 성의 달빛을 덮는데, 홀고 오구검에 기대어 遠遊를 노래하네"라고 하여 설사 지금이 암흑의 밤이라고 하더라도 그는 遠方으로 달려가 黎明을 맞이하기 위하여 새로운 투쟁에 투신하겠다는 강한 결심을 표출하였다. 이후로 국가의 운명과 민족의 전도는 왕부지의 일생에서

그의 슬픔은 말할 수 없었다. 그의 <廣哀詩> 중 <夏孝廉汝弼>, <管中翰嗣裘>, <南嶽僧性翰>은 夏汝弼, 管嗣裘, 性翰에 대한 애끓는 추모의 정을 표현한 것이다(≪王船山詩文集≫ 下, pp.309~312, ≪薑齋詩集·薑齋詩分體稿卷一≫, <廣哀詩>).

47) <耒陽曹氏江樓遲舊遊不至> : "野水瑤光上小樓, 關河寒色滿樓頭. 韓城公子椎空折, 楚國佳人橘過秋. 淅淅雁風吹極浦, 鱗鱗楓葉點江洲. 霜華夜覆荒城月, 獨倚吳鉤賦遠遊."

가장 관심을 기울인 중요 과제였다.[48]

왕부지의 이러한 인생 역정은 모두 그의 문학 창작의 배경으로 작용하였고, 이러한 인생 역정을 그의 창작에 투영시키는 과정은 그의 자아 시론의 형성에 결정적 역할을 하였다. 그가 乙酉에 이르러 "고금을 떠나서 나의 생각을 전해야 한다"라는 자각을 가지게 되었고, 丁亥에 이르러 '興觀群怨'을 자신의 창작 원리로 표방한 것은 그의 이러한 인생 역정과 창작 경험이 직접, 간접적으로 영향을 주었다.

결국 왕부지의 시론이나 문학 작품들은 모두 사회 현실에 대한 반영이요, 시대 풍우에 의하여 조성된 결과이다.

(4) '興觀群怨'의 표방과 '擬古', '追和'의 작품과의 관계[49]

왕부지가 그의 인생 역정과 창작 경험을 바탕으로 "고금을 떠나서 나의 생각을 전해야 한다"라는 문학적 자각을 통해서 '興觀群怨'을 자신의 창작 원리로 표방하였지만, 실제로 그의 시가 작품들을 고찰해보면 만년에 이르기까지 여전히 고금의 전범이 되는 작품들을 모방하여 지은 '擬古'의 작품이나 전인들의 작품에 和韻하거나 次韻하여 지은 '追和'의 작품들이 헤아릴 수 없이 많다. 예를 들면, 그의 詩集 ≪柳岸吟≫의 작품들은 대부분 그가 前輩 儒者 一峰(羅倫), 白沙(陳獻章), 定山(莊昶) 등의 작품에

---

48) 왕부지의 順治二年 乙酉에서 順治四年丁亥에 이르는 행적에 대한 논술은 다음과 같은 책을 참고로 하였다.

　　劉毓崧, ≪王船山先生年譜≫.

　　王之春, ≪船山公年譜≫.

　　夏劍欽 著, ≪王夫之硏究文集≫, 河北敎育出版社, 1995.

　　張懷承 著, ≪王夫之評傳≫, 廣西敎育出版社, 1997.

49) 李錫鎭은 ≪王船山詩學的理論基礎及理論重心≫, p.26~31에서 왕부지의 '擬古', '追和'의 작품과 시론과의 관계를 고찰한 바 있다. 필자의 (4) '興觀群怨'의 표방과 '擬古', '追和'의 작품과의 관계의 논술 내용은 이를 참고하여 이루어졌다.

화운하거나 차운하여 지은 것들이다.50) 그리고 그의 詩集 ≪薑齋六十自定稿≫ 내의 <擬古詩十九首>과 <擬阮步兵詠懷> 82首51) 등은 모두 고금의 전범이 되는 작품들을 모방하여 지은 것이다.

그의 詩集 ≪柳岸吟≫과 ≪薑齋六十自定稿≫ 내의 <擬古詩十九首>와 <擬阮步兵詠懷> 82首와 같은 작품 외에도 그가 지은 '擬古', '追和'류에 속하는 작품은 실로 방대하다. '夕堂戲墨' 四字가 각각 副題로 붙어 있는 왕부지의 6종의 시집 ≪落花詩≫, ≪遣興詩≫, ≪和梅和百詠詩≫, ≪洞庭秋詩≫, ≪雁字詩≫, ≪仿體詩≫ 등이 모두 그것이다.52) 그리고 그의 각종 시집에는 또한 '擬古', '追和'류의 작품들이 헤아릴 수 없이 많다. 그의 시집 ≪薑齋六十自定稿≫ 내의 <春日山居戲效松陵體>, ≪薑齋六十自定稿≫ 내의 <效柏梁體壽王愷六>, ≪薑齋七十自定稿≫ 내의 <和周履道對春雪>와 <和高季迪風雨>, 그리고 ≪憶得≫ 내의 <放杜少陵文文山作七歌>와 <九礪>53) 등이 모두 그것이다.

이 외에도 그의 창작에는 '擬', '追', '仿' 등이 붙어있지는 않지만 그 체제나 형식에 있어서 고금의 것을 모방하여 지은 작품이 헤아릴 수 없다. 그의 <九礪>는 ≪楚辭≫와 송대 鄭所南의 <心思>를 모방하여 지었고, <廣哀詩>, <迎秋八首>는 모두 두보의 <八哀詩>, <秋興八首>를 전범으로 하였으며, <笑已乎>, <悲來乎>54)는 이백의 <笑矣乎>, <悲來乎>

---

50) ≪船山全書≫ 一五, p.331, ≪薑齋六十自定稿·自叙≫, "此十年中, 別有柳岸吟, 欲遇一峰, 白沙, 定山於流連駘宕中. 學詩幾四十年, 自(適)[應] 舍旃, 以求適於柳風桐月, 則與馬班顔謝了不相應, 固其所已."

51) <擬阮步兵詠懷> 八十二首 중에서 二十四首는 ≪薑齋六十自定稿≫에 들어 있고, 나머지 五十八首는 ≪薑齋詩編年稿·庚戌稿≫에 <擬阮步兵述懷>라는 제목으로 들어 있다.

52) ≪船山全書≫ 金陵本에는 왕부지의 六種의 詩集 ≪落花詩≫, ≪遣興詩≫, ≪和梅和百詠詩≫, ≪洞庭秋詩≫, ≪雁字詩≫, ≪仿體詩≫의 제목 아래 각각 '夕堂戲墨卷一', '夕堂戲墨卷二', '夕堂戲墨卷三', '夕堂戲墨卷四', '夕堂戲墨卷五', '夕堂戲墨卷六'이 注로 되어 있다.

53) ≪憶得≫에는 <九礪> 한 편만이 들어 있다.

54) 이 두시의 원래 제목은 <李供奉集有笑已乎悲來乎二歌識者知爲齊己贗作辭翰弇滯旣良然

두 수를 추가, 보충하여 지은 시이다. 그는 또한 陶淵明, 韓愈 등의 시체를 모방하여 적지 않은 작품을 창작하였다. 왕부지의 이러한 '擬古', '追和'류의 작품들은 그가 이미 乙酉, 丁亥에 이르러 표방한 창작 이론과 상호 괴리가 있다는 것을 말한다. 때문에 이를 어떻게 이해해야 할 것인가에 관한 문제가 제기된다.

먼저 왕부지가 ≪楚辭≫와 송대 鄭所南의 <心史>를 모방하여 지은 <九礪>[55]의 창작 동기에 대해서 살펴보자.

도적이 현상금을 내걸고 숨 가쁘게 찾아다녔고, 죽음에 임박한 경우도 여러 차례였다. 黑沙潭 부근으로 탈주하여 몸을 숨기고 <九礪> 九章을 지었다. 九는 ≪楚辭≫를 모방한 것이고, 礪는 宋의 遺士인 鄭所南의 <心史> 중의 시를 모방한 것이다. 屈原 이후로 鄭所南의 <心史>는 忠憤이 至性에서 나온 것이니 屈大夫와 서로 길항이 된다. 두 사람을 따라서 노닐고자 하였기 때문에 그것을 모방하였다. 대란을 겪고 난 뒤 모조리 그 원고를 분실하였는데 간신히 대략적으로 그 하나만을 기억하여 도적을 따르는 자들이 나라를 배척하여 역적이 되자 더불어 함께 부서지지 못한 것을 한스러워하면서 격분하여 이를 지었다.[56]

왕부지는 張獻忠의 대란에서 자신이 몸소 겪었던 인생 역정을 투영시키기 위하여 ≪楚辭≫와 鄭所南의 <心史>를 모방하여 <九礪>를 지었다

矣亦由無情而氣矜如捫天求月天不可捫月況可得若僕今者可以笑未其悲則已夙矣因爲補之> 이다. 이것은 제목이라기보다는 왕부지가 이백의 <笑已乎>, <悲來乎> 두 노래를 추가, 보충하여 자신이 <笑已乎>, <悲來乎> 두 수를 짓게 된 배경을 설명하는 것이다.

55) "父母生汝身, 蒼天覆汝上. 士臬甘母肉, 欲啼心已喪. 利劍不在手, 高旻從汝謗. 一聞心已寒, 屢聽魂空漾. 訴天求長彗, 一掃雲霾障. 回問汝何心, 面目還相向. 不見汝妻孥, 昨夜歸賊帳. 昏醉白日中, 哀汝萍隨浪. 陸地而行舟, 寒浞誇其[illegible]盪. 雌劍不發光, 摩娑氣益壯."

56) ≪王船山詩文集≫ 下, p.521, ≪憶得≫, <九礪之一>, "賊購索甚亟, 瀕死者屢矣. 得脫匿黑沙潭畔, 作 <九礪> 九章. 九仿 ≪楚辭≫, 礪仿宋遺士鄭所南 <心史> 中詩. 自屈大夫後, 所南 <心史> 忠憤出於至性, 與大夫相頡頏. 願從二子遊, 故仿之. 大亂後盡失其稿, 僅約略記憶其一, 緣從賊者斥國爲賊, 恨不與俱碎, 激而作此."

고 하였다. 그는 자신의 인생 역정을 표현하기 위한 매개로써 전인들의 작품에서 제목이나 형식을 모방하였다. 때문에 그의 전인 작품에 대한 모방은 창작을 위한 모방이다. 그것은 前後七子들의 모방을 위한 유희적인 모방과는 완전히 다른 것이다.

왕부지가 모방한 것은 단지 작품의 형식이나 제목만은 아니었다. 그는 또한 전인의 작품을 통해 至性에서 나온 고귀한 정신을 본받고자 하였다. 그가 모방의 대상으로 삼았던 ≪楚辭≫와 <心史>는 모두 至性의 고귀한 정신을 담고 있는 것이다. 그는 이러한 작품을 통해서 그들의 인생 역정과 삶의 과정을 공명하고자 하였다. 때문에 그는 두 사람을 따라서 노닐고자 하였고 그들의 작품을 모방하고자 하였다.

다음에는 왕부지가 <九歌>의 형식을 모방하여 지은 <祓禊賦>의 창작 배경에 대해서 알아보자.

淸의 앞잡이가 되어 平西王에 봉해졌던 吳三桂가 淸으로부터 자신의 권력과 세력의 기반이 되었던 藩을 철수 당하자 吳三桂는 淸에 대해서 반란을 일으켰다.[57) 吳가 明朝의 회복을 기치로 내걸자 貴州, 四川, 湖南, 廣西 등의 지역에서 호응하였다. 그러나 청의 진압 공격으로 吳는 비록 湖南에서 청과 대치하였으나 패색은 점점 짙어졌다. 그는 湖南을 근거지로 雲南, 貴州, 四川, 및 廣西 등을 점령하였으나 중원을 북벌할 능력을 이미 상실하였다. 그의 군대 또한 이미 기율이 없어져 주야로 노략과 겁탈을 일삼았다. 그는 이러한 분위기를 쇄신하고 또한 민심을 얻고자 康熙 十七年(1678年)에 衡州에서 帝라 칭하고 국호를 周라 하였다. 이때 吳三桂는 즉위하면서 명사를 물색하여 훌륭한 '勸進表'를 지어 바치라고 하였다. 어떤 사람이 왕부지를 추천하였다. 吳는 즉시 막료를 파견하여 왕부

---

57) 당시 吳三桂, 耿繼茂, 尙可喜를 '三藩'이라고 하였으며 淸이 이들 세력이 강성해진 것을 두려워하여 이들의 근거지였던 藩을 철수시키자 이에 대항하여 일어난 반란이 바로 三藩의 亂이었다.

지에게 본의를 전달하였다. 그러나 그는 吳가 이미 明을 청에게 넘겨 준 앞잡이였고 또한 그가 청에 대해서 싸우는 것은 단지 자신의 권력을 위한 것이지 明朝를 회복하려고 싸우고 있지 않다는 것을 알았다. 그는 이러한 吳에 대해서 협조할 리 없었다. 오히려 그를 매우 경멸하였다. 때문에 그는 이러한 요청에 대해서 단도직입적으로 "내가 어찌 이 하늘이 덮지 못하고, 땅이 싣지 못하는 말을 짓겠소!"[58]라고 하였다. 막료가 어찌할 바를 몰라 당황하자 그는 다시 엄숙하게 "나는 明朝의 遺臣으로 출사하지 않기로 맹세하였고 죽음도 두려워하지 않기로 했다. 지금 어찌 불길한 사람이 불길한 말을 할 수 있겠는가?"[59]라고 하였다. 그는 이처럼 明朝의 遺臣으로 자처하며 당시 권력이나 정치 현실과 타협하지 않았다. 그는 자신의 거절이 반드시 吳三桂의 분노를 자아낼 것을 알았다. 그는 즉시 심산으로 몸을 피하였다. 그는 산중에서 <祓禊賦>를 지어서 당시 자신의 심정을 드러내었다.[60] 祓禊이란 원래 중국의 고대 풍속에서 매년 3월 3일에 물가에 이르러 제사를 지내어 마음속의 좋지 못한 생각을 털어버리고 한 해의 평안을 기원하는 것이다.

왕부지는 吳三桂와 같은 좋지 못한 사람을 만나 마음속에 쌓인 좋지 못한 생각을 털고 마음속의 평안과 안녕을 찾고자 하였다. 이러한 취지에서 <祓禊賦>를 짓기는 하였지만, 그는 <祓禊賦>를 통해서 오히려 조국의 산하대지에 평안과 안녕의 봄이 오기를 갈망하였다.

> 꽃피는 봄 그리워 하지만 멀리 있기만 하네, 오늘 아침 누구와 더불어 즐기리? 詩意는 시로 지어지지 못하고 감정은 일어나지도 않네, 나 이러

---

58) 《船山全書》 一六, p.75, 王敔 <大行府君行述>, "我安能作此天不蓋, 地不載語耶!"

59) 上同, "某先朝遺臣, 誓不出仕, 索不畏死. 今何用不祥之人, 發不祥之語耶?"

60) 上同, "其日亡考長嘯山中, 作祓禊賦."
　　《船山全書》 一六, p.243, 劉毓崧 《王船山先生年譜》, "吳逆謀僭號於衡州. 其黨有知先生名者, 屬爲勸進表. 先生力拒, 遂逃之深山, 作祓禊賦."

저리 배회하고 있는데 빈산은 쓸쓸하고 고요하기만 하네. 빈산에는 인적
끊어졌는데, 누가 나와 함께 봄을 바라리요?[61]

그는 먼저 지금까지 자신이 고대하였던 봄은 아직도 멀리에 있기만 하
니 비록 不祥을 제거하여 마음속에 평안을 얻은 오늘 아침과 같은 순간
에도 누구와 더불어 즐거움을 누릴 것인가라고 하였다. 사실 <祓禊賦>
가 지어진 것은 삼월의 仲春이다. 그러나 그에게는 조국이 이처럼 암울
한 지경에서 설령 봄이 왔어도 그것은 단지 자연의 봄일 뿐이었지 그의
마음속의 봄은 아니었다. 때문에 그는 삼월의 仲春에서 봄은 멀리 있기
만 하다고 하였다. 그는 吳三桂와 같이 나라를 팔아 자신의 영화를 구하
였던 사람에게서는 더 이상 자신의 봄을 찾고자 하는 이상을 기탁할 수
없음을 알았다. 그래서 그는 적막하고 쓸쓸한 빈산을 바라보면서 고독과
슬픔을 느꼈다. 그러나 그는 賦의 말미에서 인적 없이 적막한 산 속에서
다음과 같이 물었다. "누가 장차 나와 함께 봄을 바라리요?" 그의 봄에
대한 추구는 완전히 절망이 아니었으며 여전히 봄을 찾고자 하였다.

다음에는 왕부지가 陶淵明의 <飮酒> 시에 대해서 追和詩를 짓게 된 전
후 배경에 대해서 살펴보자. 王敔[62]는 이에 대해서 일찍이 다음과 같이
말하였다.

---

61) "思芳春兮迢遙, 誰與娛兮今電. 意不屬兮情不生, 予躊躇兮倚空山而蕭淸. 山中兮無人, 蹇誰
　　將兮望春?"

62) 王敔(1656~1731)는 字가 虎止, 號가 蕉畦, 湖南衡陽 사람으로 왕부지의 아들이다.
　　당시 提督湖廣學政 潘宗洛 등이 그를 여러 차례 천거하였으나 벼슬에 나아가지 않고,
　　門徒들을 敎授하면서 생활하였다. 그는 ≪船山遺書≫ 20여 종을 정리, 간행하였는데
　　湘西草堂本이 그것이다. 그는 또한 家譜를 纂修하고 家系에 관한 여러 편의 文章들을
　　지었는데 왕부지의 事迹이 이로써 보존되었다. 晩年에 그는 石鼓書院에서 四年 동안
　　강의를 하였다. 그러면서 그는 邑志를 改修하는 것을 도왔다. ≪蕉畦字朔≫, ≪蕉畦小
　　草存稿≫, ≪詩經講義≫ 등을 저작하였으나 모두 산일되어 전하지 않는다. ≪懷音草≫
　　手鼓本 및 ≪笈雲草≫ 중의 ≪詩集≫ 殘本이 있는데 현존한다(이상은, ≪船山全書≫
　　一六, p.69, 王敔 <大行府君行述> 참조).

　　吳三桂가 죽자 吳世璠이 토벌을 당하였다. 衡州가 전쟁과 충돌에 휩싸
이게 되자 백성들은 죽음을 피하여 도망하였다. 亡考께서도 깊은 산속으
로 피신하셨는데, 또한 陶淵明의 시를 가지고 가서서 날마다 평론하시고
는 나에게 보여주셨으며 또 陶淵明의 <飮酒> 시에 화창하셨다. 도망병들
이 들판을 약탈하고 포성이 숲속을 진동시켜도 亡考께서는 평온하게 거
처하셨다.63)

　　王敔에 따르면 왕부지의 陶淵明의 <飮酒>에 대한 追和詩는 바로 당시
시대 환경과 불가분의 관계를 가지고 있다.

　　康熙 十七年(1678年)에 八月에 吳三桂가 병사하자 그의 손자 吳世璠이
계위하였다. 그는 군사력이 약해지자 貴陽으로 후퇴하였다. 다음해 청은
대규모로 湖南을 공격하여 長沙, 衡陽 등의 주요 지역을 점령하였다. 왕
부지의 고향 衡州는 전투와 충돌의 아수라장으로 변하였다. 이에 衡州의
무수한 백성들은 도망하거나 살육을 당하였다. 왕부지도 이러한 살육의
현장을 피하여 산중으로 피신하여 들어갔다. 그는 이때 陶淵明의 시를 가
지고 가서 그것을 평론하여 王敔에게 보여 주었다. 그리고 그는 또한 陶
淵明의 <飮酒>에 대해서 追和詩를 지었다.64) 그는 陶淵明의 <飮酒>를
빌어 자신이 험난한 역난과 변국에 처하여 자신이 몸소 체험하여 심중에
쌓인 情志와 생각을 기탁하고자 하였으며 또한 자신의 견결한 지조를 드
러내고자 하였던 것이다.

　　왕부지가 前輩 儒者 一峰(羅倫), 白沙(陳獻章), 定山(莊昶) 등의 작품에 화운
하거나 차운하여 지은 《柳岸吟》도 대체로 이러한 취지에서 지어진 시
들이다.65)

---

63) 《船山全書》 一六, p.75, 王敔, <大行府君行述>.
64) 왕부지의 詩文集을 자세히 살펴보면 사실은 그의 庚信 <詠懷>나 陶淵明의 <飮酒>
　　에 대한 '追和'의 작품은 보이지 않는다. 이것은 亡佚되었거나 收錄되지 못하였다.
65) 《船山全書》 一五, p.331, 《薑齋六十自定稿·自叙》, "此十年中, 別有 《柳岸吟》, 欲
　　遇一峰, 白沙, 定山於流連駘宕中. 學詩幾四十年, 自(適)[應]舍旃, 以求適於柳風桐月, 則與

王敔는 ≪柳岸吟≫의 창작 배경에 대해서 다음과 같이 말하였다.

　亡考께서는 天性이 공손, 진지하시면서도 기미를 살피심이 明決하셨으니 때때로 예측할 수 없는 위험이 생겨서 목숨이 위태로우신대도 태연하게 거처하셨고, 뜻하지 않게 명리에 가까워지면 급히 그것을 피하셨다. 늘상 이르시기를 "석가도 죽고 사는 것을 큰 일로 여겼다. 죽고 사는 것은 하늘의 일이니 사람이 어떻게 예견할 수 있으리요? 나아가고 물러나는 것은 나의 生死이다"라고 하셨다. 陳白沙, 羅一峰, 莊定山의 詩를 모방하여 ≪柳岸吟≫을 지어서 작품집을 이룬 것은 대부분 그 나아가고 물러나는 것을 말한 것에서 비롯된 것이다.66)

王敔는 ≪柳岸吟≫은 자신의 부친이 당시 예측할 수 없는 험난한 역난과 변국에 처하여 생사의 갈림길이 되었던 '行藏'에 대한 자신의 번민과 고뇌를 一峰(羅倫), 白沙(陳獻章), 定山(莊昶) 등의 작품에 화운하거나 차운하여 표출한 데서 그것이 나왔다고 하였다.

王敔는 또한 왕부지가 庚信의 시, <古詩十九首>, 阮籍의 시, 그리고 당시의 문체에 화답하거나 모의한 것에 대해서 다음과 같이 말하였다.

　前後에 庚信의 <詠懷詩>에 화답하신 것, <古詩十九首>를 모의하신 것, 阮籍의 시 81首를 모의하신 것이 있었다. 또 당시의 문체(時體)를 본떠서 ≪夕堂戲墨≫ 九卷을 지으셨는데 모두 志을 닫고 생각을 뽑아 그 情을 광달하게 묘사하였고 자연스럽게 뜻에 따라 나온 말(巵言)이 묘연하게 기탁된 것이다.67)

馬班顏謝了不相應, 固其所已."

66) ≪船山全書≫ 一六, p.75, 王敔 <大行府君行述>, "亡考天性肫摰, 見機明決, 時有不測之險, 則致命而處之恬然, 偶近於名, 則亟避之. 常曰 : "釋氏以死生爲大事. 死生, 天事也, 於人何預? 行藏者, 吾之生死也." 倣陳白沙, 羅一峰, 莊定山詩, 作 ≪柳岸吟≫ 成帙, 多自道其行藏焉."

67) 上同, p.73, "前後有和庚子山詠懷詩, 擬 <古詩十九首>, 擬阮詩八十一首. 又效時體成 ≪夕堂戲墨≫ 之九, 皆 扃志 抽思以曠寫其情, 而巵詞渺寄者也."

이상으로 왕부지의 '擬古', '追和'의 작품은 결코 그의 '遊戱筆墨'이 아니라, 그가 전대의 작품을 매개로 자신이 험난한 역경과 변국에 처하여 심중에 쌓인 情志와 생각을 위완곡절하게 묘사하고 자신의 견결한 지조를 드러내기 위한 것임을 알 수 있다. 때문에 그것은 왕부지의 창작 원리가 반영되고, 명말청초의 시대 환경 속에서 그가 직접 경험했던 삶의 과정이 하나하나 투영된 결과이다.

2. '興觀群怨'에 대한 새로운 해석과 운용

'興觀群怨'論은 중국 고전 시론 중 진부한 명제이다. 孔子는 ≪論語·陽貨≫에서 그것을 제기하였지만, 詩가 어떻게 해서 '興觀群怨'을 낳는지에 대해서 구체적으로 해석하지 않았고, 그 함의 및 상호 관계에 대해서도 명백하게 설명하지 않았다. 때문에 역대로 이에 대한 해석이 분분해졌다. 예를 들면, 何晏의 ≪論語集解≫와 朱熹의 ≪論語集注≫ 가운데 인용된 漢儒 孔安國, 鄭玄과 宋儒 朱熹의 '興觀群怨'에 대한 해석에서, 興에 대해서 孔安國은 '같은 류를 이끌어 비유하는 것(引譬連類)', 朱熹는 '(시인의) 志意를 감동시켜 움직이게 하는 것(感發志意)'이라 하였다. 觀에 관해서 鄭玄은 '풍속의 성쇠를 관찰 하는 것(觀風俗之盛衰)', 朱熹는 '득실을 고찰하여 살피는 것(考見得失)'이라 하였다. 群에 있어서 孔安國은 '군거하며 (학문, 덕행을) 서로 연구, 권면하는 것(群居相切磋)', 朱熹는 '화합하기는 하나 (무리에) 빠지지 않는 것(和而不流)'이라 하였다. 그리고 怨에 대해서 孔安國은 '위의 정사를 원망하며 비방하는 것(怨刺上政)', 朱熹는 '원망하기는 하나 분노하지는 않는 것(怨而不怒)'이라 하였다.

孔安國, 鄭玄, 朱熹 등은 '興觀群怨'에 대한 해석에서 각각의 개념 해석에 치중하였다. 또한 그들은 《詩經》을 경학의 관점에서 해석하려 하여, 그 결과 '興觀群怨'을 정치상 '美刺諷諫'의 측면에서 이해하려고 하였다. 그리고 그들은 시를 해석함에 있어서 어느 시를 반드시 '興觀群怨'의 어느 한 범주에 국한시키려 하였다. 결과적으로 이들은 '興觀群怨'을 각각 별개의 감정으로 생각하고, 이를 각각 獨立, 分割시킴으로써 '興觀群怨' 상호 간의 聯系, 轉化의 관계를 인식하지 못하였다. 때문에 이들에게서 어느 한 작품은 반드시 '興觀群怨'의 어느 한 범주에만 머물렀고, 독자의 심미 안광에 따라서는 '興'인 작품이 '觀'으로도 이해될 수 있고, '群'인 작품이 '怨'으로도 감상될 수 있는 감상의 다양성은 배제되었다. 孔安國, 鄭玄, 朱熹 등이 이와 같은 시각에서 '興觀群怨'을 해석함으로써 송대 이후의 '興觀群怨'에 대한 이해 또한 이러한 범위를 벗어나지 못하였다.

한편 '興觀群怨'을 단지 美刺諷諫의 측면과 개념 위주의 해석에서 벗어나 그것을 시의 발생론적 관점에서 해석하고 운용하려는 시도 또한 없지 않았다. 그러한 시도는 바로 鍾嶸에 의하여 이루어졌다.

봄바람 봄 새, 가을 달 가을 매미, 여름 구름 여름 비, 겨울 달 혹한과 같은 이러한 사시의 경물들은 시에 감흥을 일으키는 것이다. 좋은 만남에는 시에 기탁하여 친근한 감정을 드러내고, 무리를 떠날 때는 시에 의탁하여 원모의 감정을 나타낸다. 초나라 신하가 국경을 떠나는 것, 한나라 궁녀가 궁궐을 물러나는 것, 혹 뼈가 변방의 들판에 널려있는 것, 혹 혼령이 흩날리는 쑥대를 쫓아 다니는 것, 혹 창을 지고 외지에서 수자리 서는데 살기가 변방에 가득한 것, 변경의 나그네가 홑옷을 입고 있음에 규방의 과부가 눈물을 흘리는 것, 또 선비가 패옥을 풀어놓고 조정을 나가 한 번 가서는 돌아올 줄 모르는 것, 여인이 아미를 추켜세우고 들어가 총애 받으러 들어가서 다시 경국지색을 바라는 것 무릇 이러한 것들은 심령을 감동시키고 애달프게 하는 것으로 시를 짓지 않고서는 어떻게 그 뜻을 펼칠 수 있고 長歌가 아니고서는 어떻게 그 情을 펼칠 수 있으리요? 때문에 "《詩》는 群할 수 있고, 怨할 수 있다"라고 한 것

이다. 곤궁한 사람으로 하여금 쉽게 안빈낙도할 수 있게 하고 은거한 사
람으로 번민을 없게 할 수 있는 것은 시보다 나은 것이 없다.[68]

鍾嶸은 자연 경물의 변화 추이와 인간 사회에서의 悲歡離合의 감정이
시가 창작에 미치는 영향의 관점에서 "≪詩≫로 함께할 수 있고, 원망할
수 있다(≪詩≫ 可以群, 可以怨)"라는 이치를 논하였다. 이후로 陳子昻, 白居
易, 韓愈, 梅堯臣 등은 모두 다른 각도에서 이러한 이론을 계승, 발전시켰
으며 明, 淸代 徐渭, 黃宗羲, 王夫之, 袁枚 등의 '興觀群怨'에 대한 해석과
발휘는 더욱 시대적, 개인적인 특색을 가지게 되었다. 특히 왕부지의 '興
觀群怨'에 대한 해석과 발휘는 일종의 시대적, 총결적 의의를 지니는 것
이었다. 그는 '興觀群怨'을 자신의 창작 원리로 표방하고 그것의 함의에
대해서 끊임없는 연구를 진행하였다. 그 결과 그는 전인들이 발견하지
못한 함의를 밝혀내었다. 그리고 그는 '興觀群怨'으로부터 밝혀낸 함의로
써 시가의 창작 원리를 체계화하였음은 물론 그것으로써 비평, 감상 원
리를 확립하였다. 이것은 왕부지의 '興觀群怨'論이 孔安國, 鄭玄, 朱熹 등
과는 다른 독창적 성과가 있다는 것을 의미한다.

때문에 張兵은 "왕부지의 興觀群怨에 대한 논술은 완전히 새로운 내용
을 개진하여 비교적 큰 정도에서 儒家 詩敎의 범위를 타파하였고 그것으
로 하여금 孔子 원시 敎義의 기초 위에서 소박한 유물주의의 변증사상을
체현함으로써 더욱 시가 창작과 감상의 객관 규율에 부합되도록 하여 다
른 사람이 도달할 수 없는 일정 수준에 이르렀다. 왕부지의 전통적인 '詩
로 함께할 수 있고, 원망할 수 있다'의 명제에 대한 해석은 일종의 역사

---

68) 曹旭, ≪詩品集注≫, 上海古籍出版社, 1994, p.47, "若乃春風春鳥, 秋月秋蟬, 夏雲暑雨, 冬
月祁寒, 斯四候之感諸詩者也. 嘉會寄詩以親, 離群託詩以怨. 至於楚臣去境, 漢妾辭宮, 或
骨橫朔野, 或魂逐飛蓬；或負戈外戍, 殺氣雄邊；寒客衣單, 孀閨淚盡；又士有解佩出朝, 一
去忘返；女有揚娥入寵, 再盼傾國：凡斯種種, 感傷心靈, 非陳詩何以展其義, 非長歌何以騁
其情？ 故曰："≪詩≫ 可以群, 可以怨." 使窮賤易安, 幽居靡悶, 莫尙於詩矣."

성의 돌파이며 이러한 점은 모두가 거의 일치하여 공인하는 바이다"[69] 라고 하였다. 陶水平 또한 "왕부지는 전인과 서로 비교했을 때, 孔子의 '興觀群怨'이라는 하나의 비록 소박하지만 매우 가치 있는 시학 사상을 계승해서 또한 자각적이고 계통적으로 천발하여 그것으로 하여금 시학 본체론의 고도에 오르게 하였고, 孔子의 하나의 우수한 시학 유산으로 하여금 발양, 광대되게 하였으며 더욱 매력을 느끼게 하였다"[70]라고 하였다. 다음에서는 왕부지의 '興觀群怨'에 대한 새로운 해석과 참신한 운용에 대해서 살펴보자.

왕부지는 먼저 '興觀群怨'을 역대 시가 작품의 우열을 변별하는 하나의 중요한 비평 기준으로 삼았다. 그는 ≪夕堂永日緖論內篇≫에서 다음과 같이 말하였다.

> 홍기(興)하고, 관찰(觀)하고, 함께(群)하고, 원망(怨)하니, 시는 이에서 지극하다. 經生家는 ＜鹿鳴＞, ＜嘉魚＞을 함께(群)하는 것으로 분석하였고 ＜柏舟＞, ＜小弁＞을 원망(怨)하는 것으로 분석하였으나, 小人의 한때 喜怒일 뿐이니 어떻게 시를 말할 수 있으리요? '(시)로 될 수 있다(可以)'는 것은 (시의 어느 것으)'로'도 모두 (홍관군원(興觀群怨)의 작용)이 '될 수 있다'는 것이다. ≪詩經≫ 아래로 오직 ＜十九首＞가 능히 그러하였다. 이백, 두보 또한 그것에 합치되는 듯하였으나 그것이 사람으로 하여금 접촉하는 바에 따라 모두 될 수 있게 하는 것은 또한 수를 헤아리기에 부족하였다. 또 아래로는 혹 한 사람 정도나 그럴 만하였거나, 혹은 그럴만한 사람이 하나도 없었다. 때문에 許渾의 작품은 진실로 惡詩가 되었고 王僧孺, 庾肩吾 및 宋人들의 것 모두 그러하였다.[71]

---

69) 張兵, ＜王夫之 興, 觀, 群, 怨說再評價＞, 西北師大學報 : 社科板(蘭州), 1994, pp.48～ 53, ≪中國古代, 近代文學硏究≫, p.309.

70) 陶水平 著, ≪船山詩學硏究≫, ＜第一章 "詩道性情"論＞, p.67.

71) ≪淸詩話≫ 上冊, p.8, ≪薑齋詩話≫ 卷下, "興, 觀, 群, 怨, 詩盡於是矣. 經生家析 ＜鹿鳴＞, ＜嘉魚＞爲群, ＜柏舟＞, ＜小弁＞爲怨, 小人一往之喜怒耳, 何足以言詩? "可以"云者, 隨所"以"而皆"可"也. ≪詩三百篇≫ 而下, 唯≪十九首≫ 能然. 李杜亦髣髴遇之, 然其能俾

그는 시인이 사회 현실을 직접 체험하고 그것으로부터 발생하는 감정을 심미 규율에 부합시켜 작품에 표현하여 '興觀群怨'이 내재되는 작품을 뛰어난 것이라 하였다. 그는 ≪詩經≫을 이러한 예술 이상이 실현된 작품이라 여겼고, 그 이하로 <古詩十九首>가 이에 해당한다고 하였다. 그는 이백과 두보의 작품 또한 그것에 비슷하게 부합되지만 모든 작품이 그러한 경지에 이르지는 못하였다고 하였다. 그 이하의 시인들은 혹 한 수 정도나 이에 해당하거나, 혹 한 수도 이에 해당하지 못한다고 하였다. 그는 '興觀群怨'의 비평 기준에 근거하여 許渾 등의 시를 惡詩라고 하였다.

왕부지는 '興觀群怨'을 시인 개인 간의 우열을 비교하고, 역대 시가 발전의 '雅俗得失'을 변별하는 하나의 중요한 지표로 삼았다.

> "詩로 흥기할 수 있고, 관찰할 수 있고, 함께할 수 있고, 원망할 수 있다"고 한 것은 지극한 것이다. 이로써 漢·魏·唐·宋의 아속(雅俗)과 득실(得失)을 변별할 수 있고 …… 그러므로 안연지(安延之)는 사령운(謝靈運)보다 못하고, 송시(宋詩)와 당시(唐詩)가 우열이 생겨나게 된 것이다. 사방득(謝枋得)·우집(虞集)이 시를 해설하는 것은 일정하게 갈라서 뿌리까지 파 들어가니 어떻게 이를 알 수 있으리오?72)

그는 특히 그것으로 唐, 宋詩의 연변과 득실을 논하여 다음과 같이 말하였다.

> 初唐의 對偶에 능한 사람으로는 바로 陳子昻, 張九齡이 있었는데 大雅를 기뻐하면서 휘날리었다. 이어서 이백, 두보가 대신 대세를 잡아서 한

人隨觸而皆可, 亦不數數也. 又下或一可焉, 或無一可者. 故許渾允爲惡詩, 王僧孺, 庾肩吾及宋人皆爾."

72) ≪淸詩話≫ 上冊, p.3, ≪薑齋詩話≫ 卷上, "'詩可以興, 可以觀, 可以群, 可以怨.'盡矣. 辨漢, 魏, 唐, 宋之雅俗得失以此, …… 是故延年不如康樂, 而宋, 唐之所繇升降也. 謝疊山, 虞道園之說詩, 井畫而根掘之, 惡足知此?"

잔의 술로써 문장을 논하였으니 文雅함은 같은 가락이었다고 할 만하였
다. 그러나 이백은 두보를 답습하지 않았고 두보는 이백을 모의하지 않
았으며 일찍이 같은 것은 무리 짓고 다른 것은 배척하며 경계를 그어서
묵수하지 않았다. 宋人에게 미쳐서 경계와 보루를 다투기 시작하였다. 歐
陽修는 누차 楊億, 劉筠의 화려함을 반대하였으나 굽음을 바로잡음이 너
무 급박하여 굽은 대로 다시 되돌아 들어가게 하니 결국 한 세대로 하여
금 시가 없어지게 하고, (고인의 작품을) 여기에서 취하고 저기에서 주워
서 새로움을 과시하였으니 거의 벌주놀이와 같았다. 胡元은 부화(浮華)하고
염려(艶麗)하였는데 또 宋을 바로잡는 것으로 공력을 삼았다. 보잘것없는
싸움은 興, 觀, 群, 怨에서 보자면, 조금도 타당함이 없다.[73]

唐, 宋詩에 대한 비교, 평가 작업은 중국 시가 비평에서 중요 논제 중
의 하나이다. 그것에는 많은 관점, 각도들이 있었다. 왕부지는 이처럼 '興
觀群怨'의 비평 각도에서 唐, 宋詩에 대한 비교, 평가를 하였다. 그는 당
대 이후의 시가 작품들이 唐詩를 따라가지 못하는 것은 당대 이후의 시
가 작품들은 모두 '興觀群怨'에 미치지 못하기 때문이라고 하였다. 또한
당대 이후로 시인들이 '興觀群怨'이 체현된 작품을 써서 사람을 감동시키
지 못했던 것은 바로 宋, 元, 明代 등의 시인들은 '興觀群怨'을 창작 원리
로 삼지 않고 문파를 수립하여 "才子의 이름을 세워서 一代의 法을 표방
하고", "같은 것은 무리 짓고 다른 것은 배척하며 경계를 그어서 묵수한
것" 때문이라고 하였다.

왕부지는 '興觀群怨' 四者를 상호 전화, 연계의 관계 속에서 파악하였
다. 이것은 孔安國, 鄭玄, 朱熹 등이 '興觀群怨'을 해석하거나 훈고함에 있
어서 四者 간의 상호 轉化, 聯系 관계를 인식하지 못하고 각각을 독립, 구

---

73) ≪淸詩話≫ 上冊, pp.15∼16, ≪薑齋詩話≫ 卷下, "唐初比偶, 卽有陳子昂, 張子壽挖揚大
雅. 繼以李, 杜代興 杯酒論文, 雅稱同調 ; 而李不襲杜, 杜不謀李, 未嘗黨同伐異, 畫疆墨
守. 沿及宋人, 始爭疆壘. 歐陽永叔亟反楊億, 劉筠之靡麗, 而矯枉已迫, 還入於枉, 遂使一代
無詩, 掇拾誇新, 殆同觴令. 胡元浮豔, 又以矯宋爲工. 蠻觸之爭, 要於興, 觀, 群, 怨, 絲毫
未有當也."

분하여 각각의 해석에만 치중했던 것과는 완전히 다르다.

> 홍기(興)하여 관찰(觀)할 수 있는 바에서 그 홍기(興)함이 깊고, 관찰(觀)하
> 여 홍기(興)할 수 있는 바에서 그 관찰(觀)이 자세하다. 그 함께(群)할 수 있
> 는 것으로 원망(怨)하게 되면 원망(怨)은 더욱 잊지 않게 되고, 그 원망(怨)하는
> 것으로 함께(群)하면 함께(群)하는 것은 이에 더욱 진지해지게 된다.[74]

그는 興과 觀, 群과 怨을 相補相生의 관계로 보았다. 그는 '興觀群怨'의
이러한 관계 속에서 각각의 감정은 더욱 심화, 진지하다고 하였다. 때문
에 논자들마다 왕부지의 '興觀群怨'에 대한 이러한 심미 관점을 두드러지
게 강조하여 언급하였다. 예를 들면, 戴鴻森은 "興, 觀, 群, 怨 四者의 聯
系, 轉化로써 시를 논한 것은 왕부지 시론의 특색과 요점이다"[75]라고 하
였다. 張連第는 "興, 觀, 群, 怨에 대한 상호 관계의 해석에 있어서 四者의
聯系와 轉化를 강조하여 시가의 인식 작용, 교육 작용과 심미 작용을 통
일시켜 하나로 융합시켰으며, 기계적으로 분할하는 것을 반대하였다"[76]
라고 하였다. 張兵은 "왕부지 이전에 漢儒 孔安國이든 아니면 宋儒 朱熹
든 興觀群怨에 대한 해석이 모두 四者의 각각의 글자에 머물러 고립적으
로 四者의 관계를 다루었지만, 왕부지의 興觀群怨의 해석은 특히 四者 피
차간의 상호 관계를 강조하였기 때문에 전인에 비해서 하나의 새로운 단
계로 도약했다고 할 수 있다"[77]라고 하였다.

그러나 사실 왕부지의 '興觀群怨'의 해석에 있어서 무엇보다도 두드러
진 점은 그는 '興觀群怨'에 대한 논의의 중점을 '興觀群怨'에서 '可以'로

---

74) ≪淸詩話≫ 上冊, p.3, ≪薑齋詩話≫ 卷上, "於所興而可觀, 其興也深 ; 於所觀而可興, 其
    觀也審. 以其群者而怨, 怨愈不忘 ; 以其怨者而群, 群乃益摯."
75) 戴鴻森 點校, ≪薑齋詩話箋注≫, 木鐸出版社, 民國 71年, p.8.
76) 張連第 箋釋, ≪詩品·薑齋詩話≫, 北方文藝出版社, 2000, p.307.
77) 張兵, ＜王夫之 興, 觀, 群, 怨說再評價＞, 西北師大學報 : 社科板(蘭州), 1994, pp.48～
    53, ≪中國古代, 近代文學硏究≫, p.310.

전이(轉移)시킨 데 있다.[78] "뿐만 아니라 바로 이로써 작품과 독자에 대해서 다른 요구를 제기한 것이다. 이것은 하나의 세미한 전이인 듯하지만, 바로 왕부지 시론의 독특하면서도 다른 사람을 뛰어넘는 점을 체현한 것으로, '興觀群怨'說이 표면으로는 독자가 시를 어떻게 읽어야 하는지에 관한 문제였지만, 이면으로는 작자가 시를 어떻게 써야 하는지에 관한 문제가 되게 하였다."[79] 논자들의 이러한 논의는 특히 왕부지의 다음과 같은 언급에서 제기되었다.

"詩로 흥기할 수 있고, 관찰할 수 있고, 함께할 수 있고, 원망할 수 있다"고 한 것은 지극한 것이다. 이로써 漢·魏·唐·宋의 아속(雅俗)과 득실(得失)을 변별할 수 있고, 《詩經》을 읽는 것은 반드시 이것 때문이다. '(시)로 될 수 있다(可以)'는 것은 (시의 어느 것으)'로'도 모두 (흥관군원(興觀群怨)의 작용)이 '될 수 있다'는 것이다. …… 사정(四情)의 밖에서 나와서 四情을 일으키고, 四情의 가운데서 노니니 情은 막히는 바가 없다. 작자는 일치된 생각을 표현하지만, 독자는 각각 자기 情으로 스스로 체득한다. 때문에 <關雎>는 흥기(興)하는 것이지만, 강왕(康王)이 조회에 태만함에 있어서 바로 (그것을) 밝게 살피는 것이 되었다. "위대한 계획 정령으로 정해지고, 원대한 정책 시기에 따라 선포되네"는 관찰(觀)하는 것이다. (그러나) 사안(謝安)은 감상하고서 (이로써) 그 원대한 마음을 증가

---

78) 왕부지의 '興觀群怨'에 대한 이러한 두드러진 해석에 대해서 李錫鎭, 鄔國平, 陶水平, 張兵 등은 이 점을 강조하여 언급하였다.
  "'興觀群怨'四者船山觀念中, 是一種相互轉化, 系聯的關係, 其論述重點要在'可以'上面(李錫鎭撰, 《王船山詩學的理論基礎及理論重心》, 國立臺灣大學中國文學研究所博士論文, 民國79年, p.221)", "其實他的闡釋的突出之處, 僅僅是將 《論語》 中這句話的重點從'興觀群怨'本身轉移到'可以'二字上來, 揭示了'興觀群怨'四字的聯系和轉化, 并進而對讀者自由地解釋作品作出了肯定(鄔國平 <王夫之論讀者與作品關系>, (滬), 《學術月刊》, 1989, p.75)", "船山將 '興觀群怨'說的重心, 由對四者內涵本身的解釋轉移到'可以'二字上來(陶水平 著, 《船山詩學研究》, <第一章 "詩道性情"論>, p.64)", "王夫之將 《論語·陽貨》 中講'興觀群怨'這段話的重點從'興觀群怨'本身轉移到'可以'二字上來(張兵, <王夫之 興, 觀, 群, 怨說再評價>, 《西北師大學報·社科板(蘭州)》, 1994. 5, pp.48~53, 《中國古代, 近代文學研究》, p.311)".
79) 張兵, <王夫之 興, 觀, 群, 怨說再評價>, 《西北師大學報·社科板(蘭州)》, 1994. 5, 48~53), 《中國古代, 近代文學研究》, p311.

시켰다. 人情의 노닒은 끝이 없고 각기 자기의 情으로 만나니, 이것은 시가 있는 데서 귀중하게 되는 바이다.[80]

왕부지는 '興觀群怨'에 대한 논의에 있어서 그 논의의 중점을 또한 '可以'에 두었기 때문에 이른바 '可以'의 함의를 이해하는 것이 그의 '興觀群怨'論을 이해하는 관건이 된다. 왕부지는 '可以'를 "(시)'로' '될 수 있다(可以)'는 것은 (시의 어느 것으로)'로'도 모두 (흥관군원(興觀群怨)의 작용)이 될 수 있다"라고 해석하였다. 이것은 '可以'에 대한 해석에서 그 관건은 '以'字에 있음을 말한다. 李錫鎭은 '可以'의 '以'에 대해 "'(시의) 어느 것으로'도 모두 '될 수 있다'"라는 것 중의 '以'字의 의미는 또한 바로 독자가 '四情'을 낳게 하는 것으로 '시' 자체가 상응하는 통감 조건을 제공하는 것이다"[81]라고 하였다.

왕부지는 ≪四書訓義(上)≫ 卷21에서 또한 '可以'에 대해서 다음과 같이 해석하였다.

'(시)로 될 수 있다(可以)'라는 것은 되지 않음이 없다는 것이니, (시의 어느 것의)'로'도 모두 (흥관군원(興觀群怨)의 작용)이 '될 수 있다'는 것이다. 옛날에 시를 지었던 사람은 원래 광범하게 통달하고 사방으로 달통하는 길에 서서 하나의 性 하나의 情으로 人倫과 物理의 변화를 두루 살펴 그 오묘를 얻었다. 때문에 배우면 유익함이 그지없다.[82]

---

80) ≪淸詩話≫ 上冊, p.3, ≪薑齋詩話≫ 卷上, "'詩可以興, 可以觀, 可以群, 可以怨.' 盡矣. 辨漢, 魏, 唐, 宋之雅俗得失以此, 讀 ≪三百篇≫ 者必此也. '可以'云者, 隨所以而皆可也. …… 出於四情之外, 以生起四情；遊於四情之中, 情無所窒. 作者用一致之思, 讀者各以其情而自得. 故 <關雎>, 興也. 康王晏朝, 而即爲氷鑑. "訏謨定命, 遠猷辰告." 觀也, 謝安欣賞, 而增其遐心. 人情之遊也無涯, 而各以其情遇, 斯所貴於有詩."

81) 李錫鎭, ≪王船山詩學的理論基礎及理論重心≫, p.223, "'隨所 '以' 而皆 '可'焉" 中 '以' 字的意思, 亦即讀者之生出 '四情', 乃是 '詩'本身提供了相應的通感條件."

82) ≪船山全書≫ 七, p.915, ≪四書訓義(上)≫ 卷二十一, <論語十七>, "'可以'者, 無不可焉, 隨所'以'而皆'可'焉. 古之爲詩者, 原立於博通四達之途, 以一性一情周人倫物理之變而得其妙, 是故學焉而所益者無涯也."

이것은 ≪詩經≫의 作者가 '광범하게 통달하고 사방으로 달통하는' 길에 서서 性情으로 인간 만사와 자연 만물의 변화를 체험 그 오묘함을 얻어서 시를 창작하였기 때문에 讀者는 작품에서 시인의 뜻을 체득하여 때로는 고무되고 때로는 찬미와 비판을 하고 때로는 비분과 슬픔을 느끼면서 인생의 진미를 배울 수 있다. 여기에서 '可'와 '以'에는 일종의 인과관계가 있다. 때문에 '可以'의 '以'字의 의미는 시 자체에 '興觀群怨'의 감정을 내포하도록 하고, 또한 독자로 하여금 '四情'을 자아내게 하는 조건[83]이 된다.

이러한 문제는 결국 작품과 독자에 관한 문제이다. 즉 작품이 어떻게 해야 '興觀群怨'을 자아내게 할 수 있느냐? 하는 문제요, 또한 독자는 어떠한 감상 태도를 가져야 작품으로부터 '興觀群怨'을 느낄 수 있느냐? 하는 문제다. 이것은 바로 작품론과 감상론으로 귀결되는 문제이다.

왕부지의 '興觀群怨'을 作品과 讀者 관계의 측면에서 이해해야 한다고 주장하는 몇 가지 근거들을 위에서 인용한 ≪詩譯≫과 ≪夕堂永日緒論內篇≫에서 찾아 볼 수 있다.

≪詩譯≫에서 왕부지는 "사정(四情)의 밖에서 나와서 四情을 일으키고, 四情의 가운데서 노니니 情은 막히는 바가 없다. 작자는 일치된 생각을 표현하지만, 독자는 각각 자기 情으로 스스로 체득한다"라고 하였다. 이것의 전후 문맥의 상관관계를 분석하면, "사정(四情)의 밖에서 나와서 四情을 일으키고"는 "作者는 일치된 생각을 표현한 것"과 유관하고, "四情의 가운데서 노니니 情은 막히는 바가 없다"는 "讀者는 각기 그 情으로 스스로 체득하게 되는 것이다"와 유관하다. 前者는 작자의 작품의 창작 측면에서 언급한 것이고, 後者는 독자의 감상 측면에서 말한 것이다.[84]

---

83) 李錫鎭은 이에 대해 다음과 같이 말하였다. "隨所 '以'而皆 '可'焉"中 '以'字的意思, 亦卽讀者之生出 '四情', 乃是 '詩'本身提供了相應的通感條件(≪王船山詩學的理論基礎及理論重心≫, p.221)."

≪夕堂永日緒論內篇≫에서 왕부지는 오직 ≪詩三百≫과 <古詩十九首>만이 '興觀群怨'을 자아낼 수 있는 작품이라고 여겼다. 그리고 두보와 이백의 작품 중에도 '興觀群怨'의 '四情'을 자유롭게 체험하고 다양하게 해설할 수 있는 작품은 적다고 하였다. 이는 바로 어떠한 내용과 예술성을 갖추어야 '興觀群怨'을 자아낼 수 있는 작품이 되는가?라는 작품 창작에 관한 문제를 말한다.

아래에서는 왕부지의 '興觀群怨'을 창작의 문제와 讀者의 감수 두 가지 측면에서 분석, 고찰하여 그것이 가지는 시론적 의의를 살펴보고자 한다.

(1) 작품의 창작

왕부지의 "독자는 각각 자기 情으로 스스로 체득한다"라는 것은 독자가 자신의 정서에 따라 작품의 함의를 자유롭게 해석하고 여러 측면에서 감상할 수 있는 것을 말한다. 그러나 만약 작품에 진실한 정감이나 예술성이 없다면, 독자는 작품을 대하고서도 감흥이 자아날 리 없고, 자구 하나하나를 읊조리고 곱씹으면서 작품의 이면으로 젖어 들어가 작품의 정수를 체험하지 못한다. 이것은 독자의 정서와 상상에 따라 작품이 자유롭게 감상되고 해석되기 위해서는 반드시 진실한 정감 내용이나 우미한 예술 조건을 갖추어야 함을 말한다. 따라서 독자의 감상의 자유는 또한 작품의 창작과 밀접하게 관련된다. 이에 독자가 작품에 내재된 '興觀群怨'의 '四情'을 자신의 정서에 따라 자유롭게 해석하고 여러 측면에서 감상하기 위해서 작품은 어떠한 감정 내용과 예술성을 갖추어야 하는지가 문제가 된다. 이에 대한 탐구는 왕부지의 '興觀群怨'을 작품의 창작 문제로 고찰해야 하는 당위성을 말한다.

---

84) 李錫鎭, ≪王船山詩學的理論基礎及理論重心≫, p.220.

왕부지는 작자가 '광범하게 통달하고 사방으로 달통하는' 길에 서서 자신의 性情으로 인간 만사와 자연 만물의 변화를 체험하여 이로부터 발생하는 감정을 표현함으로써 작품(≪詩≫)에서 '興觀群怨'을 자아낼 수 있다고 하였다.

> 시는 젖어 들어 情을 체득함으로써 '흥기(興)할 수 있고', 찬미풍자로 義를 세움으로써 '관찰(觀)할 수 있고', 그 情을 드러내어 서로 보임으로써 '함께(群)할 수 있고', 그 情을 함축하여 언어에 완전히 드러내지 않음으로써 '원망(怨)할 수 있다'. …… '(시)로 될 수 있다(可以)'는 것은 되지 않음이 없다는 것이니, (시의 어느 것의)'로'도 모두 (홍관군원(興觀群怨)의 작용)이 '될 수 있다'는 것이다. 옛날에 시를 지었던 사람은 원래 광범하게 통달하고 사방으로 달통하는 길에 서서 하나의 性과 하나의 情으로 人倫과 物理의 변화를 두루 살펴 그 오묘를 얻었다. 때문에 배우게 되면 유익함이 그지없게 되었다.85)

작자가 젖어 들어 情을 체득하고, 찬미풍자로 義를 세우며, 情을 드러내어 서로 보이고, 情을 함축하여 언어에 완전히 드러나지 않게 하는 것은 작품(≪詩≫)에서 '興觀群怨'을 자아내는 내재 요인이다. 이것은 작자가 인간 만사와 자연 만물의 변화를 체험하여 '興觀群怨'이 발생하는 것을 말한다.

왕부지는 또한 독자가 '興觀群怨'이 체현된 작품을 배워서 그것을 감수하는 과정을 다음과 같이 말하였다.

> 그 고양되고 고무되는 뜻을 얻으면, '흥기(興)할 수 있고', 明顯한 것을

---

85) ≪船山全書≫ 七, p.915, ≪四書訓義 (上)≫ 卷二十一, <論語十七>, "詩之泳游以體情, '可以興'矣；褒刺以立義, '可以觀'矣；出其情以相示, '可以群'矣；含其情而不盡於言, '可以怨'矣. …… '可以'者, 無不可焉, 隨所'以'而皆'可'焉. 古之爲詩者, 原立於博通四達之途, 以一性一情周人倫物理之變而得其妙, 是故學焉而所益者無涯也."

추론하여 隱微한 것에 이르는 깊이를 얻으면, '관찰(觀)할 수 있고', 溫柔
하며 正直한 정취를 얻으면, '함께(群)할 수 있고', 슬픔이 얽히어 이어지
는 정서를 얻으면, '원망(怨)할 수 있다.'86)

이것은 독자가 시인이 표현하려는 본의를 탐구하고 체득하여 고무, 찬
미, 비판, 슬픔의 감정을 느끼면서 인생의 진미를 배우게 된다. 때문에
작자가 '광범하게 통달하고 사방으로 달통하는' 길에 서서 자신의 性情
으로 인간 만사와 자연 만물의 변화를 체험하여 발생하는 감정은 작품에
서 '興觀群怨'을 자아내고, 독자가 '興觀群怨'을 감수하는 요인이다.
　왕부지가 ≪詩經≫과 더불어 <古詩十九首>를 뛰어난 작품이라고 여
긴 것은 바로 이러한 이유이다.

　　<古詩十九首>에는 모든 情이 갖추어져 있고 함께하고, 원망하는 감정
　이 모두 적절하게 표현되어 詩敎가 훌륭한데 언어로써 드러나지 않았다.87)

　왕부지는 阮籍의 <詠懷> "開秋兆凉氣"를 극찬하여 다음과 같이 말하
였다.

　　이처럼 심원하고 요원한 가운데 모든 眞情이 내재되어 있어, 흥기(興)
　할 수 있고, 관찰(觀)할 수 있고, 함께(群)할 수 있고, 원망(怨)할 수 있으
　니, 이로써 시에서 취함이 있게 된다.88)

---

86) ≪船山全書≫ 六, p.259, ≪四書箋解≫ 卷四, <下論·陽貨第十七>, "得其揚扢鼓舞之意,
　　則'可以興', 得其推見至隱之深, 則'可以觀', 得其溫柔正直之致, 則'可以群', 得其悱惻纏綿
　　之情, 則'可以怨.'"
87) ≪船山全書≫ 一四, p.644, ≪古詩評選≫ 卷四, <古詩十九首> "行行重行行" 評語, "<古
　　詩十九首> 該情一切, 群怨俱宜, 詩敎良然, 不以言著."
88) ≪船山全書≫ 一四, p.681, ≪古詩評選≫ 卷四, 阮籍 <詠懷> "開秋兆凉氣" 評語. "唯
　　此窅窅搖搖之中, 有一切眞情在內, 可興, 可觀, 可羣, 可怨, 是以有取於詩."

阮籍은 <詠懷>를 통해서 당시의 현실 정치에 대한 불평과 격분을 표시하고, 허위에 찬 인사들을 신랄하게 풍자하였다. 그는 또한 현실 정치를 잊고자 仙界의 아름다움을 동경하면서 동시에 허무를 노래했다. 阮籍의 <詠懷>는 이처럼 당시 현실에 대한 고뇌 하나하나가 아로새겨진 것이다. 왕부지는 阮籍의 작품에는 이러한 眞情이 내재되었기 때문에 그곳으로부터 '興觀群怨'의 감정을 자아낼 수 있다고 하였다.

왕부지는 <關雎·序>의 "情에서 발동하여 禮義에 머무른다(發乎情, 止於禮義)"의 관점을 계승하여 작품에 '興觀群怨'이 내재되어 그것이 훌륭한 '詩敎' 작용을 하기 위해서는 '興觀群怨'의 감정이 모두 '貞', '節'의 심미 규율에 부합되어야 한다고 하였다. '貞'은 정도에 맞게 하는 것을 말하고, '節'은 절제 있게 하는 것을 말한다.

> 善을 행하는 데 있어서 분발하고 天下의 志를 통달하여 함께(群)하면서도 정도(貞)에 맞게 하고, 원망(怨)하면서도 절제(節) 있게 하여 자기와 타인의 道를 다하게 하는 것은 이에서 극진하게 되는 것이다. 이로써 아비를 섬기고 人君을 섬기면 과오를 적게 할 수 있으니 미루어 행하여 가면 천하에 中正和平의 절도가 아닌 것이 없으니 배우지 않을 수 없다.[89]

그는 '群', '怨'의 감정이 모두 '貞', '節'의 심미 규율에 부합되어야 함을 강조하였다. 그는 또한 다음과 같이 말하였다.

> "함께(群)할 수 있다"는 것은 허물없이 가까이 하며 희희낙락하는 것이 아니다. "원망(怨)할 수 있다"는 것은 저주하는 것이 아니다. 이것을 알지 못하는 자와는 시를 말할 수 없다.[90]

---

89) ≪船山全書≫ 一二, pp.316~317, ≪張子正蒙注≫ 卷八, "奮發於爲善而通天下之志, 群而貞, 怨而節, 盡已與人之道, 盡於是矣. 事夫事君以此, 可以寡過, 推以行之, 天下無非中正和平之節, 故不可以不學."

90) ≪船山全書≫ 一四, p.540, ≪古詩評選≫ 卷一, 陸厥 <中山孺子妾歌> 評語, "'可以群'

이것은 群, 怨의 감정이 과도하거나 무분별하게 표현되어서는 안 되고, 반드시 '貞', '節'의 심미 규율에 부합되어 표현되어야 한다는 것을 강조한 것이다. 그는 '비천하고 조급한' 사람은 '狎笑'가 아니면 기쁨의 감정을 표현해내지 못하고, '저주'가 아니면 슬픔의 감정을 표현해 내지 못한다고 하였다. 왕부지는 이러한 '비천하고 조급한' 사람들이 '狎笑'나 '저주'처럼 본능적이고 충동적인 감정을 무분별하게 표현하여 결국 梁, 陳, 隋, 唐, 宋, 元 以來로 시가 없어지게 되었다고 하였다.91)

왕부지는 또한 두보의 <野望>을 품평하여 다음과 같이 말하였다.

> 이와 같은 작품은 자연히 야외에서 조망하여 묘사하여 절묘하게 뛰어난 寫景詩로서 오직 現量을 읊조림이 뚜렷하였으니 이로써 정신을 기쁘게 하고 이로써 원망을 기탁하니 되지 않는 바가 없다. 바야흐로 '興觀群怨'을 하나의 鑪錘에서 조절하여야 <風> <雅>와 부합하는 가락이 된다.92)

그는 두보의 <野望>이 이와 같은 경지에 이르게 된 것은 "現量"을 읊조린 것으로부터 기인한다고 하였다. '現量'이란 시인이 현실 경물을 직접 체험하여 창작 감흥을 획득하는 것을 말한다. 그러나 '現量'으로부터 시인의 내면에 '興觀群怨'의 감정이 발생했다고 해서 그것이 모두 風雅와 부합하는 가락이 되는 것은 아니라고 하였다. 그것은 반드시 '鑪錘'93)에

者, 非狎笑也. '可以怨'者, 非詛呪也. 不知此者, 直不可以語詩. 上下四旁, 古今人物, 饒有動情之處, 鄙躁者非笑不歡, 非哭不戚耳. 自梁, 陳, 隋, 唐, 宋, 元以來, 所以亡詩者在此."

91) 上同.

92) ≪船山全書≫ 一四, p.1019, ≪唐詩評選≫ 卷三, 杜甫 <野望> 評語, "如此作自是野望絶佳寫景詩, 只咏得現量分明, 則以之怡神, 以之寄怨, 無所不可, 方是攝興觀群怨於一鑪錘, 爲 <風> <雅>之合調."

93) '鑪錘'는 '鑪'의 일차적인 뜻은 화로, 향로를 의미하고, '錘'는 저울을 의미한다. 두 글자가 합성어로 쓰일 때 그것은 일차적으로 '冶煉鍛造'의 뜻을 나타낸다(≪漢語大詞典≫ 11, p.1430 참고). 때문에 위의 문장은 그것의 표점이 위의 문장처럼 "攝興觀群怨於一鑪錘, 爲風雅之合調"로 되어야 한다. 그러나 지금까지 이 문장을 인용하는 논자들은 거의가 그것을 "攝興觀群怨於一鑪, 錘爲風雅之合調"로 인용하고 있다.

서 조절되어야 한다고 하였다.

왕부지는 이처럼 '興觀群怨'이 작품에 내재되어 그것이 독자에게 '詩敎'의 작용을 하는 데 있어서 무엇보다 본능적, 충동적 표현을 반대하고 이성적, 절제적 표현을 요구하였다. 이것은 그의 역대 시가 비평에 있어서 중요한 기준이 되었다.

예를 들면, 그는 <古詩十九首> 중의 第十六首인 <凜凜歲云暮>를 품평하여 "색을 좋아하되 너무 지나치지 않았고, 원망하고 비방하되 너무 상심하지 않았음을 또한 이에서 볼 수 있다"라고 하였다.94) <古詩十九首>를 총체적으로 품평하여 "<古詩十九首>에는 모든 情이 갖추어져 있고 群, 怨이 모두 적절하게 표현되어 詩敎가 훌륭한데 언어로써 드러나지 않았다"95)라고 하였다. 그는 <古詩十九首>에는 훌륭한 '詩敎'가 체현된 것은 작자가 자신의 性情으로서 인간 만사와 자연 만물의 변화를 체험하여 자아나는 감정이 내재되었을 뿐만 아니라 또한 그러한 감정이 '中和'의 규율에 맞게 표현되었기 때문이라 하였다.

또한 그는 司空圖의 <下方>을 품평하여 "이는 鄭雲叟의 <山居> 三首와 더불어 섬세함이 있고 節度가 있어 거의 슬퍼하되 상심하게 하지는 않았고 원망하되 분노하게 하지는 않는 것이다"96)라고 하였다. 明代 龔詡의 <竹枝歌>를 품평하여 "원망하되 비방하지는 않았다"97)라고 하였다. 그리고 그는 鄭邈의 <山居> 三首을 품평하여 다음과 같이 말하였다.

---

94) ≪船山全書≫ 一四, p.649, ≪古詩評選≫ 卷四, <古詩十九首> "凜凜歲云暮" 評語, "好色不淫, 怨誹不傷猶于此見之."

95) ≪船山全書≫ 一四, p.644, ≪古詩評選≫ 卷四, <古詩十九首> "行行重行行" 評語, "<古詩十九首> 該情一切, 群怨俱宜, 詩敎良然, 不以言著."

96) ≪船山全書≫ 一四, p.1043, ≪唐詩評選≫ 卷三, 司空圖 <下方> 評語, "此與鄭雲叟山居三首有細有度, 庶幾哀而不傷, 怨而不怒者矣."

97) ≪船山全書≫ 一四, p.1586, ≪明詩評選≫ 卷八, 龔詡 <竹枝歌> 評語, "怨而不誹."

三首 一百二十字는 글자마다 눈물이지만 오히려 배나 더 安靜되고 溫和
함을 말하였으니 "詩는 원망(怨)할 수 있다"고 한 것이다. 두보의 忠孝의
情은 (이에) 이르지 못하고, 이에 血勇에서 도움을 구하였으니 丈夫는 흰
칼날이 머리에 내리칠 때라도 또한 이와 같이 해야 하는데 하물며 "一衣
十年", "三旬九食"과 같은 것에 있어서랴?[98]

鄭邀의 <山居> 三首는 그가 자신의 신세에 대한 불우를 120字에 표
현한 작품이다. 때문에 왕부지는 "글자마다 눈물이다"라고 하였다. 그러
나 鄭邀은 자신의 울분을 단도직입적으로 분출하지 않고 이를 억제하고
절제하여 표출함으로써 결국은 작품이 安靜되고 溫和한 경지에 이르게
하였다. 왕부지는 이러한 鄭邀의 작품을 높이 평가하였다. 그러나 두보는
자신의 신세에 대한 울분과 한탄을 표현함에 있어서 鄭邀와는 달리 자신
의 감정을 언사에 단도직입적으로 격렬하게 분출하였다. 왕부지는 이러
한 두보의 감정 표출 방식을 지적하여 "血勇에서 도움을 구하였다"라고
하였다. 결과적으로 두보는 자신의 신세에 대한 울분의 감정을 "一衣十
年", "三旬九食"과 같은 시구에 단도직입적으로 격렬하게 분출시키는 결
과를 초래하였다고 하였다.

왕부지는 두보에 대해서 때로는 가혹하리만큼 비판적인 태도를 취하
였는데 특히 그의 두보에 대한 비판의 예봉은 두보의 감정의 표현 방식
에 있었다. 때문에 왕부지는 고금으로 현실주의 정수로 손꼽히는 두보의
"고관대작들 집에는 술과 고기 썩어가는데, 길에는 얼어 죽은 시체 뒹구
네(朱門酒肉臭, 路有凍死骨)"를 "宋人의 매도하는 시조가 되었으니 확실히 風
雅의 한 재앙이다"[99]라고 폄하하였다. 물론 왕부지의 이러한 비판의 예

---

98) ≪船山全書≫ 一四, p.1044, ≪唐詩評選≫ 卷三, 鄭邀 <山居三首> 第三首 "不求朝野
　　知, 臥見歲華移" 評語, "三首一百二十字, 字字是淚, 卻一倍說得閒曠和怡, 故曰詩可以怨.
　　杜陵忠孝之情不逮, 乃求助于血勇. 丈夫白刃臨頭時且須如此, 何況一衣十年, 三旬九食耶?"
99) ≪船山全書≫ 一四, p.958, ≪唐詩評選≫ 卷二, 杜甫, <後出塞> "獻凱日續踵" 評語,
　　"宋人謾罵之祖, 定是風雅一厄."

봉은 白居易에 대해서도 예외는 아니었다. 그는 白居易에 대해서 "白居易
는 단지 매도하는 말만을 썼으니 …… 詩敎가 존재하지 않게 되었다"[100]
라는 폄하를 서슴지 않았다.

결국 왕부지는 시의 본질은 정을 표현함에 있다고 하였지만, 그것은
본능적이고 충동적인 표현이 아니라 이성적이고 절제된 표현이어야 함을
강조하였다. 그리고 그는 정이 이성적이고 절제되어 표현되었을 때만이
비로소 작품에 '興觀群怨'의 '詩敎'가 체현될 수 있다고 여겼다. 왕부지의
이러한 관점은 공감이 가는 일면이 있다. 明代 이후로 특히 사상의 자유
니 개성의 해방이니 하는 분위기가 조성되면서, 각 문예 영역에서는 개
인의 감정이나 사상이 어떠한 제약이나 구속도 없이 마음껏 분출되었다.
그 결과 문예 발전에 긍정적인 측면도 있었지만, 부정적인 측면도 초래
되었다. 그것은 왕부지의 前後七子, 竟陵派, 公安派에 대한 비판[101]에서도
여실히 볼 수 있다.

왕부지는 작품의 심미 구조가 또한 독자에게 '興觀群怨'을 불러일으키
는 하나의 중요한 요인이 된다고 하였다. 이에 대한 근거를 들어보자.

> 처음도 없고 끝도 없으니(無端無委) 마치 전 필이 정련된 비단을 이루
> 어 首末이 하나의 색채인 듯하다. 오직 이와 같기 때문에 讀者로 하여금
> 그가 느낀 바의 처음과 끝으로서 처음과 끝을 삼아 興觀群怨을 자아내게
> 될 수 있다.[102]

---

100) ≪船山全書≫ 一四, p.976, ≪唐詩評選≫ 卷二, 曹鄴, <和謝豫章從宋公戲馬臺送孔令謝病>
　　評語, "長慶人徒用謾罵, …… 詩敎無存."
101) ≪船山全書≫ 一五, p.859, ≪薑齋詩話・夕堂永日緖論外編≫, "自李贄以佞舌惑天下, 袁
　　中郎, 焦弱候不揣而推戴之, 於是以信筆掃抹爲文字, 而誚含吐精微, 鍛錬高卓者爲 "歊薑
　　呷醋". 故萬曆壬辰以後文之俗陋, 亘古未有."
　　≪船山全書≫ 一O, p.1178, ≪讀通鑑論卷末・敍論三　不敢妄加褒貶≫, "若近世李贄鍾
　　惺之流, 導天下於邪淫, 以釀中夏衣冠之禍, 豈非逾於洪水, 烈於猛獸者乎?"
102) ≪船山全書≫ 一四, p.775, ≪古詩評選≫ 卷五, 袁豹 <遊仙> 評語, "無端無委, 如全
　　匹成熟錦, 首末一色. 唯此, 故令讀者可以其所感之端委爲端委, 而興觀群怨生焉."

여기에서 '無端無委(처음도 없고 끝도 없는)' 구조가 '興觀群怨'을 자아내는 하나의 요인이 됨을 알 수 있다. 따라서 '無端無委'에 대한 해석이 중요 문제가 된다. 孫立은 그것을 '情景交融'의 예술 특성으로 파악하였다.103) 葉郎은 그것을 "詩歌意象의 완정성이 詞와 意의 연접에 의거하는 것이 아니라 직접적인 심미 감흥 중의 자연 연접에 의거하는 것을 말하는 것이다"104)라고 하였다. 두 사람의 견해가 '無端無委'에 대한 의미를 파악하는 데 어느 정도의 실마리는 제공하지만 그것의 정확한 의미를 파악하는 데는 부족하다.

'端委'는 始末, 端末, 首尾의 의미를 가진다. 필자의 생각으로 '無端無委'는 시의 首尾가 상호 긴밀하게 연결되고 유기적으로 조응되어, 완정한 체계로써 하나의 장을 이루는 천의무봉의 심미 구조이다. 필자의 생각은 왕부지의 역대 시가 비평에서 '端委', '首尾' 등이 사용된 용례를 고찰에서 나온 것이다. 예를 들면, 그는 簡文帝의 <漢高廟賽神>를 품평하여 "이와 같은 것은 首尾가 균제, 협화되어 완정으로서 章을 이루었다"105)라고 하였다. 이는 시의 首尾가 상호 긴밀하게 연결되고 조응되는 완정된 내부 구조를 이루고 있는 簡文帝의 작품을 극찬한 말이다. 그는 또한 陶潛의 <擬古>("日暮天無雲")를 품평하여, "端委가 (서로) 감아 돌면서도 평탄하고 단지 五十字뿐인데도 萬言의 기세를 가지고 있다"106)라고 하였다. 이는 시의 首尾를 곡절하게 변화시켜 咫尺에서 萬里의 운미를 자아내는 陶潛의 작품을 극찬한 것이다. 그리고 方孝孺의 <懿文皇太子挽詩>를

---

103) 孫立, <船山詩論與莊子哲學>, 《中山大學學報(社會科學版)》, 1993, p.83.
104) 葉郎 著, 《中國美學史大綱》 下卷, <第十九章 王夫之美學的體系>, 滄浪出版社印行, 民國 75年, p.466.
105) 《船山全書》 一四, p.836, 《古詩評選》 卷六, 簡文帝 <漢高廟賽神> 評語, "如此類首尾勻洽, 整以成章."
106) 《船山全書》 一四, p.721, 《古詩評選》 卷四, 陶潛 <擬古> 第四首, "日暮天無雲" 評語, "端委紆夷, 五十字耳, 而有萬言之勢."

품평하여 "首尾가 자연스럽다"107)라고 하였다. 그는 또한 郭受의 <寄社員外>를 품평하여 "首尾에 端緒가 없으니 마치 (연결) 고리가 모두 옥과 같다"108)라고 하였는데, 이는 郭受의 작품이 시인의 감정의 변화 발전에 따라 上句는 下句를 인출하고 下句는 또한 上句을 承接하여109) 마치 首尾 상호의 긴밀한 연결 고리가 마치 구슬이 구르는 듯한 심미 구조를 극찬한 것이다.

왕부지는 이백 <古風> 第七首를 품평하여 "이 작품은 마치 神龍과 같으니 首尾가 없는 것이 아니라 바야흐로 관찰하고 촌탁할 수 없다"110)라고 하였다. 이것은 왕부지가 이백의 작품이 首尾가 자연스럽게 결합되어 마치 首尾가 없는 듯한 고도의 심미 구조를 극찬한 것이다. 왕부지는 원래 이백의 작품은 首尾가 없는 것이 아니라고 하였다. 首尾가 자연스럽게 결합되어 천의무봉의 경지에 이르렀기 때문에 어느 것이 首이고 어느 것이 尾인지 분간할 수 없다고 하였다. 왕부지는 이러한 천의무봉의 상태에 이른 심미 구조를 마치 神龍과도 같다고 하였다. 이런 점에 근거하면, '無端無委'는 '端委'가 없는 것이 아니라, '端委'가 자연스럽게 연결되어 마치 그것이 없는 듯한 미적 경지를 이루고 있음을 말한다.

首尾의 상호 긴밀한 조응에 의하여 형성되는 심미 구조에는 자연히 내부 맥락이 형성된다. 시인의 정서나 감정은 이 내부 맥락을 따라 首句에서 末句까지 一氣로 관통되어 흐른다. 다음이 그 단적인 예이다.

---

107) ≪船山全書≫ 一四, p.1378, ≪明詩評選≫ 卷五, 方孝孺, <懿文皇太子挽詩> 評語, "首尾自然."

108) ≪船山全書≫ 一四, p.1099, ≪唐詩評選≫ 卷四, 郭受 <寄社員外> 評語, "首尾無端, 如環皆玉."

109) 왕부지는 이를 詩針線이라 하였다. "首句一'望'字統下三句, 結'更聞'二字引上'邊音', '朔吹', 是此詩針線."(≪船山全書≫ 一四, p.1013, ≪唐詩評選≫ 卷三, 丁仙芝 <渡揚子江> 評語).

110) ≪船山全書≫ 一四, p.949, ≪唐詩評選≫ 卷二, 李白, <古風> 第七首 "鳳飢不啄粟, 所食唯琅玕" 評語, "此作如神龍, 非無首尾, 而不可以方體測."

首句가 바로 末句로서 단지 하나의 意일 뿐인데 마치 봄 구름이 휘감
아 도니 사람들은 마음대로 그 首尾를 의심하는 것과 같다.[111]

"首句가 바로 末句이다"라는 것은 首句와 末句가 상호 긴밀하게 연결,
조응됨을 말한다. 여기에서의 '意'나 "首尾가 단지 하나의 情이다(首尾只是
一情)"에서의 '情'[112]은 시인의 사상 내지는 정감을 말한다. 독자는 작품
의 심미 구조에 형성된 내부 맥락에서 首句에서 末句까지 一氣로 관통되
는 시인의 정서나 감정을 헤아리게 된다. 이로써 독자의 내면에는 '興觀
群怨'의 감정이 용솟음치게 된다. 왕부지가 "讀者는 그가 느낀 처음과 끝
을 가지고서 처음과 끝을 삼아 興觀群怨을 자아내게 될 수 있다"라고 한
것은 이를 말한다.

지금까지의 논술은 "作品이 어떠한 본질과 예술성을 지녀야 '興觀群怨'
을 내재할 수 있느냐?" 하는 문제에 대한 탐구이며, 그것은 또한 왕부지
의 '興觀群怨'을 작품의 측면에서 이해해야 한다는 필자의 주장에 대한
논증이다.

(2) 독자의 감상

작가가 작품의 본질과 예술 조건을 갖추어 '興觀群怨'이 체현된 작품
을 창작하였다면, 독자는 그것을 감상하고 예술 감화를 받기 위해서는
일정한 감상 요건을 갖추어야 한다.

왕부지는 "독자는 각기 그 情으로 스스로 체득한다", "각기 그 情으로
만난다"라고 하였는데, 이는 독자가 자신의 정서에 따라서 작가가 작품

---

111) 《船山全書》 一四, p.1090, 《唐詩評選》 卷四, 杜甫, <曲江對酒> 評語, "首句卽末
句, 只是一意, 如春雲縈回, 人漫疑其首尾."
112) 《船山全書》 一四, p.799, 《古詩評選》 卷五, 朱超道, <別席中兵> 評語, "首尾只是
一情."

을 통하여 전달한 '興觀群怨'의 감흥을 자유롭게 체험하고 작품에 대해 다양한 해설을 하는 것을 말한다. 이는 또한 독자란 작가가 작품에 전달한 감흥을 수동적으로 받아들이는 존재가 아니라, 작가의 감흥을 작품으로부터 능동적으로 해석하고 감상하여 자신의 내면에서 감흥을 불러일으키는 재창조자임을 의미한다.

왕부지는 개개인은 각기 생활환경이나 체험이 다르고, 느끼는 정서 또한 다르기 때문에 작품을 통해서 불러일으키는 감흥은 다양하다고 하였다.113) 왕부지는 《詩經》을 예로 들어 이를 설명하였다.

> <關雎>는 흥기(興)하는 것이지만, 강왕(康王)이 조회에 태만함에 있어서 바로 (그것을) 밝게 살피는 것이 되었다. '위대한 계획 정령으로 정해지고, 원대한 정책 시기에 따라 선포되네'는 관찰(觀)하는 것이다. (그러나) 사안(謝安)은 감상하고서 (이로써) 그 원대한 마음을 증가시켰다. 人情의 노님은 끝이 없고 각기 자기의 情으로 만나니, 이것은 시가 있는 데서 귀중하게 되는 바이다.114)

<關雎>는 본래 '興'에 속하였다. 그러나 또한 어떤 사람은 <關雎>를 西周의 康王이 政事에 게으른 것을 諷諫하는 것이라고 하였다.115) 이에 <關雎>는 또한 人君의 賢과 不肖를 밝게 살필 수 있는 것이 되었다. 이것이 바로 왕부지의 이른바 '흥기하는 것에서 관찰할 수 있다(興而可觀)'는 것이고, '흥기(興)'하는 것에서 '관찰(觀)'할 수 있는 것의 실례를 삼은 것

---

113) 《船山全書》 十五, p.84, 《薑齋文集》 卷一, <論>, "世萬其人, 人萬其心."

114) 《淸詩話》 上冊, p.3, 《薑齋詩話》 卷上, "<關雎>, 興也 ; 康王晏朝, 而卽爲氷鑑. "訏謨定命, 遠猷辰告" 觀也 ; 謝安欣賞, 而增其遐心. 人情之遊也無涯, 而各以其情遇, 斯所貴於有詩."

115) 今文三家는 <關雎>를 諷刺詩로 보았는데 或者는 "康王德缺於房, 大臣刺晏, 故詩作" (《魯說》)이라고 하였다(陳子展, 《詩經直解》, 復旦大學出版社, 1983, p.4). 한편 吳闓生의 《詩義會通》 卷一에서는 范曄의 말을 인용하여 "康王晩朝, <關雎>作諷"이라고 하였다(吳家振, <王船山文藝思想初探>, 《船山學報》, 1984, p.114).

이다. 왕부지는 '흥기(興)'하는 것에서 또한 '관찰(觀)'할 수 있는 작품이라야 그 '흥기(興)'의 심도가 깊다고 하였다.116)

"위대한 계획 정령으로 정해지고, 원대한 정책 시기에 따라 선포되네(訏謨定命, 遠猷辰告)"는 ≪詩經・大雅・抑≫에 보인다. 이 시구의 본뜻은 때에 맞추어 조정의 대사를 천하에 공포하는 상황을 묘사한 것이다. 독자는 이로써 조정의 치적을 살필 수 있다. 때문에 왕부지는 이 시를 '관찰(觀)'하는 것이라고 하였다. 그러나 東晉의 謝安은 이 시구를 읽고 "오히려 雅人의 원대한 포부를 가지고 있는 것"117)이라고 하고, 그의 원대한 흉금을 증강시키고 흥기시킬 수 있는 시구로 가슴속에 새겨서 간직하였다.118) 이것이 바로 왕부지의 '관찰할 수 있는 것에서 흥기할 수 있다(觀而可興)'는 것이고, '관찰(觀)'하는 것에서 '흥기(興)'할 수 있는 것의 실례를 삼은 것이다. 그러므로 작품을 읽을 때도 자기의 정서에 따라 작품을 감상하고 해석하는 것이 시가 작품의 감상에서 중요하다고 하였다. 왕부지는 진부한 經學家들이 ≪詩經≫에 대한 감상에 있어서 어느 편을 획일적으로 '興觀群怨'으로 귀속시키려는 감상 태도를 비판하였다.

> 흥기(興)하고 관찰(觀)하고 함께(群)하고 원망(怨)하니, 詩는 이에서 지극하다. 經生家는 <鹿鳴>, <嘉魚>을 함께(群)하는 것으로 분석하였고, <柏舟>, <小弁>을 원망(怨)하는 것으로 분석하였으나, 小人의 한때 喜怒일 뿐이니 어떻게 시를 말할 수 있으리요?119)

---

116) ≪清詩話≫ 上冊, p.3, ≪薑齋詩話≫ 卷上, "於所興而可觀, 其興也深."
117) 余嘉錫 箋疎, ≪世說新語箋疎≫, <文學> 第四, 上海, 上海古籍出版社, p.235.
    이에 대한 전후 문장을 들어 보면 다음과 같다. "謝公因子弟集聚, 問毛詩何句最佳? 遏曰 : '昔我往矣, 楊柳依依 ; 今我來思, 雨雪霏霏.' 公曰 : '訏謨定命, 遠猷辰告'謂此句偏有雅人深致."
118) ≪船山全書≫ 三, p.468, ≪詩廣傳≫ 卷四, "'訏謨定命, 遠猷辰告.' 謝安之所服膺也. 賦詩可以見志, 安也足以當之."
119) ≪清詩話≫ 上冊, p.8, ≪薑齋詩話≫ 卷下, "興, 觀, 群, 怨, 詩盡於是矣. 經生家析鹿鳴, 嘉魚爲群, 柏舟, 小弁爲怨, 小人一往之喜怒耳, 何足以言詩?"

왕부지는 "독자는 각기 그 情으로 스스로 체득하게 된다"라고 하였다. 이것은 독자가 자신의 정서에 따라 작품의 함의를 자유롭게 해석하고 여러 측면에서 감상하는 것을 말한다. 그러나 독자의 감상의 자유가 작가의 심미체험을 독자의 주관적 상상에 의하여 멋대로 해석되거나 작품의 본의를 독자의 개인 정서에 따라 아무렇게나 감상하여도 좋다는 것을 의미하는 것은 아니다. 작가의 심미 체험과 작품의 본의는 오히려 독자로부터 존중되어야 한다. 때문에 독자도 그의 예술 영혼이 작품을 통하여 작가의 예술 영혼과 상호 교류하고 또한 상호 심미 체험을 공감하기 위해서는 일정한 감상 조건을 갖추어야 한다. 독자가 작가의 예술 영혼과 심미 체험을 공감하기 위한 감상 조건을 갖추었을 때, 독자는 작품을 통해서 그의 무한한 상상의 나래를 펼칠 수 있고 또한 자신의 영혼을 작가의 영혼과 합치시킬 수 있으며 또한 자신의 내면에서 흐르는 영혼의 선율을 작자의 영혼의 선율과 합치되게 할 수 있다. 만약 독자가 감상 조건을 갖추지 못한다면, 아무리 훌륭한 '興觀群怨'이 체현된 작품을 대한다고 할지라도 독자는 어떠한 예술 공명이나 예술 감화도 받지 못한다.

이러한 이유에서 왕부지는 예술 감상에서 요구되는 몇 가지 감상 원칙을 말하였다. 그의 예술 감상의 원칙은 모두 ≪詩經≫ 감상에서 도출되었다.

다음에서는 왕부지의 예술 감상의 몇 가지 원칙을 살펴보자. 이것은 독자의 감상의 측면에서 왕부지의 '興觀群怨'論에 대한 탐구이다.[120]

첫째, 독자가 작품(≪詩≫)을 감상(학습)함에 있어서 반드시 '思無邪'로써 해야 한다. 그래야 작품이 "興觀의 實學이 될 수 있다"고 하였다. '思無邪'는 '사특이 없는 생각', '생각을 신중히 해서 사특을 막는 것'이다.

---

120) 李錫鎭의 ≪王船山詩學的理論基礎及理論重心≫, <第五章 船山詩學的理論重心>, pp.224~225에서는 감상의 측면에서 왕부지의 '興觀群怨'論을 고찰한 내용이 보인다. 필자의 탐구는 李錫鎭에게서 계발을 받았다.

<桑中>, <溱洧>의 淫, 唐風 <無衣>, 秦風 <駟驖>의 悖에도 또한 훈계하고 풍간하는 말은 없었다. 때문에 《三百篇》은 모두 사특은 없고 가림이 있다고 하였다. 모름지기 이 말은 《詩》를 배우는 사람의 법을 말한 것이고, 《詩》가 본디 이와 같다는 것은 아니라는 것을 알아야 한다. …… 《詩》는 비록 貞, 淫이 모두 존재하지만 《詩》를 배우는 사람은 마땅히 '思無邪' 한마디로 배움을 삼아서 그것에서 유익함을 취해야 하니 중점은 하나의 思라는 글자에 있다. 《詩》가 읊조려지는 바는 모두 思가 이른 것이니, 그 貞正한 것은 하나의 생각이 바름으로 애절하게 사람을 감동시켜 天理와 民彛를 극진하게 하여 修身하고 齊家하여 저속은 변화시키고 미풍은 행해지도록 하는 데 이른다. 그 사특한 것은 하나의 생각이 망령됨이 멈춤 없이 흐르고 범람하여 음탕이 광열하고 왕성해짐에 이르러 몸을 수치스럽게 하고 행실을 비천하게 하며 나라를 패망시키고 가문을 쇠망하게 이르게 한다. '思無邪'를 알면 생각을 신중히 하여 사특을 막게 되니 《三百篇》은 모두 興觀의 實學이 될 수 있다.[121]

대개 《三百篇》의 諷詠은 모두 사특이 없는 생각으로 임해야 하니, 무릇 선은 좋아할 만하고 악은 미워할 만하다는 것을 스스로 보게 되니, 이르는 곳마다 《詩》의 유익을 얻지 않음이 없다. 저 《詩》를 배우려는 사람은 또한 이에 뜻을 두어야겠지?[122]

둘째, 독자는 반드시 '자신의 올바른 性情(自正之情)'을 가지고 작품(《詩》)의 '正變', '貞淫'을 구별해야 한다. 그래야 작품이 "興觀의 근본이 될 수 있다"고 하였다.

---

121) 《船山全書》 六, pp.166~167, 《四書箋解》 卷三, <爲政第二·詩三百章>, "如 <桑中>, <溱洧>之淫, 唐之 <無衣>, 秦之 <駟驖>之悖, 幷無箴刺語, 故謂三百篇皆無邪有礙. 須知此言學 《詩》 者之法, 非謂 《詩》 本如此. …… 《詩》 雖貞淫具在, 學 《詩》 者當以 '思無邪'一語爲學而取益之, 要重在一思字. 《詩》 之所咏, 皆思致也, 其貞正者, 由一念之正, 纏綿悱惻, 以盡天理民彛, 則修身齊家, 以底於化行俗美. 其邪者, 由一念之妄, 流連汎濫, 以極乎淫蕩狂逞, 而至於辱身賤行, 敗國亡家. 知'思無邪', 則愼思以閑邪, 《三百篇》 皆興觀之實學也."

122) 《船山全書》 七, p.280, 《四書訓義》 卷六, <論語二·爲政第二>, "擧凡 《三百》 之諷詠, 皆以無邪之思臨之, 自見夫善之可好, 惡之可惡, 而無往而不得夫 《詩》 之益. 欲學夫 《詩》 者, 尙於此而加之意乎?"

배우는 사람이 그 性情을 감동시켜 善에 흥기되었던 것은 ≪詩≫에 있었다. ≪詩≫가 책이 되어 무릇 三百首가 있게 되었는데 (그것에는) 正이 있었고, 變이 있었으며 좋은 것이 있었던 것은 권면할 만한 것이었고, 나쁜 것이 있었던 것은 거울로 삼을 만한 것이었다. 배우는 사람은 이에 또한 읊조려진 바에 따라서 희로애락의 정서를 발생하기 때문에 갑자기 이것이었다가 갑자기 저것이었다가 하여 부족한 것이 있게 된다. 이에 ≪詩≫를 배우는 사람은 시로 반드시 자신의 올바른 性情을 가지고 그 貞淫을 구별해야만 興觀의 근본이 될 수 있으니, 그것을 덮는다라는 것이 있은 이후에는 무릇 이 ≪詩≫는 모두 하나의 이치요, 무릇 ≪詩≫는 모두 얻음이 있을 수 있다는 것이다.123)

셋째, 독자가 작품(≪詩≫)을 감상함에 있어서 반드시 예(禮)로써 조절하고 숙연한 마음으로 임해야 한다. 또한 한 단락, 한 조목, 한 구, 한 자를 심신으로 이끌어 시인이 지향하는 바의 원대한 이상과 합치되게 해야 한다. 때문에 왕부지는 '玩物喪志'의 감상 태도에 대해 불만을 나타내었다. 그는 '玩(物)'을 "즐기면서 제멋대로 가지고 노는 것을 이른다"고 하였고, '喪志'를 "그 평소에 지향하고 숭상했던 바가 어디로 갔는지 알지 못하게 되는 것"이라고 하였다. 그는 만약 '玩物喪志'의 태도로 시를 대한다면 志氣가 멋대로 흘러 퍼져 심신에 조금도 유익하지 않다고 하였다.

왕부지의 이와 같은 관점이 다음에서 잘 드러난다.

역사서를 읽는 것 또한 博文하는 일이지만, 程子는 謝上蔡가 玩物喪志하는 것을 배척하였다. 喪志에서 싫어해야 할 바는 玩이다. 玩이란 즐기면서 제멋대로 가지고 노는 것을 이른다. ≪史記≫의 <項羽本紀> 및 <寶嬰>,

---

123) ≪船山全書≫ 七, p.279, ≪四書訓義≫ 卷六, <論語二·爲政第二>, "學者以之感動其性情, 而興起於善, 則在於 ≪詩≫ 矣, ≪詩≫ 之爲篇凡有三百, 有正焉, 有變焉, 有善者可以勸焉, 有惡者可以鑒焉. 學者於此, 將因所賦以生其喜怒哀樂之情, 將有忽彼忽此而不足者矣. 乃學 ≪詩≫ 者, 固必有自正之情, 以區別其貞淫, 爲興觀之本, 則有蔽之者, 而後凡 ≪詩≫ 皆一理, 凡 ≪詩≫ 皆可以有得也."

<灌夫>열전과 같은 류는 (힘이) 불끈 솟으면서 통쾌하여 독자가 읽는 데 정신을 팔려 놓지를 못하니 대신 슬퍼하고 기뻐하여 정신이 날아가고 혼백이 흔들려 움직여서 스스로도 지키지 못하게 된다. 이때에 그 평소에 지향하고 숭상했던 바가 어디로 갔는지 알지 못하게 되니 이를 喪志라고 한다. 그 氣志가 제멋대로 발산되어 身心에는 유익함이 없게 된다. 어찌 유독 역사서를 읽는 데 있어서만 그러하겠는가! 經을 읽는 데 있어서 또한 즐기면서 제멋대로 하는 경우가 있는데 그것을 즐기면서 제멋대로 하게 되면 또한 잃는 것이 있게 된다. 예를 들어 <七月>詩를 즐기면서 제멋대로 읽게 되면, 또한 부녀자의 생계, 먹고(鹽米) 입는 것(布帛) 가운데에 푹 빠지게 되고, <東山>詩를 제멋대로 읽게 되면, 室家의 선웃음치며 응석하고 寒溫을 어루만지는 속에서 음란하게 된다. ≪春秋傳≫에는 이와 같은 류가 더욱 많다. 때문에 반드시 禮로써 그것을 지키고 숙연한 마음으로 그것에 임해야 하니 한 절, 한 조목, 한 글자, 한 구는 모두 심신으로 이끌어 돌아오게 하여 뜻하는 바의 큰 것에 합치되기를 구하면 博文하는 것이 어긋나지 않으며 禮가 있지 않음이 없다.124)

넷째, 독자는 자신을 시인으로 상정하고 당시에 시인이 처했던 상황 여건, 환경 속으로 들어가서 시인을 이해해야 한다. 왕부지는 이를 '設身處地'라고 하였다.

자신으로 설정하여 상황에 처해 보면서 성패득실의 큰 것을 살펴보아 이로써 天下의 이치에 통하고 古今의 情에 밝아진 연후에야 시를 다룰 수 있게 된다.125)

---

124) ≪船山全書≫ 十二, pp.477~478, ≪俟解≫, "讀史亦博文之事, 而程子斥謝上蔡爲玩物喪志. 所惡於喪志者, 玩也. 玩者, 喜而弄之之謂. 如史記項羽本紀及竇嬰灌夫傳之類, 淋漓痛快, 讀者流連不舍, 則有代爲悲喜, 神飛魂蕩而不自持. 於斯時也, 其素所志尙者不知何往, 此之謂喪志. 以其氣志橫發, 無益于身心也. 豈獨讀史爲然哉! 經亦有可玩者, 玩之亦有所喪. 如玩 <七月>之詩, 則且沈溺於婦子生計, 鹽米布帛之中 ; 玩 <東山>之詩, 則且沮洳於室家嚅呢, 寒溫拊摩之內. 春秋傳此類尤衆. 故必約之以禮, 以肅然之心臨之, 一節一目, 一字一句, 皆引歸心身, 求合於所志之大者, 則博可弗畔, 而禮無不在矣."

125) ≪船山全書≫ 八, p.767, ≪四書訓義≫ (下) 卷三十六, <孟子十二 告子下>, "設身處地而觀於善敗得失之大, 乃通天下之理而達古今之情, 然後可以爲詩."

다섯째, 독자는 작품 감상에 요구되는 기본 지식(知), 심원한 안목(識量), 작품의 조리(條理)에 대한 파악이 있어야 한다.

> "위대한 계획 정령으로 정해지고 원대한 정책 시기에 따라 선포되네"
> 는 謝安이 가슴속에 새기어 간직한 것이다. 시를 읊조린 것으로써 뜻을
> 볼 수 있다 하였으니 謝安이 그에 해당한다 할 수 있다. 知가 미치지 못
> 하고, 識量이 원대하지 못하고, 條理가 숙지되지 못한다면 또한 어떻게 서
> 로 접촉하여서 그러한 감상을 낼 수 있었겠는가?126)

왕부지는 東晋의 謝安이 ≪詩經·大雅·抑≫의 "위대한 계획 정령으로 정해지고, 원대한 정책 시기에 따라 선포되네(訏謨定命, 遠猷辰告)"를 "오히려 雅人의 원대한 포부를 가지고 있는 것"127)으로 감상하고, 이를 원대한 흉금을 증강시키고 흥기시킬 수 있는 詩句로 가슴에 아로새긴 것은 그가 知, 量, 條理 등의 감상 능력을 가졌기 때문이라고 하였다. '知'는 예술 知識이다. 그것은 독자가 작품을 감상하고, 시인의 심미 체험을 공감하기 위한 기본 소양을 말한다. '量'은 識量, 思量 등으로 해석된다. 독자는 자신의 識量, 思量 등이 심원해야 시인의 감수를 이해, 공명할 수 있다. 條理란 작품의 전후 맥락이다. 독자는 작품의 전후 맥락을 잘 파악해야 작품의 사상이나 감정의 변화, 발전의 추이를 감지할 수 있다.

여섯째, 작품(≪詩≫)의 감상은 '읊조리고 노래하는(咏歎淫佚)' 방법으로 해야 한다. 그래야 독자가 흥기될 수 있다.

> ≪詩≫를 가르침에 있어서 읊조리고 노래하도록 하는 것은 어째서인

---

126) ≪船山全書≫ 三, p.468, ≪詩廣傳≫ 卷四, ""訏謨定命, 遠猷辰告.", 謝安之所服膺也. 賦詩可以見志, 安也足以當之. 知不及, 量不遠, 條理不熟嘗, 亦惡能相觸而生其欣賞哉?"

127) 余嘉錫 箋疏, ≪世說新語箋疏≫, <文學> 第四, 上海, 上海古籍出版社, p.235, "謝公因子弟集聚, 問毛詩何句最佳? 遏曰 : "昔我往矣, 揚柳依依 ; 今我來思, 雨雪霏霏." 公曰 : "訏謨定命, 遠猷辰告." 謂此句偏有雅人深致."

가? 배우는 사람의 흥기(興)로써 ≪詩≫에서 흥기(興)되게 하는 것이다. 善은 할 만하고 惡은 반드시 제거해야 하는데 사람 마음에는 본디 이러한 어둡지 않은 理를 가지고 있다. 이에 理는 자명한 理가 되고 情은 자명한 情이 되어 움직일 수 없다. ≪詩≫에서 영탄하고 음일하여 天下의 理가 모두 내 마음의 情이라는 것을 깨달아 不善에서 善으로 옮겨가고, 善에서 善으로 더욱 매진하려는 사람은 모두 왕성하게 솟아나는 마음을 스스로도 그만둘 수 없게 하니 ≪詩≫는 실로 흥기되게 함이 있는 것이다. …… 古人은 흥기된 마음을 가지고 시를 지었으니 …… 後人은 ≪詩≫에서 그 흥기된 마음을 만나야 한다.128)

夫子가 사람을 가르치는 것은 모두 사람들로 하여금 몸소 행하면서 마음으로 체득하도록 하였다. 그러나 반드시 옛 교훈에서 징험한 바를 가지고서 그 당연한 것을 보여주어 받아들여지지 않는 것에 움직임이 있도록 하였다. 배우는 사람이 극진하지 못한 것은 그 性情의 바름을 구하는 것일 뿐이요, 그 理의 통달을 구해야 할 뿐이요, 그 節文의 마땅함을 구할 뿐이다. 때문에 夫子는 말하여 반드시 미치게 할 바의 것이 있게 되면 이로써 늘상 그 情을 경계하여 性을 발하게 하였고 그 理를 믿게 하여 그 일을 좋게 하고 반드시 절도를 가지고 지나쳐서는 안 된다는 것을 알게 하였고 반드시 문장이 있게 되면 미치게 하지 않을 수 없게 하였다. 때문에 ≪詩≫를 늘상 말하여 영탄음일하여 흥기하도록 하였다.129)

---

128) ≪船山全書≫ 七, p.540, ≪四書訓義≫ 卷十二, <論語八・泰伯第八>, “教之以≪詩≫, 而使咏歌焉者, 何也? 以學者之興, 興於 ≪詩≫ 也. 善之可爲, 惡之必去, 人心固有此不昧之理. 乃理自理而情自情, 不能動也. 於 ≪詩≫ 而咏歎焉, 淫泆焉, 覺天下之理皆吾心之情, 而自不善以遷善, 自善以益進於善者, 皆勃然而不自已, 則 ≪詩≫ 實有興之也. …… 古人有興起之心而詩作, …… 後人於 ≪詩≫ 而遇其興起之心.”

129) ≪船山全書≫ 七, p.498, ≪四書訓義≫ 卷十一, <論語七・述而第七>, “夫子之教人, 皆以使人躬行而心得之. 然必有所徵於古訓, 以示其當然, 而使動於不容已. 學者之所以未盡者, 求其性情之正而已, 求其理之通而已, 求其節文之當而已. 故夫子有所言而必及者, 以時警其情而發其性, 以信其理而善其事, 以使知必有節而不可過, 必有文而不可不及. 故雅言 ≪詩≫, 以咏歎淫佚而興起.”
이상은 孔子의 “子所雅言 : 詩, 書, 執禮, 皆雅言也”에 대한 왕부지의 訓義인데 ‘雅言’의 ‘雅’에 대해서 왕부지는 “雅, 常也.”라 하여 ‘雅’를 ‘常’으로 풀이하였다.

일곱째, 작품의 감상은 '함영완색(涵泳玩索)'의 방법으로 해야 한다. 이것은 작품의 자구 하나하나를 읊조리고 곱씹으면서 자구 내면의 의미를 묵지(默識)하며 작품의 정수를 체험하는 것을 말한다.

또한 "鳥獸草木을 많이 알게 된다"라는 것은 또한 모름지기 바른 지식을 강구해야만 하는 것이다. 만약 단지 ≪詩≫를 읽기만 하고 강구하지 않는다면, 또 어떻게 關雎가 무슨 새인지를 알 수 있으리요? 설사 한 마리의 關雎가 앞에 있어도 여전히 그것이 어떠한 이름인지를 알지 못하고 이미 그것이 어떠한 이름인지조차도 알 수 없다면 그것 알기를 분명하게 할 수 없고 그것 처리해 가기를 합당하게 할 수 없으니 詩文을 읽더라도 무슨 유익이 있으리요! 하물며 '興觀群怨'에 있어서 함영완색(涵泳玩索)이 아니면, 어찌 '할 수 있다(可)'라는 말이 있을 수 있으리요! 그 고양되고 고무되는 뜻을 얻게 되면, "흥기(興)할 수 있고", 明顯한 것을 추론하여 隱微한 것에 이르는 깊이를 얻으면, "관찰(觀)할 수 있고", 溫柔하며 正直한 정취를 얻으면, "함께(群)할 수 있고", 슬픔이 얽히어 이어지는 정서를 얻으면 "원망(怨)할 수 있다."[130]

독자는 '함영완색'의 방식을 통하여 작품(≪詩≫)을 읽고, '고양되고 고무되는 뜻', '明顯한 것을 추론하여 隱微한 것에 이르는 깊이', '溫柔하고 正直한 정취', '슬픔이 얽히어 이어지는 감정'을 획득함으로써 '興觀群怨'의 감정을 불러일으킬 수 있다.

이상의 논술을 통하여 왕부지의 이른바 "독자는 각기 그 情으로 스스로 체득하게 되고", "각기 그 情으로 만나게 된다"라는 것은 독자들이 각기 자신들의 정서에 따라서 작가가 작품을 통하여 전달한 '興觀群怨'의

---

130) ≪船山全書≫ 六, p.259, ≪四書箋解≫ 卷四, <陽貨第十七·詩可以興章>, "且如"多識鳥獸草木", 亦須講究方識. 若只讀 ≪詩≫ 不講究, 則又豈知關雎是何鳥. 使一關雎在前仍不識其何名, 旣不能知其何名, 便無以知之明, 處之當, 讀詩文何益之有! 況 '興觀群怨', 非涵泳玩索, 豈有可焉者乎! 得其揚扢鼓舞之意則 "可以興", 得其推見至隱之深則 "可以觀", 得其溫柔正直之致則 "可以群", 得其悱惻纏綿之情則 "可以怨"."

감흥을 자유롭게 체험하고 작품에 대하여서도 다양한 해설을 할 수 있는 것을 말한다. 그러나 이것이 독자가 주관적으로 아무렇게나 작품의 내면 함의를 해석하거나 감상해도 무방하다는 것을 의미하는 것은 아니다. 독자는 작품의 감상에서 반드시 이상의 감상 조건을 갖추어야만, 독자가 각기 자신들의 정서에 따라서 작가가 작품을 통하여 전달한 '興觀群怨'의 감흥을 자유롭게 체험하고, 작품에 대하여서도 다양한 해설을 할 수 있다. 그것은 또한 이러한 감상 조건이 구비되었을 때만이 독자는 작가가 진실한 체험을 통하여 획득하여 작품에 전달한 감흥을 적극적이며 능동적으로 참여하여 감수함으로써 또한 자기의 내면에서 감흥을 불러일으키는 재창조자가 될 수 있다는 것을 의미한다.

왕부지는 작가는 창작의 본질과 예술 조건을 갖추어 작품에 '興觀群怨'의 '詩敎'를 체현시키고, 독자는 또한 감상 조건을 갖추어 자신의 정서에 따라 작품의 함의를 자유롭게 해석하고, 여러 측면에서 감상하여 고무를 받아, 작게는 개인의 성정을 도야시키고 크게는 난세에서 인도를 구하여 천하를 안정시킬 수 있는 효용을 가진다는 것이다. 그는 '詩敎'가 체현된 작품의 심미 효용에 대해 다음과 같이 말하였다.

> 시의 교화는 사람을 淸貞으로 이끌고 완고와 비루를 제거해 주며 소인에 미쳐서는 단정한 품행이 깎이지 않게 하니 이것이 또한 그 효용이다.[131]
> 聖人은 詩敎로서 濁心을 제거 씻어내고 무기력을 진작시켜서 豪傑로 이끌어 들이고 나중에는 聖賢으로 기대를 할 수 있으며 결국 이는 亂世에서 人道를 구하는 大權이 된다.[132]

---

131) 《船山全書》 三, p.326, 《詩廣傳》 卷一, "詩之敎, 導人於淸貞而鐲其頑鄙, 施及小人而廉隅未刓, 其亦效矣."

132) 《船山全書》 十二, p.479, 《俟解》, "聖人以詩敎, 以蕩滌其濁心, 震其暮氣, 納之於豪傑, 而後期之以聖賢, 此救人道於亂世之大權也."

　《詩》라는 것은 막히어 고르지 못한 것을 깨끗이 씻어 주고, 천하를
여유가 있게 안정시키는 것이다.[133]

　왕부지는 이것이 바로 창작의 본질과 예술 조건이 구비되어 '興觀群怨'
의 '詩敎'가 체현된 시가 작품이 가지는 거대한 심미 효용, 감화 작용이
라고 여겼다. 또한 이것은 왕부지가 문예 창작에서 추구하였던 지고지선
의 예술 목표와 심미 이상이다. 그리고 이것은 왕부지의 '詩道性情'論이
도달하는 최종 귀결점이다.

---

133) 《船山全書》 三, p.302, 《詩廣傳》 卷一, "《詩》 者, 所以蕩滌悁滯而安天下於有餘
　　者也."

제6장

결론

    왕부지는 일찍이 "六經이 나에게 새로운 면모를 열도록 책무를 부여하였다(六經責我開生面)"라는 자신의 학술적 포부를 세웠다. 그는 유가 전통을 계승, 유지하고 한편으로는 유가 전통에 새로운 정신을 부여하여 발양시키고자 하였다. 그의 철학 사상은 바로 이 두 가지가 상호 유기적으로 통일되어 전개되었다. 때문에 그의 철학 사상은 '六經' 즉 유학 전통으로 지주를 삼았고, 그의 사상 체계는 모두 ≪周易≫, ≪尚書≫, ≪春秋≫, ≪詩經≫ 및 四書 등의 유가 기본 경전에 대한 闡述과 발휘를 통해서 형성되었다. 그는 張載의 학문을 正學으로 삼아 程朱理學을 바로잡고 陸王心學을 비판하였으며 유가 전통을 비난, 전복, 해체하고자 하였던 道家, 佛家 및 李贄 등의 이론을 이단으로 공격하여 유학 전통을 부흥시키고자 하였다.

    왕부지의 시론 또한 바로 이러한 과정 속에서 형성되었다. 그의 시론이 기본적으로 유가 전통을 바탕으로 하였기 때문에 그의 시론 전체를 관통하는 주요 맥락은 바로 유가 전통의 기본 정신인 "즐거워하면서도 지나치게 하지는 않고 슬퍼하면서도 상심하게는 하지 않는다(樂而不淫, 哀而

不傷)(≪論語·八佾≫)”, “溫柔敦厚는 詩敎이다(溫柔敦厚, 詩敎也)(≪禮記·經解≫)”, “情에서 발동하여 禮義에 머무른다(發乎情, 止於禮義)(<詩大序>)” 등으로 대변되는 ‘中和’사상이다.

그러나 그는 기본적으로 이러한 유가 전통 시론을 계승하면서도 다른 한편으로는 그것을 자신의 심미 관점으로 재해석하여 새로운 의미와 가치를 부여하였다. 예를 들면, ≪周易·乾卦·文言≫의 “言辭를 닦아서 그 誠을 세운다(修辭立其誠)”는 원래 君子가 純正한 言辭로 그의 品德, 功業과 誠心을 진실하게 표현해내는 것을 의미하는 것으로 君子의 道德修養과 言辭와 관계되는 명제였고, 문학 수사와 관련된 것은 아니었다. 그러나 왕부지는 그것을 여러 측면에서 새롭게 해석하여 그것이 하나의 진부한 철학 명제에서 참신한 미학 명제와 시학 명제로 발휘되도록 하였다. 그는 그것을 “誠을 세워서 言辭를 닦는다(立誠以修辭)”는 측면에서 해석하여 충실한 내용이 우선되어야 함을 강조하였다. 다음으로 “言辭가 닦여진 이후에 誠이 세워질 수 있다(修辭而後誠可立也)”는 측면에서 해석하여 언어의 문사미를 중시하였다. 그리고 ‘誠’을 “충분하게 하면서도 헛됨이 없는 것(足而無虛)”으로 해석하여 ‘적중(適中)’된 언어의 운용을 요구하였다.

왕부지는 ≪尙書·堯典≫의 “詩란 마음속의 뜻(志)을 표현하는 것이요, 노래(歌)란 말(言)을 길게 읊조리는 것이다”를 자신의 심미 관점으로 해석하였다. 그는 ‘詩’와 ‘歌’가 되는 관건은 ‘志’, ‘言’을 표현하고 읊조리는 데 있는 것이 아니라, ‘志’, ‘言’을 표현하고 읊조려서 감정의 고무를 불러일으킬 수 있느냐의 여부에 있다고 하였다.

유가 기본 경전 중에서도 ≪詩經≫은 왕부지 시론의 출발이고 大尾이다. 왕부지 이전이나 이후를 막론하고 거의 모든 경학가들은 ≪詩經≫의 연구나 해석에 있어서 훈고와 고증의 좁은 범위를 벗어나지 못하였다. 그러나 왕부지는 철저한 훈고와 치밀한 고증을 하여 ≪詩經≫ 연구에 탁견을 제기하면서도 한편으로는 ≪詩經≫을 예술과 본질의 측면에서 분석, 탐구하여 주목할 만한 이론들을 제기하였다. 그의 ≪詩譯≫ 一卷, ≪詩廣傳≫ 五卷 등은 모두 이러한 결과이다. 그가 예술의 측면에서 분석하여 ≪詩譯≫에서 제기한 이론들은 '경물 묘사에 있어서 외부와 내부가 합일되어야 한다는 것(形神合一)', '상상 속에서 상상을 취하는 것(影中取影)', '즐거운 정경으로 슬픔을 묘사하고, 슬픈 정경으로 즐거움을 표현하는 것(以樂景寫哀, 以哀景寫樂)' 등과 같은 것들이다. 그가 본질의 측면에서 탐구하여 ≪詩廣傳≫에서 제기한 이론은 헤아릴 수 없이 많다. 그중에서도 '詩道性情'論은 이에 관한 대표적 이론이다.

왕부지는 ≪禮記·樂記≫의 "무릇 음악이 일어나는 것은 사람 마음으로부터 발생하는 것이다(凡音之起, 從人心生也)"를 시가 음률의 이상으로 여겨 "듣기에 감미로우면서도 마음과 화합을 이루어야 한다(穆耳協心)"는 것을 그의 시론에서 음율 준칙으로 삼았다.

왕부지는 ≪論語·陽貨≫의 孔子의 진부한 '興觀群怨'을 심미적으로 해석하고 참신하게 운용하고 독창적으로 발휘시킴으로써 그것이 시가의 창작, 비평, 감상 원리로 자리매김 되도록 하였다. 공자의 '興觀群怨'은 실로 왕부지에 의하여 하나의 새로운 시론 유산으로 더욱 깊은 의미를 지니게 되었으며, 그의 '興觀群怨'에 대한 해석, 운용, 발휘는 시대적, 개인적 특색을 가지게 되었다.

왕부지는 <詩大序>의 "情에서 발동하여 禮義에 머무른다"의 관점을 계승하였다. 어떤 연구자들은 <詩大序>의 기본 관점을 시가의 정감을 속박하는 것, 유가시학 미학화의 진행 과정을 막는 것으로 여겼다. 그리고 <詩大序>를 계승한 왕부지의 심미 관점을 봉건 윤리, 봉건 예교를 위한 것으로 전통의 도덕론에서 벗어나지 못했으며 유가 지식인으로서 시가 인식상의 한계를 드러낸 것이라고 하였다. 그러나 그의 '情理合一'

의 요구는 사실 情과 理가 상호 대립되어 야기되었던 각종의 문학의 역기능과 병폐를 극복하기 위한 것이었다. 송대 이학가들은 情의 요소를 전면 부정하고 단지 理만을 숭상하여 결국 정치, 철학, 사상을 위한 侍女 詩文을 낳았다. 명대 중엽 이후 李贄 등을 중심으로 한 反理學派는 情을 마음껏 부르짖고 理를 강도 높게 비판하였는데 이들의 본능적, 충동적인 감정은 결과적으로 시문의 천속을 가져왔다. 이것은 모두 情과 理가 상호 대립되고 부정되어 야기된 결과였다. 그는 情을 시가의 본질로 삼으면서도 여기에 理를 적극 수용하고, 理에 情을 적극 내재시켜 情과 理를 상호 통일시킴으로써 지금까지 情과 理가 상호 부정, 대립되어 야기되었던 각종의 병폐와 역기능을 극복하고자 하였다. 그의 '情理合一'의 가치는 바로 이것에 있다.

왕부지는 유가 사상을 근간으로 하였기 때문에 그는 道, 佛을 '이단'으로 여겼다. 그러나 그는 道, 佛에 대한 연구를 통해서 그것의 합리적이고 가치 있는 사상적 요소를 적지 않게 받아들였고 그것에서 적지 않은 개념들을 빌어 그의 철학, 사상, 문예 영역 등에 운용하고 적용하였다.

그는 老子의 '虛', '空' 등의 심미 의식을 흡수하였고, 老子의 '大音希聲'을 빌어 그의 음악 미학을 설명하였다. 莊子가 제기한 虛失, 大小, 內外, 是非, 有無, 虛無, 生死 등의 상호 반의 개념은 본래 장자가 상대주의 관점을 논증하기 위해 사용한 것이다. 왕부지는 그의 창조적인 '通'을 운용하여 그것을 그의 변증법 사상의 유익한 요소가 되도록 하였다. 그는 변증법적 사상으로 그의 철학, 사상과 문예 방면의 모든 현상을 설명하였다. 그가 情景, 形神, 虛實, 內外, 體用, 有無, 遠近, 主賓 등의 상호 반의 개념을 변증법적으로 운용하여 그의 시론을 설명한 것은 莊子로부터 영향을 받은 것이다.

왕부지는 佛敎의 '能'과 '所'의 개념을 새롭게 해석하는 동시에 그것을 빌어 그의 철학 사상을 전개시켰고, 佛教 法相宗의 '現量'의 개념을 빌어 그것으로 창작의 발생, 예술 사유, 객관 경물의 묘사 문제 등을 설명하였다. 이로써 '能'과 '所', '現量'은 그의 철학과 시론에서 중요한 지위를 차지하였다.

왕부지는 유가 전통을 기본으로 하면서 또한 시론가들의 심미 관점을 수용, 비판하여 자신의 시론 관점을 전개하였다. 그의 ≪薑齋詩話≫ 및 三部 評選著作에는 曹丕, 陸機, 劉勰, 鍾嶸, 司空圖, 皎然, 蘇軾, 嚴羽, 楊愼 등 수많은 문예 이론가들이 출현한다. 특히 劉勰의 심미 관점, 즉 시가는 性情을 노래해야 한다는 것, 문장은 情을 위해서 지어져야 한다는 것, 시에서 표현되는 情은 주체와 객체의 상호 교감의 산물이라는 것 등은 모두 왕부지의 문예 관점과 거의 일치하는 것이다. 鍾嶸의 ≪詩品·序≫의 문예 관점은 왕부지와 일치하는 점이 많다. 특히 鍾嶸의 '直尋'은 왕부지의 '現量'과 거의 같은 맥락이다. 때문에 許文雨는 '直尋'을 '現量'으로 설명하였다. 왕부지는 蘇軾으로부터 예술 형상의 포착과 묘사, 객관 경물의 묘사, '詩 가운데 그림이 있고, 그림 가운데 시가 있다' 등에 관한 심미 관점을 적지 않게 받아 들였다. 그러나 皎然 등에 대한 비판은 매우 날카로웠다. 왕부지가 이처럼 문예 이론가들의 심미 관점을 수용, 비판하여 그의 심미 관점을 전개한 것은 그의 심미 의식이 보다 개방적이고 유연하다는 것을 의미한다.

왕부지의 시론이 역대 다른 시론가들에 비하여 현저한 특색을 지니면서 중국 시론상에 크게 공헌한 것 중의 하나가 바로 창작 원천에 관한 관점이다. 역대의 시론가들이 창작 구상에 관한 문제에는 비교적 집중적인 탐구를 하였지만, 창작 원천에 관한 문제는 뚜렷한 인식을 하지 못했다. 설령 인식을 하였다 하더라도 그것을 대부분 "物에 감수를 받아 情을 불러일으킨다(觸物起情)" 등의 짧은 경구 형식으로 간단하게 설명하였다.

그러나 왕부지는 그것을 보다 더 심층적, 구체적으로 탐구하였다. 그는 현상 세계에 대한 시인의 직접적인 체험과 생생한 관찰을 통해서 발생하는 창작 감흥을 시가 창작의 원천으로 인식하였다. 때문에 그는 특히 현상 세계에 대한 직접적인 경험과 생생한 관찰을 강조하였다. 그가 "몸으로 겪은 바, 눈으로 본 바(身之所歷, 目之所見)"를 시가 창작의 중요 원리로 여긴 것은 이를 말한다. 그의 이러한 관점은 시가 창작 사유에 있어서 자연히 直覺思維를 강조하였다.

그는 그 밖에 書畵 등과 같은 예술 영역에서 심미 관점이나 예술 개념을 흡수하여 그의 시론에 운용하였다. 시가 의경은 "咫尺에서 萬里의 勢를 자아내야 한다"는 관점, '藏鋒' 등이 바로 그것이다.

왕부지는 유가 전통을 대전제로 하면서도 道, 佛로부터 사상적, 미학적 요소를 흡수하고, 문예 및 書畵 등과 같은 예술 영역에서 예술적 관점을 수용하여 결합시켰다. 물론 그것은 대등적, 수평적인 수용과 결합이 아니라 主次가 있고 體用이 있는 것이었다. 왕부지의 시론은 이러한 과정을 통해서 형성되었고 유가 시론의 심미화라는 특색을 가지게 되었다.

왕부지 시론의 절대적 특색은 시의 본체론에서 그의 人性論(혹 心性論)을 구체적으로 발휘시킨 점이다. 그는 그의 人性論에 근거하여 시의 본체로서 표현 대상과 배제 대상을 엄격하게 구별하였다. 그가 시의 표현 대상으로 여긴 志, 情, 貞 등은 人性을 근간으로 발동한 것으로 항상, 공통, 보편, 진지, 진실, 절제, 사회, 도덕적 성격을 가진 것이고, 시의 배제 대상으로 여긴 意, 欲, 淫 등은 人性을 벗어난 것으로 일시, 개인, 편협, 사사, 물욕, 충동, 비도덕적 성격을 지니는 것이다.

그는 인성으로부터 발로되는 志, 情, 貞 등은 개인의 성정을 도야시키고 천하를 화평으로 이끄는 심미 효용을 가진다고 여겼지만, 이와 상반되는 意, 欲, 淫 등은 인심을 현혹시키고 천하의 질서를 파괴한다고 생각하였다. 때문에 그는 시의 표현 대상과 배제 대상을 엄격하게 구별하였다. 그는 詩가 志, 情, 貞 등을 표현 대상으로 하여 여기에 각종 예술 수사를 강구하여 우미한 예술 형상을 구성, 그것이 감화 작용을 일으키게 함으로써 이상적 인격을 형성하고 화평한 사회 질서를 이루도록 하는 효용을 가지도록 하였다. 이것은 그가 지향하는 시가 창작의 이상이다.

그러나 그는 意, 欲, 淫 등의 불선한 인성 요소를 어떻게 다스리고 이끌어서 人性의 본연 상태로 유도할 것인가를 그의 인성 철학의 주요 과제로 삼았다. 그의 '治情', '治意'는 바로 이를 대변한다. 그는 意, 欲, 淫 등의 불선한 인성 요소를 선한 인성으로 이끌어서 심성 구조에서 화해와 통일을 이루는 인성을 형성시키고자 하였다

왕부지의 시의 본체론에 대한 관점은 표면적으로 理學의 색채를 띠고 있다. 때문에 송대 이학가들과 큰 차이가 없다고 여겨질 수 있다. 그러나 그의 人性, 詩論에 대한 관점은 그들과는 근본적으로 다르다. 송대 이학가들은 天理만을 강조하여 人性에서 情을 제거하고자 하였지만, 왕부지는 情의 절대 가치를 긍정하고 그것이 지니는 의의를 중시했고, 情을 표현하는 詩의 문체적 고유 기능과 심미 작용에 가치를 부여하고 시의 독립적 지위를 강조한 것은 그들과 큰 차이를 지닌다.

왕부지가 시의 본체로서 情을 강조하였다는 점은 자칫 六朝의 緣情派, 晩明 이후의 主情主義에서 제창하였던 문학적 주장과 같다는 오해를 불러일으킬 수 있다. 그러나 그가 시의 본체로서 제창하였던 情이 '性의 情'이어야 한다는 점을 강조한 것은 緣情派, 主情主義에서 말하는 情과 성격상, 본질상 확연하게 구별된다.

그가 시의 본체가 되는 '情'이 '性의 情'이어야 한다는 것은 시에서 표현되는 人心이 道心과, 희로애락이 인의예지와, 자연 정감이 도덕 정감과 상호 조화를 이룬 것이어야 함을 말한 것이다. 그의 詩情에 대한 이러한

요구는 그의 人性論의 발휘이기도 하지만 거기에는 그의 뚜렷한 시대 의식과 비판 의식이 내재되어 있다. 그는 晚明 이후 理學에 대한 반동으로 도덕의식이 전면 부정되고 개인감정이 극도로 분출되었던 主情主義의 아래에서 李贄, 公安, 竟陵 등에 의하여 조장된 불량한 창작 정서와 시문의 천속을 심각하게 인식하였다. 그는 이를 타파하고 시가 창작이 건전한 방향으로 진행되어 개인의 성정을 도야할 수 있고 천하를 화평하게 할 수 있도록 하였다. 이러한 취지 아래 그는 시가 표현하는 情이 어떠한 성격을 가져야 하고, 그것이 개인 정감과 사회도덕이 상호 어떻게 조화를 이룰 것인가 하는 문제 등을 탐구하게 되었다. 그의 시가 性으로부터 발로된 情을 표현해야 한다는 관점은 이로부터 제기된 것이다. 때문에 왕부지의 시론에서 情의 성격은 李贄, 公安, 景陵 등의 그것과 근본적으로 다른 것이다.

왕부지가 儒家의 시론을 견지하면서도 시로 표현되는 '情'이 시인의 心靈이 객관 현상과 접촉하여 표현되는 진실한 정감이어야 함을 강조하고, 이로써 시인의 객관 현상에 대한 직접적인 체험을 중시한 것은 기타 유가 시론가들에게서는 볼 수 없는 참신한 면모이다.

왕부지 시론은 古典의 和諧美를 체현시켰다는 점에서 중요한 의의를 지닌다. 고전의 和諧美란 심미를 구성하는 일체의 요소 즉 主觀과 客觀, 再現과 表現, 現實과 理想, 情感과 理智, 典型과 意境, 時間과 空間, 內容과 形式 등을 하나의 균형, 안정, 질서를 가진 和諧의 통일체로 이루게 하는 것이다. 때문에 각 요소 간의 유기적 통일을 이루는 中和가 절대적으로 강조된다. 이러한 고전의 和諧美는 중국 고전 미학의 최대 특색이자 왕부지 시론의 두드러진 특색이다.

왕부지는 특히 예술 형상 구성에서 대립 관계의 범주에 속하는 예술 개념 즉 情과 景, 主와 賓, 形과 神, 物態와 物理, 意와 勢, 遠과 近, 大와

小, 有와 無, 虛와 實 등을 상호 변증적, 유기적으로 결합시켜 고도의 조화미를 이루는 예술 경계를 구성하는 것을 예술 이상으로 여겼다. 그는 情과 景의 상호 다양한 변증적 통일 관계로써 시인의 주관 정서와 객관 경물이 신묘한 결합을 이루어 우미한 예술 형상이 구성되어야 할 것을 강조하였다. 그의 情景 관계에 대한 심층적 탐구는 宋, 明 이래의 '情景'論을 총결하였다는 평가를 받는다. 그는 主와 賓의 관계로는 情과 景의 상호 지위 문제를 설명하였다. 그리고 物과 神, 形과 神, 物態와 物理 등의 상호 관계로는 객관 경물의 외면과 내면, 형태와 본질에 대한 묘사 문제를 탐구하였다. 그는 意와 勢의 관계로서 주관 정서와 예술 형상의 내부 규율과의 관계를 설명하였다. 그 밖에도 그는 文과 質, 情과 法, 誠과 幻, 虛와 實, 動과 靜, 有와 無, 顯과 隱, 哀와 樂, 喜와 悲 등의 相反相生의 관계를 다루어 예술 형상에 대한 참신한 심미 관점을 밝혔다.

예를 들면, 그는 정감을 시가 창작의 본질로 여겼지만 이것이 우미한 예술로 형상화되기 위해서는 예술미가 요구된다고 하였다. 比興, 比喩, 象徵, 含蓄, 反襯, 示現 등은 그가 추구한 예술미였다. 그의 예술 이상은 文과 質이 彬彬한 예술 경계이다. 그는 詩情과 詩法의 관계에 있어서 전통의 기승전결과 같은 일체의 시법을 '死法'으로 간주하였다. 그러나 그는 詩法을 부정하지 않았다. 그는 인위적, 기계적인 것을 배척하고 자연적인 것을 추구하였다. 한 편에 하나의 뜻(意)을 실어 전개되는 문장의 기세에 따라 수미가 순조롭게 형성되는 것, 사건의 전개로 起合을 구성하여 자연스런 맥락이 생기게 하는 것 등은 그가 우미한 예술 경계를 위해서 선호한 시법이었다.

왕부지는 이처럼 대립 관계의 예술 개념을 상호 변증적으로 결합시켜 조화와 통일의 우미한 예술 경계를 구성하여 독자에게 무궁한 운미를 불러일으키고 상상의 나래를 마음껏 펼칠 수 있는 광활한 예술 공간을 창조하고자 했다. 때문에 "문자 밖에 아득히 신묘함을 함축하여 길이 사색하도록 하고, …… 시구 가운데 여운이 감돌아 끝없는 감동을 자아내는 것", "지척에서 만 리의 기세를 자아내는 경계를 가진 것", "墨氣가 흘러 퍼진 것이 사방으로 무궁하니 문자가 없는 곳 모두가 그 뜻(意)이다"라는 것은 모두 그의 예술의 이상적 경계를 말한 것이다. 이것은 모두 內와 外, 遠과 近, 咫尺과 萬里, 有限과 無限, 虛와 實 등이 고도로 조화와 화해를 이루어 조성되어진 예술 경계이다. 이러한 왕부지의 시론은 바로 和諧美를 특색으로 하는 중국 고전 미학의 총화이며 총결이다.

필자는 왕부지의 심오한 시론을 연구하는 데 적지 않은 어려움을 느꼈다. 본 연구는 명제 중심으로 구성되어 章과 章이 서로 분리되고 독립되어 이론과 이론이 상호 긴밀하고 밀접하게 연계되지 못한 감이 있다. 이것은 명제 중심의 시론 연구가 가지는 한계이다.

다음으로 원문과 개념에 대한 철저한 이해와 정확한 해석의 문제이다. 본 연구에서는 이 점에 있어서 미진하고 부족한 점이 있다. 이와 같은 문제들은 이후 다른 지면을 통해서 수정하고 보완하고자 한다.

한편 본 연구에서는 수확을 거두었다고 자평하는 점이 몇 가지 있다.

첫째, 기존 연구가들이 '情景交融'論을 시가의 생성이나 예술 형상의 구성 어느 한쪽에만 초점을 맞추어 탐구한 것에 비하여, 본 연구는 고대 시론가들의 '情景交融'論은 시가의 생성과 예술 형상의 구성, 이 두 가지 문제를 모두 포괄하고 있다는 것을 밝히고, 그것을 두 가지 측면에서 탐구했다.

둘째, '情景交融'의 세 가지 예술 유형의 역사적, 이론적 맥락을 추적했다.

셋째, '興會'의 시가 미학적 의의를 고찰하고, '六義'의 '興'이 복잡다단한 해석의 과정을 거쳐서 '창작 감흥'을 나타내는 개념으로 인식되는 과정을 고찰하고, 이로써 중국 시론에 등장되는 '興'은 세 가지 측면에서 출현되고 있음을 밝혔다.

넷째, '勢'의 개념 및 그것의 역사적 연변 과정을 살펴보았다. 그리고 왕부지의 시론에서 그것이 가지는 시가 미학적 의의를 고찰했다.

다섯째, 왕부지의 시론을 왕부지 이전과 이후의 시론들과 상호 연계시켜 고찰했다.

여섯째, 왕부지의 '興觀群怨'論에 있어서 본 연구는 그가 '興觀群怨'을 자신의 창작 원리로 표방하기까지의 과정과 그의 '興觀群怨'論을 창작과 감상이라는 두 가지 측면에서 다루었다.

국내외를 막론하고 지금까지 왕부지의 시론 연구는 본 연구에서 논의되었던 문제들을 중심으로 전개되었다. 이러한 문제들에 대해서는 이제 그 나름대로 연구에 일정한 성과가 있었다. 그러나 왕부지의 시론이 더욱 심도 있고 광범위하게 연구되어 왕부지의 시학으로 이론화, 체계화되기 위해서는 여전히 많은 시간과 열정을 들여서 해결해야 할 연구 과제들이 산적해 있다. 그동안 왕부지 연구의 기초 작업이라 할 수 있는 왕부지의 시론 저작 및 기타 저작들에 대한 교감 및 표점 작업은 해결되었다.

이제 절실하게 해결을 기다리는 몇 가지 중요 과제들이 남아있다. 우선 왕부지의 시론 저작 및 기타 저작들에 대한 주석 작업이 이루어져야 한다. 현재 《薑齋詩話》를 제외하고는 그의 시론 저작에 대한 주석은 전무한 상태이다. 또한 그의 문학 작품에 대한 연구를 진행하여 그의 문학적 성취를 새롭게 조명하는 것도 이에 못지않은 중요 과제이다. 현재 그의 문학 작품들에 대한 연구 작업에는 거의 손이 닿지 않은 상태이다. 그리고 실전된 그의 저작 및 문학 작품들을 찾아 발굴하는 작업도 중요한 과제이다. 작은 범주에 속하는 것으로 왕부지 전대의 시론과 왕부지의 시론과 상호 연계 관계, 왕부지의 시론과 후대 특히 王國維 등의 시론과의 영향 관계를 살피는 일, 왕부지의 시론과 그의 작품과의 관계를 고찰하는 일, 왕부지의 철학과 시론과의 유기적 관계를 탐구하는 일, 그의 시론 및 비평 관련 ≪古詩評選≫, ≪唐詩評選≫, ≪明詩評選≫ 등과 같은 評選著作을 체계적으로 연구하여 시가에 관한 각종의 관점들을 조명해내는 일, 그의 시론상의 개념들의 함의를 철저히 규명하고 개념과 개념들을 유기적으로 연계하여 보다 완정된 왕부지의 시론 체계를 세우는 일 등이다. 왕부지의 시론은 이러한 크고 작은 과제들이 해결되어 보다 체계화, 이론화되어짐으로써 하나의 시학으로 자리 잡게 될 것이다.

이제 필자의 연구는 왕부지 시학에 작은 디딤돌 하나를 놓았다는 생각이 든다. 향후 깊이 있는 연구를 통하여 보다 큰 결실이 맺어지기를 기대한다.

참고문헌

1. 왕부지 원전 저작

≪船山遺書全集≫(全集二十二冊), 臺北, 自由出版社, 民國 61年.
≪船山全書≫(全 十六冊), 湖南, 嶽麓書社出版社, 1988~1996.
≪詩經稗疏≫
≪詩經考異≫
≪詩經叶韻辨≫
≪詩廣傳≫
≪讀四書大全說≫
≪四書箋解≫
≪尙書引義≫
≪四書訓義≫(上)
≪四書訓義≫(下)
≪說文廣義≫
≪張子正蒙注≫
≪俟解≫
≪相宗絡索≫
≪古詩評選≫
≪唐詩評選≫
＜明詩評選＞
≪楚辭通釋≫
≪薑齋文集≫
≪薑齋詩集≫
≪薑齋詞集≫
≪薑齋詩話≫
王夫之 著, ≪王船山詩文集≫(上・下), 香港, 中華書局香港分局, 1974.

2. 注疏, 校注, 集註, 譯解類

《十三經注疏》(上·下冊), 北京, 中華書局, 1996.
《尙書正義》
《毛詩正義》
《周禮注疏》
《論語注疏》
《禮記正義》
《爾雅注疏》
《孟子注疏》
(淸) 永瑢 等 撰, 《四庫全書總目》(上·下冊), 北京, 中華書局, 1981.
朱熹, 《詩集傳》, 서울, 保景文化社, 1988.
陳子展 撰述, 《詩經直解》, 上海, 復旦大學出版社, 1994.
이재훈 譯解, 《書經》, 서울, 고려원, 1996.
朱熹 集註, 《楚辭集注》(上·下), 萬國圖書公司, 民國 45年.
周亨祥 譯注, 《孫子全譯》, 貴陽, 貴州人民出版社, 1992.
龔斌 校箋, 《陶淵明集校箋》, 上海, 上海古籍出版社, 1996.
李善 注, 《文選》, 北京, 中華書局, 1990.
劉孝標 注, 《世說新語》, 上海, 上海書店出版, 1992.
余嘉錫 箋疏, 《世說新語 箋疏》(修訂本), 上海, 上海古籍出版社, 1995.
王利器 校注, 《文鏡秘府論校注》, 北京, 中國社會科學出版社, 1983.
周振甫 注, 《文心雕龍注釋》(附今譯), 里仁書局, 民國 73年.
黃侃, 《文心雕龍札記》, 上海, 華東師範大學出版社, 1996.
趙仲邑, 《文心雕龍譯注》, 漓江出版社, 1982.
楊明照, 《文心雕龍校注拾遺》, 上海, 上海古籍出版社, 1982.
沈謙 著, 《文心雕龍之文學理論與批評》, 臺北, 華正書局, 民國 70年.
汪中 選注, 《詩品注》, 臺北, 正中書局, 民國 74年.
曹旭 集注, 《詩品集注》, 上海, 上海古籍出版社, 1994.
陳元勝 著, 《詩品辨讀》, 安徽, 安徽敎育出版社, 1994.
司空圖 著, 趙福壇箋釋, 《詩品新釋》, 花城出版社, 1986.
張宗柟 纂集, 戴鴻森 校點, 《帶經堂詩話》, 北京, 人民文學出版社, 1982.
李慶甲 集評校點, 《瀛奎律髓彙評》, 上海, 上海古籍出版社, 1986.

滕咸惠 校注, ≪人間詞話新注≫, 里仁書局, 民國 83年.

仇兆鰲 注, ≪杜詩詳註≫, 北京, 中華書局, 1995.

許學夷 著, 杜維沫校點, ≪詩源辨體≫, 北京, 人民文學出版社, 1998.

王士菁 編輯, ≪杜詩便覽≫, 四川, 四川文藝出版社, 1986.

王英志 校点, ≪隨園詩話≫, 南京, 江蘇古籍出版社, 2000.

劉熙載 著, 劉立人, 陳文和 點校, ≪劉熙載集≫, 上海, 華東師範大學出版社, 1993.

謝榛 著, 朱其鎧, 王恒展, 王少華 校點, ≪謝榛全集≫, 山東, 齊魯書社, 2000.

3. 詩話, 詞話, 文論 編輯類

何文煥 編訂, ≪歷代詩話≫, 臺北, 藝文印書館, 民國 72年.

何文煥 輯, ≪歷代詩話≫(上‧下), 北京, 中華書局, 1997.

丁福保 輯編, ≪歷代詩話續編≫(上‧中‧下), 北京, 中華書局, 1983.

王夫之 等 撰, ≪清詩話≫(上‧下), 上海, 上海古籍出版社, 1987.

郭紹虞 編選, 富壽蓀 校點, ≪清詩話續編≫(上‧下), 上海, 上海古籍出版社, 1983.

唐圭璋 編, ≪詞話叢編≫(全五冊), 北京, 中華書局, 1996.

施蟄存, 陳如江 輯錄, ≪宋元詞話≫, 上海, 上海書店出版社, 1999.

曾永義, 柯慶明 編輯, ≪兩漢魏晉南北朝文學批評資料彙編≫, 成文出版社印行, 民國 68年.

羅聯添 編輯, ≪隋唐五代文學批評資料彙篇≫, 臺北, 成文出版社印行, 民國 68年.

葉慶炳, 邵紅 編輯, ≪明代文學批評資料彙編≫, 臺北, 成文出版社, 民國 68年.

吳宏一, 葉慶炳 編輯, ≪清代文學批評資料彙編≫, 臺北, 成文出版社印行, 民國 68年.

武漢大學中文系, 中國古代文學理論研究室編, ≪歷代詩話詞話選≫, 武漢, 武漢大學出版社.

華正書國 發行, ≪中國歷代文學論著精選≫(上‧中‧下), 臺北, 華正書國, 民國 73年.

朱任生 編著, ≪詩論分類纂要≫, 臺北, 臺灣常務印書館發行, 民國 68年.

郭紹虞 主編, 王文生 部主編, ≪中國歷代文論選≫, 上海, 上海古籍出版社, 1980.

徐中玉 主編, 陳謙豫 副主編, ≪藝術辨證法編≫, 北京, 中國社會科學出版社, 1933.

徐中玉 主編, 陳謙豫 副主編, ≪本原‧教化編≫, 北京, 中國社會科學出版社, 1997.

徐中玉 主編, 陳謙豫 副主編, ≪神思‧文質編≫, 北京, 中國社會科學出版社, 1995.

4. 王夫之 年譜, 學術, 詩論 관련 著作類

張西堂 編, <明王船山先生夫之年表>, 臺灣, 商務印書館, 民國 67年.

王敔 等, <傳記, 年譜, 雜錄>, ≪船山全書≫ 第十六冊, 湖南, 嶽麓書社出版社, 1996.

王之春 撰, 汪茂和 點校, ≪王夫之年譜≫, 北京, 中華書局, 1989.

夏劍欽 著, ≪王夫之硏究文集≫, 河北, 河北敎育出版社, 1995.

張懷承 著, ≪王夫之評傳≫, 廣西, 廣西敎育出版社, 1997.

湖南, 北哲學社會科學學會聯合會合編, ≪王船山學術討論集≫, 北京, 中華書局, 1965.

湖南省社會科學院 等編, ≪王船山學術思想討論集≫, 長沙, 湖南人民出版社, 1984.

羅小凡 王興國 主編, 張以文 李安定 副主編, ≪船山學論≫, 長沙, 船山學刊社出版,
　　　　　　　　1993.

舒蕪 點校, ≪薑齋詩話≫, 北京, 人民文學出版社, 1998.

戴鴻森 點校, ≪薑齋詩話箋注≫, 臺北, 木鐸出版社, 民國 71年.

張連第 箋釋, ≪薑齋詩話≫, 哈爾濱, 北方文藝出版社, 2000.

楊松年 著, ≪王夫之詩論硏究≫, 臺北, 文史哲出版社, 民國 75年.

譚承耕 著, ≪船山詩論及創作硏究≫, 長沙, 湖南出版社, 1992.

陶水平 著, ≪船山詩學硏究≫, 北京, 中國社會科學出版社, 2001.

李圭成 著, ≪왕선산 생성의 철학≫, 서울, 梨花女子大學出版社, 2001.

趙成千 譯註, ≪薑齋詩話≫, 서울, 지만지고전천줄, 2008.

5. 왕부지 시론 관련 연구 논문

郭鶴明 撰, ≪王船山詩論探微≫, 國立臺灣大學中國文學硏究所博士論文, 民國 67年.

柳亨奎 撰, ≪王夫之詩論硏究≫, 臺灣, 輔仁大國文硏究所碩士論文, 民國 72年.

陳章錫 撰, ≪王船山詩廣傳義理疏解≫, 國立臺灣師範大學國文硏究所碩士論文, 民國
　　　　　　　74年.

李錫鎭 撰, ≪王船山詩學的理論基礎及理論中心≫, 國立臺灣大學中國文學硏究所博
　　　　　　　士論文, 民國 79年.

趙成千, ≪王船山詩論硏究≫, 서울, 高麗大學校大學院碩士學位論文, 1991.

梁忠烈, ≪王夫之詩論硏究≫, 서울, 韓國外國語大學校大學院博士學位論文, 1994.

李鐘武, ≪王夫之詩學範疇硏究≫, 中國(上海), 復旦大學博士學位論文, 2003.

張少康, <王夫之詩歌理論的歷史評價>, 《中國文藝思想史論叢》, 1985. 9.

葉朗, <王夫之美學的體系>, 《中國美學史大綱》 下卷, 臺北, 滄浪出版社, 民國 75年.

葉朗, <王夫之美學二題>, 《學術月刊》, 1980, 第6期.

楊松年, <釋王夫之詩論作品幾個主要用語>, 《中國古典文學批評論集》, 香港, 三聯
　　　　書店香港分店, 1987.

楊松年, <論船山詩論>, 《中國古典文學批評論集》, 香港, 三聯書店香港分店, 1987.

丁履譔, <王船山的詩觀>, 《中外文學》 第九卷, 第11期, 民國 70年, 5月號.

周示行, <船山說《詩》小議>, 《衡陽師專學報：社科版(湘)》, 1988. 1.

曹毓生, <略論王夫之詩論中的"意""勢"及其他>, 《湖北師範學院學報：哲社版(黃石)》,
　　　　1987. 4.

林衡勛, <王夫之意境說初探>, 《雷州師專學報(社會科學版)》, 1987, 第2期.

陳昌渠, <王夫之興觀群怨說淺釋>, 中國古代文學理論學會編, 《古代文學理論研究》
　　　　總刊 第二輯, 上海, 上海古籍出版社, 1980.

郁沅, <王夫之的詩歌藝術研究>, 中國古代文學理論學會編, 《古代文學理論研究》
　　　　總刊 第三輯, 上海, 上海古籍出版社, 1981.

藍華增, <古典抒情詩的美學－王夫之"情景"說選評>, 古代文學理論研究編纂委員會編,
　　　　《古代文學理論研究》 總刊 第10輯, 上海, 上海古籍出版社, 1985.

許山河, <船山詩論之勢>, 《衡陽師專學報(社會科學版)》, 1988, 第3期.

管雄, <說"興會標擧">, 施議對 蔣寅 主編, 《中國詩學》 第1輯, 南京, 南京大學出
　　　　版社, 1991.

王先霈, <試說"詩人興會">, 《文學評論》(雙月刊), 1985, 第4期.

鄔國平, <王夫之論讀者與作品關系>, 《學術月刊》, 1989, 第12期.

張兵, <王夫之興, 觀, 群, 怨說再評價>, 《西北師大學報：社科版(蘭州)》, 1994.

張兵, <王夫之詩論摭談>, 《蘇州大學學報(哲學社會科學版)》, 1996, 第1期.

鄧潭洲, <王船山詩論芻議>, 《湖南師院學報(哲學社會科學版)》, 1982, 第4期.

劉建國, <薑齋詩話兩議>, 《湘潭大學學報》, 1982, 第4期.

孫立, <船山詩論與莊子哲學>, 《中山大學學報(社會科學版)》, 1993, 第4期.

吳家振, <王船山文藝思想初探>, 《船山學報》, 1984, 第1期.

林衡勛, <王夫之意境說初探>, 《雷州師專學報(社會科學版)》, 1987, 第2期.

許山河, <船山詩論之勢>, 《衡陽師專學報(社會科學版)》, 1988, 第3期.

吳家振, <王船山文藝思想初探>, 《船山學報》, 1984, 第1期.

李中華, <船山詩論中的藝術原則>, 《船山學報》, 1984, 第1期.

周頌喜, <王夫之論詩歌創作中主觀和客觀的辨證關係>, 《船山學報》, 1984, 第1期.

譚承耕, <修文以函情, 治情以治國>, 《船山學報》, 1984, 第2期.

程亞林, <王夫之論抒情詩的核心問題>, 《船山學報》, 1985, 第2期.

劉暢, <王船山詩歌美學三題>, 《文學遺産》, 1985, 第6期.

潘運告, <儒家正統的陰影>, 《船山學報》, 1986, 第2期.

許山河, <論船山對明代形式主義詩歌理論的批評>, 《船山學報》, 1986, 第1期.

張長靑, <談王船山詩論中的勢範疇>, 《船山學報》, 1987, 第1期.

王敏華, <論船山詩論與詩作的關係>, 《船山學報》, 1987, 第1期.

劉暢, <試論王船山的詩歌感賞觀>, 《船山學報》, 1987, 第2期.

劉暢, <王船山"現量"說對傳統藝術直覺詩論的改造>, 《江漢論壇》, 武昌, 1984. 10.

鄧潭洲, <王船山詩論芻議>, 《湖南師院學報》, 1982, 第4期.

吳文治, <論王夫之的詩歌理論>, 《文學遺産》, 1980, 第2期.

張節末, <王夫之詩歌情感論發微>, 《文學遺産》, 1988, 第6期.

陳少松, <試論王夫之的神理說>, 《學術月刊》, 1984. 7.

李春靑, <試析王船山的情景論>, 《河北師範大學學報》, 1983, 第4期.

程亞林, <王夫之論抒情詩的構思>, 《武漢大學學報(社會科學報)》, 1982, 第5期.

譚承耕, <船山詩論的藝術辨證法>, 《湖南師大學報(哲學社會科學報)》, 1985, 第2期.

簡恩定, <船山論杜雜議>, 中國古典文學研究會, 《古典文學》 第6輯, 臺北, 學生書
    局, 民國 73年.

陶水平, <船山詩學"現量說"新探>, 《中國文學研究》(長沙), 2000. 1.

魏中林, 謝逐聯, <二十世紀的王夫之詩學理論研究>, 《文藝理論研究》, 上海, 華東
    師範大學出版社, 2000.

趙成千, <王夫之 《詩譯》과 詩歌審美藝術論>, 中國語文研究會, 《中國語文論叢》
    第18輯, 2000. 6.

趙成千, <王夫之 詩論上의 "興會" 개념에 대한 고찰>, 中國語文研究會, 《中國語
    文論叢》 第19輯, 2000. 12.

趙成千, <王夫之 詩論上의 '現量'에 대한 시가미학적 고찰>, 中國語文研究會, 《中
    國語文論叢》 第21輯, 2001. 12.

趙成千, <王夫之의 詩道性情論>, 中國語文研究會, 《中國語文論叢》 第22輯, 2002. 6.

趙成千, <王夫之 詩論上의 '意勢'論>, 中國語文研究會, 《中國語文論叢》 第23輯,
    2002. 12.

趙成千, <王夫之 《詩譯》에 대한 譯註>, 中國語文研究會, 《中國語文論叢》 第

25輯, 2003. 12.

趙成千, <王夫之 ≪夕堂永日緖論內編≫에 대한 譯註>(第1에서 第10條目까지), 中國語文硏究會, ≪中國語文論叢≫ 第26輯, 2004. 6.

趙成千, <중국 시론상 '興會'의 역사성과 문예 미학적 의의>, 中國語文硏究會, ≪中國語文論叢≫ 第27輯, 2004. 12.

趙成千, <王夫之 ≪夕堂永日緖論內編≫에 대한 譯註>(第11에서 第20條目까지), 中國語文硏究會, ≪中國語文論叢≫ 第28輯, 2005. 6.

趙成千, <王夫之 '興觀群怨'에 대한 해석과 운용>, 韓國中國文學理論學會, ≪中國文學理論≫ 제6집, 2005. 8.

趙成千, <王夫之 ≪夕堂永日緖論內編≫에 대한 譯註>(第21에서 第30條目까지), 中國語文硏究會, ≪中國語文論叢≫ 第30輯, 2006. 6.

趙成千, <王夫之 詩論上의 '溫柔敦厚'論>, 韓國中國文學理論學會, ≪中國文學理論≫ 第8輯, 2006. 8.

趙成千, <王夫之 ≪夕堂永日緖論內編≫에 대한 譯註와 詩論>(第31에서 第35條目까지), 中國語文硏究會, ≪中國語文論叢≫ 第31輯, 2006. 12.

趙成千, <王夫之 ≪夕堂永日緖論內編≫ 第36에서 第40條目까지의 詩論 고찰>, 中國語文硏究會, ≪中國語文論叢≫ 第32輯, 2007. 3.

趙成千, <王夫之 ≪詩譯≫의 '簡至'·'韻意不雙轉'論 고찰>, 韓國中國學會, ≪中國學報≫ 第55輯, 2006. 12.

趙成千, <王夫之 詩論의 形成背景(1)−父兄과 스승의 영향을 중심으로>, 中國語文硏究會, ≪中國語文論叢≫ 第33輯, 2007. 6.

趙成千, <王夫之의 鍾嶸 詩論 계승과 수용 양상 고찰−'直尋'과 '現量'의 상관성 및 鍾嶸의 詩評 수용을 중심으로>, 中國語文硏究會, ≪中國語文論叢≫ 第34輯, 2007. 9.

6. 論著類

王國維 著, ≪王國維文集≫, 北京, 北京燕山出版社, 1997.

車柱環 著, ≪中國詩論≫, 서울, 서울大學校出版社, 1990.

張少康 著, ≪中國古代文學創作論≫, 北京, 北京大學出版社, 1983.

張少康 著, ≪古典文藝美學論稿≫, 北京, 中國社會科學出版社, 1988.

張少康, 劉三富 著, ≪中國文學理論批評發展史≫, 北京, 北京大學出版社, 1995.

葉朗 著, ≪中國美學史大綱≫, 臺北, 滄浪出版社, 民國 75年.

敏澤 著, ≪中國美學思想史≫(全 三卷), 濟南, 濟魯書社, 1989.

郭紹虞 著, ≪照隅室古典文學論集≫(上篇), 上海, 上海古籍出版社, 1983.

楊松年 著, ≪中國古典文學批評論集≫, 香港, 三聯書店香港分店, 1987.

楊松年 著, ≪中國文學批評問題研究論集≫, 臺北, 文史哲出版社, 民國 83年.

蔡英俊 著, ≪比興, 物色與情景交融≫, 臺北, 大安出版社, 民國 79年.

童慶炳 等 著, ≪中國古代詩學心理透視≫, 天津, 百花文藝出版社, 天津, 1993.

童慶炳 著, ≪中國古代心理詩學與美學≫, 北京, 中華書局, 1997.

李壯鷹 著, ≪中國詩學六論≫, 濟南, 齊魯書社, 1988.

肖馳 著, ≪中國詩歌美學≫, 北京, 北京大學出版社, 1993.

青木正兒 著, 陳淑女 譯, ≪清代文學評論史≫, 臺灣開明書店, 1969.

鄔國平, 王鎭遠 著, ≪清代文學批評史≫, 上海, 上海古籍出版社, 1995.

張健 著, ≪清代詩學硏究≫, 北京, 北京大學出版社, 1999.

張送如 主編, 周偉民 著, ≪明淸詩歌史論≫, 長春, 吉林敎育出版社, 1995.

成復旺 著, ≪神與物遊≫, 北京, 中國人民大學出版社, 1993.

陳應鸞 著, ≪詩味論≫, 成都, 巴蜀書社, 1996.

趙沛霖 著, ≪興的源起≫, 北京, 中國社會科學出版社, 1987.

姚一葦 著, ≪藝術的奧秘≫, 廣西, 滴江出版社, 1987.

曾祖蔭 著, ≪中國古代文藝美學範疇≫, 臺北, 文津出版社, 民國 76年.

艾治平 著, ≪詩美思辨≫, 上海, 學林出版社, 1996.

陳良運 著, ≪中國詩學體系論≫, 中國社會科學出版社, 1992.

陳良運 著, ≪中國詩學批評史≫, 南昌, 江西人民出版社, 1995.

皮朝綱 著, ≪中國古代文藝美學概要≫, 成都, 四川省科學出版社, 1986.

黃永武 著, ≪中國詩學≫, <思想篇·感賞篇·設計篇·考據篇>, 臺北, 巨流圖書, 民
　　　　國 74年.

袁行霈·孟二冬·丁方 著, ≪中國詩學通論≫, 合肥, 安徽敎育出版社, 1994.

黃慶宣 著, ≪修辭學≫, 臺北, 三民書國, 民國 78年.

鄭子瑜 著, ≪中國修辭學史稿≫, 上海, 上海敎育出版社, 1984.

易蒲, 李金苓, ≪漢語修辭學史綱≫, 長春, 吉林敎育出版社, 1989.

楊春霖, 劉帆 主編, ≪漢語修辭藝術大辭典≫, 西安, 陝西人民出版社, 1995.

臺灣 學生書局 編輯部 編著, ≪修辭學釋例≫, 臺北, 臺灣學生書局, 民國 55年.

陳望道 著,《修辭學發凡》, 上海, 上海敎育出版社, 2001.

鄭子瑜 著,《中國修辭學史稿》, 上海, 上海敎育出版社, 1984.

宗廷虎, 李金苓 著,《中國修辭學通史》, 長春, 吉林敎育出版社, 1998.

陳振濂 主編,《書法學》, 南京, 江蘇敎育出版社, 1993. 6.

俞崑 編,《中國畵論類編》, 臺北, 華正書局, 民國 73年.

周積寅 編著,《中國畵論輯要》, 南京, 江蘇美術出版社, 1998.

沈劍英 著,《因明學硏究》, 上海, 東方出版中心, 1996.

郭紹虞,《照隅室古典文學論集》, 上海, 上海古籍出版社, 1983.

錢仲聯 著,《蒙茗盦論集》, 北京, 中華書局, 1993.

陳貽焮 著,《論詩雜著》, 北京, 北京大學出版社, 1989.

朱自淸 著,《朱自淸古典文學論文集》, 上海, 上海古籍出版社, 1981.

朱自淸 著,《詩言志辨》, 上海, 華東師範大學出版社, 1996.

郭紹虞 著,《中國文學批評新論》, 元山書局, 民國 74年.

羅根澤 著,《中國文學批評史》, 臺北, 學海出版社, 民國 69年.

方孝岳,《中國文學批評》, 北京, 三聯書店, 1986.

王運熙, 顧易生 主編,《中國文學批評史》, 上海, 上海古籍出版社, 1985.

周來祥 著,《論中國古典美學》, 濟南, 齊魯書社, 1987.

趙則誠, 張連弟, 畢萬忱 主編,《中國古代文學理論辭典》, 吉林, 吉林大學出版社,
          1985.

王向峰 主編,《文藝美學辭典》, 沈陽, 遼寧大學出版社, 1987.

張永言 主編,《世說新語辭典》, 四川, 四川人民出版社, 1992.

成復旺 主編,《中國美學範疇辭典》, 北京, 中國人民大學出版社, 1995.

宋緒連, 趙乃增, 董維康 主編,《唐詩藝術技巧分類辭典》, 北京, 中國人民大學出版社,
          1996.

저자 **조성천(趙成千)**

고려대학교 중어중문학과를 졸업하고, 동대학 대학원 중어중문학과에서 <왕선산시론 연구(王船山詩論研究)>로 석사학위를, <왕부지 시학의 연구(王夫之 詩學의 研究)>로 박사학위를 받았다. 경성고등학교·홍익대학교 사범대 부속 여고 교사, 고려대학교· 홍익대학교 강사 등을 거쳐 현재 을지대학교 조교수로 재직 중이다.

왕부지의 《薑齋詩話》(지만지, 2008)를 역주하였고, 왕부지 시론 연구 논문으로 <왕 부지 시론상의 '홍회(興會)' 개념에 대한 고찰>, <왕부지 시론상의 '현량(現量)'에 대 한 시가 미학적 고찰>, <왕부지 시론상의 '의세(意勢)'론>, <중국 시론상 '홍회(興 會)'의 역사성과 문예미학적 의의>, <왕부지 '홍관군원(興觀群怨)'에 대한 해석과 운 용>, <왕부지 시론상의 '온유돈후(溫柔敦厚)'론>, <왕부지 《시역(詩譯)》의 '간지(簡 至)'·'운의불쌍전(韻意不雙轉)'론 고찰>, <왕부지 시론의 형성 배경(1)−부형(父兄)과 스승의 영향을 중심으로> 등이 있다.

王夫之 시가 사상과 예술론

초판 인쇄 2008년 4월 11일 | **초판 발행** 2008년 4월 21일

지은이 조성천

펴낸이 이대현 | **편집** 양지숙 | **표지** 안유미

펴낸곳 도서출판 역락 | **등록** 제303−2002−000014호(등록일 1999년 4월 19일)

주소 서울시 서초구 반포 4동 577−25 문창빌딩 2층

전화 02−3409−2058 | **팩시밀리** 02−3409−2059 | **전자우편** youkrack@hanmail.net

ISBN 978−89−5556−607−9 93820

정가 17,000원

* 잘못된 책은 교환해 드립니다.